LE LYS ET LA POURPRE

DU MÊME AUTEUR

ROMANS

Week-end à Zuydcoote, NRF, Prix Goncourt, 1949.
La Mort est mon métier, NRF, 1952.
L'Île, NRF, 1962.
Un animal doué de raison, NRF, 1967.
Derrière la vitre, NRF, 1970.
Malevil, NRF, 1972.
Les Hommes protégés, NRF, 1974.
Madrapour, Le Seuil, 1976.

FORTUNE DE FRANCE
(aux Éditions de Fallois)

Tome I : *Fortune de France* (1977), *En nos vertes années* (1979).
Tome II : *Paris ma bonne ville* (1980), *Le Prince que voilà* (1982).
Tome III : *La Violente Amour* (1983), *La Pique du jour* (1985).
Tome IV : *La Volte des Vertugadins* (1991), *L'Enfant-Roi* (1993).
Les Roses de la vie (1995).

Le jour ne se lève pas pour nous, Plon, 1986.
L'Idole, Plon, 1987.
Le Propre de l'Homme, Éditions de Fallois, 1989.

HISTOIRE CONTEMPORAINE

Moncada, premier combat de Fidel Castro, Laffont, 1965, épuisé.
Ahmed Ben Bella, NRF, 1985.

THÉÂTRE

Tome I : *Sisiphe et la mort, Flamineo, Les Sonderling*, NRF, 1950.
Tome II : *Nouveau Sisiphe, Justice à Miramar, L'Assemblée des femmes*, NRF, 1957.
Tome III : *Le Mort et le Vif* suivi de *Nanterre la Folie* (adaptation de Sylvie Gravagna), Éditions de Fallois, 1992.
Pièces pies et impies, Éditions de Fallois, 1996.

ESSAIS

Oscar Wilde ou la « destinée » de l'homosexuel, NRF, 1955.
Oscar Wilde, 1984, Éditions de Fallois.

TRADUCTIONS

JOHN WEBSTER, *Le Démon blanc*, Aubier, 1945.
ERSKINE CALDWELL, *Les Voies du Seigneur*, NRF, 1950.
JONATHAN SWIFT, *Voyages de Gulliver (Lilliput, Brobdingnag, Houyhnhnms)*, EFR, 1956-1960.

EN COLLABORATION AVEC MAGALI MERLE

ERNESTO « CHE » GUEVARA, *Souvenirs de la Guerre révolutionnaire*, Maspero, 1967.
RALPH ELLISON, *Homme invisible*, Grasset, 1969.
P. COLLIER et D. HOROWITZ, *Les Rockefeller*, Le Seuil, 1976.

ROBERT MERLE

FORTUNE DE FRANCE

LE LYS ET LA POURPRE

roman

Éditions de Fallois

PARIS

Il a été tiré de cet ouvrage
trente-cinq exemplaires sur vélin pur chiffon
des papeteries Lana,
dont vingt-cinq exemplaires numérotés de 1 à 25
et dix exemplaires hors commerce numérotés
de H.C. I à H.C. X,
le tout constituant l'édition originale.

PHOTOS DE COUVERTURE :
H. Motte, *Richelieu sur la digue de La Rochelle* © Giraudon
Cl. Deruet, *L'Air*, détail, Orléans, Musée des Beaux-Arts © Giraudon
Ph. de Champaigne, *Louis XIII*, Paris, Musée du Louvre © Arch. Snark/Edimedia

22, rue La Boétie, 75008 Paris

ISBN 2-87706-307-0

CHAPITRE PREMIER

Nos bons caquets de cour disaient que Louis XIII, avant que d'appeler Richelieu en son Conseil, nourrissait à son encontre les plus grandes préventions. Et c'était vrai. Ils disaient aussi que Louis n'accepta le cardinal que sur les instances les plus pressantes de sa mère. Et rien n'était plus faux.

S'il y avait une personne au monde à laquelle Louis ne voulait ni ne pouvait céder, c'était bien cette personne-là, qui lui était si proche, mais qui l'avait tant humilié et rabaissé en ses enfances et, en ses années plus mûres, pris deux fois les armes contre lui. Quand il se fut enfin libéré de ce joug, Louis fut longtemps en méfiance à l'égard du cardinal, pour ce qu'il avait été le ministre de l'infâme Concini — exécuté sur l'ordre de Sa Majesté le vingt-quatre avril 1617 — et aussi parce qu'il avait été le principal conseiller de la reine-mère, quand elle dut — sur l'ordre de son fils — s'exiler à Blois.

Mais sur ce point son jugement se nuança quelque peu au cours des années. Il finit par reconnaître que Richelieu tâchait d'exercer une influence modératrice sur Marie de Médicis, si tant est qu'une telle influence fût possible.

Il s'avisa aussi que le cardinal avait de grands talents et bien qu'en un sens, ces talents l'effrayassent — car il craignait que le prélat ne le voulût tyranniser, s'il lui donnait quelque pouvoir —, Louis était entré en tel dégoût de ses ministres — médiocres, traîtreux et prévaricateurs — qu'il se décida à mettre Richelieu à l'épreuve en lui faisant confiance, à tout le moins pour un temps

— quitte à le « tronçonner »[1] dès lors qu'il lui donnerait des motifs de mécontentement. Mais de cette confiance si méfiante, Richelieu fit incontinent le meilleur usage !

Après avoir exilé Monsieur de Schomberg, surintendant des Finances, sur de fausses accusations, Louis finit par reconnaître qu'il avait commis une erreur. Il connut assez vite qu'il en avait commis une autre en appelant à sa place La Vieuville, gendre du financier Beaumarchais. Louis, qui excellait dans l'action, réagit avec son énergie coutumière : il emprisonna La Vieuville au château d'Amboise. Beaumarchais, poursuivi chaudement, n'eut que le temps de se réfugier en son île de Noirmoutiers.

Louis institua alors une chambre de justice à laquelle il déféra, outre La Vieuville et Beaumarchais, une cinquantaine de financiers. Il voulait tirer de ces trichoteurs une prompte et rigoureuse justice. Toutefois, au moment de mettre en marche la machine qui les devait broyer, il consulta Richelieu.

Nul ne savait mieux que le cardinal plaider le pour et le contre, sans montrer sa préférence et en laissant à Sa Majesté le choix et la décision. Le « contre », toutefois, apparaissait si fondé en raison que Louis, qui ne manquait pas de jugement, ne devait pas faillir à le préférer.

Plaise au lecteur de me permettre de résumer comme suit le propos qu'en cette occasion le cardinal tint au roi.

— Sire, ces Messieurs ont pillé, en effet, sans vergogne aucune, le trésor du royaume et vous ont mis dans une situation fort difficile car sans argent, aucune politique n'est possible. Ils ont donc commis contre Votre Majesté un crime majeur et ce serait justice qu'ils encourent les derniers châtiments. Mais, Sire, à supposer qu'on débarrasse la terre de ces coquins, retrouverez-vous pour autant les millions qu'ils ont détournés ? Il est fort probable que non. Dès lors, Sire, une autre solution est possible : on pourrait négocier avec chacun d'eux en lui promettant la liberté s'il remboursait ses roberies. Il appartient à Votre Majesté de choisir celle de ces deux solutions qui a sa préférence.

1. Du nom du secrétaire qui portait aux officiers de Sa Majesté la nouvelle de leur disgrâce : Tronçon.

— Négociez, mon cousin ! Négociez ! dit le roi après un instant de réflexion.

Richelieu, à mon sentiment, ressentait un plaisir délicieux chaque fois que le roi l'appelait « mon cousin ». Lecteur, tu n'ignores pas que Sa Majesté, selon le protocole, devait aux cardinaux cette flatteuse appellation. Mais Richelieu savait bien qu'il était déjà passé au-delà du protocole : dans l'affaire des financiers, Louis avait suivi ses avis.

Richelieu, en effet, négocia avec les financiers sans du tout leur montrer les grosses dents, mais avec une douceur de velours, tout en leur laissant entendre que Louis était résolu au pire, si la négociation échouait. Et à force de patience et de dextérité, il tira d'eux une quinzaine de millions d'or. Louis fut aux anges de ce beau coup qui renflouait les caisses du royaume et il fit ce qu'il n'avait jamais fait jusque-là avec personne : il demanda conseil à Richelieu quant au choix du futur surintendant des Finances.

Cet entretien, dont j'ignorais de prime la teneur, eut lieu au bec à bec dans la chambre de Sa Majesté et quant à moi, je me trouvais dans l'antichambre où l'on m'avait mandé, sans que je susse ce que le roi voulait de moi. Je ne laissais pas que de trouver longuissime le temps que je passais, le front contre la verrière, à regarder tomber la pluie, laquelle se déversait ce jour-là, drue et interminable, sur Paris embrumée. En outre, j'avais imprudemment revêtu à mon lever un pourpoint et des hauts-de-chausse dont quelque peu je me paonnais, mais qui, hélas, se révélèrent être taillés d'une étoffe beaucoup trop légère pour la froidure du printemps. Enfin, l'huis de la chambre royale s'ouvrit et Berlinghen, passant la tête par l'entrebâillure, me dit :

— Monsieur le Comte, Sa Majesté requiert votre présence.

J'entrai, me découvris, me génuflexai devant le roi, puis saluai profondément le cardinal et tout en me livrant à ce double exercice, j'observai que Louis, le chapeau sur la tête, était assis sur une chaire à bras face à une deuxième chaire à bras qui, elle, se trouvait vide, Richelieu étant resté debout. J'en conclus que Louis avait offert à Richelieu, en raison de sa chancelante santé, de s'asseoir en face de lui, mais que le cardinal, méticuleusement attentif au respect qu'il devait au roi, avait décliné cette offre.

Le cardinal était tête nue, tenait d'une main son bonnet

pourpre et de l'autre, sans doute pour soulager ses jambes, s'appuyait sur le dossier de la chaise. Il atteignait alors l'âge de trente-neuf ans et avait beaucoup à se glorifier dans la chair, étant grand, mince, le geste gracieux, la tournure élégante, avec un nez busqué, un visage long et fin qu'éclairaient deux magnifiques yeux noirs.

Il paraissait plus que son âge. En revanche, Louis, à vingt-trois ans, paraissait plus jeune que le sien, ses joues ayant gardé le velouté de l'enfance, sans que la moindre ride apparût autour de ses yeux. Ses lèvres étaient restées pleines, elles aussi, et vermeilles. Le caractère le plus adulte de cette physionomie se décelait dans ses yeux qui portaient un air d'autorité, de rigueur et de méfiance que démentait par instants une expression confiante et affectueuse.

Le cardinal avait seize ans de plus que le roi et l'âge que l'un et l'autre paraissaient avoir vieillissait le premier et rajeunissait le second, tant est qu'on eût été tenté de les prendre pour père et fils. À les bien considérer, il me traversa la cervelle que si le lien, encore neuf et fragile, qui venait de s'établir entre eux, traversait heureusement les années futures, Louis, émergeant de la longue nuit où l'avait plongé le meurtre d'Henri IV, pourrait retrouver une sorte de père dans le conseiller plein d'usage et raison qui succédait à la parfin à tant de ministres dont l'insuffisance, ou la rapacité, avait mis l'État en péril.

À vue de nez, la distance paraissait immense entre le souverain assis, selon le protocole, son chapeau sur la tête et le prélat debout à son côté, le chef découvert. Mais au respect quasi sacramentel du cardinal pour l'Oint du seigneur, il me semblait que répondait déjà la déférence inexprimée d'un jeune roi, ébloui et conquis par la sagesse, l'expérience et le savoir d'un aîné.

— Mon cousin, dit Louis, comme j'entrais dans la pièce, connaissez-vous le comte d'Orbieu ?

— Sire, dit le cardinal en m'adressant un sourire d'autant plus suave qu'étant un des serviteurs les plus proches du roi, je n'étais pas à ses yeux quantité négligeable, je connais le comte d'Orbieu par ce que m'en a dit le père Joseph, lequel le tient en haute estime pour trois raisons. (Même dans son discours quotidien, le cardinal dénombrait toujours ses raisons.) *Primo*, il est tout dévoué à son roi. *Secundo*, il est très diligent dans le ménage de son domaine d'Orbieu. Et *tertio*, il a pris soin, en ses vertes années, de s'instruire de tout, en particulier ès langues étrangères.

— Monseigneur, dis-je en lui faisant un second salut tout aussi profond que le premier, en fait de langues étrangères, Votre Éminence n'a rien à envier à personne...

J'aurais pu ajouter qu'outre le grec et le latin, le cardinal connaissait l'italien et l'espagnol, mais j'arrêtai mon compliment avant qu'il ne tombât dans la flatterie, laquelle Richelieu abhorrait. Non qu'il fût le moindrement modeste, tout le rebours, mais étant accoutumé dans les occasions à se décerner à lui-même, quoique toujours en termes voilés, les plus magnifiques éloges, il jugeait disconvenable et quasi insultant ceux qu'on lui adressait. Il était fort haut, en effet, non de par sa lignée, car il était né de noblesse campagnarde, mâtinée de bonne bourgeoisie, mais par son caractère propre et la conscience qu'il avait de ses grands talents.

— Savez-vous, mon cousin, reprit Louis, que lorsque j'ai disgracié Schomberg, d'Orbieu a eu l'audace de se rendre dans son appartement pour le consoler de sa solitude ? Et l'ayant consolé, il me rapporta une lettre où Schomberg me priait de diligenter une enquête du Parlement sur la façon dont il avait ménagé sa charge de surintendant des Finances. Que pensez-vous, mon cousin, de la conduite du comte en ce prédicament ?

— Sire, dit le cardinal avec un sourire, un acte se juge se deux façons. *Primo*, par les risques qu'il vous fait encourir. *Secundo*, par les résultats qu'on obtient.

— Le risque était grand, dit Louis. Je pouvais disgracier d'Orbieu.

— Mais, Sire, dit Richelieu, vous ne l'avez pas fait.

— En effet, dit Louis. Son geste ne m'a pas déplu. J'ai diligenté l'enquête demandée et Schomberg en est sorti blanc comme neige.

— Le résultat est donc excellentissime ! dit le cardinal, qui aimait les superlatifs à l'italienne. Sire, poursuivit-il, avec votre permission, je voudrais poser une question au comte d'Orbieu.

— Posez-la, mon cousin.

— Comte, reprit Richelieu, estimez-vous que Schomberg ait été un bon surintendant des Finances ?

Je tournai ma langue en bouche avant de répondre, étant très conscient qu'une réponse, selon la philosophie cardinalice, se jugeait de deux façons : *primo* par les risques qu'elle vous faisait encourir, *secundo* par les résultats qu'on en obtenait. Mais n'ayant pas l'esprit aussi profond que celui du cardinal, j'optai pour la sincérité.

— Éminence, dis-je, Monsieur de Schomberg est un très honnête homme et un très bon soldat, mais il ne connaît pas les finances.

— Bravo, bravissimo, Comte ! dit Richelieu, c'est tout justement ce que pense Sa Majesté ! Aussi, remettant Schomberg en sa charge de surintendant des Finances, Sa Majesté a décidé de lui adjoindre d'ores en avant Monsieur de Marillac et Monsieur de Champigny qui tous deux sont orfèvres en la matière.

Je fus au comble de la joie d'apprendre que Schomberg allait retrouver sa charge de surintendant et me trouvant en même temps bien assuré que le cardinal n'avait pas été étranger, ni à ce retour en grâce, ni à la désignation de Marillac et de Champigny, j'admirai l'habileté avec laquelle le cardinal, le résultat obtenu, attribuait au roi le mérite de ses propres décisions.

— Sire, dis-je, avec un profond salut, je suis très heureux que Votre Majesté ait rétabli Monsieur de Schomberg.

— Cette affaire est terminée à ma satisfaction, dit le roi en jetant un œil à la montre-horloge qu'il tira de l'emmanchure de son pourpoint.

Après quoi, il se leva avec pétulance. À ce ton rapide et à la vivacité de ses mouvements j'entendis qu'il brûlait de partir pour la chasse, la pluie ayant cessé.

— *Sioac*, dit-il en supprimant l'« r » de mon nom, comme il faisait en ses maillots et enfances (grand signe meshui de ma faveur), vous irez vous-même, à mes frais, quérir Monsieur de Schomberg en Anjou pour lui annoncer ce qu'il en est de mes intentions et le ramènerez céans. Monsieur du Hallier vous baillera un de mes carrosses et une forte escorte.

Du Hallier faisait partie comme son frère, Monsieur de Vitry, Déagéant, Tronçon, moi-même et quelques autres de la conspiration que Louis avait conçue et menée à bien pour exécuter Concini, et éloigner sa propre mère de ce pouvoir auquel, au grand dol et dommage de son fils, elle se cramponnait. Après l'exécution de l'aventurier, Vitry, qui était capitaine aux gardes, fut par le roi élevé à la dignité de Maréchal de France, sans qu'on osât jamais dans la suite lui confier une armée, et Du Hallier, qui était son lieutenant, fut nommé à sa place capitaine aux gardes et fit de son mieux pour remplir ces fonctions, ayant les muscles plus étoffés que les mérangeoises.

Du Hallier avait la membrature carrée, le visage fruste et tanné, le nez fort gros, la bouche fort large, le cheveu roux, l'œil petit et niais. Dès qu'il me vit, il se jeta sur moi et m'embrassa à l'étouffade, mais en toute sincérité. À ses yeux j'étais et demeurerai jamais jusqu'à la fin de mes terrestres jours un « conjuré du vingt-quatre avril ». C'est-à-dire ce qu'il y avait de mieux à la Cour et, en outre, le défenseur impavide de Monsieur de Schomberg, lequel chez les gardes royaux était fort populaire.

M'ayant donné ainsi une forte brassée, Du Hallier me prit le bras dans l'étau de sa forte main, et m'amena choisir un carrosse pour ma mission.

— Comment cela, Du Hallier ? dis-je, au comble de l'étonnement, vous voulez me bailler un des carrosses du roi ?

— Il n'y en a pas d'autre céans, dit Du Hallier.

— Mais les armoiries du roi sont peintes sur les portes ! dis-je en faisant le tour de la demi-douzaine de carrosses dorés qui se trouvait dans la remise.

— Voudriez-vous qu'on les effaçât pour vous ? dit Du Hallier avec un rire si bruyant qu'un étalon, dans la proche écurie, se mit à hennir comme fol et tapa du sabot contre sa porte.

— Ce pauvre Rhamsès, dit Du Hallier, s'énerve à la moindre noise. On lui a enlevé sa jument favorite hier pour que le gros couillard repose un peu son guilleris, vu qu'on lui amène ce lundi une jument de bonne race à saillir. Eh bien ! le croyez-vous, d'Orbieu, on baille à ce faquin les plus belles pouliches du royaume. Il les saille, certes. Mais à toutes il préfère sa jument, laquelle a bientôt quinze ans !...

Sachant que Du Hallier n'aimait, ne respirait, ne rêvait, et ne parlait que cheval (dont il portait de reste sur lui l'odeur irrémédiable), je me hâtai de remettre l'entretien dans ses brancards.

— Du Hallier, de grâce ! Ces portes armoriées ! Voudriez-vous que partout où je passe, on m'aille prendre pour le roi ?

— Il n'y a pas péril ! Le roi ne voyage qu'à grand train et le vôtre sera tout petit ! Une mesquine escorte de mousquetaires commandée par un petit lieutenant de merde et une seule charrette pour les *impedimenta* !

Ce mot latin désignait les bagages encombrants et si Du Hallier le connaissait, ce qui paraissait à vue de nez très étonnant, c'est qu'il se trouvait écrit en toutes lettres dans le règlement des Gardes. D'autre part, l'expression « petit lieutenant de merde » n'avait rien de méprisant dans la bouche d'un capitaine aux Gardes. Bien au rebours, elle était coutumière.

— Et qui sera ce lieutenant ?

— Mon cousin, Monsieur de Clérac. Il vous plaira. C'est moi qui l'ai proposé pour le poste de lieutenant dans la compagnie des mousquetaires que le roi a créée il y a deux ans. Il est périgourdin comme votre père. Çà ! Orbieu, quel carrosse choisissez-vous ?

— Le meilleur...

— C'est celui de Sa Majesté !

— Alors, le plus solide.

— C'est celui de Sa Majesté !

— Alors, le mieux suspendu !

— Mais c'est le même ! cria Du Hallier en riant à gueule bec.

Et derechef, Rhamsès se mit à hennir et à toquer comme fol du sabot contre sa porte.

— Mon cher Du Hallier, le temps me presse. Choisissez vous-même ce carrosse. Je me fie entièrement à vous.

Là-dessus, je le quittai non sans qu'il m'étouffât derechef par ses embrassements et je courus, tout meurtri, retrouver Monsieur de Marillac qui occupait la surintendance des finances en attendant de devenir l'adjoint de Monsieur de Schomberg. Je le trouvai en compagnie du chancelier qui me remit une lettre pour Schomberg, laquelle le remettait dans sa charge de surintendant. Il ajouta de vive voix que Sa Majesté comptait d'ici quelques mois le nommer Maréchal de France.

— Le voilà comblé ! dit Monsieur de Marillac qui me parut aussi roide, abrupt et escalabreux que le chancelier était suave et poli. Schomberg va toucher à lui seul deux gros émoluments : l'un, comme surintendant des Finances, l'autre comme Maréchal de France.

Il dit cela d'un air aussi malengroin que s'il allait tirer ces pécunes de sa propre escarcelle.

— Quant à vous, Monsieur le Comte, poursuivit-il, Sa Majesté m'a commandé de vous compter vingt mille écus pour couvrir les frais de votre voyage.

— Mais c'est beaucoup ! dis-je, étonné.

— C'est beaucoup trop, en effet, dit Marillac. D'autant, ajouta-t-il peu gracieusement, qu'un simple chevaucheur eût suffi à ramener d'Anjou Monsieur de Schomberg.

— Sa Majesté en a décidé autrement, dit le chancelier, lequel trouvait disconvenable que Monsieur de Marillac critiquât une décision du roi.

— Je crois plutôt que c'est une idée du cardinal, dit Marillac d'un air plus raisin que figue. Le cardinal aime le faste et la mise en scène.

Cette pique à l'égard du cardinal m'étonna, car nul n'ignorait à la Cour que Marillac lui devait sa présente élévation.

Sans plus de cérémonie, Marillac me tourna le dos, tandis qu'un commis apportait un sac qu'il vida sur le comptoir. Jour de ma vie ! Quelle joyeuse musique ce fut que le ruissellement des écus tintinnabulant l'un sur l'autre ! Après quoi, le commis les compta avant de les remettre dans le sac qu'il ferma d'un fort cordon et qu'il me tendit. Je le pris et le passai à La Barge qui le porta en le dissimulant sous sa cape jusqu'à mon appartement du Louvre tout en se plaignant de son poids.

— Mais c'est du plomb que ce sac, Monsieur le Comte ! grommela-t-il en marchant derrière moi.

— Babillebahou, mon fils ! dis-je en riant, s'il était à toi, il te paraîtrait plume !

Je revis Sa Majesté à son souper et Elle me dit :

— *Sioac*, pour ce voyage, prenez votre temps ! Schomberg en Anjou voudra vous fêter et je ne trouverai pas mauvais qu'au retour, vous vous arrêtiez à Orbieu pour le contrefêter. Faites les arrangements convenables avec Monsieur de Clérac et partez dès que possible.

Je pris alors congé de Louis en mettant beaucoup de chaleur en mes remerciements, car au rebours de ce qu'avait aigrement prétendu Marillac, j'étais bien sûr que l'idée de m'envoyer en personne quérir Schomberg venait du roi et non de Richelieu, car Sa Majesté, de prime irritée que je fusse le seul de toute la Cour à visiter Schomberg en sa disgrâce, n'avait pas laissé, à la réflexion, d'en être touché et en sa grande tendreté de cœur, avait voulu m'en récompenser en faisant de moi auprès de Schomberg le hérault de son retour en faveur.

J'envoyai La Barge quasiment à la pique du jour prier Monsieur de Clérac de me faire le plaisir de prendre son déjeuner avec moi. Il vint quasiment sur les talons de mon écuyer et me parut fort vif et expéditif pour « un petit lieutenant de merde ». Il noulut prendre sa repue en ma compagnie, ayant déjà pris la sienne, mais accepta un peu plus tard un verre de bourgogne et des tostées.

— J'ai calculé, dit-il, qu'il faudra six étapes pour atteindre Angers. La première, cela va sans dire, sera votre domaine d'Orbieu. Ensuite Chartres, Nogent-le-Rotrou, Le Mans et La Flèche au bout de ce long chemin. Avec un ou deux jours de repos complet aux étapes pour ménager les montures, le voyage prendra une semaine.

— Et où logera l'escorte à l'étape ?

— Dans les auberges, si elles ne sont pas trop puceuses, ou dans les monastères, si les moines ne sont pas trop pleure-pain et n'essayent pas de saigner à l'excès votre bourse.

— Et moi, Monsieur de Clérac, où logerai-je ?

— À l'évêché, si évêché il y a, sinon chez le maire. Mais il se peut aussi que dans d'aucunes des villes où se fera l'étape, quelque bonne noblesse du lieu tienne à honneur, Monsieur le Comte, de vous offrir une hospitalité plus aimable.

— Combien seront les mousquetaires ?

— Vingt-cinq. Le quart de notre compagnie.

— Savez-vous pourquoi le roi, ayant parlé de me donner des gardes, m'a baillé des mousquetaires ?

— Nous avons grande réputation, dit Monsieur de Clérac d'un air modeste.

— Plus que les gardes ?

— Nenni ! nenni ! les gardes sont excellents ! Mais nous sommes réputés plus vifs dans les combats aléatoires.

— Qu'appelez-vous ainsi, Monsieur de Clérac ?

— Les surprises et les embûches.

— Mais qui diantre en ce royaume oserait s'attaquer au carrosse du roi ? Les caïmans des grands chemins ?

— Nenni, ils n'oseraient. Mais nos campagnes contre les

huguenots ont laissé des séquelles : des bandes armées de soldats déserteurs ou, pis même, des bandes de mercenaires qu'on a licenciées et qui s'en retournent chez eux, non sans ravager tout sur leur passage, tuant les manants, volant les vivres, forçant les garces. Ceux-là sont redoutables, parce qu'ils savent la guerre.

— Et ceux-là nous pourraient attaquer, dis-je, et pourquoi ?

— Mais pour s'emparer de nos armes, de nos chevaux et du carrosse du roi.

À ouïr ce propos, je me sentis un peu moins content à l'idée de m'ocoucouler deux semaines, une pour l'aller et une autre pour le retour, dans les satins et les ors d'un carrosse de Sa Majesté, mais j'éprouvai en même temps je ne sais quel aiguillon à la pensée de me battre en aussi bonne compagnie que celle des mousquetaires et, bien entendu, de tailler en pièces les méchants qui nous oseraient courir sus.

Mais comme bien l'on sait, rien ne se passe vraiment comme on l'avait prévu, que l'événement soit heureux ou malheureux. En ce voyage, que ce fût de Paris en Angers ou d'Angers à Paris, nous n'essuyâmes pas la moindre mousquetade. Je dormis à l'étape soit chez l'évêque, soit chez le maire, et chez l'un comme chez l'autre fis bonne chère, sauf qu'il me fallut avaler aussi les homélies de l'un et les harangues de l'autre. Une fois, une seule fois, « quelque bonne noblesse du lieu », pour citer Monsieur de Clérac, m'offrit une hospitalité qui, par ses étrangetés et les enseignements que j'en tirai, me paraît digne d'être contée en ces Mémoires.

Cela se passa à La Flèche où notre avant-garde avait obtenu des jésuites du célèbre collège de bailler à mon escorte le gîte d'une nuit. Je m'y rendais, quand j'aperçus par la portière un petit galapian courir à l'essoufflade le long de mon carrosse en brandissant un papier. Je criai au cocher de s'arrêter et penchant ma tête hors, je lui demandai ce qu'il voulait.

— C'éti vous, dit-il haletant, qui étions un comte qui voyagions dans un carrosse du rey ?

— Oui, ne vois-tu pas ses armoiries sur la porte ?

— Ça serait donc vous qui étions le comte d'Orbieu ?

— Oui-da.

— Alors, je devons vous bailler ce billet d'un dame.

Mais ce disant, loin de me le remettre, le petit vas-y-dire tendit le bras en arrière pour le mettre hors de ma portée.

— Eh bien, baille ! dis-je, qu'attends-tu ?

— Que vous me payons, dit-il, la dame ne m'avons rien donné, ni liard ni maille.

Je regardai mieux ce grand barguigneur. Il n'avait pas dix ans, quasiment en loques et fort barbouillé, mais l'œil vif.

— Comment se nomme la dame ?

— Mme la baronne de Candisse.

— Je ne la connais point. Qu'est-ce qui te fait croire que je vais te payer ta course ?

— J'allions vous le dire : elle étions belle comme une sainte vierge.

— La Sainte Vierge, dis-je, t'aurait payé ta course.

— Mais point Mme de Candisse ! Elle étions chiche-face à tondre un œuf !...

Je ris et lui baillai un sol pour payer sa course et deux pour m'avoir égayé. Il considéra ces trois sols dans le creux de sa menotte sale avec émerveillement et les enfouit enfin au plus profond de la poche rapiécée de son haut-de-chausse, avec un rapide regard à la ronde qui voulait dire : « Eh maintenant ! venez me les prendre si vous l'osez. »

Je lui demandai alors qui était la baronne de Candisse, et il me dit :

— C'étions une veuve bien garnie.

— Et de quel âge ?

— Du vôtre, Monsieur le Comte.

Là-dessus, il n'en dit pas plus et rangeant sa langue dans sa bouche aussi soigneusement que mes pécunes dans sa poche rapiécée, il s'ensauva.

Je lus le billet. Il était fort élégamment tourné, et comme je l'avais déjà deviné, Madame de Candisse m'offrait le gîte d'une nuit. Toutefois, je noulus m'embarquer sans biscuit et je dépêchai mon écuyer à la baronne pour lui porter mes remerciements et mes compliments et aussi accepter, ou refuser, en mon nom son invitation, selon le jugement qu'il porterait sur la dame.

— Monsieur le Comte, me dit La Barge à son retour avec un sourire malicieux qui faisait sinuer sa bouche. Si cette invitation, se peut, vous a baillé quelques idées de derrière la tête, boutez-les hors sans tant languir. Madame de Candisse est belle à damner un saint, mais c'est la plus grande dévote de la création. Elle est vêtue de noir, boutonnée jusqu'au menton, un air lointain et languissant comme si elle n'était déjà plus de ce monde, et parle d'une voix éteinte. En outre, en sa demeure, ce ne sont, à profusion, que crucifix, peintures pieuses, statues de la Vierge, images des saints, odeur d'encens. On se croirait dans un presbytère...

— Tu as donc poliment refusé son invitation ?

— Tout le rebours, Monsieur, je l'ai acceptée.

— Comment cela ?

— J'ai pensé qu'à tout prendre, mieux valait une dévote qui fût belle que des jésuites qui ne l'étaient point. Votre œil sera plus satisfait.

— Et tu n'as pas craint que je m'ennuyasse avec cette sainte personne ?

— Sainte, Monsieur le Comte ? dit La Barge en levant le sourcil d'un air sagace. Ce n'est qu'à l'essai qu'on peut éprouver la sainteté d'une femme...

— Présomptueux béjaune ! dis-je. Oserais-tu me bailler des leçons du haut de ton expérience ? Tu as fait du chemin depuis que tu admirais par ouï-dire les bruns tétins de la belle Zohra sans penser que tu pourrais un jour y porter la main.

— Que voulez-vous, Monsieur le Comte, dit La Barge qui venait à peine d'avoir vingt ans, j'ai vieilli...

Là-dessus, je demandai à La Barge de se jucher à côté de mon cocher pour lui montrer le chemin pour se rendre en l'hôtel de Candisse.

— Monsieur le Comte, dit-il en rougissant, moi, m'asseoir à côté du cocher ? Plaise à vous de me commander de vous précéder à cheval ! Voilà qui est davantage dans mon rollet !

— La Barge, si tu étais mousquetaire, sais-tu ce que cela te coûterait de désobéir à un officier ?

— Oui, Monsieur le Comte. C'est pourquoi j'ai décidé de servir un chevalier du Saint-Esprit, bon, humain et miséricordieux.

— Impertinent La Barge, hâte-toi de mettre ton cul sur selle avant que j'y mette ma botte !

C'était là façon de parler. Même quand il était mon page, je ne l'avais jamais frappé.

Avant de faire mon entrée en La Flèche, je m'arrêtai en l'auberge du village, et je revêtis mon plus bel habit et ceignis mon épée de cour (don de ma bonne marraine, la duchesse de Guise) et présentement, avant que de départir pour l'hôtel de Madame de Candisse et m'inspirant du propos de La Barge, je complétai ma superbe vêture par une touche qui me devait valoir, je l'espérais, l'estime de la belle dévote : je me passai autour du cou mon cordon bleu de chevalier du Saint-Esprit dont la croix ornée d'une blanche colombe ne pouvait que flatter celle que j'allais voir.

L'huis du fort bel hôtel de Madame de Candisse nous fut déclos par un maigre valet à la livrée quelque peu passée qui appela le *maggiordomo*, lequel, après un profond salut, me dit qu'il se nommait Monsieur de Lésignasse, que Madame la Baronne ne pouvait me recevoir dans l'instant, étant à ses dévotions, qu'elle y serait assez longtemps encore, et probablement jusqu'au souper, mais qu'en attendant, il était tout à mon service pour tout ce qu'il me plairait de lui commander.

Je lui dis alors qu'il ne pourrait me faire plus grand plaisir que de me faire donner un bain pour me défatiguer de mon long chemin et qu'il appelât aussi un barbier pour me corriger le contour de la moustache. Monsieur de Lésignasse se pinça les lèvres d'un air prude à ouïr ce souhait, trouvant sans doute que je prenais trop de soin de mon corps périssable. Toutefois, il voulut bien consentir à ma prière et je le remerciai avec chaleur, quoique aimant assez peu son apparence. C'était un homme fort maigre, long plutôt que grand, avec des sourcils noirs qui se rejoignaient au-dessus du nez, des yeux plus souvent baissés que levés et un air qui tenait à la fois du bretteur et du sacristain.

Entra alors en scène une petite chambrière assez accorte et qui n'avait pas du tout l'âge canonique qu'on requiert d'une baigneuse à l'accoutumée, mais quoiqu'elle fût assez jolie, elle tirait toutefois sur le maigre, comme tous les serviteurs en ce logis, où l'on devait manger plus de croûtons que de rôts. Elle me dit d'un ton froid et revêche qu'elle était là pour me déshabiller. Ce qu'elle fit sans gêne aucune. Pour entrer en conversation, je lui demandai son nom, à quoi elle fit une réponse à peine polie :

— Monsieur le Comte, dit-elle sans lever les yeux sur moi, n'a pas intérêt à connaître mon nom. Après qu'il aura baigné soi, Monsieur le Comte ne me reverra plus.

Dès que je fus nu en ma natureté, elle approcha un tabouret qui me permit de m'introduire dans la cuve et de m'y mettre à tremper, ce qui fut un délice après ce long voyage. Elle y ajouta prou en me frottant le dos et la poitrine à l'arrache-peau. Toutefois, sa main se fit plus douce au fur et à mesure qu'elle s'enfonçait dans l'eau, ce qui ne fut pas sans quelque effet sur moi. Mais cela ressemblait davantage à une inspection qu'à une caresse, tant promptement elle retira ses doigts, gardant cet air froid et distant qu'elle avait eu dès le début.

Là-dessus, le barbier entra et la chambrière se retira en me faisant, à reculons, une profonde révérence, mais sans m'accorder un regard où brillait la moindre lueur d'humanité. Je me demandai alors, tandis que le barbier corrigeait avec dextérité le contour de ma moustache et de mon collier de barbe, si la soubrette n'en avait pas agi avec moi, *mutatis mutandis* [1], comme La Barge en avait agi avec sa maîtresse : en éclaireur, sans qu'il se fût agi, de toute évidence, du même éclairement... Toutefois, à peine avais-je conçu ce soupçon que je le rejetai, comme étant tout à plein incrédible, Madame de Candisse étant réputée si dévote.

Dès que le barbier fut hors, après m'avoir lassé les oreilles de son infatigable babil, Monsieur de Lésignasse parut et me confia à une autre chambrière pour qu'elle me montrât ma chambre. Celle-ci avait l'air d'une nonnette qui eût mal supporté les jeûnes de son couvent, ayant le visage blafard, le parpal plat, les membres grêles et le cheveu caché par un bonnet sans le moindre brin de dentelle. Je ne vis pas ses yeux, car elle les gardait baissés et je n'ouïs pas non plus sa voix : elle ne desserra pas les dents.

Ma chambre était vaste et belle et jadis, me sembla-t-il, fort rutilante, mais ce jour d'hui, rideaux, tentures et tapis avaient un air pauvre et fané, ce qui suggérait que Madame de Candisse, ou bien avait perdu partie de ses biens, ou bien se trouvait trop chiche-face pour redécorer son superbe hôtel.

---

1. En changeant ce qu'il faut changer (lat.).

Mes bagues étaient déjà dans ma chambre et La Barge occupé à les ouvrir, si bien que je renvoyai incontinent la nonnette à la triste figure et priai La Barge de m'aider à m'habiller. Ce à quoi il consentit en me faisant observer, pour la forme, qu'il était mon écuyer et non point mon valet.

— Mais si je prenais un valet, dis-je, tu perdrais prou, La Barge, car tu ne serais plus mon confident et mon conseiller. N'entends-tu pas que je n'ai renvoyé cette pauvre nonnette que pour te parler au bec à bec de cette maison et du train qu'on y mène ? Qu'en es-tu apensé ?

— Ma fé, Monsieur le Comte ! je ne l'aime point du tout, dit La Barge. À mon sentiment, vous allez y faire piètre et pauvre chère. De la maîtresse au plus petit valet, ces gens-ci ne sont que bigots et cagots. On n'y rencontre que paupières baissées, voix et lèvres priantes, pas une chambrière qui ose montrer le bout d'un tétin et cela vaut peut-être mieux, car elles sont maigres comme un cheval étique. J'ai traîné mes chausses un peu partout en tapinois et sans beaucoup de mérite, car le domestique est fort rare céans. J'ai vu où l'on va vous bailler à souper : deux couverts seulement ! Vous avez bien ouï, Monsieur le Comte, deux couverts ! Voilà comment on vous fait honneur ! En fait de bonne noblesse de La Flèche, la dame de céans ne vous baillera que sa présence !

— Est-ce rien, La Barge, que la présence d'une fille que tu dis si belle ?

— Belle assurément, elle l'est, Monsieur le Comte ! Mais à dire le vrai, je ne l'aime guère. À mon sentiment, quand on est si boutonnée, c'est qu'il y a cachotterie et trichoterie derrière les boutons...

La Barge achevait quand on toqua à l'huis et, allant ouvrir, Monsieur de Lésignasse apparut, toujours aussi sourcilleux. Mais comment eût-il pu en être autrement avec la barre de poils noirs qui ombrageait ses yeux ? Il annonça d'un ton assez malengroin que le souper allait être servi.

— Mon écuyer est-il invité ?

— Non, Monsieur le Comte.

— Dans ce cas, j'aimerais que Monsieur de La Barge soit servi à part du domestique, et dignement.

Monsieur de Lésignasse considéra alors La Barge avec un air

de hauteur qui dut donner des démangeaisons à l'épée de mon écuyer, lequel, toutefois, m'ayant jeté un œil et lu dans le mien que la prudence était de mise, garda une face imperscrutable.

— Je m'en occuperai, Monsieur le Comte, dit Lésignasse en baissant les yeux. Plaise à vous de me suivre.

La salle où il me mena était vaste assez et portait cet air qui, dans ma chambre, m'avait déjà frappé d'avoir été décorée avec faste plusieurs années auparavant, mais sans qu'on eût considéré nécessaire, depuis, de la redécorer. En son centre, on avait dressé une table pour deux couverts avec une fort belle nappe, des verres de cristal, des couverts de vermeil et des assiettes de la plus fine porcelaine. Mais, par malheur, jurant avec ce bel ensemble, les chandeliers de table portaient des chandelles et non, comme chez Madame de Guise ou chez mon père — seul luxe qu'il se permît — des bougies parfumées.

Après m'avoir prié de m'asseoir à table, Monsieur de Lésignasse se retira et j'attendis alors dix bonnes minutes avant que n'apparût la dame de céans.

Elle vint enfin. Je me levai, allai à elle, m'inclinai, lui baisai la main, puis retirant et rapprochant sa chaise, l'aidai à prendre place, tout en lui récitant, sans même ouïr ce que je lui disais, les compliments d'usage.

Elle était très belle assurément, ayant un visage d'un ovale parfait, un nez droit et fin et des yeux azuréens bordés de cils noirs. Il est vrai que sa vêture était noire, elle aussi et boutonnée, mais point si austère qu'il y paraissait de prime, car le corps de cotte était fort bien coupé et dessinait une taille mince et souple et au-dessus, des formes féminines (qui oserait parler de tétins, s'agissant d'une dévote ?). Il est vrai que ledit corps de cotte, bannissant tout décolleté, montait très haut, mais s'agrémentait d'une jolie dentelle en point de Venise qui mettait en valeur un cou blanc, rondi et délicat qui se penchait à l'occasion sur l'épaule avec beaucoup de grâce. Il est exact aussi que Madame de Candisse gardait la plupart du temps les yeux baissés, mais leur lumière azuréenne, quand elle relevait les paupières, était en revanche éblouissante. Et si sa voix, au prime abord, paraissait expirante, dès lors qu'on s'était accoutumé à son faible volume, elle vous charmait par sa musique et sa suavité.

Sans le pouvoir tenir pour sûr, je crois bien, cependant, qu'elle était pimplochée, encore qu'elle le fût très à la discrétion. Mais il me parut que les longs cils qui ombrageaient ses yeux magnifiques avaient été quelque peu noircis pour mettre leur azur en valeur. Et si elle ne se barbouillait pas les joues et le front de céruse et de peautre, comme font ces frivoles dames de la Cour qui ne rêvent que galanteries, il me sembla que le vermeil de ses lèvres avait été quelque peu avivé. Comme l'avait prévu La Barge, la chère fut piètre et pauvre et je n'y goûtai de bon que le vin qui, étant de Loire, ne pouvait être mauvais. Mais en revanche, je n'eus pas à me mettre en frais. La dame parla seule et ne parla que de soi.

— Monsieur, dit-elle, je vous prie de ne pas vous étonner, ni de vous tenir pour offensé, si je n'ai invité personne en même temps que vous, mais je vis fort retirée du monde. Non par chicheté ni inhumanité car, bien le rebours, je donne aux pauvres quasiment sans compter, mais pour me retrancher des superfluités qui m'éloigneraient de Dieu, dont l'amour est devenu, depuis mon veuvage, l'unique objet de ma vie. Il n'est que trop vrai, hélas, que du temps de mon défunt mari, je vivais beaucoup dans le siècle, parce qu'il le voulait ainsi et que mon devoir, auquel je n'aurais su me soustraire, était de lui obéir. Mais quand le Seigneur l'a rappelé à lui et que je fus devenue ma maîtresse, je résolus de purifier ma vie et d'en ôter les occasions de pécher en fuyant non seulement la peste des mauvais exemples, mais en supprimant l'inclination à la vanité que je n'avais pas laissé de déplorer du vivant de mon défunt mari. Je renvoyai alors la moitié de nos gens et exigeai de ceux que je gardais et qui travaillaient davantage du fait de leur petit nombre, les bonnes mœurs, la piété et les saintes habitudes dont je leur donnai le modèle. Et comment ? Par la prière, par la confession, par de constantes oraisons, je tâchai de dominer les faiblesses particulières à mon sexe et je parvins enfin non seulement à « ce degré d'excellente charité » que recommande François de Sales, mais à m'unir cœur à cœur avec Dieu...

Ce discours dont je ne donne céans que quelques aperçus, dura bien une grande heure, car il fallut qu'à l'éloge de ses propres vertus la dame joignît aussitôt la dénonciation déprisante des vices du siècle, en particulier à La Flèche où, m'assura-t-elle, elle tenait pour certain que la plupart des personnes de bonne maison qu'elle avait connues du temps de son défunt mari étaient promises, si elles ne se repentaient pas, aux flammes éternelles.

En prononçant ces paroles, une lueur passa dans ses beaux yeux, laquelle me donna à penser que l'autodafé probable de ses anciens amis ne la désolait pas autant que je l'eusse attendu d'une personne qui avait atteint le degré d'« excellente charité » de François de Sales. Le lecteur entend bien, de reste, que dans la certitude où Madame de Candisse était de connaître par avance le jugement de Dieu, il lui eût paru disconvenable d'inviter en même temps que moi, pour me faire honneur, de futurs damnés...

Mme de Candisse me tint ces propos tout en picorant maigrement sa maigre chère et buvant en revanche beaucoup plus que je ne le faisais moi-même, car le premier flacon étant défunt, elle en commanda un second qu'elle vida quasiment jusqu'à la dernière goutte.

— Monsieur, dit-elle quand elle eut ainsi repris des forces, me permettez-vous de vous poser quelques questions touchant votre personne qui ne laissent pas de me tourmenter ?

— Qui vous tourmentent, Madame ! dis-je avec un étonnement poli. De grâce, posez ces questions ! Je ne voudrais pas que vous pâtissiez en quoi que ce soit de mon fait...

— Eh bien, Monsieur, pour entrer sans tant languir dans le vif du sujet, voici ce qui m'agite. Vous êtes fils de huguenot converti et d'après ce que j'ai ouï dire, vous passez pour un catholique assez tiède.

Je fus béant, encore que je n'eusse pas dû l'être. Après l'éloge par la dame de ses propres vertus et la condamnation véhémente des vices du siècle, la logique voulait qu'il y ait un troisième volet à ce triptyque : l'inquisition. Si j'en crois mon expérience, d'aucuns de ces grands dévots sont des gens de pouvoir qui n'aiment rien tant que s'insinuer dans la vie des autres pour la diriger.

— Madame, dis-je, le ciel vous a comblée de tant de grâces, tant physiques que spirituelles, que je ne puis les considérer sans en être tout à plein charmé. Et d'autre part, je vous dois tant de mercis pour votre hospitalité que j'aimerais pouvoir bailler réponse à votre question, si inattendue qu'elle me soit apparue. Mais pour cela, il faudrait, Madame, que je me confesse, mais me confesser à qui ? À vous, Madame, que notre Sainte Église n'a pas ordonnée prêtre ? Me pourriez-vous remettre mes péchés, si même je vous en faisais l'aveu avec la plus parfaite contrition ? Pour cela, Dieu merci, j'ai mon confesseur, l'abbé Courtil, qui est curé de Saint-Germain-l'Auxerrois. Et tout ce que je peux vous dire à ce sujet, Madame, mes confessions étant secrètes, c'est que Monsieur l'abbé Courtil n'est pas fort mécontent de moi...

À ce discours, la même lueur déquiétante passa dans l'œil de Madame de Candisse, laquelle me donna à penser que la dame était haute et tyrannique et me garderait mauvaise dent de ma petite rebuffade. Toutefois, elle ne laissa pas que de poursuivre son interrogatoire, mais sur un tout autre registre.

— Monsieur, dit-elle, me pardonnerez-vous ma curiosité féminine, si je vous posais encore quelques questions ? Connaissez-vous Monsieur de Marillac ?

Cette question, qui paraissait innocente, ne l'était point en fait, car Marillac était catholique zélé, ultramontain avéré, papiste convaincu et s'était illustré, au moment de la Ligue, par son hostilité violente à l'endroit des huguenots et d'Henri IV, auquel toutefois il avait fini par se rallier.

— Je le connais, dis-je.

— Et qu'en êtes-vous apensé, Monsieur ?

— Ce que le monde entier en pense. C'est un homme fort honnête, raison pour laquelle le roi l'a nommé aux finances avec Monsieur de Schomberg.

— Et le cardinal de Richelieu, le connaissez-vous ?

Je fus ici beaucoup plus laconique.

— On le tient pour un homme de grands talents.

— Mais, dit Madame de Candisse, on lui prête l'intention que d'aucuns tiennent à scandale, d'intervenir par les armes contre les troupes pontificales qui occupent les forts de la Valteline.

« Voilà donc, pensai-je, à quoi tendent toutes ces questions ! La dame n'est pas qu'une dévote. Elle appartient au parti dévot et tâche de savoir pour elle-même, ou pour d'autres, où vont mes sympathies. Ces personnes me prennent maintenant pour un homme de quelque conséquence, parce que le roi m'a dépêché en ambassade dans un de ses carrosses. »

— Madame, dis-je, le roi seul décide. Le cardinal donne des avis, comme tout un chacun au grand Conseil des affaires.

— Dont vous faites partie, Monsieur.

— En effet.

— Vous avez donc votre petite idée sur la question de la Valteline.

— Madame, je n'en peux rien dire tant qu'elle n'est pas venue en discussion en notre Conseil. Mais en revanche une chose est sûre.

— Et laquelle ?

— Je voudrai ce que veut le roi.

J'entendis bien que ces réponses, qu'elle écouta les yeux baissés, ne pouvaient en aucune manière satisfaire Madame de Candisse, mais j'étais résigné à ce qu'elle fît de moi à ses amis un médiocre rapport.

— Monsieur, dit-elle, il se fait tard et vous aspirez sans doute à quelque repos après cette journée de voyage. Me permettez-vous, avant que votre fatigue vous ensommeille, de vous venir visiter dans votre chambre afin que nous puissions élever de concert à Dieu nos âmes en nos oraisons du soir ?

Bien qu'elle m'étonnât au dernier degré de l'étonnement, j'acquiesçai à cette prière, tout béant qu'elle me laissât, venant d'une dévote.

Madame de Candisse voulut bien paraître charmée de mon acquiescement. Elle se leva. J'observai qu'étant debout, elle tituba quelque peu, sans doute sous l'effet du vin qu'elle avait bu.

Dès que je fus dans ma chambre, je retirai mon pourpoint et mes bottes, mais n'osai aller plus loin dans mon déshabillage, ne sachant que penser et de reste mourant de sommeil au point de n'oser fermer l'œil sur la chaire à bras où je m'étais assis, de peur de m'endormir tout à plein. Cette prière à deux ne me disait rien qui valût et d'autant que la dame ayant été à mon advenue si longue en ses oraisons, je craignais que celles qu'elle voulait faire avec moi ne fussent interminables.

Non que j'omisse jamais en mon quotidien ma prière du soir, mais pour parler à la franche marguerite, elle était fort courte, pas tout à fait autant toutefois que celle d'un soldat du baron de Mespech [1] qui s'appelait Cabusse.

Ce Cabusse était un solide ribaud qui avait fait une belle picorée quand nous avions repris Calais aux Anglais. Avec ces pécunes, il avait acheté une terre de quelque apparence, construit une maison, épousé une jolie chambrière de ma grand-mère nommée Cathau et, s'étant ainsi de tous côtés bien pourvu, élevait des moutons et prospérait, étant à ses yeux fort riche et fort heureux. Or, par Cathau, tout Mespech avait appris, en s'ébaudissant grandement, à quoi se limitaient les oraisons de Cabusse : le matin, il disait en s'étirant : « Seigneur, Votre Serviteur se lève ! Donnez-lui une bonne journée ! » et le soir en bâillant : « Seigneur, Votre Serviteur se couche. Donnez-lui une bonne nuit avec sa femme et épouse ! »

Mon père m'avait conté plus d'une fois cette prière de Cabusse, lequel je n'avais jamais connu, car il était mort avant que je fusse né. Mais à y penser derechef, après tout ce que j'avais appris ce soir-là des lèvres de Madame de Candisse, je trouvais en y repensant que la foi de Cabusse, qui n'aurait jamais quant à lui rêvé de parvenir au « cœur à cœur avec Dieu », avait du moins le mérite de la naïveté et de la modestie.

J'en étais là de ces pensées quand on toqua un faible coup à ma porte. Je l'allai déclore et trouvai devant moi Madame de Candisse, un chandelier à la main. Elle m'apparut vêtue d'une camisole de nuit d'un bleu tout angélique, le cheveu dénoué flottant sur ses épaules, l'œil en fleur et un tel air d'innocence répandu sur son beau visage que vous eussiez dit qu'elle n'attendait que son auréole pour entrer au Paradis.

J'étais à son égard en proie à des sentiments si divers et si contradictoires que je ne savais que penser et encore moins que dire. Je pris le parti de la débarrasser de son chandelier qui, en vertu de son poids, vacillait quelque peu dans ses mains et sans dire ni mot ni miette, je m'effaçai devant elle. Elle pénétra incontinent dans ma chambre, les yeux baissés, mais le pas résolu. Je fermai l'huis derrière elle et je poussai le verrou, lequel étant quelque peu rouillé fit un bruit menaçant sans que

1. Grand-père paternel de Pierre-Emmanuel.

Madame de Candisse marquât le moindre émeuvement de se trouver ainsi, à la minuit, enfermée avec moi. Bien le rebours, elle marcha droit vers les courtines et tandis que j'allais porter le chandelier sur une petite table de chevet, elle s'agenouilla au pied du lit, les yeux levés vers le crucifix fixé au mur à l'intérieur du baldaquin.

— Monsieur, dit-elle d'une voix douce qui ne tremblait pas le moindre, plaise à vous de me venir rejoindre.

Je fus quelque temps avant de m'y résoudre, étant cloué au sol par l'admiration que me donnait sa beauté. Mais, comme à cette admiration, le lieu, l'heure, le silence, et jusqu'au verrou qui nous retranchait du monde, mêlaient un sentiment trouble que je connaissais bien, je ressentais non sans malaise ce que la situation pouvait porter en soi de disconvenable et peut-être même de sacrilégieux.

Mais cette situation, était-ce moi qui l'avais créée ? Et que signifiait, pour Madame de Candisse, qui ne me connaissait que depuis quelques heures, cette étrange prière à deux, à minuit, à huis clos, non dans son oratoire où elle eût pu tout aussi bien m'inviter, mais dans ma chambre, au pied de mon lit, et dans sa camisole de nuit ? Je l'y rejoignis, enfin, m'agenouillai à ses côtés et faisant le signe de la croix, commençai un *pater* à voix basse.

— Monsieur, pardonnez-moi, dit-elle en se penchant vers moi à me toucher, ce n'est pas prier Dieu que de prier chacun pour soi. Nous devons joindre nos voix afin que nos âmes s'unissent.

— Eh bien, faisons ainsi, dis-je plutôt rudement, ce jargon mystique commençant à m'impatienter pour la raison que je ne lui trouvais rien de réel.

Je n'étais pas non plus bien assuré que l'âme de Madame de Candisse fût de celles que j'eusse désiré de plein gré unir à la mienne. Et je commençai alors à regretter de me trouver là avec elle, ou plutôt de la trouver là avec moi et je soupçonnais ce dont j'eusse dû m'aviser de prime : que ce n'était pas ma courtoisie de gentilhomme, mais son émerveillable beauté qui m'avait conduit à accepter de m'engager avec elle dans une situation que je ne commandais pas et dont elle seule savait où elle menait.

— Eh bien, je vous donne le « la », dit-elle sans paraître remarquer ma rudesse.

Et elle commença à mi-voix un *pater*, ma voix se joignant à la sienne. Ces oraisons me parurent durer un temps infini et jamais, je dois l'avouer, je n'ai si mal prié, la pensée de Dieu étant si peu présente dans mon esprit, lequel était plongé en pleine confusion, étant très peu dégagé de la servitude des sens et en même temps fort récriminant contre Madame de Candisse qui m'avait capturé et réduit à lui obéir par les hameçons de sa séduction. Belle lectrice, vous allez dire sans doute que je pouvais mettre fin à cette oraison à deux voix dès lors que je l'aurais résolu. Mais non, je ne le pouvais point ! Madame de Candisse était si belle ! Et elle était si proche de moi ! Tout m'ensorcelait : son parfum, sa camisole de nuit, ses yeux, ses longs cheveux, sa voix et jusqu'au bruit léger de sa respiration quand elle reprenait souffle.

Bien savait-elle, la chattemite, qu'elle menait en fait le jeu. Et, en effet, elle l'arrêta, quand elle le voulut.

— Monsieur, dit-elle, c'est assez, nous avons assez prié. Je vais vous laisser reposer. Vous devez être fatigué, vous avez voyagé dès la pique du jour.

Il était temps qu'elle s'avisât que j'étais fatigué ! Que n'y avait-elle pensé plus tôt dans l'« excellence de sa charité » au lieu d'empiéter sur mon sommeil et de me livrer aux délices et aux tortures de la tentation.

— Monsieur, permettez-moi, poursuivit-elle en allant s'asseoir sur une des deux chaires à bras qui se faisaient face devant la cheminée.

Et en me désignant l'autre d'un geste élégant de la main, elle ajouta :

— Voulez-vous m'accorder encore quelques instants : j'aurais à vous parler d'une affaire qui me tient à cœur.

— Madame, dis-je, mi-figue mi-raisin, je suis votre serviteur et à vos ordres tout dévoué.

— J'ai ouï dire, Monsieur, que vous avez été le seul de toute la Cour à visiter Monsieur de Schomberg le jour de sa disgrâce, plaidant même sa cause, à vos risques et périls, auprès du roi. Raison pour laquelle Louis vous a dépêché à Monsieur de Schomberg pour le ramener en Paris et le rétablir en sa charge.

— C'est exact, Madame : on vous a fort bien informée.

— Me tromperais-je en disant, Monsieur, qu'en raison de votre noble attitude à son endroit, Monsieur de Schomberg vous a en grande amitié et qu'il n'est rien qu'il ne ferait pour vous, maintenant qu'il est de nouveau surintendant des Finances ?

— Je ne sais, Madame, dis-je laconiquement : je n'ai rien à lui demander.

— Mais moi, dit Madame de Candisse avec toute l'apparence de parler à l'étourdie, moi, j'ai beaucoup à quérir de lui et si vous m'y autorisez je voudrais le faire par votre canal.

— Madame, dis-je, tout prudence redevenu et comme disait si bien mon père, une patte en avant et l'autre déjà sur le recul, j'aimerais savoir de quoi il s'agit avant d'accepter votre mission.

— Monsieur, reprit-elle, je passe pour riche mais, hélas, la réalité est tout autre. Je suis ruinée. Mon défunt mari, assurément, avait de grands biens, encore que son patrimoine se trouvât déjà bien diminué, quand il mourut, du fait de ses extravagances. Mais l'écornement que ses folies avaient creusé dans nos avoirs ne fut rien comparé aux pertes que provoqua mon indifférence pour les biens de ce monde, quand je devins veuve. Tant est que j'en arrivai enfin aux extrémités où je suis. Or, vous devez savoir, Monsieur, que du vivant de mon mari, il recevait du roi une pension qui récompensait les services qu'il avait rendus à Sa Majesté. Cette pension cessa, à sa mort, d'être versée et c'est cette pension que je voudrais que le roi rétablît en ma faveur, en tenant compte du malheureux prédicament où se trouve aujourd'hui la veuve d'un de ses plus fidèles serviteurs...

Ce discours, au moment où Madame de Candisse le prononça, me donna furieusement à penser. Et de prime qu'il sentait la fausseté à dix lieues. Une femme capable de congédier en un tournemain la moitié de son domestique, comme elle avait fait après la mort de son mari, n'était point, comme elle le prétendait, aveugle à ses intérêts, mais les ménageait, tout le rebours, avec beaucoup de soin et d'épargne. En témoignaient de reste le petit train qu'on remarquait en cette maison, la chicheté de la chère, le peu de dépense qu'on y faisait pour redorer le luxe, et cette demande même de pension qu'elle osait faire en plaidant la pauvreté, une pauvreté dont elle se donnait les apparences et que je décroyais.

À mon sentiment, il n'y avait pas là dénuement, mais ladrerie et insatiableté. Et voilà découverte, m'apensai-je, la raison pour laquelle la dame m'avait offert son hospitalité, y ajoutant même la *captatio benevolentiae*[1] de cette oraison à deux voix dans ma chambre : elle voulait que je devinsse son truchement dans un barguin difficile avec Monsieur de Schomberg.

Agité par ces pensées dont la dernière était la moins plaisante, je demeurai si longtemps silencieux que Madame de Candisse donna quelques signes d'émeuvement et finit par me dire, avec un air de dignité qui ne me parut pas de fort bon aloi :

— Monsieur, si cette mission auprès de Monsieur de Schomberg froisse en quoi que ce soit votre conscience, le ciel m'est témoin que je préférerais renoncer à ma requête plutôt que de blesser votre délicatesse.

— Nenni, Madame, dis-je promptement, cette démarche ne gêne en rien ma conscience, mais j'y vois, cependant, quelque petite difficulté. La nuit est de bon conseil, dit-on, et elle me permettra sans doute de les résoudre. Je pourrai donc vous dire, au matin, ce que j'aurai décidé.

Ce retardement ne laissa pas de déconcerter Madame de Candisse car elle pensait sans doute enlever la place à la faveur de nos oraisons — piété et intimité se mêlant. Et la même lueur, à tout prendre fort peu évangélique, passa dans ses beaux yeux, mais ce fut fort bref, car aussitôt elle baissa sur ses prunelles le rideau de ses paupières et son visage reprit sa douceur accoutumée.

— Monsieur, dit-elle en se levant, nous reprendrons cet entretien demain et, en attendant, je vais vous laisser à votre repos.

Je me levai aussi, mais au lieu de tirer vers la porte comme il est normal quand on entend prendre congé, Madame de Candisse, tout le rebours, lui tourna le dos et se dirigea vers moi. S'approchant à pas lents, elle raccourcit peu à peu la distance qui la séparait de moi, à tel point que nous ne fûmes bientôt plus qu'à un pied l'un de l'autre, ce qui me parut fort étonnant pour deux personnes qui se connaissaient si peu et ce qui, aussi, ne laissa pas de m'émouvoir. Ainsi placée, me touchant presque et levant les yeux vers moi, elle me présentait, sans dire mot ni miette, un visage si tendre qu'elle paraissait indiquer qu'elle serait pliable à mes volontés. Même alors je ne bougeai pas, tenté assu-

1. La captation de bienveillance (lat.).

rément, mais ayant en elle si peu de fiance que je me demandai si elle n'appelait un geste de ma part que pour me rebuffer.

— Monsieur, dit-elle enfin, au cours de cet entretien, vous m'avez montré tant de bonté et tant de patience que j'aimerais, au départir, si vous n'y êtes pas tout à plein opposé, vous bailler un baiser fraternel.

Et sans attendre de réponse, se haussant sur la pointe des pieds, me posant les deux mains sur les épaules et prenant appui sur moi de toute la longueur de son corps, elle me bailla un baiser que ni l'heure, ni le lieu, ni sa vêture ne pouvaient permettre de confondre avec celui d'un frère. Je n'eus pas alors à prendre une décision. Mes bras, si je puis dire, la prirent pour moi. Ils se refermèrent avec force sur elle. Je la portai sur le lit où elle fit tout juste assez de résistance pour pouvoir dire le lendemain à son confesseur qu'elle m'avait résisté.

Madame de Candisse se révéla si exigeante dans ce qui nous restait de nuit que je ne m'ensommeillai vraiment que le jour suivant dans le carrosse qui m'emportait vers Durtal. Mais les mille cahots de ce chemin me réveillaient parfois et je m'attardais à me ramentevoir ce qui s'était passé la veille.

L'événement me laissait béant. Parce que Madame de Candisse était jeune et belle, j'avais eu de la peine à croire qu'elle était avare au point de dissimuler ses richesses pour y ajouter. Et parce qu'elle était dévote, et qui plus est intrigante et machinante, j'avais cru qu'elle ne se donnait à moi que par calcul, pour faire de moi un instrument dans une tractation qui me ragoûtait peu. Là aussi mon jugement m'avait failli ; elle aimait les hommes.

La dame disparut à la pique du jour, non sans emporter ma promesse de parler de son affaire à Monsieur de Schomberg. Ce que je fis au château de Nanteuil qui est, en fait, bien plus proche de La Flèche que d'Angers. C'est là que Monsieur de Schomberg, comte de Nanteuil, soldat dans les armées du roi comme son père et son grand-père avant lui, saxon par ses aïeux, français par choix, adamantinement fidèle à son souverain, que ce fût Henri IV ou Louis XIII, avait, du fait des calomnies des Brûlart de Sillery, passé ces quelques mois d'exil qu'il croyait devoir durer des années.

Il fut stupéfait de voir arriver chez lui un carrosse royal

entouré de vingt-cinq mousquetaires et crut d'abord qu'on l'allait arrêter. Sans sortir du carrosse, je dépêchai La Barge lui porter la lettre de Sa Majesté que m'avait remise le chancelier et, caché derrière le rideau de la portière et le soulevant d'un doigt, je vis Schomberg debout sur le perron de son château recevoir, blanc comme linge, la missive, l'ouvrir, la lire, ouvrir de grands yeux, puis rougir et quasi chanceler de joie. Je sortis alors de mon carrosse et montai vivement les marches vers lui. Il les descendit aussi vite pour me rejoindre et dès que je fus à sa portée, il ouvrit grand les bras et me serra contre lui à l'étouffade en criant d'une voix entrecoupée, tandis que les larmes jaillissaient de ses yeux, grosses comme des pois :

— Ah ! D'Orbieu ! D'Orbieu ! Je n'oublierai jamais !

— Comte, dis-je, en tâchant de desserrer quelque peu l'étau de son étreinte, je ne suis que pour une part dans cet heureux retournement. J'ai porté votre lettre. Le roi a diligenté l'enquête du Parlement, le Parlement vous a blanchi, et c'est le cardinal qui a conseillé au roi de vous rétablir dans votre charge.

À ce moment, son épouse, la comtesse de Nanteuil, apparut en haut des marches et, me lâchant, Schomberg se retourna et lui cria d'une voix vibrante :

— Madame, je suis en selle derechef ! Le roi m'a rétabli ! Nous allons retourner au Louvre !

Et montant vivement les marches, il lui donna une forte brassée. Après quoi, avec la simplicité d'un bourgeois, il la baisa sur les deux joues. Ces manières parurent chiffonner quelque peu la comtesse qui était née La Rochefoucauld [1], mais elle ne se dégagea pas. Le monde entier rendait hommage à sa vertu et à la fidélité de son mari. Leur union, plus solide qu'airain, durait depuis vingt-quatre ans et outre que Schomberg l'aimait comme au premier jour et le laissait voir, il était fort solide en sa piété et il ne lui serait pas même venu dedans l'esprit de désobéir au décalogue en convoitant la femme de son voisin. Même les archicoquettes du Louvre avaient renoncé à conquérir ce beau gentilhomme sur lequel leurs petites griffes ne mordaient pas davantage que sur du granit.

Comme le roi l'avait prédit, Schomberg me fêta de la façon la

1. Elle était née d'Épinay, maison alliée aux La Rochefoucauld.

plus extraordinaire, convoquant le ban et l'arrière-ban de la bonne noblesse du lieu dans un festin grandiose, sans oublier les vingt-cinq mousquetaires de Monsieur de Clérac à qui il fit aussi grande chère dans une autre salle de château. Il fit mieux. Il alla le dernier soir leur porter une tostée, eut pour eux des mots fort aimables et les remercia de s'être conduits chez lui en gentilshommes et en chrétiens. Il ne sut jamais que j'avais pris la précaution de dire à Monsieur de Clérac : « Mon ami, voulez-vous rappeler à nos Gascons qu'ils aient à traiter les chambrières de Nanteuil comme nonnettes, car je ne veux point céans de retroussis de moustaches, de poing sur la hanche et d'œillade meurtrière. Monsieur de Schomberg le prendrait très mal. »

Ce n'est que la veille de notre département que je pus avoir un entretien au bec à bec avec Monsieur de Schomberg et lui confiai ce qu'il en était de la requête de Madame de Candisse. Toutefois, je passai sous silence la visite de la dame en camisole de nuit dans ma chambre et nos oraisons à deux voix, et ce qui s'ensuivit, qui fut moins édifiant, jugeant qu'il s'agissait là de sujets qui relevaient davantage de la compétence de mon confesseur que de celle d'un surintendant des Finances.

— Ah mon ami ! dit Schomberg en souriant, vous faillîtes être victime de votre bon cœur en croyant épouser une noble cause ! (Je rougis en mon for en oyant ce propos.) Mais cette fois, poursuivit-il, bien à tort ! Madame de Candisse qui, chaque année, supplie le roi de rétablir en sa faveur la pension de son mari, est plus grande pleure-pain que pas une fille de bonne mère en France et Durtal n'étant qu'à quelques lieues de La Flèche, je sais bien ce qu'il en est. Elle crie misère et à chaque cri s'enrichit. Elle possède une bonne moitié des maisons de La Flèche et le jour même, ou peu s'en faut, du décès de son mari, elle en a augmenté sans vergogne les loyers. Elle vit dans une parcimonie qui n'a pas son pareil chez les plus démunis de notre noblesse angevine. Elle n'invite jamais personne à sa table, donne peu aux pauvres, quoique toujours avec ostentation, affame pieusement son domestique, rejette tous les prétendants par peur qu'un mari ne lui croque un jour ses écus. En bref, je prends la gageure que dans dix ans, elle aura doublé sa fortune. Ce n'est pas moi, ajouta Schomberg en riant, à qui le roi eût dû confier la surintendance des Finances. C'est à Madame de Candisse !

CHAPITRE II

— N'êtes-vous pas un peu dur, Monsieur, avec Madame de Candisse ? Ne pensez-vous pas qu'elle a, en quelque manière, compensé la pauvreté de la chère par la douceur du gîte ?

— Ne vous y trompez pas, belle lectrice ! Dans cette douceur, il y avait une sorte de contrat. Je l'ai rempli. J'ai parlé deux fois en faveur de Madame de Candisse. Une première fois, vous en fûtes témoin, à Monsieur de Schomberg : il en a ri. Une deuxième fois, à mon retour à Paris, au roi lui-même. Il m'a rebuffé : « Je défends, m'a-t-il dit avec la dernière roideur, qu'on me parle à nouveau de Madame de Candisse. »

— Monsieur, vous avez, comme vous dites, rempli votre contrat. Cependant, si l'on met de côté votre admiration pour les yeux bleus de Madame de Candisse, ses cheveux dénoués et sa camisole de nuit, vous aimez peu la dame.

— En effet.

— Parce qu'elle est dévote ?

— Madame, je ne voudrais pas qu'il y ait en cet entretien la moindre confusion. Il y a deux espèces bien distinctes de dévots et celle à laquelle appartient Madame de Candisse me ragoûte fort peu.

— Et l'autre espèce de dévots ?

— Est la bonne. J'en voudrais prendre pour exemple Monsieur de Schomberg lui-même. Il est pieux, mais sa piété n'a rien d'ostentatoire. Elle ne se donne pas non plus pour but son avancement et son intérêt. En revanche, elle inspire ses conduites. Schomberg est un homme véritablement vertueux. Et surtout, belle lectrice, bien que Monsieur de Schomberg ait adhéré plus tard à la Compagnie du Saint-Sacrement, il n'a jamais été membre, de cœur ou de fait, du parti dévot.

— En 1624, Monsieur, y avait-il déjà un parti dévot ?

— Oh ! Madame ! Il n'en faut pas douter, bien qu'il n'ait pas encore donné de la voix. Et il y avait belle heurette qu'il existait ! Il avait été fondé à la fin du siècle qui précède le nôtre sous le nom de « Sainte Ligue », par le duc de Guise. Remarquez, je vous prie, l'adjectif de « sainte » que la Ligue s'accola effrontément à elle-même. Sa sainteté, en fait, éclata étrangement dans le but qu'elle se proposait : éradiquer les protestants par le fer et le feu. Dans cette perspective, c'était crime de soutenir, comme Henri III, que faute d'un dauphin, c'était le protestant Henri de Navarre, héritier légitime, qui devait lui succéder. Crime qu'Henri III paya de sa vie. C'était crime aussi de s'allier, comme Henri IV, en 1610, avec les princes protestants d'Allemagne contre les Habsbourg, lesquels se posaient comme les champions de la Contre-Réforme en Europe. Et ce crime, Henri IV le paya aussi de sa vie.

— Mais, Monsieur, Jacques Clément, Ravaillac…

— Oh, Madame ! Ces gens-là ne sont rien ! Des fanatiques aveugles, que des mains habiles dans l'ombre ont remontés comme des horloges. Et ces mains ne seraient rien non plus sans d'agiles cervelles de théologiens qui affirmèrent que le pape a le pouvoir de défaire les rois et qu'il est licite aux sujets d'un roi de le tuer, s'il devient un « tyran ». Et qui va décider, à votre avis, qu'il est devenu tel ?… C'est pourquoi, Madame, nous avons commencé à trembler quand des libelles, inspirés par les Habsbourg, mais répandus en France par le parti dévot, ont traité Louis de « tyran » et de « Scythe », parce qu'il avait affronté le pape sur la question de la Valteline.

— Qui sont ces « nous » qui ont commencé à trembler ?

— Nous, belle lectrice, nous, les véritables Français…

— Monsieur, permettez que je vous tabuste un peu ! N'est-ce pas effronté pour d'aucuns Français de se désigner comme les seuls qui puissent véridiquement se dire tels ?

— L'expression, Madame, serait effrontée, si elle n'était pas sortie de la bouche de celui que la fortune a chargé de veiller aux intérêts de la France : le roi.

— Le roi ?

— Le roi même. Quand l'affaire Santarel (laquelle, pardonnez-moi, je ne veux, faute de temps, vous conter) posa la sempiternelle question des pouvoirs respectifs du pape et du roi, les évêques français, ayant confabulé, prirent parti pour le pape. Cette attitude rebroussa fort Louis qui les fit venir au Louvre et les tança vertement en ces termes : « Vous autres, Messieurs du Clergé, vous ne savez donc pas parler en véritables Français ! » Louis n'ignorait point qu'après la Valteline, il allait avoir affaire en France aux mêmes adversaires qui s'étaient dressés contre son père, quand il se liguait avec les princes protestants d'Allemagne contre l'Espagne.

— Monsieur, qu'est-ce donc que cette Valteline dont vous parlez toujours ?... Mais qu'est cela, Monsieur, vous paraissez tout soudain réticent ? Mes questions vous lassent-elles ?

— C'est moi qui redoute de vous lasser, Madame. C'est une tâche difficile d'instruire les honnêtes gens en les divertissant. Et chaque fois que je quitte le ton et le tour romanesques pour peser avec vous les graves enjeux historiques du règne, je redoute toujours de vous ennuyer.

— Monsieur, que me dites-vous là ? Ai-je donc, parce que je suis femme, la cervelle si légère que je ne puisse m'intéresser qu'aux historiettes de l'Histoire, laissant à ceux qui ont poil au menton le soin d'entendre les questions de grande conséquence ? Parce que j'ai le cheveu long, me doit-on soupçonner d'avoir les idées courtes ? Parce que ma taille est flexible, faut-il que mon attention fléchisse, elle aussi, au bout de quelques pages ? De ce que mon corps est doux et délicat, s'ensuit-il que mon esprit est fruste ?

— Fi donc, Madame ! Je n'ai jamais professé ces sottardes idées sur les femmes ! Mais la question de la Valteline est tout du même fort compliquée...

— Ne craignez rien, Monsieur, et dites-m'en votre râtelée, sans tant languir. Je verrai bien moi-même, si je suis trop coquefredouille pour la bien entendre...

— Madame, vous l'aurez donc voulu ! La Valteline est un passage dans les Alpes italiennes.

— C'est tout ?

— C'est le passage le plus facile et qui demande le moins de temps pour être franchi.

— Le moins de temps pour qui ?

— Pour les Habsbourg d'Espagne, Madame, et les Habsbourg d'Allemagne.

— Que vient faire ici l'Espagne ?

— Elle occupe, entre autres possessions en Italie, Milan et le Milanais. La Valteline est donc le pont qui permet de réunir promptement les deux têtes de l'aigle : la tête espagnole et la tête autrichienne. Écoutez, Madame, Richelieu : « Grâce à la Valteline, les Habsbourg peuvent faire passer une armée de Milan à Vienne en dix jours et de Milan en Flandres en quinze jours. »

— Pourquoi en Flandres, Monsieur ?

— Parce que ces Habsbourg occupent aussi les Flandres.

— Mais en quoi la Valteline concerne-t-elle la France ?

— La France se trouve être encerclée ou, comme dit Richelieu, « enclose » par les Habsbourg. Ils peuvent, Madame, pénétrer sur son territoire au nord par les Flandres, à l'est par le Palatinat, au sud-est par le Milanais, au sud-ouest par les Pyrénées. Et dans la perspective d'une guerre avec les Habsbourg qu'Henri IV et après lui Louis XIII jugent inévitable, il était aussi important pour l'aigle à deux têtes des Habsbourg de posséder la Valteline que pour la France de l'empêcher qu'il la possédât.

— Mais, à qui donc, Monsieur, appartient la Valteline ?

— Aux Grisons.

— Qui sont ces Grisons et qu'ont-ils de si gris ?

— Ils sont suisses et on les appelle Grisons, parce qu'ils portent en leurs armes une bande grise.

— Des Suisses catholiques ou des Suisses protestants ?

— Protestants.

— Aïe !

— Vous avez raison de dire « aïe ! », Madame, car si les Grisons sont huguenots, les Valtelins — les habitants de la vallée — sont catholiques, les seconds étant les vassaux des premiers. Ce qui est source de conflits innumérables dont les Habsbourg tirèrent prétexte pour envahir la Valteline en juillet 1624 et consolider leur conquête en bâtissant quatre forts défendus par des fantassins espagnols — les meilleurs du monde, disait Henri IV. Le moment était fort bien choisi. Louis avait une guerre civile sur les bras : pour la deuxième fois, sa mère, soutenue par les Grands, lui avait déclaré la guerre. Toutefois, il envoya un négociateur en Espagne, Bassompierre, lequel montra fermeté et ténacité et, par le traité de Madrid, l'Espagne s'engagea à rendre la Valteline aux Grisons et à démanteler les forts qu'elle avait construits.

— Tout est donc pour le mieux ?

— Non, Madame, tout est pour le pis. Rien n'est résolu, car le traité de Madrid est un de ces traités qu'une des deux parties — vous devinez laquelle — signe avec la ferme résolution de ne jamais l'appliquer. Les forts restèrent donc debout, à tout le moins le temps que Louis fut occupé à réduire, après la rébellion de sa mère, celle des huguenots français, mais les choses changèrent quand la paix — une paix précaire — étant à la parfin signée avec lesdits huguenots, Louis forma une ligue avec la Savoie et Venise pour reprendre la Valteline. L'Espagne, alors, s'alarma et se hâta de bailler en dépôt au Saint-Siège les forts de la Valteline. Le pape accepta ce *deposito* et les troupes pontificales allèrent relever sur place les troupes espagnoles. Belle lectrice, qu'êtes-vous apensée de ce beau coup des Espagnols ?

— Qu'il est machiavélique.

— J'oserais même dire, Madame, qu'il est diabolique, s'il ne s'agissait pas du Saint-Siège. Comment le pape pourrait-il abandonner les forts qui, dans son esprit, défendent les Valtelins catholiques contre les Grisons protestants ? Et Louis, le roi très chrétien, osera-t-il jamais les lui reprendre, les armes à la main ?

— Et le fit-il, Monsieur ?

— Oui, Madame, il l'osa, lui, Louis le Pieux ! Et, chose véritablement inouïe, avec le plein accord et sur le conseil du cardinal de Richelieu. Louis dépêcha en Italie une armée commandée par le marquis de Cœuvres, lequel chassa de la Valteline les soldats du pape et remit la vallée aux Grisons.

— J'imagine, Monsieur, que si « les véritables Français » dont vous faites partie s'en réjouirent, le scandale fut grand en France dans le parti dévot ?

— Pis que cela ! La haine, Madame, la haine ! Ouvertement

contre Richelieu, souterrainement contre le roi, la haine — la pire de toutes : celle des dévots — trouva là sa racine, s'exprimant de prime par des pamphlets injurieux et furieux et ensuite par des complots qui visaient à l'assassinat du cardinal et à la déposition du roi.

*
**

À mon retour de Durtal où j'avais été quérir Monsieur de Schomberg, je m'arrêtai à Orbieu, mais je ne pus fêter le surintendant autant et aussi longtemps que je l'eusse voulu, car je trouvai, à mon advenue, une lettre de Sa Majesté m'ordonnant de le lui amener « sans tant languir », en son château de Saint-Germain-en-Laye pour la raison qu'Elle le voulait rétablir, « dans sa charge », dès que possible. Je ne fus donc en ma seigneurie qu'une soirée et une nuit, ce qui désola fort, quoique pour des raisons différentes, Louison et Monsieur de Saint-Clair.

Celui-ci me fit promettre de revenir à Orbieu à tout le moins en automne, ayant tant de questions à régler avec moi pour le ménage de mon domaine, lesquelles touchaient aux vendanges et aussi à la vente de notre blé, au croît du bétail[1] et au rouissage et teillage du lin de nos manants. Quant à Louison qui, en mon absence, vivait en perpétuelle suspicion de mon infidélité — en quoi, pour une fois, elle ne se trompait guère —, elle me posa des questions à l'infini sur les gîtes de mon voyage, auxquelles, m'étant tout d'abord assuré de la discrétion de La Barge, je répondis avec une prudence qui ne laissa pas, à la réflexion, de me donner quelque vergogne. J'eusse mille fois préféré lui dire tout de gob que je l'aimais au moins aussi fort que je désaimais Madame de Candisse, mais bien sait le lecteur qu'aucune femme au monde n'est susceptible de trouver dans ce genre de propos la moindre consolation.

Notre partement se fit dans ma chambre, à la pique du jour, car je voulais voyager à la fraîche, au moins en partie, le soleil étant torride dès qu'il se levait. Louison versa des larmes, mais

1. Les jeunes bêtes nées au printemps.

j'adoucis son chagrin par le présent que je lui fis d'un petit pendentif en or dont chaque chaînette était terminée par une perle. J'avais acheté ce présent sur le chemin du retour, et Louison ne s'y attendait pas, car il était hors des occasions où j'étais accoutumé à la cajoler : sa fête patronymique, son anniversaire et Noël. Elle en fut troublée et d'autant plus tendre en sa gratitude, ce qui me piqua derechef de quelque mésaise, car je m'en avisai alors : c'était bien pour racheter « le tort » que je lui avais fait que j'avais acheté ce bijou au Mans.

Cette unique nuit à Orbieu avec Louison, peut-être parce qu'elle fut la seule, me laissa une impression si vive qu'à peine à Paris et retrouvant mon appartement du Louvre, je ruminais déjà le projet de retourner à Orbieu. Je fis quelques approches en ce sens à Louis, mais sur la pointe des pieds et du bout de la langue, car je sentis au premier mot qu'il ne fallait pas aller plus loin, tant il se montra sec et rebuffant. Et je ne retournai, en fait, à Orbieu qu'un mois et demi plus tard, après que j'eus reçu une lettre très pressante de Monsieur de Saint-Clair me disant que le raisin était mûr pour la vendange et qu'il ne fallait plus tarder, vu qu'aucun manant en mon domaine ne pouvait cueillir le sien avant que j'en donnasse le signal dans mes propres vignes.

En cette lettre, Saint-Clair me recommandait de voyager avec une forte escorte, vu que de toutes parts lui venaient des rumeurs sur les roberies et les meurtreries perpétrées sur les grands chemins par des bandes armées.

Il ne fallut rien moins que montrer cette lettre-missive à Louis pour le persuader de me laisser quitter son service, fût-ce pour une quinzaine. Tant il était jaloux du temps des gens qui le servaient qu'il ne les laissait pas s'éloigner aisément de lui, allant même jusqu'à rabrouer tel ou tel membre important de son Conseil parce qu'il n'y paraissait pas assez, lui rappelant qu'étant de son Conseil et « en touchant les gages », il se devait d'être présent. Que ne m'eût-il pas dit à moi, qui touchais, et les gages de son Conseil et ceux de premier gentilhomme de la chambre, si je m'étais avisé de quitter le service du Louvre sans son agrément ? Louis était bon maître, parce qu'il était le plus équitable des hommes et à ses serviteurs très affectionné, mais en toutes circonstances il entendait bien rester comme le disait son père « le maître de la boutique » et nous le rappelait vertement, s'il pensait que nous manquions à nos obligations ou à la considération que nous lui devions.

Outre Pissebœuf et Poussevent que mon père me prêta, je louai douze Suisses pour mon escorte et je fus très heureux de retrouver ceux qui avaient participé à mon expédition contre la girouette de Rapineau. Ils n'étaient point assurément si vifs et si beaux que les mousquetaires qui m'avaient accompagné à Durtal mais, à défaut de vivacité, le poids y était et la vaillance aussi. En outre, ces robustes ribauds des montagnes ne faisaient point tant de façons pour donner la main, en cas de besoin, au ménage des champs : ce que je n'eusse jamais osé quérir des mousquetaires du roi, lesquels étaient tous cadets de bonne maison et eussent trouvé déshonorant de toucher pelle ou pioche. Étrange philosophie, quand on y pense ! Qui donc maniait la pioche du temps d'Adam ? Et qui, alors, était le gentilhomme ?

Dès qu'il connaissait le jour de mon arrivée, Saint-Clair tâchait d'en conjecturer l'heure, ce qui ne souffrait que peu de difficultés puisqu'il savait que je départais toujours de Paris à la pique du jour. Il envoyait alors au village le plus proche de ma seigneurie un chevaucheur qui avait pour mission de guetter mon approche, et dès lors qu'il m'avait sûrement reconnu, de retourner à brides avalées à Orbieu pour prévenir le curé Séraphin et lui-même.

Séraphin faisait sonner par Figulus les cloches de son église dès que mon cortège apparaissait à l'entrée du domaine et Saint-Clair avait le temps de rassembler en haut du perron tout le domestique de ma maison pour me faire honneur.

Cette pompe, du temps du défunt comte d'Orbieu (dont, avec le consentement du roi, j'avais pris le titre, sa lignée étant éteinte quand j'avais acheté le domaine), était observée et l'avait été de temps immémorial et Saint-Clair opinait qu'il fallait maintenir ces usages et d'autant que ma venue, beaucoup plus que celle du défunt comte, annonçait toujours quelque avantage pour mes manants. Ceux-ci, à ouïr les carillons joyeux de Figulus, sortaient de leurs chaumines le bonnet à la main, assez ébaudis que survînt un événement imprévu dans la monotonie de leur dur labeur.

Dès que mon carrosse s'arrêta au bas du perron, Monsieur de Saint-Clair, qui avait revêtu sa plus belle vêture, descendit à ma rencontre et je lui donnai, devant le domestique, échelonné sur les marches (les hommes à ma dextre et les femmes à ma senestre), une forte brassée pour témoigner devant tous de la grandissime estime en laquelle je le tenais. Puis, côte à côte, nous gravîmes les degrés, chacun des hommes me baillant une bonnetade et chacune des femmes, une révérence, au fur et à mesure que nous arrivions à leur hauteur, saluts auxquels je répondais gravement par un signe de tête amical.

Au sommet des marches se tenait Louison, Intendante de ma maison, et Jeannette, Sous-intendante, avec des nuances dans la vêture qui n'échappaient à personne, Louison portant un vertugadin qu'une bourgeoise eût envié et Jeannette un cotillon un peu plus étoffé que celui de nos chambrières.

Jeannette avait joué dans la vie de Monsieur de Saint-Clair le rôle que Louison jouait dans la mienne, raison pour laquelle Monsieur de Saint-Clair étant parti vivre, après son union avec Laurena de Peyrolles, dans le manoir de Rapineau, j'avais adjoint la pauvre délaissée à Louison, laquelle s'entendait bien avec elle, dès lors qu'elle était assurée d'être toujours la première au château et la seule en mon cœur.

Quand nous arrivâmes en haut du perron, l'une et l'autre plongèrent en une profonde révérence, Jeannette, la tête et les yeux baissés pour ne paraître point envisager Monsieur de Saint-Clair, et Louison, le menton haut et les yeux fichés dans les miens pour bien faire entendre au domestique qui était, et serait à tout le moins jusqu'à mon mariage, maîtresse en ce logis. Il y avait bien un peu de théâtre dans la cérémonie de cette arrivée, mais comme tout un chacun paraissait content d'y jouer son rollet, du plus humble gâte-sauce à l'acteur principal, je ne voyais pas de raison de renoncer à ces fastes.

Passé le seuil, je me retirai aussitôt avec Monsieur de Saint-Clair dans mon cabinet aux livres et tous deux assis au bec à bec, je jouai un autre rollet : celui du gentilhomme campagnard attentif au revenu de sa terre et Saint-Clair le sien, qui était de me rendre les comptes du domaine avec une minutie qui allait jusqu'au liard.

— Monsieur le Comte, dit-il à la parfin, la récolte du blé,

comme vous savez, n'a été bonne pour personne. Je n'ai pas vendu la nôtre, attendant que le prix monte. Ce qu'il a fait, mais point autant que je l'eusse cru.

— Vendez maintenant, Saint-Clair ! Mais conservez une forte réserve pour ceux de nos manants qui, dès janvier, ne vont pas faillir à en manquer.

— Leur prêterons-nous sur un lopin, sur un bois ou même une friche ?

— Nenni, ce serait les dépouiller.

— Comment gager dès lors ?

— Comme l'an dernier, sur des journées de corvée.

— Monsieur le Comte, d'aucuns, en journées de corvée, nous doivent déjà plus d'une année !

— Pour ceux-là, quand vous les emploierez, comptez pour deux jours une seule journée, mais sans le leur dire.

— Ce serait une perte pour nous, Monsieur le Comte.

— La perte serait plus grande, si nous leur arrachions pour nous rembourser le peu de terre qu'ils ont. Ils n'auraient alors plus le cœur à rien. Cependant, soyez prudent ! Prêtez le blé par petites quantités et au fur et à mesure des besoins. D'aucuns sont imprévoyants et la plupart ne savent pas compter.

— Pour le lin, Monsieur le Comte, maintenant que le bief de dérivation pour le rouissage est fini et le moulin à teiller en place, qu'allons-nous faire ?

— Cela dépend de la qualité du lin de nos manants. S'il est aussi bon que le nôtre, nous le leur achetons, une fois qu'il est traité et le payons d'avance.

— Pourquoi d'avance, Monsieur le Comte ?

— Mais pour qu'ils aient des monnaies pour la taille du roi. Vous savez qu'avoir des pièces, c'est le plus difficile pour eux ; et que pour en avoir ils vendent leurs œufs et leurs poulets sans jamais en manger.

— Et à quel prix, Monsieur le Comte, les paierons-nous ?

— À un prix quelque peu inférieur au prix probable de la vente.

— Mais, Monsieur le Comte, ce serait fort aléatoire !

— Je sais, mais nous devons en prendre le risque et donner cet avantage à nos manants, si nous voulons qu'ils fassent l'effort d'améliorer leurs semis et le traitement des terres.

— Et si présentement, le lin de tel ou tel de nos manants est mauvais ?

— Nous ne l'achetons pas. Ceux-là devront le vendre eux-mêmes au marchand.

— Et ceux-là, justement, pourront-ils quand même utiliser notre bief ?

— Ils le pourront, dès lors que nous aurons nous-mêmes terminé notre rouissage.

— Et auront-ils accès aussi à notre moulin à teiller ?

— Nenni. Il est trop délicat pour le mettre dans toutes les mains. Il faudra former quelques manants adroits qui en auront la charge.

— Je le ferai, dit Saint-Clair.

Et là-dessus, il rougit. Et comme il n'avait rien dit qui expliquât cette vergogne, j'en conclus qu'elle concernait ce qu'il allait conter.

— Monsieur le Comte, reprit-il, j'ai pris une initiative dont je ne sais si vous l'allez approuver.

— Dites-la-moi toujours.

— Vous vous ramentevez sans doute, Monsieur le Comte, qu'au moment où les loups parcouraient par dizaines notre bois de Cornebouc, vous aviez distribué à nos manants, pour se défendre contre eux, des arbalètes et des frondes. Il va sans dire que, les loups partis, j'ai repris arbalètes et frondes pour éviter que nos manants ne s'en servent pour braconner. Toutefois, quand les rumeurs sur les entreprises des bandes armées contre les châteaux et les domaines sont devenues plus précises, j'ai imaginé de recruter parmi nos manants des hommes jeunes et résolus pour les exercer au tir et leur permettre de se défendre contre ces incursions.

— Mais bravo, bravissimo, Saint-Clair ! dis-je avec chaleur.

Là-dessus, Saint-Clair rougit derechef, mais cette fois de contentement.

— Combien sont-ils ? repris-je après un silence.

— Douze frondeurs et huit arbalétriers.

— Sont-ils assidus à l'exercice ?

— Ils ne l'étaient pas trop, mais grâce à votre Intendante, ils le sont devenus.

— Comment cela ?

— Elle est venue un beau jour sur le terrain en fin d'exercice avec deux chambrières, porteuses de grands paniers. Chacun des manants a reçu un morceau de pain et un morceau de fromage. À vrai dire, le pain m'a paru bien rassis, et le fromage un peu vieux. Mais nos hommes ont tout croqué à belles dents. Cependant, d'aucuns, à ce que j'ai observé, mettaient dans leurs poches la moitié de leur part, la réservant sans doute à leurs enfants ou à leur femme.

— C'est un geste des plus touchants, dis-je. Et j'aimerais qu'ils n'aient pas à le faire. Par malheur, même à Orbieu, il n'y a qu'une minorité de manouvriers qui mangent tout à plein à sa faim.

— Du moins ne sont-ils plus opprimés, dit Saint-Clair, comme sous le défunt comte, par un intendant malhonnête. Et le braconnage n'est maintenant réprimé que fort doucement, selon vos instructions, Monsieur le Comte, et seulement pour être contenu dans des limites raisonnables. Tant est que les plus habiles d'entre eux mangent assez souvent de la chair.

On toqua à la porte et sur mon entrée, Louison apparut et m'annonçant que le dîner était servi. Monsieur de Saint-Clair me quitta, n'étant invité que le lendemain, avec son épouse Laurena et son beau-père Monsieur de Peyrolles. Dès qu'il fut hors, Louison se rapprocha de moi plus que ne lui permettait le protocole qu'elle s'imposait en public.

— Monsieur le Comte, dit-elle, ferez-vous, après le dîner, votre petite sieste ?

— Cela dépendra de mon humeur.

— Et de quoi votre humeur dépend-elle, Monsieur le Comte ?

— De ta franche réponse à la question que je te vais poser.

— Ma fé ! Je vais donc faire très attention à ma réponse, dit Louison avec un petit balancement confiant de son corps qui, parti des épaules, la parcourut tout entière.

— Louison, dis-je, je vois que tu as repris avec nos arbalétriers la même tactique qui t'avait si bien réussi avec ceux qui travaillaient à l'empierrement de nos voies. Pour t'assurer de leur assiduité, tu les nourris.

— Ai-je eu tort ?

— Tu as eu mille fois raison. Mais pourquoi leur donner du pain si rassis ?

— Je n'allais tout de même point bailler du pain frais à ces rustres, dit Louison qui, étant née en Paris, professait quelque déprisement pour les manants du plat pays.

— Louison, cette réponse me fâche.

— Monsieur le Comte, qu'a-t-elle pour vous fâcher ?

— Elle est hautaine et façonnière.

— Nenni, nenni, Monsieur le Comte, dit-elle, et je vous dirai le pourquoi de la chose, si vous me permettez de m'expliquer.

— Je te le permets.

— Monsieur le Comte, vous savez combien le domestique de bonne maison, et la vôtre en est une, mangeant les reliefs des maîtres, deviennent difficiles. Et la chose chez nous en est arrivée au point que lorsqu'on présente à nos gens le pain de la veille, ils n'en mangent point, tant ils ont bonne chère et herbe[1] savoureuse à se mettre sous la dent. Et vous savez bien aussi que jeter du pain, même rassis, c'est gaspillage et, qui pis est, péché contre le Seigneur qui nous le donne quotidiennement. C'est pourquoi j'ai pensé le bailler à nos arbalétriers, lesquels étant habitués à manger le pain peu ragoûtant qu'ils font eux-mêmes et qui est un mélange d'avoine et de je ne sais quoi, sont bien heureux de manger du bon pain de froment, même s'il est un peu rassis.

— Eh bien, dis-je, pour couper court, tâche que rassis, il ne le soit pas trop et qu'ils ne s'y cassent pas les dents. N'aurais-tu pas honte d'avoir nourri ces gens de nos rebuts, s'ils venaient un jour à te sauver la vie ?

— Monsieur le Comte, je ferai comme vous avez dit. Êtes-vous raccommodé à moi ?

— Oui-da, je le suis.

— J'en suis heureuse, dit Louison d'un air doux et chattemite, car Monsieur le Comte va bien se reposer et il en a besoin, paraissant las et assez malengroin...

Cet « assez malengroin » était une petite impertinence, par où elle se revanchait de ma querelle. Mais je noulus la relever, ne désirant pas lui chanter pouilles deux fois de suite, ayant très faim et de mon dîner et de ma sieste.

1. Légume, en la langue de l'époque (note de l'auteur).

Quand celle-ci fut finie, ma Louison, toujours alerte au labeur, me quitta d'un bond pour vaquer aux devoirs de sa charge et je quis d'elle, comme elle franchissait le seuil, de m'appeler La Barge, lequel apparaissant, je lui dis de seller son cheval et d'aller dire au curé Séraphin que je comptais l'aller visiter dans l'après-dîner, sachant par Monsieur de Saint-Clair qu'il était mal allant.

La Barge fut bien plus long que je ne l'eusse cru et à son retour, comme je l'allais tabuster pour son retardement, le béjaune me dit, l'œil allumé et les joues comme gonflées de ce qu'il m'allait apprendre :

— Monsieur le Comte, si vous aviez vu ce que j'ai vu, vous entendriez le pourquoi de mon retardement.

— Et quel est ce pourquoi ?

— Ce que j'ai vu.

— Je m'en doute. *Diga me.*

— Mais, Monsieur le Comte, cela demande quelque préface.

— Point de préface. Le fait nu. *Paucis verbis* [1].

— Monsieur le Comte, de grâce, oyez bien ce qui va suivre. J'ai ouï par la fenêtre de sa chambre (ici, La Barge baissa la voix) Monsieur le curé Séraphin besogner une garcelette.

— Que faisais-tu à sa fenêtre ?

— C'est la, justement, Monsieur le Comte, qu'une préface serait utile.

— Dis ta préface.

— Je fus de prime à la porte du presbytère à laquelle je toquai doucettement, sachant que Monsieur Séraphin était mal allant. Mais n'obtenant point de réponse, je fis le tour de la maison et m'approchai d'une fenêtre mal fermée d'où provenaient des gémissements.

— *Quid* de ces gémissements ?

— Vous eussiez dit d'une assassinée, fort désireuse que son assassin prolongeât son assassination.

— Tu as pu te tromper sur la nature de ces plaintes.

— Monsieur le Comte, étant consciencieux, j'ai voulu en avoir le cœur net. Le rideau étant mal tiré, j'ai approché l'œil et j'ai vu.

1. En peu de mots (lat.).

— Qu'est-ce que tu as vu ?
— Ce que j'ai vu.
— Bonne description. La Barge, écoute-moi bien. Je te requiers avec la dernière insistance, de demeurer le bec clos et cousu, et à jamais, sur ces visions et ces bruits que tu me rapportes.
— Monsieur le Comte, je mettrai, puisque vous l'ordonnez, un bœuf sur ma langue.
— Cependant, je te vois tout déconcerté.
— Mais je le suis, Monsieur le Comte.
— La Barge, si tu ne le sais déjà, sache que le prêtre ne prononce pas vœu de chasteté, comme le moine, mais vœu de célibat. C'est tout différent.
— Monsieur le Comte, dit-il après un instant de réflexion, cela veut-il dire qu'il est moins peccamineux pour un prêtre que pour un moine de coqueliquer ?
— Assurément, un prêtre par là ne rompt pas un vœu. Il ne fait que pécher. Et tout péché peut être remis après confession et contrition. Les miens, les tiens, les siens.
— Et les siens par qui ?
— Par un autre prêtre.
— Voilà donc qui va bien, dit La Barge en m'envisageant de ses yeux naïfs. Cependant, reprit-il, quand on a pris la douce habitude que voilà, il est quasi impossible de s'en passer ensuite. Ainsi, moi par exemple, depuis que ma belle m'a quitté, je me sens tout seul et aussi désemparé qu'un ivrogne sans son flacon.
— La comparaison est galante. Est-ce pour cela que je t'ai vu, à peine arrivé céans, donner le bel œil à Jeannette ?
— Ha ! Monsieur le Comte ! Je l'ai vue si pâlotte et si désolée depuis que Monsieur de Saint-Clair l'a quittée pour se marier que mon cœur, à sa vue, a été pris de compassion.
— La compassion est un noble sentiment, La Barge, et qui te fait grand honneur, si tu t'y tiens.
— Monsieur le Comte, y trouverez-vous à redire, si mon cœur déborde un peu ?
— La Barge, je ne suis pas ton ange gardien. Mais prends garde que ce débordement ne jette pas la pauvrette dans un prédicament bien pis que celui où elle est. Or çà ! Assez parlé ! Tu vas retourner chez Monsieur Séraphin, toquer ferme à son

huis et lui dire que je suis bien marri qu'il soit mal allant et qu'il me mande quand il sera rebiscoulé afin que je puisse l'inviter à dîner. Et si tu vois la garcelette gémissante, garde-toi de l'assassiner de regards indiscrets.

Ce soir-là, dès que ma Louison vint me retrouver en ma chambre, je quis d'elle si elle connaissait la nièce du curé Séraphin.

— Angélique ? Ce n'est pas facile de la voir, sauf le dimanche à la messe. Et vous diriez une nonnette tant elle est empaquetée dans ses voiles.

— Et *quid* du bruit qui court sur elle et le curé Séraphin ?

— Monsieur le Comte, s'il court, c'est qu'il a de bonnes pattes.

— Et pourquoi ne m'en as-tu rien dit ?

— Était-ce à moi à jeter la première pierre à Angélique ?

— À la bonne heure ! Voilà qui est vraiment chrétien ! Qu'en disent nos manants ?

— Ils s'en gaussent, mais à voix basse et sans méchantise.

— Se peut qu'ils respectent moins leur curé.

— Se peut, dit Louison avec un petit rire, qu'ils respectent l'homme davantage.

— Et toi ?

— Moi, Monsieur le Comte, j'aime bien mon curé. Il faut voir avec quel tact il me confesse ! Que je me demande même parfois si pécher avec vous, c'est vraiment pécher...

— Louison, je te prie, pas d'impertinence ! Saint-Clair est-il au courant ?

— Comment ne le serait-il pas ?

— Qu'en pense-t-il ?

— Monsieur le Comte, Saint-Clair vous met au-dessus de tout être humain et tout juste après le Seigneur Tout-Puissant. Votre opinion là-dessus sera évangile pour lui.

— Et quelle est mon opinion, puisque tu sais tout ?

— Qu'on ne peut pas être tout ensemble indulgent à soi et sévère pour Séraphin.

— Que voilà, dis-je, une petite futée !

Et la prenant dans mes bras, je perdis par là toute possibilité de conversation utile.

*
* *

Le lendemain, j'eus à dîner Monsieur de Saint-Clair, sa jeune épouse Laurena et son beau-père, Monsieur de Peyrolles. Et comme celui-ci, outre ses liens avec le jeune couple, est mon plus proche voisin, possédant même un bon tiers de mon bois de Cornebouc, le dîner s'eût pu dérouler sans tant de vêture et de dorure, à la franquette. Mais point ne l'entendait ainsi Monsieur de Peyrolles, bourgeois très bien garni qui, n'étant guère enclin à mettre son opulence sous le boisseau, roulait en carrosse doré et s'habillait comme un seigneur. Cette pompe commanda la mienne et, voulant revêtir mon plus bel habit, je commandai de prime à Louison de me laver le cheveu et de l'apprêter au fer, ce qu'elle fit à merveille, la dernière vague de boucles retombant sur mes épaules avec un gonflement qui me parut très heureux. Je n'osai demander à Louison de rafraîchir le contour de ma moustache et de mon collier de barbe, mais ayant trouvé un rasoir dans mes affaires, elle le fit de son propre chef avec une habileté émerveillable, tant est que j'eusse été à la parfin fort satisfait de ses services, si en promenant son rasoir sur ma gorge, elle n'avait profité du silence où j'étais contraint, pour réduire en miettes la beauté de Laurena de Saint-Clair, la décrivant comme « une blondasse fade aux yeux délavés ».

C'était là calomnie toute pure. Les beautés célèbres de la Cour : la princesse de Conti, Madame de Guéméné et la duchesse de Chevreuse eussent eu fort à faire s'il y avait eu un concours entre elles et Laurena, pour empêcher le beau pâtre Pâris de donner la pomme à ma petite voisine.

Elle avait les cheveux du blond le plus doré, les yeux de l'azur le plus pur, une taille fine et souple, des rondeurs à rêver et par-dessus tout une fraîchelette jeunesse qui éclatait dans un teint qui ne devait rien au pimplochement de nos dames de cour. Ses yeux, outre leur beauté propre, avaient une expression charmante. On eût dit qu'elle venait à peine de s'éveiller à la vie et qu'avec surprise et ravissement, elle la trouvait belle. Il est vrai qu'assise à ma table, dans ses plus beaux atours, elle y siégeait comme une reine, étant adorée par son père, par Saint-Clair et par moi. Et tantôt regardant Saint-Clair et tantôt ne le regardant pas, mais le voyant toujours, elle rayonnait d'un bonheur si lumineux, si doux et si confiant, qu'il eût fallu être un tigre pour n'en être point touché.

Son père, Monsieur de Peyrolles, était mon voisin, mais son domaine ne comportant ni village, ni église, comme j'ai dit, il oyait la messe dans ma paroisse. Ce qui avait permis à Monsieur de Saint-Clair et à Laurena de Peyrolles de s'encontrer le dimanche.

Je ne sais si c'est la Providence qui le voulut ainsi, mais si c'est elle, ce fut grandement à son détriment car la messe, ce dimanche-là et les dimanches qui suivirent, fut des deux parts très inattentivement ouïe. Quant à moi, je siégeais par droit seigneurial dans le chœur, sur la chaire réservée à l'évêque, lequel, de mémoire d'homme, n'avait jamais posé ses fesses violettes dans une église de village. Et ayant, du haut de cette chaire épiscopale, de bonnes vues sur l'assistance, je confesse que je fus, moi aussi, distrait ce dimanche-là par l'échange de regards que je surpris de l'autre côté des balustres qui me séparaient des fidèles. Oh ! Cela se fit des deux parts très à la chattemite, Monsieur de Saint-Clair étant un gentilhomme parfaitement poli et Laurena de Peyrolles ayant appris les bonnes manières avec les religieuses de Sainte-Marie-des-Anges.

De quoi parlâmes-nous en ce dîner campagnard que j'ai dit, sinon de blé, de vin, de lin et de vendanges. Et aussi d'une compagnie de jeunes sangliers qui avaient fait des ravages dans nos récoltes, tant est qu'une battue s'imposait. Mais ces sujets étant épuisés, Laurena de Peyrolles, mais ne devrais-je pas plutôt dire la baronne des Esparres, saisit le dé et posa une question qui lui tenait assurément plus à cœur que tout ce qu'elle venait d'ouïr. S'adressant à moi comme vivant à la Cour et étant en la matière mieux informé que quiconque, elle me demanda ce qu'il en était du mariage d'Henriette-Marie de Bourbon, sœur du roi, avec le prince de Galles[1]. Elle y mit quelque passion, qui souleva son beau sein, plaignant de tout son cœur la pauvre princesse qui attendait depuis quatorze ans que les tractations entre la France et l'Angleterre aboutissent. Ce qui lui était

1. Henriette n'avait encore qu'un an quand les tractations commencèrent. Elle en avait quinze, quand le mariage se fit.

d'autant plus à dol et dommage, fit remarquer la petite baronne avec indignation, qu'il y avait belle heurette que ses deux aînées, Élisabeth et Chrétienne, avaient trouvé leurs princes, la première épousant l'Infant, aujourd'hui roi d'Espagne et la seconde, le duc de Savoie. Assurément, le duc de Savoie était petit personnage, comparé au roi d'Angleterre. Mais quelle fille aimerait faire éternellement antichambre à la porte d'un prince, fût-il le premier de la chrétienté ?

— Et si le roi d'Angleterre ne veut pas de nous, conclut Laurena avec feu, qu'il le dise enfin !

— Madame, dis-je, de ce que l'Angleterre et la France ont un ennemi commun, l'Espagne, il ne faut pas conclure qu'elles soient bonnes amies. La religion les divise. Je ne vous l'apprendrai pas : les Anglais sont anglicans, les Français catholiques. Et s'il est difficile pour un prince protestant d'épouser une princesse catholique, il est encore plus malaisé, pour une princesse catholique, d'épouser un prince protestant, car dans ce cas il y faut l'agrément du pape. Sans sa dispense, point de mariage ! Or, le pape met à celui-ci de dures conditions. Il exige qu'Henriette, en Angleterre, jouisse de la liberté du culte, qu'elle élève ses enfants dans la religion jusqu'à l'âge de douze ans, que le roi d'Angleterre cesse de persécuter ses sujets catholiques — demande légitime — mais aussi qu'il accorde auxdits sujets la liberté de conscience — demande des plus étonnantes, car le pape n'assure pas lui-même à ses sujets protestants, dans ses propres États, ladite liberté.

— En effet, dit Monsieur de Peyrolles qui était pieux mais, comme souvent les bourgeois de longue robe, gallican et peu favorable au pape.

— Mais pourquoi ces tractations sont-elles si difficiles ? s'écria Laurena.

— Mais, Madame, parce que la négociation est double. Les Français traitent avec les Anglais, mais ils traitent aussi avec le pape. Ils tâchent d'amener le Saint-Père à rabattre de ses exigences et s'efforcent en même temps de persuader les Anglais d'augmenter leurs concessions. La tractation est très délicate. Mais rassurez-vous, Madame, elle ne peut qu'aboutir : le roi en a chargé Richelieu.

— Ah ! Je suis heureux de l'apprendre ! s'écria Monsieur de

Peyrolles. On dit que le cardinal est un homme d'une extraordinaire dextérité.

— En effet, dis-je, il barguigne à merveille. Quand le roi d'Angleterre a envoyé comme négociateur Lord Kensington et le comte de Carlisle, Richelieu a beaucoup fait avancer les choses en les jouant l'un contre l'autre. Mais sa principale force, à mon sentiment, est qu'il ne fuit pas à se donner peine, quand il s'agit de s'informer. Déjà en 1616, quand Concini l'avait nommé ministre, Richelieu avait été stupéfait d'apprendre que le secrétariat des Affaires étrangères en France ne comportait pas d'archives, vous avez bien ouï ! Il ne comportait pas d'archives ! Aussitôt, Richelieu avait écrit à tous nos ambassadeurs, je dis bien, à tous, pour leur demander quelles instructions ils avaient reçues depuis qu'ils étaient en poste. Et il recommença la même enquête méthodique et minutieuse quand Louis l'appela en son Conseil.

Mieux même, quand les réponses qu'il reçoit ne le satisfont pas, le cardinal n'hésite pas à envoyer sur place, à ses frais, un homme de confiance, pour compléter et vérifier ses informations. Le résultat, c'est que Richelieu ne parle jamais d'une affaire sans en connaître à la perfection les tenants et les aboutissants. Et il en parle bien, avec éloquence, avec une clarté exemplaire, sans jamais rien omettre, et avec une précision qui ne peut procéder que d'une étude approfondie des faits. Après quoi, il propose tout un jeu de solutions dont il pèse le pour et le contre avec le dernier scrupule. Quel contraste avec les ministres barbons qui l'ont précédé, paresseux, bavards, superficiels et presque toujours mal instruits des réalités politiques des royaumes étrangers.

— Ah ! Comme je serais heureuse que ce mariage se fasse enfin ! s'écria Laurena de Peyrolles qui, jugeant de toute matrimonie par son propre mariage, n'y voyait que les roses et les délices de son vert paradis.

Et peut-être la pauvre princesse Henriette, qui avait attendu tant d'années pour son beau prince, pensait-elle de même en sa candide bonne foi ! Hélas ! Que cruel fut son désenchantement ! Et dans quel atroce enfer descendit-elle par degrés jusqu'à ce que la tête de ce royal époux, qui savait si peu se faire aimer et de sa femme et de son peuple, roula, tranchée par le bourreau, sur la poussière de l'échafaud public.

Le dîner fini, Monsieur de Peyrolles me pria de lui faire l'honneur de m'entretenir au bec à bec. J'acquiesçai aussitôt et, laissant à table les jeunes époux, je le précédai dans mon cabinet aux livres et lui désignai une chaire à côté de la table de lecture.

— Monsieur le Comte, dit-il d'une voix grave et basse, avec votre permission, j'entrerai tout de gob dans le vif du sujet. Avez-vous ouï ce qui se dit dans le village au sujet de notre curé Séraphin ?

— À quel égard, Monsieur mon ami ?

— À l'égard de sa nièce ou de la personne qu'il donne pour telle.

— Je l'ai ouï, dis-je laconiquement.

Monsieur de Peyrolles hésita et je remarquai, sans quelque secret ébaudissement, combien ce grand et gros homme, si bien assis dans la vie et si assuré de sa fortune, de son assiette et de ses opinions, se trouvait embarrassé quand il s'agissait de parler de la chair — cette chair dont pourtant il ne faillait pas.

— Ne trouvez-vous pas, Monsieur le Comte, que cette personne qui se prénomme Angélique, prénom fort mal approprié, si ce qu'on dit est vrai, est un peu jeune pour être la servante d'un prêtre ?

— En effet.

— C'est qu'elle n'a pas l'âge canonique !

— C'est vrai. Toutefois, elle est la parente de Monsieur Séraphin et on ne peut y trouver à redire.

— Mais est-elle vraiment sa nièce ?

— Comment le savoir ?

— Je vous avouerais, reprit Monsieur de Peyrolles, avec un certain air de pompe, que je trouve cette situation disconvenable et déquiétante.

Les deux « d » de ces deux adjectifs parurent ne pas lui déplaire car, ayant poussé un soupir pour donner plus de poids à ce qu'il allait dire, il les répéta.

— Oui, Monsieur le Comte, je trouve la situation disconvenable et déquiétante.

— En tout cas, dis-je, elle n'est pas recommandable.

— Je dirais même, reprit Monsieur de Peyrolles, qu'elle est malencontreuse.

— On pourrait, en effet, la considérer comme telle.

— Un pasteur devrait être un modèle pour son pieux troupeau.

— Ce serait, dis-je, préférable.

— Et ne pas l'induire au péché en donnant le premier le mauvais exemple.

— Quoique à la vérité, Monsieur mon ami, nos manants n'aient point besoin d'exemple pour pécher par la chair.

— Mais un pasteur est un pasteur ! Il doit veiller à la vertu de ses ouailles ! Et comment le peut-il si ?...

— En effet, comment le peut-il si ?...

— Je tiens donc qu'il faut mettre le fer en cet abcès ! conclut avec force Monsieur de Peyrolles.

À cette image, je levai les sourcils et je fis la moue.

— C'est-à-dire, Monsieur mon ami ?

— Porter l'affaire devant Monseigneur l'évêque.

À cela je répondis ni mot ni miette, mais, les yeux baissés, je passai la main sur le chêne poli de la table qui nous séparait. Monsieur de Peyrolles, s'étant montré tout à fait impénétrable à mes réticences dans le court entretien que nous venions d'avoir, je voyais bien qu'il allait falloir en agir avec lui plus roidement et arrêter franc et net avant qu'elle ne prenne trop d'élan cette avalanche de bonnes intentions dont l'enfer est si souvent pavé.

— Monsieur mon ami, dis-je, pardonnez-moi de vous parler à la franche marguerite. En tant que seigneur d'Orbieu et premier paroissien de son église, je trouverais difficile de m'associer à cette démarche.

— Comment cela, Monsieur le Comte ? dit Monsieur de Peyrolles en ouvrant tout grand ses yeux.

— Je vais vous le dire, Monsieur mon ami, si vous me le permettez. Notre évêque est un cadet de grande famille nommé par le roi pour faire honneur à sa lignée. Rien, et surtout pas la piété, ne le prédestinait à une charge où il voit, comme la plupart de nos nobles prélats, non pas un sacerdoce, mais un bénéfice. Assurément, il est fort prompt au moment des récoltes à envoyer son décimateur prélever la dîme sur nos manants. Mais cette dîme, fort lourde pour ces malheureux, il la détourne presque entièrement de ses fins. Elle est supposée aider au soulagement des pauvres. Les soulage-t-il ? Jamais ! C'est vrai que sous la pression de Louis XIII, la portion congrue que les évêques donnent aux curés a un peu augmenté. Mais en revanche, notre évêque se refuse formellement à entretenir, comme il le devrait, les lieux du culte. Il est resté sourd aux appels désespérés de Séraphin quant au délabrement de l'église d'Orbieu et c'est moi qui, de mes deniers, ai dû refaire la toiture qui menaçait de s'écrouler. Il y a pis encore, Monsieur mon ami. Notre évêque ne met jamais les pieds dans les églises villageoises de son diocèse, fût-ce même pour la confirmation solennelle des communiants.

— Tout cela est vrai, hélas, dit Monsieur de Peyrolles. Il reste que Monsieur Séraphin fait scandale.

— Auprès de qui ? De nos manants ? N'en croyez rien. Là où nous voyons le péché, ils voient la nature. En bons Gaulois, ils s'en gaussent. J'ai ouï dire qu'à messe ils se donnent de petits coups de coude, quand Séraphin, dans son prêche, dénonce les garcelettes dont le décolleté montre un peu trop les tétins.

— Si j'entends bien votre propos, Monsieur le Comte, dit Monsieur de Peyrolles, d'un ton quelque peu pincé, nous devons cligner doucement les yeux sur les faiblesses de Séraphin.

— Monsieur mon ami, dis-je en me levant et, en m'approchant de lui avec un aimable sourire, je passai mon bras sous le sien, familiarité qu'il parut ressentir comme un grand honneur. À parler d'homme à homme, voici ce que j'opine. Monsieur Séraphin a ses petites faiblesses. Il ne se peut que nous n'ayons les nôtres. (Ici, il me parut que Monsieur de Peyrolles rougissait quelque peu.) Mais cet écart mis à part qui est affaire entre Monsieur Séraphin et son confesseur, lequel est le curé de Montfort l'Amaury (en fait, j'ai ouï dire qu'ils se confessaient et s'absolvaient mutuellement), Monsieur Séraphin, dis-je, est un prêtre qui, en conscience et diligence, remplit les devoirs de sa charge, alors que notre invisible évêque tourne visiblement le dos à toutes ses obligations. Je trouverais donc très peu équitable de demander à ce prélat qui fait si mal son métier de juger un curé de village qui fait si bien le sien.

⁂

Les mœurs du curé Séraphin n'étaient point, en 1624, qu'une déplorable exception. Mais elles eurent quelque tendance à le devenir quand, vers 1640, Monsieur Vincent, avec l'appui de Richelieu, établit non point le premier séminaire, car il y eut avant lui bien d'autres tentatives qui, mal conçues, échouèrent, mais un des premiers séminaires qui remplit bien la tâche qui lui était prescrite, à savoir former des prêtres instruits et vertueux.

Tant est que bien des années plus tard — je transporte ici le lecteur presque un quart de siècle dans l'avenir — le Seigneur ayant rappelé à lui le curé Séraphin, l'évêque nous envoya un prêtre de la nouvelle farine, Monsieur Lefébure, vrai soldat de l'Église et de la contre-réforme catholique, roide et rigoureux pour lui-même comme pour les autres.

Tout changea sous sa férule. Depuis des siècles sans doute, nous avions à Orbieu une fontaine qu'on tenait pour miraculeuse, soit qu'elle guérît les rhumatismes, soit que de façon surprenante elle en donnât. Monsieur Lefébure, humant là le fumet d'une superstition païenne, interdit qu'on s'y trempât. Nous avions aussi un saint local fort douteux, à vrai dire, lequel donnait de bonnes récoltes et un bon croît de bétail à qui l'invoquait dans ses prières. Monsieur Lefébure nous l'ôta, interdisant ces invocations sacrilèges.

Il remit de l'ordre dans l'église. Il fut interdit aux manants d'amener leurs chiens à la messe, de cracher par terre, de changer de place, de s'interpeller à voix haute d'un banc à l'autre, mesures louables, mais qu'il accompagna de terribles menaces : les contrevenants seraient voués aux flammes de l'enfer.

Les garcelettes qui avaient fait Pâques avant les Rameaux furent traitées beaucoup plus rudement que sous le curé Séraphin. Non content de les priver de cloches, Monsieur Lefébure ne les maria qu'à la sacristie.

Il bannit de notre bal annuel les danses indécentes comme la volte, au cours de laquelle la cavalière, projetée en l'air par le cavalier, battait des pieds, montrant ses chevilles et parfois même un peu de son mollet.

À part une petite heure d'ouverture après la messe, le cabaret fut fermé tous les dimanches. L'assistance aux vêpres qui, sous Séraphin, n'était pas obligatoire, le devint et la récitation du chapelet s'allongea si démesurément qu'elle ne laissa plus de place, surtout en hiver, pour les jeux de quilles et de palets qui étaient, avec les cartes (mais le cabaret l'après-midi était fermé), les seuls divertissements de nos manants. Le village commença à grommeler tout bas que le jour du Seigneur, sous Monsieur Lefébure, n'était plus le jour du repos.

Il faut rendre cette justice à Monsieur Lefébure : il connaissait par cœur le nombre, le nom, et l'emploi de tous les diables de l'enfer. Et son prêche, le dimanche, était si parsemé de propos misogynes que je me pris à penser que le démon qui tourmentait ce prêtre jeune et vigoureux en ses nuits solitaires devait être féminin. Et j'en eus la confirmation quand il devint évident qu'entre tous les pécheurs et pécheresses dont Orbieu, il faut bien le dire, regorgeait, Monsieur Lefébure abhorrait Célestine.

Célestine, en ses maillots et enfances, n'était pas différente des autres drolettes du village. Mais à treize ans, son père devenu veuf la força et l'engrossa. Après quoi, son père mourut et, seulette en sa chaumière, aucun drole ne la voulant épouser, Célestine n'eut d'autre ressource que de s'escambiller pour les veufs et les célibataires : service qui était parfois payé d'une piécette, mais le plus souvent d'un peu de pain pour sa huche et de lard pour son pot. Les enfantelets de Célestine, nés de tant de pères, mouraient de misère en bas âge. Mais Célestine, on ne sait comment, survivait dans le déprisement général, tolérée, et même en un sens protégée, par le curé Séraphin qui pensait que son usance, toute peccamineuse qu'elle fût, limitait les forcements et les incestes, si fréquents dans nos villages.

Monsieur Lefébure, dès le premier jour de son sacerdoce à Orbieu, conçut le projet de retrancher de son église ce membre malade. Il le dit sans ambages, du haut de la chaire sacrée et, malgré les remontrances que je lui en fis, citant l'Évangile et Marie-Madeleine, il méprisa ma théologie du haut de la sienne et poursuivit d'une voix tonnante sa terrible persécution.

Les résultats ne s'en firent pas attendre. D'effrontés galapians qui suivaient le catéchisme lancèrent des pierres à Célestine. Le boulanger refusa de lui vendre du pain. On lui tua ses poules. On lui vola sa chèvre. Et pour finir, une main pieuse, la nuit, mit le feu à sa chaumière.

Par miracle, elle en réchappa. Mais ce miracle fut lui-même

jugé diabolique par Monsieur Lefébure. Comme on s'en ramentoit, il était expert en démonologie. Il me vint trouver et demanda, exigea même, le bannissement de la pécheresse. L'arrogance de ce jeune clerc me laissa béant. Je recommençai mon sermon, invoquai la merveilleuse compassion de Monsieur Vincent qui eût dû être son modèle puisqu'il avait été son maître. Tout fut vain. Monsieur Lefébure n'était point sot, mais il ne possédait que des vérités absolues et sa logique était implacable. Je suis bien assuré qu'il pensait en son for que, puisque le pape devait primer sur les rois, de la même manière, à Orbieu, son pouvoir, étant spirituel, devait l'emporter sur le mien.

Je l'éconduisis pour la première fois roidement sans que sa crête fût le moindrement rabattue. Et comme la pauvre Célestine était sans toit, je lui cédai une masure désoccupée qui se dressait sur mon domaine propre et tant pour lui tenir compagnie que pour la protéger des galapians persécuteurs, je lui baillai un chien.

Un mois plus tard, Célestine le trouva mort sur le seuil de son gîte, dans une posture convulsive. Ce que les flammes n'avaient pu faire, cet empoisonnement l'accomplit : Célestine se mit sur sa paillasse, ne mangea plus et mourut.

Mais sa mort, chose extraordinaire, n'arrêta pas le combat. Comme elle n'avait rien laissé derrière elle que ses os, j'offris de payer à Monsieur Lefébure l'ouverture de la terre chrétienne pour y mettre son corps. Il refusa tout à plat de la recevoir en son cimetière « avec les bons chrétiens » et je dus traiter avec le curé de Montfort l'Amaury pour qu'il l'admît dans le sien. C'était un curé à l'ancienne mode. Il me suffit de lui graisser le poignet à sa suffisance et Célestine put enfin reposer.

Monsieur Lefébure apprit cette transaction, en fut tout transporté d'indignation et, perdant toute prudence, eut le front, le dimanche, en l'homélie par laquelle il terminait sa messe, de la dénoncer en termes à peine voilés.

C'était plus que je n'en pouvais souffrir. Je me levai et descendis les degrés qui séparaient le chœur des fidèles. Monsieur de Saint-Clair et Laurena se levèrent à leur tour et m'emboîtèrent le pas, suivis avec un temps de retard par Monsieur de Peyrolles, non qu'il fût dans le fond d'accord avec moi, mais parce qu'il ne pouvait demeurer, sans paraître approuver l'insolence de Lefébure.

Je sortis de l'église et je m'attardai quelque peu sur la place pour voir ce qui s'allait passer. Bon nombre des manants quittèrent l'église à leur tour, les uns la tête redressée et le front sourcilleux, les autres la tête basse et marchant de côté comme des crabes. Une bonne moitié d'Orbieu prenait donc parti, peu ou prou, pour son seigneur. Les uns très à la bravade, les autres presque en tapinois. Monsieur Lefébure, avec les meilleures intentions du monde, avait voulu mettre de l'ordre dans sa paroisse. Il n'avait réussi qu'à la couper en deux.

Le fer tout chaud encore, je ne laissai pas aussitôt de le battre. Je dépêchai un chevaucheur à l'évêque, avec une lettre le priant de me recevoir, s'il était possible, dans l'après-dînée, ce qu'il accepta aussitôt.

Ce Monseigneur était un cadet de grande maison, apparenté aux Guise. Je l'avais rencontré deux ou trois fois en l'hôtel de ma bonne marraine et il n'ignorait pas de qui j'étais le fils.

Je le trouvai encore à son dîner, qui me parut tout à fait fastueux, mais je refusai l'invitation à le partager qu'il me fit aimablement. Il me pria de m'asseoir et me traita comme un parent, ce que j'étais un peu en quelque sorte, quoique « de la main gauche ». L'évêque était jeune, charmant, étourdi et sa bouche étant si active, il ne m'écouta que d'une oreille et n'entendit que peu de choses à mon histoire de « putain de village », comme il voulut bien l'appeler, et moins encore à mon obstination à la vouloir enterrer en terre chrétienne, alors qu'il eût été aussi simple de l'enfouir hors cimetière dans la fosse commune avec les cagots, les mendiants et les étrangers. Mais ce petit faquin de curé avait osé se dresser contre son seigneur : cela, à ses yeux, suffisait. Il fallait donner une leçon à ce béjaune.

Je me gardai bien de noircir Monsieur Lefébure. Je louai, tout au rebours, son savoir, sa diligence, son zèle et sa vertu. Je priai l'évêque de ne le point expédier dans la paroisse « la plus pauvre et la plus crottée de son diocèse », comme il en avait exprimé de prime l'intention, mais de lui donner, au rebours, de l'avancement pourvu que ce fût loin d'Orbieu.

— Je vous entends, mon cousin, dit l'évêque en riant. (Il avait les dents les plus blanches du monde et les montrait volontiers.) Vous ne voulez pas que ce béjaune se plaigne de vous et de moi à ses bons maîtres du séminaire. Vous avez mille fois raison. Ces dévots sont gens redoutables et ne pardonnent jamais rien. Eh bien, je vais nommer Lefébure troisième vicaire en mon église, promotion tout à fait prodigieuse pour un jeune curé. Par qui le voulez-vous remplacer à Orbieu ?

— Par le vicaire Figulus.

— Mais Figulus n'a pas de rentes ! cria l'évêque, comme effrayé.

Le lecteur se souvient sans doute que les évêques exigeaient alors d'un prêtre, pour lui donner une cure, qu'il eût en toute propriété une rente annuelle de cinquante livres. C'était autant de moins qu'ils auraient à lui verser en tant que « portion congrue ».

— Je constituerai cette rente à Figulus, dis-je aussitôt.

— Sur vos propres deniers ? dit l'évêque en levant le sourcil. Cela est-il constant ? En faites-vous le serment ?

— Assurément, Monseigneur, vous avez ma parole.

— Mon Dieu ! Que de pécunes vous coûte le départ de ce petit drole de Lefébure ! dit l'évêque, en riant de plus belle.

Deux jours plus tard, Lefébure vint me faire des adieux polis. En rassemblant ses hardes, il partit vers les grandes destinées dont, se peut, il rêvait. L'excès de son zèle et la fureur de ses emportements ne modifièrent point la bonne opinion que je nourrissais sur les séminaires. Mais parler au nom de Dieu est une si grande force qu'elle requiert une modération et une douceur de cœur qui faisaient défaut à ce roide béjaune. Après son départ, il me fallut recoudre ce qu'il avait décousu et, ma fé, ni courte ni facile fut cette tâche-là !...

***

Plaise à toi, lecteur, de revenir meshui avec moi dans le temps présent, lequel se situe, si tu veux bien t'en ramentevoir, en l'automne 1624. Plus précisément au moment des vendanges d'Orbieu, lesquelles, grâce à mes Suisses, furent rapides et qui plus est, bonnes et joyeuses, laissant peu présager les événements dramatiques qui, de façon si brutale, allaient nous sauter à la gorge, sans toutefois, la Dieu merci, nous prendre tout à fait sans vert.

La vendange fut joyeuse pour la raison qu'ayant fait une battue avec Monsieur de Peyrolles, Monsieur de Saint-Clair, Pissebœuf, Poussevent et quelques-uns de mon domestique, nous tirâmes une compagnie de jeunes sangliers dont nos manants et moi-même avaient eu fort à nous plaindre pendant l'été. Plutôt qu'une battue, Monsieur de Peyrolles eût préféré une chasse à courre (qu'il jugeait plus noble) mais je noulus, la trouvant dangereuse pour nos chiens. Et bien je fis, car ces jeunes sangliers, quand ils déboulèrent, se révélèrent fort vifs et fonceurs. Leur compagnie laissa six de leurs membres sur le tapis et c'étaient de jeunes bêtes, entre six mois et neuf mois d'âge dont la chair serait succulente. Chacun de nous, Peyrolles, Saint-Clair et moi, en reçûmes un et je donnai le reste à mes manants afin qu'ils festoient en chœur sur la place de l'église. Je leur fis porter à cette occasion par mes gens une futaille qui contenait assez de vin pour les égayer, mais point assez pour les enivrer. Et par La Barge au vicaire Figulus, je fis tenir un de mes flacons de choix et deux à Monsieur le curé Séraphin.

— Monsieur le Comte, dit La Barge, vous faites bien d'en bailler deux à Monsieur le curé Séraphin, puisqu'il a charge d'âme.

— Drole ! Hors de ma vue à l'instant ! criai-je.

Et je lui lançai une des pantoufles que je venais d'enlever pour mettre mes bottes. Mais il fut si leste qu'elle ne frappa que l'huis qu'il venait de clore sur soi.

— Monsieur le Comte, dit Louison, vous êtes trop doux avec ce béjaune. Il devient impertinent.

— Monsieur le Comte, me dit Monsieur de Peyrolles le lendemain, trois sangliers et une futaille de vin ! Vous êtes trop doux avec vos manants ! Ramentez-vous, de grâce, le proverbe : « Oignez vilain, il vous poindra. Poignez vilain, il vous oindra ! »

Je trouvai, en mon for, assez ébaudissant qu'un noble de robe citât, en le faisant sien, un adage vieillot et féroce de notre noblesse d'épée.

— Monsieur mon ami, dis-je, je trouve qu'en la situation où nous sommes, eux et moi, je les poigne bien assez. Dois-je vous le ramentevoir, ils me payent un cens annuel ; ils me donnent un lod quand ils veulent vendre leurs biens ; ils me donnent, en outre, des jours de corvée, une redevance pour le pressoir, une autre pour mon four, une autre pour mon moulin et meshui pour mon moulin à teiller. En plus, cela va sans dire, du bénéfice que je fais moi-même en vendant leur lin. Bref, ils ne laissent pas de me garnir d'un bout de l'année à l'autre en bonnes et trébuchantes pécunes, mais moi, que fais-je pour eux ? Je leur baille une futaille qui n'est pas de mon meilleur vin et trois sangliers qui ne m'ont coûté que la poudre pour les tuer. Il est vrai que je ne suis pas insouciant de leur misère et qu'il m'arrive de les aider. N'est-ce pas naturel ? Ne sont-ce pas des hommes ? Croyez-vous que je les aurais amenés à empierrer mes voies si bien et si vite si je les avais traités inhumainement ?

— Touché ! s'écria Monsieur de Peyrolles qui, s'étant mis dans la tête, à son âge, et avec sa bedondaine, d'apprendre l'escrime avec un maître d'armes, trouvait du dernier galant d'en employer les termes. Monsieur le Comte, poursuivit-il, pardonnez à un barbon radoteur d'avoir l'air de vous critiquer, mais la vérité, c'est que je m'instruis beaucoup à ouïr vos sages et pertinentes réponses.

Cela ressemblait fort à un petit compliment sucré pour la bonne bouche mais, en fait, Monsieur de Peyrolles disait la vérité. Il ne me contestait que pour s'instruire. Partagé entre sa bonté naturelle et le souci de tenir son rang, il ne se sentait pas tout à fait à l'aise dans son rôle seigneurial et ne cessait de se demander si c'était moi qu'il devait prendre pour modèle, ou tel ou tel de nos voisins qui était beaucoup plus roide et rude que moi avec ses manants.

Bien je me ramentois — et j'ai quelques raisons pour cela ! — que cet entretien eut lieu le quinze septembre sur les dix heures du matin en mon cabinet aux livres où j'avais amené Monsieur de Peyrolles pour lui prêter l'ouvrage célèbre d'Olivier de Serres : *Le Théâtre de l'Agriculture*.

— Monsieur mon ami, dis-je, ce livre, mon grand-père, le baron de Mespech, l'a lu et vénéré. Mon père, le marquis de Siorac, quand il acheta sa terre du Chêne Rogneux, le lut à son tour et l'adora. Et moi-même enfin, quand j'acquis Orbieu, je m'y plongeai et le trouvai si vivant et si savant que j'en fis ma seconde bible, ma bible agreste, si je puis dire.

— Mais, dit Monsieur de Peyrolles, en ouvrant de grands yeux, j'ai ouï dire qu'Olivier de Serres était huguenot.

— Il l'était, dis-je avec un sourire, mais que cela vous rassure : son agriculture n'est pas hérétique.

À ce moment, Monsieur de Saint-Clair me rejoignit et nous invita à assister à l'exercice de tir de ses frondeurs et de ses arbalétriers.

— Monsieur le Comte, ajouta-t-il, vous plairait-il de vous garnir d'un pistolet chargé ? J'ai le mien et nous pourrions...

— Eh quoi, Saint-Clair ! dis-je en riant, qu'est cela ? M'appelez-vous sur le pré ?

— J'entends que nous pourrions tirer sur une de mes cibles.

— Monsieur le Comte, dit Monsieur de Peyrolles, qui ne voulut pas paraître se désintéresser de nos jeux guerriers, peux-je être de la partie ? Me prêterez-vous un pistolet ?

— Assurément, Monsieur mon ami.

Le rustique enclos de tir que Saint-Clair avait aménagé était établi dans une clairière de cinquante toises carrées[1], à l'orée de mon bois de Cornebouc. Il était séparé de la voie qui le contournait par une haie épaisse et haute, percée en son centre d'une ouverture assez large pour laisser passer un cheval et habituellement fermée par une barrière en bois. Les cibles — des planches de six pouces de large, de la hauteur d'un homme — étaient dressées à trente toises (soixante mètres) environ de la haie et, derrière ces planches, courait une palissade continue qui avait pour fonction d'arrêter les carreaux d'arbalète et les pierres des frondes, si ni l'un ni l'autre n'atteignaient son but. Sur les cibles noires étaient grossièrement dessinés en peinture blanche une tête d'homme et plus bas un cœur.

Monsieur de Saint-Clair rougit de colère et de vergogne en pénétrant sur le champ de tir : il n'y trouva que la moitié à peine de ses effectifs : quatre arbalétriers et six frondeurs.

— Qu'est cela ? Qu'est cela ? s'écria-t-il. Où sont les autres ? À s'acagnarder au lit ou à jouer au palet ! Yvon ! (Yvon était notre cabaretier et, de tous nos manants, le plus assidu au tir.) Cours me secouer ces escouillés sur leur paillasse et fais-les se lever ! Dis-leur que Monsieur le Comte est là, Monsieur de Peyrolles aussi et qu'il leur en cuira, s'ils ne sont pas là le temps de dire : « gibet ! »

1. La toise est longue de 2 mètres.

C'était façon de dire militaire, car jamais Monsieur de Saint-Clair n'avait peu ou prou rossé ou pendu personne. En attendant, Monsieur de Saint-Clair fit tirer l'un après l'autre les frondeurs. Le vigoureux pivotage de bras autour de l'épaule par lequel ils donnaient son impulsion à la pierre contenue dans la fronde me parut excellente mais insuffisante la précision du jet : aucune des planches ne fut atteinte.

— Ils ne sont que cinq meshui, dit Saint-Clair. À l'ordinaire, ils sont douze. Et la densité des projectiles aujourd'hui n'est pas suffisante.

— Saint-Clair, dis-je, rapprochez les frondeurs de la moitié du terrain et faites tirer simultanément deux frondeurs sur la même cible, l'un en haut et l'autre en bas.

Dans les conditions que j'avais dites, le tir recommença et s'avéra bien plus satisfaisant. Il m'apparut d'évidence que quinze toises (trente mètres) était une longueur qui convenait mieux au lancement précis d'une lourde pierre et, d'un autre côté, mettre deux frondeurs sur la même cible créait une forte émulation. Sur les trois cibles, trois furent atteintes et l'une si violemment que la planche oscilla et faillit tomber.

— Voyons maintenant, dis-je, les arbalétriers.

— À quinze toises, Monsieur le Comte ?

— Non, non, à trente. Ils ont une visée sur leur arme et ne donnent pas, eux, l'impulsion par la force de leurs bras.

Saint-Clair donna à chacun des quatre arbalétriers deux carreaux qu'ils glissèrent, l'un dans leur ceinture et l'autre dans la rainure de leurs armes. Après quoi, ils tendirent la corde avec le cric, visèrent longuement et tirèrent. Tous les carreaux s'allèrent ficher dans les planches en vibrant.

— Saint-Clair, dis-je, est-ce que les absents sont de cette force ?

— Nenni, ces quatre-là sont les meilleurs et aussi les plus assidus.

— Ils sont les meilleurs, parce qu'ils sont les plus assidus, dit Monsieur de Peyrolles d'un air fin.

— Mais le meilleur de tous, reprit Saint-Clair, est le cabaretier.

— Le cabaretier ? dit Monsieur de Peyrolles.

— Oui-da, Monsieur mon beau-père.

— C'est donc un cabaretier sobre, dit Monsieur de Peyrolles.

Mais à cela, Monsieur de Saint-Clair, qui paraissait mal souffrir les clabauderies de son beau-père sur le champ de tir, ne répondit ni mot ni miette et, se tournant vers ses hommes, il cria d'une voix de commandement :

— Arbalétrier ! Chargez le deuxième carreau !

— En attendant que ce soit fait, Monsieur le Comte, dit Monsieur de Peyrolles, si nous tirions nous-mêmes ?

— Mais bien volontiers, dis-je, voulez-vous commencer ?

— Nenni, nenni, je tirerai le dernier. Monsieur le Comte, de grâce, à vous l'honneur !

Saint-Clair, qui avait disposé les pistolets sur une grosse pierre, m'en apporta un, donna un autre à son beau-père et prit le sien. Tout cela d'un air quelque peu impatient. Il ne se remettait pas du chagrin de n'avoir pu réunir que la moitié de ses hommes et la présence de Monsieur de Peyrolles le prenait très à la rebelute.

Je ne possédais pas l'adresse émerveillable de Louis qui, avec son mousquet, tirait un moineau en plein air, ou éteignait d'un coup de pistolet la flamme d'une chandelle. Je réussis néanmoins à placer ma balle dans une des parties de peinture blanche mais, à vrai dire, assez loin du centre. Je m'attendais à ce que Monsieur de Saint-Clair fît mieux, mais il fit plus mal, tant il était, je crois, encoléré.

— C'est donc mon tour, dit Monsieur de Peyrolles en s'avançant avec un certain air de pompe et de cérémonie.

Il se campa de profil et le bras droit porté à l'horizontale prit un temps infini pour viser.

Il était dit que ce coup-là, il ne devait pas le tirer, car à cet instant précis, il y eut un bruit menaçant de galopade et trois cavaliers, franchissant le passage de la haie, firent irruption dans le champ de tir avec des hurlements sauvages et poussèrent leurs chevaux contre nos hommes, lesquels, sans penser un instant qu'ils avaient entre leurs mains de quoi se défendre, se débandèrent et coururent se mettre à couvert dans l'espace entre les planches qui servaient de cibles et la palissade qui, derrière elle, recevait les carreaux qui n'avaient pas touché leur but. Nous ayant ainsi isolés de notre troupe, les trois cavaliers revinrent vers nous en poussant toujours leurs cris farouches et bridèrent leurs chevaux à cinq toises de nous. À leur harnais noir, je reconnus des reîtres allemands. Ils portaient épée et dague et je n'ignorais pas que chacun avait deux pistolets à rouet dans leurs fontes : pistolets qu'ils maniaient avec une dextérité qui les avait rendus célèbres dans toutes nos guerres, quel que fût le camp où ils combattaient car, étant mercenaires, ils vendaient leurs services à qui les voulait acheter, aux huguenots comme aux catholiques, aux rois comme aux Grands, à la reine-mère comme à son fils [1].

Ils ne vinrent pas se camper devant nous sur la même ligne, mais l'un derrière l'autre, le second étant un peu décalé par rapport au premier sur la gauche afin d'avoir des vues sur nous et le troisième décalé aussi par rapport au second. Je ne sais si cette disposition était tactique ou hiérarchique, et il se peut qu'elle ait été les deux, car le premier reître qui se campa devant nous me sembla être le chef puisque seul il parla, les deux autres se contentant de l'approuver.

Quant à nous trois, nous étions dans la pire situation qui fût. Mon pistolet et celui de Monsieur de Saint-Clair étaient déchargés. Seul ne l'était pas celui de Monsieur de Peyrolles, mais le barbon était si pesant et si lent que je doutais qu'il pût intervenir à bon escient. De vergogne et de désespoir, je sentais et même j'oyais mon cœur battre contre ma poitrine. Nous étions battus avant même d'avoir combattu ! Que pouvaient deux pistolets vides contre six pistolets chargés ? Et que pouvaient contre ceux-ci les épées que Saint-Clair et moi portions à nos côtés ?

---

1. Les reîtres avaient mis au point une tactique de combat qui expliquait leur succès. Ils attaquaient les carrés de fantassins à longue pique de la façon suivante : ils chargeaient, pistolet au poing, par escadrons de vingt hommes en ligne, sur seize files de profondeur. Après avoir tiré, le premier rang s'ouvrait en éventail et allait se reformer en arrière en rechargeant ses armes, tandis que le second rang s'avançait à son tour et tirait...

Tout reposait sur la rapidité de leurs chevaux, leur habileté à tirer à la volée, et la vitesse avec laquelle ils rechargeaient leurs armes en se reformant à l'arrière. Coligny les employa. Et Henri IV les imita en formant des compagnies de « pistoliers ». Les reîtres et leur façon de combattre disparurent après la guerre de Trente Ans.

Le chef des reîtres entendit aussi bien que nous l'ironie cruelle de notre situation. Il lâcha les rênes de son cheval et, enfouissant ses deux mains simultanément dans ses fontes, en tira deux pistolets qu'il braqua comme négligemment sur Saint-Clair et sur moi. Ce faisant, il nous dévisageait d'un air mi-gaussant, mi-déprisant. Puis se tournant sur sa selle, il s'adressa aux deux autres reîtres en sa langue.

— Quelle armée est-ce là ? dit-il d'une voix railleuse. Une dizaine de braves soldats qui, à la vue de trois hommes, courent se réfugier derrière des planches ? Et trois officiers qui ont un pistolet à la main et qui n'osent pas tirer !

À cela, les deux autres reîtres se mirent à rire à gueule bec et leur chef les imita. Monsieur de Saint-Clair n'entendait pas l'allemand, mais il entendit fort bien, en revanche, qu'on le daubait et pâlit de colère. Je craignis alors qu'il ne dît, ou ne fît quelque chose qui fût pour le chef des reîtres un prétexte pour nous tuer et je criai dans la parladure d'Orbieu :

— Pour l'amour de Dieu, ne parlez pas !

Ce commandement s'adressait aussi à Monsieur de Peyrolles et je vis bien que sa vanité, malgré la gravité de l'heure, fut comme chiffonnée que je lui donnasse un ordre. De son côté, le chef des reîtres sourcilla fort à ouïr hurler un commandement dans une langue qui lui était tout à plein déconnue et en braquant un de ses pistolets sur moi plus sérieusement qu'il ne l'avait fait jusque-là, il dit en français car à ma surprise il le parlait fort bien et avec un bon accent :

— Monsieur, quel est ce baragouin ? Et que leur avez-vous dit ?

— Ce baragouin est celui du pays. Et je leur ai dit de ne pas répondre à vos provocations.

Le mot « provocations » parut le choquer et d'une façon méticuleuse qui ne laissa pas de m'étonner, il entreprit de réfuter cette allégation.

— Ce ne sont point des provocations, dit-il, mais la pure vérité. Nous vous tenons à merci.

— Monsieur, dis-je d'un ton parfaitement poli, votre situation n'est pas aussi bonne que vous le pensez. Si vous nous tuez, nos arbalétriers vont se dire : « S'ils tuent de prime nos maîtres, notre tour viendra après. » Et la peur leur donnant du cœur au ventre, ils vont vous tirer leurs carreaux dans le dos. À ce que je vois, il y en a déjà deux qui vous tiennent en joue.

À cela, comme bien je l'avais prévu, le chef des reîtres se retourna sur sa selle et envisagea avec attention le fond du champ de tir où on voyait bien, en effet, dans l'intervalle entre les planches, des arbalètes, mais sans pouvoir dire si elles visaient quelqu'un.

Si Monsieur de Peyrolles avait eu en sa cervelle une once d'à-propos, c'est au moment où le reître se retourna sur sa selle qu'il aurait dû tirer sur lui. Mais malgré un petit signe rapide des yeux que je lui fis pour l'y encourager, il ne m'entendit pas.

— Ah ! Je ne crois pas qu'ils tireront, dit le chef des reîtres en se retournant vers moi. Tout ce que ces cagues-foireux savent faire, c'est lâcher leur bren dans leurs hauts-de-chausse...

La gausserie lui parut si bonne qu'il la retraduisit en allemand. À quoi ses deux acolytes rirent à gueule bec et, se joignant à eux, il parut lui-même tout ragaillardi, ce dont je n'augurais rien de bon, sentant bien que le jeu du chat et de la souris ne l'amusait plus guère et que l'envie de nous expédier tous trois à la chaude commençait à le démanger. Toutefois, peut-être aurait-il épargné Monsieur de Peyrolles, sans doute à cause de son âge et de sa bedondaine, car il devait le tenir pour quantité négligeable, ne s'étant jamais adressé à lui depuis qu'il était là. Attitude dont j'entendis, quelques secondes plus tard, à quel point elle avait offensé le bonhomme.

— Monsieur, dit le reître, bien que je m'amuse fort en votre compagnie, il faut bien en finir. Je vous propose un petit duel. Vous avez chacun un pistolet, j'en ai deux et je tire des deux mains. La partie est donc égale. Je vous propose ceci. Je compte jusqu'à trois et nous tirons, vous sur moi, et moi sur vous.

— Monsieur, dis-je, la partie ne serait pas égale. Mon pistolet est vide.

— Le mien aussi, dit Saint-Clair aussitôt.

J'ai pensé et j'ai pensé plus de mille fois depuis que si Monsieur de Peyrolles, sans mot dire, avait alors promptement tiré sur le reître, il l'eût tué, car notre adversaire ne lui prêtait pas la moindre attention. Il l'avait une fois pour toutes exclu, mais justement parce que l'Allemand l'avait exclu et que sa vanité en avait cruellement souffert, Monsieur de Peyrolles voulut rentrer dans le jeu et au lieu d'agir, ce grand parleur parla.

— Mais le mien est chargé, dit-il, la crête haute.

Et d'un mouvement lent et théâtral, il leva le bras pour ajuster le reître.

Il n'eut même pas le temps d'achever ce noble geste et moins encore de faire feu. Le reître tira le premier, Monsieur de Peyrolles, lâchant son pistolet, s'écroula sur l'herbe. Aussitôt, Saint-Clair se jeta à genoux à côté de son corps et j'entendis en un éclair ce qu'il allait faire : sous couvert de porter secours à Monsieur de Peyrolles, il allait ramasser son pistolet. Si téméraire que fût cette entreprise, c'était la seule chance qui nous restait et je décidai en un battement de cils de l'aider en faisant diversion. Je jetai mon propre pistolet sur les pieds du cheval qui me faisait face. Il fit en arrière un vif écart qui amena le chef des reîtres à reprendre ses rênes d'une main. À la suite de quoi, pointant vers l'homme un doigt accusateur, je criai d'une voix forte et en allemand :

— *Und jetzt hast du den alten Herr getötet, du böser Mensch !* (Et maintenant, tu as tué le vieux monsieur, méchant homme !)

Le reître fut béant de se voir ainsi gourmandé de si impérieuse façon, et en allemand. Il ouvrit tout grand ses petits yeux et dit :

— *Aber Sie sprechen Deutsch, mein Herr !*

Et sentant comme il l'avait fait déjà le besoin de se justifier, il cria :

— *Ich bin kein böser Mensch ! Der alte hatte mich bedroht !* (Je ne suis pas un méchant homme ! Le vieux m'avait menacé !)

Je ne parvins jamais par la suite à me ramentevoir s'il parvint à prononcer le mot « *bedroht* » ou si c'est moi qui reconstituai la phrase, la dernière qu'il prononça dans cette vallée de larmes. Saint-Clair tira avec le pistolet de Peyrolles et le chef des reîtres, sans un cri, vida les étriers, laissant échapper le pistolet chargé qu'il tenait dans sa main gauche.

Je me jetai alors à la tête du cheval, saisis ses rênes, le fis cabrer et de toutes mes forces, bientôt aidées par celles de Saint-Clair, j'entrepris de le faire reculer sur les chevaux des deux autres reîtres, confiant dans cet instinct du cavalier de ne jamais tirer, s'il risque d'atteindre une monture, celle-ci nous servant pour ainsi dire de bouclier. En même temps, je hurlai à me déchirer les poumons dans la parladure d'Orbieu : « Tirez ! Arbalétriers ! Tirez ! »

Même alors, mes yeux cherchant désespérément dans l'herbe le pistolet chargé que le chef des reîtres avait laissé tomber dans sa chute, je suis persuadé que mes manants seraient demeurés engourdis dans leur passivité si, à cet instant, miraculeusement, me sembla-t-il, les cloches de l'église d'Orbieu ne s'étaient mises à sonner un interminable tocsin. Les arbalétriers, comme ils me le dirent plus tard, crurent qu'ils allaient être secourus par les Suisses et cette pensée leur redonnant cœur, ils tirèrent (mais sans se répartir les deux cibles) sur le reître le plus proche d'eux et assurément, à cette distance, ce n'était pas un exploit de toucher ce dos beaucoup plus large qu'une planche, mais enfin leurs carreaux s'y fichèrent tous les quatre avec des sifflements si aigus que je les ouïs fort bien, malgré le tohu-va-bohu des cloches.

Le malheureux, le sang lui coulant de la bouche, me parut tomber de son cheval avec une lenteur surprenante. Mais quand il toucha terre sur le ventre, j'aperçus avec un frisson les carreaux enfoncés dans son dos comme de grandes épingles dans une pelote.

À cette vue, le reître survivant fut comme saisi d'horreur et, à mon sentiment, beaucoup plus épouvanté que si son camarade avait été tué par balles. La situation était pourtant bien loin d'être désespérée pour lui, puisqu'il avait deux pistolets chargés dans les mains et une vive et solide monture entre ses jambes. Il eût pu, par exemple, tirer au jugé sur Saint-Clair et sur moi et s'enfuir ensuite à brides avalées. Mais, privé de son chef et de son camarade et comme mutilé par leur disparition, affolé, en outre, par le tocsin qui paraissait annoncer une terrible vengeance, il s'abandonna à son destin et au moment même où je trouvai dans l'herbe le pistolet de son chef, il lâcha les siens et leva en l'air ses mains vides.

J'ai quelque vergogne à confesser que dans le chaud du moment et dans la fièvre quasi animale du combat, j'éprouvai alors le plus vif désir de tuer cet homme désarmé pour me revancher de la mort de Monsieur de Peyrolles et de l'humiliation que j'avais subie. Je parvins à vaincre cette impulsion, mais non la honte de m'y être abandonné. On nous enseigne la compassion, le pardon des injures, l'amour du prochain, mais ce ne sont là que des sentiments qui demeurent à fleur d'âme, même parfois dans l'Église, qui ne s'est pas montrée fort tendre au cours des siècles avec les hérétiques. Survient un prédicament qui met nos vies, ou même nos intérêts, en danger et la bête se réveille.

Pendant qu'on liait le reître survivant, à mon avis bien inutilement, je m'approchai de Monsieur de Peyrolles et m'agenouillai à ses côtés. Il ouvrit tout soudain les yeux. Dieu merci, il n'était pas mort ! Il n'était pas même très gravement atteint, la balle du reître lui ayant traversé le creux de l'épaule sans toucher aucun os, comme nous l'assura le barbier-chirurgien que je fis aussitôt quérir. Dès qu'il eut pansé la plaie de Monsieur de Peyrolles, je m'attachai à panser sa vanité en lui disant, avec toute la conviction que je pus mettre dans cet éloge :

— Monsieur mon voisin, vous avez été fort vaillant.

Je m'assis dans l'herbe à son côté et ressentis alors un épuisement extrême. C'est à peine si je parvenais à écouter une sorte de disputation qui s'était élevée entre Saint-Clair et les arbalétriers. Mais j'eusse pu me dispenser de faire cet effort, car au bout d'un moment, Saint-Clair, venant à moi, s'assit à mes côtés et me dit ce qu'il en était. Ses traits juvéniles me parurent creusés et comme vieillis par la fatigue.

— Monsieur le Comte, ils veulent leur part de la picorée, dit-il avec un soupir.

— Quelle part ? dis-je.

— Les vêtements, les bottes et les pécunes des deux morts.

— Peste ! Ils ne perdent pas de temps ! Mais, Saint-Clair, vous avez tué le chef des reîtres. Celui-là est à vous.

— Je n'en veux rien, dit-il d'un air las. Cette picorée me ragoûte peu. Je la leur laisse.

— Fort bien. Qu'ils la prennent donc, mais à condition qu'ils les enterrent tous les deux.

— Ils veulent aussi le cheval de celui qu'ils ont dépêché.

— Mais c'est un cheval beaucoup trop vif pour le labour. Que veulent-ils en faire ?

— Le vendre au marché de Montfort et se partager la pécune.

— Accordé, mais bien entendu, nous gardons la selle et les harnais. Ils n'en ont pas l'usage. Est-ce tout ?

— Non, Monsieur le Comte.

— Que veulent-ils encore ? dis-je étonné.

— Pendre le prisonnier de leurs mains.

À cela je sourcillai et avec une colère qui me donna tout soudain des forces, je criai :

— Saint-Clair, rebuffez roidement cette insolente prétention ! Je suis le seigneur haut justicier de ce domaine ! C'est à moi seul de décider du sort de cet homme !

— S'il était à moi, dit Monsieur de Peyrolles, je le pendrais volontiers.

À cela je ne répondis ni mot ni miette et après avoir laissé peser un silence assez long pour décourager toute nouvelle intervention, je me tournai vers Saint-Clair à nouveau.

— Savez-vous qui a fait sonner le tocsin ?

— Oui, Monsieur le Comte, c'est Yvon.

— Yvon ?

— Vous vous ramentevez sans doute que nous l'avions envoyé au village pour rameuter les absents.

— En effet.

— Quand il est revenu avec eux, il a ouï de loin les cris d'orfraie des reîtres, risqué un œil par l'ouverture de la haie et entendant tout soudain le péril où nous étions, il courut, les ailes aux talons, jusqu'à l'église et, n'y trouvant ni Figulus ni Séraphin, sonna lui-même le tocsin.

— Il a agi à merveille. Mais que n'a-t-il plutôt appelé les Suisses ?

— Il ignorait où ils se trouvaient.

— Néanmoins, il le faudra récompenser. Son tocsin a beaucoup déconcerté l'adversaire.

Au dîner que je pris seul, je mangeai du bout des dents, l'estomac troublé, la tête vide. La dernière bouchée comme à contrecœur avalée, je m'allai coucher sans me dévêtir, acceptant toutefois à mon côté sur le baldaquin la présence de Louison, mais non son babil et ses questions :

— M'amie, dis-je d'une voix ferme, accoise-toi, de grâce ! Je te ferai plus tard des récits épiques.

Et la serrant contre moi, je trouvai un réconfort tel et si grand en la suavité de son corps que tout de gob je m'ensommeillai. Je dormis deux heures d'affilée, me sentant à mon réveil quelque peu rebiscoulé et cependant très troublé en ma cervelle, touchant la menace qui, à mon sentiment, continuait de peser sur Orbieu.

J'allai voir le prisonnier dans cette cellule en sous-sol où j'avais enclos jadis l'infâme Mougeot, l'incendiaire de mon bois de Cornebouc. Ce n'était pas un lieu bien sinistre, sauf que l'unique fenêtre était garnie de barreaux et donnait sur mon étang.

L'homme me dit s'appeler Hans Hetzel et sur la promesse que je lui fis de ne le point pendre, s'il me disait tout, il parla d'abondance et en français, étant né en Lorraine et ayant été au service d'un gentilhomme apparenté aux Guise. Il devait avoir dépassé, mais de peu, la vingtième année, car sa face portait encore une certaine naïveté alors même que ses traits étaient rudes, et sa membrature musculeuse.

Ces trois reîtres n'étaient pas, comme bien je le pensais, des isolés, mais des éclaireurs. Ils appartenaient à une bande puissante de trente hommes et c'était d'elle dont je me préoccupais surtout. Hetzel me conta que cette bande avait appartenu à une compagnie mercenaire de cent soldats dont le capitaine avait loué les services à un huguenot en la dernière de nos guerres. Mais ce capitaine, une fois remercié et payé, s'était enfui en emportant la solde de ses hommes, lesquels avaient décidé de se scinder en trois groupes afin de se mieux nourrir sur le gras du pays. Hans appartenait à un de ces groupes, lequel était commandé par un certain Brüger, et s'était illustré par les exploits habituels à ce genre de bande : meurtreries de paysans, forcements de filles, incendies de chaumines, destructions des arbres fruitiers et du bétail.

Si franc que jusque-là Hetzel ait été, il refusa pourtant tout net de me dire où cantonnait la bande dont il faisait partie.

— Monsieur le Comte, dit-il en se redressant de toute sa hauteur, un bon soldat ne doit pas trahir son chef.

— Sauf, Hans, quand son chef est le plus sanguinaire des bandits de la création.

— Je ne sais, dit Hetzel. Se peut que, même alors, un bon soldat doit obéir à son chef.

— Par malheur, dis-je, si ce bon soldat ne me dit pas tout ce qu'il sait, il ira se balancer au bout d'une corde et c'est pitié, car le mauvais chef ne saura même pas que le bon soldat lui a si stupidement obéi.

— Monsieur le Comte, est-ce que vraiment cela va se passer comme ça ? dit Hetzel, sa bonne face naïve ruisselant de sueur.

— Assurément. Et cela me fait peine, Hans, car si tu m'avais dit la vérité, je t'aurais pris dans mon domestique, vu ta jeunesse et ta force.

— Monsieur le Comte, vous m'auriez pris dans votre domestique ?

— *Sicher.*

Je dis « *sicher* » plutôt qu'« *assurément* » car il me sembla que « *sicher* » en allemand était beaucoup plus coupant. Là-dessus, sans rien ajouter, je tournai les talons et allai vers la porte.

— Monsieur le Comte ! Monsieur le Comte ! cria Hetzel en courant après moi, si je me tais sur leur repaire, vous me pendrez ?

— *Sicher.*

— Monsieur le Comte, ils sont cantonnés à Richebourg au nord de Houdan.

Le lendemain, j'envoyai Saint-Clair porter une lettre-missive au gouverneur de la province et cinq jours plus tard, une cinquantaine de gardes à cheval enveloppa les reîtres dans un bois près de Richebourg et, sans tirer un coup de feu, les captura. On ne les pendit pas, comme Monsieur de Peyrolles le souhaitait. Le cardinal de Richelieu avait trop besoin de galériens pour armer les navires qu'il achetait de tous côtés pour faire pièce au remuement des huguenots de La Rochelle.

CHAPITRE III

Ayant, à mon retour au Louvre, conté ma râtelée au roi de cette attaque des reîtres allemands, laquelle faillit d'un cheveu être fatale à Saint-Clair, à Peyrolles et à moi, je vis, à mon extrême étonnement, Louis s'intéresser, j'oserais dire se passionner pour mes sûretés. Il me questionna sur la façon dont le chemin qui venait de Montfort l'Amaury se raccordait à la grande voie de mon domaine et me commanda de faire un croquis des lieux, afin qu'il eût une idée plus claire de ce croisement. Berlinghen, sur son commandement, m'ayant apporté une écritoire, je m'exécutai. Et ayant étudié ce plan, dès que je l'eus fini, le roi me prit alors la plume des mains et, en quelques traits, dessina avec une émerveillable adresse un châtelet d'entrée à l'endroit où le chemin donnait l'entrance à la voie principale de mon domaine. Cela fait, il flanqua ce châtelet à dextre et senestre de longs murs.

— Il n'est pas nécessaire, dit-il, que les murs soient hors échelle. Il suffit qu'ils soient hauts assez pour qu'un cavalier ne les puisse sauter, un homme à pied se hasardant moins volontiers de l'autre côté d'un mur, ne sachant s'il y va trouver pièges et chausse-trappes. Votre mur, de chaque côté du châtelet d'entrée, doit s'arrêter sur des obstacles infranchissables comme des rochers ou des fourrés épineux. De force forcée, votre châtelet d'entrée doit être muni en son centre d'une herse et d'un portail et occupé jour et nuit par deux ou trois gardiens qui se relaient et qui seront les plus fiables des ribauds qui se puissent trouver sur votre domaine. Comme disait si bien mon père, « il n'est bons murs [1] que de bons hommes ».

Louis parut si heureux d'avoir cité son père et, à la réflexion, si content d'avoir fait ce croquis (qui lui ramentut sans doute le beau château fortifié qu'il avait construit en terre de ses mains à l'âge de dix ans dans le parc de Plessis-les-Tours) qu'avant de me le tendre, il le signa de son prénom comme un acte royal. Je le reçus, transporté d'aise.

— Un grand merci, Sire, dis-je, je vais y songer.

— N'y songez pas, Siorac, dit-il gravement, faites-le. Il en va d'un petit domaine comme d'un grand royaume. Il ne faut pas plaindre sa peine, ni son temps, ni ses pécunes, pour le remparer contre les méchants.

Le lendemain soir, couchant en l'hôtel du marquis de Siorac en la rue du Champ Fleuri et soupant à sa table, je tirai le croquis royal d'un portefeuille en cuir que j'avais acheté tout spécialement pour l'y mettre et le montrai à mon père et à La Surie.

— Eh bien, Monsieur mon père, dis-je, qu'en pensez-vous ?

— Vertudieu, dit mon père, un croquis de la main du roi ! Et signé ! J'en pense que c'est déjà un cadeau des Dieux que ce croquis-là ! Il passera de main en main dans votre lignée, mon fils, pour l'émerveillement de vos enfants et de vos petits-enfants, si toutefois, ajouta-t-il avec un sourire, vous consentez un jour à vous marier.

— Mais j'y compte bien, dis-je avec un sourire. J'ai, à Paris, l'hôtel de la rue des Bourbons que j'ai acheté à Madame de Lichtenberg et j'ai mon domaine d'Orbieu. Il n'y manque que le choix de la belle. Chevalier, votre opinion sur ce croquis ?

— Cela dépend, dit La Surie.

— Et de quoi cela dépend-il ?

— De l'usance que vous en ferez.

— Et quelle usance voudriez-vous que j'en fasse ? Vous-même, à ma place…

— Je l'encadrerais sur du velours et dans les ors, le protégerais d'un verre épais et le suspendrais aux yeux de tous au-dessus de la plus monumentale de mes cheminées.

1. Murailles : fortifications.

— Miroul, si j'entends bien tes paroles, dit mon père avec un sourire, elles vont bien au-delà de ce qu'elles disent.

— Je vous le concède bien volontiers, dit La Surie en envisageant le marquis de Siorac de ses yeux vairons, chacun avec une expression différente : le marron avec affection et le bleu avec malice.

— Je vous entends, moi aussi, dis-je avec un sourire. Si vous étiez à ma place, vous ne mettriez pas la main à la truelle pour construire à Orbieu ce châtelet d'entrée.

— Il y a deux choses à considérer, dit le chevalier de La Surie : la sûreté et la dépense. La sûreté en serait fort bonne, en effet, pour vos manants et pour vous, mais la dépense est énormissime...

— Cependant, dis-je, n'ai-je pas reçu un ordre du roi ? « N'y songez pas, Siorac, faites-le ! » a-t-il dit.

— Ce n'est pas un ordre, dit mon père, c'est un conseil. Le roi n'est censé vous donner un ordre que quand il délie sa bourse pour vous donner les moyens d'exécuter son commandement.

— Cependant, dis-je, le danger n'est que trop réel. Sans châtelet d'entrée, je ne serai jamais à l'abri d'une surprise. Quelle humiliation que de se trouver tout soudain au mitan de mes champs, affronté aux pistolets de ces infâmes reîtres ! Et vais-je toujours trembler en mes nuits et mes jours qu'on me détruise à l'improviste mon domaine, mes manants, ma maison et celle des miens ? Quelle est la politique du roi ? Mettre son royaume à l'abri des intrigues des Grands, des huguenots et de la Maison d'Autriche. Bien que mes ennemis à moi ne soient que gens vils et de corde, ils me sont tout autant redoutables.

— Il reste qu'un châtelet d'entrée serait ruineux, dit mon père. Mais, Pierre-Emmanuel, reprit-il après un moment de réflexion, après tout, vous n'êtes pas pauvre...

Là-dessus, Franz toqua à l'huis et sur l'entrant que lui bailla mon père, il apparut et me remit un billet qu'un petit vas-y-dire venait d'apporter pour moi. Trouvant, à le déclore, qu'il me venait de la duchesse de Guise dont le lecteur connaît les liens avec mon père, je le lus à voix haute :

« Mon fieul,

« Vené diné demin au beque à beque on zeur avec moi et Louise-Marguerite.

« Catherine de Guise. »

— Cela fait trois becs, dit le marquis de Siorac, dont deux féminins. Vous aurez peu à dire…

— Voire mais, Monsieur mon père ! Il y aura à coup sûr des questions insidieuses auxquelles j'aurai à répondre avec… comment dites-vous, Monsieur mon père, à l'accoutumée ?

— « Une patte en avant et l'autre déjà sur le recul. »

À quoi nous rîmes à gueule bec, non que la gausserie fût neuve, mais parce que nous étions heureux d'être ensemble tous les trois et de la répéter.

Ma bonne marraine, la duchesse douairière de Guise — épouse peu fidèle du balafré, fondateur de la Sainte Ligue qui fut mis à mort par les Quarante-Cinq au château de Blois sur l'ordre d'Henri III —, était née en 1553. Au moment de ce « dîner aux trois becs », comme l'appela mon père, elle avait soixante-douze ans, âge sans aucun rapport avec la verdeur dont elle se paonnait. Vous l'eussiez blessée au plus vif si vous aviez dit, comme Bassompierre, qu'elle paraissait dix ans de moins. « Dix ans ! Comte ! Dix ans de moins ! le rebuffa-t-elle avec indignation, c'est trente ans que vous vouliez dire : votre langue vous aura fourché. »

Et de fait, elle avait encore une peau des plus lisses, sans tavelures ni mouchetures, point de poches sous l'œil, point de fanons au cou, les dents intactes, la prunelle jeune et pétillante, le cheveu fort abondant, blond avec un peu d'aide, mais bouclé à ravir. La vivacité de ses mouvements, son ébulliente gaîté et la franchise de ses propos ajoutaient encore à l'impression d'indestructible jeunesse qu'elle donnait. Et en effet, quelle robustesse de corps et quelle force d'âme lui avait-il fallu pour survivre à onze de ses enfants, les seuls qui fussent encore en vie étant le petit duc sans nez, le duc de Chevreuse, la princesse de Conti et moi-même.

Louise-Marguerite, sa fille et ma demi-sœur, veuve du prince de Conti, mariée secrètement à Bassompierre (pour ne point perdre ce titre de princesse dont elle était raffolée), n'avait été fidèle à aucun mari. Mais à la différence de sa mère, elle ne s'attachait point, ouvrant son pistil à tout insecte et pâtissant prou en son for d'avoir atteint l'âge de trente-sept ans et d'autant que sa grande rivale — en beauté et dans l'amitié de la reine —, sa belle-sœur, Madame de Chevreuse, veuve de Luynes, avait l'impertinence d'avoir douze ans de moins qu'elle.

Cependant, telle qu'elle m'apparut ce jour-là, je trouvai la princesse de Conti furieusement belle et fort magnifiquement attifurée.

De petites bouclettes blondes ornaient le haut de son front et tombaient gracieusement le long de ses joues, rejointes et recouvertes sur les côtés et sur le derrière de la tête par une masse fort serrée de perles du plus bel orient, lesquelles, enfilées sur des fils invisibles, étaient fixées à un bandeau de velours noir qui, passant sur le haut du crâne, devait être attaché sous la nuque. Le cou, fort gracieux et délicat, était souligné par un collier de perles à un seul rang. Mais, comme pour faire rougir cette sobriété, trois rangs de perles décoraient le décolleté placé si bas que le sillon entre les deux tétins eût été visible sans un grand cabochon d'une douzaine de perles qui le masquaient tout en le soulignant. Pour la symétrie, deux autres cabochons étaient placés sur le gras des épaules. À partir de là, tout se simplifiait. Une seule rangée de perles descendait le long du ventre et deux autres rangées partant des hanches venaient rejoindre le premier au niveau du pubis dans un dessin géographique des plus éloquents. La robe était de satin rose brodé de fils d'or et quoique fort proche du corps jusqu'au dessin que je viens de dire, s'évasait majestueusement en un vertugadin dont l'ampleur témoignait de l'importance quasi sacrée des membres qu'ils dérobaient aux regards.

Cette idole avait, Dieu merci, des yeux qui ne se contentaient pas de leur beauté, car ils étaient vifs, gais, malicieux, scintillants d'esprit et, sous le nez parfait, la bouche paraissait à la fois pleine et fine et aussi propre aux boutades qu'aux baisers. Guise par son père, Bourbon par sa mère et son premier mariage, telle m'apparut ce jour-là cette haute dame de cour à qui Louis avait donné un surnom dont elle ne se laissait pas de se flatter : il l'appelait « le péché ».

— Madame ma mère, dit-elle en voyant que Madame de

Guise ne mettait pas fin à mes baisers tant elle était attendrézie, pensez-vous que mes frères Guise et Chevreuse seraient bien charmés de se voir si effrontément préférer mon petit cousin ?

Ne voulant pas désobliger ses frères en me nommant comme eux, Louise-Marguerite m'appelait dextrement « mon petit cousin » en imitation d'Henri IV qui avait le premier usé de cette appellation au bal fameux de la duchesse de Guise en me présentant à Marie de Médicis. Et comment l'eussent-ils pu là-dessus gourmander, couverte qu'elle était par une telle autorité ? Là-dessus, le duc de Chevreuse ne tarda pas à suivre l'exemple de Louise-Marguerite, mais Guise s'obstinait à m'appeler « Monsieur ». Toute la différence entre les deux ducs était là. Comme l'avait si bien remarqué leur mère, « Chevreuse a une certaine tendreté de cœur, mais pas la moitié autant de cervelle qu'il faudrait. Et Guise a de la tête, mais le cœur sec ».

— Peu me chaut ce qu'ils penseraient, dit Madame de Guise en m'effleurant le cheveu de celle de ses mains que j'avais libérée, je suis fort peu contente d'eux : Guise se laisse plumer au jeu par Bassompierre...

— Et Chevreuse se laisse planter des cornes par Lord Holland, dit Louise-Marguerite d'un ton acerbe.

— Que voulez-vous qu'il fasse ? dit Madame de Guise. Qu'il appelle sur le pré l'envoyé du duc d'Angleterre et le tue, alors que le mariage anglais vient à peine de se conclure, et Chevreuse au surplus ayant été choisi par Louis pour épouser Henriette par procuration avant le départ de notre princesse pour Londres ? Qui pis est, Lord Holland, comme il fait toujours, est descendu à l'hôtel de Chevreuse. Voudriez-vous que Claude dépêche son hôte à souper entre la poire et le fromage [1] ?

— Si j'avais une once de méchantise dans mon pauvre petit corps, commença Louise-Marguerite...

— Ma fille, vous vous sous-estimez ! dit Madame de Guise avec un sourire.

— Cela ne m'ennuierait pas que Claude étende Holland tout raide sur le pré. Je l'avais déjà enveloppé dans mes filets et le ramenais doucement à mon bord quand mon adorable belle-

1. Depuis le XIIIe siècle, la poire et le fromage étaient servis à table dans cet ordre : la poire d'abord et le fromage ensuite.

sœur lui a jeté le grappin dessus et, déchirant mes filets du même coup, l'a ramené à sa barque, où elle l'a cloué au mât, et aussi longtemps qu'elle voudra.

— Vous demeurez néanmoins la grandissime amie de Chevreuse, dit Madame de Guise.

— Il le faut bien. J'ai perdu Holland. Vais-je perdre aussi l'amitié de la reine sur laquelle règne cette ensorceleuse ?

— Je n'en crois pas mes oreilles. Deux poulettes de votre lustre se disputer ce coq anglais ! Qu'a-t-il de si attirant ?

— Mais il est beau.

— Babillebahou, ma fille ! C'est une beauté fade et tirant sur l'efféminé ! Tous ces jeunes Lords que le roi d'Angleterre nous envoie sont de cette farine et ne me ragoûtent guère. Ils ne sont ni chair franche ni honnête poisson. On dirait bien qu'il fallait avoir ce genre-là pour réussir à la Cour de Jacques Ier...

— Madame, dit Louise-Marguerite, avec ce petit rire musical qui lui avait valu tant d'éloges et dont elle abusait, nul n'ignore, en la chrétienté, sauf vous peut-être, que Jacques Ier était de l'homme comme un bourdon. Mais rien ne donne à penser que Charles Ier soit aussi de ce côté-là et qu'Henriette-Marie aura non des rivales, mais des rivaux...

— Je ne suis pas sûre, poursuivit Madame de Guise, que ce Bouquingan que nous avons vu il y a deux ans incognito avec le prince de Galles, lors du grand ballet donné par la reine-mère, ne soit pas un poisson des mêmes eaux. Croyez-vous qu'issu de la petite noblesse il eût pu devenir le favori de Jacques Ier innocemment ? Et qui plus est, duc et pair ? Et ministre ? Et d'autant qu'on le dit sans talent, sans étude, sans vertu, sans autre avantage que sa seule beauté. Et comment, dès la minute où Jacques Ier a rendu sa vilaine âme à Dieu, ce Bouquingan a-t-il pu devenir en un battement de cils le favori et le ministre de Charles Ier, si Charles Ier n'était point fait de la même étrange étoffe que son père ?

— Je le décrois, dit Louise-Marguerite avec fougue. Bouquingan est l'homme le plus beau du monde et il est plus couvert de femmes qu'un chien de puces.

— Cela n'empêche rien, dit Madame de Guise. Vendôme n'a-t-il pas eu femme, enfants et même maîtresses, tout en étant ce qu'il est ? Pierre-Emmanuel, qu'en pensez-vous ?

— Madame, je n'ai aucune opinion sur les mœurs de Lord Buckingham.

— Qui est-ce donc celui-là que vous dites ?

— Celui que vous appelez Bouquingan.

— Alors, prononcez donc Bouquingan comme tout le monde. Ce n'est pas de la faute de ces pauvres Anglais, s'ils ont des noms imprononçables.

— Vous avez bien raison, Madame, dis-je avec un sourire. Ils sont bien à plaindre d'avoir des noms à eux, au lieu d'avoir des noms à nous. Ceci dit, sur les mœurs de Bouquingan, je suis muet.

— Madame, dit Louise-Marguerite, je vous l'avais dit, vous ne tirerez rien, ce que j'appelle rien, du plus chéri de vos fils. Il est premier gentilhomme de la chambre, il est membre du Conseil, il voit le roi et le cardinal tous les jours, il est là quand ils délibèrent, mais en fait, il ne voit rien, il n'oit rien, il ne dit miette, il est plus boutonné que fossoyeur et plus muet que tombe.

— Pierre-Emmanuel, dit Madame de Guise, les mœurs de Bouquingan sont-elles un secret d'État ?

— Madame, devrais-je, placé où je suis, babiller à tout va ? Et comment savoir où commence et où finit un secret d'État ? Les gestes les plus insignifiants, les intrigues les plus mesquines peuvent déboucher sur des affaires susceptibles de mettre en danger l'État. Ainsi, quand, dans la nuit que vous savez, il est entré dans la tête folle de Marie de Chevreuse de prendre la reine par le bras pour la faire traverser en courant la grande galerie du Louvre, ce n'était qu'un enfantillage. Mais la reine, qui était enceinte et qui n'aurait dû ni courir, ni même marcher, ayant subi une première fausse-couche, trébucha, tomba, poussa un cri de douleur et perdit une deuxième fois son fruit...

— Le crime était petit de la faire courir, dit Louise-Marguerite.

— Mais la conséquence en fut criminelle, dis-je, très à la chaude. Louis perdit l'espoir d'un dauphin qui lui serait ce jourd'hui un précieux rempart contre les intrigues pour sa succession.

— Cela est vrai, dit Madame de Guise, mais Louis ne fut-il

pas un peu dur pour Marie en lui ôtant à la fois son appartement du Louvre et sa charge de surintendante de la Maison de la reine ?

— Bah ! dit Louise-Marguerite, petite punition, puisque Marie réussit à se faire épouser par notre grande benêt de Chevreuse et que Louis la rétablit aussitôt dans sa charge et son appartement.

— Il ferait beau voir, dit Madame de Guise, haussant haut la crête, qu'il ne l'eût pas fait, Marie devenant Guise en épousant Chevreuse ! Aucun roi de France ne pouvait faire cette écorne à ma maison...

— Mais puisque justement la punition était levée, dis-je, pourquoi Marie s'est-elle tant encharnée contre Louis, machinant cette sotte, puérile et dangereuse intrigue dont le but était de faire en sorte qu'Anne d'Autriche tombât amoureuse de votre Bouquingan qu'elle n'avait encore jamais vu ? Ramentez-vous, de grâce ! On lui parlait de lui sans cesse. On lui montrait des portraits. On vantait sa beauté virile.

— Je ne sais, à vrai dire, qui a conçu l'idée de cette nigauderie, dit ma demi-sœur : Marie ou Lord Holland, avec qui déjà elle coqueliquait, Bouquingan étant le grand et intime ami de Lord Holland.

— Ah ! Je n'aime pas cela ! s'écria Madame de Guise. Ces amitiés entre hommes me puent !

— Ma mère ! Que dites-vous là ! C'est langage de crocheteur ! dit Louise-Marguerite.

— Ma fille, dit Madame de Guise en rougissant et quasi rugissant en son ire, je parle comme je sens : franc et brusque. Et si vous n'aimez pas ce langage, allez faire, de grâce, votre renchérie dans la ruelle de Madame de Rambouillet, et ne vous rabaissez plus à dîner avec moi.

La béquetade fut vive et brutale, mais ne dura qu'un battement de cils, car, aussitôt, la pauvre béquetée se soumit. Les deux femmes s'adoraient, il me semble l'avoir dit déjà, partageant souvent le même lit, et étant toutes deux grandes babilleuses, s'entretenaient pendant des heures derrière les courtines, se disant tout. Et il y avait beaucoup à dire, l'une et l'autre ayant croqué la vie à dents aiguës.

— Madame ma mère, dit la princesse de Conti en baissant le

front, ce n'était qu'une petite gausserie et je vous supplie très humblement de me la pardonner.

— Mais comment ne pas pardonner ce petit péché au « Péché » ? dit ma bonne marraine avec un sourire.

Sur cette saillie, nous rîmes. Les plumes ébouriffées se remirent en place et le chérubin de l'amour filial vola derechef au-dessus de nos têtes.

— Revenons à nos moutons, dit Madame de Guise. Il y a deux ans, quand Bouquingan passe par Paris incognito, accompagnant Charles Ier alors prince de Galles, pour aller à Madrid, qu'arriva-t-il précisément ? J'étais mal allante et alitée. Je n'ai pu assister au ballet de la reine-mère et je n'ai ouï que des rumeurs.

— Mais rien ! Il ne se passa rien du tout ! dit Louise-Marguerite, et il ne se pouvait rien passer, Bouquingan et le prince ne pouvant être présentés à la reine, voyageant incognito. Mais il y eut des échanges de regards à ce ballet, Anne sachant bien par Marie qui était ce beau Lord, si magnifiquement attifuré en velours blanc constellé de diamants.

— Et *quid* de ces regards ?

— Anne y montra quelque trémulation, quoique à la discrétion, mais ceux de Bouquingan furent très appuyés et les yeux de la reine ne se détournèrent pas aussi vite qu'ils eussent dû. Grand à la Cour fut l'émeuvement et tant plus parleresse et saliveuse, la jaserie qui en résulta. Louis fut très offensé. Il demeura cinq jours sans faire à la pauvre Anne la moindre visite, fût-elle protocolaire et, un mois plus tard, il interdit toute présence masculine dans l'appartement de la reine quand lui-même n'y était pas.

— Cela, je le sais, dit Madame de Guise. Madame ma fille, reprit-elle en échangeant avec Louise-Marguerite des regards connivents, n'avez-vous pas quelques petites questions à poser à votre petit cousin ?

— Ce méchant n'y répondra pas, dit Louise-Marguerite avec une jolie moue et un gracieux penchement de son épaule qui marqua à la fois son dépit et son désir de me plaire. Le monstre est plus cousu dans ses silences qu'une tortue dans sa carapace.

— À la bonne heure, dis-je, j'ai progressé ! J'étais fossoyeur et me voilà tortue ! Cependant, Madame, si vous voulez bien formuler vos questions de façon à ce que je puisse répondre

« oui » ou « non », je verrai si je puis vous satisfaire. Mais si vous répétiez ce « oui » ou « non » à quiconque, j'oserais dire que je ne les ai jamais prononcés.

— Et si je vous pose une question indiscrète ?

— Je serai muet comme carpe.

— Barguin conclu, mon petit cousin ! Commençons-nous ? Est-il vrai que deux ans après cet échange de regards entre la reine et Bouquingan celui-ci, en ce même mois de mai où nous avons le bonheur d'être, cherche à revenir en Paris ?

— Oui.

— Sous le prétexte de venir chercher Henriette-Marie et de l'amener à Londres, une fois que Chevreuse l'aura mariée par procuration ?

— Oui.

— Et aussi sous le prétexte de forger une alliance entre l'Angleterre et la France contre l'Espagne ?

— Oui.

— Est-il vrai que l'ambassadeur de France à Londres déconseille à Louis d'accepter cette visite de Bouquingan ?

— Oui.

— En raison des vanteries à Londres de ce même Bouquingan au sujet de notre reine ?

— Oui.

— Est-il vrai que notre Conseil des affaires est lui aussi hostile à cette visite ?

— Oui.

— Et le roi, plus que tout autre ?

— Oui.

— Est-il vrai que Richelieu y est lui aussi opposé, mais qu'il serait néanmoins résigné à accepter cette visite, de peur que Bouquingan, dans son ire, s'arrange pour faire échouer ce mariage anglais qui a coûté tant de peines et qui est si utile à la France ?

— Madame, la carpe, ici, s'accoise.

— Et en bref, mon petit cousin, dit Louise-Marguerite de sa voix la plus caressante, Bouquingan obtiendra-t-il de Louis le *nil obstat* qui lui permettrait de revenir à Paris ?

— La carpe ne pipe mot, Madame.

— Pourquoi ?

— Par ignorance.

— À faute de savoir, mon petit cousin, vous pourriez supposer.

— *Hypotheses non fingo*[1].

— Ce qui veut dire ?

— Ce qui veut dire que je ne fais pas d'hypothèses.

— Tenez, Monsieur ! cria alors Louise-Marguerite avec une colère qui me parut plus qu'à demi feinte, vous êtes un monstre ! Je vous veux mal de mort de vos discourtois silences ! D'ores en avant, je vous désaime ! Et ne veux plus voir, même en peinture, votre méchante face !

— Ma fille ! Ma fille ! s'écria Madame de Guise, comme alarmée.

Mais quant à moi, je ne m'émus guère, connaissant bien la princesse de Conti, ses tours et ses détours.

— Madame, dis-je avec un sourire, je suis tout chaffourré de chagrin d'avoir perdu par mes silences l'amour de mon émerveillable sœur. Et en ce désespoir, prenant congé de vous, et de ma bonne marraine, je m'en vais de ce pas me jeter dans la rivière de Seine.

— Faites mieux ! Retrouvez-y votre carpe ! Et noyez-vous avec elle !

— Ma fille ! cria Madame de Guise, qu'est cela ?

Mais là-dessus, Louise-Marguerite, m'ayant envisagé de ses yeux scintillants où dansaient mille diablotins, se mit à rire à gueule bec.

— Mon petit cousin, vous êtes fin, mais je suis plus fine que vous ! J'ai la réponse que je cherchais : le Lord Bouquingan sera céans en mai.

— Et où prenez-vous cela ? dit Madame de Guise en ouvrant de grands yeux.

— J'ai fait parler les silences de mon petit cousin.

— Comment cela ?

— Madame ma mère, est-ce un hasard, dites-moi, si la carpe a commencé à s'accoiser, quand j'ai quis d'elle l'opinion du cardinal sur la venue de Bouquingan ?

1 Je ne fais pas d'hypothèses (lat.).

— Et que concluez-vous de ce silence ?

— Que l'opinion du cardinal était décisive et que mon petit cousin la connaissait, mais n'a pas voulu la confirmer.

— Et pourquoi, ma fille ?

— Pour que je ne puisse pas la communiquer à la Chevrette [1] qui, apprenant la bonne nouvelle de la venue de Bouquingan, allait fourbir plus que jamais ses armes pour que son projet aboutît.

Je fus si indigné en mon for que la princesse pût parler avec si peu de honte de ce dévergondage qui visait à salir l'honneur du roi que je décidai de sortir de ma réserve et de lui dire, tirant tout droit de l'épaule, ce que je pensais de sa conduite.

— Madame, dis-je gravement, permettez-moi de vous dire que vous avez mille fois tort de prêter la main à cette stupide et dangereuse intrigue. Elle est stupide pour ce que la reine n'étant jamais seule, ni de jour ni de nuit, ne peut en aucune façon être infidèle. Il se peut qu'elle y rêve, mais sans pouvoir ni vouloir aller jusqu'au bout de son rêve. Quant à Bouquingan, ayant conquis l'amour de deux rois anglais, il se tient pour irrésistible, et pense ajouter à sa couronne en cocuant le roi de France. C'est un fol et un fat. Il est tout à fait hors vraisemblance qu'il parvienne jamais à ses fins. Ce qu'il peut faire de pis est d'humilier Louis et de gâter sa bonne entente avec Anne si, en public, elle trahit derechef quelque inclination pour lui. Étant anglais, on ne pourra sévir contre lui, ni punir Anne, puisqu'elle est notre reine et puisqu'on attend d'elle un dauphin. La foudre royale tombera sur l'entourage, c'est-à-dire sur la Chevrette, sur d'autres aussi, bien sûr, et sur vous-même, si vous continuez à prêter les mains à ces brouilleries.

— Mon frère Guise me protégera, dit la princesse de Conti avec hauteur.

— Passé un point, il ne le pourra plus, sauf à encourir lui-même une irrémédiable disgrâce. Vous n'avez, ma sœur, aucune idée du caractère véritable du roi. Parce que la reine-mère a répété pendant les sept ans de sa régence qu'il était inapte à régner, vous le croyez sot. En fait, il a le sens le plus droit et le

1. Nom familier donné à la duchesse de Chevreuse.

jugement le plus sûr. Parce qu'il parle peu, vous le croyez mol et vacillant. Or, il a une volonté si forte que rien ne la peut plier. En outre, il ressent profondément les écornes qu'on lui fait et comme il n'a pas, comme son père, la tripe indulgente, il ne les pardonne jamais. Méfiez-vous de ses ressentiments : ils seront implacables.

— Je le décrois, dit la princesse de Conti. Louis fait tout ce que veut le cardinal. Il est dans ses mains comme un toton dans les mains d'un enfant.

— Où prenez-vous cela ? C'est archifaux ! Dans quelle cervelle niaise a jamais germé cette étrange idée ? Le cardinal à cent yeux comme Argus, il a cent oreilles, et en plus de grands talents et une cervelle assez puissante et méthodique pour tirer un miel de sagesse de tous les faits qu'il butine par ses innumérables antennes. Mais au roi seul appartiennent le choix et la décision. Et jusqu'au détail, c'est Sa Majesté qui tranche. Richelieu n'oserait même pas nommer un évêque sans son assentiment. Et si le roi vous serre un jour en geôle pour vous punir de vos intrigues, soyez bien assurée que cette décision sera la sienne et qu'elle sera irrévocable.

— Monsieur, avez-vous fini ce discours ? dit la princesse de Conti.

— Oui, Madame.

— Je vous remercie, dit-elle, la lèvre dédaigneuse et la crête fort haute. Véritablement, je vous remercie de tout cœur de vos bonnes leçons. Je ne sache pas, toutefois, que je les agrée comme je le devrais, et d'ores en avant, je renoncerai, pendant quelque temps, à l'honneur de vous revoir, afin que de vous éviter la peine de les renouveler.

***

Je fus un long mois, en effet, avant de revoir la princesse de Conti, non que je le désirasse après la rebuffade que j'avais essuyée d'elle, mais Madame de Guise, qui se sentait malheureuse quand elle ne rassemblait pas ses poussins sous ses plumes, n'eut de cesse qu'elle ne nous réunît derechef chez elle pour un nouveau dîner à trois becs.

Le moins que je puisse dire, c'est que cette repue faillit étrangement en chaleur fraternelle. Le plaisir que me donnaient à l'accoutumée la beauté de Louise-Marguerite, son esprit et jusqu'aux splendides affiquets dont elle se parait, s'évanouit dès que je jetai l'œil sur ses yeux inhabités par la moindre tendresse. Dès cet instant, je sentis que l'absence et la distance n'avaient fait qu'aggraver notre différend et qu'elle me considérait meshui comme appartenant à un autre parti que le sien : celui du roi et du cardinal, contre lequel, en sa folie, elle nourrissait, comme la Chevreuse, une animosité tant aveugle qu'irraisonnée.

Les plumes maternelles ne la réchauffaient pas. Mangeant du bout des lèvres, l'air absent et hautain, elle se cuirassait dans une froideur courtoise, mettait entre elle et moi des lieues infranchissables et ne me posait pas la moindre question. De mon côté, je me gardais bien de toute mise en garde, alors même que je la sentais plus que jamais nécessaire, tant il me parut évident qu'à courte ou lointaine échéance, en entrant en opposition ouverte contre le roi et le cardinal, ma pauvre sœur courait au désastre.

Je quittai l'hôtel de Guise, attristé et déquiété, tant étaient grandes mes appréhensions de voir la princesse de Conti prisonnière d'une coterie funeste. À mon sentiment, c'était pure démence de la part de la princesse d'entrer à l'étourdie dans ces périlleuses brouilleries tissées par des gens assez sots, légers et inconsidérés pour aller battre en assaut dérisoire le pied de rocs aussi hauts, aussi puissants et aussi fermes que le roi et le cardinal, lesquels, dès qu'on les voulait séparer, se soudaient plus fortement l'un à l'autre.

Le plus fol, le plus fat, le plus outrecuidant, le plus dénué de bon sens, de raison et d'assiette de ces intrigants fut à coup sûr le duc de Buckingham. Favori de deux rois, il était monté comme l'écume, et il en avait la consistance. Avec le temps, son infatuation d'enfant gâté était devenue telle qu'il eût voulu tout subjuguer par sa beauté et soumettre le monde entier à ses caprices. Comme bien le montre cette lamentable histoire d'Amiens, que je conterai plus loin et qui fut d'un bout à l'autre si absurde que je l'eusse qualifiée de puérile si, deux ans plus tard, ses ultimes conséquences n'avaient placé Louis et l'État en un si périlleux prédicament.

Le roi et le cardinal s'étant résignés — de peur que le mariage anglais fût rompu — à laisser venir Buckingham à Paris aux fins d'emmener la princesse Henriette-Marie à Londres, il vint enfin à nous, cet épitomé de toutes les grâces viriles.

Il arriva au Louvre le vingt-quatre mai à la tombée de la nuit, mais même aux chandelles il éblouit les dames de la Cour au point qu'on oyait quasiment battre leurs cœurs. Et pour dire le vrai, c'était l'homme du monde le mieux fait et de la meilleure mine, grand, svelte, bien découplé, les traits d'une statue grecque, le cheveu bouclé, et de fort beaux yeux, dont il usait fort bien. Il était venu avec une suite peu nombreuse de Lords anglais, mais sans doute pour compenser cette économie, ses bagues contenaient, comme je l'appris en babillant avec son porte-manteau, vingt-sept habits, dont le plus magnifique qui était constellé de diamants, avait coûté quatre-vingt mille livres sterling.

Buckingham était descendu, cela va sans dire, en l'hôtel de Madame de Chevreuse, rue Saint-Thomas du Louvre, entre la rue du Doyenné et la rue Saint-Honoré et, bien que je n'ignore pas que ma belle lectrice attende ici avec quelque impatience que Lord Buckingham soit présenté à la reine, avec qui, il y a deux ans, il n'échangea que des regards, je veux dire un mot sur cet hôtel, un des plus beaux de Paris, une sorte de Louvre en miniature, avec des pilastres et des statues, et doté, en outre, d'un grand jardin qui allait jusqu'à la rue Saint-Nicaise.

Si cet hôtel était plein d'intérêt, sa récente histoire ne laissait pas non plus d'être savoureuse. Monsieur de Luynes l'acheta pour sa femme, et quand celle-ci devint veuve, elle en hérita et le trouvant alors un peu lourd à ménager, elle le vendit à Monsieur de Chevreuse et en fut bien marrie, car elle en était raffolée. Toutefois, elle n'en fut pas privée longtemps, car ayant réussi, l'année suivante, à se faire épouser par Monsieur de Chevreuse, elle rentra dans son bien tout en gardant les pécunes que sa vente lui avait apportées...

Pour en revenir à Lord Buckingham, on le présenta au roi puis à la reine-mère, ensuite à Monsieur, frère du roi, enfin à la reine régnante. Je fus présent à cette audience comme en celles qui l'avaient précédée. Non de mon propre mouvement, mais parce que le roi, sachant que je parlais anglais, m'avait commandé de servir de truchement à la suite de Buckingham.

À vrai dire, j'étais utile à tous ces Lords, sauf au duc lui-même, car ayant été élevé en France, il parlait le français à merveille, ce qui servit fort ses desseins, dès l'instant où il fut présenté à Anne d'Autriche.

L'audience eut lieu le vingt-cinq mai, le lendemain de l'arrivée du ministre. Anne savait donc depuis la veille que Buckingham était là, et elle avait dormi le mieux qu'elle avait pu sur cette bouleversante nouvelle. Le lecteur se ramentoit sans doute que depuis deux ans le duc avait été l'unique sujet de conversation entre la reine et Madame de Chevreuse, celle-ci répétant à satiété à la souveraine que Bouquingan, depuis qu'il l'avait vue au ballet de la reine-mère, nourrissait pour elle la plus violente amour qui se pût concevoir. La Chevreuse le tenait pour sûr : Lord Holland, l'intime ami du favori, lui ayant dit plus d'une fois dans ses lettres, lesquelles d'ailleurs ne risquaient pas de la démentir : c'est elle qui les lui avait dictées.

Il me paraît étrange que dans la suite des temps les caquets de cour aient parlé de cette grande amour de Buckingham pour la reine comme si elle avait réellement existé, alors qu'elle avait été fabriquée de toutes pièces par la Chevreuse et interprétée par Buckingham avec l'habileté d'un comédien rompu à tous les mensonges de la séduction. Comment ce séducteur aurait-il pu, du reste, abriter en son cœur, tout occupé de soi, un sentiment, je ne dis pas d'amour, mais d'affection sincère pour la reine, alors qu'il n'aspirait qu'à la gloire de la déshonorer, sans le moindre souci des conséquences tragiques qu'à coup sûr, la trahison de ses devoirs d'épouse aurait entraînées pour elle ?

Anne avait alors vingt-quatre ans — à une semaine près l'âge du roi. À son couronnement, les poètes de cour, pour qui toute princesse est d'une beauté sublime, l'avaient comparée sans vergogne aux déesses de l'Olympe. Il s'en fallait cependant que la reine fût tout à fait à la hauteur de ces hyperboles, si plaisante qu'elle fût à voir. Née roturière dans une maison bourgeoise de Paris, on l'eût trouvée, non sans raison, pimpante et fraîchelette. C'était plutôt du côté de la cervelle qu'il manquait quelques atomes. Et la faute en revenait pour une grande part à son éducation. Élevée selon l'étiquette bigote et bornée de la Cour de Madrid, on lui avait appris à ne rien apprendre, et son jugement, fort strictement emmailloté, ne s'était jamais dégourdi.

Elle était naïve et crédule et comme elle ne discernait pas les mobiles derrière les paroles, on la pouvait tromper facilement. Par bonheur, elle avait une haute idée de sa naissance et de son rang, et cet orgueil lui baillait une armure qui en quelque mesure la protégeait de ses impulsions.

Plaise enfin au lecteur de me permettre de lui ramentevoir que mariée à un homme que la persécution maternelle avait dégoûté des femmes, elle avait dû attendre plusieurs années avant qu'il parvînt, comme avait dit suavement le nonce, à « parfaire » son mariage avec elle. Mais cette *perfezione* (si elle avait ranimé chez Louis ses espoirs dynastiques) ne lui avait point donné plus de connaissance ni d'indulgence pour le *gentil sesso* [1].

Bien avant de rencontrer le cardinal, il pensait comme lui que les femmes étaient d'« étranges animaux, capables d'aucun bien », race babillarde, légère, irréfléchie, occupée à des riens et sans cesse inclinant au péché par une pente naturelle. De peur qu'il imitât un jour le Vert Galant, son confesseur, en ses enfances, lui avait seriné que le péché, c'était la chair et la chair, c'était la femme. Et comme déjà il avait peu d'appétit à ce sexe dangereux et incompréhensible, il trouvait en lui-même peu d'élan pour passer outre à ces défenses. Pour Anne, il était un maître austère, sévère, taciturne, qui la jugeait sans indulgence et ne lui pardonnait rien.

Quand, le vingt-cinq mai, je pénétrai, avec la suite de Buckingham, dans sa chambre, je la vis dans la ruelle, trônant sur une chaire à bras, superbement attifurée, entourée de ses dames d'honneur, la duchesse de Chevreuse étant seule assise sur un pliant, quasiment à ses pieds. La reine me parut un peu pâle. Son écuyer, Monsieur de Putange, qui défendait le passage des balustres, s'inclina profondément devant Lord Buckingham et le laissa, seul, entrer dans la ruelle. Il y avait fort grande presse de monde en cette chambre, et dans la ruelle et derrière les balustres, tant est que les remarques à voix basse des assistants produisaient à s'additionner un bourdonnement continu qui m'étonna par son volume. Buckingham, qui portait, assurément

1. Le sexe faible (ital.)

à dessein, l'habit de velours blanc constellé de diamants dans lequel Anne l'avait vu deux ans plus tôt lors du ballet de la reine-mère, salua la reine selon le protocole en usage à la Cour de France. Il ôta son chapeau d'un geste large, les plumes dont il était orné balayant le tapis. Puis, mettant un genou à terre, il baisa le bas de sa robe. Après quoi, se relevant, il lui fit, d'une voix basse et grave, un compliment en français très bien tourné qu'il avait dû préparer avec le plus grand soin. Anne lui répondit qu'elle était bien aise d'accueillir en sa personne le ministre d'un grand royaume ami et allié du sien. Cette phrase lui avait été répétée la veille par le grand chambellan et elle l'avait non sans mal apprise, ces propos n'ayant pour elle aucun sens, étant si éloignés de ses émotions. Elle les récita d'un ton monocorde, comme une écolière, les yeux baissés. Et quand elle en fut arrivée à bout sans encombre, elle poussa un petit soupir de soulagement, ouvrit les yeux et envisagea Buckingham. Elle rougit alors, et tout soudain, une telle joie éclata sur son visage que le bourdonnement des conversations particulières cessa et laissa place à un profond silence.

Il y avait dans ce silence je ne sais quoi d'avide et de cruel. On eût dit qu'à peine entrée dans l'arène, Anne avait laissé par mégarde tomber ses armes et se trouvait d'ores en avant confrontée sans recours ni secours à un lion rugissant. Je ressentis pour elle à cet instant un sentiment de compassion qui me donna quelque chagrin, mais ce chagrin se changea tout soudain en une ire plus violente, quoique contenue, quand je vis se dessiner sur les lèvres de Madame de Chevreuse, assise aux pieds de la reine, mais en fait la dominant, un sourire triomphant qui me la rendit haïssable. Son long travail de sape portait ses fruits. Elle touchait à son but. Sa vengeance était proche. « Tête bleue ! m'apensai-je à cet instant, comme j'aimerais tordre le cou à ce petit serpent ! »

Buckingham demeura huit jours à Paris et serait resté plus longtemps s'il avait pu. Le beau Lord visitait la reine tous les jours et sur le fait de ces visites, d'autant qu'il faisait les mêmes à la reine-mère, il n'y avait rien à dire, mais beaucoup sur leur déroulement. L'émotion de la reine, quand il apparaissait, son empressement à accepter ses hommages, sa familiarité, les *a parte* qu'elle lui permettait dans les embrasures des fenêtres, les regards dont il osait l'envelopper sans qu'elle le rebutât, la main qu'elle lui abandonnait quasiment sans y prendre garde, sa pâleur et sa rêverie quand il la quittait, tout cela donnait furieusement à jaser, sans que la reine voulût s'en apercevoir.

Toutefois, dans les intervalles entre ces visites, se réveillant de ses douces rêveries, Anne éprouvait quelques scrupules, dont elle faisait part à qui, Dieu bon ? sinon à la Chevreuse, laquelle se hâtait d'endormir sa conscience, en lui répétant que peu importaient les apparences, pourvu que l'intention fût droite... C'est pitié que personne ne ramentût à la reine que Jules César avait répudié sa femme, non parce qu'elle l'avait trompé, mais parce que sa conduite imprudente avait donné prise à des rumeurs.

Les rumeurs de cette farine atteignaient notre roi et comment ne l'eussent-elles pas atteint, alors que l'appartement de la reine, au premier étage du Louvre, jouxtait le sien et que tant de bourdonnants fâcheux circulaient de l'un à l'autre en colportant les nouvelles, sans même qu'ils en eussent conscience, comme les insectes, le pollen des fleurs ?

À en juger par sa mine et ses silences, Louis paraissait ne rien savoir et ne pâtir en rien. Mais il n'est face imperscrutable à qui un regard ami ne livre son secret. À l'expression de ses yeux, au pli de ses lèvres, à l'humeur escalabreuse qu'il montrait à son entourage, il était aisé de conclure que Louis était profondément chagrin qu'Anne eût conçu tant d'attirance pour ce bélître.

Se sachant épié par la Cour, Louis ne changea rien aux visites protocolaires qu'il faisait à son épouse. Mais il les raccourcit quelque peu et sous son masque de courtoisie, il montra à la reine quelque froideur. Ce n'était pas assez pour redonner la vue à cette aveugle, ni pour percer la cuirasse dont sa passion la revêtait. Je me suis souvent apensé qu'il aurait fallu aller trouver Anne sur la minuit en sa chambre, au seul moment où il n'y avait avec elle que deux ou trois femmes et, derrière les courtines, lui parler avec les grosses dents et sans rien ménager. Mais Louis n'était point l'homme qu'il eût fallu pour cette scène de haute graisse. Non qu'il fût timide, comme de sottardes gens l'ont dit. Combien de fois en ses enfances, je l'ai ouï rebuffer prince ou duc rudement, parce qu'il avait désobéi. Mieux même, je l'ai vu gourmander nos grands évêques deux ans plus tard en termes crus et véhéments, allant jusqu'à leur reprocher leurs richesses et leurs ripailles, parce qu'ils tardaient à mettre la main à l'escarcelle pour lui bailler les pécunes nécessaires au siège de La Rochelle. Mais une tonnante algarade infligée à une femme derrière les courtines d'un baldaquin n'était pas dans ses cordes. Le *gentil sesso* le mettait mal à l'aise. J'oserais dire — tout paradoxal que cela puisse paraître — qu'il n'aimait pas assez les femmes pour leur chanter pouilles, quand leurs conduites le décevaient.

Le roi jugeait au-dessous de sa dignité de faire espionner la reine, mais le cardinal avait des observateurs partout, estimant qu'il n'est pas querelle si mince, ni désordre si petit qu'il ne puisse dégénérer un jour en affaire d'État. Par une de ses mouches, il fut fort déquiété d'apprendre que l'engouement de la reine pour Buckingham allait tous les jours croissant et que les apparences, aux yeux de toute la Cour, empiraient. Il suggéra au roi de hâter le départ d'Henriette-Marie pour l'Angleterre, suggestion que Louis accepta en un battement de cils, tant elle comblait ses vœux.

Il était d'usage que la Cour accompagnât jusqu'à la frontière la fille de France qui allait marier un prince étranger, et le lecteur, se peut, se ramentoit que Louis en ses adolescences, avait tenu compagnie à sa cadette la princesse Élisabeth (promise à l'Infant d'Espagne) jusqu'à Bordeaux, mais ne put aller plus loin sur l'ordre de sa mère, la séparation entre le frère et la sœur s'étant faite à deux lieues de la ville, hors carrosse.

Louis n'était pas affectionné à Henriette-Marie autant qu'il l'avait été à Élisabeth, avec qui, en ses maillots et enfances, il aimait à jouer au grand frère et au roi, étant d'elle raffolé et lui cuisant des œufmeslettes pour la divertir. En outre, il ne pouvait s'éloigner longtemps de Paris, les remuements des huguenots lui donnant des soucis à ses ongles ronger. Il n'accompagna Henriette-Marie que jusqu'à Compiègne et, retournant alors jusqu'à sa capitale, laissa à la reine-mère, à la reine régnante et à Monsieur, le soin de la conduire jusqu'à Boulogne où elle devait embarquer pour Londres sous la garde de Buckingham.

Toutefois, sur le chemin, l'immense cortège (presque toute la Cour l'accompagnait) s'arrêta un peu plus longtemps à Amiens qu'il n'était prévu, la reine-mère se trouvant mal allante et devant garder le lit. Et ce qui se passa à Amiens, et qui fut la fable de l'Europe, c'est ce que je vais maintenant conter.

⁂

Je noulus accompagner la Cour en ce voyage, ne trouvant ni liesse ni soulas en ces longues et lourdes pérégrinations où on avalait tant de poussière sur les chemins poudreux et où il était si malcommode aux étapes de trouver un gîte et moins encore des viandes, vu le nombre incroyable de gens qui s'abattaient comme sauterelles sur des villes petites et mangeaient tout.

Au lieu de cela, je quis et obtins du roi la permission de me rendre à Orbieu où je voulais voir où en était la maturité des blés que nous avions semés en octobre de l'année précédente et étudier aussi — mais je n'en dis rien encore à Sa Majesté — l'emplacement où je pourrais bâtir un châtelet d'entrée et des murs qui mettraient le domaine à couvert des attaques par surprise, l'affaire des reîtres me pesant encore sur le cœur. Il va sans dire que je voulais aussi supputer le coût de cette entreprise car, bien que je ne sois pas pauvre, comme avait dit mon père (avec un soupçon de gausserie), je ne laisse pas d'être ménager de mes deniers. Toutefois, que je le dise enfin, je n'étais pas indifférent non plus à la pompe et à l'élégance qu'une telle bâtisse donnerait à mon petit royaume.

Je ne fus donc pas présent à Amiens quand survint l'incident gravissime que j'ai promis au lecteur de lui conter, mais à mon retour d'Orbieu, j'en obtins le récit d'un témoin, sinon oculaire (car la chose se passa de nuit) mais à coup sûr irrécusable : Monsieur de Putange.

Je connaissais bien Monsieur de Putange, dont La Surie disait que son nom finissait mieux qu'il ne commençait.... C'était un gentilhomme de bonne mine, renommé pour sa prudence, sa courtoisie et la suavité de son adresse. Qualités qui lui étaient fort utiles dans sa charge, étant écuyer de la reine et la servant avec un dévouement parfait. Putange était aussi une des plus fines lames de la Cour et il ne se passait guère de semaine sans que nous fissions assaut de nos épées dans le bâtiment des gardes proche de la porte de Bourbon, Monsieur du Hallier nous ayant permis l'usance d'une salle attenante à celle où se tenaient les gardes qui surveillaient le guichet, laquelle (je parle de la salle), pour dire toute la vérité, sentait la sueur, le cuir, l'ail et le tabac à vous raquer les tripes.

Je n'étais point aussi fine lame que Putange, mais j'avais acquis un jeu défensif qui m'aurait permis, dans les occasions extrêmes et, disons, désespérées, de placer sans être atteint la botte de Jarnac que mon père m'avait apprise et de me mettre ainsi à l'abri des bretteurs du Louvre, lesquels vous provoquaient un homme pour querelle de néant et vous le tuaient sans plus de vergogne qu'ils eussent fait d'un poulet pour ajouter à leur gloire. Ces fols sanguinaires, épris du « point d'honneur », ne redoutaient point de mourir, mais ils redoutaient la « botte de Jarnac », laquelle ne tuait pas l'adversaire mais, lui coupant le jarret, l'estropiait à vie. Et comment eussent fait alors ces spadassins, appuyés sur deux cannes, pour conter fleurette aux belles ? Le calcul de mon père se révéla juste, puisqu'il me permit, en effet, de survivre au milieu de ces épées chatouilleuses sans que jamais on ne me cherchât chicane.

Nos assauts avaient créé entre Putange et moi-même une confiante et intime amitié, tant est que quand le roi le chassa du Louvre après l'affaire d'Amiens, il me vint trouver en l'hôtel de mon père où je séjournais alors pour quérir de moi un conseil, se demandant s'il n'allait pas se retirer dans le Languedoc où il avait une petite terre et une sorte de manoir, n'étant pas fort garni en pécunes.

— Mon ami, dis-je, ne partez pas. Je vais vous dire pourquoi : vous n'êtes pas le seul à être chassé. La Porte, Ripert, Jars et Datel — bref tous ceux qui se trouvaient ce soir-là dans le jardin d'Amiens avec la reine — partagent votre sort. Et que veut dire cette fournée de disgrâces, sinon que le roi ne voulant, ni ne pouvant punir la reine, punit son entourage ? Croyez-vous que Sa Majesté, qui est l'équité même, ne soit pas sensible à l'injustice de cette punition qui frappe des innocents et qui n'a d'autre raison d'être que de signifier à la reine qu'il est d'elle mécontent ? Il y a donc fort à parier que ces mesures qui, à tout prendre, ne sont qu'un avertissement *ad usum reginae*[1], seront un jour révoquées. C'est pourquoi j'oserais vous donner cet

1. À l'usage de la reine (lat.).

avis : ne quittez pas Paris ! Ne partez pas au diable de Vauvert ! Ne courez pas vous enterrer ! On vous oublierait !

— Mais où demeurer en Paris ? dit Putange. Les loyers y sont exorbitants de raison et bien trop gros pour mon escarcelle.

— Oyez-moi bien, mon ami. Mon hôtel de la rue des Bourbons se trouve présentement sans locataire et je vous y logerai sans bourse délier. D'ici quelques jours, mon ami, faites savoir discrètement à la reine où vous êtes et soyez sûr que, l'orage passé, elle ne faillira pas à vous rappeler auprès d'elle.

Monsieur de Putange, craignant de me compromettre aux yeux du roi, commença par refuser cette offre, mais, sur mon insistance, finit par l'accepter avec des larmes de joie et de gratitude et je ne sais combien d'embrassades et de serments de me servir toujours.

Je noulus le laisser seul en cette vaste demeure de la rue des Bourbons que j'avais achetée, sur son partement, à Madame de Lichtenberg et je profitai du séjour de mon père en sa seigneurie du Chêne Rogneux pour le prier, à son retour, de passer par Orbieu et de ramener en Paris, pour le servir, Jeannette, un de mes cuisiniers et une chambrière, afin que le malheureux écuyer eût au moins l'embryon d'un domestique qui lui permettrait, non certes de tenir son rang, mais de vivre comme un gentilhomme. Putange en fut au comble de la joie et dès qu'il le put, il m'invita à dîner au bec à bec, repas pour moi fort mémorable, car je ne faillis pas à lui poser quelques questions sur cette affaire d'Amiens sur laquelle j'avais ouï au Louvre tant de versions différentes que j'avais fini par les décroire toutes.

— Mais, savez-vous, dit Putange en secouant la tête d'un air chagrin, qu'il ne se serait rien passé à Amiens s'il n'y avait pas eu trois reines, chacune accompagnée d'une suite nombreuse.

— Trois reines ? dis-je en levant les sourcils. La reine-mère, la reine Anne...

— Monsieur le Comte, vous oubliez Henriette-Marie, qui était déjà reine d'Angleterre, puisqu'elle avait été mariée par procuration à Charles Ier. Pour ne parler que d'elle, sa suite, comme vous vous le ramentevez peut-être, comportait un évêque, plusieurs prêtres et outre cela, une bonne centaine de personnes.

— C'est-à-dire beaucoup plus, dis-je, avec un sourire, que les estomacs anglicans n'en pourront supporter !

— Je le pense aussi, dit Putange. Il reste que cela faisait beaucoup de monde et que, ne pouvant tout loger au palais épiscopal d'Amiens, on n'y mit que la reine-mère et Henriette-Marie, donnant en partage à la reine Anne une vaste demeure dont le jardin, fort plaisant, s'étendait le long de la rivière de Somme. Dès qu'elle le vit, la reine en fut raffolée et le soir même de son advenue, elle s'y alla promener pour goûter son calme et sa fraîcheur, les journées en ce mois de juin, surtout en carrosse, ayant été torrides. En outre, bien que ce jardin ne fût pas très grand, il paraissait tel, l'allée sinuant de bosquet en bosquet entre deux profondes haies, tant est qu'on oyait couler l'eau de la Somme sans jamais la voir, les frondaisons en cachant la vue. Comme je suivais la reine partout où elle allait, étant le premier de sa suite, je l'entendis dire à la princesse de Conti qui cheminait à son côté combien elle aimait ce lieu, les parfums de ses fleurs, la tiédeur de l'air, les mille chuchotis de la rivière. « J'imagine, dit-elle (avec ce chantant accent espagnol que, Dieu merci, elle n'a jamais réussi à corriger), que le jardin d'Éden ne devait pas être très différent. » « Sauf, dit la princesse de Conti, qu'à celui-ci, il manque un Adam... »

— Et que répondit la reine à cet effronté propos ?

— Ni mot ni miette. Jusqu'à la fin de la promenade, elle demeura silencieuse.

— On peut, dis-je, interpréter ce silence de deux façons.

— Monsieur le Comte, dit Putange, je sais à tout le moins comment la princesse de Conti l'interpréta. Elle logeait avec Madame de Chevreuse et Lord Holland dans un hôtel que les échevins d'Amiens avaient attribué comme logis d'étape à Buckingham. Déjà à cette époque, on murmurait que l'intimité était grande et scandaleuse, dans ce trio de serpents.

— Mon ami, dis-je, je vous sais gré de ne pas avoir inclus ma demi-sœur dans ce trio.

— À mon sentiment, la princesse de Conti était partie à l'intrigue sans du tout être la meneuse du jeu. En l'occurrence, son rôle se borna à rapporter à ses amis le dialogue qu'elle avait eu ce soir-là dans le jardin avec la reine en l'interprétant selon ses lumières...

— Qui ne sont pas évangélique...

— En effet. Ce que je sais, en tout cas, reprit Putange, c'est qu'elle n'était pas avec Holland, Buckingham et la Chevreuse lors de la soirée fatale. Peut-être lui avait-on fait entendre que lorsque les deux couples se formeraient pour la promenade dans le jardin d'Éden, elle serait de trop.

— Les deux couples ?

— La Chevreuse au bras de Holland, la reine au bras de Buckingham.

— Tête bleue ! On en était là !

— Pis même ! Le trio de serpents avait décidé, j'en suis bien assuré, que le fruit étant à point, c'était ce soir-là que Buckingham le devrait cueillir à la tombée du jour dans le jardin d'Éden.

— Fûtes-vous de cette promenade-là ?

— Moi-même et quelques autres. Il eût fait beau voir que je n'en fusse pas ! Je suivais la reine comme son ombre. C'était ma charge et mon devoir.

— Quels furent les autres dont vous parlez ?

— Ripert, son médecin, La Porte, son porte-manteau...

— Et que faisait celui-là ?

— Il portait, selon la saison, le manteau de la reine, ou son châle, ou son éventail, ou son ombrelle. Il y avait aussi avec nous un valet nommé Datel qui faisait, le cas échéant, le vas-y-dire. Et enfin, un gentilhomme, Monsieur de Jars, et quelques dames.

— Que faisait là ce Monsieur de Jars ?

— Il faisait partie de la suite de la reine, mais à vrai dire, je ne sais pas trop en quelle qualité.

— Comment les couples se formèrent-ils ?

— De la façon la plus simple et apparemment la plus naturelle. Au sortir de la maison, la reine cheminait entre Lord Holland et Lord Buckingham, Lord Holland à sa gauche et Lord Buckingham à sa droite. Madame de Chevreuse se promenait à côté de Lord Holland. Tous les quatre marchaient sur une même ligne et sans se donner le bras. Mais quand on arriva à un endroit où le sentier se rétrécissait au point de ne laisser place que pour deux personnes marchant de front, Madame de Chevreuse retint Holland par le bras et dit à la reine : « Plaise à Votre Majesté de marcher la première ! » Et comme la reine hésitait à s'engager au crépuscule dans un sentier bordé des deux parts par de hautes haies, sombres et impénétrables, Buckingham lui offrit son bras qu'elle accepta. Et il s'enfonça dans l'ombre avec elle.

— Où étiez-vous à ce moment-là ? Où était, si vous préférez, la suite de la reine ?

— Hélas ! Derrière Lord Holland et Madame de Chevreuse.

— Ne pouviez-vous pas les dépasser ?

— L'étroitesse du sentier tout autant que le protocole rendaient la chose impossible. Il eût fallu littéralement bousculer Lord Holland et la Chevreuse pour passer devant eux. Je ne sus m'y résoudre. Cependant, je me sentais malheureux et inquiet, et le fus plus encore, lorsque j'observai que Lord Holland et Madame de Chevreuse ralentissaient beaucoup le pas, la distance entre le deuxième couple et le premier grandissant au point que, bientôt, je n'arrivais plus à distinguer, dans le crépuscule, le vertugadin blanc à bandes noires de la reine. Le médecin Ripert dut avoir le même sentiment que moi, car il me glissa à l'oreille : « Je n'aime pas cela ! » Preuve qu'il entendait bien, lui aussi, que la lenteur du couple qui nous précédait avait pour but, en nous séparant de la reine, de procurer à Buckingham un bec à bec sans témoin. Plus j'y pensais, plus me poignait l'inquiétude que me donnait une situation aussi scandaleuse et aussi visiblement machinée et je ramassais mon courage pour violer le protocole et dépasser le couple obstructeur quand un cri de femme déchira le silence de la nuit.

« C'était la reine ! Je n'y tins plus. Ma décision fut prise, sans même que je le susse, sauf par ses effets. Je me ruai en avant, bousculant sans vergogne aucune le vertugadin de Madame de Chevreuse, la dépassai et me mis à courre comme fol dans le sentier et, oyant des pas derrière moi, j'entendis que Ripert, La Porte, Datel et Jars me suivaient. Je ne saurais dire, les tempes me battant, combien dura cette course, mais enfin j'aperçus le vertugadin blanc à bandes noires de la reine et m'avançant j'entendis sa voix qui disait, trémulante :

« — Qui va là ?

« — Putange, Madame !

« — Ah ! Putange ! dit-elle d'une voix où la colère le disputait à la peur, vous n'eussiez pas dû me quitter !

« — Madame, je ne pus faire autrement. Lord Holland et

Madame de Chevreuse me barraient le chemin. Mais, Madame, repris-je, que s'est-il donc passé ?

« — Rien ! rien ! dit-elle d'une voix faible, donnez-moi votre bras et raccompagnez-moi dans ma chambre.

— Mon cher Putange, dis-je en lui posant la main sur le bras, pardonnez-moi, mais dans votre récit vous oubliez Buckingham. Où était-il ? Que faisait-il ?

— À la vérité, je ne le vis pas, pour autant qu'on pouvait voir. Il y avait une lune, mais c'est à peine si elle arrivait à pénétrer les frondaisons au-dessus de nos têtes. J'en conclus qu'il avait décampé. Quant à la reine, elle ne desserra pas les dents tout le temps que je la ramenai dans sa chambre, son bras tremblant continuellement sur le mien. Dès qu'on eut allumé les chandelles, je pus la voir. Elle était pâle et haletante. Elle s'assit ou plutôt elle se laissa tomber sur une chaire à bras, et dit d'une voix faible, mais décidée, qu'elle voulait être seule. Madame de Chevreuse la supplia de lui permettre de demeurer, mais Anne fit « non » de la tête. J'attendis que la Chevreuse fût sortie et je sortis à mon tour.

— À votre sentiment, que s'était-il passé entre Buckingham et la reine ?

— Je vous l'ai dit. La Chevreuse l'avait convaincu que le fruit était mûr et qu'il le pouvait cueillir.

— Mais, à votre sentiment, jusqu'où est-il allé ?

— Il n'a pu aller bien loin. Il s'est passé fort peu de temps entre le moment où j'ai perdu de vue la reine et le moment où je l'ai ouïe crier.

— Savez-vous que ma demi-sœur, qui se pique d'esprit, raconte qu'elle est prête à répondre de la vertu de la reine « de la ceinture aux pieds » mais non « de la ceinture en haut ». Qu'en pensez-vous ?

— Que c'est là une damnable insolence, mais qui contient peut-être une part de vérité. Il est possible que Buckingham, tenant la reine dans ses bras, ait essayé de la baiser au bec et de porter la main à sa gorge. La pauvre reine a dû être horrifiée par cette audace. Pour se mettre au diapason de ses amies françaises, elle s'était donné de disconvenables apparences, qui toutefois ne répondaient pas à sa véritable nature. En son fond, elle était restée fort naïve et se trouvant si charmée qu'un si bel homme lui contât fleurette, elle voyait les choses comme dans les romans dont *L'Astrée* est le modèle : des amants d'une délicatesse angélique échangeaient de tendres regards et de douces paroles, mais la chose n'allait pas plus loin...

— Savez-vous qui a décidé de cacher l'aventure au roi ?

— La duchesse de Chevreuse le lendemain. La rusée craignait que la foudre royale ne tombât de nouveau sur elle. Toutefois, la reine ne voulut pas dissimuler l'incartade à la reine-mère. Et elle fit bien, car c'était déjà la fable de la Cour. Et la reine-mère fut ravie, ayant une occasion d'exercer encore une parcelle de pouvoir, elle qui pleurait tous les jours les temps bénis de la Régence. Elle prit une décision qui fut fort bienvenue. Henriette-Marie partirait le lendemain, escortée par Monsieur de Buckingham, et Anne demeurerait avec elle à Amiens tout le temps qu'elle mettrait elle-même à se rebiscouler. Mais vous savez sans doute, Monsieur le Comte, que le protocole voulait qu'Anne escortât Henriette-Marie jusqu'à deux lieues hors la ville, pour lui faire ses adieux.

— Je connais cette étrange disposition de notre protocole. J'étais là quand Louis accompagna sa sœur Élisabeth jusqu'à deux lieues hors Bordeaux quand la princesse partit pour la Bidassoa où l'attendait l'Infant. Je me ramentois que Louis était alors sorti de son carrosse et étreignait passionnément la sœur qu'il ne reverrait jamais plus en versant des larmes grosses comme des pois.

— Après le départ d'Henriette-Marie, il y eut bien quelqu'un qui pleura et non point sur elle. Ce fut Buckingham. Il avait suivi à cheval le cortège royal et dès qu'Henriette-Marie fut entrée dans son propre carrosse, il mit pied à terre et, surgissant comme un beau diable à la portière du carrosse royal, le grand comédien, le visage tout ruisselant de pleurs, supplia la reine de lui pardonner, plaidant que sa grande amour l'avait emporté hors de ses gonds.

— Que fit la reine ?

— Les yeux fixés droit devant elle, elle demeura de glace. À quoi la princesse de Conti, qui était assise à sa droite, s'écria : « Ah Madame ! Vous êtes par trop cruelle ! »

— Eh quoi ? Cette pimpésouée avait encore le front de donner des leçons de morale à la reine !

— Oui-da ! mais sans succès. La reine n'accorda pas un regard au beau Lord, bien le rebours. Elle fit un signe, son carrosse s'ébranla et Buckingham demeura planté au milieu du chemin, rengainant ses larmes, et plus humilié qu'un renard dont on aurait coupé la queue.

— Prions que cette rebuffade lui serve enfin de leçon !

— Ah, Monsieur le Comte ! Rien ne sert de leçon à cet extravagant. Son immense fatuité ne pouvait admettre qu'une femme, fût-elle la reine de France, ne consentît pas à se laisser déshonorer par lui. Arrivé à Boulogne avec Henriette-Marie, et ne pouvant s'y embarquer tout de gob en raison d'une furieuse tempête, il imagina, se peut sur le conseil de Holland et de la Chevreuse, de retourner à Amiens et de revoir la reine. Il y fallait un semblant de raison : ce furent des lettres de son maître Charles Ier qu'il avait reçues à Boulogne et qu'il voulait montrer à la reine-mère.

« À Amiens où il retourna à brides avalées, la reine-mère, que son intempérie clouait au lit, lut ces lettres, et bien qu'elle ne fût pas grand clerc, elle entendit bien qu'elles étaient de nulle conséquence, et qu'elles ne servaient que de prétexte. Ce que confirma Buckingham en exprimant le désir de visiter la reine. « Demandez-le-lui, Monsieur », dit la reine, laconiquement.

« La reine Anne, elle aussi, gardait le lit pour avoir subi saignée le matin même, et fut béante de ce retour. « Quoi ! dit-elle, revenu ? » et elle ajouta avec un soupçon d'hypocrisie : « Et moi qui pensais que nous en étions délivrés ! » Là-dessus, elle pria la comtesse de Lannoy de dire à Buckingham qu'« elle ne pouvait le recevoir, car il ne plaisait pas au roi que la reine permît l'entrée de sa chambre aux hommes, quand elle se trouvait alitée ».

— Et qui était cette comtesse de Lannoy ?

— La plus âgée des dames d'honneur, laquelle était devenue, depuis son veuvage, un parangon d'honneur et de vertu. On ne pouvait donc s'attendre qu'elle adoucît la rudesse du refus par la suavité de son adresse. « Nous verrons bien, lui dit Buckingham, furieux et quasi écumant, allons demander à Sa Majesté la Reine-Mère ce qu'elle en pense ! Suivez-moi ! »

— A-t-on jamais vu une aussi damnable arrogance ? Il se conduisait à la Cour de France comme en pays conquis ! Qu'eût-il fait de pis, s'il avait coqueliqué avec la reine ?

— La reine-mère fut comme nous tous stupéfaite de le voir revenir. Néanmoins, elle l'écouta et écouta aussi Madame de Lannoy qui, roide comme la justice, brandissait la coutume et le protocole. Et à la parfin, lassée de cette dispute, la reine-mère finit par dire : « Et pourquoi la reine ne le recevrait-elle pas, couchée ? Je l'ai bien fait moi-même ! »

— Mais qu'est cela, Monsieur de Putange ! m'écriai-je béant. Est-ce perfidie ? La reine-mère voulait-elle que sa bru se compromît plus avant ? Ne voyait-elle pas la différence entre une visite de courtoisie à une reine âgée et sans grâce et une visite galante à une jeune et belle reine à qui l'insolent avait déjà conté fleurette ?

— Quoi qu'il en fût, dit Putange qui me parut peu disposé à incriminer la reine-mère, la chose était jugée : la chose se fit. Buckingham pénétra le front haut dans la chambre de la reine et bien que je tâchasse de l'arrêter, quand il voulut franchir la balustre et pénétrer dans la ruelle, il m'écarta du plat de la main et passa outre. Que pouvais-je faire ? Tirer l'épée ? Mais c'eût été crime de lèse-majesté en présence de la reine !

« Il y avait bien là une trentaine de dames dans la ruelle, laquelle, à l'accoutumée, bourdonnait comme une ruche. Mais quand Buckingham y pénétra, vous eussiez ouï une épingle tomber. Cependant, quand le Lord anglais, s'avançant hardiment vers le lit où la reine était couchée, s'agenouilla devant ledit lit et en baisa passionnément les draps, en disant mille folies, ce profond silence laissa place à des exclamations à peine étouffées, tous les yeux étant tournés vers la reine qui, pâle et trémulante, paraissait hors d'état d'articuler un seul mot. Madame de Lannoy s'avança alors...

— La Dieu merci, dis-je, j'attendais son intervention.

— Elle fut de la dernière sévérité. « My Lord ! dit-elle, il n'est pas coutumier qu'un gentilhomme, si haut soit-il, s'agenouille ainsi devant le lit de Sa Majesté la Reine et encore moins qu'il en baise les draps. De grâce, relevez-vous et prenez un siège ! » Et en même temps, elle fit signe à une chambrière qui, se frayant difficilement un passage parmi les dames, apporta un tabouret. Mais Buckingham le prit de très haut : « Madame, dit-il, je suis anglais et je ne suis donc pas tenu d'obéir aux coutumes françaises ! — My Lord, repartit Madame de Lannoy, impavide, vous y êtes tenu, quand vous êtes en France ! » À cela Buckingham haussa les épaules et se tournant vers la reine, il commença à lui dire les choses les plus tendres...

— Que la reine interrompit aussitôt...

— Eh non ! C'est justement là le point ! dit Putange avec un soupir. Elle les écouta d'abord, mais prenant enfin conscience du scandale et de la stupéfaction qui se lisaient sur les faces des présents, elle changea elle-même de visage et de ton, et reprochant à Buckingham sa hardiesse, elle lui commanda, mais pas tout à fait avec autant de sévérité qu'elle aurait dû, de se lever et de quitter la pièce. Ce qu'il fit.

— Exit enfin Buckingham ! m'écriai-je. Et plaise à Dieu qu'il ne remette jamais son pied fourchu sur le sol français !

— Amen ! dit Putange.

Et levant son gobelet de vin de Bourgogne, il me porta une tostée, exprimant le vœu que ce souhait fût entendu par le Tout-Puissant. Je bus aussi et cueillant la tostée du bout des doigts au fond de mon gobelet, je lui en donnai une moitié et je mangeai l'autre.

Je ne savais pas alors que ce qui n'était encore pour nous qu'un vœu fervent était déjà devenu, pour le roi et le cardinal, une décision irrévocable. Ils furent l'un et l'autre adamants en cette résolution : Buckingham ne devait plus revenir en France, quelque prétexte qu'il inventât à cet effet, en sa puérile obstination. Le beau Lord fut hors de lui de rage d'être si fermement repoussé et montra alors quelle sorte d'âme se cachait sous son apparence magnifique. En Angleterre, il se revancha sur la pauvre Henriette-Marie, fit d'elle son otage, l'humilia et la persécuta de mille manières et finit par la fâcher avec Charles Ier. Puis, prenant prétexte de cette fâcherie même, il demanda de revenir en France avec Henriette-Marie (laquelle aspirait tant à revoir sa mère), se faisant fort, si sa requête était acceptée, de racointer la princesse française avec son mari anglais. L'odieuse bassesse de ce chantage dégoûta fort Louis : Cette demande, comme les précédentes, fut rejetée.

Buckingham en était venu à penser que tout lui était dû, y compris l'amour de la reine de France et, peut-être même, son engrossement. Et qu'on lui refusât ce dû allumait chez lui une haine farouche, cuite et recuite sans cesse dans son aigreur, non seulement contre la belle-sœur d'Anne, Henriette-Marie, hélas, à portée de ses griffes, mais aussi contre les catholiques anglais à l'égard de qui la persécution anglaise redoubla, et par-dessus tout contre Louis, Richelieu et le royaume de France.

Étrange sentiment que celui-là chez cet homme qui, au nom de deux rois, avait recherché le mariage français tant pour remparer l'Angleterre contre une agression espagnole que parce qu'il espérait que nos troupes aideraient le comte Palatin, gendre de Jacques Ier, à reconquérir son État.

Or les circonstances, deux ans après l'affaire d'Amiens, n'avaient pas changé. L'Espagne ne laissait pas d'être, pour l'Angleterre, tout aussi redoutable, et le Palatinat, dépecé, était toujours aux mains des alliés de l'empereur d'Allemagne. Seule, l'humeur de Buckingham avait varié. Sa petite pique personnelle contre Louis l'emportait maintenant sur les grands intérêts de l'État dont il était le ministre. Il prit et fit prendre par Charles Ier une décision proprement incroyable : il changea de camp tout soudain et, réunissant une flotte considérable, il se porta contre son allié français au secours des huguenots rebelles de La Rochelle, son intervention jetant Louis, ses bateaux et ses armées dans le plus grand péril. À cause petite et puérile répondaient donc de grands effets. Une reine imprudente, un séducteur déçu et le royaume de France se trouvait aux prises avec une armada terrifiante mais la Dieu merci, pas plus invincible que celle qui avait attaqué autrefois la reine Élisabeth Ire, mais j'anticipe et le temps n'est pas encore venu, loin de là, d'en dire ma râtelée.

***

Belle lectrice, il se peut qu'en quelque coin, ou recoin romanesque de votre cœur, vous vous sentiez déçue par la piètre figure que taille en ces pages le duc de Buckingham, car ce n'est point ainsi que le décrit à l'accoutumée l'imagination populaire qui, dès lors qu'il s'agit d'un duc et d'une reine, s'abreuve aux songes davantage qu'à la réalité. Cependant, quoi que vous en ayez, soyez bien assurée que mon récit est basé sur d'inattaquables témoignages, ce dont ne peuvent se targuer les contes qui ont flatté vos rêveuses enfances. Non que je fasse fi de ces séduisantes fallaces, où j'ai moi-même pris tant de plaisir jadis. Mais il y a un temps pour tout : un temps pour rêver et un autre — beaucoup plus avant dans la vie — pour trouver une grande satisfaction de l'esprit et peut-être aussi un grain de sagesse dans la vérité des faits.

Peu de temps après mon bec à bec avec Monsieur de Putange, j'eus l'occasion d'encontrer Fogacer que je n'ai plus à vous présenter puisque, contemporain de mon père, il est apparu plusieurs fois et dans ses Mémoires et dans les miens. Septuagénaire comme le marquis de Siorac, et comme lui vert et gaillard, son cheveu est meshui plus sel que poivre. Et sa longue silhouette arachnéenne a pris aussi quelque rondeur, sans que soient entamées en rien la vitalité de son corps et l'acuité de sa cervelle.

Il a changé prou en son âme et ses conduites depuis les temps où il était à l'École de médecine de Montpellier le commensal de mon père. Bougre et athée en ses vertes années et par conséquent courant grand risque d'être réduit en cendres sur un bûcher, il est revenu, en ses années plus mûres, à des mœurs plus pures et à la religion de nos pères. Poussant cette conversion plus loin encore, il s'est fait prêtre et avançant vite et grandement en cet état en raison de ses grands talents, il est à ce jour chanoine en Notre-Dame de Paris et conseiller secret du nonce, si tant est que ce secret ne soit pas, en l'Église du moins, *il segreto di pulcinella*[1].

Il ne s'était pas passé huit jours depuis que j'avais recueilli Monsieur de Putange en mon hôtel de la rue des Bourbons et eu avec lui cet entretien que j'ai conté plus haut, quand j'encontrai Fogacer chez mon père rue du Champ Fleuri dont il était l'hôte au moins une fois par semaine. On y parla de choses et d'autres et notamment du châtelet d'entrée que le roi m'avait conseillé de construire, à l'endroit où la voie principale de mon domaine débouche sur le grand chemin qui mène à Montfort l'Amaury. Et le lecteur sait déjà que pendant mon séjour à Orbieu, j'avais passé le plus clair de mon temps à tâcher de

1. Le secret de polichinelle (ital.).

déterminer le lieu le meilleur pour le construire et aussi le coût de la construction, hésitant encore à dégarnir mon escarcelle pour garnir ma seigneurie d'une fortification qui, tout utile qu'elle me paraissait être, serait toutefois unique dans mon voisinage.

— Raison de plus ! dit le chanoine Fogacer avec son lent et sinueux sourire, et un petit brillement malicieux de son œil noisette. Raison de plus ! Votre châtelet d'entrée vous sera à grand honneur dans votre province et vous serez si heureux d'apprendre à Louis que vous l'avez à la parfin construit...

À quoi nous rîmes tous trois tant la remarque nous parut pertinente. Là-dessus, on en vint à parler de Buckingham, ce qui n'était guère étonnant, car la ville et la Cour ne jasaient que de lui. Et bien que Fogacer fût en ses paroles d'une prudence extrême, il en dit assez pour me convaincre que le nonce était sur l'affaire d'Amiens aussi bien informé que je l'étais moi-même après le récit de Monsieur de Putange : ce qui en disait long sur le soin qu'apportait la diplomatie vaticane au choix de ses envoyés.

— Ce que je voudrais savoir, dit mon père, et qui me tourmente réellement, c'est ce qui se peut bien passer dans la cervelle d'un homme qui, étant Premier ministre en son pays, tâche de négocier un mariage et un traité d'alliance avec le roi d'un grand royaume voisin tout en essayant de le cocuer et de déshonorer sa reine. À mon sentiment, il y a quelque chose de si contradictoire, de si fol et de si stupidement méchant en cette entreprise qu'elle ne peut s'entendre selon les principes de la raison.

— Mon ami, dit Fogacer, ses sourcils se relevant sur ses tempes (mais comme ils étaient meshui du blanc le plus pur, cela ne lui donnait aucunement l'air satanique qu'il avait autrefois), votre erreur est de vouloir entendre cette conduite selon les principes de la raison, alors qu'elle ne se peut entendre que selon les caprices de la folie. Cependant, ces caprices obéissent eux-mêmes à des lois ou pour mieux dire à des constantes, de sorte qu'on les retrouve chez des personnes appartenant à un type d'homme bien défini.

— Tête bleue ! dit mon père, ne me dites pas que vous avez connu en ce bas monde un autre Buckingham !

— Si fait ! Je l'ai connu à Madrid, y ayant suivi le nonce, en 1621, je ne saurais dire à quelle fin. Il s'appelait Don Juan de Tassis, comte de Villamediana, et il ressemblait si fort à Buckingham par sa beauté, ses manières, ses conduites et ses intrigues que vous eussiez dit son double et, comme vous savez, il n'est double que diabolique... Il vivait à la Cour de Philippe III d'Espagne.

— Celui-là, demanda La Surie, qui est mort il y a quatre ans, laissant veuve l'aînée des sœurs de Louis ?

— L'aînée, et aussi la plus belle[1], dis-je.

— C'est bien ce Philippe-là, dit Fogacer et dans sa cour, Don Juan de Tassis était véritablement le joyau. Fort beau, fort noble, fort riche, il éblouissait Madrid par ses splendides vêtures, ses joyaux, ses carrosses et ses chevaux. C'était aussi un grand séducteur, lequel toutefois prenait plaisir à la conquête et non à la possession, car dès lors qu'il avait conquis une dame, il l'abandonnait. De plus, il dédaignait les veuves, fussent-elles jeunes et belles, et ne s'attaquait qu'aux femmes mariées et aux vierges car, dans ce cas-là, la *honra* de sa victime et la *honra* de sa famille se trouvaient à jamais ternies...

— Que veut dire la *honra* ? dit La Surie.

— L'honneur, Miroul, dit mon père, l'honneur ! Et le plus chatouilleux de tous : l'honneur castillan !

— Il est donc à supposer, Monsieur le chanoine, dit La Surie, que les pères, les frères et bien entendu les maris, cherchaient à se venger de leur honneur souillé.

— Ils s'y essayaient, en effet. Ce qui donnait à Don Juan de Tassis un plaisir supplémentaire : celui de les tuer. Outre qu'il était fort vaillant, il n'était pas meilleure lame que Don Juan de Tassis dans toute la Castille.

— Si j'entends bien, dis-je, le plaisir qu'il donnait à cette sorte d'affaire était un plaisir d'orgueil et de destruction. Il détruisait la vertu d'une femme et il ôtait ensuite la vie à ses vengeurs.

— L'orgueil, dit Fogacer, à mon sentiment, l'orgueil primait

1. Élisabeth de France.

tout. Raison pour laquelle Don Juan de Tassis s'attaquait à la *honra* des plus grandes familles d'Espagne et à la parfin, en sa folie, à la *honra* de son roi.

— Comment ? s'écria mon père. Lui aussi s'attaqua à une reine ? À notre Élisabeth de France ? Je n'en crois pas mes oreilles.

— Vous devez comprendre, dit Fogacer, qu'Élisabeth jouissait, à Madrid, d'un très grand prestige. D'abord parce qu'elle était la reine d'Espagne, ensuite parce qu'elle était la fille d'Henri IV, et aussi parce qu'elle était française. Le peuple espagnol, de reste, l'appelait la *francesa*, comme s'il n'y avait eu dans le monde qu'une seule femme digne d'être ainsi nommée. Bref, Don Juan de Tassis fit une cour empressée à la *francesa*, mais, semble-t-il, sans grand succès. Il s'attaqua alors à Doña Francisca de Tavora que l'on appelait à Madrid la *hermosa Portuguesa* pour ce qu'elle était originaire de Lisbonne.

— Et pour quelle raison fit-il le siège de cette dame ?

— Parce qu'elle était la maîtresse du roi. Et avec elle, semble-t-il, il réussit mieux qu'avec la *francesa.*

— S'agissant de la *honra* du roi, ce n'était pourtant qu'un demi-succès, remarqua La Surie.

— Oui, mais de ce demi-succès, reprit Fogacer, Don Juan de Tassis entreprit de faire mensongèrement un plein succès en publiant un poème d'amour qu'il dédia, avec une perfidie raffinée, à *Francelisa*.

— Où est la perfidie ? dit mon père.

— *Francelisa* pouvait aussi bien désigner *Francisca*, la maîtresse du roi, que la *francesa*, son épouse...

— Et que résulta-t-il de ces équivoques écornes ?

— Don Juan de Tassis fut dagué un soir comme il sortait de son carrosse.

— Par les hommes du roi ?

— Nenni. Philippe III était mort un an auparavant. Mais grand était le cortège des femmes déshonorées et des parents vengeurs...

— Voilà qui finit bien, dit La Surie. Le méchant est dépêché et l'Enfer le happe.

— Oh ! dit Fogacer. Il y eut dans le cas de Don Juan de Tassis un bien pis châtiment que l'Enfer.

— Qu'est cela, chanoine ? dit mon père en riant. Qu'ai-je ouï ? Est-ce bien un prêtre qui parle de la sorte ? Y a-t-il pis punition que de rôtir embroché par les septante-sept diables de l'Enfer ?

— Il y a pis pour un Grand d'Espagne, dit gravement Fogacer. Son bon renom à jamais souillé.

— Ne l'était-il pas déjà, dis-je, par ses forfaits ?

— Que nenni ! Aux yeux du monde, séduire une fille et tuer le frère vengeur n'est qu'une *bravura* qui donne du lustre à un *caballero*. Mais ce que la police de Madrid découvrit au sujet de Don Juan quelques mois avant qu'il fût occis fut autrement déshonorant.

— Et que découvrit-elle ?

— Don Juan était le grand maître reconnu des sodomistes les plus huppés et titrés d'Espagne et il donnait en son palais de scandaleuses fêtes de nuit où « le péché impardonnable » — ainsi parle mon Église, poursuivit Fogacer en baissant les yeux — était en public perpétré avec toutes les diaboliques déviations qui s'y peuvent rattacher...

Un silence suivit ces paroles, que ni mon père, ni La Surie, ni moi-même n'osions commenter, le passé de Fogacer nous étant à tous trois bien connu, tant est que sachant la profonde bonté de son naturel, il nous paraissait impossible de lier en quelque façon que ce fût la cruauté d'un Buckingham ou d'un Don Juan de Tassis aux mœurs qui avaient été celles de Fogacer.

— Chanoine, dit à la parfin mon père, n'êtes-vous pas un peu dur pour ceux qu'on appelle les « bougres » ? J'ai eu un ami très cher, et qui l'est toujours, lequel s'est montré d'une douceur et d'une gentillesse extrêmes pour mon Angelina dans les moments où, tourmenté de doutes à son sujet, je l'avais délaissée.

Fogacer rougit d'émeuvement à ce rappel du rôle véritablement fraternel qu'il avait joué auprès d'Angelina quand les soupçons de mon père l'avaient accablée. Puis se remettant par degrés de son émeuvement, il dit avec un long et sinueux sourire et un petit brillement de son œil noisette :

— Mon ami, ne prenez pas, de grâce, tant de gants avec moi. Même au temps de ma bougrerie, j'ai toujours aimé les femmes dans leur être moral, et bien que je n'aie pas poussé plus loin mon affection pour elles, je n'ai jamais fait peine à aucune d'elles. Mais il y a bougres et bougres et d'aucuns de ceux-là feignent d'aimer ces « étranges animaux » auxquels ne les porte en aucune façon leur pente naturelle. L'imposture est odieuse, car tout en menant des vies secrètes, Don Juan, Buckingham et bien d'autres de même farine en notre cour même, se donnent le renom d'être des verts galants alors que le seul plaisir qu'ils tirent des femmes est de se revancher de leur impuissance à les aimer en les déshonorant.

CHAPITRE IV

On s'en ramentoit : ce ne fut pas sans être harcelé d'appréhensions, d'ombrages et de soupçons que Louis appela Richelieu en son Conseil : il craignait d'être tyrannisé par son génie. Si tyrannie il y eut, elle fut douce, soumise et caressante, et un fait, de prime, sauta aux yeux de Sa Majesté : l'absolu dévouement du cardinal au bien public, lequel se pouvait lire en lettres de feu dans son titanesque labeur.

Richelieu s'attelait à sa tâche du matin au soir, et bien plus avant que le soir, car il se réveillait dès le début de la nuit pour se remettre dans les brancards. Il appelait ses secrétaires, car ayant l'esprit trop prompt pour perdre du temps à écrire ses pensées, il les dictait à l'un d'eux, tandis que les deux autres, attendant leur tour, somnolaient si lourdement sur leurs chaires que parfois ils en tombaient. Au bout de deux ou trois heures de ce train infernal, le cardinal s'accordait un somme après lequel, se réveillant de soi, il se remettait au travail jusqu'à la pique du jour. Je dirais qu'il dormait par bouts et bribes et je gage que dans son sommeil même son infatigable cervelle continuait à moudre la moisson de faits qu'il avait en ses enquêtes récoltée pour en faire le pain que le lendemain il apporterait en offrande au roi.

Ces habitudes quasiment monstrueuses de labeur diurne et nocturne furent bientôt connues *urbi et orbi*[1] et bien des gens se

1. À la ville et dans le monde (lat.).

demandaient en quoi consistait une tâche assez énorme pour dévorer tant de temps. Je me ramentois que la question m'en fut posée par Monsieur de La Surie que j'allai visiter en notre hôtel du Champ Fleuri, mon père l'ayant dû laisser seul pour ce qu'il avait reçu une lettre-missive de son Angelina qui réclamait sans délai sa présence en sa seigneurie du Chêne Rogneux à Montfort l'Amaury. Le pauvre Miroul était dans la désolation de ne l'avoir pu accompagner, étant atteint d'une intempérie qui lui était coutumière : une fièvre « synoque » qui le prenait trois à quatre fois l'an, durait trois à quatre jours, et le quittait comme elle était venue : inexplicablement.

Si vous aviez interrogé un de nos grands médecins, il vous aurait dit que la fièvre synoque était une « intempérie chaude qui venait du cœur » ou encore « une altération des humeurs » ou encore, plus savamment : « un effort de la nature pour cuire les humeurs corrompues ». Et il vous aurait prescrit le remède à la mode qui trotte : la saignée, « laquelle permettait au corps de produire du sang neuf après qu'on eut tiré de lui du sang pourri ».

Mais mon père, comme Fogacer et comme tous ceux qui avaient étudié sous le fameux Révérend docteur médecin Rondelet en l'École de médecine de Montpellier, tenait la saignée pour un remède inepte et périlleux, importée par des charlatans italiens à la Cour de France. Et fort heureusement pour Miroul, il n'était soigné que par mon père ou, en son absence, par Fogacer qui, l'un et l'autre, prescrivaient un remède appelé « poudre des jésuites » et vendue, avec de grands profits, en effet, par la célèbre compagnie qui la tirait de l'écorce d'un arbre péruvien appelé *quinaquina* [1].

Cette médecine, en un jour, faisait choir la température à son niveau normal, toutefois par précaution, mon père ordonnait au malade de continuer d'absorber la poudre pendant une semaine, mais à doses décroissantes, de garder le lit en chambre bien chauffée, de manger légèrement, de remplacer le vin par des tisanes et de recevoir une fois par jour sur tout le corps une friction à l'alcool « pour fortifier ses humeurs ».

Or, il se trouva que par un hasard des plus heureux, Monsieur

1. Le *quinaquina* ou *quinquina* contenait une substance fébrifuge à laquelle il a donné son nom : la quinine.

de Putange, retrouvant, grâce à la reine, sa charge d'Écuyer en la maison de Sa Gracieuse Majesté, quitta mon hôtel de la rue des Bourbons le jour même où la fièvre synoque alitait Monsieur de La Surie. Tant est que Jeannette, n'ayant plus d'emploi avec Monsieur de Putange, et trouvant refuge et gîte en notre hôtel de la rue du Champ Fleuri, y apporta, en même temps que son minois fraîchelet, une compétence inégalable dans l'art du massage et de la friction.

Je survins en notre hôtel, alors qu'elle exerçait cet art sur le corps dénudé de mon Miroul couché à plat ventre sur sa couche.

— Qui va là, Jeannette ? demanda La Surie en faisant un effort pour tourner la tête vers l'huis que je venais de déclore.

— C'est Monsieur le comte d'Orbieu qui vous visite, Monsieur le Chevalier, dit Jeannette d'une voix joyeuse en appuyant fortement des deux mains sur les reins de Miroul.

— Laisse-moi, Jeannette ! dit La Surie, je suis pour me lever !

— Point du tout, Monsieur le Chevalier ! dit Jeannette avec un petit rire. Une friction est une friction ! Et je ne fais que commencer ! Il faudrait beau voir que je désobéisse à Monsieur le marquis ! Je connais mon rollet et, par ma fé, je m'y tiendrai !

— Reste donc couché, Miroul ! dis-je à mon tour. Jeannette a raison et d'ailleurs, c'est à peine si ta peau rosit. Jeannette, poursuis, je te l'ordonne ! Pour moi, je m'assiérai là, sans façon, sur cette escabelle, et me tiendrai coi pour ne point troubler en ses magies la servante d'Hippocrate.

— Qui est cet Hippocrate dont je serais la servante ? demanda Jeannette.

— Le patron des médecins, dit La Surie qui aimait faire montre de son savoir, s'étant appris seul beaucoup de choses, et jusqu'au latin : prouesse émerveillable car, à quinze ans, quand mon père l'avait recueilli, il ne savait ni lire, ni écrire.

Comme je l'avais promis, je demeurai sagement sur mon escabelle et ne dis ni mot ni miette tout le temps que dura la friction, mais n'en pensais pas moins et, par exemple, que ce serait pour moi une grandissime tentation que de me trouver à la place de Miroul, Jeannette étant si affriolante et ses mains, si expertes. Mais La Surie n'était point fait de si inflammable étoffe que mon père et moi, étant en outre adamatinement fidèle à sa

Florine, l'ayant sauvée des mains de la prétendue Sainte Ligue lors des fameuses journées de la Saint-Barthélemy et, depuis, l'ayant mariée et si épris d'elle qu'aucune autre femme, fût-elle une Dalila, ne l'eût pu faire choir dans ses filets.

Il est vrai, pourtant, qu'il avait assez souvent maille à partir avec son épouse, car vivant dans sa petite seigneurie de La Surie qui jouxtait celle du Chêne Rogneux, la dame se plaignait âprement qu'elle ne le vît pas assez et qu'il préférât, au fond, à sa compagnie, celle du marquis de Siorac, lequel était en effet à Miroul à la fois père et frère, car le marquis avait le même âge que lui, quand il l'avait retiré des dents de la mort, et tous deux étaient devenus depuis, tandis que les années blanchissaient leurs cheveux, non plus maître et serviteur, mais d'intimes et immutables amis.

La friction, assurément très rebiscoulante pour l'intéressé, se termina enfin et Jeannette aida Miroul à remettre sa camisole de nuit, non sans, à la dérobée, battre du cil et me donner le bel œil, ce qu'elle n'eût jamais osé faire à Orbieu, même en tapinois, tant elle redoutait Louison qui, pour surveiller mes alentours, avait cent yeux comme Argus.

Miroul remercia Jeannette avec sa politesse habituelle et en fut à son tour remercié par une révérence si plongeante qu'elle donna des vues sur un décolleté que Louison n'eût pas toléré à Orbieu et que Jeannette avait dû agrandir au temps où elle servait Monsieur de Putange. Mais La Surie ne vit rien de tout cela, étant déjà recouché, non qu'il fût las, mais parce qu'il voulait suivre à la lettre les prescriptions de la Faculté. Je ne saurais dire si l'alcool et la friction avaient « raffermi ses humeurs », comme le croyait le marquis de Siorac, mais son œil était vif, et sa parole, comme toujours, fort inquisitive.

— Ah, Monsieur mon Neveu ! dit-il (son « neveu », je ne l'étais point, mais c'était là un compromis entre « Monsieur le Comte » que je trouvais trop cérémonieux et « Pierre-Emmanuel », qu'il jugeait lui-même trop familier), je vous sais un gré infini de rendre visite à un pauvre égrotant, lequel justement pensait à vous, ou pour dire la chose plus exactement, au cardinal, dont le monde entier dit qu'il travaille jour et nuit. N'est-ce pas pour surprendre chez un homme qui se dit de santé si fragile ? Et qu'a-t-il donc à faire qui lui prend tant de temps ?

— Mon cher Miroul, dis-je avec un sourire, à laquelle de ces deux questions voulez-vous que je réponde de prime ?

— Mais aux deux ! dit La Surie avec un petit brillement affectueux de son œil marron, tandis que son œil bleu restait froid.

— Eh bien, voici mes deux réponses : le cardinal souffre de maux sans nombre et dont le principal, comme chez le roi, de reste, est une nervosité excessive, doublée d'une impatience quasi monstrueuse. Mais ces maux n'entament en rien sa foi en sa mission et, par voie de conséquence, sa force de travail. Et comme ce royaume n'a pas d'archives, le cardinal écrit partout : aux ministres, aux ambassadeurs, aux gouverneurs de province pour s'informer de tout.

— Qu'est cela ? dit La Surie, en ouvrant de grands yeux. Ce royaume n'a pas d'archives ?

— Particulièrement en politique extérieure. Mais ne vous l'ai-je pas déjà dit ?

— Et d'où cela vient-il ?

— Je ne sais. Peut-être d'Henri IV qui tenait Conseil n'importe où et souvent tout en marchant de long en large, dans sa chambre ou dans les jardins et les cours du Louvre, ou à la guerre, sous sa tente. Tant est que les ministres — sauf Sully qui tenait à merveille les comptes de l'État — avaient pris l'habitude de ne jamais rien écrire. Le cardinal, lui, écrit tout, et les faits, et l'analyse qu'il déduit des faits, et les solutions qu'il propose.

— Et pour qui écrit-il cela ?

— Mais pour le roi.

— Même quand le roi se trouve au Louvre ?

— Il lui fait un rapport oral dans ce cas. Mais il en garde prudemment une trace écrite.

— Et pourquoi ?

— Pour ne pas être un jour accusé par le roi d'avoir pris une décision à son insu.

— Et quand le roi est en voyage, soit à la guerre, soit à la chasse ?

— Richelieu lui adresse tous les jours et parfois deux fois par jour un rapport minutieux sur les questions qui se posent et les décisions qu'il faut prendre.

— Et le roi le lit ?

— Aussitôt, et aussi minutieusement qu'il a été rédigé.

— Ah ! dit La Surie. Que cela me touche et me plaît ! Jusqu'ici je m'apensais que Louis consacrait trop de temps à la chasse et pas assez aux Affaires.

— C'était vrai, Miroul, mais ce ne l'est plus. Richelieu a changé tout cela. N'aurait-il fait que d'apprendre à Louis à s'appliquer davantage que déjà il aurait rendu au royaume un grandissime service.

— Mais n'est-ce pas pour Louis une corvissime corvée ?

— Pas du tout : il est aux anges. Il a le sentiment, enfin, de gouverner, sans qu'on ne lui cache rien, sans que rien ne lui échappe. Dès que le chevaucheur lui remet le paquet contenant le rapport de Richelieu, son visage change. Il s'assied à une table, lit ledit rapport sans sauter une ligne, le reprend ensuite page par page, notant en marge ses remarques et, pour finir, écrit en quelques mots brefs ses décisions.

— Quoi ? Il écrit ? Il ne dicte pas ?

— Non, il écrit toujours. Sans doute pour demeurer « secrétissime », mot forgé par le cardinal. Et il joint à son envoi, car il renvoie le paquet le jour même ou le lendemain, une lettre à Richelieu dans laquelle il détaille parfois ses décisions.

— Il écrit ! s'écria La Surie. Le roi lui-même écrit ! *Rex ipse* [1], répéta-t-il en latin, comme pour donner plus de force à son admiration. Mais, dites-moi, je vous prie, les yeux lui sortant quasiment des orbites du fait de sa curiosité dévorante, dites-moi, je vous prie, mon neveu, comment est son écriture ? L'avez-vous vue ? Comment est-elle ?

— Oui, je l'ai vue plus d'une fois. Elle est haute, lente, appliquée.

— Élégante ?

— Très élégante. Comme vous savez, Louis dessine fort bien.

— Et son orthographe ?

— Ah nous y voilà ! dis-je en riant, sachant, comme tout un chacun en notre hôtel de la rue du Champ Fleuri, que sur ce point La Surie pouvait en remontrer à un docteur en Sorbonne, et que c'était là, avec le latin, son triomphe et sa gloire. Eh bien,

1. Le roi lui-même (lat.).

je dirais, mon cher Miroul, que l'orthographe de Louis est bien meilleure que celle de ma bonne marraine, mais bien moins bonne que la vôtre...

— Par exemple ? dit avidement La Surie avec un petit brillement de son œil bleu, mais aussitôt, il baissa les paupières et prit un air doux et modeste.

— Par exemple, Louis ne redouble pas les consonnes dans les mots où Vaugelas l'estime nécessaire. Il écrit « appeler » avec un seul « p ».

— C'est péché véniel, dit La Surie qui ne l'aurait pas trouvé véniel, s'il l'avait découvert dans une de mes lettres. Après tout ajouta-t-il avec mansuétude, on ne prononce pas les deux « p » dans « rappeler ». N'est-ce pas attendrissant ? reprit-il après un silence. « Rappeler » avec un seul « p » ! Désormais, je ne l'écrirai plus qu'ainsi.

— Toutefois, mon cher La Surie, dis-je avec un sourire, je ne voudrais pas vous laisser croire que le roi et le cardinal ne communiquent que par écrit. Quand le roi est au Louvre, Richelieu le voit tous les jours.

— Et où le voit-il ?

— Cela change. Parfois dans la chambre de Sa Majesté, parfois dans son cabinet aux livres, parfois même dans la chambre du cardinal, quand celui-ci souffre de ses terribles migraines qui le jettent sur son lit, la tête enveloppée de linges mouillés.

— Mais comment savez-vous cela ? dit La Surie.

— Mais voyons, ignorez-vous que j'appartiens depuis l'enfance à la suite du roi et que je ne le quitte guère, sauf quand je suis à Orbieu.

— Et vous êtes là, même dans ses entretiens avec Richelieu ?

— Le roi le veut ainsi et il ne déplaît pas au cardinal qu'un témoin de bonne foi, et qui ne lui veut que du bien, assiste à ce bec à bec.

— Monsieur le Comte, dit La Surie qui parut hésiter à me donner maintenant du « mon neveu », n'est-ce pas pour vous une grandissime responsabilité que de détenir tous ces secrets ?

— Mais pas du tout, dis-je avec un sourire. Mon esprit est ainsi fait que dans la seconde même où je les ois, je les oublie... Toutefois, ajoutai-je en voyant la plus vive déception se peindre sur l'honnête face de La Surie, une fois la décision prise par le roi, l'exécution achevée et l'événement passé, il se peut que parfois je me ramentoive un détail de peu de conséquence, lequel montre bien l'émerveillable adresse du cardinal à convaincre Sa Majesté, quand il s'agit de prendre une décision particulièrement difficile. Voulez-vous en connaître un exemple, sous le sceau du secret, bien sûr ?

— J'en serais fort aise, dit La Surie d'une voix trémulante.

— Eh bien, vous vous rappelez sans doute l'histoire de la Valteline, passage entre l'Italie et l'Empire allemand. Les Habsbourg d'Espagne s'étaient par force emparés de ce passage, avaient élevé des forts pour le défendre et subissant de la part du roi de France une forte pression pour rendre ce passage à nos alliés les Grisons suisses, les Espagnols prirent un parti machiavélique...

— Je le connais. Ils confièrent en dépôt ces forts au pape qui envoya ses propres soldats pour les garder.

— Et maintenant, mon cher Miroul, voici ce que vous ne savez pas. Louis hésitait : lui, le roi très chrétien, envoyer ses armées reprendre les forts aux soldats pontificaux et pour les rendre à qui ? aux Grisons protestants !... Et il en discuta longuement avec Richelieu, lequel fit un exposé historique très complet et très précis sur l'affaire de la Valteline avec cette clarté, cette méthode et cette grâce de langage qui n'appartiennent qu'à lui. Cependant, le roi hésitait encore. C'est que l'affaire était d'importance !... Le roi très chrétien attaquer le pape ! Et c'est alors que Richelieu trouva un argument qui n'était peut-être pas décisif en soi, mais qui le fut pour le roi : « Sire, dit-il, si par la cession du marquisat de Saluces, la France a tant perdu de réputation et d'estime en Italie... »

— Où se trouve, mon neveu, le marquisat de Saluces ?

— Dans le Piémont, au débouché des Alpes. C'est une « porte » ou un « passage » comme la Valteline. Il permettait aux Français une entrée facile en Italie. Ce marquisat fut annexé par notre roi Henri II, mais par malheur, il fut repris à son fils, Henri III, à la faveur des troubles de la Sainte Ligue. Dois-je reprendre la citation de Richelieu ?

— Je vous en prie.

— Je la reprends depuis le début. « Sire, si par la cession du marquisat de Saluces, la France a tant perdu de réputation et d'estime en ce pays, quel préjudice recevrait-elle encore, si elle méprisait ce qui lui reste d'union avec l'Italie ! Ce serait la forcer à s'assujettir à la Maison d'Autriche et la livrer entre les griffes de l'Aigle au lieu qu'elle a toujours respiré ci-devant à l'ombre des fleurs de lys. »

— Quelle émerveillable phrase ! s'écria La Surie. Quelle beauté dans les termes ! Et quel souffle poétique !

— En effet ! Et comment Louis, qui a de l'honneur, aurait-il pu résister à une telle envolée ? Pourtant...

— Pourtant ?

— Cette habile envolée, mon cher Miroul, pèche par omission... En 1601 — l'année même de la naissance de Louis —, Henri IV, alors tout-puissant, aurait pu réclamer et obtenir sans coup férir le marquisat de Saluces... Il préféra exiger en compensation la Bresse, le Bugey et le pays de Gex... Et je ne sache pas que ce fut un si mauvais barguin...

Il y eut un silence pendant lequel La Surie me considéra de ses yeux vairons dont l'un, non seulement par sa couleur, mais aussi par son expression, paraissait toujours contredire l'autre. Tant est que je crus voir dans cette contradiction une sorte de malaise.

— Allons ! Allons ! mon ami ! dis-je, croyez-vous que Richelieu ait eu tort de supprimer une partie de la vérité au bénéfice de cette autre partie, vraie elle aussi, et infiniment plus pressante, qui commandait une intervention dans la Valteline pour que l'Aigle à deux têtes, même sous l'égide du pape, n'y pût demeurer plus longtemps ?

— Monsieur le Comte, dit La Surie, vous avez raison ! Et je vous sais mille fois gré d'avoir charmé mon intempérie par ce discours dont je me ramentevrai longtemps « la substantifique moelle », comme dit Montaigne.

Je noulus gâter la joie de mon Miroul en lui faisant observer que sa citation était non de Montaigne, mais de Rabelais, et je pris congé de lui, car il se faisait tard et ne désirant pas retourner si tardivement en mon appartement du Louvre, les rues de Paris la nuit n'étant pas sûres, même en carrosse, j'avais demandé à Franz de commander à une chambrière de me faire un lit dans la chambre de mes enfances.

— Monsieur le Comte, dit-il, un mot encore avant votre départir. Plaise à vous de me réciter derechef cette superbe phrase du cardinal afin que je la jette, pour la conserver à jamais, dans la gibecière de ma mémoire.

— Eh bien la voici : « Ne pas intervenir dans la Valteline (ceci, mon cher Miroul, pour préciser ce qui précède) serait forcer l'Italie à s'assujettir à la Maison d'Autriche et la livrer entre les griffes de l'Aigle, au lieu qu'elle a toujours respiré ci-devant à l'ombre des fleurs de lys... »

***

Après le souper qui me fut servi seul — La Surie gardant la chambre et devant se contenter de ses potages, de ses tisanes et d'une seconde pincée de la poudre des jésuites, pesée en de fines balances — les jésuites la vendant si cher —, je gagnai ma chambre et me jetai tout habillé sur mon lit, ma journée ayant été si longue. Toutefois, je ne m'ensommeillai point incontinent, tant les souvenirs de mes enfances m'assaillirent aussitôt, à savoir de Geneviève de Saint-Hubert de qui, à cinq ans, j'avais baisé le beau bras nu, tandis qu'elle jouait du clavecin ; de Frédérique avec qui j'avais partagé le même sein chaleureux et ensuite la même couche jusqu'à ma puberté, date pour moi plus funeste que plaisante, car mon père, prudemment, avait alors désuni nos sommeils et interrompu nos petits jeux nocturnes, lesquels, quoique tendres, n'étaient point toujours aussi fraternels que mon confesseur l'eût désiré ; et pour finir, je pensais à ma Toinon avec qui j'étais entré dans mon âge d'homme avec une fierté d'homme et une infinie délectation pour ce corps féminin « qui tant est tendre, poli, suave et précieux ». J'appris ce vers de François Villon à douze ans et depuis, il n'a jamais cessé de chanter dans ma mémoire.

D'avoir pensé à ma Toinon m'assombrit et j'éprouvai là, une fois de plus, que tout retour sur le passé, tout heureux qu'il ait été, tournait toujours à la mélancolie. Et je fus d'autant soulagé quand on toqua doucement à ma porte. Sur l'entrant que je baillai, apparut Jeannette qui, ayant fermé l'huis sur soi, me dit d'une voix innocente :

— Monsieur le Comte, je viens pour vous déshabiller.

— Et comment savais-tu que je ne l'étais point ? dis-je en souriant.

— Parce que vous aimez rêver un petit sur votre lit avant qu'on vous retire votre vêture.

— Et par qui sais-tu cela ?

— Mais par Louison.

— Donc ce soir tu te proposes d'usurper l'emploi.

— Oh ! Monsieur le Comte, je n'usurpe rien : Louison est à Orbieu et de force forcée, défaillante céans en ses devoirs.

— Qui t'a appris à parler si bien, dis-moi ?

— Monsieur de Saint-Clair, dit-elle en rougissant, cette rougeur étant accompagnée, à son insu, ou non, d'une ondulation de tout son corps.

Elle ajouta :

— Monsieur de Saint-Clair a fait mieux. Il a versé pécunes à Monsieur Figulus pour qu'il m'apprenne à lire et à écrire.

— C'est un bon maître.

— Oui, dit-elle, ce fut le meilleur des maîtres et je le regretterai toujours. Monsieur le Comte, reprit-elle, sa gorge serrée ne laissant plus passer qu'un filet de voix, peux-je maintenant vous déshabiller ?

— Oui-da.

Ce qu'elle fit, les yeux baissés, fort prestement et sans dire mot ni miette. Je m'accoisai moi aussi, sentant bien ce que cela voulait dire pour la garcelette d'avoir perdu à jamais Monsieur de Saint-Clair. Et je crus, sa face étant si fermée et ses yeux si baissés, qu'une fois que je serais dans mes draps, elle allait souffler ma bougie et se retirer en me souhaitant la bonne nuit. Mais elle n'en fit rien, se tenant raide, bouche cousue, au chevet de mon lit, sans bouger plus qu'une souche.

— Eh bien, Jeannette, dis-je à la parfin, as-tu encore quelque petite chose à me dire ?

— Oui-da, Monsieur le Comte, mais ce n'est pas une petite chose.

— Je t'ois.

— Monsieur le Marquis, votre père, vient de perdre une de ses chambrières, laquelle a marié un artisan cordonnier de Paris. Quoi oyant, je me suis permis de lui dire que s'il me veut, j'entrerais volontiers à son service en cette maison que voilà.

— Tête bleue, Jeannette ! Et tu quitterais Orbieu ?

— Orbieu, certes, mais point du tout vous-même, Monsieur le Comte. J'oserais même dire que je vous verrai plus souvent en Paris que je ne vous voyais à Orbieu.

— C'est vrai, mais qu'a répondu mon père à ta requête ?

— Qu'il y serait consentant, si vous-même vous l'étiez.

— Voire ! Il se pourrait que je le sois, si tu me découvres tes raisons...

— Oh, bien simples elles sont, Monsieur le Comte ! Il se trouve qu'à Orbieu, je croise un peu trop souvent sur mon chemin Monsieur de Saint-Clair et qu'à chaque fois cela me brûle le cœur...

— C'est une raison, mais il ne se peut qu'il n'y en ait d'autres. Comment t'entends-tu avec Louison ?

— Plutôt bien.

— Plutôt bien ou plutôt mal ? Parle à la franche marguerite !

— Monsieur le Comte, cela va couci-couça, pourvu que je lui obéisse en tout.

— Et cela te coûte ?

— Monsieur le Comte, qu'arrive-t-il à une jument que l'on bride trop ? Elle ronge son frein.

— Cela fait deux raisons, toutes deux bien naturelles, mais si j'en crois ce que je sais des garcelettes, il doit bien se trouver une troisième anguille sous cette roche-là. Montre-la-moi !

— Eh bien, il y a aussi, Monsieur le Comte, que j'aimerais mieux vivre en Paris qu'à Orbieu.

— Et cette grande Paris ne t'effraye pas avec sa puanteur, ses embarras de rues et ses mauvais garçons ?

— Point du tout.

— Étrange sentiment chez une native du plat pays ! Allons, allons, Jeannette, cette anguille-là en cache une autre : montre-moi la seconde.

— Monsieur le Comte, puisqu'il faut tout vous dire, si je demeure à Orbieu, qui marierai-je ? Un manant de chaumine, comme mon père, borné et brutal, de qui j'ai reçu en mes enfances plus de battures et frappements que de croûtons. Point ne veux de mari de cette espèce-là !

— Mais se peut qu'un riche laboureur se plaise à toi.

— Même ainsi, il ne voudra pas de moi en mariage.

— Que dis-tu là, Jeannette, jolie garce que tu es, instruite et laborieuse ?

— Tout du même ; il ne voudra pas d'une garce dont tout le village sait qu'elle n'est point pucelle.

— Et en Paris ?

— Personne ne le saura, sauf mon mari. Et puis en Paris, on n'est point si chatouilleux sur ce chapitre-là.

— Comment sais-tu cela ?

— Votre Toinon n'a-t-elle pas marié un boulanger ?

— Tête bleue ! Qui t'a parlé de « ma » Toinon ?

— Pissebœuf.

— Qui eût dit que Pissebœuf fût si clabaudeur ?

— Il ne l'est pas plus qu'un autre. Mais Monsieur le Comte sait bien que les serviteurs, quand ils sont entre eux, ne parlent que des maîtres...

— Et pas toujours en bien ! dis-je en riant. Eh bien, Jeannette, il est temps que « mon sommeil me dorme », comme disait Henri IV : je vais donc m'ensommeiller sur tes raisons et au matin, quand tu viendras ouvrir mes rideaux, je te dirai ce que j'ai décidé.

Elle me fit là-dessus une belle révérence, mais au lieu qu'elle s'en allât, elle me dit, avec un sourire et un petit brillement de l'œil :

— Monsieur le Comte ne serait-il pas bien aise de me retrouver céans quand il sera en Paris ?

— D'un autre côté, dis-je en riant, ne serais-je pas bien marri, quand j'irai à Orbieu, de ne point t'y voir ?

Ce fut une balle un peu bien imprudente que je lançai là. Je m'en aperçus à la promptitude avec laquelle elle la rattrapa au vol.

— Ce serait donc, dit-elle, l'œil en fleur, que Monsieur le Comte est bien un peu affectionné à moi...

— Certes ! Certes ! dis-je sans me hasarder plus avant.

Mais à cela, elle s'approcha un peu plus de mon chevet et dit d'une voix douce :

— Monsieur le Comte, cela aiderait-il à vos réflexions cette nuit sur mon sort, si Monsieur le Comte me permettait, après avoir soufflé la bougie, de lui bailler un petit baiser ?

— Holà ! Holà ! Qu'est cela ? dis-je en riant, *captatio benevo-*

lentiae du juge par moyens éhontés ! Trichoterie manifeste ! Cartes biseautées ! Nenni, nenni, ma Jeannette ! Laisse tes raisons parler seules pour toi ! Éteins, je te prie et sauve-toi !

Elle éteignit, mais resta un moment immobile dans le noir, au chevet de mon lit. Je ne bougeai point, écoutant son souffle. Et ce ne fut qu'après un assez long moment que j'ouïs l'huis de ma chambre doucement s'ouvrir et se reclore. Je m'allongeai alors tout du long dans la tiédeur de ma couche et, ayant assez peu de doutes dans mon esprit sur ce que j'allais décider à son sujet le lendemain, je me sentis assez loin du sommeil que je m'étais promis.

⁂

— Monsieur, j'ai deux remontrances à vous adresser.

— À moi, belle lectrice ?

— Monsieur, comment se fait-il que vous ne m'ayez plus adressé la parole depuis notre entretien au sujet de Madame de Candisse, alors même que dans cet intervalle vous vous êtes adressé trois ou quatre fois au lecteur ?

— La vérité, Madame, si vous la voulez savoir, c'est que je vous gardais pour la bonne bouche.

— Qu'est cela, Monsieur ? Je n'en crois pas mes oreilles ! Vous me gardiez pour la bonne bouche !...

— L'expression, Madame, n'a rien d'offensant pour vous ! Bien le rebours ! Vous vous ramentevez que lors de notre dernier entretien au sujet de la Valteline, vous m'aviez dit avec quelque véhémence que c'était vous mésestimer que de croire que vous ne vous intéressiez qu'aux historiettes de l'Histoire, alors que vous étiez fort capable d'entendre les questions de la plus grande conséquence, quelque complexes qu'elles fussent. Eh bien, Madame, j'ai résolu de vous contenter. J'ai réservé pour vos actives mérangeoises l'exposé d'un des plus graves problèmes politiques du règne, ce qui n'est pas à dire naturellement que j'interdise au lecteur d'en prendre, lui aussi, connaissance.

— Monsieur, si c'est là un défi, je le relève incontinent. Commencez, de grâce : vous aurez en moi la plus attentive des auditrices !

— Madame, vous n'avez pas oublié la Valteline ?

— Ma fé ! Je la connais par cœur, votre Valteline ! C'est ce passage dans les Alpes italiennes conquis par les Espagnols sur les Grisons suisses, nos alliés, confié ensuite en dépôt aux troupes pontificales, et reconquis ensuite, sur l'ordre de Louis, par le marquis de Cœuvres ? Je croyais cette affaire finie.

— Madame, elle ne l'est pas. Car les Espagnols en Italie ont pris la suite des papelins vaincus et nous nous battons contre eux dans le Piémont avec des succès divers.

— Et c'est la guerre avec l'Espagne ?

— Non, Madame, pas du tout.

— Comment cela ?

— C'est qu'il y a une règle du jeu. Nous nous faisons de petites guerres locales par alliés interposés, mais sans que soit déclarée une guerre franche et générale.

— Et pourquoi non ?

— Par prudence et surtout par manque de pécunes.

— Des deux parts ?

— Des deux parts, encore que l'Espagne, ayant fait banqueroute, soit encore plus mal lotie que nous, qui avons fait rendre gorge aux financiers. Autre atout : l'impôt rentre mieux en ce royaume, dès lors que la taille est établie et perçue par des officiers royaux et non par les assemblées locales.

— Ne voilà-t-il pas enfin une réforme sensée ?

— Pour nos finances, Madame, mais point pour nos manants, lesquels sont davantage tondus, tant est que d'aucuns dans le Quercy se sont révoltés, les armes à la main, et il a fallu les troupes du sénéchal de Thémines pour venir à bout de ces « croquants », comme on les appela alors. Et il a fallu aussi une autre armée pour combattre les huguenots qui, profitant que Louis était occupé dans la Valteline, sont une fois de plus entrés en rébellion.

— Il me semble, Monsieur, que vous ayez moins de sympathie pour les protestants que votre père, le marquis de Siorac.

— Mon père, Madame, a toujours été, comme meshui le maréchal de Lesdiguières, un réformé fidèle à son roi. Et quant à moi, qui suis catholique, je consens que les huguenots aient la liberté de conscience et du culte, mais non qu'ils prennent des villes à notre souverain.

— Mais pourquoi nos bons huguenots agissent-ils ainsi ?

— Les petits, parce que les grands leur font croire à un retour des persécutions, et les grands par ambition ou cupidité. Le duc de Rohan en est un bon exemple. Il veut qu'on lui verse les cent cinquante mille écus qu'on lui a promis pour faire la paix à Montpellier.

— Eh quoi ? A-t-on failli à cette promesse ?

— Le roi n'aime pas qu'un rebelle lui fasse payer sa rébellion.

— Dès lors, il ne fallait pas promettre !

— Madame, les Français s'entre-tuaient sous les murs de Montpellier. On a pensé qu'il fallait tout faire, même une promesse qu'on voulait sans effet, pour que cesse de couler le sang.

— Et Monsieur de Soubise, que veut-il ?

— Étant le frère cadet du duc de Rohan, il n'a pas de titre et il désire que le roi lui baille, en échange de sa soumission, un duché-pairie.

— Et croyez-vous que ce barguin succède [1] ?

— Je le décrois. Soubise se révolte meshui pour la troisième fois et c'est quand même beaucoup.

— Que dit le cardinal à ce sujet ?

— Madame, le voulez-vous écouter par ma voix ?

— Textuellement ?

— Non, sauf la dernière phrase. Parlant de la deuxième révolte de Soubise, celle qui précéda celle-ci, et lui permit de prendre par surprise Les Sables d'Olonne, Richelieu montre le roi lui courant sus avec une armée, et il dit : « Voyant le roi fondre sur lui, Soubise se retira à La Rochelle, comme les oiseaux craintifs se cachent dans les creux des rochers quand l'aigle les poursuit. »

— C'est une parlante image !

— C'est aussi, Madame, une flatterie à l'égard de Louis, puisque le cardinal le compare à un aigle. Et enfin, plus subtilement, Richelieu donne au roi un implicite conseil de ne pas pardonner une troisième fois à Soubise, un aigle ne faisant pas de quartier.

1. Réussisse.

— Et cette troisième fois, que fit cet agité ?

— Au début de 1625, il s'empara de l'île de Ré et de Fort Louis. Richelieu persuada le roi de dépêcher Toiras avec des troupes pour reprendre ses territoires. Richelieu faisait ainsi d'une pierre deux coups : il tâchait de tuer dans l'œuf une nouvelle révolte des huguenots et, en même temps, il éloignait Toiras du roi.

— Qui était ce Toiras ?

— Un favori du roi.

— Un nouveau favori après Luynes ?

— Madame, quatre favoris se succédèrent jusqu'à la fin du règne. Je vous les énumère, c'est plus simple : Toiras, Baradat, Saint-Simon et Cinq-Mars.

— Monsieur, qu'est-ce que cela veut dire ?

— Que Louis ne se pouvait passer d'une amitié masculine.

— Monsieur, j'ai vergogne à vous poser la question suivante...

— Ne la posez pas, Madame : j'y réponds et sans l'ombre d'un doute. Ces jeunes gens étaient des amis, non des mignons.

— Le fait est-il constant ?

— Oui, Madame. C'est la pure vérité, bien qu'elle ne soit pas si simple. Si l'un des confesseurs du roi avait eu l'audace de dire à son royal pénitent qu'il sentait dans l'ardeur de ces amitiés masculines je ne sais quel relent de bougrerie, nul n'eût été plus indigné que Louis, ni surtout plus incrédule. Du fait que ses mœurs demeuraient chastes, elles voilaient, à ses propres yeux, l'ambiguïté de ses penchants.

— N'était-il pas tentant, pour le favori personnel, de tâcher de supplanter le favori politique ?

— L'aspiration était là, sans doute, mais non la force et le talent. De ces quatre coquardeaux [1] que j'ai énumérés, Richelieu eût pu dire ce qu'il a dit d'un d'entre eux : « Jeune homme de nul mérite, il est venu en une nuit comme un potiron. » Toutefois, le cardinal surveillait ces béjaunes de fort près et bien fit-il, car le dernier d'entre eux, Cinq-Mars, entra très avant dans les

1. S'agissant de Toiras, le comte d'Orbieu nuance plus loin ce jugement...

chemins de la trahison. Mais revenons à la troisième rébellion de Soubise. Il s'était, par surprise, saisi de l'île de Ré mais, pressé par Toiras et aussi à la prière des Rochelais qui ne voulaient pas encore prendre parti, il quitta l'île et avec douze navires, il alla se saisir de Fort Louis et de tous les vaisseaux du roi qui se trouvaient là, dont le plus beau, *La Vierge*, était artillé de quatre-vingts canons... Le duc de Vendôme, gouverneur de Bretagne, alerté par le roi, le vint déloger de la ville mais non du port, où il laissa Soubise tranquillement calfater et équiper les navires qu'il avait pris au roi, sans qu'il lui tirât dessus la moindre mousquetade. Quand il fut prêt, Soubise, avec ses douze navires, et les six vaisseaux royaux, prit le large et, dans les ports avoisinants, poursuivit ses captures.

— Et pourquoi le duc de Vendôme agit-il si mollement avec Soubise ? Appartenait-il lui aussi à la religion réformée ?

— Pas du tout. Mais c'était un rebelle-né. Il s'était déjà révolté contre Louis et n'attendait que le moment le plus propice pour se dresser derechef contre lui.

— Que cherchait-il à acquérir ?

— Madame, vous avez bien saisi la mécanique d'esprit des Grands ! S'agrandir et s'agrandir toujours aux dépens de la couronne en domaines, en villes ou en pécunes. Toutefois, j'aimerais ajouter ceci. Quand j'ai dit que Vendôme était un rebelle-né, j'entends que sa naissance avait réellement à voir avec sa rebelle humeur. Il était le fils légitimé d'Henri IV et de Gabrielle d'Estrées et naquit sept ans avant le roi. Tant est que se considérant comme son aîné, il voulait se convaincre que le trône lui devait revenir, ou à tout le moins la Bretagne, non en qualité de gouverneur, mais en toute souveraineté et indépendance. Nous retrouverons plus loin ce duc turbulent.

— Turbulent ! Monsieur, il me semble que les ducs l'étaient tous !

— Presque tous, en effet, et ceux qui demeuraient fidèles ne l'étaient que par prudence, calcul ou temporisation. La nécessité pour le roi « d'abaisser les Grands » n'est pas dans ce pays une nouveauté politique. Pas plus, de reste, que l'abaissement de l'Aigle à deux têtes, parce qu'il aspire à établir en Europe une domination universelle. Dans ce prédicament, Monsieur, n'avons-nous pas d'alliés ?

— Si, Madame, mais pour l'instant du moins, loin de nous pouvoir apporter une aide, c'est de nous qu'ils l'attendent. En Italie, la Savoie et Venise avec qui nous avons formé une ligue seraient bien désolées si nos troupes quittaient la Valteline, car elles resteraient seules en un bec à bec redoutable avec l'Espagne. L'Angleterre qui, au siècle précédent, a certainement sauvé et elle-même et l'Europe en détruisant l'*Invincible Armada*, l'Angleterre, dis-je, est une puissance repliée sur son île : elle n'aime pas aventurer ses soldats sur le continent. Et depuis le mariage de Charles Ier avec Henriette-Marie, elle voudrait que la France l'aide à reconquérir le Palatinat que la Bavière a ravie au gendre de Charles.

— Frédéric V ? Le cousin de Madame de Lichtenberg ? Et qu'est devenue, Comte, cette belle veuve ? La seule haute dame qui ait embelli votre vie ?

— Tous ses biens dans le Palatinat ayant été saisis, elle s'est réfugiée en Hollande et y vit maigrement — un peu mieux depuis que je lui ai acheté son hôtel de la rue des Bourbons. Madame, puis-je revenir à nos moutons ?

— Vous n'aimez guère, ce me semble, parler de Madame de Lichtenberg ?

— Est-ce ma faute si, m'ayant de prime enchanté par sa beauté, elle m'a ensuite désenchanté par son humeur escalabreuse ? Mais, excusez-moi, je n'aimerais pas parler d'elle davantage.

— Comte, votre humble servante revient humblement à nos humbles moutons. Donc, l'Angleterre nous demande notre aide pour reprendre le Palatinat aux Bavarois. L'aidons-nous ?

— Pas autant qu'elle le voudrait. Quant à la Hollande, notre alliée de longue date, laquelle nous avons, de reste, garnie en pécunes, dès que le cardinal est entré au Conseil, elle soutient une guerre longue et acharnée contre ses voisins des Flandres, les Espagnols, lesquels avec de grands moyens cherchent à lui prendre la ville de Breda [1].

— Et nous l'aidons ?

— Quelque peu, mais pas la moitié autant que nous le voudrions.

1. Commémoré par la célèbre *Reddition de Breda* de Velasquez.

— Pourquoi ?

— La situation a contraint le roi et le cardinal à disperser nos forces. Nous avons une armée dans la Valteline, une deuxième armée à Fort Louis pour contenir les huguenots, une troisième armée en Picardie et une quatrième armée en Champagne.

— À quoi servent ces deux dernières ?

— Celle de Picardie est là pour monter la garde à la frontière des Flandres, afin de prévenir une invasion espagnole. Elle essaye aussi de faire passer quelques hommes par mer aux Hollandais, et quelque cavalerie aux Anglais.

— Et celle de Champagne ?

— Elle campe à Reims et protège notre frontière de l'Est, car nous craignons une incursion des Bavarois qui sont, comme nous venons de le dire, les nouveaux maîtres du Palatinat. N'oubliez pas que l'Aigle prédateur est riche de deux têtes et que le Habsbourg d'Allemagne n'est pas moins redoutable que le Habsbourg d'Espagne.

— Mais, Monsieur, une chose m'étonne : tandis que nous sommes l'arme au pied en Picardie et en Champagne, attendant un ennemi qui, nous voyant si bien remparés, ne viendra peut-être jamais, ne faisons-nous rien contre les huguenots ?

— Que si, Madame ! Et puisque c'est sur mer que Soubise nous cherche noise et écume nos ports pour capturer nos bateaux, le cardinal a loué promptement huit vaisseaux aux Anglais et vingt aux Hollandais et confié cette flotte à l'amiral de France, le duc de Montmorency. Et Montmorency a fait merveille. Le quatorze septembre 1625, il a défait la flotte de Soubise.

— Enfin, un duc fidèle !

— Hélas, Madame, hélas !

— Que veut dire cet « hélas ! » ?

— Que ce Grand n'était pas différent des autres Grands. Il servit fort bien le roi pendant sept ans, mais en 1632 il passa dans le camp ennemi, nous fit beaucoup de mal, fut capturé, jugé pour crime de lèse-majesté et décapité. Les méchantes langues de la Cour commencèrent alors à dire que l'abaissement des Grands passait par leur raccourcissement...

— Voilà bien nos Français ! Ils font des gausseries de tout ! Si je vous entends bien, Comte, les huguenots sont battus.

— Il s'en faut ! Soubise s'enfuit en Angleterre, mais le duc de Rohan travaille à soulever les villes protestantes du Languedoc et les Rochelais s'agitent. Ici, Madame, surgit une petite différence d'opinion entre le roi et le cardinal.

— Ma fé ! Voilà qui m'enchante ! Je finissais par croire que le roi était tombé sous la coupe du cardinal et qu'il voyait tout par ses yeux.

— Cela, Madame, c'est la légende répandue par les ennemis de Richelieu. Pour qui connaît Louis, c'est une absurdité. Le roi est très jaloux de ses prérogatives royales, mais cette jalousie ne le rend pas aveugle. Il a un jugement très sûr. Il est très accessible à la raison et aux raisons. Et au rebours de sa mère, il ne se bute jamais. Il écoute avec une scrupuleuse attention ce que lui dit le cardinal. Il réfléchit là-dessus et s'il est convaincu, comme c'est un homme sans petitesse et dénué de vanité, il s'incline aussitôt.

— Il me semble qu'il y a une sorte de grandeur dans cette attitude. Bien peu d'hommes, et moins encore de princes, en seraient capables.

— Je le crois aussi.

— *Quid* de ce différend entre lui et Richelieu ?

— La guerre ! Louis est si irrité par les rébellions sans fin des huguenots qu'il brûle d'en finir une fois pour toutes avec ces turbulents sujets. Le cardinal opine lui aussi qu'il faudra un jour en arriver là, mais il argue que la campagne contre La Rochelle sera à coup sûr aussi longue, aussi ruineuse, aussi coûteuse en hommes que celle qui échoua contre les mêmes huguenots devant Montauban et qu'il faut donc, avant de s'y lancer, régler d'abord avec l'Espagne la question de la Valteline. Sans cela, les victoires remportées jusque-là en Italie seraient vaines et « nos lauriers se changeraient en cyprès ».

— Cette image est de Richelieu ?

— Oui, Madame.

— Le cardinal, à ce que je vois, aime le beau style.

— Parce qu'il est persuasif.

— Comment cela ?

— Le cardinal n'ignore pas que si les raisons doivent convaincre, c'est le style qui persuade.

— Et le roi est persuadé ?

— Et aussi convaincu par les raisons.

— Monsieur, si je vous entends bien, la France soutient les Hollandais, les Anglais et les Grisons qui sont nations hérétiques. Qui plus est, elles boutent les soldats du pape hors des forts de la Valteline et elle va composer avec les protestants français. J'en conclus que le parti dévot en France hurle son indignation.

— Madame, votre perspicacité me charme. Vous avez mille fois raison et, comme vous avez dit vous-même, vos longs cheveux ne vous donnent pas des idées courtes. Permettez-moi, cependant, de vous corriger sur un point. Le parti dévot ne hurle pas. À tout le moins il ne hurle pas encore. Il susurre. Et son susurrement prend la forme d'un milliasse de libelles infâmes et anonymes qui s'en prennent injurieusement au cardinal et même au roi. Et d'autant que le pape vient de dépêcher un légat à Paris pour disputer âprement de la Valteline. C'est un « cardinal-neveu », il s'appelle Barberini, et nos Français, qui ont la rage de tout franciser, l'appellent Barberin. Vous vous ramentevez sans doute que la Cour et la ville appelaient Buckingham « Bouquingan ». À ce sujet, Madame, je voudrais appeler votre attention sur un fait dont il se peut, que vous ne vous soyez pas avisée. Buckingham arriva à Paris le quatorze mai 1625 et Barberini le vingt et un mai.

— Eh quoi ? La même année ?

— Oui-da, la même année et le même mois. Seule la clarté du récit m'a contraint de raconter successivement l'épisode d'Amiens et l'ambassade de Barberini. Les deux événements furent simultanés.

— Voilà qui est curieux. L'Anglais et le prélat se rencontrèrent-ils ?

— Madame, le légat du pape rencontrer le ministre d'un roi hérétique !... C'est vrai qu'ils adoraient le même Dieu, mais comme ils l'adoraient de façon différente, c'était à leurs yeux une raison suffisante pour se haïr.

— Se virent-ils au Louvre ?

— Que nenni ! L'un, et vous savez lequel, logea chez la duchesse de Chevreuse, l'autre chez le nonce apostolique. On les fêta tous deux splendidement, mais chacun à part. Barberini s'attarda longtemps en Paris et Buckingham aussi, mais point, il va sans dire, pour les mêmes raisons.

— Comte, voici la question que je me pose. Y a-t-il un point, un seul où les deux événements eurent incidence l'un sur l'autre ?

— Oui, je le crois. Je crois, pour être plus précis, que sans la présence de Barberini à Paris Louis aurait accompagné Henriette-Marie jusqu'à Amiens et dans ce cas, le scandaleux épisode du jardin d'Amiens n'aurait pu avoir lieu, ce qui eût épargné à mon pauvre roi bien des pincements de cœur.

— Revenons à Barberini. Que demandait-il au nom du pape ?

— Tout simplement la restitution des forts de la Valteline aux troupes pontificales, pour la raison que le Saint-Père ne pouvait en conscience abandonner les Valtelins catholiques à la tyrannie des Grisons protestants. Il demandait aussi une suspension d'armes entre armées françaises et armées espagnoles en Italie.

— Et que répondit Louis ?

— Que le roi de France ne pouvait restituer les forts au Saint-Père, pour la raison qu'il ne pouvait, en conscience, abandonner ses alliés les Grisons à la tyrannie espagnole. D'autre part, accepter une suspension d'armes ne servirait qu'à donner du temps aux Espagnols pour se fortifier à nos dépens...

— Voilà qui paraît clair comme eau de roche.

— Mais il fallut quatre mois fort troubles pour en débattre, Barberini s'accrochant à ses propositions déraisonnables, étant encouragé en sous-main par les Français du parti dévot.

— Et comment en sortit-on ?

— Par une émerveillable astuce de Richelieu, laquelle fut finement conçue et fort dextrement exécutée. Le cardinal était alors à Limours — où je ne saurais me ramentevoir ce qu'il était allé faire. Et de là, il écrivit le deux septembre au roi une lettre importantissime que Louis me pria de lui lire, car l'écriture du secrétaire à qui Richelieu l'avait dictée se trouvait quasiment indéchiffrable, du fait sans doute que le cardinal, ayant rédigé ladite lettre tout entière dans sa tête au cours d'une nuit désommeillée, l'avait à son lever dictée d'une seule coulée au malheureux scribe. Louis allait départir pour la chasse, quand il reçut cette lettre-missive et après avoir failli tout à plein d'en déchiffrer les premières lignes, il me tendit le poulet avec impatience et me dit : « *Sioac*, déplumez-moi en secret cette lettre secrétissime et jetez-la-moi clair et net sur le papier, afin que je puisse, à mon retour, la lire sans me perdre les yeux. » Ce que je fis dans le cabinet aux livres, ayant clos l'huis sur moi et poussé le verrou.

— Et que disait cette lettre ?

— Je peux vous le dire, maintenant que le temps a passé. Le cardinal conseillait au roi d'assembler un Conseil extraordinaire, une grande Assemblée si vous préférez, des premiers de son royaume, afin de leur demander leur avis sur l'affaire de la Valteline et les demandes de Barberini. Cette Assemblée, expliquait-il, aurait ceci de bon qu'en faisant connaître la vérité des choses, elle préviendrait les mauvais bruits que quelques personnes assez connues répandent tous les jours, à savoir que Sa Majesté et son Conseil protègent ouvertement les hérétiques. Cette Assemblée, conclut Richelieu, apporterait aussi à Sa Majesté « un grand repos de conscience », puisqu'elle aurait fait examiner par le jugement de diverses personnes très capables l'affaire qui la préoccupait.

— Et comment le roi accueillit-il ce projet ?

— On ne peut mieux et pour beaucoup de raisons dont le « grand repos de conscience » était le principal, comme l'avait bien senti Richelieu car Louis était fort pieux, je vous le rappelle, et cela le tabustait fort de s'opposer si fortement à la politique du pape.

— Et cela ne tabustait pas le cardinal ?

— Fort peu, à mon sentiment, Richelieu étant plus homme d'État qu'homme d'Église. Une de ses premières démarches, Madame, quand il entra au Conseil du roi, fut de demander au Vatican de le dispenser de lire son bréviaire tous les jours. Ce que le Saint-Père lui accorda très à contrecœur.

— Et pourquoi ?

— Qui ne sait, Madame, que la foi s'acquiert par la prière et se fortifie par la répétition ?

— Le cardinal n'était-il pas croyant ?

— Oh que si ! Et fermement ! Mais sa fermeté même excluait une répétition quotidienne qu'il tenait pour un rabâchage inutile qui lui mangerait un temps précieux.

— Comte, pour en revenir à cette Assemblée extraordinaire, ne comportait-elle pas un danger pour Richelieu et le roi ?

— Un danger et lequel ?

— Que quelques voix s'élèvent pour condamner sa politique à l'égard du pape dans la Valteline.

— Madame, seriez-vous naïve ? Il va sans dire que Richelieu se fit confier par le roi la composition de cette Assemblée et qu'il prit soin de la composer selon ses vues. Oyez ! Il y appelle d'abord les princes, les ducs, les grands officiers de la couronne : connétable, chancelier, chambellan, colonel général de l'infanterie, grand-maître de l'artillerie, amiral, grand écuyer, et les maréchaux de France qui sont une quinzaine, dont un certain nombre ne sauraient être présents, étant retenus aux armées. En tout, une quarantaine de dignitaires qui, nommés par le roi, et touchant de lui des émoluments, ne ressentent guère l'envie de le contredire sur une question qui lui tient tant à cœur, et d'autant qu'ils jugeraient déshonorant d'abandonner les Grisons nos alliés et de laisser « nos lauriers en Italie se changer en cyprès ».

— Et les robes longues ?

— Les robes longues ne se trouvaient pas mal loties. Furent appelés à siéger à cette Assemblée extraordinaire le président et le procureur général des parlements (outre celui de Paris, il y en a douze en province), des cours des aides et des chambres des comptes. En tout une vingtaine de personnes. Et de ceux-là, Richelieu n'a pas à se défier, car ils sont immensément flattés que le roi les consulte sans qu'il soit question de pécunes, et ils éprouvent, en outre, peu d'amour pour le pape, étant pour la plupart gallicans à gros grain.

— Comte, cela est bel et bon, mais c'est aux appelés du clergé que je vous attends.

— Madame, vous n'allez pas être déçue ! Ce n'était pas que le nombre manquât, car il y avait en France à ce moment-là trois cardinaux (sans compter Richelieu), quinze archevêques, et un nombre d'évêques que je ne saurais préciser, mais dont on peut présumer que leur nombre doublait pour le moins celui des archevêques. Et de tous ceux-là, Madame, combien pensez-vous que Richelieu appela à siéger à l'Assemblée extraordinaire ?

— La moitié ?

— Ah, Madame, vous sous-estimez le cardinal ! Il en appela quatre.

— Quatre prêtres pour représenter tout le clergé ?

— Oui-da, quatre ! Et pas un de plus. Les trois cardinaux et un archevêque.

— Mais n'était-ce pas très offensant de réduire ainsi le Haut Clergé à la portion congrue, noyant, pour ainsi parler, les trois robes pourpres et la robe violette au milieu d'une soixantaine de personnes ?

— C'était surtout une façon de leur dire : on vous soupçonne de ne pas penser en l'occurrence comme « de véritables Français ». Tenez-vous cois !

— Et ils s'accoisèrent ?

— Nenni. L'un d'eux parla, tout intimidé qu'il fût. L'Assemblée se réunit le vingt-neuf septembre 1625 dans la grande salle ovale de Fontainebleau. Habilement, Richelieu fit parler avant lui le chancelier d'Aligre et Monsieur de Schomberg. L'un et l'autre exposèrent l'affaire de la Valteline, en soulignant les ruses chattemites des Espagnols et du pape pour nous priver des fruits de nos victoires italiennes. Après Schomberg, toute la salle était acquise et acquise bruyamment au parti de la guerre. Et c'est alors que le cardinal de La Rochefoucauld parla et tout à plein à contre-courant.

— C'était montrer bien du courage.

— Oh, Madame ! Il ne courait aucun péril. Il était fort aimé du roi et fort estimé de Richelieu, comme la suite bien le montra. Mais enfin, il faisait son devoir de cardinal.

— Et que dit-il ?

— Il parla d'une voix très faible (et se peut qu'il la voulait telle car à soixante-sept ans, c'était un vigoureux gaillard [1]). Il parla donc en faveur d'une suspension des hostilités. Il y eut des murmures et peut-être pour lui éviter d'être hué, Louis l'interrompit et donna la parole à Richelieu.

— Et que dit notre cardinal ?

— Parlant en dernier à l'Assemblée et n'ayant plus à exposer l'affaire, ni même à convaincre ceux qui l'écoutaient, il fit sonner haut et fort la note héroïque, celle qui fait frémir les épées dans les fourreaux et inspire aux robes longues le regret

1. Le cardinal de La Rochefoucauld mourut à 88 ans.

de n'en point porter. « Si la paix est désirable, dit-il d'une voix grave, il faut blâmer et détester tout ce qui porte atteinte à l'honneur, qui est le seul aliment des âmes vraiment généreuses et royales... »

— Mais c'est déjà du Corneille !

— Oui, Madame ! Vous ne vous trompez pas ! C'est déjà du Corneille ! Lorsque, onze ans plus tard, *Le Cid* parut sur la scène française, il fut joué, alors que précisément un grand froissement d'épées retentissait partout : la guerre cette fois était bel et bien déclarée entre l'Espagne et la France... Mais revenons à nos moutons.

— Comme vous aimez à dire, Monsieur.

— Mais, Madame, n'en êtes-vous pas un peu la bergère, puisque vous m'aidez à les rassembler ? Le roi fit part au légat du sentiment de l'Assemblée, et bien que cette Assemblée ne fût au fond qu'une sorte de grand messe politique, fort bien préparée par le cardinal, son unanimité fit une telle impression sur Barberini qu'il partit, bien convaincu que le pape et l'Espagne n'avaient plus qu'à s'incliner. Ce qu'ils firent par le traité de Monzon. Les Grisons gardèrent donc la Valteline.

— Et nos bons huguenots ?

— Schomberg traita avec eux. Ce fut très long. Les Rochelais voulaient qu'on démolît le Fort Louis. Le roi voulait qu'ils démolissent leurs fortifications. On discuta trois mois et au bout de trois mois, on décida de ne raser ni le Fort Louis ni les murailles de La Rochelle. Et la paix fut signée.

— Quel triomphe pour Richelieu et le roi !

— Et quelle haine aussi, Madame ! Quel déchaînement de libelles et comme nos bons dévots les assassineraient volontiers l'un et l'autre !

— Iraient-ils jusque-là ?

— Madame, dois-je vous ramentevoir le couteau de Jacques Clément et celui de Ravaillac ?

— Comte, avec mille mercis, laissons là maintenant ces grands problèmes et prophéties sanglantes. J'aimerais vous entretenir « pour la bonne bouche » de sujets plus communs et plus aimables. Et de reste, ne vous ai-je pas annoncé une seconde remontrance ?

— En effet.

— Je la voudrais engager sur un ton badin et folâtre, si vous me le permettez.

— Madame, comment oserais-je vous reprocher de recourir à ce ton-là, alors que vous avez prêté si attentivement l'oreille à mes graves discours ?

— Eh bien, Comte, voici ! Comment se fait-il que vous ne pouvez aller au lit sans être déshabillé par une soubrette ?

— Madame, la chose est simple. Je n'ai pas de valet.

— Et La Barge ?

— La Barge est mon écuyer Il est de maison petite, mais noble.

— Et ne pouvez-vous pas vous dévêtir seul ?

— Ce n'est pas l'usage dans l'ordre de la noblesse.

— Laissons là l'usage ! S'agissant d'une soubrette, il me semble que la morale devrait proscrire cette promiscuité...

— À la vérité, Madame, j'y perdrais prou.

— Quel aveu dénué d'artifice !

— Mais, Madame, voudriez-vous que je vous mentisse ?

— Non point, non point ! La franchise est votre plus belle qualité.

— La grand merci pour les autres.

— Franchise pour franchise, peux-je vous dire cependant que je n'ai guère goûté la scène où vous avez joué le raminagrobis avec cette tendre souris.

— Est-ce bien Jeannette que vous nommez ainsi ?

— Oui-da.

— Ma fé ! Je ne sais qui de Jeannette et de moi est la souris de l'autre. N'avez-vous pas observé comme elle voulait me poutouner pour arriver à ses fins ?

— Oh ! Oh ! Vous n'allez pas vous faire un mérite d'avoir dit « non » ! J'ose prédire que vous ne détournerez pas longtemps la tête, si elle entre au service de Monsieur Votre Père.

— Mais, Madame, vous n'ignorez pas que je loge au Louvre.

— Mais, Monsieur, je n'ignore pas non plus que lorsque vous dînez chez le marquis de Siorac, vous aimez faire une petite sieste dans la chambre de vos enfances.

— Le Révérend docteur-médecin Rondelet recommandait la sieste à la méridienne : il la trouvait rebiscoulante.

— Je ne doute pas qu'elle vous rebiscoule encore plus, quand Jeannette la partagera.

— Mais, au sujet de Jeannette, Madame, je n'ai pas encore pris de décision. Elle me rend de grands services à Orbieu.

— Mais ne serait-ce pas pour vous une bien grande commodité, et plus grande encore, d'avoir une Louison à Orbieu, et une Jeannette en Paris ? Vous ne risquez pas de trop pâtir des affres de l'austérité.

— Mais enfin, Madame, où est le mal à cela ? Ne voulez-vous pas entendre que pour ces aimables garcelettes, je ne suis que le marchepied de leurs ambitions ? Vous les avez ouïes comme moi ! Avant que je me marie, l'une veut de moi un bâtard qui sera élevé au château d'Orbieu et portera mon nom. Et l'autre veut s'établir en Paris dans l'espoir de marier un honnête artisan qui lui baillera pignon sur rue.

— Et vous entrez dans ces barguins ?

— Et pourquoi pas ? Elles sont vives, frisquettes, avec une fraîcheur de cœur qui ne laisse pas que de m'affectionner à elles.

— Mais, Comte, ne pourriez-vous pas aspirer plus haut ?

— Ah Madame ! Que de trichotes et de cachottes pour dissimuler ma liaison avec Madame de Lichtenberg ! Et encore vivait-elle très retirée sans aucune amie française et sans jamais mettre le pied à la Cour !

— Et pourquoi ne devait-on pas connaître ce lien ?

— Madame, dois-je le répéter ? Louis abhorre les amours hors mariage et une liaison avec une haute dame de la Cour ne saurait échapper à sa vigilance.

— Et le cardinal ?

— Son point de vue est politique. Il craindrait que je me laisse emberlucoquer dans les intrigues de ces « étranges animaux », et il perdrait alors toute fiance en moi. Savez-vous qu'il a été fort soulagé d'apprendre ma brouille avec la princesse de Conti, alors même qu'elle n'est que ma demi-sœur ? Ce qu'il y a de bon dans mes soubrettes, outre leurs belles qualités, c'est qu'elles sont de si petites personnes qu'elles échappent à l'œil du roi. Quant au cardinal qui, grâce à ses espions, sait tout, et jusqu'au moindre détail, il n'ignore pas que ce n'est pas de ces garcelettes que viendraient pour lui l'embûche et le péril, mais d'une duchesse de Chevreuse, d'une Madame de La Vallette, ou d'une princesse de Conti.

— Pour échapper à ces sourcillements et à ces surveillances, pourquoi ne vous mariez-vous pas ?

— Tête bleue, Madame ! Quelle est cette rage de me vouloir traîner à l'autel ! N'est-ce pas assez que j'en doive ouïr l'antienne chaque fois que je dîne avec la duchesse de Guise ? Faut-il que vous en repreniez, vous aussi, le refrain ?

— Pourtant, le choix serait vaste pour le comte d'Orbieu !

— Vaste, Madame ?

— Comptez-vous pour rien ces demoiselles d'honneur de la reine qui sont si belles et de si bonne noblesse ?

— Le ciel me garde, Madame, de ces façonnières, élevées dans les intrigues du sérail ! De grâce, n'en parlons plus !

— Monsieur, pardonnez-moi, ne serait-ce pas le moment à trente ans d'assurer votre lignée ? Et ne croyez-vous pas que si les façonnières de cour ne vous ragoûtent pas, vous pourriez rencontrer en nos provinces, ne serait-ce que dans votre Périgord bien-aimé ou dans la bonne noblesse de votre bailliage, une demoiselle qui conviendrait mieux à vos humeurs ? N'enviez-vous pas Monsieur de Saint-Clair d'avoir trouvé une Laurena de Peyrolles ?

— Hélas, Madame, la différence éclate ! Le sort de Monsieur de Saint-Clair est enviable, assurément, tant parce qu'il a marié cette aimable enfant que parce qu'il habite d'un bout à l'autre de l'année au domaine d'Orbieu. Il peut donc, chaque jour que Dieu fait, jouir de la présence de sa bien-aimée, lui parler, ne lui parler pas, mais la voir et la savoir toute à lui. Je n'aurais pas, moi, ce privilège, même si mon épouse logeait en Paris en mon hôtel de la rue des Bourbons, moi qui suis et dois être présent du matin au soir aux côtés de mon roi et le suivre le cas échéant en ses interminables voyages sur les grands chemins de France. Vous n'êtes pas sans apercevoir les funestes conséquences de cette situation. S'il y avait une comtesse d'Orbieu, quel serait mon pâtiment de ne la voir jamais, et si elle m'aimait, quel serait aussi le sien d'être unie à moi tout en étant de moi éternellement séparée !

— Mais, Comte, croyez-vous que si vous demandiez à Louis de vous retirer tout de bon dans votre domaine d'Orbieu, Sa Majesté en sa bonté ne ferait pas droit à votre requête ?

— Y pensez-vous, Madame ? Je me jugerais le plus infâme des hommes, si je faisais jamais une requête semblable ! Quoi ! Abandonner mon roi et Richelieu, alors qu'ils sont enveloppés de tant de haine et menacés, à ce que je crois, par les couteaux des assassins ! Prophétisez, Madame, que si un jour je les devais l'un et l'autre quitter, non certes de mon plein gré, mais de force forcée, je pâtirais d'un chagrin tel et si grand que je n'y survivrais pas ! L'office que j'assume auprès d'eux est assurément une grandissime servitude, mais c'est aussi ma raison d'être, et pour le dire en un mot, ma vie.

CHAPITRE V

Si bien je m'en ramentois, c'est fin mars 1626 que je demandai à Louis la permission de m'absenter pour visiter mon domaine d'Orbieu. Je n'eusse pu choisir meilleur moment. La politique du roi et du cardinal, passant outre à toutes les résistances, venait de connaître, on l'a vu, un éclatant succès : les huguenots de La Rochelle étaient rentrés dans leur devoir et l'Espagne avait restitué la Valteline aux Grisons. Et bien que Louis ne laissât pas d'apercevoir que ce n'était là qu'une bonace après laquelle la tempête ne pouvait que reprendre, il était bien aise de cette relâche à ses tourments, tout en sachant qu'elle serait brève. Et c'est quasiment d'un air enjoué et riant, bien peu habituel sur son austère face, qu'il me bailla le congé que je quis de lui.

J'engageai les mêmes Suisses qu'à l'accoutumée pour me servir d'escorte, sans leur garder mauvaise dent du fait qu'ils n'étaient pas intervenus lors de l'attaque des reîtres allemands. Au vrai, ils étaient trop loin de notre champ de tir et tant vite s'était passé l'assaut qu'avant qu'ils pussent branler, il était déjà fini.

Je ne laissai pas, néanmoins, de tirer leçon de cette défaillance, me l'attribuant à moi-même plutôt qu'à mes soldats. Dans les troubles et les périls du temps, je résolus que d'ores en avant, je ne saillirais des murs de ma maison que je ne fusse fortement accompagné, ne voulant pas derechef tenter le diable et me mettre au hasard d'être assailli à l'avantage en des lieux aussi découverts. Je dictai la même règle à Monsieur de Saint-Clair et, bien que je n'osasse point la conseiller à Monsieur de Peyrolles, il prit exemple sur nous et se l'imposa.

Ces Suisses, au nombre de douze, nourrissant en leur cœur le regret de leurs verts pâturages, donnaient volontiers la main, le cas échéant, aux travaux de mes champs, et à la construction de mon châtelet d'entrée, lequel j'avais à la parfin décidé. Non qu'ils fissent les maçons, mais ils prêtaient leurs fortes membratures au déchargement des grosses pierres taillées que les charrettes nous apportaient, mais point tout à fait à pied d'œuvre. Y aidait aussi l'herculéen Hans, le reître repenti que j'avais pris à mon service et qui me servait avec zèle. Travaillant avec les Suisses sur ce chantier, il était tout à son affaire, ayant en commun avec eux la langue et son premier métier. Tant est que j'envisageais de lui rendre un jour son honneur et ses armes en faisant de lui le second de Monsieur de Saint-Clair dans l'éducation de ma milice paysanne.

Le soir de mon advenue à Orbieu, retirée avec moi dans ma chambre, Louison jeta feu et flamme quand elle apprit de ma bouche que Jeannette était entrée au service de mon père et qu'elle ne reviendrait pas la seconder dans l'intendance de ma maison d'Orbieu.

— Eh quoi ! s'écria-t-elle dans le premier éclat de son ire, elle me quitte, cette coquefredouille ! Et sans ma permission !

— Tête bleue ! dis-je en sourcillant, qu'est cela ? Ai-je bien ouï ? Est-ce toi, Louison, qui engageas Jeannette ? Est-ce toi qui lui payais ses gages ?

— Non point, dit Louison, mais vu que vous l'aviez nommée ma sous-intendante, c'était bien le moins qu'elle me prévînt de ses projets.

— Cela, dis-je froidement, c'est une affaire entre elle et toi et je n'y veux point entrer.

— Monsieur le Comte, dit Louison qui, comme les chats, ne s'approchait jamais du feu au point de se faire roussir les moustaches, m'auriez-vous trouvée impertinente ?

— Quelque peu.

— Monsieur le Comte, dit-elle en se génuflexant devant moi, par quoi elle était bien assurée de capter, et mon regard, et ma mansuétude, je vous demande très humblement pardon.

Mais évitant de poser les yeux sur les charmes dont sa posture me faisait don, je lui tournai le dos et je lui dis par-dessus mon épaule :

— As-tu d'autres choses à dire touchant cette affaire ?

— Avec votre permission, Monsieur le Comte, me dit-elle, tout miel redevenue, sinon par les paroles, du moins par le ton, j'aimerais savoir pourquoi diantre cette pécore désire vivre à Paris.

Je n'aimai ni ce « diantre » ni « cette pécore » mais je noulus les relever, ne désirant pas, en défendant Jeannette, donner à Louison des ombrages et des soupçons auxquels elle n'était que trop encline.

— Que veut fille à cet âge, à ton avis ? Au vrai, Jeannette tient qu'à Orbieu aucun laboureur ne voudra d'elle en mariage, vu qu'elle n'est plus pucelle, tandis qu'en Paris où elle n'est point connue, elle peut espérer mener par le bout du nez à l'autel un honnête artisan.

— Fi donc ! dit Louison en levant haut la crête, un laboureur ! Un artisan ! C'est petitement penser ! Pour moi, faute de me pouvoir marier au-dessus de mon état, je ne me veux point marier du tout ! C'est l'enfant que vous me donnerez avant que vous preniez épouse, Monsieur le Comte, que je veux voir établi plus haut que moi, comme le petit Julien.

Julien était l'enfantelet que mon père avait eu de Margot en sa verte vieillesse. À sa requête, j'avais accepté qu'il fût élevé au bon air d'Orbieu en attendant qu'il fût d'âge à être admis en Paris au collège de Clermont dont les jésuites avaient fait la meilleure école du royaume. Louison s'était beaucoup attachée à cet enfant que le domestique appelait « le petit Monsieur de Siorac » et d'entendre nommé ainsi le bambino la faisait frémir de contentement à la pensée que son futur fils, dont tant elle rêvait, serait un « petit Monsieur d'Orbieu »...

On eût fort étonné Louison en lui disant qu'il y avait quelque chose qui touchait au sublime dans le fait qu'elle acceptait pour elle-même un obscur célibat, pourvu que sa progéniture pût accéder à l'ordre de la noblesse.

— Ne te mets point martel en tête, ma Louison, dis-je non sans quelque émeuvement, ton enfant sera reconnu par moi et élevé au château. Je le répète derechef : tant promis, tant tenu.

Mais, dis-moi, ajoutai-je en souriant, ne dirait-on pas que toi aussi, tu as hâte de me voir marié ?

— Oh que nenni ! dit-elle, une larmelette lui venant à l'œil, bien sais-je qu'alors je pâtirai prou. Mais dans ce pâtiment, il y aura une grande consolation. À savoir que votre enfantelet bouge en moi.

Louison ne pipa mot tant qu'elle me dévêtit, mais une fois que je fus dans mes draps, lesquels elle avait fait bassiner, ce mois de mars étant venteux et froidureux, elle me dit avec un air d'importance et de mystère :

— Monsieur le Comte, si vous pouviez surseoir un petit à votre ensommeillement, j'aimerais vous apprendre un événement sur une affaire de grande conséquence, laquelle exige une décision tant urgente que difficile.

— *Diga me*[1], dis-je, n'en croyant pas mes oreilles d'une annonce aussi pompeuse.

— Angélique est ici.

— Angélique ? La nièce du curé Séraphin ? Et que diantre fait-elle céans ?

— Elle s'allait noyer dans l'étang derrière l'église quand Hans qui passait par là à la nuitée l'a aperçue qui se débattait dans les affres de la noyade et, se mettant à l'eau, il l'a repêchée.

— Et pourquoi ne l'a-t-il pas ramenée au presbytère ?

— Parce qu'elle noulut.

— Elle noulut ?

— Oui-da !... Ce pourquoi Hans, flairant quelque mystère, l'a amenée jusqu'au château en passant par la porte dérobée. La pauvrette était trempée comme un barbet et résista comme un démon quand je la voulus dévêtir. Et pour cause !

— Comment dis-tu ?

— Et pour cause !

— Et pourquoi dis-tu « et pour cause » ?

— Eh bien, comme on dit dans la parladure du pays : « Pleine était la grange. »

— Que me chantes-tu là ?

— Rien que de vrai. La garcelette est en tel gros état qu'il ne peut mener loin.

1. Dis-moi (esp.).

— Tête bleue ! dis-je, voilà-t-il pas d'un autre drame !

— Drame, je ne sais, dit Louison. Mais si la chose est connue, les langues vont frétiller dans les villages.

— C'est justement, dis-je très à la chaude, ce que je ne veux point qu'elles fassent. As-tu recommandé à Hans de se taire ?

— Je lui ai dit de se coudre les lèvres là-dessus. Et en bon soldat, il le fera. J'ai pris par ailleurs toutes les précautions du monde pour que le reste du domestique ne sache rien.

— Tu as bien fait. Apporte-moi mon écritoire. Dans l'instant ! Ce n'est pas tout ! Cours réveiller La Barge. Dis-lui de s'habiller, de seller son cheval et de venir me trouver. Cours, Louison.

L'huis reclus sur elle, j'écrivis à Séraphin en ces termes :

> « Monsieur le Curé,
>
> « Votre nièce est céans, saine et sauve. J'aimerais vous parler demain au bec à bec sur les neuf heures. Je vous enverrai mon carrosse. Dieu vous garde.
>
> « Comte d'Orbieu. »

Je pliai et cachetai la lettre de mon sceau et quand La Barge parut plus vite que je n'eusse cru, je lui dis :

— Va porter ce poulet au curé Séraphin.

— Monsieur le Comte, dit-il, les yeux écarquillés, à s'teure ! Mais il fait nuit !

— Ne discute pas mes ordres ! Prends une lanterne pour t'éclairer sur le chemin !

— Mais, Monsieur le Comte, à s'teure, Monsieur le curé Séraphin n'ouvrira pas.

— Fi donc, La Barge ! dis-je très à la fureur. Que de « mais » ! Quelle sorte d'écuyer es-tu donc ? Toque à la porte du curé jusqu'à ce qu'il t'ouvre et crie ton nom ! Si tu reviens sans avoir remis le billet en mains propres, tu ne demeureras pas à mon service un jour de plus.

— Monsieur le Comte, dit La Barge, la crête très rabattue, je ferai ce que vous avez dit.

— Va, Louison t'attendra derrière la porte, pour la déverrouiller lorsque tu reviendras. Et pas un mot !

Mais ce mot, quelques instants plus tard, Louison me dit que La Barge le prononça quand il revint, lui demandant, béjaune qu'il était, « de quoi diantre il s'agissait ». Louison s'en donna à cœur joie de le gourmander.

— Monsieur de La Barge, dit-elle avec une politesse parfaitement insolente, on vous a dit « pas un mot » ! Faites comme moi, Monsieur de La Barge ! Obéissez !

C'était là une cruelle petite revanche de la petite roture sur la petite noblesse. Et Louison se rinça la bouche de sa rebuffade avec un bonheur non pareil en revenant me dire que la mission était accomplie et que Séraphin avait maintenant ma lettre. Après quoi, elle demanda à partager mon sommeil.

— À deux conditions, dis-je. Point de caquet !

— Monsieur le Comte, dit-elle en se déshabillant en un tournemain, ne dites pas, de grâce, la deuxième condition. Je la devine. Je connais vos humeurs. Monsieur le Comte est furieux contre Séraphin, il est furieux contre Angélique, il est furieux contre La Barge et serait furieux aussi contre moi, si j'ouvrais la bouche, même pour le poutouner. Que Monsieur le Comte se rassure, je serai à ses côtés pas plus parlante, ni bougeante, ni poutounante qu'un petit chat.

— M'amie, tu babilles beaucoup pour quelqu'un qui dit qu'il va se taire.

— C'est fini, dit-elle. Le rideau est tiré. Je ne pipe plus mot.

Elle souffla la bougie, s'étendit, creusa sa place, se tourna sur le côté et s'endormit en un battement de cils. Je pensais que j'allais être moi-même tenu éveillé par cette nouvelle écorne, mais le long chemin de Paris à Orbieu m'avait lassé et ce fut tout le rebours. Le lit était tiède, tiède aussi le corps de Louison à mon côté et presque aussitôt « mon sommeil me dormit », comme disait notre bon roi Henri.

Le lendemain, je me réveillai à la pique du jour comme étonné et dépaysé de me trouver dans ma chambre d'Orbieu et fort content que mon bras, en s'étirant, rencontrât la ronde épaule de Louison. Mais cette joie fut brève comme une ondée d'avril. Tout me revint : Angélique, l'étang, Hans, le tête-à-tête à neuf heures avec le curé Séraphin.

J'éveillai Louison et, tout embrumées que fussent mes mérangeoises, je lui posai questions sur ce qui s'était passé la veille. Il apparut vite qu'elle avait agi avec une émerveillable prudence, logeant Angélique dans une aile du château où le domestique n'allait jamais, pour ce qu'elle n'était occupée à la belle saison que par mon oncle Samson de Siorac et Dame Gertrude, sa femme. Ils dormaient dans la chambre dite cardinalice, non qu'un cardinal y eût jamais dormi, mais La Surie, à sa première visite dans les lieux, l'avait ainsi surnommée, parce que les rideaux, les courtines du baldaquin, les tentures du mur étaient de velours pourpre, quoiqu'un peu fané. Ce qui, même en hiver, disait-il, donnait un sentiment de chaleur et d'intimité.

De reste, la chambre était petite assez, avec une cheminée qui tirait bien et avec un feu flambant qui permettait de résister à tous les frimas et comportait, en outre, pour la commodité, un petit cabinet où pouvait dormir une chambrière.

Louison me dit sa râtelée de ce qui s'était passé la veille. Tandis qu'elle dévêtait Angélique, et il lui fallut de la force, car elle résistait, ne voulant pas en cette extrémité révéler son état, Louison ordonna à Hans d'aller chercher des bûches et d'allumer un grand feu, ce qu'il fit, tout mouillé qu'il fût.

À son retour, Angélique était séchée et couchée sous un amas de couvertures, les courtines tirées, et ayant cessé, la Dieu merci, de trembler à claquedents. Quant à Hans, le feu flambant haut et clair, Louison eut toutes les peines du monde à obtenir qu'il se dévêtît, tant sa pudeur s'y refusait, malgré qu'il trémulât de froid de la tête aux pieds. Mais Louison lui parla avec les grosses dents et à la parfin, bon soldat qu'il était, il obéit et quand il fut nu, Louison lui frotta la poitrine et le dos à l'arrache-peau, tandis qu'il tenait sur ses *pudenda*[1] les deux mains pour les dissimuler à sa vue. Louison riait encore en me le racontant.

— Et que lui commandas-tu ensuite ?

— De coucher dans le cabinet attenant avec mission de verrouiller la porte après mon partement, d'entretenir le feu et de veiller sur Angélique.

— Ma Louison, dis-je, tu as agi à merveille dans ce prédicament. Allons, maintenant, je veux voir la pauvrette et, si cela se peut, lui tirer quelques mots.

Au premier toquement léger que fit Louison à l'huis de la chambre cardinalice, Hans nous ouvrit, et après lui avoir adressé

1. Littéralement, les parties qui offensent la pudeur (lat.).

quelques paroles chaleureuses pour le louer de son courage et de sa bonté de cœur, je me dirigeai vers le baldaquin et j'écartai les courtines.

Angélique dormait. Et quel bon sommeil c'était là ! Qui eût cru en la voyant, si rose et si paisible, qu'elle avait attenté la veille de quitter ce monde avec l'enfant qu'elle portait. Elle ne devait pas être accoutumée à s'ensommeiller dans une chambre chauffée, car elle avait rejeté jusqu'au nombril draps et couvertures, tant est qu'un seul coup d'œil suffisait à discerner son état.

Certes, nos célèbres dames de cour ne l'eussent pas jugée digne, à égalité de naissance, de figurer parmi elles. Le nez était un peu gros, le menton un peu lourd et la bouche trop grande, mais Angélique avait au rebours de nos pimpésouées les épaules larges, pas la moindre salière au-dessus des clavicules, des bras pleins et sous leur plénitude, des muscles ; et enfin des tétins qui, même hors de son état, étaient suffisamment pleins pour gonfler son corps de cotte. Quant à moi, je trouvai de la force, du charme et une émerveillable santé à cette beauté rustique et sans que j'osasse exprimer tout haut une pensée aussi hérétique, l'idée me traversa la cervelle qu'Angélique n'était point mal assortie au robuste gaillard qu'était le curé Séraphin.

Louison, qui ne voyait rien d'admirable à ce spectacle, coupa court à ma méditation en rabattant d'un geste brusque draps et couvertures sur Angélique et, d'un geste non moins brusque, elle alla ouvrir les rideaux de la fenêtre. Le soleil entra et réveilla Angélique qui parut tant effrayée de me voir debout au chevet de son lit qu'elle se signa, comme si Satan lui-même était venu la chercher pour l'emporter aux enfers. Mais Louison l'ayant rassurée que c'était bien Monsieur le Comte qui était là, elle me fit un salut poli de la tête et s'excusa d'une voix faible de ne se lever point pour faire la révérence.

— Laissons là les saluts, Angélique, dis-je dans la parladure d'Orbieu. Je ne suis venu que pour te sortir de l'embarras où tu t'es mise, et non pour te gourmer. Dis-moi seulement pourquoi tu as tâché de te détruire. En as-tu parlé de prime à Monsieur Séraphin ?

— Oh non ! Il m'aurait empêchée ! C'est un bon maître et à moi très affectionné !

J'observai qu'elle disait « mon maître », et non « mon oncle » et j'en pris bonne note en mes mérangeoises.

— Dès lors, dis-je, pourquoi l'as-tu fait ?

À cela, elle resta bouche cousue un bon moment, Louison la pressant de parler tantôt d'une voix caressante et tantôt encolérée. Les yeux baissés, le visage pourpre et le front têtu, Angélique restait close sur soi, les lèvres serrées. Louison n'en continuait pas moins ses objurgations, sur tous les tons et dans tous les registres, appelant à la rescousse Marie, Jésus, Joseph et tous les saints, et tous en vain jusqu'à ce qu'elle trouvât, se peut par pure chance, la clé qui ouvrait cette serrure-là.

— Angélique, dit-elle très à la fureur, sais-tu que si le curé Séraphin est ton maître, Monsieur le Comte est celui de Monsieur Séraphin, et peut, s'il le juge nécessaire, le faire chasser de sa cure ? Voudrais-tu que par ta faute Monsieur le Comte en vienne à cette extrémité ?

— Ah que nenni, nenni, nenni ! cria Angélique au comble du désespoir. Vu que si je m'a foutu à l'eau, c'est pour point gâter par ma faute le bon renom de mon curé dans sa paroisse !

— Sotte caillette ! cria Louison avec une colère non plus feinte, mais bien réelle, n'as-tu pas réfléchi que si tu t'étais noyée, on aurait repêché ton corps et qu'au vu de ton ventre, on aurait soupçonné tout du même le curé Séraphin ? Et toi, pauvre sotte, pour t'être suicidée, on t'aurait refusé l'ouverture de la terre chrétienne, à toi et à ton enfantelet (qui n'était même pas baptisé), et tous les deux, damnés jusqu'à la fin des temps et sans aucun espoir de ressusciter. Voilà ce qui se serait passé, si on ne t'avait pas tirée de l'eau. Tu peux dire un grand merci à Hans !

Je trouvai l'apostrophe de Louison un peu trop apocalyptique, mais par bonheur, Angélique, en sa naïveté, nous fit redescendre de ces cimes dans la comédie, car elle prit à la lettre la recommandation finale de mon intendante et me pria d'appeler Hans à son chevet. Ce que je fis. Il vint, ne sachant trop ce qu'on lui voulait, et se figea à une demi-toise du baldaquin et joignit les talons, aussi raide qu'à la parade. Angélique se souleva alors sur son coude, ce qui eut pour effet de dévoiler à demi un tétin sans qu'elle s'en aperçût, et dit d'une voix douce et trémulante :

— La grand merci à toi, Hans, pour m'avoir tirée de l'eau.

Hans baissa les yeux et ne répondit pas tout de gob, étant troublé par cette gorge opulente et ne sachant pas, comme il me le dit plus tard, s'il devait appeler la pauvrette « Angélique », ou « Mademoiselle », ou même « Madame », puisqu'elle était enceinte.

— *Fräulein*, dit-il enfin, les yeux toujours baissés, ce que j'en ai fait, c'était pour vous obliger.

Là-dessus, Louison mit la main devant sa bouche, et la sachant si prompte à passer de l'ire au rire, je lui jetai un regard qui la réprima et dis à Hans de se retirer, ajoutant que j'étais très content de lui et que je lui en ferais connaître sous peu les effets.

— Angélique, repris-je doucement, ton seul devoir meshui est de vivre et de mener à terme ta grossesse. Ne t'inquiète de rien d'autre. Monsieur le curé Séraphin me doit visiter ce matin et je verrai avec lui comment arranger les choses pour que rien dans cette affaire ne transpire qui puisse gâter son bon renom.

Là-dessus, je dis « au revoir » à Angélique, non sans qu'elle me prît la main et la baisât avec ferveur comme elle l'eût fait de celle d'un saint (que certes je ne suis pas, à en juger par les pensées qui me traversaient l'esprit), néanmoins son geste me plut au moins autant qu'il déplut à Louison. Je ne fus guère long à m'en apercevoir.

— Monsieur le Comte, dit-elle, tandis qu'elle cheminait à mes côtés dans le couloir qui menait à ma librairie, je vous avoue que je suis béante !

— Béante de quoi ? dis-je rudement, pressentant qu'un orage approchait et espérant encore le détourner de moi.

— Mais de vous voir agir de façon si douce et si connivente avec ce bouc paillard et cette grosse truie ! Pour moi, je les eusse chassés sur l'heure d'Orbieu, et je les aurais vus partir avec leurs petits baluchons sur les grands chemins de France sans larme ni soupir !

— Bravo, Louison ! Bravo ! Le curé Séraphin n'est plus un homme : c'est un bouc ! Et Angélique n'est plus une femme, c'est une truie ! Une grosse truie, pour faire bonne mesure. Et bien qu'à ma connaissance bouc et truie ne s'accouplent jamais, les voilà tous les deux qui se vautrent dans la fange et sont ensuite par moi chassés sur ton conseil, courant les grands chemins du royaume avec leurs petits baluchons sur le dos ! Mais, sage Louison, puisqu'aujourd'hui, tu incarnes la justice divine, n'hésite pas ! Va plus loin encore dans la rigueur ! Attache bouc et truie à un piquet sur la place de l'église, rassemble nos manants et que tous et un chacun leur lancent la pierre et les lapident à mort ! Comme ce serait beau ! Comme ce serait évangélique !

— Monsieur le Comte, dit Louison, les larmes aux yeux de cette algarade, je n'ai pas voulu dire cela ! J'ai parlé à la volée ! Et pour dire le vrai, Monsieur le Comte, vos yeux se sont attardés un peu longtemps sur les tétins de la drolette.

— Le moyen de ne pas les voir, puisqu'ils étaient là, tout à découvert !

— Et croyez-vous que cette Sainte Nitouche n'était pas contente de sentir sur eux vos regards ?

— Ah ! Sainte Nitouche ! dis-je, enfin un petit progrès ! « Sainte Nitouche », assurément c'est mieux que « grosse truie ». Allons, Louison, encore un petit effort d'humanité. Ne pourrais-tu pas dire « pauvrette » sans t'écorcher la langue ?

— Monsieur le Comte, dit Louison d'un ton plaintif, mais éludant ma demande avec dextérité, plaise à vous de ne pas oublier que j'ai soigné votre Angélique du bon du cœur, et qu'elle n'est vivante que par mes soins.

— Tu n'as pas soigné « mon » Angélique, Louison. Tu as soigné une garcelette tombée dans le malheur et cette bonne action, la Dieu merci, a démenti à l'avance ton méchant propos. Je vais donc jeter tes paroles sales et fâcheuses dans la gibecière de mes oublis et te demander, Louison, sous peine de me fâcher beaucoup, de rogner à l'avenir les griffes de ta jalousie.

— Je le ferai, Monsieur le Comte, dit-elle, douce et soumise.

Douceur et soumission qui m'eussent enchanté, si je n'avais pas su qu'elles seraient aussi éphémères que cette sorte de mouche qui naît le matin et meurt avant la nuit. Mais de moi-même non plus je n'étais pas, pour dire le vrai, tout à plein content. N'étais-je pas un grand chattemite que de reprocher à Louison sa jalousie alors que de retour en Paris, j'allais, si j'en croyais mes rêves, lui donner quelque raison de l'éprouver ?

*
**

Si bien s'en ramentoit le lecteur, le curé Séraphin était un robuste ribaud, la membrature carrée, le nez fort, la lèvre charnue, le teint vermeil ; mais ce matin-là, quand La Barge l'introduisit dans ma librairie, je crus voir que sous ce teint vermeil — dû au bon vin autant qu'au bon air du plat pays — se dissimulait une sorte de pâleur, tant cette entrevue le mettait mal à l'aise, quelque effort qu'il fît pour le dissimuler. Aussi commandai-je à La Barge de prier Louison de nous garnir d'un flacon de notre vin de Bourgogne, à la fois pour redonner un peu d'aplomb à mon visiteur et pour lui témoigner par cette attention (comme j'avais déjà fait en lui dépêchant mon carrosse) que mon intention n'était pas d'appeler sur lui l'ire de son évêque ou le déprisement de ses paroissiens, mais bien au rebours, de chercher, de concert avec lui, un accommodement au tracassement qui le poignait, lequel, à bien voir, était aussi le mien. Car je ne voulais pour rien au monde trouble ou scandale en mon petit royaume, Séraphin étant, malgré ses humaines faiblesses, un bon curé, et son église, un des piliers de mon pouvoir. Et comment pouvait-on toucher à l'un sans nuire à l'autre ?

Avant que de parler, j'attendis que Louison eût apporté le bourgogne et surtout que Séraphin eût vidé son verre, ce qu'il fit, je m'en souviens, avec l'avidité d'un homme dont l'émeuvement a asséché la gorge. Et en effet, dès qu'il eut bu, Séraphin me parut retrouver son assiette et se rebiscouler.

— Monsieur le Curé, dis-je, cette affaire est si pleine d'épines et d'écornes qu'il faut, pour le bien de tous, la traiter avec une extrême délicatesse. Voyons les faits, si vous le voulez bien. Nous verrons ensuite les remèdes. Hier soir, à la nuitée, Hans a retiré votre nièce de l'étang où elle allait se noyant et après qu'elle lui eut dit qu'elle ne voulait pas retourner au presbytère, il l'a amenée céans par une porte dérobée et Louison la prenant en mains, l'a logée dans une chambre de l'aile gauche, l'a déshabillée pour la sécher et s'est aperçue alors qu'elle était grosse.

— Monsieur le Comte, dit le curé Séraphin en devenant cramoisi, je peux vous assurer…

— De grâce, Monsieur le Curé, dis-je en l'interrompant, ne

m'assurez de rien ! Je ne vous fais céans aucun reproche dont vous puissiez avoir à vous disculper. Et par voie de conséquence, je n'accepterai de vous ni dénégation, ni confidence. Je suis votre paroissien et fort respectueux de l'Église que vous représentez. Je trouverais très disconvenable que mon curé se confessât à moi.

— Monsieur le Comte, dit Séraphin, après avoir pesé en silence ce qu'il y avait à la fois d'inquiétant et de rassurant dans mon propos, peux-je cependant faire une remarque ?

— Faites, je vous prie, Monsieur le Curé.

— Croyez bien, Monsieur le Comte, que si j'avais pu deviner le terrible projet de ma nièce, je m'y serais opposé de toutes mes forces et par tous les moyens, si grande est la détestation et l'horreur de notre Sainte Église pour le suicide, acte sacrilégieux par lequel une créature de Dieu détruit de ses propres mains le don que le Seigneur lui a fait, véritable crime de lèse-majesté divine, susceptible, comme vous savez, d'entraîner un procès fait au cadavre, procès qui débouche non seulement sur des mutilations ou des marques d'infamie que je ne veux même pas évoquer, mais surtout sur le refus de toute sépulture en terre chrétienne, refus qui entraîne les plus terribles conséquences au moment de la résurrection des corps. En vérité, le suicide, et en particulier un suicide en état de grossesse, est autrement grave, mortel et peccamineux qu'une grossesse hors mariage.

Je tiquai fort à ce prêche-là, car il me sembla que par lui le bonhomme, s'appuyant sur la philosophie de l'Église, tirait de façon trop prompte et trop pharisaïque son épingle du jeu, effaçant derrière un degré plus grave dans la faute sa propre responsabilité. Je ne changeai pas pour autant ma stratégie d'apaisement à son égard, mais je décidai de lui faire sentir en passant d'une main légère que j'eusse voulu que sa conscience le remordît un peu plus.

— Monsieur le Curé, dis-je avec quelque froideur, le suicide est assurément plus peccamineux que la grossesse hors mariage. Toutefois, le plus pardonnable des deux péchés peut amener l'autre, comme cela s'est vu si souvent en nos villages où l'étang a plus d'une fois joué son rôle funeste. L'engrosseur n'est donc pas blanc comme neige.

— Cela est vrai, dit Séraphin en baissant les yeux.

Étant plus fin que son physique ne laissait supposer, il sentit ma rebuffade sous le propos courtois et prit le parti de s'accoiser.

— Cependant, repris-je, le mal est fait et il faut veiller, maintenant, à ce qu'il se limite à soi et ne débouche pas sur un mal plus grand. Il va sans dire que le secret me paraît la condition première de tout accommodement ; Hans l'a bien compris qui introduisit Angélique au château par une porte dérobée, et Louison aussi, qui l'a logée dans l'aile gauche où, sauf en été, les domestiques ne vont jamais. Angélique est soignée et veillée par ces deux-là dont les lèvres sur mon ordre sont et resteront scellées. Quant à moi, je ne toucherai mot de ces circonstances ni à Monsieur de Saint-Clair ni à Monsieur de Peyrolles, non que je n'aie fiance en eux, mais ne sachant s'ils prendraient la chose aussi modérément que moi, je préfère être le seul à en décider. Toutefois, si Angélique devait demeurer plus longtemps céans, je doute qu'à la longue le secret se pourrait garder, d'autant qu'il lui faudra un jour accoucher. Je propose donc, si vous le tenez pour raisonnable, de l'emmener en Paris sous le prétexte qu'elle souffre d'hydropisie et qu'il la faut soigner. Une fois à Paris, il sera possible de la loger en mon hôtel de la rue des Bourbons, veillée, chauffée et nourrie par le domestique qu'il y faudra, afin qu'elle y fasse ses couches, et avec une sage-femme assurément plus propre que celle d'Orbieu. Ses couches faites, votre nièce reviendra à Orbieu, guérie et seule, reprendre sa place auprès de vous. L'enfant ne viendra que plus tard, accompagné d'une nourrice, avec un nom d'emprunt, fils supposé, par exemple, de mon *maggiordomo* et vivra au château.

— Monsieur le Comte, murmura Séraphin d'une voix basse et émue, je ne saurais vous dire avec quelle gratitude...

— Alors, ne dites rien, Monsieur le Curé, dis-je promptement.

— Mais, reprit-il d'un ton assez humble, ces voyages ces séjours, cette sage-femme, tout cela, Monsieur le Comte, va coûter une fortune !

Il me parut que là, le paysan chiche-face et pleure-pain réapparaissait sous le prêtre, et bien que je m'en amusasse en mon for, je noulus laisser Séraphin dans ses anxiétés.

— Ces frais, dis-je, seront à la charge du seul qui puisse les assumer céans pour la paix et l'honneur de l'église d'Orbieu. Toutefois, Monsieur le Curé, vous pourriez, dans un tout autre domaine, faire un petit sacrifice, vous aussi, pour la paroisse, sacrifice que je ne vous cache pas que je verrais d'un bon œil.

— Et lequel ? dit Séraphin.

— J'ai ouï dire que cinq des familles parmi les plus pauvres d'Orbieu sont dans vos dettes, parce qu'elles n'ont pas fini de vous payer l'ouverture de la terre chrétienne pour leurs défunts. Vous pourriez leur remettre ces dettes à l'occasion des mesures que je serai moi-même amené à prendre cet été pour les secourir, la récolte du blé s'annonçant d'ores et déjà si maigre, vu la froidure et le défaut de pluie.

— Mais ce serait un très mauvais exemple pour les autres paroissiens ! s'écria Séraphin en levant les deux mains en l'air. Ils voudront tous une diminution, quand leur tour viendra d'enterrer leurs morts !

— Nenni, nenni, nous leur dirons qu'il s'agit d'une mesure exceptionnelle, prise pour parer à la disette, sinon même à la famine. Allons, Monsieur Séraphin, un bon mouvement ! Qui connaît mieux que vous la valeur rédemptrice d'un sacrifice ? Et n'avons-nous pas tous, et toujours, quelque petite faute à nous faire pardonner ?

⁂

Mon partement d'Orbieu se fit à la pique du jour, avant même que le domestique du château se désommeillât, car je noulais qu'aucun pût apercevoir Angélique entrer dans mon carrosse, encore que Louison l'eût tant emmitouflée et encapuchonnée qu'elle n'était pas reconnaissable. Il est vrai qu'il faisait pour la saison une froidure extrême, à se demander si le printemps allait vraiment venir, ou l'hiver recommencer.

Dans le carrosse, avec les chaufferettes sous les pieds et ce qu'il fallait de charbon de bois dans un coffre pour entretenir les braises, la température n'était point si piquante mais, ma fé, je préférais ne pas penser à mon cocher, ni à mes Suisses sur leurs chevaux. Ils devaient se geler le nez dans l'aigre bise du matin.

La Barge maugréa à mi-voix qu'étant de bonne maison, il

n'avait pas à faire un travail de valet en garnissant les chaufferettes. Je répondis d'un ton sans réplique que c'était bien vrai cela, qu'un écuyer était un écuyer et que s'il le désirait, j'allais arrêter le coche et demander à un de mes cavaliers de changer de place avec lui.

Là-dessus, Angélique ne fit pas mentir son nom et s'offrit d'une voix douce pour assurer le remplissage des chaufferettes, mais je n'y consentis point, arguant que son état excluait qu'elle se pliât en deux si souvent et que, de reste, Monsieur de La Barge, gentilhomme de bon lieu, était trop galant pour lui infliger cette peine. À quoi La Barge, rougissant jusqu'aux oreilles, lesquelles étaient fort visibles, étant décollées de la tête, voulut bien dire à Angélique qu'il préférerait se couper la main plutôt qu'elle fût mise, par sa faute, à pareille incommodité.

Sur cette courtoise rhétorique, la paix se fit dans la carrosse, dont le semblant de tiédeur me laissa sans trop de frissons m'absorber dans mes pensées, permit à Angélique de somnoler, une fois qu'elle se fut dégagée de sa capuche, et à La Barge de la contempler, béant d'admiration devant tant de courbes. Il est vrai qu'à son âge, et même au mien, je trouvais et trouve encore beaucoup d'attrait à une femme qui porte un enfantelet dans son sein, étant ému à la fois par sa fécondité et par son abondance charnelle.

Sur le midi, je décidai d'arrêter le convoi à *L'Écu d'or* de Saint-Nom-la-Bretèche, lequel village était à trois bonnes heures encore de Paris, afin que l'escorte et les escortés puissent profiter de cette étape pour jeter de l'eau, bailler aux chevaux leur avoine et mordre à dents aiguës dans le pain et le jambon que je commandai pour tous à l'aubergiste, en même temps qu'une bassine de vin chaud. Dès que les chevaux furent nourris — « les bêtes avant les hommes », disait à chaque fois, en hochant la tête d'un air sage, le chef de mes Suisses — il y eut dans la grande salle un joyeux ébrouement des soldats, lesquels tapaient des semelles de leurs bottes sur les dalles pour les réchauffer et tendaient leurs doigts gourds au feu flambant et crépitant dans un âtre assez grand pour cuire un bœuf. Je fis asseoir Angélique un peu à part et La Barge à son côté et j'allai trinquer avec mes Suisses qui portèrent de prime une tostée à ma santé, puis une seconde tostée pour l'achèvement de mon châtelet d'entrée qui me serait, dirent-ils, « à grand honneur » et « à grande utilité », dès que je l'aurais fini. Cette courtoisie valait bien que je leur baillasse à mon tour une troisième tostée pour remercier leurs bonnes épées de m'avoir escorté et leurs bras robustes de m'avoir aidé au chargement de mes pierres taillées. Parmi les qualités qui brillaient chez ces Suisses, je dois ajouter encore la discrétion, car de tout le temps qu'on fut en cette auberge, aucun d'eux ne se permit, même en tapinois, de jeter un œil à Angélique.

À mon advenue en Paris, le marquis de Siorac, compatissant, certes, à tous, mais plus encore au *gentil sesso*, se ramentut qu'il était médecin et désapprouva tout à trac mon projet d'aller reclure Angélique en mon hôtel des Bourbons sous la surveillance de serviteurs ignares et indifférents et m'offrit de la garder en la tiédeur de son logis, soignée par ses gens et sous l'œil d'un disciple d'Hippocrate. J'en fus d'autant plus content que je n'eusse jamais osé quérir de lui un tel service. Pour ne rien celer, pendant tout le temps de ce long voyage de Montfort à Paris, je m'étais fait un sang d'encre à la pensée que les mille secousses du carrosse par des chemins cahoteux pussent amener la pauvre Angélique à perdre son fruit.

Dès que Mariette, après nous avoir servi le rôt du souper, eut quitté la place en emportant loin de nous ses trop fines oreilles, je révélai au marquis de Siorac qui était le père de l'enfantelet. Là-dessus, le marquis et La Surie, huguenots convertis et catholiques tièdes, échangèrent des regards, et mon père, quoique sur un ton modéré, fit quelques critiques sur le célibat imposé aux prêtres, lequel, disait-il, les retirait par trop de la commune humanité, les faisait mauvais juges des faiblesses du cœur, et le plus souvent censeurs implacables et démesurés des péchés de chair qui n'étaient point, il s'en fallait, plus graves et damnables que l'injustice, l'oppression ou la cruauté. De ce fait, concluait-il, notre morale qui est théologique, au lieu d'être comme chez les Anciens Grecs, philosophique et fondée en raison, se trouve mal équilibrée, accordant trop d'importance à la chair, et pas assez à nos conduites envers nos semblables. Je ne pipai mot à ces remarques, mais pensai en mon for qu'en cela, les ministres huguenots, bien que mariés, n'étaient guère différents des catholiques.

Je me rendis le lendemain au lever du roi. Bien qu'il y eût presse, je suis bien sûr qu'il me vit, car rien ne lui échappait, mais il ne me fit aucun signe et ne m'adressa pas la parole, pas plus du reste qu'à aucun des seigneurs qui se trouvaient là. Son visage était pâle, crispé et je vis bien que Louis était dans ses humeurs les plus noires, quoiqu'il s'efforçât de garder une face imperscrutable. Il repoussa rudement le docteur Héroard qui voulait lui prendre le pouls en disant : « Quoi qu'on en ait, je me porte à merveille ! »

Ce « quoi qu'on en ait » me laissa béant. Je le fus davantage quand la foule des courtisans s'étant écoulée, Louis ne garda avec lui que Berlinghen, Soupite, le capitaine aux gardes Du Hallier (que le lecteur connaît déjà pour m'avoir prêté un carrosse du roi), le marquis de Chalais, grand-maître de la garde-robe et moi-même. On lui apporta son déjeuner qu'il chipota plutôt qu'il ne mangea, s'interrompant à plusieurs reprises pour taper de son couteau des coups rageurs sur son assiette et son gobelet d'argent, comme s'il eût voulu exterminer sa vaisselle pour crime de lèse-majesté. Bien qu'il avalât ses viandes du bout des lèvres entrecoupant sa repue par les coups que j'ai dits, tantôt par la tranche et tantôt par le plat du couteau, il finit par venir à bout de son déjeuner et, se levant, se mit à marcher furieusement dans la chambre, les mains derrière le dos, la tête baissée, et se mordant les lèvres, tant est que ceux qui étaient là, effrayés par une humeur aussi escalabreuse, n'osaient ni bouger ni piper.

Je ne sais combien eût duré cette marche pendulaire, si elle n'avait été interrompue par un tintamarre de voix furieuses provenant de l'antichambre.

— Qu'est cela ? Qu'est cela ? s'écria le roi, en portant la main à son flanc gauche comme s'il y cherchait la poignée de son épée. Qui ose faire des querelles quasiment à ma porte ? Berlinghen, allez voir la raison de cette noise !

Berlinghen eut bien garde, cette fois, de montrer cette nonchalance que Louis lui avait tant de fois reprochée. Il courut à l'huis, l'ouvrit et le referma derrière lui. La clameur redoubla, et bientôt, Berlinghen réapparut, effaré.

— Sire, dit-il, c'est le comte de Guiche qui chante pouilles à l'huissier.

— Et pourquoi ?
— Parce que l'huissier lui défend l'entrant de votre chambre.
— En effet. C'est mon ordre.
— Mais, Sire, le comte de Guiche prétend que cet ordre ne s'applique pas à lui, vu qu'il est premier gentilhomme de la chambre.
— Qu'est cela ? Cet office ne lui donne pas le droit d'entrer chez moi quand il veut ! Pas plus à lui qu'au comte d'Orbieu qui exerce la même charge.
— Sire, je me suis permis de le lui dire. Mais pour toute réponse, Sire, Monsieur le comte de Guiche m'a menacé de me bailler un grand coup de botte de par le cul.
— Qu'est cela ? dit le roi, la crête haute et l'œil étincelant. On gourmande mon huissier ! On menace mon valet de chambre ! Monsieur du Hallier, allez de ce pas arrêter Monsieur le comte de Guiche et menez-le à la Bastille.
— À la Bastille, Sire ? dit le capitaine des gardes, étonné de la disproportion entre l'offense et la sanction.
— Vous m'avez ouï ! Nous voulons que le comte de Guiche épouse la Bastille quelques jours. Elle refroidira son humeur.
— À votre commandement, Sire ! dit Du Hallier qui pivota sur ses talons et, d'un pas rapide, sortit de la chambre.
Il me conta plus tard que, connaissant l'humeur batailleuse du comte de Guiche, il alla de prime quérir une demi-douzaine de gardes qui, en même temps que lui, pénétrèrent dans l'antichambre et entourèrent Guiche, la pique basse.
— Chalais, dit le roi à son grand-maître de la garde-robe, va voir si tout se passe bien et demande au comte de Guiche s'il a quelque message par ton truchement à m'adresser.
Chalais traversa la chambre avec la légèreté d'une ballerine (il était fort bien fait et adroit à toutes sortes d'exercices) et revint dire avec un air de pompe et d'importance :
— Sire, le comte de Guiche dit qu'il vous aime et que c'est par la rage qu'il avait de ne point vous voir qu'il a fait toute cette noise à votre porte, qu'il est venu à résipiscence et vous présente ses plus humbles excuses.
— Voilà qui va mieux ! dit Louis. Nous verrons à ne pas laisser Monsieur de Guiche se geler plus de trois jours à la Bastille. Et maintenant, poursuivit-il, avec un regain d'énergie,

comme si d'avoir puni Guiche l'avait remis dans son assiette, il ne se peut qu'un beau cerf ne nous attende dans la forêt de Fontainebleau. Allons voir si nous le pouvons débusquer. Chalais, vous m'accompagnez à Fontainebleau. Siorac, voyez si mon cousin le cardinal peut vous donner audience. Il a sans doute beaucoup de choses à vous dire.

À peine eut-il franchi la porte que Berlinghen courut pour la reclore derrière lui, Louis ayant horreur qu'une porte demeurât béante. Chalais fit alors la grimace et dit tout haut d'un ton fort dépité :

— Je ne trouve pas que Louis ait bien fait d'envoyer Guiche à la Bastille pour cette querelle de néant. Ce n'est pas ainsi qu'un roi doit traiter sa noblesse.

Je fus béant d'une critique si acerbe et aussi crûment formulée, faite dans un tel lieu et, qui pis est, en présence des valets de chambre. Dans le chaud du moment, prenant Monsieur de Chalais par le bras, je le tirai à part et lui dis *sotto voce* :

— Marquis, voulez-vous me permettre de vous bailler un amical avis ?

— Comte, venant de vous, qui êtes mon aîné, je l'accueillerai avec la plus vive gratitude.

— Je suis, en effet, votre aîné, dis-je, de plus de dix ans. Et quel bonheur est le vôtre, Marquis, d'être ce que vous êtes à dix-huit ans ! Seules, de bonnes fées se sont penchées sur votre berceau ! Talleyrand par votre père, Monluc par votre mère, vous appartenez à deux des meilleures familles du royaume. Pour cette raison, vous avez été en vos enfances un des petits gentilshommes d'honneur de Louis. Vous avez joué et grandi avec lui, et avec Monsieur, et avec ses sœurs. Votre mère, la plus adorable des femmes, vous a acheté, dès que vous fûtes d'âge à la remplir, la charge de grand-maître de la garde-robe du roi. Et j'ai ouï dire qu'y ayant engagé la meilleure partie de son bien, il lui reste à peine de quoi vivre...

— C'est vrai, dit Chalais, les larmes lui venant aux yeux.

— Qui plus est, grâce aux entreprises et aux remuements de la plus affectionnée des mères, vous avez épousé un des partis les plus enviés de France, la sœur du conseiller de l'Épargne, haute et richissime veuve, dont le cœur ne bat que pour vous !

— C'est vrai encore.

— Et enfin, vous avez le bonheur, comme moi, Marquis, de vivre tous les jours dans la familiarité du roi.

— Comte, dit Chalais en levant un sourcil, pardonnez-moi, vous me contez de long en large l'heureuse fortune qui est la mienne, mais étant mieux placé que personne pour la connaître, je me demande à quoi rime ce conte.

— À vous ramentevoir, Marquis, votre bonheur et à vous mettre en garde.

— À me mettre en garde ? Contre qui ?

— Mais contre vous-même.

— Contre moi ? Voilà qui est plaisant !

— En un mot comme en mille, Marquis, permettez-moi de vous le dire en toute amitié, et à la franche marguerite : la Cour est un lieu où il faut mettre un bœuf sur sa langue, et ne jamais parler des personnes, surtout quand cette personne est le roi.

— Qu'ai-je donc dit de Louis ?

— Vous l'avez critiqué.

— Moi, je l'ai critiqué ?

— À l'instant.

— Qu'ai-je dit ?

— L'avez-vous déjà oublié ?

— Mais assurément.

Je le considérai, béant. Mais à l'envisager œil à œil, je conclus qu'il disait vrai. Le poupelin avait parlé à la volée, ô merveille ! Les mots étaient passés en sa cervelle sans y laisser la moindre trace et l'instant d'après, il ne s'en souvenait pas plus que le poussin ne se souvient de son pépiement de la veille. S'il en était ainsi, je me demandais bien à quoi servait ma mise en garde et je commençai à regretter de l'avoir faite. Cependant, le vin était tiré. Il le fallait boire.

— Marquis, vous venez de dire que « le roi n'aurait pas dû fourrer le comte de Guiche en Bastille pour une querelle de néant ».

— Ma fé ! dit Chalais en ouvrant grand les yeux, c'est bien vrai, je l'ai dit. Eh bien ! poursuivit-il d'un air tout soudain provocant, ai-je eu tort de le penser ?

— Le penser, Marquis, c'était votre affaire, mais le dire était aventuré.

— Aventuré ? Et pourquoi ? dit Chalais avec quelque truculence.

— Mais pour ne point affronter le roi.

— Et pourquoi pas ? dit Chalais en portant haut la crête.

— Marquis, dis-je, à peine ai-je ce matin mis le pied dedans le Louvre que déjà j'apprenais que Tronçon avait été tronçonné. Et savez-vous pourquoi ?

— Nenni.

— Il avait dit au roi qu'il désapprouvait le projet de mariage de Monsieur avec Mademoiselle de Montpensier. C'est vous dire comme il est dangereux de critiquer le roi sur une décision qu'il a prise.

— Eh bien, moi aussi, je désapprouve ce funeste projet ! dit Chalais belliqueusement. N'est-ce pas votre avis ?

— Marquis, je ne sais rien du pour et du contre de ce mariage. Je n'ai pas été appelé par le roi à en délibérer et ma charge n'est pas de lui bailler des avis qu'il n'a pas quis de moi. La vôtre non plus.

— Comte, dit Chalais, les yeux durcissant tout soudain, vous me parlez là bien vertement ! Si vous n'étiez pas un ami, je vous appellerais tout de gob sur le pré !

— Sur le pré ? dis-je stupéfait. Un duel ! Entre deux officiers royaux si proches de Sa Majesté ! Mais ce serait folie !

— La folie, dit Chalais, très à la chaude, c'est d'oser me bailler une leçon, à moi ! Et si vous l'osez, je sais bien pourquoi ! Vous êtes une des plus fines lames de la Cour. Vous êtes le seul à posséder cette botte de Jarnac qui vous estropie un homme en un battement de cils. Mais si vous pensez par là m'épouvanter, je voudrais que vous sachiez que je ne faille pas en courage. Je vous le ferai bien connaître et pas plus tard que meshui !

— Marquis, dis-je, je n'en crois pas mes oreilles ! Vous me provoquez alors que je ne vous ai offensé en rien ! Et je n'ai eu d'autre dessein, en vous mettant en garde contre vous-même, que de vous être utile, me sentant quelque obligation d'amitié envers un gentilhomme que je côtoie tous les jours au service de Sa Majesté ! À quoi rimerait ce duel ? À prouver votre vaillance ? Mais qui en doute à la Cour ? N'êtes-vous pas un Monluc ?

Tandis que je parlais, je sentis bien qu'à cet instant, il importait fort que je parlasse beaucoup, car je voyais, à chaque phrase que je prononçais, le visage de Chalais se décrisper, s'adoucir et se modeler, pour ainsi parler, sur le mien.

— Marquis, poursuivis-je avec une douceur quasi angélique, il se peut que j'aie été maladroit dans l'expression de ma pensée, mais soyez, cependant, bien assuré que mon intention était droite et ne visait qu'à vous éviter ces périls auxquels votre âge, à la Cour, vous expose. Si vous voulez bien vous ramentevoir le début de cet entretien, il n'y était question que de vous donner un avis, non sans, de reste, quérir de vous au préalable, courtoisement et d'égal à égal, la permission de vous le bailler. Ce que vous avez fait courtoisement aussi et en m'assurant à l'avance de votre vive gratitude.

— Ai-je dit cela ? dit Chalais en ouvrant grand ses yeux naïfs. Vous ai-je assuré de ma gratitude ?

— Mais de la façon la plus sincère et, j'oserais dire, la plus affectionnée !

Quoi disant, et le sentant disposé à remettre pour ainsi parler, l'épée au fourreau, je lui pris les deux mains et les serrai dans les miennes. Au frémissement qui le parcourut, et au regard quasi filial que Chalais me lança alors, j'entendis bien que mon attitude et mes quelques paroles avaient suffi pour le faire virer cap pour cap.

— Comte, dit-il, la voix comme étranglée par son émeuvement. Vos paroles me touchent plus que je ne saurais dire. Vous me parlez comme un père et je ne le mérite pas. Je vous ai injustement soupçonné de me vouloir morguer, et je vois bien que c'était faux. Vous ne me voulez que du bien ! Vous êtes le meilleur des hommes ! Je vous prie humblement de me pardonner et je vous supplie de me croire d'ores en avant votre fidèle et immutable ami.

Je lui tendis les bras et lui qui, la minute d'avant, m'avait voulu couper la gorge, s'y jeta, m'accolant à l'étouffade et me donnant sur le dos je ne sais combien de tapes pour témoigner de la dévorante affection que, maintenant, il ressentait pour moi.

Il va sans dire que je répondis comme il convenait à ses transports, bien soulagé de ne pas avoir à tuer ou à estropier le béjaune, car même si on ne désire faire à son assaillant qu'une blessure légère, le chamaillis des épées ne permet pas toujours de s'en tenir là. En outre, bien que Louis n'eût pas encore promulgué son fameux édit contre les duels, je n'ignorais pas qu'il était foncièrement hostile à ces stupides affrontements qui lui tuaient chaque année plusieurs milliers de gentilshommes qui eussent été plus utilement employés contre les ennemis du royaume.

Je quittai sans regret cette girouette girouettante pour me rendre, comme le roi me l'avait ordonné, chez le cardinal et, en chemin, je me fis quelques réflexions assez âpres sur la Cour. Comme le lecteur s'en ramentoit, j'y étais entré en mon âge le plus tendre comme truchement ès langues étrangères d'Henri IV et y étais demeuré depuis, sous la Régence et sous Louis. Et pendant tout ce temps, j'avais observé autour de moi chez les courtisans des deux sexes tant de légèreté et de frivolité et aussi tant de facilité à croire les fables les plus ineptes et à les décroire le lendemain sans plus de raison, tant de jugements faux acceptés comme vérités d'Évangile, tant de passions furieuses soulevées par des rumeurs dont ils ignoraient l'origine, tant de haines cuites et recuites dans les chaudières d'anciens ressentiments, enfin, tant de cabales et de complots sans parler des projets assassins, que je croyais avoir touché le fond de ces aberrations à ne plus pouvoir m'en étonner. Mon entretien avec Chalais sonna le glas de mes illusions et m'apparut plus tard comme le premier indice de ces terribles remuements qui allaient, dans les proches semaines, plonger le roi et le cardinal dans les angoisses et les périls.

***

Dans la partie du Louvre où travaillait le cardinal, je ne trouvai qu'un de ses secrétaires, Charpentier. Il était dans la désolation parce que Richelieu, venant de recevoir l'ordre du roi de le rejoindre à Fontainebleau, était départi au débotté et n'avait emmené avec lui que Le Masle et Bouthereau (ses deux autres secrétaires), le laissant là, tout exprès, pour me conduire auprès du père Joseph.

À peu que le pauvre Charpentier ne versât des pleurs, y ayant perdu, pour le moment du moins, la perspective — enfer pour d'autres, mais paradis pour lui — d'écrire sous la dictée de Richelieu le matin, l'après-dînée et plus de la moitié de la nuit.

— Charpentier, dis-je, de grâce, puisqu'il y a de ma faute, ne vous désolez pas. Je la réparerai. Si, comme je crois, je suis pour recevoir l'ordre du roi de le rejoindre à Fontainebleau, je vous emmènerai avec moi.

— J'en serais, ma fé, fort heureux et à vous, Monsieur le Comte, fort reconnaissant, car je doute que Le Masle et Bouthereau suffisent, n'étant que deux à la tâche, si résistants qu'ils soient. Car il faut surtout une grande rapidité d'écriture et une grande résistance au sommeil, surtout en les petites heures du matin. Et savoir surtout manger comme il faut, peu, mais souvent, pour soutenir le corps sans alourdir la cervelle. Et aussi une grande habitude à la rétention des fonctions animales, car la dictée peut durer plusieurs heures d'affilée sans qu'on bouge de son pupitre. Mais je vous fais mille pardons, Monsieur le Comte. Je babille, et j'oublie ma mission. Plaise à vous de me suivre. Je vais vous conduire de ce pas chez le père Joseph.

L'appartement du père Joseph au Louvre se composait d'une pièce unique, bien plus grande, certes, que la cellule d'un capucin, mais qui me parut, cependant, assez petite du fait que s'y était accumulée, depuis que le père y logeait, une multitude de livres, de manuscrits et de lettres qui encombrait non seulement la table rustique sur laquelle il écrivait, mais aussi le parquet, les deux tabourets, la chaire à bras, et même le lit, si du moins j'ose appeler lit un grabat dont un moinillon n'eût pas voulu.

— Monsieur le Comte, dit le père Joseph en se levant à mon entrant, je suis bien aise de vous voir. Monsieur le Cardinal, en départant ce matin au débotté pour Fontainebleau ou plus exactement pour Fleury en Bière, vous a confié à moi afin que je vous avertisse des étranges événements qui se sont passés à la Cour pendant votre séjour à Orbieu. Après quoi, il est convenu avec Louis que vous devez rejoindre sans délai le cardinal à Fleury en Bière.

— Je n'y manquerai pas, dis-je aussitôt.

— Monsieur le Comte, de grâce, asseyez-vous ! poursuivit le père Joseph. Notre bec à bec risque de prendre du temps.

Invitation que j'eusse volontiers acceptée, si la chaire à bras, ou même un tabouret avait été libre, ce que le père Joseph ne discernait en aucune façon, l'habitude l'ayant rendu aveugle au décor de sa vie. Et le voyant qui, s'étant rassis derrière sa table, posait ses grandes mains rugueuses sur ses yeux, se peut pour mettre de l'ordre dans ce qu'il m'allait dire, je résolus de me tirer à la franquette de mon prédicament. Je me frayai un chemin comme je pus parmi les îlots de dossiers qui jonchaient le sol, libérai résolument la chaire à bras des papiers qui étaient entassés sur son siège et les déposai à terre sans tant languir, faisant d'eux un îlot de plus dans l'archipel des paperasses. Et à vrai dire, je suis bien assuré que le père Joseph, quand il ôta les mains de son visage, ne vit aucun changement dans son univers et ne se demanda pas non plus comment j'avais réussi à m'asseoir.

Le lecteur se ramentoit peut-être que sept ans plus tôt, j'avais encontré le père Joseph qui m'avait prié de l'introduire auprès du roi : ce que je fis quand je sus ce qu'il voulait lui recommander : rappeler Richelieu d'exil et le redonner à la reine-mère pour qu'il modérât les conditions exorbitantes qu'elle mettait à accepter avec son fils un accommodement : judicieux conseil que Louis suivit et dont il se trouva bien. Depuis, le père Joseph n'avait cessé de servir Richelieu dont il était les yeux et les oreilles, sachant toujours tout sur tous et apportant au cardinal une masse d'informations que celui-ci triait et interprétait avec sa lumineuse perspicacité.

Ayant retiré les mains de son visage, le père Joseph les croisa devant lui sur la table et m'envisagea en silence. Tant est que je lui rendis regard pour regard, étant aussi curieux, après tant d'années, de lui qu'il l'était de moi. À vrai dire, il était loin d'être aussi élégant et soigné que le cardinal et, de toute évidence, il prenait peu de soin de sa mortelle guenille. La bure dont il était vêtu montrait la corde. Sa longue barbe, où meshui le sel le disputait au poivre, n'était pas souvent peignée ; ses ongles, plutôt cassés que limés. Sa tête elle-même paraissait mal équarrie et mal proportionnée, étant plus large que haute, et surtout plus osseuse qu'elle n'eût dû être, les arcades sourcilières et les pommettes fort saillantes, et le nez, long, courbe et acéré comme celui d'un vautour. Cet aspect rébarbatif était cependant adouci par deux autres traits. Son œil, petit, vif et fureteur, comme celui d'un écureuil, s'il pouvait être dur, pouvait aussi être amical. Et chose beaucoup plus surprenante dans une physionomie aussi redoutable, sa bouche, bien qu'elle fût à demi dissimulée par sa moustache et sa barbe, paraissait aussi petite, tendre et mignarde que celle d'une femme.

— Monsieur le Comte, dit-il, vous n'avez pas été éloigné de la Cour plus de quinze jours, et en quinze jours, la tournure des affaires a changé du tout au tout, faisant brusquement apparaître une intrigue, qui meshui tourne à la cabale, et pourrait devenir un complot, si on n'y mettait bon ordre. Le point de départ est un mariage, et il est étrange d'observer combien le mariage réussit peu à la couronne de France...

Ce qui me sembla étrange à moi fut ce début, car je me demandai si le père Joseph faisait allusion au mariage de Louis avec Anne d'Autriche. En fait, la suite de son discours me prouva que s'il y avait fait allusion, elle demeurait dans les limbes de son entendement. Il avait en vue tout autre chose.

— Voyez, Monsieur le Comte, poursuivit-il, à quoi nous a menés le mariage d'Henriette-Marie avec Charles Ier d'Angleterre : au scandaleux incident du jardin d'Amiens, et pis encore, en raison du fait que Louis décida de ne plus admettre Bouquingan sur le sol français, à une alliance qui prend de plus en plus les couleurs de la haine. Et maintenant, ce mariage de Gaston avec Mademoiselle de Montpensier menace de tourner au drame et presque à la guerre civile !

— Au drame ! dis-je béant. Pourquoi cela ? Gaston a dix-huit ans et Mademoiselle de Montpensier est la plus riche héritière de France. En outre, l'idée n'est pas nouvelle. Si j'ai bonne mémoire, la reine-mère l'a conçue avec l'assentiment d'Henri IV en 1608 : c'est-à-dire il y a dix-huit ans. La demoiselle devait d'abord épouser Nicolas. Mais le pauvre Nicolas mourut en bas âge, et aussitôt, sans perdre une minute, et dans la même lettre où la régente annonçait le décès du pauvret au tuteur de Mademoiselle de Montpensier, elle redemandait la main de la garcelette pour Gaston. Proposition qui fut naturellement aussitôt acceptée.

— Votre remembrance ne vous trompe pas, Monsieur le Comte. Il y a en effet dix-huit ans que la reine a choisi Mademoiselle de Montpensier pour Gaston. Et vous pensez si elle tient à ce que ce mariage se fasse !

— Que dit le roi ?

— Il a hésité et il a requis du cardinal son avis. Là-dessus, après y avoir travaillé, le cardinal lui a remis un beau mémoire, écrit bien dans sa manière, où il pesait minutieusement le pour et le contre. Mais il ne concluait pas, ou plutôt il concluait qu'il s'agissait d'un cas où « Sa Majesté, seule, pouvait délibérer ».

— À votre sentiment, pourquoi le roi a-t-il hésité ?

— La reine a perdu deux fois son fruit. Le roi est sans dauphin et si Gaston engendre un fils, sa position à l'égard de son aîné en sera considérablement renforcée. Mais d'un autre côté et à tous égards, le projet est en soi irréprochable. Il avait l'assentiment d'Henri IV. Et il est ancré de si longue date dans l'esprit de la reine-mère que ce serait engager une troisième guerre avec elle que de le refuser. Mais surtout, Louis considère que son devoir est d'assurer coûte que coûte sa lignée... En fin de compte, c'est le devoir qui l'a emporté. Il a accepté le projet de mariage, mais j'ose le dire, la mort dans l'âme.

— Pourquoi ?

— Parce qu'il connaît Gaston.

— Pour moi, mon Père, je vous avoue que je n'ai eu que rarement l'occasion d'approcher Monsieur, ayant cru entendre que Sa Majesté n'aime pas que ses officiers prennent des habitudes [1] avec lui. En tout cas, c'est ce qu'il reproche à Monsieur de Chalais.

— Ah bah ! Monsieur de Chalais a dix-huit ans, l'âge de Monsieur ! Et il est attiré par Gaston qui a le même âge, ainsi que par les vauriens qui l'entourent et qui se livrent du matin au soir aux farces, aux pitreries, aux beuveries, aux chansons à boire et à la débauche.

— J'ai ouï dire que Monsieur, néanmoins, n'est point sans qualités.

— Indubitablement. Au contraire du roi, il a la langue bien pendue, il parle beaucoup et le mieux du monde, il a de l'esprit, il aime les arts, il est ouvert à tous et à beaucoup de choses. En bref, il a toutes les qualités brillantes qui faillent à son aîné et il n'a aucune de ses vertus solides.

— Aucune ?

1. « Prendre des habitudes » avec une personne signifiait alors « se lier » avec cette personne (note de l'auteur).

— Pas la moindre. Il est indolent, sans projet défini, ne s'applique à rien, change de cap à tout vent, pousse l'inconstance jusqu'à l'inconsistance. Cependant, il ne manque pas de vaillance à la guerre et c'est là, peut-être, qu'il le faudrait employer, si ce n'est que là, plus qu'ailleurs, on pourrait craindre les effets de sa versatilité, car il est plus influençable que pas un fils de bonne mère en France. Monsieur le Cardinal, en son style lapidaire, a dit de lui qu'« il est susceptible des bons comme des mauvais avis ».

— Je n'ai jamais ouï le roi parler de Monsieur. L'aime-t-il ?

— Il le voudrait, parce que c'est son devoir de chrétien. Mais trop de choses les séparent. Le roi est pieux, pudique, réservé. Gaston profane tous les trois mots le saint nom de Dieu, ne se plaît qu'aux obscénités, aux contrepèteries et aux chansons à boire, signe ses lettres « Marquis de Vitlevant » pour vanter sa virilité, procure des femmes à ses vauriens et ne rêve que pitreries.

— Mais enfin, il est jeune encore. Ne peut-il se corriger ?

— Je crains que non. Il n'accorde d'importance à rien. Le mot obligation n'a pour lui aucun sens. Et comme il est persuadé, non sans raison, que son rang le met à l'abri de toute espèce de sanction, il a l'impression de jouer sa vie sur le velours. Ses erreurs et ses fautes étant sans conséquence, de ce fait elles ne lui apprennent rien. Et il est à parier qu'il les répétera sa vie durant. Pensez si, avec ces dispositions-là, il peut plaire à Louis qui est le devoir même.

— Et que pense Monsieur de ce mariage avec Mademoiselle de Montpensier ?

— Que voulez-vous qu'il pense, étant ce qu'il est ? Il hésite. Tantôt il s'avise que ce serait fort avantageux d'épouser l'héritière la plus riche de France, lui qui est toujours dans les dettes. Il n'ignore pas, en outre, que le roi lui donnerait un très bel apanage, en dotations, en terres, en revenus. Et tantôt il regimbe fort à l'idée de s'attacher au poteau du mariage, tantôt...

— Comment va-t-on sortir de cette incertitude ?

— Pour l'instant, par un coup de théâtre. Deux personnages entrent en scène et l'intrigue se noue.

— Mon Père, si vous me permettez de le dire, vous avez une sorte de talent pour la comédie.

— La comédie, Monsieur le Comte, hélas, non ! Il s'agit d'un drame ! Oyez la suite. L'un des personnages que j'ai dits est la reine — la reine régnante, bien sûr, et dans son ombre, trois infernales succubes qui la conseillent et l'aiguillonnent : Madame de La Valette, née Verneuil, fille bâtarde d'Henri IV, la princesse de Conti et je la cite en dernier, bien qu'elle ne soit pas la moindre : Madame de Chevreuse, diablesse avérée, comme dit Louis. Monsieur le Comte, on se demande parfois pourquoi les vertugadins de ces étranges animaux sont si démesurés. Et moi, je vais vous dire pourquoi : c'est parce qu'ils cachent toute la malice du monde.

Je jetai cette phrase en passant dans la gibecière de ma mémoire pour la répéter à mon père, tant je la trouvais savoureuse, surtout dans la bouche d'un capucin.

— Et la reine, dis-je, est contre ce mariage ?

— Passionnément. Et pour une raison évidente. Si Gaston a un fils, elle qui n'a jamais pu porter une grossesse à terme, elle ne comptera plus et à la mort du roi, elle ne sera plus rien.

— Mais que Gaston soit ou non marié, dis-je, à la mort du roi, cela ne fait pas pour elle la moindre différence, puisque n'ayant pas de fils, elle ne sera pas la reine-mère et n'aura pas, de ce fait, de légitimité.

— Monsieur le Comte, vous touchez là un point important et que Madame de Chevreuse n'a pas été sans apercevoir. Aussi a-t-elle suggéré une diabolique solution : le roi mort, Gaston épouse sa veuve et Anne d'Autriche reste reine.

— Mon Dieu, mon Père, il me semble que là, à tout le moins implicitement, on s'approche à pas feutrés du régicide. Anne serait-elle consentante à un remariage avec Gaston ?

— Implicitement, oui. Il y a toujours eu entre eux de la sympathie, se peut même de la connivence. Ce sont des esprits jumeaux, l'un et l'autre frivoles et étourdis. Rien ne rapproche davantage, comme vous savez, homme et femme que des défauts communs.

— Y a-t-il déjà un commencement d'exécution à cette intrigue ?

— Bien plus qu'un commencement, Monsieur le Comte ! Nous y sommes en plein ! Sur l'ordre de la reine, Madame de Chevreuse est allée visiter le gouverneur de Gaston pour lui dire qu'il ferait plaisir à la reine s'il décidait Monsieur à refuser le mariage avec Mademoiselle de Montpensier.

— Et le maréchal d'Ornano a accepté ?

— Hélas, oui ! Il s'est même engagé à fond dans cette intrigue, et pourquoi, comblé d'honneurs comme il est, il est allé se fourrer dans ce nœud de vipères, ce sera à vous de me l'expliquer, Monsieur le Comte, car je connais l'homme assez peu.

— Hélas, pauvre colonel des Corses ! Pauvre guerrier, si franc, si vaillant, si peu politique ! Vous vous ramentevez, mon Père, qu'accusé calomnieusement par La Vieuville, d'Ornano fut prié par le roi de laisser là Monsieur et de se retirer quelque temps en son gouvernement de Pont-Saint-Esprit. Hors de lui, se sachant blanc comme neige, d'Ornano osa alors écrire à Louis qu'il préférait une prison obligée à un exil volontaire. Cette *sfida* [1] était bien dans le caractère corse d'Ornano, mais le roi le prit au mot. Il enferma notre homme au château de Caen. La Vieuville étant à son tour tronçonné, et ses accusations s'étant révélées fausses, Louis rappela d'Ornano, le rétablit dans ses fonctions de gouverneur de Monsieur, le nomma premier gentilhomme de la chambre, surintendant de la maison de Monsieur et enfin maréchal de France. Par malheur, un d'Ornano ne pardonne pas facilement. Il considéra que toutes ces grâces qu'on lui faisait ne compensaient pas la disgrâce qui les avait précédées. Il demanda, il osa demander, une place au Conseil des affaires pour Monsieur et pour lui. Le roi et le cardinal en furent effarés. Gaston au Conseil des affaires ! Cet écervelé qui changeait d'avis de minute en minute et ne savait pas tenir sa langue ! et d'Ornano qui savait bien la guerre, certes, mais ne savait qu'elle ! Louis refusa : d'Ornano garda une face imperscrutable devant ce refus, tandis que le sang corse en son cœur bouillonnait de ressentiment.

— Et c'est pourquoi, à votre avis, d'Ornano accepta de « faire plaisir à la reine » en décidant Monsieur à refuser le mariage avec Mademoiselle de Montpensier ?

— Oui, c'est bien cela.

— Et il y réussit ?

— Oui, Monsieur le Comte, sans coup férir, ayant acquis de

1. Défi (ital.).

longue date sur son pupille un grand ascendant. Monsieur dit « non » au roi : il n'a rien, dit-il, contre Mademoiselle de Montpensier, « mais il ne veut pas se lier ». Si on y réfléchit, quel spectacle scandaleux ! L'épouse et le frère du roi se liguent contre la volonté du roi pour faire échec à sa décision ! Le mal pourrait s'arrêter là, mais d'Ornano et la Chevreuse sont grisés par ce premier succès et pris dans une sorte d'engrenage : la cabale du coup devient une rébellion dirigée quasi ouvertement contre le pouvoir royal. La Chevreuse et d'Ornano cherchent alors un peu partout en France et à l'étranger des appuis et des alliés et c'est ce qui les perdra... Car plus grandit le nombre des conjurés et plus augmentent les risques d'indiscrétion ou de trahison. La Chevreuse gagne au parti de l'aversion au mariage les deux Vendôme (le duc et le grand prieur), rebelles incorrigibles, le prince de Condé, le comte de Soissons, le duc de Montmorency et la duchesse de Rohan qui pourrait apporter, le cas échéant, l'appui des protestants. D'Ornano envisage même la fuite hors la cour de Monsieur, et une guerre ouverte contre le roi...

« Par bonheur, d'Ornano n'a guère le génie de l'intrigue. Plus hardi que prudent, il écrit à quelques gouverneurs de province et leur demande s'ils accorderaient l'hospitalité à Monsieur, si Monsieur, quittant la Cour, leur faisait l'honneur de la leur demander. C'était folie ! Il allait sans dire que les gouverneurs qui avaient reçu cette étrange demande n'allaient pas faillir à la communiquer au roi, lequel était à Fontainebleau avec la Cour.

« Prenant seul sa décision et l'exécutant avec sa rapidité coutumière, Louis fit appeler d'Ornano dans sa chambre, et tout en jouant de la guitare, lui demanda comment Monsieur s'était comporté à la chasse. « Très bien », dit d'Ornano. Là-dessus, le roi, pinçant toujours les cordes de sa guitare, se retira dans sa garde-robe et Du Hallier entra avec une douzaine de gardes et dit, après une profonde révérence : « Monsieur le Maréchal, j'ai l'ordre de vous arrêter. » L'arrestation faite, le roi appela Monsieur, lui dit ce qu'il en était. « Sire, dit Gaston très à la fureur, une fois de plus, on a calomnié le maréchal. Soyez certain que si je savais qui l'a fait, je le tuerais, et donnerais son cœur à manger à mes laquais ! »

— Tête bleue ! dis-je, béant, on parle de tuer les serviteurs du roi ! On en est là !

— Oui, Monsieur le Comte, et je crois que Monsieur le Cardinal a été bien avisé de m'ordonner de vous mettre au courant de cette mauvaise tournure des choses au moment où vous allez le rejoindre à Fleury en Bière.

Par les escaliers et les couloirs interminables du Louvre, tous la nuit tombée si déserts et si faiblement éclairés, je gagnai mon appartement à pas rapides. Je ne sais pourquoi les grandes dimensions de l'énorme bâtisse me plongèrent alors dans une mésaise à peine sufférable. Je portai la main à mon épée pour m'assurer qu'elle jouait bien dans son fourreau. Et tant ce que m'avait appris le père Joseph m'inspirait d'appréhension que je l'eusse tirée tout à fait, si je n'avais craint le ridicule d'être encontré dans ces solitudes, mon arme dégainée à la main.

Assoupi sur une chaire à bras, La Barge m'attendait chez moi. Une seule bougie brûlait éclairant une petite table sur laquelle étaient jetées des cartes, ce qui indiquait qu'il avait fait une partie avec Robin en m'attendant.

— Monsieur le Comte, dit-il, il y a une demi-heure environ, on a toqué à l'huis, mais n'ayant pas reconnu votre façon de frapper, et vu le disconvenable de l'heure, je n'ai pas ouvert.

— Et tu as fort bien fait, La Barge.

— On a toqué une deuxième fois et je n'ai pas ouvert davantage. Alors quelqu'un a glissé un pli sous la porte. Il est sur la table.

— C'est bien, La Barge. Va te coucher. Je me déshabillerai moi-même.

— Merci, Monsieur le Comte.

— Beaux rêves, La Barge !

— Hélas, Monsieur le Comte, ce sera cauchemar que ces beaux rêves ! J'ai perdu deux écus à Robin.

— Il t'en rendra un demain. Je ne veux pas que d'un côté ou de l'autre, on gagne plus d'un écu.

— Ce ne sera donc qu'un demi-cauchemar. Merci, Monsieur le Comte !

Dès qu'il fut parti, je pris le bougeoir et le pli et passai dans ma chambre. Un cachet de cire fermait le pli, mais sans qu'y fussent imprimées des armes. Je le fis sauter et le lus. Le poulet, comme je m'y attendais, ne comportait pas de signature. Voici ce qu'il disait :

« Sémillant Siorac, serviteur zélé d'un roi imbécile et d'un faquin de cardinal, aimerais-tu flotter, la gorge ouverte, sur la rivière de Seine jusqu'à Chaillot, comme autrefois tes amis de la RPR ? »

RPR étaient les initiales par lesquelles les ligueux sous Charles IX désignaient « la religion prétendue réformée », claire référence à mon père, et Chaillot était une allusion au fait que les corps des huguenots, dagués et jetés en Seine à Paris lors de la Saint-Barthélemy, s'étaient retrouvés en grand nombre prisonniers dans les hautes herbes des rives de Chaillot.

Ce billet que je rangeai précieusement dans la manche droite de mon pourpoint me donna fort à penser. Derrière cette puissante cabale qui menaçait le roi et son ministre, y avait-il d'autres forces que ce trio de dames enragées et qu'un ambitieux maréchal ? On ne parlait plus de la Sainte Ligue depuis belle heurette, en fait depuis l'avènement d'Henri IV, mais avait-elle réellement disparu ?

CHAPITRE VI

Le lendemain, bien avant potron-minet, la grande porte des Bourbons[1] à peine déclose, je la franchis avec La Barge et trottai vers la rue du Champ Fleuri au plus vite que je pus, car une petite pluie tombait et le fer de nos chevaux glissait sur le pavé gluant des rues, par bonheur vides de tout peuple à s'teure. Mais La Barge démontant, il fallut quatre ou cinq grands toquements du heurtoir de l'huis pour que Franz, une lanterne à la main, nous vînt ouvrir, à peine désommeillé et moins encore le palefrenier qui, les yeux à peine ouverts, vînt nous prendre nos chevaux pour les bichonner sur-le-champ dans l'écurie.

— Ma fé, Monsieur le Comte ! dit Franz avec un grand salut, c'est bien miracle de vous voir céans que Paris dort encore ! Comme dit Monsieur le Marquis : oyez l'émerveillable silence ! Pas une des cent églises de Paris qui carillonne la première messe ! Et pas un des mille et un coqs de Paris qui coquerique ! (C'était là une des badineries de mon père, le chiffre de cent églises étant accertainable, mais point celui des mille et un coqs, encore qu'ils fussent assez nombreux pour tympaniser horriblement les Parisiens dès la pique du jour.)

— Dois-je éveiller Caboche ? Monsieur le Comte a-t-il déjeuné ?

— Nenni et j'ai une faim à manger une charrette ferrée !

1. La grande porte du Louvre.

Réveille aussi Lachaise pour qu'il prépare mon carrosse et baille picotin aux chevaux ! Et réveille aussi Jeannette, pour me porter mon déjeuner dans ma chambre ! Monsieur de La Barge déjeunera où il voudra. Dans la librairie, s'il y tient...

— Pour une fois, je préfère la cuisine, dit La Barge. À s'teure, elle sera plus chaude et j'aurai la compagnie des aimables chambrières de Monsieur le Marquis, qui toutes sont jeunes, et aucune laide.

— La Barge, dis-je, ne va pas faire le fendant avec les garcelettes de mon père !

— D'autant, Monsieur l'Écuyer, dit Franz avec une familiarité admirablement mesurée à l'aune de son interlocuteur, que ma Greta vous aura à l'œil...

— Eh bien, tant pis ! dit La Barge. Je me contenterai de regarder les garcelettes. Comme dit Monsieur le marquis : « Cela fait toujours plaisir à un vieux renard de voir passer une poule, même s'il ne peut pas l'attraper. »

— Monsieur l'Écuyer, reprit Franz qui craignait peut-être d'avoir été trop loin dans l'impertinence voilée, nous avons des œufs frais pondus de nos poules. En voulez-vous ?

— Oui-da !

— Au plat ? Brouillés ? En œufmeslette ?

— Je les veux crus ! dit La Barge en montrant ses petites dents.

Là-dessus apparut Mariette, mafflue et fessue, laquelle je baisai sur les deux joues, parce qu'elle m'avait tenu dans ses bras en mes maillots et enfances. Mais comme elle était plus grande parleresse que pas une harengère en Paris, je quittai la place aussitôt, la laissant déverser son déluge de paroles sur La Barge et d'autant qu'elle raffolait du petit béjaune.

L'escalier franchi en trois bonds, je gagnai ma chambre où, incontinent, je me mis à sortir des coffres les habits que je comptais emporter avec moi à Fontainebleau. Je dis Fontainebleau, parce que la Cour y était, mais comme le lecteur sait déjà, je devais demeurer à Fleury en Bière chez le cardinal, à deux lieues de là. Je ne fus pas longtemps à ce labeur, car Jeannette apparut, m'apportant mon déjeuner, et tandis que je le dévorais à dents aiguës, elle prit la suite de mes empaquetements, sachant de reste mieux que moi où étaient les vêtures.

Toutefois, si active qu'elle fût, elle ne laissa pas, allant et venant dans la pièce, de me poser questions.

— Monsieur le Comte va bien ?

— Tu le vois, Jeannette, je dévore.

— Vous dévorez, Monsieur le Comte, mais d'un air malengroin et vous ne m'avez pour ainsi dire pas regardée, ce qui s'appelle regarder, depuis que je suis entrée céans. Vous ne m'avez même pas demandé des nouvelles d'Angélique.

— Comment va-t-elle ?

— Du mieux du monde, et sur l'ordre de Monsieur le Marquis, elle est traitée céans comme poule en pâte.

— Voilà qui va bien, dis-je sans lever le nez de mes viandes.

— Et moi, Monsieur le Comte ? reprit-elle d'un ton vif. Suis-je devenue en si peu de jours plus laide que les sept péchés capitaux que vous ne voulez pas jeter l'œil sur moi ?

— M'amie, dis-je en levant la tête et en la considérant d'un œil rieur, si les sept péchés capitaux étaient aussi jolis que toi, je les commettrais tous les sept du matin au soir...

À quoi, courant se génuflexer à mon côté, elle me prit la main, la baisa, et s'enhardissant tout soudain, me poutouna derrière l'oreille, poutoune qui ne fut pas sans effet sur moi.

— Monsieur le Comte, dit-elle, le tétin haletant, quand départez-vous ?

— Tôt cette après-dînée, si je puis.

— Quoi ? Pas une seule nuit céans ?

— Nenni, le temps me presse.

— Ferez-vous du moins une sieste avant votre partement ?

— Je crains de n'en avoir pas le temps.

— Ah ! Monsieur le Comte ! dit-elle, c'est pitié !

Mais elle n'eut guère le temps de s'attendrézir, car on toqua deux coups à la porte. Elle se releva en un battement de cils. Je donnai l'entrant et mon père apparut, habillé de pied en cap. Il ne se montrait jamais en négligé à personne, pas même au domestique.

— Jeannette, ma fille, dit-il, laisse-nous.

Elle lui fit, avec des yeux très affectionnés, une belle révérence et se retira.

— Mon père, dis-je, après qu'elle eut fermé l'huis sur elle, êtes-vous content de Jeannette ?

— Aussi content que vous pouvez l'être vous-même, quoique dans un domaine différent…

— Nenni, nenni, mon père, rien n'est encore fait.

— J'en suis ravi pour vous, mon fils ; il n'est pas plaisir plus délicieux que de languir un peu de soif, quand on sait qu'un beau fruit est à portée de main.

Ayant dit, il me prit dans ses bras et me donna une forte brassée et aussitôt me requit des nouvelles de son fils, le petit Julien de Siorac.

— J'irai le voir, dit-il, aux beaux jours. Je ne sais si je le dois à l'âge, mais je souffre la froidure et les frimas beaucoup moins bien qu'avant.

— Que dites-vous là, Monsieur mon père ? Les années s'effeuillent autour de vous sans vous toucher.

— Elles me touchent, mais par degrés insensibles. À mon sens, puisqu'il faut à force forcée vieillir, autant vieillir lentement et, si j'ose dire, en bonne santé. Qu'avez-vous fait de La Barge ?

— Il est à la cuisine gobant de la langue un œuf et de l'œil vos chambrières…

— Il prendra donc tout son temps. Où allez-vous, Monsieur mon fils, que vos vêtures sont hors les coffres ?

— D'ordre du roi, à Fleury en Bière chez le cardinal.

— Je vous préfère là plutôt qu'à Fontainebleau. C'est devenu un vrai guêpier que cette cour !

— Par malheur, j'ai déjà une ou deux guêpes voletant autour de moi.

— Vous m'en direz votre râtelée dans la librairie. La Surie y a fait allumer un grand feu et il sera fort aise de vous voir et de vous ouïr.

— Monsieur mon neveu, dit La Surie, dès que j'eus mis le pied dans la librairie où dans l'âtre dansaient de hautes flammes fort agréables à voir et dont la chaleur m'enveloppa délicieusement le corps, Monsieur mon neveu, vous avez du souci. Je le vois à votre œil, qui n'est point si gai, si vif, si scintillant, et si avide qu'à l'accoutumée de mordre la vie à dents aiguës ? Mon neveu, parlez-moi à la franche marguerite ! Qu'est-ce qui vous point à ce point ?

Ce « point à ce point » était un de ces *giocchi di parole* dont La Surie aimait parsemer ses propos. Je souris à cette innocente manie et incontinent — sans me donner le temps de répondre —, ce qui était bien aussi dans ses façons de faire, La Surie me donna une fort longue brassée et à ce que je vis, quand enfin il me libéra, il avait une larmelette au bord de son œil marron, car son œil bleu restait impassible, ne paraissant jamais prendre part aux émeuvements de son maître ; lequel, malgré son âge, son expérience et sa force d'âme, ne laissait pas soit de s'attendrézir, soit de s'escalabrer en des colères des plus piquantes.

Trois chaires nous tendaient les bras devant le feu. Mon père s'assit et après lui, dans l'ordre, moi-même et La Surie, tendant d'un même mouvement nos bottes à la chaleur des flammes. Et le silence se faisant, je leur narrai alors de mon entretien avec le père Joseph un conte que je voulus succinct car je distinguais mal ce qui dans les propos du capucin était connu du monde, ou ce qui n'était su encore que du roi et de ses proches conseillers. Tout en parlant, je scrutais le visage de mon père pour me guider sur l'étonnement qu'il trahirait pour abréger encore mon récit. Mais il n'en trahit aucun, ce qui m'amena à penser qu'il savait déjà que la cabale autour du mariage de Monsieur tournait à la rébellion, sans peut-être qu'il en connût les derniers développements, ceux qui menaçaient directement le cardinal et le roi.

Quand j'eus fini, mon père m'envisagea comme s'il eût voulu scruter le fond de ma cervelle et dit *sotto voce* :

— Sur vous-même, Monsieur mon fils, il va falloir m'en dire un peu plus que par ce récit soigneusement expurgé. Vous avez parlé de deux ou trois guêpes qui volettent autour de votre oreille. Qu'en est-il ?

Je pris alors dans la poche de mon épaule le poulet anonyme qu'on avait glissé la veille sous ma porte et je le lui tendis. Mon père le lut, sourcillant fort, puis il le tendit à La Surie qui, à sa lecture, pâlit de colère, mais sans éclater.

— Voilà, dit mon père à la parfin, qui confirme sinistrement mes appréhensions.

— Vos appréhensions, Monsieur mon père ?

— Oui-da ! J'ai toujours pensé, vu la proportion que les choses prenaient, que derrière ces vertugadins endiablés et ce Corse qui se paonne à la pensée que, Louis mort, et Gaston couronné, il deviendrait le premier ministre du royaume, il y a d'autres forces en jeu, celles justement qui répandent à foison dans le pays ces pamphlets venimeux contre Richelieu et le roi. Ce billet glissé sous votre porte est rédigé tout cru dans le style, l'esprit et la violence de la Sainte Ligue ou plutôt de cette ligue qui se prétendait sainte ! Ces dévots — pas tous, la Dieu merci ! — sont race fanatique, calomnieuse et assassinante. Ils ont tué Henri III, parce qu'il s'était allié à Henri IV, alors hérétique. Et ils ont tué notre Henri, parce qu'il s'était allié aux pays protestants pour faire la guerre aux Habsbourg. Ils n'auraient aucun scrupule à tuer aussi Louis pour le punir de sa victoire de la Valteline sur les troupes pontificales. Et plus encore, parce qu'ils appréhendent son attitude résolue à l'égard des Habsbourg.

— Mais, dis-je, il ne sera pas aussi facile de poignarder notre Louis que les deux Henri. Il est fort méfiant, il ne se laisse pas approcher facilement, et il est très entouré. Savez-vous qu'il a fait venir hier six cents hommes à Fontainebleau ?

— Je l'ai ouï aussi, dit mon père, mais le cardinal, lui, n'a pas de garde et n'en veut point avoir, ne voulant pas en être encombré partout où il ira.

— Il compte peut-être sur le caractère sacré de sa robe pour le protéger, dit La Surie.

— Et il aurait bien tort ! s'écria mon père. Henri III, après avoir exécuté le duc de Guise, ordonna à deux de ses hallebardiers d'en finir avec le cardinal de Guise et il fut aussitôt obéi...

— Mais diantre sait pourquoi, moi, humble rouage, je suis soudainement menacé !

— Pour la seule raison que vous êtes un fidèle serviteur du roi. Ce serait faire un exemple que de vous occire. Sous le règne à Paris des sanguinaires Seize[1], la méthode de la terreur était, par les ligueux, très affectionnée. Quand la Sainte Ligue était toute-puissante, j'ai échappé à deux attentats coup sur coup et j'en aurais essuyé davantage, si je ne m'étais caché sous un faux nom, et sous une fausse défroque de marchand drapier. Mon fils, il faudra d'ores en avant vous protéger.

— Et comment ?

— Ne sortez jamais que fortement accompagné. Portez sur vous, outre votre épée, deux pistolets chargés. Quand vous

1. Les *Seize* étaient une sorte de « Comité de salut public » (comme on dira plus tard) qui régnait sur Paris par la terreur.

cheminez à cheval dans les rues de Paris, surveillez les fenêtres. Ramentez-vous la façon dont Coligny, parce qu'il était le champion de la résistance à l'Espagne, fut arquebusé d'une fenêtre sur l'ordre de la Médicis. Combien de Suisses vous accompagnent à Orbieu à l'accoutumée ?

— Une douzaine.

— Comment sont-ils armés ?

— Un pistolet dans les fontes, un mousquet et une épée.

— Il y faudrait aussi une pique amarrée le long du flanc de chaque cheval. Quand on est assailli par un chamaillis d'épées, les piques sont la meilleure réponse.

— À mon sentiment, une douzaine de Suisses, dit La Surie, sont bien loin de suffire. Si vous êtes embûché, sur le chemin, vous serez content d'en avoir le double.

Je me récriai à ce chiffre.

— Vingt-quatre Suisses ! Mais c'est la ruine !

— La vie passe avant la pécune ! dit mon père gravement. Songez aussi que le cardinal, qui ne veut pas de gardes, sera sans doute bien aise de vous voir survenir avec vos Suisses à Fleury en Bière. Et d'un autre côté, si vous servez d'escorte au cardinal, vous pouvez espérer, par Schomberg, rentrer dans vos débours...

— Mon neveu, dit La Surie, il faudra aussi remparer votre carrosse, garnir l'intérieur de vos portes d'épais panneaux de chêne, ne laissant qu'une fente étroite en haut pour avoir des vues et vous permettre de tirer vous-même.

— Et qui va faire cela ? dis-je.

— Lachaise, dit mon père. Il est fort habile à travailler le bois. Mais il lui faudra la journée. Vous ne pouvez donc départir que demain matin. Néanmoins allez faire un tour ce matin au Louvre et dites à deux ou trois personnes que vous partez meshui dans l'après-midi pour Fleury en Bière. S'il doit y avoir, vous devançant, une embûche dressée sur le chemin, elle s'énervera dans une attente vaine et en toute probabilité, ne la voudra pas prolonger jusqu'au lendemain...

— Eh bien ! J'y vais de ce pas, dis-je d'un ton alerte (car tout cela m'excitait au dernier point). Mon père, voudriez-vous envoyer un petit vas-y-dire au chef des Suisses de louage pour qu'il vienne céans discuter avec moi d'une nouvelle embauche sur les onze heures ?

Lachaise ayant besoin de garder carrosse par-devers lui afin de le remparer, mon père me prêta le sien, insistant pour m'accompagner ainsi que La Surie, Poussevent faisant le cocher, et Pissebœuf assis à côté de lui, deux mousquets chargés à leurs pieds. J'arrachai La Barge à nos chambrières, mais ne voulant pas mettre le petit babillard dans la confidence, je lui dis qu'il y aurait grand honte pour lui à ne pas prendre congé de Mademoiselle de Lorgnes, curatrice aux pieds de Sa Majesté la Reine-Mère, puisque, ajoutai-je, nous allions départir de Paris dans l'après-dînée. Cette curatrice dont il était épris était une petite personne vive et frisquette, qui, du fait de ses fonctions, connaissait le monde entier. Mon père, La Surie et moi avions chacun deux pistolets chargés dissimulés dans nos pourpoints mais non La Barge à qui je n'eusse osé confier un tel arsenal. Non qu'il faillît en vaillance, mais en prudence. Je ne l'eusse pas amené avec moi si je n'avais pas conjecturé que la curatrice, oyant que j'allais départir pour Fleury en Bière dans l'après-dînée, le répéterait *urbi et orbi*. Pour moi, tandis qu'il allait faire sa cour à la garcelette avec l'ordre formel d'être de retour chez moi dans une demi-heure, j'allai trouver Charpentier et lui dis que s'il voulait rejoindre le cardinal à Fleury en Bière, je le prendrais comme promis avec moi. Mais qu'il fît vite son petit bagage et me vînt rejoindre dans l'heure en mon appartement puisque nous allions départir dans l'après-dînée.

Je pus alors vérifier avec quelle extraordinaire célérité, une nouvelle, impartie à deux ou trois personnes au Louvre, gagne de proche en proche et se répand partout, car une demi-heure à peine s'était écoulée après que la curatrice aux pieds et Charpentier eurent appris mon département que, rencontrant Bassompierre dans l'escalier Henri II au Louvre, il me salua d'un air plus embarrassé qu'amical (nos rapports s'étant fort refroidis depuis ma brouille avec la princesse de Conti) et me dit :

— J'ai ouï que vous départiez cet après-midi pour Fleury en Bière. Cela est-il constant ?

— Oui-da.

Alors jetant un œil de tous côtés, Bassompierre s'approchant de moi à me toucher me dit *sotto voce* :

— Je n'aime guère cela. On dit que cette route est infestée de brigands. Gardez-vous bien...

Après quoi, sans autre forme de civilité, il me tourna le dos et s'en alla. Pour la première fois, je sentis que la menace sur moi était bien réelle, puisque, à mots couverts — et le mot « brigands » était bien un de ceux-là —, Bassompierre m'avait mis en garde. Je sentis la sueur ruisseler sous mes aisselles et le long de mon dos, et mes jambes sous moi se mirent à trémuler. Mais ce malaise ne dura qu'un instant. Je gagnai à pas rapides mon appartement où je retrouvai mon père et La Surie et leur contai ce dialogue, si bref et si lourd de sens, avec Bassompierre. Ce qui à la réflexion me frappa et me mordit le cœur, c'était cet air gêné et quasi coupable qui passa sur le visage de Bassompierre quand, trahissant son camp, et son épouse, il me prévint à voix basse du péril que je courais. On eût dit que ce sacrifice à notre amitié lui était fort pénible et je jugeai par là à quel point il était lié au parti de la Chevreuse par l'intermédiaire, bien sûr, de la princesse de Conti. Et non seulement à ce parti, mais au complot contre le cardinal et le roi. Je me ramentus alors qu'un mois ou deux plus tôt, au cours d'une séance du Conseil, il s'était montré fort impertinent envers Sa Majesté, Richelieu intervenant aussitôt pour empêcher les choses de s'envenimer. J'en avais conclu que Bassompierre était déjà fort travaillé par le vertugadin qui dominait sa vie et j'en fus d'autant plus peiné qu'il n'avait pourtant pas à se plaindre de Sa Majesté, laquelle l'avait nommé Maréchal de France en 1622 et lui avait coup sur coup confié deux ambassades, ce qui montrait la haute opinion qu'Elle avait de ses talents.

À notre retour à la rue du Champ Fleuri, je pris La Barge et Charpentier à part et leur dis que nous n'étions pour départir que le lendemain pour des raisons qui tenaient à nos sûretés et que, pour les mêmes raisons, je leur demandais de ne saillir de la maison de mon père sous aucun prétexte, mais d'y demeurer confinés jusqu'à notre département. Là-dessus, fort impressionnés par la gravité de ma mine, ils acquiescèrent, et je demandai à Franz de leur montrer leurs chambres où ils pourraient à leur choix demeurer ou nous rejoindre dans la librairie.

Mon père fit passer par Franz le même ordre de confinement à tout le domestique, et pour plus de sûreté, fit verrouiller côté cour la porte cochère et la porte piétonne qui donnait sur la rue du Champ Fleuri et, côté jardin, il verrouilla aussi la petite porte basse au fond du potager. Puis il commanda à Franz de faire allumer le feu dans la cheminée de ma chambre, puisque je devais y coucher le soir. Soit hasard, soit parce qu'il y mit un brin de malice, Franz chargea de ce soin Jeannette, que je croisai dans l'escalier assez obscur de l'hôtel, soufflant fort à porter les bûches, mais me lançant au passage un sourire et une œillade qui illuminèrent les murs sombres et qui me ramenturent que ce monde tracasseux que je craignais de quitter le lendemain dans la fureur des armes comptait aussi quelques émerveillables antidotes à l'angoisse du moment.

Comme j'avais donné à La Barge et à Charpentier la liberté d'user de la librairie, mon père ordonna qu'on amenât Hörner, le chef des Suisses, dans sa chambre où lui-même et La Surie viendraient me rejoindre, Mariette nous apportant incontinent un flacon, quatre gobelets et quelques grignotis pour nous faire prendre patience, onze heures étant déjà passées, tant est que nous ne pourrions prendre notre dîner qu'à midi. Le chef des Suisses, ou comme ses frères d'armes l'appelaient, « le capitaine », était une montagne d'homme, haut de plus de six pieds, large comme une armoire, et lourd à faire craquer toutes les marches de notre escalier. Mais il parlait d'une voix basse et polie qui rendait son entretien agréable.

— Monsieur le Comte, dit-il après m'avoir ouï, si je vous entends bien, pour vous rendre à Fleury en Bière, vous voudriez porter votre escorte de douze à vingt-quatre soldats. C'est donc que vous craignez plus d'embûches sur ce chemin-là que sur celui qui mène à Montfort l'Amaury.

— Pour ne rien vous celer, oui.

— Et sans vouloir me montrer trop inquisitif, pourriez-vous me dire, Monsieur le Comte, à qui nous pourrions avoir affaire ?

J'interrogeai mon père et La Surie de l'œil.

— Mon fils, dit mon père, désirez-vous que je réponde pour vous ? Si ma réponse est indiscrète, on ne pourra vous reprocher de l'avoir faite.

— Plaise à vous, Monsieur mon père, dis-je avec un sourire.

— Capitaine, dit le marquis de Siorac, le comte d'Orbieu pourrait avoir affaire à des gentilshommes et même à des soldats, mais ceux-là ne seront pas des soldats de Sa Majesté. Je dirais même qu'à supposer que nous tombions dans une embûche, les soldats du roi, passant à proximité, ne pourraient que nous secourir.

— Un grand merci, Monsieur le Marquis, dit Hörner avec un salut de tout son torse. Votre réponse m'a fort soulagé. Jouissant céans de l'hospitalité du roi de France, je ne porterai les armes en aucun lieu et en aucun cas contre les siens.

— Ce serment, Capitaine, dis-je, est grandement à votre honneur. Pensez-vous réunir pour demain à l'aube vingt-quatre de vos Suisses ?

— Je pourrai en réunir trente, dit Hörner, et je me permets, Monsieur le Comte, dit-il en se tournant vers moi, de vous conseiller d'aller jusqu'à ce chiffre.

— Pourquoi ?

— Vos adversaires savent-ils que vous voyagez à l'accoutumée avec une escorte de douze soldats ?

— C'est fort probable.

— Dans ce cas, ils voudront tripler le nombre de leurs hommes afin d'avoir sur vous, dès le contact, une supériorité écrasante.

— C'est bien raisonné, Capitaine, dit mon père.

— Je louerai donc trente de vos hommes, Capitaine, au prix que vous voudrez bien fixer.

— Mon prix pour douze Suisses étant celui que vous savez, Monsieur le Comte, celui que je vous demanderai pour l'escorte de demain sera le double.

— Capitaine, vous vous volez. Vous ne comptez pas les six Suisses supplémentaires pour aller jusqu'à trente.

— C'est qu'il y a une autre clause à notre traité, Monsieur le Comte. Nous sommes, comme vous le savez, des Suisses catholiques et, s'il y a des morts parmi nous, je voudrais que vous payiez pour eux l'ouverture de la terre chrétienne.

— Je le ferai.

À y songer plus outre, cela me griffa le cœur que la pauvreté eût chassé ces hommes de leurs montagnes suisses et qu'ils fussent contraints, en exil, de se battre et parfois de perdre la vie, à seule fin de la pouvoir gagner.

— Capitaine, dit mon père, je suis docteur médecin de l'École de médecine de Montpellier et si mon fils, le comte d'Orbieu, y consent, je serai des vôtres afin de donner à vos blessés les premiers soins.

— Monsieur mon père, dis-je, froidement assez, vous me prenez sans vert. Je ne me proposais pas de vous demander de m'accompagner.

— Messieurs, dit Hörner de sa voix basse et posée, je vous laisserai débattre ce point entre vous au bec à bec. Peux-je dire cependant, Monsieur le Comte, que la présence d'un Révérend docteur médecin parmi eux conforterait beaucoup mes hommes, car ils ont souvent vu des blessés mourir faute des premiers soins.

— Je vais y penser, dis-je.

Et je commençai à discuter avec Hörner de l'armement de ses hommes. Il accorda aussitôt que chaque Suisse, outre son mousquet, porterait deux pistolets et une pique et il ajouta :

— J'emporterai aussi quelques pétards de guerre. Si on dresse contre vous une barricade en travers du chemin, un ou plusieurs pétards de guerre — du genre qu'on emploie pour exploser les portes des villes assiégées — seraient excellents pour détruire l'obstacle et ceux qui s'abritent derrière lui à seule fin de faire feu sur vous.

— C'est bien pensé. Au cas où il y aurait un combat qui tournerait à notre avantage, Capitaine, que voulez-vous comme picorée ?

Hörner parut surpris qu'un seigneur de mon importance ne laissât pas à son majordome le soin de discuter de ce point. Mais en ce qui me concerne, je tenais beaucoup à le faire, me ramentevant les exigences démesurées de mes manants après l'attaque des reîtres allemands et je désirais par-dessus tout éviter toute disputation entre les Suisses et moi après le chaud de la bataille.

— Eh bien, c'est simple, Monsieur le Comte, les chevaux pour vous et les armes et les vêtures pour nous. Cependant, Monsieur le Comte, je dois vous avertir qu'au contraire des gentilshommes qui, au combat, évitent toujours de tuer les montures de l'adversaire, nous agissons tout au rebours. Ce n'est pas que nous n'aimons pas les chevaux, et les nôtres en particulier, mais nous tenons pour nos ennemis ceux que montent nos assaillants. Et d'autant qu'un cavalier sans sa monture est comme un marin déboussolé : il perd toute ardeur à se battre.

— Si je vous entends bien, dit soudain mon père, vous aurez comme picorée les armes, les vêtures, et nous, les chevaux morts.

Cette saillie me fit rire à gueule bec et Hörner aussi, preuve qu'il était bon compagnon et capable aussi de faire la part du feu dans un barguin, comme il le prouva aussitôt incontinent.

— Monsieur le Comte, puisque vous ne vous contentez pas des chevaux, prenez les vêtures et nous garderons les armes.

— Eh bien, prenons les vêtures, dit mon père.

— Tope, dis-je aussitôt, entendant bien que mon père n'avait opté implicitement pour les vêtures que pour ne pas les prendre, ne voulant pas qu'on nous accusât d'avoir dépouillé les cadavres comme des brigands de grand chemin.

On dira peut-être que dans ce débat nous vendions la peau de l'ours avant de l'avoir tué. Mais en fait, ce barguin avec les Suisses loués était coutumier.

— Monsieur le Comte, reprit Hörner, à quelle heure demain, voulez-vous que nous soyons à vos ordres céans ?

— Quatre heures du matin.

— Douze de mes Suisses et moi-même seront là demain à s'teure.

— Douze seulement ?

— Si l'hôtel de Monsieur le Marquis est surveillé, comme je pense qu'il l'est, vaut mieux que vous paraissiez départir avec votre escorte habituelle. Le reste de mes Suisses vous attendra à la porte de Bucci.

— Pourquoi à la porte de Bucci ?

— Parce qu'elle ne sera pas surveillée, l'adversaire ne s'attendant pas à vous voir sortir par cette porte, pour gagner Fontainebleau. Une chose encore, s'il vous plaît, Monsieur le Comte. Votre cocher habituel ne pourra pas conduire votre carrosse. Il y faudra deux de nos hommes, car en cas de combat, le cocher est très exposé et c'est en outre à lui de lancer du haut de son siège la plupart des pétards de guerre contre les barricades.

— Mais votre homme a-t-il l'habitude des chevaux ?

— Nul n'y est plus suffisant, Monsieur le Comte : c'est son ancien métier.

Mon père, se peut parce que la faim le remordait, invita Hörner à partager notre repas. Le capitaine courtoisement noulut, prétextant qu'il avait fort affaire dans l'après-midi pour rassembler hommes et armes. Pour lui montrer alors toute l'estime que lui avait donnée pour lui cet entretien, mon père sonna Franz et lui commanda de raccompagner le capitaine jusqu'à notre porte piétonne. Puis, nous précédant, il gagna la librairie que quittaient au même instant Charpentier et La Barge qui, sur l'ordre de mon père, avaient pris leur dîner à onze heures.

La Surie qui portait une mine fermée et chagrine remarqua en jetant un œil à sa montre-horloge qu'il était douze heures sonnantes — et en effet, elles se mirent à sonner — et que c'était bien la première fois qu'on prenait à midi ce que le marquis de Siorac appelait coutumièrement « la repue de midi ». Après cette remarque débitée d'un ton froid, il se ferma comme une huître et ne pipa mot ni miette jusqu'à la fin du repas.

Là-dessus, Mariette survint, volumineuse et volubile, et tout en posant le rôt sur la table, elle se plaignit amèrement que son mari Caboche ait eu deux services à assurer, tirant et retirant deux ou trois fois le plat du four pour être assuré qu'il ne brûlât pas. Mais ces paroles tombèrent dans un tel silence qu'elle comprit que l'humeur des maîtres n'était pas à la gausserie, et maugréant toujours, mais quasi inaudiblement, elle se retira.

— Monsieur mon père, dis-je mi-figue mi-raisin, vous êtes le meilleur des pères mais en l'occurrence, vous avez forcé ma volonté : je n'avais pas du tout l'intention de vous embarquer dans une aventure qui ne regarde que moi et où, de reste, j'étais content assez de voler pour une fois de mes propres ailes et de faire mes preuves. Mais après ce que vous avez dit à Hörner et l'espoir que vous lui avez baillé d'avoir avec nous un médecin qui pût soigner sur l'heure ses blessés, il ne m'est plus possible de revenir sur une décision qui, en fait, m'a tout à plein échappé.

Là-contre cependant, mon père avait, comme on dit, une réponse à sa main :

— Monsieur mon fils, dit-il, j'ai prononcé le serment d'Hippocrate. J'ai donc fait le vœu solennel de secourir malades et blessés, et ce blessé, à ma connaissance, pouvant être vous-même, vais-je encourir de ma conscience le blâme éternel de vous avoir laissé mourir, alors que mes premiers soins vous eussent pu sauver ?...

Il n'y avait rien à répondre à cette remarque qui était aussi spécieuse qu'irréfutable. Aussi, pris-je le parti de me lever et de demander mon congé sous le prétexte d'aller faire une sieste. Mais avant que de franchir la porte, je me retournai et lançai à mon père une flèche du Parthe, point méchante, mais qui touchait un point sensible :

— Monsieur mon père, dis-je, vous n'avez pas eu trop de peine à me persuader, mais je crains que vous ayez beaucoup plus de mal à convaincre Monsieur de La Surie de demeurer céans pour garder l'œil sur votre maison, vos biens et le domestique...

Là-dessus, je me retirai, et gagnant ma chambre, j'ouvris doucement l'huis et trouvai Jeannette assise devant la cheminée sur un petit tabouret. Elle ne m'ouït pas d'abord. Comme elle me tournait à demi le dos, elle ne me présentait que ce « profil perdu » que le Titien peignit avec tant d'amour dans la présentation de la *Vierge au Temple*, probablement parce qu'il lui parut plus mystérieux qu'un simple profil. Jeannette avait les deux mains croisées sagement sur les genoux dans une attitude qui tenait du recueillement. Avec son cotillon tombant en longs plis chastes sur ses jambes, et touchant terre, elle avait l'air d'une vestale romaine en train de veiller à ce que le feu sacré ne s'éteignît pas. Au bruit que je fis pour pousser le verrou, elle tressaillit, tourna la tête, se leva et s'élança vers moi en me jetant un regard qui, dans l'ancienne Rome, lui eût valu incontinent d'être enterrée vive [1].

— Ma Jeannette, dis-je en lui mettant les deux mains sur les épaules, et en la tenant à distance, que fais-tu là ? Il y a bien deux heures que je t'ai croisée dans l'escalier avec des bûches. Et te voici encore céans !

— Monsieur le Comte, Franz m'a dit d'allumer le feu, de l'entretenir de bûches, et de veiller sur lui : étant bonne chambrière, j'ai obéi à votre majordome. Aussi avez-vous maintenant une chambre bien douillette et une couche bien bassinée. Monsieur le Comte, peux-je vous déshabiller ?

1. Dans la Rome antique, on faisait subir cette mort affreuse aux vestales qui avaient trahi leur vœu de chasteté (note de Pierre-Emmanuel).

— Oui-da ! Mais, dis-moi, Jeannette, ne t'es-tu pas un peu morfondue à demeurer assise devant le feu, ces deux heures écoulées ?

— Nenni, Monsieur le Comte. Je rêvais. Je me posais questions.

— Qu'est cela ? Tu te posais questions ! Quelles questions ? Allons cite-m'en une au moins !

— Eh bien, par exemple....

Et elle s'interrompit.

— C'est que, Monsieur le Comte, je ne voudrais pas paraître trop effrontée.

— Va ! Va ! Je te le permets pour une fois.

— Eh bien, par exemple, Monsieur le Comte, je me demandais si votre sieste allait être bougeante ou paressante...

À quoi je ris à gueule bec tant la phrase me parut à la fois jolie et rusée. Je me glissai dans les draps chauds toujours riant, mais reprenant à la parfin haleine, je lui dis :

— Telle est donc la question que tu te posais ?

— Oui, Monsieur le Comte, avec votre permission.

— Ma sieste sera-t-elle bougeante ou paressante ? Mais c'est un vrai problème cela, en effet, ma Jeannette, et des plus sérieux et qui relève peut-être, à y penser plus outre, de la morale et de la métaphysique.

— Monsieur le Comte, pardonnez-moi, ma fé, je ne sais rien de votre métamusique ! mais je sais bien ce qui a tourné dans ma cervelle ces deux heures écoulées, tant les bonnes chances que les mauvaises, d'avoir ce que je voulais.

— Mais comme tu sais, Jeannette, la vérité n'est que dans l'essai qu'on en fait.

— Pardine, Monsieur le Comte, si je le sais !

— Or donc, m'amie, viens me retrouver céans. La chambre est tiède. L'huis est clos. Ferme bien les courtines sur nous.

*
**

Jetant ma petite pique contre mon père dans la gibecière de mes oublis, je lui fis bon visage le lendemain quand nous partîmes à potron-minet, et de son côté, il ne pipa mot de notre différend. Il est bien vrai qu'il était d'un grand renfort pour notre expédition, tant du côté médical que du côté guerrier, car du temps de ses missions secrètes, il avait acquis sous Henri III comme sous Henri IV une grandissime expérience des embûches et des surprises, ayant passé au travers de toutes avec autant d'astuce que de vaillance.

Il y eut un grand silence dans le carrosse dès qu'il se mit à rouler en nous secouant les tripes sur les pavés inégaux de Paris, mon père et moi examinant avec admiration les épais volets de bois dont Lachaise avait remparé les fenêtres et les deux portes, celles-ci, à la différence des fenêtres, ménageant en haut une étroite meurtrière horizontale par laquelle, une fois la vitre baissée à l'intérieur, on pouvait tirer au pistolet sur les assaillants qui auraient pris le carrosse pour cible.

Charpentier se tenait coi, parce que le cardinal l'avait accoutumé au silence, et La Barge ne pipait pas, parce qu'il craignait d'être rebuffé par moi. Mais il est bien vrai que ce renfort à nos portes et fenêtres ainsi que la présence sur le siège, à côté de mon père, de six pistolets avec tout ce qu'il fallait pour les charger, paraissaient fort surprenants et pouvaient amener même un homme moins curieux que La Barge à se poser questions ou à me les poser. Et c'est bien ce qu'il fit à la parfin, n'y pouvant plus tenir.

— Monsieur le Comte, dit-il, puis-je vous demander...

Il n'eut pas le temps de finir. Mon père jeta au malheureux un œil si foudroyant que s'il y avait eu de la terre sous lui, il y serait rentré.

— Monsieur mon fils, dit le marquis de Siorac, ce béjaune est bien malappris. Confiez-le-moi quinze jours, je me charge de le rééduquer par le fouet et l'arçon, tout noble qu'il soit.

— Monsieur mon père, dis-je, si Monsieur de La Barge n'a pas amendé ses conduites au retour de cette périlleuse expédition, je vous le confierai bien volontiers.

À ce mot de « périlleux », Charpentier leva vivement la tête, mais ce ne fut qu'un éclair. Il referma aussitôt ses lourdes paupières sur ses yeux et fit mine de s'ensommeiller. Je pris alors le parti d'éclairer sa lanterne, puisque aussi bien il était à nos côtés en ce voyage.

— Monsieur Charpentier, dis-je, il est possible que sur le

chemin de Fleury en Bière, nous ayons maille à partir avec des gens qui nourrissent des projets criminels à l'égard du roi et du cardinal et aimeraient de prime, à titre d'exemple, s'en prendre à leurs serviteurs.

— Je m'en suis douté, quand le voyage a été retardé, dit Charpentier, la face imperscrutable. Monsieur le Comte, ajouta-t-il, je ne suis pas un homme d'épée, mais si je puis apporter mon aide en cas d'embûche, je suis votre homme.

— Savez-vous charger un pistolet, Monsieur Charpentier ?

— Oui, Monsieur le Comte, je suis natif de Paris, bonne ville où chaque matin, comme bien on sait, on trouve de quinze à vingt cadavres sur le pavé : braves gens qu'on a occis sur le coup de deux heures du matin à l'heure où les lanternes s'éteignent. Mais même quand elles sont allumées, le danger est grand. Pour moi, quand je rentre tard, je suis accoutumé à marcher au mitan de la rue et quasiment dans le ruisseau, un pistolet chargé dans chaque main et les deux dissimulées sous les plis de mon mantelet.

— Et si vos agresseurs sont plus de deux ?

— J'ai trois cotels cachés dans mon pourpoint.

— Et comment en usez-vous ?

— Je les lance l'un après l'autre.

— Eh quoi ! Monsieur Charpentier ! Vous savez lancer le cotel ! dit mon père.

Bien savions-nous, par La Surie, qui y excellait en ses années misérables, que lancer le cotel était l'apanage de la truanderie.

— Et vous portez les trois cotels sur vous ?

— Constamment et avec l'autorisation de Monsieur le Cardinal.

J'entendis alors, et non sans un grand soulagement, que Charpentier n'était pas seulement un des secrétaires de Richelieu mais aussi, tacitement, son garde du corps.

— Monsieur Charpentier, dit mon père avec un sourire, si vous n'aviez l'air posé et tranquille convenant à votre état, je vous eusse soupçonné d'avoir été, en vos vertes années, une sorte de mauvais garçon.

— Mais c'est bien ce que je fus, dit Charpentier sans battre un cil. Et je le serais encore, si je n'avais encontré un religieux qui prit la peine, non seulement de réformer mes conduites, mais de m'apprendre à lire et à écrire, et c'est lui aussi qui, en raison de la rapidité et la correction de mon écriture, me recommanda à Monsieur le Cardinal...

Oyant cela, j'eus peu de doutes sur le nom du religieux que Charpentier avait évoqué. Seul, le père Joseph avait assez de crédit auprès du cardinal pour lui faire accepter comme secrétaire un caïman élevé dans la fange du pavé parisien.

— Je propose, dis-je, que La Barge et Charpentier chargent chacun un pistolet pour savoir lequel des deux arrive le plus vite au bout de sa tâche. Messieurs, êtes-vous prêts ?

C'est La Barge qui gagna, bien que de peu. Et j'en fus content pour le pauvret, car la rebuffade de mon père l'avait fort décontenancé. Sans oser le dire, tant il craignait meshui de déclore les dents, il eût sans aucun doute souhaité pouvoir tirer lui aussi en cas d'attaque, ne serait-ce que pour ne pas être mis sur le même plan que Charpentier, qui était de la roture. Mais sans nous être consultés le moindre, mon père et moi étions bien d'accord qu'il valait mieux n'avoir que deux tireurs, lui et moi, La Barge et Charpentier rechargeant vivement les armes pour nous permettre un tir aussi rapide et roulant que possible.

Une fois franchie la porte de Bucci, le carrosse, sur un ordre rauque, s'arrêta, on toqua à notre porte, je baissai la vitre et mettant un œil prudent à la fente étroite ménagée par la planche de renfort, je reconnus Hörner, une lanterne à la main.

— Monsieur le Comte, dit-il de sa voix basse et tranquille, le deuxième groupe est là, exact en nombre et fidèle à l'heure. Nous sommes donc trente, sans me compter, ni Monsieur le Marquis, ni vous-même, ni votre écuyer. (J'observais qu'il ne nommait pas Charpentier. Étant clerc, à ses yeux, il ne comptait pas.) Nous allons maintenant traverser le faubourg Saint-Germain et prendre par le sud pour rejoindre la route de Longjumeau. Monsieur le Comte, avez-vous fait le choix d'une étape pour rafraîchir les chevaux ?

— Ormoy, à moins qu'il n'y ait pas d'auberge.

— Il y en a une, Monsieur le Comte, et elle est fort bonne.

— Ormoy fera donc l'affaire.

Hörner prit congé, je remontai la vitre, le carrosse s'ébranla derechef et nous traversâmes à vive allure ce fameux faubourg Saint-Germain, si mal famé et si bien garni en foires, en bouges, en catins et en mauvais garçons. Nous étions trop en force pour avoir à craindre ces ribauds, mais nous ouïmes néanmoins quelques paroles sales et fâcheuses hurlées à notre adresse parce que notre noise réveillait ces messieurs. Nous reçûmes même sur le toit du carrosse un pot de fleurs lancé d'une fenêtre par un de ces marauds dont le sommeil était si tendre.

— *Sir,* dis-je à mon père pour ne pas être entendu de nos compagnons, *do you think those boards on the windows, thick as they are, can stop a bullet ?*

— *They might, if the shot is not fired at close quarters. They are quite a comfort anyway* [1].

Et comme cet échange en anglais avait paru troubler nos compagnons, mon père ajouta en français :

— Vous aurez sûrement remarqué qu'une fois à Ormoy, Hörner parle de « rafraîchir les chevaux » et non les gens.

— Cela fait partie de son *credo*, dis-je en riant. Et il le répète à chaque étape : « Les bêtes avant les hommes ! »

— Cependant, au combat, il ne se fait pas scrupule de tuer ces mêmes bêtes, si elles ont le malheur d'être dans l'autre camp.

— Tueriez-vous un cheval, Monsieur mon père, si votre adversaire le montait ?

— Cela dépend. Si le cavalier qui fait feu sur moi était proche, c'est sur lui que je tirerais. Mais s'il était loin et se présentait de profil, je viserais sa cuisse, pensant que, même si je ne l'atteignais, je toucherais au moins le cheval qui, s'écroulant à terre, désarçonnerait son cavalier. La monture est, qu'on le veuille ou non, l'auxiliaire de l'ennemi et, à ce titre, ne peut être toujours épargnée.

À Ormoy, on « rafraîchit » donc les chevaux et le verbe doit s'entendre de plusieurs façons. De prime, les Suisses bichonnèrent leurs montures, La Barge en faisant autant avec la sienne et les chevaux de selle que mon père et moi avions toujours avec nous

1. — Pensez-vous que ces planches sur les fenêtres pourraient arrêter une balle ?

— Peut-être, si le coup n'est pas tiré de trop près. Mais elles sont, de toute façon, un grand réconfort (angl.).

quand nous voyagions en carrosse, ne fût-ce que pour ne pas être cloués sur place si un essieu ou une roue venaient à se rompre.

Les deux cochers suisses (il y en avait deux, l'un pour relayer l'autre dans l'hypothèse que l'un d'eux serait tué au combat) eurent la permission de l'hôtesse de mettre notre coche hors vue afin qu'un passant sur le grand chemin ne pût apercevoir mes armes sur les portes, puis dételèrent les six chevaux de trait et les bichonnèrent eux aussi.

Le rafraîchissement, alors, prit la forme bien naturelle de l'eau. Les Suisses tirèrent du chariot bâché un grand nombre de seaux et les remplirent au puits jusqu'au bord. Je m'approchai, tant j'aimais ce spectacle et ne pouvais m'en rassasier. Car pour moi c'était — et ça l'est toujours — une merveille de voir les chevaux plonger leurs lèvres jusqu'aux naseaux dans les seaux pleins et aspirer l'eau sans faire le moindre bruit, tant est qu'on eût pu croire qu'ils ne buvaient pas, si on n'avait pas vu le niveau de l'eau dans le seau baisser avec une étonnante rapidité. Quand j'étais enfant, je prenais plaisir à imaginer que je me transformais moi-même en cheval et absorbais comme eux avec délice un grand seau d'eau fraîche dans mon énorme estomac.

Du liquide, le « rafraîchir » passa alors au solide : de cette même charrette dont ils avaient tiré les seaux et où ils avaient accepté de charger les roues et les essieux de rechange pour notre carrosse, les Suisses prirent de petits sacs remplis d'avoine qu'ils enfoncèrent jusqu'à la ganache de chacun des chevaux, les fixant derrière les oreilles par deux lacets et un nœud. Cela aussi m'enchantait, et en particulier le moment où l'avoine diminuant dans le sac, et se trouvant de ce fait hors d'atteinte de ses lèvres, le cheval donnait un habile coup de tête en arrière pour faire remonter le grain à sa portée. Quand fut fini ce festin (car sans doute, c'était un festin pour les intéressés) Hörner obtint de la dame de céans (mais que pouvait-elle lui refuser ?) qu'elle ouvrît la clôture d'un grand pré à nos montures, où elles purent ajouter un brin de verdure à leur avoine, en compagnie d'une dizaine de vaches qui ne s'émurent pas plus de leur intrusion que les chevaux, de leur présence. « Qui sait ? dit mon père, nous serions nous-mêmes tout aussi pacifiques, si nous ne mangions que des herbes. »

À l'odeur qui flatta mes narines quand j'entrai dans l'auberge, j'entendis bien que des poulets rôtissaient déjà à notre intention et, poussant alors jusqu'à la cuisine, je les vis à la broche, sur deux rangées, devant un âtre géantin. Il faisait là une chaleur du diable et, retournant à la grand salle, je vis la belle aubergiste découper en tranches un jambon pour apaiser le plus aigu de nos faims, avant l'arrivée des poulets. C'était une grande femme d'une fraîcheur éclatante, les manches de son corps de cotte retroussées jusqu'aux coudes et montrant de beaux bras rouges dont les muscles apparaissaient quand elle pesait sur le couteau. Elle me parut tant appétissante que son jambon, dont je croquai tout de gob une tranche sur du pain qu'elle devait faire en son four et qui valait bien celui de Gonesse. De mari, dans les alentours, pas le moindre. Mais sa veuve, à la voir, n'était point tombée pour cela dans la mélancolie. Ses yeux suivirent Hörner quand il entra dans la salle, et sans conteste, ce jour était faste pour elle : tant d'écus allaient tomber dans son escarcelle et tant de beaux hommes, jeunes et robustes, occupaient sa cour.

En ayant fini avec les chevaux, les Suisses entrèrent à la parfin dans la grand salle, se bousculant joyeusement à la porte, s'asseyant sur les bancs et s'interpellant en allemand à vous faire éclater la cervelle. J'invitai Hörner à s'attabler avec nous dans une petite pièce attenante, et cette fois je noulus accepter ses courtois refus, arguant qu'il fallait que nous débattions entre nous sur la deuxième partie de notre voyage.

En prononçant ces paroles, je me sentis en mon for très étonné d'avoir pris autant de plaisir à cette étape qu'à celle où je m'étais arrêté entre Montfort et Paris. Et pourtant, à ce moment-là, je jouissais innocemment de la vie, je ne savais pas encore que des scélérats méditaient de me la prendre.

Mais peut-être que le plaisir que je venais d'éprouver n'était-il après tout qu'une façon de me distraire de ma déquiétude.

— Capitaine, dis-je, je voudrais vous poser question. Si j'en crois votre connaissance d'Ormoy et de son auberge, le grand chemin de Paris à Fontainebleau n'a pas de secret pour vous.

— Tel est bien le cas, Monsieur le Comte, dit Hörner de sa voix basse et suave. Mes Suisses et moi, dans les dernières années, nous avons souvent été loués pour escorter des seigneurs qui se rendaient à Fontainebleau pour rejoindre la Cour, le roi étant à ses chasses dans la forêt.

— Voici donc ma question. Si vous deviez embûcher un carrosse et une escorte sur ladite route, où la placeriez-vous ?

— À un endroit qui me permettrait de l'enfermer sur trois côtés comme dans une nasse.

— Et quelle sorte d'endroit serait-ce là ?

— D'évidence, une portion de chemin qui traverse une forêt. Il suffit alors de barrer le chemin par une barricade formée de deux charrettes mises l'une derrière l'autre et de garnir de tireurs la barricade bien sûr, mais aussi les deux côtés de la route.

— Capitaine, est-ce la forêt de Fontainebleau que vous avez en cervelle ?

— Point du tout, Monsieur le Comte. La forêt de Fontainebleau ne commence pas avant Fleury en Bière, mais bien une petite lieue après qu'on l'a dépassée. La forêt que j'ai en vue est un simple bois qu'on appelle le Bois des Fontaines et il est situé plus au nord, entre Nainville et Saint-Germain-sur-École.

— Cependant, à cette époque-ci de l'année, dit mon père, les arbres ne sont pas encore très feuillus.

— C'est vrai, mais le Bois des Fontaines n'a pas été nettoyé de longue date et comporte des taillis et des fourrés. Ce qui fait qu'il est touffu assez pour qu'à hauteur d'homme, on n'y voie pas à plus de cinq toises.

— Quelle distance y a-t-il entre Nainville et Saint-Germain-sur-École ?

— À peine une lieue.

— Ce qui signifie, dis-je en envisageant le capitaine d'un air interrogatif, qu'à un quart de lieue de Nainville, il faudra démonter, cacher les montures, le carrosse et la charrette sous les arbres et cheminer à pied dans le bois des deux côtés du chemin et tâcher de prendre l'adversaire à revers ?

— Cela conviendrait assez bien, dit Hörner d'un air dubitatif, mais nous serons peut-être amenés à modifier ce plan sur place, selon ce que nous dicteront le terrain et la façon dont l'adversaire l'aura utilisé. Car nous ne saurions jurer que l'adversaire a pris les dispositions que je vous ai décrites. Par exemple, si le grand chemin que nous empruntons passe par un endroit très encaissé, l'ennemi pourra se loger sur les talus qui nous surplombent et, à notre passage, nous accabler d'en haut sous une violente mousquetade sans même que nous puissions le voir...

L'hypothèse ne me parut pas invraisemblable, quoiqu'elle ne fût pas précisément de nature à me rebiscouler... Long, bien long me parut le chemin jusqu'à Nainville, et tout aussi lourd, le silence dans le carrosse cahotant. Mon père, les deux mains reposant sur ses genoux et la tête renversée en arrière, paraissait hésiter entre la méditation et le sommeil. Charpentier, que les déambulations la nuit en Paris (cachant sous son mantelet ses pistolets chargés) avaient dû endurcir au danger, me semblait insouciant de tout ce que l'avenir pourrait réserver de pire. En revanche, La Barge me parut mal en point, la face pâle et chiffonnée, ne pipant mot, et pourtant fort agité sur son siège. L'envisageant du coin de l'œil à son insu, et gardant le visage froid et fermé, pour l'empêcher de babiller, ce qui eût mis mon père dans ses fureurs, je me faisais néanmoins quelque souci pour lui pour ce que, ayant si peu de jugeote dans l'ordinaire de la vie, je craignis qu'il ne la perdît tout à plein à la première mousquetade.

Quant à moi, ayant quelques éléments de vaillance en ma nature — fort encouragés par mon éducation de gentilhomme, et aussi par mon orgueil, qualifié de péché par mon confesseur, et où je puisais néanmoins quelque force —, je me serais de mes propres mains pendu, si j'avais pu trahir en présence de mon père la plus petite trace de couardise. Toutefois, après avoir fait une courte prière, j'entrepris, pour fortifier mon courage, de me répéter une phrase que Hörner répétait souvent et qui à chaque fois produisait sur moi une forte impression : « On ne peut pas faire la guerre sans jeter beaucoup de choses au hasard. » Je ne saurais dire combien cette phrase, qui me hissait d'emblée au niveau des vétérans les plus aguerris, me fit du bien, ni combien de fois je me la répétai *in petto*, car la répétition m'endormit à la fin comme un loir.

CHAPITRE VII

Les secousses que nous faisait subir le carrosse cessèrent tout soudain, ce qui eut pour effet de me désommeiller. J'en étais à tâcher de déclore les yeux quand, après un toquement à la porte du carrosse, la voix de Hörner retentit.

— Monsieur le Comte, nous sommes à Nainville et j'ai fait halte devant la fontaine du village pour rafraîchir les chevaux.

— Voilà qui va bien, dit mon père. Je vais rafraîchir ma jument et, qui plus est, la monter. Je ne veux pas que cette petite paresseuse s'habitue à ne plus m'avoir sur son dos.

— Monsieur mon père, dis-je, je vais vous imiter. Ce n'est pas que mon Accla soit nonchalante, c'est plutôt que je craindrais de le devenir moi-même, si je continuais à m'alanguir sur ces coussins.

— Monsieur le Comte, dit alors La Barge d'une voix faible, plaise à vous de me permettre de demeurer dans le carrosse. Je ne me sens pas dans mon assiette.

À cela, mon père sourcilla prou, et pour éviter qu'il ne tabustât derechef La Barge, je me hâtai de bailler à mon écuyer la permission qu'il quérait de moi.

— Monsieur l'Écuyer, dit alors Charpentier sur le ton de la plus grande politesse, dès lors que vous demeurez céans, je serais heureux que vous me permettiez de monter votre cheval. Moi aussi, j'ai besoin de me dégourdir.

— Mais, Monsieur, dit La Barge avec quelque hauteur, montez-vous ?

— Tout à fait bien, Monsieur l'Écuyer, dit Charpentier avec un salut.

Malgré cela, je vis bien que La Barge avait très envie de refuser, car il hocha la tête à plusieurs reprises d'un air mal satisfait. Et il se serait peut-être donné le plaisir de dire « non », s'il n'avait senti sur lui le regard de mon père et le mien. Cette double pistolétade le terrifia, il retomba dans sa lassitude et dit d'une voix faible :

— Mais bien volontiers, Monsieur. Gardez-vous seulement de gâter la bouche de ma monture. Elle est très sensible.

Puisque nous nous séparions, j'entrepris alors de distribuer les armes. J'attribuai deux pistolets à mon père, deux à moi-même et je me préparais à en donner deux à La Barge quand mon père, me posant la main sur le bras, me dit en anglais :

— *The boy is not in a condition to aim and fire*[1].

Il avait raison, bien entendu, et je baillai les deux dernières armes à Charpentier, non sans que La Barge me lançât un regard de reproche à la fois si désolé et si puéril que je crus qu'il allait pleurer. Bien qu'il ne sût pas l'anglais, le sens des paroles de mon père ne lui avait pas échappé.

Dès que Hörner donna le signal du partement, je me mis en selle avec une joie qu'assurément mon père et Charpentier partageaient, tant nous étions heureux d'échapper au carrosse — cette boîte qui, malgré les renforcements de Lachaise, pouvait si facilement se transformer en cercueil capitonné. Mieux valait affronter l'ennemi avec un beau cheval vigoureux et vivant entre les jambes.

J'hésitais à démonter pour confier un de mes pistolets à La Barge, mais à l'instant où je débattais en moi si j'allais le faire, Hörner donna le signal du partement, recommandant à ses hommes de ne parler point, et le convoi quitta lentement Nainville pour gagner le Bois des Fontaines.

Nous avions à peine franchi un quart de lieue quand un incident survint qui confirma de la façon la plus saisissante ce que Hörner avait prédit touchant les dispositions de l'adversaire. Un cavalier, venant apparemment de Saint-Germain-sur-École,

1. Le galapian n'est pas en état de viser et de tirer (angl.).

apparut en haut de la côte très pentue que nos chevaux gravissaient au pas. Il galopait à notre encontre, ce qui n'eût pas attiré mon attention, le grand chemin étant si fréquenté, si ledit cavalier, dévalant vers nous à vive allure, n'avait tout soudain bridé son cheval quand il approcha du carrosse. Cela fait, il envisagea fort curieusement les armes d'Orbieu peintes sur sa porte. Cette curiosité éveilla mon attention et d'autant plus qu'après l'avoir satisfaite, le cavalier tourna bride et nous montrant sa croupe, prit la direction de Saint-Germain, éperonnant sa monture au sang dans le dessein évident de dépasser notre convoi.

La vérité se fit alors jour dans mon esprit. L'adversaire avait dépêché l'homme en éclaireur, afin qu'il accertainât, en jetant un œil sur le blason de mon carrosse, que c'était bien le comte d'Orbieu et non quelque autre seigneur que sa bande allait dépêcher.

Aussitôt, je me dressai sur ma selle et je hurlai en allemand :

— *Hörner, halten Sie mir diesen Reiter auf*[1] !

Hörner cria un ordre en un allemand qui m'était déconnu — probablement une des parladures de ses montagnes suisses — et aussitôt avec une ordonnance parfaite et une émerveillable rapidité, un Suisse poussa sa monture devant le cavalier, un autre le serra sur sa dextre, un troisième sur sa gauche tandis qu'un quatrième derrière lui l'empêchait de reculer.

Hörner cria au convoi de s'arrêter et quand j'arrivai sur le lieu de l'arrestation, le cavalier était déjà lié à un arbre tandis qu'un de nos soldats retenait son cheval.

— *Was wollen Sie ihm tun ?* dit Hörner.

Et il ajouta aussitôt en français, estimant que, puisqu'il était l'hôte du roi de France, il devait parler sa langue :

— Monsieur le Comte, que voulez-vous faire de lui ?

— Le faire parler.

— Ah ! dans ce cas, dit Hörner, et il chuchota à l'oreille d'un de ses hommes qui partit en courant dans la direction de la charrette.

— Maraud, dis-je, tu vas me dire à quel endroit tes amis ont dressé contre moi leur guet-apens.

1. Hörner, arrêtez-moi ce cavalier ! (all.).

— Monsieur le Comte, dit le cavalier, je ne sais pas de quoi vous parlez et je n'ai rien à vous répondre.

— Mais si, mon ami. Par exemple, tu peux me dire pourquoi tu sais que je suis Monsieur le Comte et tu vas me dire aussi qui a donné l'ordre de cette embûche.

— Monsieur le Comte, je ne sais rien de l'embûche que vous dites.

— Est-ce le roi qui a ordonné qu'on me tue ?

— Presque.

— *Presque* ? Tu dis *presque* ? Serait-ce donc *Monsieur*, parce qu'il se croit déjà *presque* roi ?

L'homme s'aperçut alors qu'il en avait trop dit avec ce « presque » qui trahissait tant de choses, et quelque question qu'on lui posât ensuite, il se ferma comme une huître et ne pipa plus mot. Sur l'entrefaite, le Suisse que Hörner avait dépêché à la charrette revint en courant avec une corde qui se terminait par un nœud coulant. Il lança le bout libre par-dessus la plus grosse branche de l'arbre auquel le prisonnier était attaché et du nœud il lui fit une cravate autour du cou. Il fit cela avec des gestes doux et s'excusa même poliment d'avoir par mégarde heurté le nez de l'homme en lui passant le funeste nœud. Cette courtoisie effraya le prisonnier plus que n'auraient fait des injures. Il devint blanc comme neige et cria d'une voix sans timbre :

— Messieurs ! Messieurs ! vous n'avez pas le droit de me pendre !

— Oh que si ! dit alors mon père en s'avançant. Tu parles du roi comme s'il était *presque* mort, ou comme si sa mort n'était plus qu'une question de jours. C'est crime de lèse-majesté ! En outre, tu es complice avéré des mécréants qui tendent une lâche embûche au comte d'Orbieu, Chevalier du Saint-Esprit, et fidèle serviteur de Sa Majesté. Tu mérites donc deux fois la mort et il est bien dommage qu'on ne puisse te pendre deux fois.

La grande allure de mon père, ses cheveux blancs, son ton calme et assuré et la mention qu'il fit de l'Ordre du Saint-Esprit, firent grande impression sur le prisonnier. Il se tourna vers moi, trémulant de la tête aux pieds et dit :

— Monsieur le Comte, si je vous dis tout ce que vous voulez savoir sur l'embûche, m'accorderez-vous la vie sauve ?

— Tu as ma promesse. Mais parle vite. Mes minutes sont comptées. Les tiennes aussi, si tu te tais.

Le malheureux, qui bégayait tant la peur lui tenaillait les tripes, confirma alors la disposition de l'embûche, telle que Hörner l'avait imaginée ; les charrettes l'une derrière l'autre pour barrer le grand chemin ; les chevaux parqués à dextre et à senestre dans le bois ; les soldats postés derrière la charrette et sur les deux côtés du chemin, cachés dans les taillis. Mieux même : le prisonnier situa la nasse avec précision. Elle nous attendait à une demi-lieue de nous, après le deuxième tournant du chemin.

— Si tu as dit vrai, dit Hörner dont l'accent rauque en français parut effrayer le prisonnier autant que ses paroles, Monsieur le Comte t'a promis la vie sauve et tu l'auras. Mais si tu as menti, moi, je te promets la mort et elle ne sera pas rapide.

— J'ai dit la vérité, dit le prisonnier, la face blanche comme craie.

— À partir de cet instant, dit Hörner, tandis que ses hommes déliaient le prisonnier de son arbre et le remettaient sur son cheval, les mains liées derrière le dos, on va cheminer comme sur des œufs ! *Pfui Teufel*[1] ! Une demi-lieue ! La grand merci, Monsieur le Comte, de m'avoir fait arrêter cet éclaireur ! C'est nous maintenant qu'il éclaire ! Et c'est l'ennemi qui n'y voit plus rien...

Il commanda à ses Suisses de se mettre sur deux files, chacune marchant sur le bas-côté herbeux de la route, pour qu'on ne pût ouïr de loin les sabots de leurs chevaux. Comme il n'était pas possible d'en faire autant pour le carrosse et la charrette, elles suivirent les cavaliers à distance et au pas.

Je me ramentois qu'en cette chevauchée silencieuse qui fit sur moi une impression telle et si grande, il me vint à l'esprit que l'art tant vanté de la guerre était un art simple qui reposait sur des évidences : être plus nombreux et mieux armés que l'adversaire, être mieux informés de ses mouvements qu'il ne l'est des nôtres, le surprendre en l'attaquant là où il s'y attend le moins... Chose étrange, je me fis ces réflexions alors que mon cœur battait

1. Diantre ! (all.)

quelque peu la chamade devant l'imminence du péril, preuve que mon cœur s'alarmait, alors que ma cervelle restait claire.

Le hasard, ou notre bonne fortune, voulut qu'on trouvât sur notre gauche avant le deuxième tournant que nous avait indiqué le prisonnier un sentier forestier négligé et herbu, assez large pour recevoir le carrosse et la charrette l'une derrière l'autre et assez long pour que nos chevaux pussent y paître. Je dis « assez long » pour ce qu'à cinquante toises de là, on ne pouvait aller plus avant, le sentier, depuis longtemps délaissé, étant coupé par des fourrés épineux. Cela faisait une sorte de longue clairière et de clairière fermée, car nos Suisses, coupant aussitôt d'aucuns des épineux, les disposèrent derrière le carrosse et au travers du sentier pour défendre l'accès du côté du grand chemin que nous venions de quitter. Il y avait peu à craindre que nos montures s'égarassent dans le bois, tant en raison des basses branches des arbres que des taillis.

Dès qu'on eut ainsi établi notre camp, Hörner dépêcha en éclaireurs deux de ses hommes par le bois de chaque côté du grand chemin pour reconnaître les positions de l'adversaire. Avant qu'ils partissent, il leur donna à chacun une forte brassée, leur assurant que tout le temps que durerait leur absence, il prierait le Seigneur pour qu'ils ne fussent ni découverts ni capturés. Il les suivit ensuite des yeux comme ils se faufilaient entre les taillis. Ces deux Suisses, à la différence de leurs camarades, étaient petits, légers, agiles, et c'était assurément en raison de cette conformation qu'on leur confiait ces périlleuses missions de reconnaissance. Comme Hörner se détournait, je pus voir des larmes dans ses yeux et j'en conclus qu'il n'était pas, quoique rude, impiteux, à tout le moins pour les siens. De toutes les attentes, celle-ci fut la pire, car il crevait les yeux que si l'adversaire surprenait nos éclaireurs et les tourmentait, l'avantage de la surprise disparaîtrait pour nous. Je m'en ouvris à Hörner à l'oreille, qui, à cette occasion, me répéta sa phrase favorite :

— On ne peut pas faire la guerre sans jeter beaucoup de choses au hasard. Pour l'instant, on ne peut qu'espérer le retour de nos éclaireurs. Mais s'ils ne sont pas de retour dans une heure, il faudra de toute façon attaquer, ne serait-ce que pour ne pas laisser l'initiative à l'adversaire.

La chance nous sourit. Les éclaireurs revinrent sains et saufs, très fêtés et caressés par leurs camarades, et les joues gonflées de nouvelles rebiscoulantes. Les chevaux de l'adversaire étaient parqués et attachés dans le bois des deux côtés du grand chemin. Nos éclaireurs avaient été à quelque peine pour les compter, mais ils pensaient qu'ils étaient environ une trentaine. Chose stupéfiante, ajoutèrent-ils, personne ne les gardait. Ni sentinelle, ni valet, ni galapian, pas même un chien. Quant aux soldats adverses, ils se trouvaient devant leurs chevaux à vingt toises environ sur le bord du chemin et ils n'avaient pas davantage posé de sentinelle pour surveiller leurs arrières, et nos éclaireurs purent s'approcher assez près d'eux sans éveiller leur attention. Leur discipline était *sehr schlecht*[1], dit un des Suisses avec quelque dégoût : ils jouaient aux cartes, ils pétunaient, ils parlaient haut. De toute évidence, ils avaient une telle fiance en la nasse qu'ils avaient tendue, qu'ils pensaient que nous allions donner dedans à l'étourdie comme des alouettes et, en conséquence, ils se gardaient mal. En fait, plus que mal : ils ne se gardaient pas du tout.

L'éclaireur à qui on avait confié le soin de reconnaître la barricade avait réussi à en avoir des vues après un grand détour. Elle était établie à l'endroit où le Bois des Fontaines cessait. Par bonheur pour cet éclaireur, à l'orée de ce bois commençait un terrain fort marécageux dont les hautes herbes lui avaient permis de voir sans être vu. La barricade était, comme l'avait deviné Hörner, rudimentaire : deux charrettes, l'une à la queue de l'autre et derrière elles une dizaine de soldats qui, comme les autres, pétunaient, jouaient aux cartes ou dormaient, étant à la fois lassés de leur longue attente et assurés de leur victoire.

Hörner nous prit à part, mon père et moi, pour nous exposer son plan.

— Je compte, dit-il, diviser ma petite armée en trois pelotons. L'un attaquera le côté dextre de la route, l'autre le côté senestre, le troisième la barricade. Aucune de ces attaques ne se fera de face mais, bien entendu, de revers. Voici comment je vois les choses. Le peloton numéro un, s'engageant sur notre dextre,

1. Très mauvaise (all.).

gagne d'abord l'endroit où les chevaux sont parqués, coupe les attaches des chevaux. Cela fait, l'homme prenant ses distances leur lance un pétard de guerre dans les jambes. Il ne fera qu'une victime ou deux. Mais le reste des chevaux, affolés, se mettant à hennir, à cabrer, à fuir et à tourner en rond, à cause des fourrés, la noise et la cavalcade attireront les hommes alignés sur la route. Abandonnant leur poste, ils se mettront à courir de tous côtés pour reprendre leurs montures. Nous les attaquerons alors à l'improviste.

— Le peloton deux, j'imagine, fera de même de l'autre côté du chemin, dit mon père. Ne serait-il pas bon que le premier pétard fût jeté en même temps à dextre et à senestre ?

— Oui-da, Monsieur le Marquis, un signal est prévu pour que les deux pelotons attaquent en même temps. L'effet de terreur en sera plus grand.

— Quant au peloton numéro trois, dis-je, celui qui attaquera la barricade, il risque de ne plus trouver personne devant lui. Car ces soldats-là aussi vont se mettre à courir après leurs chevaux.

— C'est probable, mais avant qu'ils ne gagnent le sous-bois, nos hommes, cachés dans les hautes herbes du marécage, pourront en navrer quelques-uns. Marquis, poursuivit Hörner, je voudrais, si vous y consentez, vous confier une tâche qui vous agréera peu en tant que gentilhomme, mais vous paraîtra fort utile en tant que médecin.

— Je sais laquelle, dit mon père avec un sourire. Vous pensez qu'au lieu d'aller avec vous au combat, je rendrais plus de service à attendre en ce camp qu'on m'amène les blessés pour leur bailler les premiers soins. Eh bien, reprit-il avec un sourire, pourquoi pas ? À chacun son métier. En ce cas, il me faudra des aides pour soigner ces blessés. Par exemple, La Barge, Monsieur Charpentier et le comte d'Orbieu.

J'entendis alors que mon père n'avait capitulé si vite que pour me retenir à ses côtés loin des dents de la mort.

— Mon père, dis-je, vous aurez pour vous aider La Barge et Charpentier. Je ne vous serai donc pas utile. Pour moi, j'aimerais suivre au combat le capitaine Hörner et, vu son âge et son expérience, me placer sous ses ordres.

Cette déclaration amena un assez long silence, anxieux chez

mon père, bien qu'il le voulût dissimuler, et plus que gêné chez Hörner, lequel, en revanche, ne cacha pas son sentiment.

— Monsieur le Comte, dit-il gravement, vous me mettez dans l'embarras. Vous avez loué mes services pour que je protège votre vie et non pour que vous la hasardiez avec moi. Ces gens-là sont plus nombreux que nous, et bien qu'ils soient peu disciplinés, cela ne veut pas dire qu'ils ne soient pas vaillants au combat. Si vous veniez à être tué, on dirait que je n'ai pas fait mon métier. Je perdrais ma réputation et personne ne voudrait plus m'engager.

Cette remarque, qui était le bon sens même, me prit sans vert, et je restai bec cousu.

— Monsieur mon fils, dit mon père en reprenant courage, le capitaine Hörner a raison deux fois, et pour lui et pour vous. Ne vous jetez pas au-devant du danger si vous pouvez l'éviter. Vos ennemis étant ce qu'ils sont — c'est-à-dire gens aussi implacables que leur haine est plus imbécile —, vous aurez malheureusement d'autres occasions de prouver que vous avez du cœur. Ne leur donnez pas la joie de vous voir succomber à la première embûche.

— De reste, reprit Hörner, ici même, vous courez des dangers. Et qui ne sont pas petits. Vous pouvez être pris à parti par un groupe de fuyards qui seront bien aise, tombant sur des gens désarmés, de se revancher de leur déconfiture en vidant leurs armes sur vous.

— Mais nous ne sommes pas désarmés, dit mon père. Nous avons à nous quatre six pistolets et mon fils et moi nos deux épées, et Monsieur Charpentier qui sait lancer le cotel.

— *Ach was* [1] ! Monsieur Charpentier ! dit Hörner, en envisageant le secrétaire du cardinal pour la première fois avec intérêt, vous lancez le cotel ? Pouvez-vous m'en faire la démonstration ?

— Bien volontiers, Capitaine, dit Charpentier.

Et sortant un couteau assez long de l'emmanchure de son pourpoint, il le saisit par la pointe, pivota sur ses talons avec une émerveillable promptitude et lança son arme, laquelle siffla dans l'air et alla se ficher en vibrant dans le tronc d'un petit tremble qui s'élevait à quatre bonnes toises derrière lui.

1. Eh quoi ! (all.).

Cet exploit me laissa béant et Hörner, hochant la tête, dit avec le dernier sérieux :

— Monsieur Charpentier, ayant ce talent-là, vous seriez dans une troupe un inestimable atout et si un jour vous vous trouvez désemployé, je vous prendrai volontiers dans la mienne...

Mon père et moi faillîmes sourire à cette proposition, mais Charpentier, conservant toute sa gravité, salua le capitaine et lui dit que s'il perdait un jour son gagne-pain, il songerait à une offre qu'il trouvait d'ores et déjà infiniment obligeante...

— Capitaine, dis-je alors, je voudrais vous faire une recommandation au sujet des prisonniers que vous ferez.

— Monsieur le Comte, excusez-moi, mais nous ne faisons jamais de prisonniers. Nous tuons ceux qui nous veulent occire.

— Tous, même ceux qui se rendent ?

— Ceux-là surtout, Monsieur le Comte. En raison de leur couardise. Cependant, nous ne touchons pas aux blessés, mais nous ne les secourons pas non plus. C'est au Seigneur Dieu de décider s'Il veut qu'ils survivent ou non.

— Cependant, Capitaine, il me faut des prisonniers, ne serait-ce que pour savoir d'eux qui a ordonné l'embûche.

Hörner se gratta alors le côté gauche de la tête à l'endroit où une ancienne blessure avait laissé une place blanche où pas un poil ne poussait. Il le gratta, ou plutôt le massa de son index qui me parut énorme, je ne sais pourquoi, car il était en proportion avec le reste de son corps lourd et géantin, quoique sans bedondaine. Lui qui était si rapide et si pertinent quand il s'agissait de raisonner d'un combat, il était évident que ma requête lui posait un problème inhabituel qui ralentissait beaucoup sa pensée.

— Monsieur le Comte, dit-il enfin, voici ce que je ferai. Je vais dire à mes soldats que s'ils voient des hommes, ou un homme, qui paraissent être en autorité chez l'ennemi, ils les doivent saisir sans les navrer. Toutefois, Monsieur le Comte, comme capturer est plus périlleux que tuer, je vous demanderais pour ces soldats, s'ils réussissent, une gratification que je laisserai, Monsieur le Comte, à votre générosité.

— Barguin conclu, Capitaine.

Mon père qui s'était tenu un peu à l'écart de ce bec à bec, mais sans laisser pour autant de l'ouïr, s'approcha alors et dit :

— Capitaine, j'aimerais que vos soldats, après le combat, amènent ou transportent céans les blessés, qu'ils appartiennent à votre troupe ou à l'autre camp.

— À l'autre camp ! répéta Hörner, comme indigné.

— Il va sans dire que pour ceux-là, je donnerai une gratification à ceux qui se donneront peine pour me les amener.

— Je ne faillirai pas de le leur dire, dit Hörner non sans faire quelque effort pour recouvrer sa politesse habituelle, et je sus dès ce moment qu'il n'en ferait rien.

— Capitaine, dis-je, à quelle heure comptez-vous lancer votre attaque ?

— Au déclin du jour, au moment où ceux d'en face, étant en poste et en attente depuis potron-minet, ne penseront plus qu'à manger, à boire et à dormir.

Là-dessus, il nous salua, pivota roidement sur ses talons et partit rejoindre ses hommes qu'il avait mis au repos de l'autre côté du grand chemin. La Barge, qui était remis de ses mésaises, émergea du carrosse, vint nous rejoindre et, saluant mon père et moi, s'excusa de n'avoir pu de tout ce temps m'être utile. Charpentier s'avança alors vers lui, le remercia chaleureusement de lui avoir prêté son cheval, et lui remit, comme lui revenant de droit, les deux pistolets que je lui avais confiés.

— Vous ne m'eussiez pas été utile, mon pauvre La Barge, dis-je doucement, il ne s'est encore rien passé. Je commence à avoir quelque idée de la guerre. On marche, et on marche. Après quoi on attend, et on attend. Et rien ne se passe.

J'achevais ces paroles quand nous reçûmes, comme pour me démentir, une visite pour le moins imprévue. C'était Becker, le lieutenant ou, pour mieux dire, le bras droit de Hörner, car cette petite armée ne se donnait pas de grades, bien que la hiérarchie fût solidement établie et la discipline, rigoureuse. Parmi tous ces montagnards suisses dont la face était boucanée par le soleil et les intempéries, le visage de Becker était le seul à briller d'un rose vif, étant semé de taches de rousseur. Quatre hommes le suivaient qui portaient chacun deux mousquets, ce qui ne faillit pas de nous étonner.

— Monsieur le Comte, dit-il, le capitaine en est arrivé à la conclusion que les chevaux de l'adversaire se mettant à hennir sous l'effet des pétards, les nôtres pourraient bien en faire autant et attirer l'attention de votre côté. L'herbe devenant rare, nous allons donc leur mettre à chacun un petit sac d'avoine à la tête pour les occuper et leur boucher les oreilles avec des bouts de laine. Plaise à vous de nous aider, nous irons plus vite. Le jour baisse et il ne faut pas retarder l'attaque davantage. Ces quatre hommes que voilà demeureront en renfort avec vous et les mousquets en supplément s'ajouteront à vos pistolets. Plaise à vous de vous remparer du mieux que vous pouvez, sous le carrosse et sous la charrette.

À neuf, nous vînmes rapidement à bout de notre tâche, au grand contentement de Becker qui prêta la main, tout en mesurant à chaque instant de l'œil la hauteur des rayons du soleil à travers les arbres.

— Monsieur le Comte, dit-il, peux-je quérir de vous et de Monsieur le Marquis lequel de vous commandera cette petite troupe ?

— Ce sera le comte d'Orbieu, dit mon père aussitôt. Il a meilleure vue que moi.

— Et il faudra, en effet, qu'elle soit fort bonne, dit Becker, pour ne pas tirer par erreur sur les nôtres.

Comme Becker sur ces mots s'en allait, La Barge s'approcha de moi et me dit *sotto voce* :

— Monsieur le Comte, plaise à vous de m'accorder un petit bec à bec.

— À s'teure ? Tu choisis bien ton moment !

— Monsieur le Comte, ce sera très court.

— Fort bien. Je te prête une oreille. *Ma fate presto*[1].

— Monsieur le Comte, parlez-moi à la franche marguerite : me déprisez-vous ?

— Qu'est cela ? dis-je béant. Mais si je te déprisais, il y a belle heurette que je t'aurais désemployé !

— Cependant, Monsieur le Marquis ne m'aime pas.

— Je dirais que mon père souffre plus mal que je ne fais tes petits défauts...

— Et quels sont mes petits défauts ?

— Tu es babillard, étourdi et désobéissant.

1. Mais fais vite (ital.).

— Et couard ?

— Couard ? Non, tête bleue ! où as-tu pêché cette billevesée-là ?

— Je me suis apensé que peut-être vous aviez vu dans la mésaise dont j'ai pâti en votre carrosse une sorte de couardise.

— La Barge, ouvre bien tes oreilles ! Il y a toujours, et dans chaque homme, quelque mésaise à l'approche du danger. D'après mon père, Henri IV, avant chaque bataille, et Dieu sait s'il en livra, souffrait d'un flux de ventre irrépressible, et en faisait des plaisanteries gasconnes. Mais peur n'est pas couardise. Bien loin de là. La vaillance est faite d'une peur qu'on surmonte.

— Monsieur le Comte, je suis gentilhomme, et je ne voudrais pas qu'on me tienne pour lâche.

— Mais tu ne l'es pas !

— Monsieur le Comte, si l'ennemi nous tombe sus, d'où viendra-t-il ?

— Du bois, évidemment.

— Il vous faudra donc une sentinelle quelque part dans le bois pour signaler son approche.

— Cela va sans dire.

— Monsieur le Comte, je voudrais que cette sentinelle, ce soit moi. Je vous le demande en grâce.

— Tu ne serais pas le meilleur choix, du fait de ton inexpérience.

— Monsieur le Comte, si vous me refusez cela, c'est que vous doutez que j'aie du cœur.

— Encore ! Quelle antienne me chantes-tu là !

— Alors, Monsieur le Comte, accordez-moi de grâce ce que je demande !

— Soit ! dis-je, exaspéré. Mais à une condition ! C'est que si les ennemis approchent et que tu les reconnais pour tels, tu ne tires point. En aucun cas, tu ne dois tirer... Tu te dérobes et tu cours nous prévenir.

— Monsieur le Comte, je ferai votre commandement. Peux-je aller maintenant rejoindre mon poste ?

— Va, dis-je, mais du bout des lèvres.

Je l'envisageai qui s'enfonçait dans le bois avec un petit griffement de cœur, tant je me sentais mal satisfait d'avoir cédé à ses instances.

Mon écuyer parti, mon père s'approcha de moi et me dit :

— Où va La Barge qu'il a l'air si fendant ?

— Dans le bois, en sentinelle avancée. Il l'a quis de moi.

— J'eusse préféré un Suisse à ce poste. Il eût reconnu plus vite l'adversaire, connaissant bien ses camarades.

Cette remarque me prit sans vert, tant je la trouvais pertinente. Cependant, comme je restais coi, un Suisse s'approcha de moi et me sauva d'embarras.

— *Herr Graf*[1], dit-il, si vous le trouvez bon, nous pensons nous poster à plat ventre sous la charrette afin de voir sans être vu et de tirer sur l'ennemi, s'il apparaît.

— Je le trouve bon, dis-je, ayant l'impression pénible de recevoir là une deuxième leçon, car bien que je fusse le chef de notre petite troupe, je n'avais encore donné aucun ordre et regrettai le temps que le bec à bec avec La Barge m'avait fait perdre.

Le Suisse s'en alla et, me tournant vers mon père, et vers Charpentier, je leur dis :

— Ferons-nous comme les Suisses ? À plat ventre sous le carrosse ?

— L'idée est bonne, dit mon père, si du moins elle ne blesse pas votre dignité.

— Pas le moindre.

— Elle ne froisserait pas non plus la mienne, dit Charpentier, mais il m'est difficile de lancer le cotel dans la position que vous dites. Je préférerais, avec votre permission, Monsieur le Comte, rester debout, abrité derrière le carrosse.

J'acquiesçai, m'allongeai à côté de mon père sous le carrosse et, comme lui, disposai à côté de moi mon épée nue, mes deux pistolets et mon mousquet. J'observai que mon père avait apporté les recharges.

— Je doute pourtant que nous ayons le temps de recharger, dit mon père. Il faudra donc tirer à bon escient, car nous n'avons que trois coups. Après quoi, nous ne disposons plus que de notre épée, laquelle ne sera que de petite usance face à un mousquet chargé.

Comme il achevait, un cri de hulotte, long et lugubre, retentit, provenant de l'autre côté du grand chemin.

1. Monsieur le Comte (all.).

— À ma connaissance, dit mon père, les chouettes hululent seulement la nuit. Ce n'est donc pas un vrai hululement, c'est un signal. Il faut maintenant attendre la réponse.

Quoi disant, il posa un bref instant sa main sur la mienne et ajouta :

— La fête commence ! Dieu vous garde, mon fils !

— Dieu vous garde, Monsieur mon père !

La gorge me serra en prononçant ces mots, si grand était mon émeuvement de voir ce seigneur aux cheveux blancs, mon père et mon modèle, délaisser les aises et la quiétude de son hôtel parisien et se mettre à tant de peine pour m'aider en ma première et périlleuse épreuve.

Un second hululement retentit, cette fois de notre bord, tout aussi long et lugubre que le premier, et tout aussitôt, nous ouïmes coup sur coup deux fortes explosions : les pétards de guerre avaient éclaté de chaque côté du chemin au milieu des chevaux. Les hennissements de douleur et de peur remplirent alors le bois, trahissant une épouvante à vous serrer le cœur. Dans l'intervalle de ces hurlements déchirants, on pouvait ouïr les piétinements affolés et les violents froissements de branches qui annonçaient que les montures de l'ennemi se mettaient à la fuite, mais bien en vain, tant étaient hauts et quasi impénétrables les taillis auxquels elles se heurtaient, en particulier sur le bord du chemin.

Les hennissements diminuèrent quelque peu en fréquence et en violence, et une forte mousquetade éclata alors, ce qui nous fit entendre que l'ennemi, quittant ses positions le long du chemin, et s'enfonçant dans le bois pour capturer ses montures, avait rencontré les nôtres en embuscade derrière les arbres. J'imaginais qu'au premier contact, étant attaqués à l'improviste et surpris là où ils croyaient surprendre, les ennemis eurent beaucoup de pertes mais, à mon sens, les survivants durent se reprendre et se cacher à leur tour derrière les arbres pour tirer, car les mousquetades diminuèrent en intensité et en fréquence, comme il est normal quand on est à la fois chasseur et chassé.

J'éprouvais un sentiment quelque peu étrange d'être couché à quelques toises d'un combat, oyant tout ce qui s'y passait, mais sans rien voir, d'autant qu'il y avait des accalmies subites, dues au fait qu'il fallait, d'un côté comme de l'autre, recharger les mousquets, ou les pistolets, dès qu'ils avaient tiré.

Ce fut pendant l'une de ces trompeuses accalmies que nos propres chevaux, ayant mangé leurs avoines, se mirent à hennir aussi à travers leurs sacs, étant énervés de toute la noise qu'ils pouvaient ouïr malgré les bouts de laine qui bouchaient leurs oreilles et les bouchaient sans doute imparfaitement. J'entendis alors que les ennemis valides allaient se porter dans notre direction, dans l'espoir où ils seraient d'y trouver des montures, leur progression étant facilitée par le fait que, le jour baissant, le sous-bois devenait obscur.

— Espérons, dit mon père à l'oreille, que La Barge, s'il les aperçoit assez tôt, aura le bon sens de nous venir rejoindre.

J'en étais bien moins sûr moi-même, craignant que le béjaune, enflammé de tous les soupçons de couardise qu'il imaginait avoir encourus, voulût à force forcée prouver sa vaillance.

Hélas ! C'est ce qu'il fit ! Et d'après ce que nous conjecturâmes ensuite, en raison de la position de son corps, il quitta l'abri de son arbre, vida ses deux pistolets sur les ennemis les plus proches et tira ensuite son épée. C'était folie ! Une violente mousquetade éclata et comment n'eussé-je pas pensé alors que mon malheureux écuyer n'ouït que le premier coup, n'étant déjà plus de ce monde quand le second retentit.

— Mon père, dis-je, d'une voix basse et trémulante à son oreille, que pouvons-nous faire ?

— Attendre, dit mon père laconiquement.

On n'ouït que peu de bruit après ce tapage : sans doute les gueux rechargeaient-ils leurs armes avant de s'aventurer plus avant. Ce qu'ils firent sans précaution aucune, dans un grand froissement de branches et sans dépêcher au préalable un éclaireur pour reconnaître qui ou quoi les attendait, quand ils déboucheraient à l'orée du chemin de terre. En fait, ils arrivèrent tous ensemble et sur une seule ligne. Et j'entendis à quel point les Suisses, nous donnant l'exemple, avaient été sages de s'allonger sous leur charrette, car l'herbe haute du chemin nous dérobait à la vue des ennemis, mais ne les dérobait pas à la nôtre.

N'osant parler, même *sotto voce*, je demandai de l'œil à mon père si je devais donner le signal du tir en tirant le premier, mais il fit « non » de la tête, un « non » que je n'entendis que plus tard. Les gueux étaient huit, et mon père se demandait si d'aucuns, fuyant comme eux le combat, n'allaient pas les rejoindre et renforcer leur nombre. Je vis les adversaires confabuler entre eux à voix basse et, me haussant avec la plus grande prudence sur mon coude, je pus apercevoir leurs faces à travers les hautes herbes du chemin. Elles portaient un air étonné et méfiant comme s'ils faillaient à entendre comment un carrosse armorié, une charrette et de nombreux chevaux pouvaient se trouver là sans personne pour les garder que le galapian qu'ils venaient d'expédier.

Ces gueux étaient vêtus de bric et de broc, et avaient une mine basse et sanguinaire, qui convenait mieux à des brigands qu'à des soldats. Ils hésitaient et je pouvais presque voir leur cervelle fonctionner. Ils voulaient capturer nos chevaux qui seuls permettraient de s'enfuir. Mais pour parvenir jusqu'à ces montures si convoitées et si nécessaires, il leur fallait s'approcher d'un carrosse qui était claquemuré et d'une charrette étroitement bâchée. Étant déjà tombés dans un piège, ils redoutaient de choir dans un deuxième et, ne voyant personne, ils se demandaient ce que cela cachait.

Cependant, ils hésitaient. Pas un seul des leurs venant du bois n'était venu renforcer leurs rangs et, sur un signe de mon père, j'allais commencer le feu, quand l'un d'eux se détacha du groupe, le mousquet à la main, avec l'évident dessein d'explorer de plus près le carrosse. Cet homme, aussi vaillant qu'aventureux, était nu-tête et ladite tête montrait une chevelure hirsute, raison pour laquelle elle se ficha à jamais dans ma remembrance. Il marchait à pas mesurés et sa lente avance déclencha par une sorte de mécanique une suite d'événements qui ne semblait rien devoir à la volonté humaine.

Le signal en fut donné par un sifflement soudain, d'autant plus audible qu'il s'était fait un grand silence chez les gueux quand ils virent leur camarade s'avancer seul. Puis, il y eut une sorte de choc mat, un fort soupir et l'homme tomba à la renverse de tout son long, le cotel de Charpentier fiché en plein dans le cœur et un filet de sang coulant de sa bouche. Du moins c'est ainsi que nous le vîmes quand nous pûmes enfin nous lever. Car, lorsque l'homme s'écroula, comme foudroyé par une force invisible (Charpentier, son cotel lancé, s'étant jeté à terre), les gueux épaulèrent leurs mousquets et tirèrent à l'unisson sur mon carrosse, comme s'ils le tenaient pour responsable de la mort de leur camarade.

Ce fut une violente et brève mousquetade dont nous ouïmes au-dessus de nos têtes les chocs sourds et répétés sur les parois du carrosse. J'étais trop étonné par l'absurdité de cette réaction pour en voir tout de gob les conséquences. Mais les Suisses, gens de métier, entendirent aussitôt que l'ennemi, ayant déchargé ses mousquets, n'était plus à craindre et donnèrent alors la parole à leurs armes. Mon père en fit autant, et moi aussi, et Charpentier, lequel avait rampé jusqu'à mon côté pour saisir un mousquet. Ce fut un moment à la fois exaltant et odieux, quand on vit nos adversaires tomber comme des cibles en arrière sous le choc de nos balles tirées à si faible distance. Quand tout fut fini, j'appuyai ma joue contre la crosse de mon mousquet et cachai ma face de ma main, tant j'éprouvais de vergogne à avoir tué mon semblable et à l'avoir fait avec tant de plaisir.

— Qu'avez-vous ? dit mon père doucement.

Je le lui dis et il haussa les épaules.

— Ils nous ont dépêché La Barge. Ils vous auraient tué, s'ils l'avaient pu. N'est-ce pas assez pour les maudire ?

Le pauvre La Barge, quand nous entrâmes dans le bois, était étendu sur le dos, les jambes écartées et sa poitrine n'était que sang. Mon père retrouva dans l'herbe ses deux pistolets et, les examinant, les trouva déchargés, ce qui confirma la supposition que nous avions faite. On retrouva, une demi-toise plus loin, son épée nue, cette épée avec laquelle il avait cru pouvoir affronter des mousquets chargés avant de tomber foudroyé sous leurs balles.

— Monsieur mon fils, dit mon père, l'aviez-vous autorisé à tirer ?

— Tout le rebours. Je le lui avais même strictement interdit.

— Il vous aura donc désobéi une fois de plus.

Et après un silence, il ajouta :

— Et cette fois, ce fut la dernière.

Il y avait plus de tristesse que de désapprobation dans cette remarque, ce qui me toucha, mon père s'étant montré, dans les occasions, assez rude avec La Barge. Mais Dieu sait si à moi-même il me donnait parfois furieusement sur les nerfs, étant étourdi, babillard et pour son âge, puéril. Cependant, je l'aimais aussi, car étant entré à mon service à douze ans comme page, et étant orphelin de père, il se considérait quelque peu comme mon fils et nourrissait pour moi une grandissime affection, mais par malheur, sans l'obéissance qui eût dû l'accompagner.

Charpentier m'aida à le transporter dans la charrette où on fit place pour l'étendre, lui recouvrant la face de son mantelet. Mon intention était, avec la permission du cardinal, de le déposer dans la crypte du château de Fleury en Bière.

Hörner « vint au rapport », comme il me le dit, et très à la soldate, les talons joints, le corps roide, la voix forte et rapide : la victoire était complète. Nous avions entouillé l'embûche et pris les ennemis à revers. Ils avaient peu et mal réagi et s'étaient mis presque aussitôt à la fuite, ce qui nous avait permis de les tailler en pièces presque impunément. À vue de nez, ils avaient dû perdre une vingtaine des leurs.

— Pas de prisonniers ?

— Non, Monsieur le Comte, pas de prisonnier, dit Hörner sans battre un cil, à l'exception d'un gentilhomme, le marquis de Bazainville, que Becker va incontinent vous amener.

— Quelles sont vos pertes, Capitaine ?

— Deux tués et cinq blessés.

— Où sont les blessés ?

— On les amène céans, Monsieur le Marquis, ayant promis de leur donner les premiers soins.

— Pour vos morts, Capitaine, je paierai comme convenu l'ouverture de la terre chrétienne au curé de Fleury en Bière.

— La grand merci, Monsieur le Comte, dit-il, la gorge nouée. Et il poursuivit :

— Quant à la picorée ?

— Nous en reparlerons, dis-je, voyant apparaître Becker avec le prisonnier. Monsieur mon père, ajoutai-je, aurez-vous besoin du carrosse pour curer vos blessés ?

— Nenni, je ne pourrais les y étendre. Tout ce que je veux, dit-il en se retournant vers Hörner, c'est une grande bâche à terre pour la propreté et une ou deux lanternes, car le soir tombe.

— J'occuperai donc le carrosse avec une lanterne, le prisonnier et Monsieur Charpentier, s'il le veut bien, sera mon greffier, pour peu qu'il ait avec lui son écritoire.

— Monsieur le Comte, dit Charpentier, ma plume ne me quitte jamais.

Une fois que nous fûmes installés, je considérai Monsieur de Bazainville. Il avait peu à se glorifier dans la chair, étant de taille petite, malitorne, les jambes torses, une face étrangement faite, un nez courbe, l'œil dur, une mine chafouine et des yeux épiants qu'il tournait constamment de tous côtés comme s'il cherchait une petite proie à se mettre sous la dent ou un trou noir pour s'y réfugier.

— Monsieur, dis-je sans ambages, ne vous paraît-il pas déshonorant de ramasser une trentaine de gueux sanguinaires pour assassiner au coin d'un bois un gentilhomme ? Si vous avez quelque querelle avec moi, l'honneur ne vous commandait-il pas de m'appeler sur le pré ?

— Monsieur le Comte, dit-il avec le plus grand calme, je n'ai pas eu droit de décision en la matière. Si le duel n'a pas été retenu contre vous, c'est, bien entendu, parce que vous possédez la botte de Jarnac.

— Et vous avez querelle avec moi ?

— Mais point du tout, Monsieur le Comte. J'ai agi selon le commandement de mon maître.

— Mais, Monsieur, comment votre maître peut-il être différent du mien ? N'êtes-vous pas sujet du roi de France ?

— Si fait !

— Et s'attaquer à un officier du roi, adamantinement fidèle à son prince, n'est-ce pas, en quelque sorte, un acte de lèse-majesté ? N'est-il pas évident que si vous aviez réussi dans votre entreprise, votre succès vous aurait conduit à mettre la tête sur le billot du bourreau ?

— Monsieur, je suis moi-même fidèle à mon maître qui est le seigneur le plus haut en ce royaume.

— Plus haut que le roi ? Qui dans ce royaume serait plus grand que le roi ? Serait-ce *Monsieur* ?

— Monsieur le Comte, je n'ai pas parlé de *Monsieur*.

— C'est pourtant lui qui vous a commandé de me tuer. Répondez, de grâce !

— Monsieur le Comte, plaise à vous de m'excuser, mais je ne répondrai pas à cette question.

— Laissez-moi vous dire, Monsieur, que ce silence n'est pas à votre avantage. Si les choses vont ce train, les juges sauront vous ouvrir la bouche. Après quoi, le bourreau vous la fermera à jamais.

— Monsieur le Comte, dit Monsieur de Bazainville, une expression rusée passant sur son visage, ce grand déballage devant des juges serait très embarrassant pour le roi, vu qu'il s'agit de son frère et successeur éventuel. Il y a mieux à faire, à mon sentiment.

— Et quoi donc ?

— Un barguin.

— Avec moi ?

— Oui, Monsieur le Comte. Il se trouve que j'ai des informations très précieuses et très secrètes que je pourrais vous apporter concernant les sûretés de Monsieur le Cardinal, informations qui sont telles que vous ne sauriez penser les payer trop cher en me baillant la liberté et la vie.

— Mais, Monsieur, qui pourra m'assurer de la véracité de ces informations ?

— Mon honneur.

— Votre honneur, Monsieur ?

— Ou si vous préférez, Monsieur le Comte, mon intérêt. Qui aimerait, ayant menti là-dessus, avoir toute la police du cardinal à ses trousses ?

— Vous engageriez-vous à répéter ces informations devant Monsieur le Cardinal, puisque si je vous entends bien, elles concernent ses sûretés ?

— Oui, Monsieur le Comte.

— Je vous emmène donc présentement chez le cardinal. Vous lui direz ce qu'il en est, et s'il attache créance à vos informations, je me fais fort d'obtenir de lui votre liberté. Mais en ce qui me concerne, laissez-moi vous dire, Monsieur, que d'ores et déjà je vous crois.

— Vous me croyez ? dit-il, béant.

— Oui, Monsieur. Ayant eu la bassesse de rassembler quarante brigands pour m'assassiner, je croirais volontiers que vous aurez aussi celle de trahir votre maître.

— La bassesse, Monsieur le Comte ? dit Bazainville, je suis chagrin que vous nourrissiez à mon endroit un sentiment aussi désobligeant. Mais, pour vous parler à la franche marguerite, ce sentiment me sera plus léger à porter que ne le serait sur mon cou nu l'épée nue du bourreau…

Preuve qu'à défaut d'honneur, le traître ne manquait pas d'esprit, mais c'était le genre d'esprit dont mon grand-père, le baron de Mespech, disait qu'il était l'apanage des gens qui ont « toute honte bue et toute vergogne avalée ».

Le temps de m'assurer que Charpentier avait bien jeté sur le papier l'essentiel de cet interrogatoire, je descendis du carrosse avec le prisonnier et l'amenai de l'autre côté du chemin à Hörner en lui recommandant de lui entraver pieds et mains et de garder l'œil sur lui, car lui seul pouvait révéler au roi le quoi et le qu'est-ce de l'embûche que nous avions déjouée. Hörner incontinent le confia à un gros Suisse, lequel était bien le double de Bazainville en hauteur, en largeur et en poids.

Je revins à mon père qui me parut fort las et y trouvai aussi les blessés qu'il avait pansés. Tous pouvaient marcher ou se tenir à cheval, à l'exception d'un seul, lequel mon père me demanda d'accueillir dans mon carrosse pour le reste du voyage.

— Celui-là, me dit-il *sotto voce*, sera béni du ciel s'il arrive à marcher un jour, fût-ce en claudiquant.

— Que faisons-nous ? dis-je en observant que le jour déclinait. Pourquoi Hörner ne donne-t-il pas le signal du partement ?

— Y pensez-vous ? dit mon père. Et la picorée ?

— Le diantre soit de la picorée !

— Ah ! Mon fils ! Ne parlez pas si mal de la picorée ! La picorée est au soldat ce que la conquête est au prince : la récompense de la victoire.

— Ne pourrait-on pas remettre la picorée à demain ?

— Ce serait là le meilleur moyen pour ne plus rien trouver demain matin.

— Comment cela, plus rien ?

— Savez-vous que, dès notre partement, les manants des alentours qui ont ouï la mousquetade vont affluer céans et prendront tout ce que nous avons laissé, y compris, découpés à même la bête mourante, des cuissots de cheval dont ils feront bombance. Et dès que les manants auront déguerpi, les loups, de dix lieues à la ronde, attirés par l'odeur du sang, arriveront furtivement et feront bon marché du reste. Enfin, dès qu'avec le jour les loups, l'un derrière l'autre, ou comme on dit si bien « à la queue leu leu »[1], se seront retirés du même pas furtif, mais la panse pleine, et n'ayant pas fait la moindre différence entre le cheval blessé et le chrétien mort, les corbeaux, à leur tour, se faufileront d'un vol lourd, de branche en branche, et sautillant à terre, l'œil en éveil, mangeront le reste du reste.

— Mon Dieu ! dis-je, que de prédateurs en ce triste monde !

— Mais, de tous ces prédateurs, l'homme est bien le pire ! dit mon père. Ne vous chagrinez pas, mon fils, de ce petit tumulte ! Il y a bien pis ! Il ne vous paraît affreux que parce que vous êtes né, comme disent les Anglais, « avec un cuiller d'argent dans la bouche » et élevé dans le velours des cours. Ce jour d'hui est votre baptême. Vous découvrez la guerre.

Il disait vrai et pourtant mon chagrin me mordait encore le cœur. Ayant la gorge serrée comme un nœud, je ne pouvais pas parler. Mon père n'ajouta rien et, devinant mon humeur, me prit le bras et m'emmena faire quelques pas sur le grand chemin.

— Ce bois, dit-il, a un nom mélodieux. Il s'appelle le Bois des Fontaines, et bien que ses feuilles soient tendres, les oiseaux y nichent déjà. Oyez-les ! Ils chantent à pleine gorge et quoique le jour ne soit pas encore défunt, la lune se lève, lumineuse et rondie. Tout est paisible. Faites comme le Bois des Fontaines. Ce que vous avez vu et vécu céans, jetez-le dans la gibecière de vos oublis, mais demeurez vigilant pour l'avenir. Ce n'est pas le dernier coup qu'on vous portera.

Et il ajouta au bout d'un moment :

— Regrettez-vous le pauvre La Barge ?

— Je le pleure, mais je ne le regrette pas. Il me servait fort mal.

— Dans le péril où vous êtes, mon fils, un écuyer devrait vous être aussi utile que le fut pour moi La Surie.

— Oui, mais où trouver pareil trésor ?

— Vous l'avez déjà.

— Je l'ai déjà ?

— Hans.

---

1. Dans cette expression très ancienne (1490), le premier *leu* est une déformation de l'article « le » et le deuxième *leu* est un loup — les loups ayant la réputation de marcher à la file indienne (note de l'auteur).

— Hans, mon reître repenti ?

— Vous l'estimez fort, à ce que vous m'avez dit.

— Oui-da ! Comme dirait Louis, il est « excellentissime ». On chercherait en vain une vertu qui lui faille. Je me propose de lui confier le commandement de ma milice d'Orbieu.

— Prenez-le donc comme écuyer.

— Écuyer ! Mais il n'est pas noble !

— La Surie n'était pas noble et avant de le devenir, il eut plusieurs fois l'occasion de me sauver la vie. Ne faites donc pas tant de cas du sang. C'est la valeur qui compte. D'où Hans est-il natif ?

— D'un bourg d'Alsace appelé Rouffach.

— Appelez votre écuyer Hans von Rouffach. Cela sonne bien et s'agissant d'un petit écuyer, par surcroît de langue allemande, qui ira jamais faire le voyage en Alsace pour vérifier sur place si Hans a droit à ce « von » ?

— Hans von Rouffach ! Voilà qui est plaisant ! Je vais y songer...

— Faites plus qu'y songer ! Dans les périls où vous êtes, un bon écuyer aura mille occasions de vous être utile.

Il achevait quand Hörner vint au rapport, les talons joints et le corps roide.

— La picorée, dit-il, côté armes et vêtures est achevée, côté chevaux, cinq sont morts et une bonne dizaine a réussi à prendre la fuite. Il vous en reste donc quatorze, Monsieur le Comte, pour votre part.

Je fus un moment avant de répondre, tant me déplaisait l'idée de m'enrichir du butin de cette tuerie.

— Côté soldats, reprit Hörner (fidèle à son principe « les bêtes avant les hommes », il devait de prime parler des chevaux), nous avons cinq blessés, y compris celui dont la jambe a peu d'espoir de guérir. Celui-là, Monsieur le Comte, je vous fais un grand merci de le prendre avec vous dans votre carrosse. Nous avons aussi deux morts, ajouta-t-il, les larmes lui venant aux yeux, tandis que sa face demeurait impassible.

— Ont-ils femme et enfants, Capitaine ?

— Oui-da, tous les deux.

— Capitaine, vendez pour moi les chevaux qui me reviennent et partagez les pécunes entre les deux veuves.

Hörner m'envisagea comme quelqu'un qui, pris sans vert, ne saurait plus que dire. Et comme son silence, en s'éternisant, devenait embarrassant, je lui demandai quand nous pourrions départir pour Fleury en Bière.

— Dans une demi-heure, Monsieur le Comte.

Que longue fut cette demi-heure et longuissime en ma remembrance le chemin que nous dûmes parcourir, les lanternes allumées, pour atteindre le château du cardinal !

Je pensais avoir du mal à me faire ouvrir les grilles en arrivant en pleine nuit. Mais un des gardes reconnut Charpentier qu'il voyait quotidiennement en Paris quand le cardinal y séjournait, et le majordome qui, sur cette entrefaite, était accouru, se ramentut de moi. Il réussit, je ne sais comment, à loger tout ce monde, et mon père et moi dans la même chambre. Nous étions sur le point de nous dévêtir, étant fort las, quand le majordome revint quasi courant pour nous dire que le cardinal nous voulait recevoir sur l'heure dans son cabinet, mon père, moi-même, Charpentier et le prisonnier. Cette célérité m'eût laissé béant, si je n'avais su que le prodigieux labeur du cardinal ne tenait aucun compte du soleil, et qu'il était à sa table de travail presque autant la nuit que le jour.

CHAPITRE VIII

Lecteur, les événements que je vais te raconter meshui te paraîtront si dramatiques et en même temps si fols, si absurdes, si hors de proportion avec la cause qui leur a donné naissance — le mariage de Monsieur avec Mademoiselle de Montpensier — que tu seras, il se peut, tenté de les croire incrédibles. Il n'en est rien. La vérité historique n'en est pas le moindrement douteuse, bien qu'elle puisse être l'objet d'interprétations diverses, parfois même opposées, selon l'idée favorable ou défavorable que l'on se fait de Monsieur et de son rôle en ces affaires.

Nous trouvâmes le cardinal à sa table de travail et à côté de lui, debout, Monsieur Charpentier qui, à notre entrant, achevait de lui conter l'embûche du Bois des Fontaines. Dès qu'il nous vit, le cardinal, avec une émerveillable condescendance, voulut bien se lever pour nous accueillir, tandis que nous le saluions, le chef découvert et les panaches de nos chapeaux balayant le sol.

Nous ayant donné un témoignage tel et si grand de l'estime où il nous tenait, le cardinal revint à sa table d'un pas rapide, s'assit, s'excusa courtoisement de donner, ou plutôt de redonner la parole à Charpentier, afin qu'il achevât de lui narrer l'embûche que nous avions déjouée. Que pouvais-je faire pendant ce récit sinon envisager, tantôt le cardinal, et tantôt son chat ?

Ce chat reposait — et le diable sait quel sentiment de repos il donnait ! — sur la table de Richelieu en un espace bien défini dont il ne bougeait pas, la main du cardinal se posant parfois sur sa tête, mais assez brièvement pour qu'il ne se mît pas à ronronner, ce qui eût troublé l'entretien des humains.

La queue soigneusement enroulée autour de ses pattes comme s'il eût craint de les perdre et enveloppé d'une magnifique fourrure gris perle, le matou se sentait manifestement fort satisfait d'être là, en situation dominante et son maître derrière lui. L'œil tour à tour clos, mi-clos ou largement ouvert, tantôt il feignait de ne pas nous voir et tantôt il nous envisageait fixement de ses yeux mordorés, où la flamme dansante des bougies mettait quicy qui-là des étincelles d'or.

Bien que le cardinal, qui écoutait Charpentier, ne bougeât pas davantage que son animal favori, je sentais bien que le repos n'avait, dans son cas, rien à faire avec celui de son chat et que derrière cette impassible face, les mérangeoises de sa cervelle déployaient, comme toujours, leur inlassable activité.

C'est peu de dire que la physionomie singulière de Richelieu retenait l'attention. Elle fascinait. Dans son visage triangulaire qu'une courte barbe en pointe effilait encore, brillaient de très beaux yeux noirs qui pouvaient être doux et caressants, ou se charger de larmes, ou étinceler de fureur contenue, ou peu contenue, selon les cas. Mais ce qui frappait de prime et me frappait toujours quand j'avais été quelque temps sans le voir, c'était l'extrême netteté de son apparence.

Dans un royaume dont les sujets étaient devenus malpropres, depuis que l'Église avait imposé la suppression des étuves, Richelieu se lavait tous les jours de la tête aux pieds, ce qui le faisait dauber par les gens de cour qui cachaient souvent beaucoup de crasse sous la soie et les perles. Il coupait et limait ses ongles avec le plus grand soin, se lavait souvent les mains (pratique dont la reine Margot disait, on s'en souvient, qu'elle avait horreur), se faisait raser quotidiennement les contours de sa barbe et de sa fine moustache, portait des soutanes immaculées et des cols d'une blancheur éclatante.

La taille élancée, le mouvement souple, le geste gracieux, il aimait le beau, le raffinement du luxe et le faste des fêtes. Il en donnait de magnifiques et il en eût donné davantage, si son acharné labeur lui en avait laissé le temps.

Au rebours de celui du père Joseph, son cabinet était un modèle d'ordre. Sur sa grande table polie régnait une discipline que le chat lui-même respectait, les dossiers étant rangés en piles méticuleuses, pas une page ne passant l'autre, et l'éclairant à dextre et à senestre, se dressaient deux chandeliers dorés dont chacun portait non, il va sans dire, des chandelles, mais des bougies parfumées.

Quand Charpentier eut terminé, Richelieu s'adressa de prime au marquis de Siorac et fit, en peu de mots, l'éloge des grandissimes services qu'il avait rendus à Henri III et Henri IV. Et il le fit avec une miraculeuse précision des faits et des dates et avec des façons de dire si élégantes qu'elles ravirent mon père. « On aurait pensé, me dit-il plus tard, qu'il savait tout de moi et, mieux encore, qu'il connaissait mieux que moi une époque en laquelle il n'était pas encore de ce monde. » Bien que mon père fût fort maître de son visage, j'entendis à quel point, en quelques minutes, il était tombé sous le charme.

La scène m'ébaudit et me toucha tout ensemble. Le cardinal aimait séduire, et point uniquement par politique, pour conquérir des amis et des appuis. Bien qu'il fût capable de se montrer, vis-à-vis des ennemis des l'État, d'une sévérité implacable, il n'avait pas le cœur insensible, bien le rebours : il pleurait la mort d'un parent, d'un ami ou même du dernier de ses serviteurs. En outre, il aimait qu'on l'aimât. Et ce sentiment sincère transparaissait dans son éloquence et, au moins autant que ses raisons, la rendait persuasive.

Avec moi, bien que tout aussi élogieux, le cardinal fut plus bref. Il n'avait pas à se donner tant de mal : j'étais déjà conquis.

Cependant, bien qu'il ne prononçât que deux phrases, elles se gravèrent dans mon esprit. Il me fit observer de prime que la cabale n'eût pu me rendre un plus grand hommage que de me prendre pour la première de ses cibles, puisque ce choix me désignait comme un des plus indéfectibles serviteurs de Sa Majesté. Faisant ensuite allusion aux libelles fielleux que les ennemis du royaume répandaient sur son compte, il dit avec un sourire que ces folliculaires suivaient en sens inverse le chemin vertueux parcouru par Charpentier, son secrétaire et son ami : Charpentier était passé du couteau à la plume. Ces malheureux passaient, meshui, de la plume au couteau.

Comme le lecteur n'a pas failli de l'observer, Charpentier eut donc droit, lui aussi, à une bonne parole, enveloppée dans une petite gausserie bien dans le style du cardinal, lequel incluait aussi bien la boutade que la formule majestueuse.

— Charpentier, dit-il, voulez-vous dire à Desbournais de prier le capitaine Hörner de m'amener les deux prisonniers sous bonne garde ?

Et bonne fut la garde, en effet, puisque pas moins d'une dizaine de Suisses entourait les deux prisonniers, quand Hörner apparut, précédé par Desbournais.

De ce Desbournais, je voudrais dire, en passant, que, valet de chambre de Richelieu depuis son exil à Avignon, il le servait avec la fidélité d'un bouledogue, dont, du reste, il avait quelque peu la tête.

Après avoir toqué à l'huis d'une façon particulière, il pénétra le premier dans le cabinet du cardinal et lui demanda lequel des deux prisonniers il désirait voir de prime.

— Ce ne sont pas les prisonniers que je désire voir en premier, dit Richelieu, mais le capitaine Hörner.

À son entrant, Hörner, qui se qualifiait lui-même de « bon catholique suisse », envisagea le cardinal avec vénération et, au lieu de se génuflexer, mit carrément deux genoux à terre et ouït avec stupéfaction les grands éloges dont Richelieu le couvrit, évoquant l'embûche du Bois des Fontaines qu'il venait à peine d'apprendre de la bouche de Charpentier avec une précision telle qu'on eût dit qu'il y avait pris part, et louant l'adresse, l'intuition, l'expérience et la vaillance de Hörner, comme s'il avait assisté d'un bout à l'autre au combat.

Hörner, à constater ce qu'il prenait pour une connaissance quasi providentielle, ou miraculeuse, des événements, rougit, pâlit, rougit encore, sa face ruisselant de sueur. Et quand il se fut remis debout sur un geste gracieux de Richelieu, il me parut que ses jambes trémulaient sous lui : trémulation qui n'a jamais déserté la gibecière de ma mémoire car, ayant eu depuis une longue accointance avec Hörner, ce fut bien la première et la dernière fois que je le vis trembler.

Le cardinal s'étant ainsi gagné un ami de plus, et des amis il lui en fallait beaucoup, car il était haï et honni, non seulement par le parti dévot et par le cercle des vertugadins diaboliques, mais aussi par la plupart des Grands qui craignaient de l'être moins, s'il continuait à gouverner, substituant un État ordonné à l'anarchie dans laquelle, depuis la mort d'Henri IV, les princes et les ducs avaient nagé, à leur plus grand profit, comme des poissons dans l'eau.

— Desbournais, dit Richelieu, faites entrer celui des prisonniers qui a joué le rôle d'éclaireur dans l'embûche.

— Il se nomme Barbier, Excellence, dit Charpentier *sotto voce*.

Encadré par deux Suisses, enchaîné, tenant à peine debout et avalant sans cesse sa salive, sans doute parce qu'il n'avait ni bu ni mangé depuis la veille, Barbier entra.

C'était un homme fruste, robuste, aux traits mal équarris. Il m'avait paru assez couard quand on l'avait capturé, mais ce jour d'hui, chose étrange, on ne pouvait déceler sur sa face la plus petite trace de peur.

Richelieu ordonna aussitôt qu'on lui enlevât ses chaînes, qu'on le fît asseoir et qu'on lui baillât un gobelet d'eau, lequel Barbier but, en effet, avec avidité. Je ne saurais décider, même à ce jour, si cette conduite envers le prisonnier était habile, ou simplement humaine, et laisserai donc au lecteur le soin d'en décider.

— Tu te nommes Barbier, dit Richelieu d'un ton uni et nullement menaçant.

— Oui, Éminence.

— Quel est ton métier ?

— Mauvais garçon, dit Barbier sans forfanterie, mais non plus sans vergogne.

— C'est un méchant métier, dit Richelieu mais sans s'en émouvoir autrement.

— En effet, dit Barbier. Et qui pis est, il paie bien mal son homme. Mais, attention, Excellence, je suis coupe-bourse et tire-laine, mais point assassin de métier.

— Et pourtant, tu as accepté de faire partie de la bande qui avait le dessein d'assassiner le comte d'Orbieu.

— Et bien à contrecœur ! dit Barbier avec toutes les apparences de la sincérité. Mais je n'avais plus un seul sol vaillant en bourse et il faut bien vivre.

— Même en tuant ?

— Les temps sont durs, Éminence.

— Ils sont plus durs encore quand on se fait prendre.

À cette menace voilée, Barbier ne répondit rien et son visage resta impassible.

— Qui inspira le guet-apens auquel tu pris part ?

— On m'a dit que c'était un gentilhomme qui était presque roi.

— Sache, Barbier, dit le cardinal, avec une soudaine véhémence, que le roi oint et sacré à Reims est le seul qui puisse légitimement se dire tel. Là où est le roi, les autres ne sont rien. Il n'y a pas de « presque ».

Cette profession de foi, énoncée avec une gravité quasi religieuse, fit grande impression non seulement sur le prisonnier, mais sur tous ceux qui étaient là. Mon père me dit plus tard que la phrase « là où roi est, les autres ne sont rien » était en fait une citation. Chose remarquable, elle avait été prononcée par Henri III, alors qu'il était en grande détresse, le duc de Guise lui prenant ses villes une à une.

— Et maintenant, reprit Richelieu, qu'allons-nous faire de toi ?

— Je ne sais, Éminence, dit Barbier, sans en appeler à sa clémence et sans même se ramentevoir que je lui avais promis la vie sauve et la liberté s'il révélait l'emplacement de l'embûche.

Cette attitude où je trouvais une sorte de dignité ne laissa pas de me plaire. Ayant demandé de l'œil au cardinal la permission de parler, je dis :

— Plaise à Votre Éminence de me confier le prisonnier. Je lui ai promis la vie sauve.

— Il est à vous, Comte, dit le cardinal, mais si vous le relâchez, ne le faites point avant que tout ce tohu-bohu soit fini. Capitaine, poursuivit-il en se tournant vers Hörner, faites entrer Monsieur de Bazainville. Et cela fait, raccompagnez Barbier dans ses quartiers.

Je mettrais ma main au feu que Hörner obéit sans même que la pensée l'effleurât que Richelieu s'était arrangé pour qu'il n'assistât pas à l'interrogatoire de Monsieur de Bazainville.

Le cardinal en agit avec Bazainville comme il l'avait fait avec Barbier. Ses chaînes enlevées, il lui fit porter un gobelet d'eau. Cependant, son attitude fut beaucoup plus froide qu'avec Barbier. Preuve que la fruste franchise du mauvais garçon ne l'avait pas laissé insensible.

— Monsieur, dit-il, j'ai ici, écrit de la main de Charpentier, l'interrogatoire que le comte d'Orbieu vous a fait subir dans son carrosse après votre capture. En assumez-vous tous les termes ?

— Oui, Éminence.

— N'écrivez pas encore, Charpentier, dit le cardinal.

Et il poursuivit :

— Un grand personnage est implicitement mis en cause dans cet interrogatoire. Je vous demanderai, pour de dignes raisons, de ne pas prononcer son nom, quand vous aurez à l'évoquer.

— Éminence, comment le désignerais-je, si je dois taire son nom ?

— Appelez-le tout simplement « le personnage ».

— Je n'y faillirai pas, dit Bazainville avec un sourire si déplaisant qu'il me donna l'envie de l'effacer de ses lèvres.

— Charpentier, dit Richelieu, écrivez maintenant.

Et il reprit :

— Selon ce qui a été dit dans le carrosse du comte d'Orbieu, vous avez, après le combat, passé un barguin avec le comte. Vous lui révéleriez un complot contre mes sûretés et il vous accorderait la liberté et la vie, si j'en tombais d'accord.

— En effet, Éminence.

— Fort bien. Je prends la suite de cet arrangement et j'en accepte les termes à condition, bien sûr, que les faits viennent acertainer la réalité du complot dont je serais, d'après vous, l'objet.

— Éminence, dit Bazainville avec un sourire, vous me mettez dans l'embarras. Je suis maintenant réduit à faire des vœux pour que le « personnage » persévère dans son projet, alors même que personne n'ignore qu'il est d'étoffe très changeante.

— Vous prenez, en effet, un risque, dit froidement Richelieu. Mais vous en prendriez un beaucoup plus grand, si vous choisissiez de vous taire.

— Je lance donc les dés, dit Bazainville. Les voici. Ce matin, Excellence, ou cette après-dînée, vous allez recevoir un chevaucheur du « personnage », lequel s'invite à dîner chez vous demain soir avec une trentaine de ses gentilshommes.

— *E disinvolto*, dit le cardinal, *ma no criminale*[1].

1. C'est désinvolte, mais non criminel (ital.).

— Éminence, le pire est encore à venir. Au cours de ce dîner, certains des gentilshommes du « personnage » feindront de se prendre entre eux de querelle, tireront leurs armes et dans le chamaillis qui s'ensuivra, un coup d'épée, donné comme par inadvertance, vous traversera.

Le cardinal, les yeux baissés, la face imperscrutable, posa la main sur la tête de son chat et l'oublia si longtemps que le chat se mit à ronronner. Le cardinal retira alors vivement sa main et nous envisagea, mon père et moi, comme s'il nous prenait à témoin de son étonnement.

— Ces jeunes gens sont si romanesques ! dit-il enfin avec un soupir. On dirait une intrigue de la Renaissance italienne...

— Mais le « personnage » est à demi italien [1], dit mon père. Et d'après ce que j'ai ouï dire, il s'en targue.

— Ce n'est pourtant pas lui qui a eu cette idée, dit Bazainville.

— Et qui d'autre ? dit vivement Richelieu.

— Deux frères qui, par le sang, sont très hauts dans le royaume et, de tous, les plus acharnés contre vous, Éminence, et plus encore contre le roi.

— Je vous entends, dit Richelieu. Charpentier, mandez à Desbournais qu'il dise aux Suisses de ramener le prisonnier dans ses quartiers. Recommandez-lui de le bien nourrir d'ores en avant. Il est précieux.

⁂

— Monsieur, un mot, de grâce !

— Belle lectrice, avez-vous affaire à moi ?

— Davantage, assurément, que vous n'avez affaire à votre humble servante ! Voilà bien cent pages que, disparaissant au profit du lecteur, je ne suis plus apparue en vos Mémoires. Comte, qu'est-ce à dire ? Suis-je tombée en disgrâce ? Vais-je être reléguée dans les faubourgs de votre bon plaisir ? Avez-vous oublié nos petits *a parte* ? Vous étiez avec moi si charmant ! Et

1. Gaston, frère du roi, avait comme lui une mère italienne : Marie n'était Habsbourg que par sa grand-mère.

j'étais avec vous si taquinante ! Qu'est devenue notre aimable complicité ?

— Madame, allais-je vous appeler au milieu des horreurs de cette embûche ?

— Mais vous l'avez fait déjà et j'ai tout supporté ! Monsieur, ne vous dérobez pas derrière de fausses excuses. La vérité c'est qu'au contact de votre cardinal, vous avez fini par attraper la fièvre de sa misogynie. Et comme lui, maintenant, vous considérez notre aimable sexe comme une collection d'« étranges animaux ».

— Mais, Madame, le cardinal n'est misogyne que politiquement. Il abhorre le cercle des vertugadins diaboliques parce qu'il fait beaucoup de mal à l'État. Mais, en son privé, il aime fort Marie, la femme de son conseiller Bouthillier, et il est tout raffolé de sa nièce.

— Monsieur, allez-vous me dire que deux Angéliques entourent ce Séraphin vêtu de pourpre ?

— Mais pas du tout, Madame ! Richelieu est un prêtre chaste ! J'oserais même affirmer qu'il est, à tous points de vue, *sacerdos impeccabilis* [1] !

— Tant mieux ! Je suis fort soulagée d'ouïr qu'il n'a pas, lui aussi, une Louison en province et une Jeannette en Paris.

— Madame, laissons cela, s'il vous plaît ! Vous ne m'avez pas interpellé, j'imagine, pour dauber sur mes garcelettes ?

— Non, Monsieur, j'avais à vous poser des questions plus sérieuses.

— Je vous ois.

— Quels sont ces deux frères qui, par le sang, sont très hauts dans le royaume et qui ont persuadé Monsieur de tendre au cardinal ce peu ragoûtant guet-apens ?

— Le duc de Vendôme et son cadet, le grand prieur de France.

— Qu'est cela ? Un grand prieur, conseiller un assassinat ?

— Oh Madame ! Ce titre n'a rien de religieux ! On le donne coutumièrement à un bâtard royal en même temps que de très beaux bénéfices pour lui permettre de vivre. Le duc et le grand

1. Un prêtre impeccable (lat.).

prieur furent le fruit des amours d'Henri IV avec la belle Gabrielle d'Estrées. Par malheur, le duc nourrit, en son étroite cervelle, d'extravagantes prétentions. Il voudrait être le maître absolu de la Bretagne dont il n'est meshui que le gouverneur, et son but ultime est de devenir roi.

— Roi ? Il ne faille pas en audace !

— Mais en mérangeoises, Madame. Oyez cette énormité ! Il se tient pour le roi véritable et Louis pour un usurpateur. Il argue qu'il a sept ans de plus que Louis et qu'il est donc l'aîné et il rappelle sans cesse que son père, Henri IV, avait signé à Gabrielle d'Estrées une promesse de mariage. Mais la mort de Gabrielle en 1599 et le mariage d'Henri IV avec Marie de Médicis en 1600 enlèvent, bien entendu, toute espèce de valeur à ce papier. Vendôme n'en a cure. Il s'est révolté déjà en 1614 contre Louis et après qu'il se fut venu excuser auprès de Sa Majesté à Nantes, Louis, qui avait à peine treize ans, lui fit, avec froideur, une réponse véritablement royale. Oyez-la : « Monsieur, lui dit-il, servez-moi mieux à l'avenir que vous ne l'avez fait par le passé et sachez que le plus grand honneur que vous ayez au monde, c'est d'être mon frère. »

— Et il lui a ensuite pardonné ?

— Oui, belle lectrice. Mais après ce coup-là, il est douteux qu'il lui pardonne encore.

— Monsieur, est-ce tout ce que vous m'allez dire ? M'allez-vous laisser méchamment sur ma soif ?

— Madame, pardonnez-moi. Je ne peux conter à vous seule ce que je destine à tous ceux qui me lisent. Mais il n'est qu'un remède à cela. Tournez la page ! Tout va se découvrir et vous ne laisserez pas que d'être furieusement étonnée.

***

Mon père et moi, nous dormîmes comme loirs et grognâmes comme ours quand, à dix heures de la matinée, on toqua à notre huis. Nu que j'étais, la nuit ayant été fort chaude, j'allai à la porte et, reconnaissant la voix de Charpentier, je lui ouvris. Précédé et suivi par de profuses excuses qu'il égrenait tout en marchant, il entra et nous dit le pourquoi de ce réveil : deux gentilshommes venaient d'arriver de Fontainebleau (où se trouvaient la Cour et le roi) et demandaient à voir au plus tôt le cardinal, ayant des nouvelles de grande conséquence à lui impartir. Cependant, ils refusaient de se démasquer et ne voulaient pas non plus dire leurs noms. Charpentier les avait conduits alors dans un petit salon, priant Hörner de mettre une dizaine de Suisses devant leur porte.

— Ont-ils dit, demandai-je, pourquoi ils voulaient à ce point demeurer anonymes ?

— Ils désirent qu'on en use céans à leur endroit avec la plus grande discrétion, car leur présence à Fleury en Bière, si elle était connue, les mettrait en grand péril du chef de certaines personnes... Je ne sais que faire, ajouta Charpentier. Le cardinal, qui s'est couché il y a peu de temps, dort encore. Peux-je l'éveiller pour introduire auprès de lui des gentilshommes masqués dont je ne sais rien ?

— Mon ami, dis-je, la réponse est dans la question. Comment sont ces visiteurs du matin ?

— L'un a dix-huit ans, dit Charpentier. Il est fort bien fait, vêtu de bleu azur et pétulant comme un poulain. L'autre est un grave barbon, vêtu de marron sombre, et sa voix est celle d'un homme habitué à commander.

— À la bonne heure, dit mon père, voilà qui est précis.

— Monsieur le Marquis, dit Charpentier, quand on travaille avec le cardinal, on ne peut qu'être précis. Il tient que dans l'exposé d'une affaire, il ne faut omettre aucun fait, même menu, si on ne veut pas être en danger de se tromper sur tout. Monsieur le Comte, poursuivit-il, pour en revenir à nos gentilshommes, je me suis demandé si Monsieur le Marquis et vous-même, vous ne consentiriez pas à visiter ces visiteurs et à me dire ce que vous pensez d'eux.

— C'est à voir, dis-je. Notre présence ici requiert, elle aussi, quelque discrétion.

— Monsieur Charpentier, dit mon père, quand vous avez décrit le plus âgé de ces deux gentilshommes, vous avez paru frappé par l'air d'autorité et de gravité qui émanait de lui. Pouvez-vous nous dire ce qui vous a donné cette impression ?

— Sa voix, son ton, ses manières et peut-être aussi la croix des Chevaliers du Saint-Esprit qu'il porte sur la poitrine.

— Ah ! Monsieur Charpentier ! m'écriai-je en riant, vous voilà pris sans vert ! Vous venez d'être infidèle à la méthode du cardinal. Dans le premier portrait que vous avez fait du barbon, vous avez omis ce détail.

— Est-il de si grande conséquence ? reprit Charpentier en rougissant.

— Mon ami, il est capital ! Je dirais même qu'il change tout, car mon père et moi appartenons l'un et l'autre à l'Ordre des Chevaliers du Saint-Esprit et les règles de cet Ordre nous font un devoir de prêter secours et assistance à tous ceux qui en sont titulaires. Monsieur Charpentier, allez dire, je vous prie, à ces gentilshommes qui nous sommes et que nous les irons visiter, dès que nous serons vêtus, pour peu qu'ils le désirent.

Il nous fallut le temps de nous habiller et il fut fort court, accompagné de petites gausseries de mon père sur le désagrément de s'habiller seul, surtout quand l'habilleuse coutumière se nomme Louison ou Jeannette. J'eusse pu, pour le dauber à mon tour, ajouter « et Margot ». Mais je ne le fis pas car plus le marquis de Siorac avançait en âge et plus profondément il s'attachait à Margot, et je noulus parler d'elle en badinant, de peur d'offenser le meilleur des pères.

Comme nous le dirent plus tard les visiteurs masqués, ils furent bien aise que nous les visitions, car ils commençaient à se demander combien de temps ils allaient être gardés par les Suisses, quasiment prisonniers dans ce petit salon.

À notre entrant, dès que l'huis fut reclos sur nous et après un échange de courtois saluts, le plus âgé de ces gentilshommes se démasqua. Il fit signe à son compagnon de l'imiter.

— Messieurs, dit-il, je suis le commandeur de Valençay et voici mon neveu, le marquis de Chalais, grand maître de la garde-robe du roi.

— Lequel je connais fort bien, Monsieur le Commandeur, dis-je avec un nouveau salut et que j'aime fort.

— Mais c'est d'Orbieu ! s'écria alors Chalais.

Et courant à moi avec l'impétuosité d'un enfant, il se jeta dans mes bras et me donna je ne sais combien de baisers sur les joues et de tapes dans le dos. Qui diantre eût pu dire alors que, trois jours plus tôt, il m'avait voulu appeler sur le pré pour une querelle de néant ? Tant est que répondant du mieux que je pus à ses embrassements, je gageai en mon for que l'étourdi poupelet avait déjà tout oublié de cet incident.

Mon père jetait un œil étonné sur ces furieux embrassements et, en effet, je ne lui avais jamais beaucoup parlé du petit marquis. Il y avait une raison à cela. Bien qu'en qualité de grand maître de la garde-robe du roi, il appartînt comme moi à la Maison du roi, en fait, on l'y voyait assez peu. Il n'aimait pas le caractère grave et sévère de Louis et lui préférait de beaucoup la compagnie de Monsieur et de ses jeunes amis, dont l'humeur joyeuse, farceuse, bouffonne et insouciante était bien plus proche de la sienne. Quant à moi, observant que le commandeur de Valençay sourcillait quelque peu à l'exubérance de son neveu, je tâchai de me dégager par degrés insensibles des bras du béjaune, ne voulant pas fâcher le poupelet par un désenlacement qui lui eût paru brutal et m'eût valu — *chi lo sa*[1] ? — un second appel sur le pré...

— Monsieur le Commandeur, dit mon père, nous sommes comme vous, en ce château, des visiteurs attachés à la discrétion de notre visite. C'est pourquoi nous oublierons vous y avoir vus, vous et votre neveu, dès que nous aurons quitté Fleury en Bière.

— J'en ferai autant pour vous, Monsieur le Marquis, dit le commandeur avec un petit salut.

Je remarquai qu'il s'engageait pour lui-même, mais non pour Chalais, tant sans doute il jugeait faible l'aptitude de son neveu à garder un secret.

— Ce point étant acquis, reprit mon père (lequel, je le sus plus tard, ne le trouvait que partiellement acquis), je vais charger Monsieur Charpentier de dire à Monsieur le Cardinal qui vous êtes et quelle haute fiance on peut avoir en votre parole.

— Monsieur le Commandeur, dis-je à mon tour, peux-je ajouter qu'il nous serait peut-être plus facile d'obtenir du cardinal qu'il vous reçoive si vous trouviez bon de nous dire, aussi discrètement que vous le pouvez, pourquoi vous le désirez voir.

À cela le commandeur sourcilla, balança et parut fort troublé. Non qu'il trouvât la requête déraisonnable, mais s'il y satisfaisait, que devenait le secret dont il avait voulu entourer sa démarche ?

---

1. Qui sait ? (ital.).

— Monsieur le Comte, dit-il enfin, en choisissant ses mots avec le plus grand soin, je suis de ceux qui pensent que, s'il arrivait malheur au cardinal, il en résulterait une guerre civile en France qui mettrait en danger la vie de beaucoup de Français et celle même de Louis.

Ces paroles furent dites sur un ton de gravité qui ne laissa pas de m'émouvoir. Je les trouvais aussi fort habiles, car le commandeur m'avait laissé entendre qu'il allait mettre le cardinal en garde contre un complot, mais sans le dire expressément et sans se découvrir le moindre.

— Monsieur le Commandeur, dis-je, je partage votre sentiment et je répéterai vos paroles fidèlement à Monsieur Charpentier sans y changer un iota.

Nous prîmes alors congé, non sans nous bailler, comme nos absurdes coutumes l'exigent, dix compliments quand un seul eût suffi, sans compter les saluts et les bonnetades qui n'ont, semble-t-il, de valeur en ce pays que si on les multiplie.

L'huis reclos sur le commandeur et Chalais, je retrouvai devant la porte Monsieur Charpentier et, l'entraînant assez loin des Suisses, je lui répétai à l'oreille les propos du commandeur.

— Ma fé ! dit-il *sotto voce*, au triste train où vont les choses, on ne peut en vouloir au commandeur d'être prudent. Le cardinal est maintenant levé et je vais, sans tant languir, lui répéter les paroles de Monsieur de Valençay.

Et il ajouta, après un moment de réflexion :

— Je compte lui suggérer de venir lui-même trouver les visiteurs dans ce petit salon pour s'entretenir avec eux. Comme cela, personne d'autre que lui ne verra ces messieurs et, dès qu'il les quittera, ils pourront remettre leurs masques et repartir à brides avalées pour Fontainebleau.

— Monsieur Charpentier, dis-je après un silence, qu'augurez-vous de cette démarche ?

— Un autre complot, dit-il sans la moindre émotion. Ou, qui sait, peut-être le même ?

À son ton détaché, il me sembla entendre que Charpentier avait une telle fiance en l'habileté, la vaillance et la prudence du cardinal, qu'il n'accordait pas à ses ennemis la moindre chance d'arriver à bout de l'assassiner.

— Monsieur Charpentier, dis-je, voulez-vous prévenir le

cardinal que nous serons absents une partie de la journée car nous voulons demander à Monsieur le curé de Fleury en Bière l'ouverture de la terre chrétienne pour Monsieur de La Barge et deux de nos Suisses.

— Cela sera fait, Monsieur le Comte. Le *maggiordomo* a l'ordre de vous servir un repas froid ou chaud à tout moment de la journée, ainsi qu'à vos Suisses. Et je vais envoyer un petit valet prévenir le curé Siméon afin qu'il donne promptement satisfaction à votre demande, étant un homme, à son ordinaire, assez long à mettre en branle. (Expression qui me parut singulièrement douce et charitable quand je connus le bonhomme.)

— Monsieur Charpentier, dis-je, voulez-vous que je vous laisse quelques Suisses pour assurer la garde du cardinal ?

— Nenni, nenni, Monsieur le Comte, emmenez-les tous, car tous voudront assister à l'ensépulture de leurs morts. Et pour moi, j'ai ici assez de monde pour garder le château au moins assez longtemps pour que les régiments du roi à Fontainebleau accourent à la rescousse. Mais ce ne sera pas nécessaire. Ces messieurs qui nous haïssent ne sont pas hommes à vous attaquer face à face. Comme bien vous le savez vous-même, ils préferent les traîtrises, les embûches et les guet-apens. À mauvaise cause, moyens vils.

Hörner avait dû prévoir que cette permission d'aller tous ensemble au cimetière ou, comme on disait dans le pays, « sémetière », lui serait accordée, car tous ses Suisses, propres comme des écus neufs, étaient rassemblés sur deux rangs dans la cour du château, tenant par la bride leurs chevaux, lesquels avaient le poil bien brossé et les sabots passés au noir. Les Suisses flanquaient à dextre et à senestre la charrette où gisaient leurs camarades et Monsieur de La Barge, chacun enveloppé dans un linceul qui ne laissait voir que leur face. J'observai qu'il n'y avait pas d'autre bruit que celui produit par les queues des chevaux quand ils fouettaient leur croupe pour en chasser les mouches. Cela me griffa le cœur de voir pour la dernière fois, exsangue et blafard, le visage enfantin de La Barge. Il me sembla, de le voir étendu là, à côté de ces deux vétérans, qu'il y avait une sorte d'ironie dans ce voisinage, lui qui ne savait rien de la guerre et que cette ignorance avait tué. Mais, à y penser plus outre, je trouvai que vétérans et jeunes recrues au combat, c'était tout un : la mort choisit parmi eux ceux qu'elle veut.

L'église de Fleury en Bière était plus vaste que celle d'Orbieu et le presbytère faisait figure quasiment de maison bourgeoise. Chose étrange, bien qu'une trentaine d'hommes et autant de chevaux fissent quelque noise en s'arrêtant sous le chêne qui ornait la place de l'église, les fenêtres de Monsieur le curé demeurèrent closes comme huîtres. Et il fallut que Hörner toquât longuement et fortement à l'huis pour qu'enfin il s'ouvrît.

Apparut alors une revêche malitorne dont les tétins étaient si volumineux, pour ne pas dire si monstrueux, qu'ils obstruaient quasiment la porte et forçaient celle qui les possédait à porter la tête rejetée en arrière. Ce qui lui donnait un air de hauteur que ne démentaient pas ses yeux noirs perçants, par malheur aussi petits que le parpal était géantin.

— Rustre ! dit-elle d'une voix criarde, qui diantre es-tu pour oser toquer comme fol à la porte de notre curé ?

— Sotte commère, dit Hörner, bien t'en prend d'être une femelle femellisante, sans cela tu aurais déjà deux pouces d'acier dans tes tripes pour m'avoir appelé « rustre ». Sache que je suis le capitaine Hörner, commandant l'escorte du comte d'Orbieu que tu vois à deux pas de toi avec son père, le marquis de Siorac.

— Et moi, dit-elle, nullement rabattue, je suis Victorine Boulard, gouvernante de Monsieur le curé Siméon. Que veux-tu ?

— L'entrant en ce presbytère.

— Pour que faire ?

— Pour parler à Monsieur le curé Siméon.

— Ma fé ! Cela ne se peut ! Monsieur le curé est en train de parler à sa soupe et n'entend pas qu'on lui contreparle !

— J'attendrai.

— Tu attendras jusqu'à la nuit des temps ! Sa soupe finie, notre curé est dans l'habitude de s'ensommeiller deux bonnes heures.

— Fort bien, dit Hörner d'un ton résolu, il me recevra donc dans l'instant. L'affaire presse. Il s'agit d'ensépulturer trois morts.

— La peste soit de ta morgue, soldat ! répliqua Victorine. Nous n'ouvrons pas la terre à n'importe qui ! Surtout à des étrangers à la paroisse !

— Ces « étrangers » étaient commandés par le comte d'Orbieu qui est au service du roi.

À cela, Victorine se redressa et, portant très haut la tête, le tétin agressif, elle dit :

— Le roi n'est point maître en notre « sémetière » !

— Qu'oses-tu dire là, commère du diable ? m'écriai-je d'une voix forte, en marchant belliqueusement sur elle. Le roi est maître de toute la terre française ! C'est crime de lèse-majesté que de lui dénier ce droit ! Un mot de plus et je te fais pendre haut et court au chêne de la place !

La mégère battit alors en retraite comme un dogue qui recule devant le bâton, grondant à la fois de peur et de fureur.

— C'est bien, dit-elle entre ses dents, je vais vous mener à quelqu'un qui, mieux que moi, saura vous parler. Et si vous lui parlez à lui comme vous avez fait à moi, il vous excommuniera !

— Sotte embéguinée ! dit mon père, c'est le pape qui fulmine l'excommunication majeure et l'évêque du diocèse qui prononce l'excommunication mineure et non un curé. Un curé n'a pas ce pouvoir : pas plus à Fleury en Bière qu'en Paris.

— Notre curé a pourtant excommunié plus d'un dans cette paroisse et il n'est mauvais garçon ni putain cramante qui ont pu se flatter d'en réchapper !

— C'est grand péché ! dit mon père. Si le curé Siméon excommunie un paroissien de son propre chef, il aura à en répondre devant son évêque.

Le grand air de mon père et sa connaissance des sanctions ecclésiastiques clouèrent à la parfin le bec de la harpie. Elle craignait d'en avoir trop dit et compromis son curé par son babillage. Sans plus piper, elle nous introduisit dans la grande salle où nous trouvâmes le curé Siméon assis dans une grande chaire à bras en train de manger cette soupe dont Victorine avait parlé avec vénération.

À notre entrant, il fit quelque effort pour se soulever de son siège afin de nous saluer, mais sans déclore la bouche — sa langue, ses dents et son palais étant fort occupés. Puis il retomba lourdement sur les épais coussins dont sa chaire était garnie et, reprenant dans sa grosse main un cuiller qui avait la taille d'une louche, il le replongea non dans un bol, mais dans une soupière, où fumait une soupe épaisse et odorante. On y pouvait voir, émergeant à la surface, du beurre en train de fondre, des croûtons de pain et des morceaux de lard.

Siméon touilla longuement ce mélange avant de remplir derechef son cuiller qu'il porta à sa grande bouche avec un soupir d'aise, mais perdit toute voix aussitôt dans une lente mastication qu'il conduisit à son terme avec un air si recueilli qu'aucun de nous n'osât interrompre cette liturgie, toute païenne qu'elle nous parût. Puis il avala d'un coup de glotte la bouillie qui en résultait, et haut et fort, claqua sa langue.

Lecteur, si tu désires savoir à quoi ressemblait Siméon, je ne saurais mieux le décrire qu'en le comparant — peu charitablement, je le crains — à une grosse chenille blafarde. Il avait la plus molle des faces et, qui pis est, tout y paraissait sans couleur. En outre, son corps boudiné avait l'air de se diviser en anneaux retombant l'un sur l'autre, son menton sur son double menton, son double menton sur ses tétins, lesquels quasi aussi gros que ceux de sa Victorine, retombaient sur sa bedondaine, et celle-ci sur ses cuisses. Si on avait pu voir son dos et son arrière-train, je suis certain qu'on y eût retrouvé cette même construction flasque, annelée et retombante que je viens de décrire.

Mais plus encore que son aspect, sa conduite nous parut, à mon père et à moi, extravagante, et à Hörner, odieuse. Siméon ne nous avait pas priés de nous asseoir, ni quit de nous le but de notre visite, ni même envisagés. Il n'avait d'œil — et quel œil amoureux c'était là — que pour sa soupe.

— Curé, éclata à la parfin Hörner d'une voix forte, vous avez devant vous le marquis de Siorac et le comte d'Orbieu qui viennent vous demander l'ouverture de la terre chrétienne pour trois de leurs hommes. Et vous demeurez là assis, et comme enfoui dans vos coussins ! Qui pis est, vous mangez et, qui pis est, vous claquez la langue !

— Monsieur le Comte et Monsieur le Marquis, dit Siméon en nous considérant d'un air vague et sans la moindre apparence de contrition, je vous demande mille fois pardon. Mes jambes ne me portent plus guère, tant est que la station debout m'est à dol. D'autre part, si je ne mange pas ma soupe tout de gob, elle va refroidir, ce qui, vu la faiblesse de mon estomac, me la rendra indigeste. Et cette indigestion s'ajoutera à tous les maux dont je suis accablé par le Seigneur. Toutefois, Monsieur le Marquis, je vous ois avec tout le respect que je dois à votre rang.

Ayant dit, il remplit la louche qui lui servait de cuiller et l'enfonça entre ses lèvres. Je jetai un regard à mon père qui m'entendit fort bien et de notre chef, aussitôt, nous nous assîmes, non pas sur des chaires à bras car il n'y en avait qu'une et le maître du logis l'occupait, mais sur deux escabelles qui se trouvaient là.

— *Hörner,* dis-je, *sprechen Sie bitte für uns ! Hier bleiben wir um Ihnen beizustehen* [1].

— Curé, reprit Hörner, vous m'avez ouï ! Monsieur le Comte vous demande l'ouverture de la terre chrétienne pour trois de nos hommes.

— Par malheur, dit Siméon, le cuiller toujours en main, mais la pointe du manche reposant sur la table, comme s'il se préparait de nouveau à passer à l'attaque, je n'ai plus, dans mon *sémetière,* qu'une demi-douzaine de places et au train où vont les choses, ce serait miracle si d'ici Noël le Seigneur ne rappelait pas à Lui une dizaine de mes paroissiens ! Cependant, si cela convient à Monsieur le comte d'Orbieu, je peux ensépulturer ses morts hors enclos, mais en terre consacrée.

Hörner se tourna alors vers moi et dit en allemand :

— N'acceptez pas, Monsieur le Comte ! Hors enclos, cela veut dire que les chiens et les porcs pourront venir la nuit désenfouir les morts et les manger !

— Monsieur le curé, dis-je alors, de quoi est fait votre enclos ?

— De pierres sèches, Monsieur le Comte.

— Fort bien, je doublerai votre enclos de mes deniers.

— Ah ! Monsieur le Comte ! dit Siméon comme épouvanté par cette perspective, cela ne se peut ! Si je double l'enclos, cela diminuera de beaucoup le prix des tombes et mon casuel en sera très affecté !

1. Hörner, parlez pour moi. Nous demeurons céans pour vous soutenir (all.).

Je n'en crus pas mes oreilles d'ouïr un aveu aussi dévergogné et je vis que Hörner, bouillant de rage, allait éclater. Je lui fis signe de se contenir. Je ne voulais pas d'une querelle qui eût beaucoup allongé les choses.

— Monsieur le curé, dis-je, je paierai les tombes dans l'enclos à l'ancien prix que vous fixerez vous-même.

— Voilà qui va bien, dit Siméon, enfournant une nouvelle cuillerée de soupe dans sa bouche.

Il fallut derechef qu'il l'ait réduite en bouillie et avalée avant que nous puissions reprendre le débat.

— Allons ! allons ! Monsieur le curé ! dis-je. Le temps presse. Par cette chaleur, les corps vont se décomposer !

— Mais par malheur, dit Siméon, le creusement ne pourra se faire ce jour d'hui, car mon fossoyeur est couché, atteint de fièvre quarte !

— Mes Suisses ouvriront la terre pour leurs camarades, dit Hörner d'une voix rude.

— Dans ce cas, dit Siméon, après avoir moulu, mastiqué et avalé une autre cuillerée de sa soupe, je pourrai vous louer pics et pelles.

— Ce ne sera pas nécessaire, dit Hörner avec la dernière sécheresse. Nous avons les nôtres. Indiquez-nous seulement l'emplacement !

— Il se trouve à la dextre de l'entrée du *sémetière*. Victorine va vous montrer.

— Je ne veux pas de Victorine, dit Hörner, ni dans ce monde, ni dans l'autre ! Je trouverai bien tout seul !

Et il s'en fut à grandes enjambées. Les Suisses se relayant pour creuser la terre chrétienne, il fallut peu de temps pour achever l'ouvrage. Et quand les trois monticules de terre, étroits et longs, furent finis, et bien égalisés du plat de la pelle, le cœur me serra étrangement. Je vis plus d'un de ces rudes Suisses verser des larmes et je n'en étais pas fort loin, ni mon père. Cependant, dans notre douleur, il y avait quelque ambiguïté. Il me sembla que c'était moi que cette terre recouvrait à jamais. Nous croyons toujours nous lamenter sur les disparus que nous aimons, mais c'est en fait notre propre vie que nous pleurons, sachant bien que la mort marche dans notre ombre dès le premier jour de notre naissance, qu'elle se gausse, chemin faisant, de nos ambitions, de nos amours, de nos bonheurs et attend avec impatience que la monstrueuse roue du temps nous amène à ses griffes.

***

Deux surprises nous attendaient à notre retour au château de Fleury en Bière. La première était, dans notre chambre, une table fort bien garnie et la seconde, qui n'a rien de culinaire, plaise au lecteur de me permettre de la garder pour la bonne bouche. À peine étions-nous rassasiés et rebiscoulés qu'on toqua à l'huis et sur notre entrant, Charpentier apparut et s'inquiéta de la façon dont les choses s'étaient passées au presbytère. Nous lui en fîmes le conte. Il sourit et quit de nous combien Siméon avait demandé pour l'ouverture de la terre chrétienne. Il sursauta au chiffre que je lui citai, puis sourit de nouveau et dit :

— C'est plus du triple que ce qu'il exige d'un paroissien. Mais, ne vous inquiétez pas ! Je lui ferai recracher le surplus et vous le restituerai. Cela va vous surprendre, Messieurs, enchaîna-t-il, le curé Siméon fut autrefois un très bon curé. Mais l'âge, ses infirmités, l'amollissement de ses mérangeoises et par-dessus tout Victorine ont fait de lui ce qu'il est meshui. Un goinfre, un chiche-face et un tyran dans sa paroisse.

— Ce n'est pas la première fois, dit mon père, que la gouvernante fait le dégât dans une cure.

— Ce n'est pourtant pas, dit Charpentier, que l'Église ait manqué de pertinence en ce domaine. Estimant qu'un prêtre qui se voue au célibat n'est peut-être pas très attiré par les femmes, il n'a pas voulu que le curé dans sa cure soit servi par un homme, ce qui l'eût mis en suspicion de bougrerie. Elle s'est alors résignée à lui donner une femme pour servante à la condition que cette femme ait l'âge canonique. Ce qui veut dire que l'Église, en sa sagesse, prévoyant le pire, a pris soin d'en limiter les conséquences.

— Mais pourtant, dis-je, et même si la chasteté est respectée, il se crée à la longue une sorte de lien matrimonial entre le curé et sa gouvernante. Ce qui n'est pas de très bon aloi.

— C'est bien ce qui s'est passé avec notre Siméon. Sa Victorine l'adore, le dorlote, le mignote, le gave de bons petits plats. Tant est qu'il est devenu avec l'âge une sorte d'enfantelet qui ne fait que ce qu'elle veut, et elle veut beaucoup, décidant de tout dans la paroisse.

— Y compris, dit mon père, des excommunications ?

— Cela va sans dire.

— Et quel en est le résultat ?

— Oh ! Rien de grave ! L'excommunié communie à la chapelle du château et l'évêque du diocèse écrit une lettre de blâme à Siméon qu'il ne lit pas, Victorine l'interceptant.

— Sait-elle donc lire ?

— Pas du tout, mais elle reconnaît le blason de l'évêque sur sa lettre-missive et sait que rien de bon pour son curé ne peut venir de ce côté. À la fin de l'année, Siméon, atteint par l'âge, prendra sa retraite chez les capucins où la soupe est beaucoup moins épaisse, et Victorine chez les nonnes de la Visitation qui se feront un devoir de charité d'adoucir son humeur.

— Ma fé, dis-je, je les plains presque d'être séparés. Un si vieux couple !

— Moi aussi, dit Charpentier, mais l'intérêt de la paroisse l'exige.

À cet instant, on toqua à notre huis et ce fut alors, lecteur, que la seconde surprise apparut, et celle-là était de taille puisqu'elle avait celle du maréchal de Schomberg, lequel je peux appeler meshui mon « intime et immutable ami », depuis que Bassompierre s'est éloigné de moi et a rejoint, à mon grand dol et à son futur grandissime dommage, le cercle des vertugadins diaboliques.

On se ramentoit — mais peut-être est-il bon que je le rappelle — que, ayant ôté à Schomberg, sur la foi de faux rapports, sa charge de surintendant des Finances, le roi l'avait de prime exilé dans son château de Nanteuil. Mais ayant ensuite, sur ma pressante prière, diligenté une enquête du parlement, il découvrit que Schomberg était blanc comme neige, le remit dans sa charge et m'envoya l'en avertir. Schomberg conçut ce jour-là pour moi une profonde gratitude, vertu qui est si rare chez les hommes, et plus encore chez les courtisans, que je fus moi-même infiniment touché par sa générosité et répondis avec beaucoup de chaleur à la chaleur de son amitié.

— Mon ami, dis-je, après les bonnetades et étouffades d'usage, c'est un sourire de la fortune que de vous voir en Fleury en Bière ! Peux-je quérir de vous, en toute indiscrétion, si vous venez de Nanteuil, de Paris ou de Fontainebleau ?

— Je viens de Fontainebleau où le roi ayant ouï parler, mais vaguement, de quelque complot touchant les sûretés du cardinal, m'a dépêché céans avec une trentaine de gardes royaux.

— C'est très bien pensé, dis-je. Avec vos gardes et vos Suisses, cela fait une soixantaine de soldats et c'est bien assez pour assurer les sûretés du cardinal.

— Ma fé ! Vous avez la même idée que moi ! Mais c'est justement ce que ne veut point le cardinal !

— L'avez-vous vu ?

— Je viens de le voir !

— Eh bien ?

— Il m'a tenu un propos bien étrange ! Il m'a dit que ces gardes que je lui amène, ajoutés à vos Suisses, sont une force conséquente et qu'elle lui sera très utile dans la mesure où il ne l'emploiera pas. Je n'ai rien entendu à ce baragouin ! Tête bleue ! Je ne suis qu'un soldat et le cardinal est trop profond pour moi ! De toutes façons, il va dans l'instant éclairer sa lanterne, car il veut nous voir tous les trois en son cabinet pour décider de cette affaire.

— Moi aussi ? dit mon père.

— Marquis, dit Schomberg, il vous a cité en premier, tant sans doute il estime votre sagacité.

— Mais, Excellence, je ne suis pas, comme vous-même et mon fils, membre du Conseil des affaires !

— Le Conseil des affaires, dit Schomberg avec quelque gravité, ne laisse pas que de faire appel, quand et quand, à des personnes étrangères, si sur tel point précis il a besoin de leur compétence.

À quoi mon père salua et aussitôt se détourna, sans doute pour cacher le plaisir et peut-être aussi la rougeur que ce discours lui avait donnés.

Là-dessus Desbournais vint nous dire que le cardinal nous attendait. Puis, sans rien ajouter, il nous précéda à pas tant rapides que nous avions du mal à le suivre, me donnant l'impression que chez le cardinal, le temps ne se comptait pas en heures, mais en minutes et même en secondes. Impression qui se confirma quand, sur la question que je lui posai sur Monsieur Charpentier, Desbournais me dit que le cardinal l'avait envoyé dormir quatre heures dans ses quartiers. Quatre heures ! m'apensai-je. Quatre heures par nuit !

Pour moi, quand j'entrai dans le cabinet de Richelieu, il ne me parut pas avoir changé de place depuis la veille, non plus que son chat qui avait dû pourtant, comme son maître, manger, boire, dormir et avaler, en outre, une goulée d'air dans le parc du château.

Sur une petite table, à côté de la grande, était assis un secrétaire qui, le front baissé, travaillait. Je le connaissais de vue, mais non de nom. Il était occupé à tailler, avec un petit canif, non une seule mais, à ce qu'il me sembla, une demi-douzaine de plumes.

À notre entrant, le cardinal interrompit la lecture d'un épais rapport qu'il avait en main puis nous sourit, nous salua de la main et, prolongeant son geste de la façon la plus gracieuse tout en lui donnant une autre signification, il nous invita à prendre place sur les trois chaires à bras qui faisaient face à sa table. Prenant alors la parole, il nous remercia fort aimablement d'être venus le trouver pour l'aider à résoudre un très ardu problème auquel il était confronté. Ce mot « aider » me fit de prime sourire en mon for. Qui pourrait être assez fat ou assez fol pour imaginer qu'il pût prêter une main secourable au cardinal, dont le génie politique, comme disaient ses amis, ou le machiavélisme, comme disaient ses ennemis, était connu *urbi et orbi* ? Mais en fait, je me trompais, et je m'en aperçus à plusieurs reprises dans la suite : le cardinal faisait son miel de toutes fleurs. Il écoutait très attentivement les avis qu'on lui donnait, en pesait scrupuleusement les avantages et les inconvénients et, s'appuyant sur les critiques qu'il en faisait, construisait sa propre opinion.

— Messieurs, reprit-il, le projet d'attentat contre ma personne, confessé d'abord succinctement par Monsieur de Bazainville, confirmé ensuite dans tous ses détails par Monsieur de Chalais, vient d'être au surplus corroboré cet après-midi par un envoyé de Monsieur qui me communique, de la part de son maître, le désir de s'inviter ce soir chez moi, à Fleury en Bière, avec une trentaine de ses gentilshommes. La visite de ce messager a coïncidé avec l'ensépulture des trois morts de l'embûche et l'entretien s'est déroulé avant l'arrivée de Monsieur de Schomberg. Tant est que l'envoyé de Monsieur n'ayant pu voir, ni les Suisses d'Orbieu, ni les gardes royaux du maréchal, va rapporter à son maître que je suis nu et sans défense en ce château. En outre, le message de Monsieur étant oral et non écrit, il pourra toujours nier l'avoir envoyé et même n'avoir pas été présent ce soir-là chez moi. Messieurs, voilà les faits. Je vous les décris dans leur peu aimable nudité. Et voici la question que je vous pose. Que me conseillez-vous de faire en ce prédicament ? Monsieur le Maréchal, voulez-vous opiner ?

— Éminence, dit Schomberg, si on veut assurer au mieux votre sécurité, voici ce qu'il convient de faire. D'abord, dissimuler nos forces. Ensuite, quand vos soi-disant invités pénétreront dans la salle du festin, ils y trouveront, tapissant les murs, immobiles et la pique haute, les trente Suisses d'Orbieu. Et juste avant que Votre Éminence pénètre dans la salle pour présider le festin, on orra[1] quelque bruit dehors. Quand l'un de vos invités, s'en inquiétant, ira jeter un œil, il verra mes trente gardes massés en rang dans la cour.

— C'est une solution, dit Richelieu. Monsieur de Siorac, en avez-vous une autre ? dit-il en s'adressant à mon père.

— Le dispositif de Monsieur de Schomberg est excellent, dit-il, mais il n'empêchera pas un des mignons de Monsieur, tête folle et brûlée, de tirer en plein repas un pistolet de sa poche et faire feu sur le cardinal. Et à quoi serviront alors les Suisses dans la salle et les gardes dans la cour ? Et qui leur voudra donner l'ordre de massacrer Monsieur et sa troupe ? Et à quoi cela servirait-il d'ailleurs ? Le mal sera fait. Je propose plutôt qu'on installe la troupe de Monsieur à table et qu'un *maggiordomo* vienne dire à Monsieur qu'à son regret, le cardinal ne pourra dîner avec Monsieur car il est alité, saisi de fièvre quarte. Il va sans dire que dans cette hypothèse, toute entrée dans les appartements du cardinal sera défendue par les Suisses et les gardes.

1. On entendra.

— Merci, Monsieur de Siorac. Voulez-vous opiner, d'Orbieu ?

— Éminence, si j'osais critiquer les projets précédents, je dirais que leur principal désavantage est de rendre possible un affrontement entre nos gardes et les gentilshommes de Monsieur. Et s'il y a mort d'homme, les gens de Monsieur iront crier partout au guet-apens et ses folliculaires s'en donneront à cœur joie contre Votre Éminence.

— Dès lors, que proposez-vous ? dit le cardinal.

— Que vous ne soyez pas là du tout, Éminence.

— Mais, dit le cardinal, ce serait faire mortelle injure à Monsieur que je ne sois pas là le jour où il s'invite chez moi.

Cette remarque me prit sans vert et, me voyant muet, personne ne pipa plus.

— Messieurs, dit le cardinal avec un petit brillement de son œil perçant, cet entretien m'a été des plus utiles, non pas par les projets que vous avez proposés, mais par les critiques que vous leur avez faites. Vous avez ainsi mis le doigt sur un principe essentiel à toute politique : *il ne faut pas augmenter le mal par le remède qu'on a voulu y apporter.*

Il promena alors son regard sur nous et reprit son discours de la façon méthodique, minutieuse et didactique dont il usait avec le roi quand il voulait le persuader que la meilleure solution parmi tant d'autres à une difficulté était justement celle qu'il préférait.

— Messieurs, dit-il, notre entretien a éclairé un point de grande conséquence. Il ne faut pas qu'il y ait affrontement entre nos soldats et les gentilshommes de Monsieur. Quelle qu'en soit l'issue, elle tournerait à notre désavantage. Il n'y a donc qu'une solution et d'Orbieu l'a très bien énoncée. Il faudra que je ne sois pas là. Mais comment n'être pas là sans offenser Monsieur ? À cela je réponds : mais en étant auprès de Monsieur.

— Auprès de Monsieur, Votre Éminence ? s'exclama Schomberg, très alarmé. Mais quand ? Mais où ?

— À la cour du roi, à Fontainebleau.

— Vous iriez seul, Éminence ?

— Avec vous-même et vos escortes, Monsieur, si vous voulez bien m'accorder le privilège de votre compagnie.

— Il vous est acquis, Éminence, dit Schomberg.

Et mon père et moi acquiesçâmes avec chaleur.

— Je vous remercie, Messieurs, dit Richelieu avec cet air de gracieuse courtoisie qui n'appartenait qu'à lui. Nous partirons demain, reprit-il, et assez tôt pour être à Fontainebleau au lever de Monsieur. Monsieur se lève en général à huit heures. Et il n'est pas concevable, ajouta-t-il avec un sourire, qu'il aille s'acagnarder au lit le jour où il a le dessein de m'assassiner.

— Mais, Éminence, dit Schomberg, encore très troublé, vous allez vous jeter dans la gueule du loup !

— Nenni, nenni, mon cousin, dit Richelieu avec gravité. Le nom de roi est extrêmement puissant, et il n'y a de loups à la Cour qu'en l'absence de Sa Majesté. En sa présence, il n'y a que des agneaux.

CHAPITRE IX

Richelieu, jugeant que, ni mon carrosse, criblé par les balles comme il l'était, ni mes Suisses, ne devaient être vus par les ennemis que j'avais à la Cour, me commanda de les laisser à un quart de lieue de Fontainebleau, dans une champêtre auberge dont l'enseigne, qui ébaudit fort Hörner, représentait une autruche, animal tout à plein déconnu en son pays comme dans le mien.

Le cardinal, en attendant que je termine avec les Suisses mes comptes et mes adieux, fit abriter son propre carrosse sous d'épais ombrages qui le dérobaient aux regards, tandis que le mien était soigneusement dissimulé dans une écurie et bâchée au surplus. Il ne devait demeurer là que le temps qu'il faudrait pour que mon père fût reçu par le roi à Fontainebleau. Après quoi, sans tant languir, le marquis de Siorac devait rejoindre *L'Autruche* (comme disait Hörner et ses hommes par gausserie) et départir incontinent avec eux dans mon carrosse pour regagner Paris. Pour moi, j'allais demeurer auprès du roi, puisque c'était là ma place et mon emploi.

Sachant que Richelieu m'attendait, j'abrégeai autant que je pus avec Hörner mes comptes, mais non pas leur montant, ajoutant au prix convenu une somme de quelque conséquence pour soigner les blessés.

— *Ach ! Herr Graf !* dit Hörner, je vous fais un million de mercis ! Ce n'est pas souvent qu'on tombe sur un gentilhomme ayant pour les soldats autant de considération. Et je ne vous cache pas que mes Suisses et moi, nous allons quitter votre service à très grande peine, tant nous fûmes heureux avec vous.

— Capitaine, dis-je, mon regret égale le vôtre. Et j'ai chagrin de me séparer de vous. En outre, je vous le dis comme je le pense, si la fortune, un jour, me devait enrichir assez pour nourrir une suite nombreuse de janvier à décembre, je serais fort heureux de vous embaucher, si vous y étiez consentant.

— Consentant ! *Herr Graf !* Plaise au ciel que cela se fasse !

— Vramy ! dis-je. Ne seriez-vous pas marri de quitter cette grande Paris et de vivre si souvent à Orbieu, parmi les vaches et les moutons ?

— *Gott im Himmel, Herr Graf*[1] ! Que sommes-nous, sinon des paysans des montagnes suisses, lesquelles nous avons quittées, la mort dans l'âme, pour ne point périr de verte faim ? Cependant, le métier de soldat nourrit mal son homme, quand il ne le tue pas. Nous menons en Paris, laquelle, sauf votre respect, *Herr Graf*, est ville fort puante, une existence précaire, demeurant parfois désoccupés une ou deux semaines à la file, faute d'être loués par un gentilhomme. Et pendant ce temps, il ne faut pourtant pas discontinuer de nourrir les chevaux à suffisance et les hommes, hélas, à insuffisance, les bêtes passant avant les hommes, comme je dis toujours, car, point de bête, point d'escorte ! Et j'ajouterais encore un grand merci, *Herr Graf*, pour les excellentissimes repues que vous nous avez baillées dans les bonnes auberges de France, sans jamais lésiner sur la chair et le vin. Peux-je quérir de vous, *Herr Graf*, quand le marquis de Siorac départira de céans ?

— Pas plus tard que demain.

— J'en suis fort content, *Herr Graf*, car, pour dire le vrai, il me tarde d'être de retour à Paris pour y vendre au meilleur prix la part de picorée qui eût dû vous revenir et que vous avez eu la bonté de nous abandonner pour les veuves des deux soldats tués. Pour l'instant, ces chevaux-là demandent peine et picotin sans rien rapporter.

— Capitaine, dis-je avec un petit sourire, dites à l'alberguière de *L'Autruche* de mettre le picotin de ce jour sur l'addition que

1. Dieu du Ciel, Monsieur le Comte ! (all.).

je lui paierai lorsque vous serez départi. Toutefois, ces chevaux étant maintenant à vous, il vous appartiendra de les entretenir sur le chemin du retour, mon père payant seulement l'entretien des chevaux de l'escorte.

— Cela va sans dire, *Herr Graf*, dit Hörner qui sentit fort bien, sous la gracieuseté du ton, ma petite rebuffade, laquelle je m'efforçai aussitôt d'effacer en lui baillant une forte brassée.

— *Ach ! Herr Graf !* dit-il. *Es ist eine grosse Ehre für mich !*

— *Lebe wohl, Hörner*[1] !

— *Lebe wohl, Herr Graf !*

Je me mis en selle, mais, comme je m'éloignais, Hörner courut après moi et quit de moi ce qu'il fallait faire des deux prisonniers.

— Mon père vous le dira. En attendant, traitez-les selon leurs besoins et non, certes, selon leurs mérites.

À mon approche, le cocher du cardinal dégagea son carrosse des feuillages qui le cachaient, et comme je me préparais à démonter pour m'aller excuser auprès de Richelieu de mon retardement, mon père approcha son cheval du mien et dit *sotto voce* :

— Le cardinal sommeille. Ne le dérangez point. C'est un homme qui ne souffre pas les temps morts. Il les utilise à merveille pour réparer ses forces.

— Où sont Schomberg et ses gardes royaux ?

— Le cardinal les a renvoyés dans leurs quartiers. Il ne veut pas apparaître au château sous escorte. Ce serait éveiller la méfiance de ses ennemis.

— Monsieur mon père, dis-je avec un sourire, vous voilà déjà tout à lui !

— Ne l'êtes-vous pas vous-même ?

— Oh que si ! Me croirez-vous si je vous dis qu'en mes prières, je supplie le Seigneur tout spécialement de le tenir en santé. Elle paraît si fragile et il travaille tant !

Le carrosse prenant le chemin de Fontainebleau, nous nous mîmes à la suite, et je contai à mon père mon entretien avec

---

1. — Ah, Monsieur le Comte, c'est un grand honneur pour nous !
— Adieu, Hörner !

Hörner et sa question finale sur Barbier et Monsieur de Bazainville.

— Le plus mauvais garçon des deux n'est pas celui qu'on pense, dit mon père. Que vais-je faire d'eux ?

— Les libérer dans les lieux et les moments qui vous paraîtront opportuns. Avec cette condition supplémentaire pour Bazainville qu'il devra demeurer un an éloigné de la Cour en sa maison des champs. Il l'a promis.

— Promesse, mon fils, qu'il faudra vérifier. Savez-vous où cette maison est sise ?

— À Sauvagnat-Sainte-Marthe, en Auvergne.

— Qui vous fait croire que le sire tiendra parole ?

— Sa prudence. Il est assez fin pour comprendre que sa présence à la Cour serait meshui fort gênante pour ceux qui l'ont employé contre moi.

Schomberg nous attendait à la grille du château et le cardinal émergea de soi de son sommeil, dès que le carrosse roula sur les pavés inégaux de la cour. En ce mois de mai, nul n'ignorait que le roi se faisait réveiller à sept heures du matin, une heure avant Monsieur, parce qu'il allait courir le renard ou le marcassin dans la forêt de Fontainebleau. À sa porte se tenait le capitaine du Hallier dont je revis avec plaisir la grosse trogne, le gros nez, la large bouche et la barbe rousse. Il repoussait de ses deux fortes mains la foule des courtisans qui, malgré le matinal de l'heure, se pressait là pour assister au lever de Sa Majesté : « Messieurs ! Messieurs ! disait-il. De grâce ! De grâce ! Ne pressez point ! Savez-vous pas que je n'ouvrirai l'huis que sur l'ordre du roi ? »

Mais ce que n'arrivaient pas à faire la grosse voix et la membrature carrée de Du Hallier, l'apparition soudain, inattendue et pour d'aucuns inquiétante, du cardinal l'accomplit en un battement d'œil. Comme la mer Rouge jadis devant les Hébreux fuyant l'Égypte, la foule des courtisans s'ouvrit en deux pour livrer passage à Son Éminence — Schomberg, mon père et moi nous engouffrant à sa suite.

Richelieu murmura quelques mots à l'oreille du capitaine dont la face, à sa vue, était devenue aussi rouge que sa barbe. Sur ce murmure, l'ange Du Hallier — mais quelle étrange figure faisait cet ange-là ! — ouvrit tout doucement la porte du ciel, et doucement la referma sur nous — nous laissant dans la demi-pénombre de la chambre (les rideaux n'étant pas encore tirés) face à Berlinghen qui, se génuflexant devant le cardinal, dit dans un souffle : « Monseigneur ! Le roi est à ses prières ! » Tant est que nous entrâmes à pas de loup et, nous arrêtant derrière les balustres, à bonne distance du roi, le souffle retenu et nous changeant de notre plein gré en statues de sel, comme l'étaient déjà le Révérend docteur Héroard, Soupite et derrière nous, Berlinghen.

Le roi ne nous vit, ni ne nous ouït, tant ses « Notre-Père » l'absorbaient. Il ne rendait pas grâce au Seigneur sur un prie-Dieu, mais à genoux devant son lit, la tête dans ses mains. Notre ami, le chanoine Fogacer du Chapitre de Notre-Dame, était accoutumé de dire que Louis priait avec tant d'ardeur et de ferveur qu'à le voir aussi ferme en sa piété, même un Sarrasin se convertirait. Bien que ce ne fût là qu'une petite gausserie d'Église bien éloignée de la réalité, il est bien vrai que Louis montrait en ses oraisons un élan et une foi qu'on n'eut jamais l'occasion de remarquer chez son père. Mais il est vrai que les circonstances de sa vie aventureuse avaient amené Henri IV à changer tant de fois de religion, et le plus souvent de force forcée, que le fanatisme des hommes l'avait peu à peu éloigné des églises.

Le Révérend docteur Héroard, qui avait pris soin de Louis depuis la première heure de son existence, se tenait à deux toises de son patient, mais à l'intérieur des balustres. Il me parut bien vieilli et chenu, ses traits marqués par une grande lassitude à vivre dont je n'augurais rien de bon. Changé comme nous en statue, ses yeux seuls vivaient dans sa face flétrie et envisageaient Louis avec cette grande amour à la fois révérencielle et maternelle qu'il avait nourrie pour lui dès le premier jour de sa vie. « C'est vrai, disait mon père, Héroard adore le roi, mais il le soigne mal et peut-être funestement. »

Le roi, s'étant dit « amen » à lui-même, retira les mains de son visage, se signa et nous aperçut, ou plutôt il aperçut de prime le cardinal, et ses yeux s'éclairèrent. Il était difficile de ne pas lire dans ce regard les sentiments d'affection, d'admiration et de gratitude qu'il nourrissait pour Richelieu et son immense soulagement à le revoir sain et sauf, après qu'il eut tremblé qu'on ne lui tuât le serviteur providentiel dont le génie et le labeur soutenaient son trône.

Je ne doute pas qu'il eût à ce moment-là le désir d'exprimer la richesse de ses sentiments. Mais le bégaiement de son enfance dont il conservait encore quelques traces lui avait noué la langue. Comme il le disait déjà en sa dixième année, « je ne suis pas grand parleur ». Et en effet, il était loin, bien loin de posséder la faculté émerveillable de son père à improviser — soit dans la gausserie, soit dans la truculence — le discours que les circonstances appelaient. Et tout ce que Louis parvint à dire en ces retrouvailles se borna à deux courtes phrases :

— Mon cousin, je suis bien aise de vous revoir. De grâce, prenez place !

— Un grand merci, Sire, dit Richelieu qui toutefois n'en fit rien, n'ignorant pas que le roi, bien qu'il fût sincère en le priant de s'asseoir, s'offusquerait en son for quand il le verrait assis en sa présence, étant en effet fort à cheval sur les marques de respect qu'on lui devait, précisément pour ce qu'elles lui avaient beaucoup failli en ses jeunes années, la reine-mère l'humiliant à plaisir en public et l'infâme Concini poussant l'insolence jusqu'à s'adresser à lui le chapeau sur la tête.

— Sire, reprit Richelieu après un temps, plaise à vous de me permettre de vous présenter le marquis de Siorac qui a si bien servi Henri III et Henri IV.

— Je sais ce qu'il en est des missions périlleuses que Monsieur de Siorac mena à bien pour conforter le trône de mon père. Si tous nos sujets étaient comme lui de véritables Français, nous n'aurions pas ce jour à démêler ces mortelles brouilleries.

— Sire, dit le marquis, je n'ai fait, dans le présent prédicament, qu'aider mon fils à sortir d'une embûche mortelle.

— Mais aider d'Orbieu, c'est aussi m'aider moi, dit gravement le roi, car d'Orbieu me sert avec une fidélité sans faille et c'est bien pourquoi ces rebelles s'en sont pris à lui.

Comme le roi achevait, Soupite s'avança, porteur de la chemise royale et la remit au cardinal qui, mettant un genou à terre, la présenta au roi. Louis, se dérobant alors de sa robe de nuit, mit la chemise et, aidé de Soupite et de Berlinghen, s'habilla. Tout me parut réglé à la seconde près car à peine les deux valets de chambre avaient-ils fini de vêtir Louis que deux marmitons apparurent qui portaient son déjeuner, lequel me parut fort copieux pour un seul homme, cet homme-là fût-il le roi. Mais il est vrai, comme disait mon grand-père le baron de Mespech, que « chasser le renard donne une faim de loup ».

Un incident survint alors qui ralentit quelque peu la bonne marche de ce lever, et m'eût paru comique, si je n'avais pas su l'importance inouïe que revêtaient à la Cour les questions de préséance :

Berlinghen eût dû agir pour remettre la serviette au roi comme Soupite avait fait pour remettre la chemise : la confier au personnage présent le plus élevé dans l'État. Or, que ce fût distraction, oubli, souci d'équilibre ou, comme je crois, ensommeillement, Berlinghen la tendit au maréchal de Schomberg.

Il y eut dans la chambre royale une sorte de commotion. Et la marche même du temps parut s'arrêter. Schomberg s'immobilisa, le visage de marbre, les bras le long du corps, et n'esquissa pas le moindre mouvement pour saisir la serviette, comme s'il eût pensé que la toucher lui allait brûler la main.

La bévue de Berlinghen était manifeste. Je me demandais ce que Richelieu allait faire et l'envisageai avec la plus vive curiosité, le sachant lui aussi fort rigoureux sur le chapitre des préséances, comme il l'avait bien montré quand il était entré au Conseil des affaires, luttant bec et ongles pour que son rang fût reconnu et ses droits, respectés.

Si j'avais craint un éclat, mes craintes se révélèrent mal fondées. Les yeux mi-clos, la tête baissée, le corps incliné vers l'avant, les deux mains modestement posées sur sa ceinture cardinalice, Richelieu était devenu en un tournemain l'image même de l'humilité muette, quoique souffrante.

La finesse de cette attitude me sauta aux yeux. Richelieu ne voulait pas, en protestant, offenser Schomberg, son ami et son protégé, et s'en remettait silencieusement au roi pour rétablir l'ordre des choses.

Et le roi, en effet, trancha.

— Berlinghen, dit-il en levant la tête de son déjeuner, tu devrais relire *Le livret de protocole* que nous devons à Henri III. Cela t'éviterait des erreurs.

Ceci fut dit sans la roideur que Louis mettait à l'ordinaire dans ses remontrances, mais d'un ton assez débonnaire pour enlever toute importance à l'incident. Berlinghen, tout rougissant, se tourna alors vers le cardinal et, mettant un genou à terre, lui présenta la serviette en balbutiant des excuses.

— Cela n'est rien, mon fils, dit le cardinal d'une voix douce. *Errare humanum est*[1].

Sous cette citation à la fois latine et cléricale, l'incident fut enterré et le roi put enfin s'essuyer la bouche et les mains.

— Mon cousin, dit-il en s'adressant au cardinal, je suis déjà instruit par votre courrier de l'embûche qu'a déjouée d'Orbieu et je voudrais maintenant connaître dans le détail celle qui vous menace.

Bien que je connusse tous les faits que Richelieu allait porter à la connaissance de Sa Majesté, j'écoutai avec plaisir ce qu'il avait à dire, tant il y mit d'ordre, de méthode et d'éloquence. Il divisa son rapport en trois parties. *Primo*, la confession de Monsieur de Bazainville dans mon carrosse. *Secundo*, le deuxième témoignage, corroborant fortement le premier : celui du marquis de Chalais. *Tertio*, la preuve enfin : le message même de Monsieur porté par un chevaucheur.

Le projet d'assassinat étant constant et prouvé, Richelieu examina ensuite les méthodes dont il conviendrait d'user pour lui faire pièce. Avec courtoisie et habileté il rendit compte de celles que Schomberg, mon père et moi, nous avions proposées. Il conclut sur la sienne. Si Sa Majesté était consentante, il irait voir Monsieur à son lever et tâcherait de l'amener à composition.

— Eh quoi, mon cousin ! s'écria le roi, très alarmé, vous allez voir un prince qui, ce soir même, eût voulu fouler aux pieds votre cadavre !

— Sire, dit le cardinal, Votre Majesté ne peut ni arrêter Monsieur, ni le reclure, ni lui faire un procès. La raison d'État s'y oppose. Il est votre frère cadet et si la reine ne vous donne pas de dauphin, il est, de plus, votre héritier présomptif. Dès lors, que peut faire Votre Majesté, sinon tâcher de retourner Monsieur et, par là, le détourner de ses mauvais conseillers, comme vous avez si bien commencé à faire en arrêtant le maréchal d'Ornano ?

1. Se tromper est chose humaine (lat.).

— Mais, mon cousin, n'êtes-vous pas un peu effrayé à l'idée d'aller vous fourrer dans ce nid de guêpes ?

— Si suis-je, Votre Majesté, dit le cardinal avec un sourire. Mais j'opine que Monsieur le sera bien davantage, quand il verra surgir devant lui, par anticipation, le fantôme de son futur assassiné...

— Et comment pensez-vous retourner Monsieur ?

— Mais par des paroles aimables et douces, et aussi, si vous me le permettez, Sire, en lui détaillant l'apanage que vous comptez lui donner, s'il épouse Mademoiselle de Montpensier.

— Je vous le permets, mon cousin, et je vous permets aussi cette visite à Monsieur, si vous pensez qu'elle peut être fructueuse. Cependant, j'aimerais que vous emmeniez avec vous, pour plus de sûreté, le maréchal de Schomberg, le comte d'Orbieu et le capitaine du Hallier. Le marquis de Siorac voudra bien demeurer avec moi. Sachant qu'il y a pris part, j'aimerais qu'il me décrive cette fameuse bataille d'Ivry que mon père remporta sur les ligueux.

Il ajouta avec un soupir :

— Chaque siècle a ses ligueux, je m'en aperçois tous les jours...

Pour Louis, ces quelques phrases étaient presque un discours et soit que parler si longtemps l'eût fatigué, soit qu'il eût grand faim, il se remit incontinent à son déjeuner et répondit d'un signe de tête à nos génuflexions, mais sans plus piper mot.

— Il est encore trop tôt, dit le cardinal dès que nous fûmes hors les appartements royaux. Monsieur ne se réveille qu'à huit heures. Monsieur le Maréchal, poursuivit-il en s'adressant à Schomberg, voulez-vous, de grâce, me pardonner de vous laisser seul un petit instant en compagnie de Du Hallier. J'ai un mot en particulier à dire au comte d'Orbieu.

Il me prit alors le bras, s'éloigna de quelques pas dans la galerie et toujours me tenant par le bras comme si j'étais son prisonnier, il me dit à voix basse :

— Comte, Charpentier me dit que le marquis de Chalais vous aime du bon du cœur.

— Éminence, dis-je avec un sourire, c'est vrai ce jour d'hui. Ce n'était pas vrai hier. Et comment savoir si cela sera vrai demain ? Chalais est une tête légère qui tourne à tous vents.

— Toutefois, Comte, il m'a rendu un grand service en me dénonçant l'embûche de ce dîner à l'italienne.

— À mon sentiment, Éminence, c'est le commandeur de Valençay qui l'y a contraint.

— C'est bien possible. Et que Chalais soit girouettant, babillard et brouillon, j'en conviens. Mais en mon présent prédicament, ces défauts mêmes ne sont pour moi que qualités. S'il m'a rendu un grand service en trahissant ses amis, il pourra m'en rendre un second, si nous le poussons un peu. Vous observerez, Comte, qu'en politique, la première tentative ratée d'assassinat n'est qu'un tremplin pour tenter un second essai, voire un troisième. L'histoire nous l'enseigne ainsi. La reine Margot a tâché sans succès d'empoisonner Henri de Navarre. Le couteau de Châtel n'a réussi qu'à lui fendre la lèvre. Le couteau de Ravaillac était la troisième tentative et hélas ! elle a succédé.

— Éminence, est-ce à moi que vous pensez pour « pousser un peu » Monsieur de Chalais de votre côté ?

— C'est à vous, Comte. Cela vous fâche-t-il ?

— Pas du tout. Mais si j'approche Monsieur de Chalais dans ce sens, je gage qu'il me proposera un barguin à son avantage pour passer subrepticement de son camp dans le nôtre.

— Vous ne vous trompez pas. Dites-moi alors quelles sont les exigences de Chalais, et si elles ne sont pas exorbitantes, je demanderai au roi de les accepter. Mais, bien entendu, le roi ne tiendra sa promesse qu'après le mariage de Monsieur.

— Éminence, quelles sont vos instructions ? dis-je, bien certain que le cardinal avait tout prévu et tout arrangé pour me permettre d'accomplir au mieux ma mission.

— Vous aurez de grandes facilités. Sous prétexte que le château ne peut vous recevoir faute de place, je vous ai logé dans l'auberge de *L'Autruche* sous la garde d'une dizaine de mousquetaires. Invitez Chalais à dîner dans votre chambre au bec à bec, loin des yeux et des oreilles de la Cour et là, retournez-le.

— Éminence, comment me recommandez-vous de m'y prendre ?

— Comte, suivez votre inspiration du moment, mais seulement, ajouta-t-il avec un demi-sourire, après y avoir longuement réfléchi. Usez de votre amabilité naturelle. Ce sera déjà beaucoup. Et puis, Henri IV n'a-t-il pas été votre maître ? Inspirez-vous de lui ! Il vous a sûrement appris qu'« on attrape plus de mouches avec une cuillerée de miel qu'avec un tonneau de vinaigre ». Toutefois, Comte, ajouta-t-il, je me dois de vous prévenir que si votre démarche auprès de Chalais est connue (et il ne se peut qu'elle ne le soit un jour, le poupelet étant si babillard) vous courrez derechef les plus grands dangers.

— Éminence, je l'ai bien entendu ainsi. Mais ces dangers font partie du service que je dois au roi, et par voie de conséquence à vous-même, qui êtes son plus ferme soutien dans l'État.

Ceci fut dit d'un ton respectueux, mais sans flagornerie, et le cardinal l'entendit bien ainsi. Il ne dit mot ni miette, mais son regard parla pour lui. Il me serra légèrement le bras, puis le lâcha et rejoignit nos compagnons, moi-même lui emboîtant le pas.

Devant les appartements de Monsieur, son lever étant maintenant imminent, une foule de courtisans se pressait et elle était, je le constatais avec un serrement de cœur, sensiblement plus nombreuse que celle que nous avions dû traverser pour atteindre la porte du roi. C'est vrai que l'heure du lever de Monsieur était moins matinale, mais à mon sentiment, il n'y avait pas que l'heure à considérer. Bien que le gros des courtisans ne fût pas dans le secret des dieux, des bruits couraient : des libelles circulaient, traînant le roi et Richelieu dans la boue, annonçant la mort prochaine d'un « roi débile », et l'assassinat de ce « faquin de cardinal ». On n'ignorait pas que la propre épouse du roi animait la cabale, ainsi que Monsieur, son frère cadet, et ses demi-frères Vendôme ; qu'elle était, en outre, soutenue par le comte de Soissons, deuxième prince du sang et par bon nombre de Grands, par les protestants toujours prêts à se révolter, par les Anglais (sous l'influence de Buckingham, quasi enragé qu'on lui eût interdit de mettre le pied en France après l'incident du jardin d'Amiens) et même par notre allié le duc de Savoie qui se disait prêt à envoyer aux rebelles dix mille soldats. Tant est que dans les incertitudes de l'heure, bon nombre de courtisans trouvaient plus sage d'adorer l'étoile qui se levait plutôt que l'astre que d'aucuns disaient déjà déclinant.

Cette foule se fendit devant le cardinal aussi aisément que la première, mais d'une façon à mon avis plus intimidée et en même temps moins révérencieuse, Richelieu n'étant pas en odeur de sainteté auprès des amis de Monsieur depuis l'arrestation du maréchal d'Ornano dont on lui attribuait la responsabilité, alors même que le roi, seul, l'avait ordonnée.

Quand nous fûmes enfin introduits dans la chambre de Monsieur, l'émotion dont nous avions été les témoins chez ces courtisans ne fut quasiment rien de plus que le battement d'ailes d'oiseaux effrayés, comparée à celle de Monsieur. Assis au bord de sa couche, vêtu de sa seule robe de nuit, le cheveu hirsute, les paupières à peine décloses, il n'en crut pas ses yeux de voir surgir tout à la fois au même instant devant lui l'homme à qui il avait tendu une embûche mortelle sur le grand chemin de Paris à Fleury en Bière et le cardinal ministre qu'il avait fait le projet d'assassiner chez lui le soir même au cours d'un dîner à l'italienne [1].

Il pâlit à la limite de la pâmoison, son corps se figeant dans une paralysie soudaine, tandis que ses mains trémulaient au point qu'il les cacha sous ses aisselles. Il ouvrit la bouche, mais au moment de parler, aucun son n'en sortit, car il venait de reconnaître, derrière la frêle silhouette du cardinal, la silhouette massive du capitaine du Hallier, l'homme choisi à l'accoutumée par le roi pour procéder aux arrestations qu'il avait décidées.

Monsieur, je crois l'avoir dit déjà, n'était pas couard et le prouva dans nos guerres. Mais tel qui n'est point peureux devant le canon, le devient devant des fantômes ou devant sa propre conscience. L'extrême pâleur de Monsieur, les gouttes de sueur qui ruisselaient sur ses joues, et la paralysie persistante de ses membres et de sa langue montraient à quel point il était terrifié. Cependant, en face de lui, le cardinal, le visage serein et amical, envisageait Monsieur avec tout le respect dû à son rang. Il se génuflexa devant lui, aussitôt imité par Schomberg, Du Hallier et moi et, les saluts terminés, il dit d'une voix douce, à la fois velours et miel :

— Monseigneur, plaise à Votre Altesse de me faire l'honneur de lui présenter la chemise.

---

1. Oliverotto de Formo, convoitant les biens de son oncle Fogliani, l'invita à dîner chez lui et le fit assassiner au cours du repas (Machiavel, *Le Prince*).

Mais loin de rassurer Monsieur, cette humble requête et ce ton suave ne firent que l'inquiéter davantage, car il se ramentevait que dans les minutes qui avaient précédé l'arrestation du maréchal d'Ornano, Louis XIII, tout sourires, s'entretenait aimablement avec lui en jouant de la guitare. Or, Monsieur, je l'ai dit, croyait Richelieu responsable de cette arrestation et, pour cette raison, il le tenait à grande détestation. Pourtant, il hésitait. Lui refuser la chemise violait le protocole. La lui donner, c'était se faire violence à soi-même. Ah ! Comme Monsieur aurait aimé qu'entrassent à ce moment dans sa chambre le duc de Vendôme et le grand prieur, tous deux princes légitimés, et, à ce titre, ayant le pas sur le cardinal. Mais les Vendôme n'assistaient jamais à son lever, se jugeant plus hauts que le roi, à plus forte raison que son cadet, et dans leur folle outrecuidance, auraient plus volontiers reçu la chemise des mains de Monsieur qu'accepter de la lui tendre.

À la parfin, Monsieur se décida, fit un signe à un de ses valets et le valet remit la chemise au cardinal qui, avec tout le respect possible, la tendit à Monsieur qui, se dévêtant de sa robe de nuit, passa la chemise comme si elle allait devenir sur lui la tunique de Nessus et lui brûler la peau.

Les deux valets s'approchèrent alors de Monsieur pour le vêtir, et une fois vêtu, Monsieur commença à se ranimer, d'autant qu'il ne voyait pas entrer dans ses appartements les gardes qui, à la suite de Du Hallier, assuraient, les piques basses, les arrestations.

— Monseigneur, poursuivit Richelieu d'une voix douce, je suis venu vous visiter ce matin tout exprès pour vous présenter mes plus humbles excuses de ne pouvoir vous régaler ce soir d'un dîner à Fleury en Bière. Assurément, cette invitation, si flatteuse pour moi, m'eût apporté un plaisir infini. Par malheur, les moyens matériels me manquent par trop pour pouvoir répondre à votre désir et traiter Votre Altesse d'une façon qui convienne à son rang.

Me tenant à la droite de Richelieu, mais un peu en retrait, je ne voyais le cardinal qu'à profil perdu, mais j'oyais toutefois, non sans un certain plaisir, les sonorités de sa voix, lesquelles me parurent dépasser en suavité rassurante le ronronnement d'un chat. En revanche, je voyais à plein Monsieur et s'il n'avait été si pâle, je lui eusse trouvé la face fort belle, avec des yeux brillants d'esprit, des traits réguliers, une physionomie pleine d'agrément, tout cela néanmoins quelque peu gâté par un air d'irrésolution, et aussi par le fait qu'il ne maîtrisait pas assez ses émeuvements pour qu'ils ne parussent pas sur son visage.

Quand Richelieu repoussa, avec une politesse exquise, le dîner de Fleury en Bière, ce que Monsieur en pensa éclata sur son visage : « Il sait tout ! On m'a trahi ! » Et si cette pensée-là fut tout aussi claire pour moi que si Monsieur l'avait réellement prononcée, à plus forte raison pour Richelieu, qui entreprit aussitôt de rassurer Son Altesse, craignant que la peur — non suivie de conséquence, puisque l'héritier présomptif était intouchable — n'eût pour effet que de ranimer ses intentions meurtrières.

— Monseigneur, reprit-il, je suis d'autant plus marri que vous ne puissiez venir ce soir à Fleury en Bière que le château vous eût plu infiniment par ses vastes proportions et l'agrément de son parc. Et, à ce propos, j'aimerais vous dire que, si vous sentant un peu à l'étroit à Fontainebleau, vous désirez demeurer à Fleury en Bière, je vous céderais très volontiers la place, me contentant de *Maison Rouge* qui est bien assez grande pour moi et pour mes serviteurs.

Cette offre, articulée d'un ton doux et modeste, parut si généreuse à Monsieur, que tout en la refusant avec mille mercis, il en fut très touché. Je me fis cette réflexion que Monsieur l'eût été beaucoup moins, s'il avait pu savoir à ce moment-là que le roi avait décidé de ne laisser en aucun cas son frère cadet hors de sa vue, fût-ce dans un château voisin, la raison en étant qu'il craignait que son cadet ne réussît à s'enfuir et à se réfugier en Bretagne où il eût pu, avec l'appui des frères Vendôme, des Anglais et des protestants, rameuter les Grands contre son frère aîné, voire engager une guerre civile qui eût sinistrement rappelé celle que la reine-mère, par deux fois, avait soutenue contre Louis.

Monsieur était très sensible aux gentillesses qu'on lui faisait. Homme de tous les doutes, il changeait aussi facilement d'opinion que de projet et après l'offre que lui fit le cardinal de lui laisser Fleury en Bière, il commença à douter que le cardinal fût aussi méchant qu'il l'avait cru, ni qu'il connût vraiment l'embûche préparée par ses soins contre lui, ni même qu'il ait eu une part dans l'arrestation du maréchal d'Ornano. En outre, l'autorité douce du cardinal, l'affabilité de ses manières, l'élégance de ses paroles, son charme enfin, l'avaient, par degrés, conquis. À l'envisager avec attention, j'observai que la crainte avait disparu de son visage, laissant place à une expression quasi révérencieuse.

— Mon cousin, dit-il enfin, pensez-vous que le roi pourrait un jour libérer d'Ornano ?

La question me parut naïve, car elle montrait à quel point Monsieur connaissait mal son frère, ignorant tout à la fois la roideur de sa volonté et la force de ses ressentiments. À cela, Richelieu répondit très promptement, preuve qu'il avait prévu la question et pesé sa réplique dans de fines balances.

— Monseigneur, dit-il, quand il s'agit des affaires intéressant sa propre famille, le roi aime à délibérer seul. Il est donc difficile de savoir par avance ce qu'il décidera. Néanmoins, le roi vous aime beaucoup. Il a prévu, si vous consentez à ce mariage, de vous doter d'un apanage tel et si grand que même sans la fortune immense de Mademoiselle de Montpensier, il ferait de vous le gentilhomme le plus riche du royaume. Que Votre Altesse royale en juge : vous recevrez cinq cent soixante mille livres de pension annuelle à laquelle s'ajoutera une rente de cent mille écus. Quant à l'apanage en domaines, il comprend le duché d'Orléans et le comté de Blois. Mieux même, le roi le jugeant encore, malgré sa richesse et son étendue, insuffisant, a exprimé le désir de m'acheter, pour vous le donner, le comté de Limours et son château, achat auquel j'ai aussitôt consenti pour être agréable au roi et du même coup à vous-même...

Qui n'eût pas été ébloui par un tel apanage, assurément un des plus beaux que jamais roi eût offert à son frère puîné en ce royaume ? Et comment Monsieur eût-il pu faillir à se sentir touché que Richelieu consentît à vendre d'un cœur léger ce château de Limours qu'il avait payé deux cent soixante-dix mille livres et pour lequel il avait dépensé en embellissements plus de quatre cent mille livres ?

Monsieur, plus tard, fit aigrement remarquer que le cardinal était alors tout plein dégoûté de Limours : il avait fait construire dans le parc de magnifiques bassins, mais même en allant la chercher très loin, il n'avait pu trouver d'eau en quantité suffisante pour les remplir. « Comme quoi, gaussa La Surie, quand je lui contai ce trait, même à un génie politique, il peut arriver de mettre la charrue devant les bœufs. » À quoi Fogacer, qui savait tout, fit remarquer que le cardinal n'avait rien gagné à cette transaction, y retrouvant à peine sa mise. « Et je compte pour rien, ajouta-t-il, la peine, les soucis et le labeur que cette maison lui a coûtés. » De reste, elle en coûta aussi à Monsieur, qui engloutit une fortune dans la construction d'un aqueduc souterrain pour conduire les eaux du pays de Chaumusson jusqu'au château de Limours.

Mais plaise à toi, lecteur, que je revienne à nos moutons. À considérer le visage si ingénument expressif de Monsieur, il m'apparut que même en ses rêves les plus extravagants, il n'avait jamais espéré un tel apanage. Se peut aussi qu'il réfléchit alors — lui qui réfléchissait si peu, étant tout entier au moment présent — que s'il avait tué le cardinal, il aurait encouru — certes point un procès, ni une condamnation — mais un longuissime exil dans un de ses propres châteaux, surveillé nuit et jour par les gardes du roi. Bref, la sécurité, la facilité, l'indolence à se donner peine longtemps et dans la même direction, l'inclinaient à se soumettre à ce mariage où il y avait tout à gagner s'il l'acceptait, et beaucoup à perdre, s'il s'obstinait à le refuser. Toutefois, hésitant encore, lui qui ne prenait jamais une décision sans être aussitôt assailli par le doute qu'elle ne fût pas la bonne, il tâcha de concilier sa bonne fortune avec le souci de son amitié pour d'Ornano.

— Mon cousin, dit-il après un long silence, croyez-vous que si j'épouse Mademoiselle de Montpensier, le roi fera grâce au maréchal d'Ornano ?

Ce naïf barguin faillit avoir raison de l'impassibilité du cardinal. Mais, visiblement, ce n'était pas une de ces occasions où un diplomate peut se laisser aller à dire la vérité.

— Espérez, Monseigneur ! Espérez ! dit Richelieu d'un ton des plus encourageants.

Je ne sais si Monsieur prit au sérieux cet espoir, mais à mon sentiment, c'était tout justement le genre de propos qu'on tient au chevet d'un mourant. Le cardinal n'ignorait pas qu'il n'y avait pas la moindre chance que Louis fît jamais grâce à d'Ornano. Le maréchal avait commis à ses yeux le pire des crimes : il avait noué contre son roi des intelligences avec l'étranger.

Au sortir des appartements de Monsieur, le cardinal me prit à part et me dit à l'oreille :

— J'ai retourné Monsieur, pour le moment du moins. Mais le péril demeure. Il est même imminent. Il n'y a pas de venin chez Monsieur. Mais il y en a beaucoup chez les Vendôme et aussi de la haine, cuite et recuite dans les fourneaux de leur insufférable arrogance. Comte, prenez langue le plus tôt possible avec Chalais, et gagnez-le. Offrez-lui la charge de grand maître de la cavalerie légère, à laquelle le roi s'engage à l'appeler, dès que Monsieur sera marié.

***

Le cardinal m'ayant persuadé de l'imminence du danger, j'entrepris ma quête aussitôt, mais chercher le marquis de Chalais dans le château de Fontainebleau, c'était tout justement chercher une aiguille dans une botte de foin. Je ne pouvais non plus m'enquérir de son appartement sans faire naître, et sur lui et sur moi, de dangereux soupçons, Monsieur de Chalais étant de notoriété publique tout acquis à Monsieur, et moi-même au roi.

J'usai mes bottes à le chercher dans la cohue de Fontainebleau, fort envisagé ou dévisagé, selon qu'on aimât mon maître, ou qu'on préférât Monsieur, car déjà la cabale avait cruellement divisé la Cour en deux partis.

Nulle part je ne trouvai mon homme. Je parcourus alors les écuries qui, si vastes qu'elles fussent, ne l'étaient pas encore assez, à en juger par la presse et le moutonnement quasi à l'infini des croupes qui se présentaient à moi à dextre et à senestre. Je ne fus pas long pourtant à retrouver ma jument bien-aimée, mais à mon déplaisir, elle ne me parut pas aussi bien étrillée et pimpante que du vivant du pauvre La Barge. J'interpellai les palefreniers, me nommai à eux, et avec je ne sais combien de bonnetades, ils me promirent de la mieux panser à l'avenir. Mais jugeant, à voir la quantité de travail qui les accablait, leurs promesses quelque peu volatiles, j'entrepris de leur donner du poids en leur mettant dans les mains quelques piécettes. Elles firent merveille, car deux d'entre eux se mirent incontinent à panser mon Accla.

On se ramentoit qu'Accla était la jument de mon père en ses jeunesses. Il m'en avait tant parlé et avec tant d'affection que je l'avais voulu en quelque sorte ressusciter en donnant son nom à ma propre monture qui était fraîche émoulue du dresseur et n'avait pas quatre ans.

Des écuries, je passai chez le maître gymnaste où je pensais trouver Monsieur de Chalais car il ne demeurait pas un seul jour sans faire toutes sortes d'exercices pour fortifier ce beau corps dont il était si fier.

Cet espoir ayant failli, je gagnai la salle d'escrime, laquelle m'assourdit dès l'entrant par les battements de pieds, les froissements de fer, et parfois, les hurlades que d'aucuns poussaient en portant leurs bottes. Une forte odeur de sueur y régnait et les respirations haletantes des combattants mettaient de la buée aux vitres. À mon immense soulagement, je reconnus, à sa haute et svelte silhouette, et à ses lumineux cheveux blancs, le commandeur de Valençay. Il avait face à lui un petit poupelet de cour qui se démenait comme diable en boîte sans jamais réussir à toucher le plastron du commandeur, lequel, avec une émerveillable économie de gestes, détournait à chaque fois sa lame d'un air paisible et olympien.

À ma vue, il recula d'un pas, salua son adversaire de son épée. Le coquardeau le contresalua, le remercia et s'en fut, plus mouillé de sueur qu'un oisillon qui serait resté toute la nuit sous la pluie.

Le commandeur me fit signe de m'avancer tandis que, de son côté, il reculait pour s'accoter le dos au mur. Quand je fus assez près de lui, il me souffla de ne point ôter mon chapeau, mon panache de plumes me protégeant des regards trop curieux. Ces précautions me donnèrent à penser que j'étais devenu, depuis l'embûche du Bois des Fontaines, un personnage dont la fréquentation n'était pas sans danger.

— Monsieur le Commandeur, dis-je à voix basse, je serai bref puisqu'il me semble que vous le désirez : je voudrais savoir où trouver votre neveu.

— Comte, dit le commandeur, que lui voulez-vous ?

— Rien que du bien, et sur l'ordre de qui vous savez.

— Mais encore ?

— J'ai mission, par la douceur et la persuasion, de le regagner à la cause qui devrait être la sienne.

— Me jurez-vous de ne lui faire aucun mal ? Directement ou indirectement ?

— Je le jure.

— Vous le trouverez à l'auberge de *L'Autruche*.

— Eh quoi ? Y loge-t-il ?

— Nenni. Il y coquelique avec un cotillon.

Ceci fut dit avec quelque déprisement, le commandeur étant un homme de vertu austère.

— Monsieur le Commandeur, dis-je, la grand merci à vous. Je vais de ce pas rejoindre l'auberge de *L'Autruche* et tâcher de remettre votre neveu dans le droit chemin.

— Ah ! Mon ami ! dit le commandeur avec quelque émeuvement. Puissiez-vous réussir ! Tête bleue ! Je me fais sur ce béjaune un souci à mes ongles ronger ! Le malheur est que ce naïf écervelé se croit un génie de l'intrigue ! Alors qu'il est tout juste bon à se battre en duel, à monter des chevaux fougueux, à courir la bague et à biscotter les mignotes. Et encore ! S'il se contentait de ces manœuvres-là ! Mais le brouillon veut brouillonner à la tête de l'État ! Lui, qui n'a pas plus de cervelle qu'un moineau tombé du nid, il veut en remontrer au cardinal, qui est fin comme l'ambre ! Et au roi, qui est ferme comme roc ! Ah ! J'enrage ! Partez, mon ami ! Partez ! Et pour plus de discrétion, partez sans me saluer...

Je regagnai les écuries où je trouvai mon Accla brossée et étrillée de tous côtés. Elle hennit tendrement en me voyant, et les palefreniers ayant reçu de moi l'ordre de la seller, c'est à peine si, se sentant si belle et si propre, elle consentit à les laisser faire, alors même que c'était de son intérêt le plus évident, car en fait elle n'aspirait qu'à saillir de ces écuries étouffantes pour aspirer l'air frais du plat pays.

L'alberguière de *L'Autruche* m'attendait, fort languissante d'être enfin payée de ses débours. Elle s'appelait Toinette et c'était une puce de femme, mais une assez jolie puce, vive, bon bec ; toutefois, l'œil dur et la menotte avide. Je trouvai bien l'addition un peu lourde mais noulus en disputer, ayant besoin du concours de l'hôtesse et payai rubis sur l'ongle, sans lui passer un seul denier. Tant est que sa considération pour moi grandissant à proportion de ma libéralité, elle me voulut elle-même conduire à ma chambre, suivie pas à pas par son mari, lequel n'ouvrait jamais le bec — sa femme l'ouvrant pour deux — mais paraissait toutefois fort menaçant, étant velu et musculeux, l'œil petit et féroce. Il obéissait en tout à sa femme, laquelle en ce logis portait le haut-de-chausses. Néanmoins, on le sentait prêt à bondir et à planter ses crocs dans la gorge d'un badin qui se serait avisé de conter fleurette à sa puce.

Je fis compliment à Toinette de ma chambre qui était spacieuse et claire avec belle vue sur de grands arbres et de vertes prairies.

— Ma fé ! Monsieur le Comte ! dit-elle, je ne pouvais faire moins, Monsieur de Schomberg étant venu de sa personne me la louer pour vous, et m'amenant aussi les soldats qui forment votre garde. Je me suis apensé que vous deviez être un seigneur de grande conséquence, et peut-être même un duc, pour qu'un maréchal de France se dérange pour vous et vous baille une garde de soldats si beaux, si bien vêtus et si courtois.

— M'amie, ces soldats sont des mousquetaires du roi et tous de bon lieu et de noble famille. Veillez seulement à ce qu'ils n'engrossent pas vos chambrières.

— Voire mais, Monsieur le Comte ! C'est à ces coquefredouilles de défendre elles-mêmes leur devant. Je n'y fourre pas le nez ! J'ai trop de soucis à me faire pour me faire aussi celui-là !

— M'amie, dis-je à ce propos, j'ai ouï de Monsieur de Schomberg que vous aviez céans Monsieur le marquis de Chalais, qui est un grand ami à moi.

— Monsieur le Comte, dit la petitime l'œil soudain froidureux et la mine fermée, je suis sérieuse et discrète alberguière et je ne babille pas à tous vents les noms de ma pratique.

— M'amie, dis-je, un écu surgissant dans ma dextre, lequel je glissai incontinent dans la sienne, Monsieur de Chalais, je le répète, est fort de mes amis.

Ce faisant, de force forcée, je dus bien toucher sa main et le mari gronda et montra les dents comme s'il allait se jeter sur moi.

— Paix là, Guillaume ! dit Toinette d'un ton à la fois ferme et caressant.

Sur quoi, aussitôt, il s'apazima. C'était merveille de voir l'empire que cette petitime avait conquis sur ce monstre : grande revanche, à mon sentiment, de l'esprit sur la matière. Car petite, certes, Toinette l'était, sa tête atteignant à peine le niveau de mon épigastre, toutefois fort bien proportionnée et rondie en toutes ses parties.

— Monsieur le Comte, dit-elle fort adoucie, Monsieur de Chalais est là et bien là et fort occupé, ayant une caillette en main.

— Et quand le pourrai-je voir ?

— Je ne sais. Il est céans depuis deux heures avec Cathau et à la noise qu'il fait, il n'est pas près d'avoir épuisé ses munitions.

— Toutefois, M'amie, il ne se peut qu'il ne se fasse porter quand et quand un pichet de vin et quelques gentillesses de gueule pour soutenir ses forces.

— Oui-da ! Il n'y faillit pas !

— Et qui les lui porte ?

— Guillaume et moi.

— M'amie, voudriez-vous, quand il vous appellera derechef, lui dire que le comte d'Orbieu l'invite à dîner dans sa chambre sur les onze heures du matin ?

À quoi, sans dire mot ni miette, la petitime, élevant entre le pouce et l'index l'écu que je lui avais baillé, m'espincha d'un air entendu.

— N'est-ce pas, Monsieur le Comte, qu'il est beau ?

— Assurément.

— Mais je m'apense, reprit-elle, qu'il serait plus beau encore, s'il avait un jumeau.

Je fus béant. Quelle sorte de petit vautour était-ce là qui me mangeait la bourse à plein bec ! Toutefois, tout me pressait : mon plan, ma mission, le temps. Je lui baillai le deuxième écu, mais cette fois en le laissant tomber dans sa menotte crochue, sans la toucher, tant est que son dogue n'eut pas à gronder.

— Monsieur le Comte, dit-elle, roucoulante comme un rossignol, tant promis tant tenu ! Je viendrai, si Monsieur le Marquis dit « oui », ce dont je ne doute pas, dresser la table à dix heures et demie dans votre chambre. D'ici là, Monsieur le Comte veut-il de la compagnie ?

— Quelle compagnie ?

— Monsieur le Comte sait bien laquelle.. .

— La grand merci à toi, m'amie. Je vais rêver.

— Monsieur le Comte, à votre âge, on ne mange pas son rôt à la fumée.

— Si ferai-je pourtant, m'amie. Le repos n'a jamais tué personne.

* * *

Toinette partie, je me fis cette réflexion que la petitime n'était pas étrangère, quoi qu'elle en eût dit, à la façon dont les chambrières usaient ou n'usaient pas de leur devant, mais bien le rebours, qu'elle était entrée avec elles dans une sorte de barguin où elle avait son intérêt. Sans cela, m'eût-elle proposé « de la compagnie » ?

Je n'en conçus pas plus d'estime pour cette chiche-face, bien le rebours, et décidai de me tenir à carreau avec elle, car si elle était capable de vendre le devant de ses chambrières, elle pouvait tout aussi bien vendre les secrets de ses hôtes à qui s'y intéresserait assez pour y mettre le prix. Ah ! m'apensai-je, l'autruche peinte sur l'enseigne de cette maison a bien raison de cacher sa tête dans le sable, car si elle la retirait, elle serait fort outrée du train que l'on mène céans.

Je me jetai sur mon lit et glissai par degrés dans l'ensommeillement quand on toqua à ma porte. Toquement qui, du coup, me fit bondir sur pieds et saisir sur mon chevet mes deux pistolets. Après quoi, je me dirigeai à pas feutrés vers mon huis et me plaçant non pas devant lui mais à côté, le dos contre le mur, je dis d'une voix forte :

— Qui est là ?

— Monsieur le Comte, c'est Monsieur de Clérac qui commande les mousquetaires de votre garde.

— Monsieur de Clérac ! N'êtes-vous pas cet excellentissime lieutenant qui m'escorta dans mon voyage à Nanteuil pour quérir Monsieur de Schomberg ?

— C'est moi-même.

— Je suis charmé, Lieutenant, que vous me gardiez à nouveau. Entrez, de grâce !

Clérac pénétra alors dans la pièce mais comme l'huis, se

rabattant sur moi, me cacha, il ne me vit pas et je ne le vis pas davantage.

— Monsieur de Clérac, dis-je, retournez-vous ! Je suis là !

Ce qu'il fit, et aussitôt que je vis son visage, je baissai mes pistolets.

— Monsieur le Comte, dit Clérac après un profond salut, cet accueil est prudent, mais si vous me permettez une critique, il ne l'est point tout à fait assez. Vous avez oublié de pousser le verrou de votre porte et vous avez omis de clore les contrevents de votre fenêtre, lesquels ne sont pas hors échelle. Monsieur le Comte, j'espère que ces remarques ne vous offensent pas.

— Point du tout ! Il est de votre devoir de les faire et du mien de les retenir. Où logez-vous avec vos mousquetaires ?

— À vos côtés. Monsieur de Schomberg a fort habilement choisi nos chambres, une pour vous et deux pour nous. Comme vous savez, la vôtre ouvre au fond du couloir et occupe toute la largeur de la maison. Nos deux chambres la jouxtent perpendiculairement à dextre et à senestre tant est qu'on ne peut atteindre votre porte sans passer devant les nôtres. Monsieur le Comte, puis-je quérir de vous si vous allez recevoir des visites ?

— En effet, j'ai invité le marquis de Chalais à dîner avec moi sur le coup de onze heures.

— Peux-je vous demander, Monsieur le Comte, si cet entretien a un caractère amical ?

— Il n'en aura que l'apparence. Il fait partie de ma mission.

— Il est donc de quelque conséquence.

— Cela dépendra de son issue.

— En ce cas, nous ferons bonne garde. Nous soupçonnons céans une petite personne de mettre l'oreille aux serrures.

— Si c'est celle que je crois, je n'en serais pas étonné.

— Pendant votre dîner, nous laisserons donc, quant à nous, nos deux portes entrebâillées pour surveiller la vôtre. Monsieur le Comte, avant de prendre congé de vous, j'aimerais clore vos contrevents.

— Eh bien, je vais le faire avec vous, puisqu'il y a deux fenêtres.

— Monsieur le Comte, dit-il, tandis que nous nous affairions chacun de son côté, avez-vous ouï parler d'Olphan de Gast ?

— Je ne sais rien d'autre de lui que son nom.

— C'était un favori d'Henri III. Encolérée qu'il eût vilainement clabaudé sur ses amours, la reine Margot le fit assassiner. De Gast se reposait dans une maison qu'il avait louée en Paris. L'huis était bien clos mais l'assassin, trouvant une méchante chanlatte, l'appliqua contre le mur et pénétra par la fenêtre. Il faisait très chaud et de Gast avait laissé la fenêtre ouverte. Il fut, sans tant de façons, dagué sur son lit.

— Monsieur de Clérac, dis-je en riant, vous allez m'épouvanter ! Je vais voir des poignards partout ! Cependant, n'ayez crainte. Je ne vous rendrai pas la tâche difficile. Je serai aussi prudent que je peux l'être. Trop de choses en dépendent, et point seulement ma vie.

L'huis reclos sur Monsieur de Clérac, je poussai cette fois le verrou derrière lui et m'allai recoucher, hésitant entre la rêverie et la rêvasserie. Par rêverie, j'entends une réflexion bien conduite et par rêvasserie, une sorte d'abandon à des imaginations vagues et changeantes, la première étant à coup sûr utile à traiter les problèmes de la vie et la seconde à remédier aux soucis que ces problèmes vous donnent.

Sur le coup de dix heures et demie, on toqua à ma porte et la voix de Clérac dit :

— Monsieur le Comte, plaise à vous d'ouvrir. C'est l'alberguière qui vient dresser la table du dîner.

Je cachai mes pistolets sous mon oreiller et allai ouvrir. Comme s'il eût été le *maggiordomo*, Monsieur de Clérac entra le premier, suivi d'un valet portant deux tréteaux sur lesquels il posa un plateau, recouvert aussitôt d'une nappe par la petitime, laquelle venait d'entrer à sa suite. Vinrent ensuite son mari et une chambrière, fort chargés de vaisselle.

La petitime jappait des ordres brefs qui étaient promptement obéis par tous, y compris par son monstre velu, et quasi en tremblant par la chambrière qu'elle appelait Cathau. C'était une blonde garcelette et à l'œil qu'elle jeta plus tard à Chalais, quand il entra dans ma chambre, j'entendis qu'elle était celle-là même qui avait subi depuis le matin ses infatigables assauts.

Je passe sur les embrassements et les étouffades dont je fus tour à tour l'agent et le patient. Chalais était magnifiquement vêtu, bouclé, parfumé et, pour dire le vrai, il respirait la santé, la vigueur, la jeunesse et aussi une complaisance de soi que je n'ai vue qu'à lui. Je me gardai bien d'entrer avec lui dans le vif du sujet tant que la petitime et son mari entrèrent et sortirent de ma chambre pour y servir et desservir le repas, lequel était fort bon, mais auquel je touchai fort peu, pas plus qu'au vin, voulant garder la tête claire.

Toutefois, je n'eus pas à me mettre en frais. Chalais parlait d'abondance, étant de ces sortes de gens qui babillent infiniment de soi et vous réduisent à n'être qu'une paire d'oreilles infiniment fatiguées. D'autant que ce qu'il contait me ragoûtait fort peu : de prime ses exploits toute la matinée avec Cathau qu'il me narra sans vergogne aucune par le menu, alors même que l'intéressée nous servait ; et ensuite un duel dont il avait été le héros, ayant eu la joie de passer sa lame au travers du corps de son adversaire, et ayant éprouvé, m'assura-t-il, une satisfaction supplémentaire à voir que ses deux témoins avaient aussi dépêché les témoins adverses. Mais de ceux-là, il regrettait de ne pouvoir me dire les noms : il ne les connaissait pas, ne les ayant jamais encontrés jusqu'au jour du duel. Puis il revint sur ses exploits avec Cathau dont l'intérêt, si bien j'entendais son propos, provenait du fait que lorsqu'on la tuait, elle ne mourait pas et pouvait donc être tuée à nouveau, le nombre de mises à mort étant, pour Chalais, la preuve de sa valeur. Il disait tout cela sans envisager le moins du monde la pauvre Cathau qui nous servait les plats : on eût dit qu'il s'agissait d'une autre personne que celle de son récit.

Enfin, le repas se termina et nous fûmes débarrassés de tous les *impedimenta* du dîner ainsi que de ceux qui nous servaient. La petitime disparut la dernière, bien déçue, me sembla-t-il, car elle n'avait ramassé rien qui valût sur le marché des ragots, et au surplus, elle se doutait bien que, l'huis refermé sur elle, ma serrure lui serait inaccessible en raison de la présence sur le palier d'un mousquetaire qui, carré dans une chaire à bras et la pipe au bec, pétunait.

Quant à Chalais, si peu attentif qu'il fût à ce qui se passait dans la cervelle de son interlocuteur, il finit par sentir, ne serait-ce que par mes silences mêmes, que j'avais quelque chose à lui dire et, ô miracle ! il se tut. Et moi, maintenant, j'hésitais, pris de vergogne, me demandant comment j'allais avoir le front de lui suggérer de se déshonorer en trahissant ses amis pour moi.

Aussi quels ne furent pas, dans la suite de cet entretien, ma stupéfaction et aussi mon soulagement, quand je constatai, aux premières approches tâtonnantes et voilées que je lui fis, que trahir ses amis ne posait pas à Chalais le moindre problème. Je fus un moment à me dire que j'avais devant moi le plus grand cynique de la création, mais non, lecteur, même pas ! Ce n'était chez Chalais qu'étourderie, inconscience, légèreté incurable...

Quand j'eus bien entendu cela, je changeai de discours et parlai à la franche marguerite.

— Mon ami, dis-je, observez, de grâce, que la reine est de nouveau enceinte. Et si elle porte son fruit à terme et que ce soit un garçon, quelle importance aura le mariage de Monsieur ? Et quelle importance aura Monsieur lui-même, quand un dauphin sera là ? Il ne sera plus l'héritier présomptif. D'un autre côté, spéculer sur la mort de Louis ou, pis, sur son assassinat, c'est sottise incommensurable. Il faut que le roi, malgré ses malaises, ait un fond solide de santé pour chasser, comme il fait, plusieurs heures par jour. Quant au régicide, outre que celui qui l'accomplit n'en récolte presque jamais les fruits, il est en l'espèce peu probable : Louis est si méfiant, si précautionneux et si fortement entouré. Savez-vous qu'il ne mange jamais rien qui n'ait été goûté avant lui ? Qu'en certaines occasions, il porte une cotte de mailles sous son pourpoint ? Que cent yeux veillent sur lui à toute heure du jour et que cent oreilles la nuit veillent sur son sommeil ?

Ici, pour les besoins de la cause, j'en rajoutai quelque peu. Il est vrai qu'ayant sans cesse devant les yeux l'image de son père ensanglanté par le couteau de Ravaillac, Louis se gardait fort bien. Mais pas autant que je venais de le dire, mes exagérations ayant pour but d'imprimer dans la cervelle de Chalais une image telle et si forte de l'inviolabilité du roi qu'il ne fût pas tenté d'y porter atteinte. Car étant donné sa charge de grand maître de la garde-robe, Chalais avait, comme j'ai dit, l'occasion de s'approcher de Louis quotidiennement et quasi à toute heure et il était aussi le genre de tête folle, crédule et influençable à qui de féroces intrigants pouvaient insuffler peu à peu l'idée d'un meurtre pour peu qu'il espérât y trouver l'avancement dont rêvait sa puérile et frénétique ambition.

— En vérité, quiconque miserait sur Monsieur, repris-je,

prendrait une gageure très aléatoire et pourrait bien être amèrement déçu. Le roi est là ! Il est bien là ! Et quelque avancement qu'on désire, il ne se fera que par lui et sans attendre les calendes grecques... Or, Louis vous a su le plus grand gré d'avoir apporté au cardinal le renseignement qui lui a permis d'échapper au mortel attentement de Fleury en Bière. Il craint que cet attentement ne se renouvelle, et je puis vous dire qu'il vous prendrait en très grande faveur, si vous pouviez l'informer promptement par mon intermédiaire de tout projet de même farine dont, à l'avenir, vous pourriez avoir vent.

— Comte, dit Chalais, il y a toutefois une difficulté.

— De conscience ?

— Nenni. Nenni. Mais je vous avouerais que je n'ai pas laissé d'être quelque peu désappointé que le roi ne m'ait pas récompensé quand j'ai dénoncé l'attentat de Fleury en Bière.

Je n'en crus pas mes oreilles. Le poupelet avait la tête bien confuse ! Comment n'arrivait-il pas à entendre que pour Louis le Juste il était un traître repenti et qu'il n'y avait pas lieu de le récompenser tout de gob de ce qu'il était rentré dans le devoir ? Cependant, j'avais la parole du cardinal. Si Chalais persévérait dans sa résipiscence, une charge lui serait donnée, s'ajoutant à celle de grand maître de la garde-robe.

— Marquis, dis-je en posant ma main sur la sienne, en politique il faut patience garder. Comment le roi pouvait-il vous récompenser sans que cela vous discréditât aussitôt aux yeux de Monsieur ? Le roi, de toute évidence, attendra que le mariage soit accompli et que le calme revienne dans son État pour distribuer les sanctions : aux uns les titres, les donations, les charges. Aux autres, l'exil, la prison, ou la mort.

C'est par souci de symétrie verbale que j'ajoutai « la mort ». Je ne pensais pas, à ce moment-là, que les choses pourraient aller si loin. Hélas, pauvre Chalais !...

Cependant, mes propos avaient tout à la fois rasséréné le marquis et ravivé les couleurs de son ambition.

— Comte, dit-il, si l'on veut que d'une part j'avertisse des complots qui se machinent contre le roi ou le cardinal, et que d'autre part je pousse Monsieur à marier Mademoiselle de Montpensier — comme assurément je le peux, poursuivit-il, la crête haute —, il faudra, pour me récompenser de mes peines, me bailler quelque chose de conséquent, je dirais même de considérable.

— Mon ami, dis-je sur le ton de la confidence, je ne crois pas trahir un secret en vous disant que vous ne serez pas déçu.

— Eh quoi ! Comte ! Vous sauriez ce qu'on me destine et vous ne me le diriez pas ?

— Je vous le dirais, mais sous certaines conditions.

— Lesquelles ?

— Vous resterez là-dessus bouche cousue.

— Je le promets.

— Nenni. Nenni. Ce n'est pas suffisant.

— Eh bien soit ! Je vais vous faire un serment que je n'ai encore jamais fait. Je jure par la Vierge Marie que je demeurerai clos là-dessus.

Chalais nourrissant une dévotion particulière pour la Mère de Dieu (sans doute dérivée de la grandissime amour qu'il portait à sa propre mère), ce jurement me rassura sur la solidité de sa parole.

— Mon ami, dis-je, oyez bien ceci ! Le roi envisage de vous donner, sur le conseil du cardinal, la charge de grand maître de camp de la cavalerie légère.

— Vramy ! dit Chalais au comble de la joie. Et croyez-vous que je la puisse remplir ?

— Elle me paraît, en fait, singulièrement appropriée à votre personne, dis-je, en me donnant le plaisir de jouer sur les mots.

Mais Chalais n'en était pas à distinguer ces nuances de langage, si tant est qu'il les perçût jamais. Il ne m'écoutait plus. Il était tout à son rêve et prit congé, m'embrassant derechef à l'étouffade. Puis il envisagea une montre-horloge qu'il tira de son pourpoint, cria qu'il était en retard, qu'il allait me quitter dans la minute, et qu'il était à jamais mon immutable ami.

— Marquis, dis-je, un mot encore. Comment m'avertirez-vous des complots que vous pourrez découvrir ?

— Je viendrai au galop vous le dire céans. Cela n'étonnera personne à la Cour que je hante l'auberge de *L'Autruche*. On n'ignore pas, dit-il avec un sourire assez fat, que j'y ai mes petites habitudes...

*
* *

Dans l'après-dînée de ce même jour, la considération que la petitime nourrissait pour moi grandit encore, quand elle vit le carrosse aux armes du cardinal s'arrêter devant son auberge. Mais sa liesse fut courte car il n'en sortit que Charpentier, lequel la pria poliment de lui montrer ma chambre, ce qu'elle fit. Mais il y eut là quelque difficulté, car le mousquetaire en faction devant ma porte noulut laisser passer Charpentier, tant que, oyant cette noise, je parus sur le seuil, et fis entrer le secrétaire tout en félicitant le mousquetaire de me garder si bien.

L'huis reclos, j'ouïs le mousquetaire chanter pouilles à la petitime pour ce qu'elle rôdait autour de mon huis sous le prétexte d'attendre Charpentier pour le raccompagner. « M'amie, lui dit-il à la fin d'une voix forte et gasconne qui traversa le chêne de ma porte, votre place n'est point céans, pas plus que celle de votre mignonne oreille à la serrure que voilà ! Partez, m'amie ! Partez ! Sans cela je me verrai contraint de vous soulever entre le pouce et l'index et de vous jeter en pâture à douze mousquetaires affamés. » Là-dessus lesdits affamés sortirent sur le palier en riant à gueule bec, tant est que la petitime, à ce qu'on me raconta plus tard, voleta incontinent au bas des escaliers avec des craquettements effrayés de poulette poursuivie par une meute de renards. De monstre velu il n'y avait pas trace cet après-midi-là. Il faisait la sieste.

J'accueillis Charpentier en toute bonne et franche cordialité tant j'estimais ce manieur de plume et lanceur de cotels.

— Le cardinal, dit-il en baissant la voix, voudrait savoir si vous avez vu notre homme et si vous l'avez convaincu.

— Je l'ai convaincu, oui, pour le moment. Dans un avenir proche, il ne faillira pas à nous dire ce qu'il apprend des projets meurtriers de ces messieurs. Mais je ne garantis pas le long terme. Car cette girouette a trahi si facilement ses amis qu'il pourrait bien, à l'occasion, se retourner contre le cardinal, et même contre le roi.

— Que ferez-vous s'il vous avertit d'un projet criminel ?

— Je courrai aussitôt le dire au roi. Et vous-même, où courez-vous si vite présentement ?

— Le cardinal regagne Fleury en Bière.

— Ces va-et-vient entre Fleury et Fontainebleau ne le fatiguent pas ?

— Tout le rebours, dit Charpentier. Il dort en carrosse et le chemin n'est pas long. Le roi chassant le matin, le cardinal ne vient à Fontainebleau que dans l'après-dînée, traite ses affaires avec le roi et s'en retourne à Fleury pour le souper.

— Est-il accompagné ?

— Oui.

— Fortement ?

— Non. Une dizaine de gardes royaux.

Je soupirai.

— Si je m'étais contenté, sur le chemin de Paris à Fleury, d'une dizaine de Suisses, je ne serais plus céans pour vous parler.

— Le cardinal dit que lorsqu'on a une garde, on peut dire « adieu » à la liberté.

— Mais quand on s'en passe, on peut tout aussi bien dire « adieu » à la vie. Pourquoi le cardinal ne demeure-t-il pas continûment à Fontainebleau ?

— Il ne supporte pas la presse et la noise. Il y étouffe.

— Il y a, en effet, de quoi étouffer. D'un autre côté, ces va-et-vient quotidiens ne me disent rien qui vaille. Voulez-vous dire au cardinal, avec tout le respect du monde, que cela me soucie pour lui ?

— Vous ne serez pas le premier, dit Charpentier avec un soupir. Monsieur de Schomberg le lui a déjà dit et même répété, mais pour le moment, rien n'y fait.

— Le cardinal, dis-je avec feu, se croit en sûreté parce que Fleury en Bière est si proche de Fontainebleau et des six cents soldats qui gardent Sa Majesté. Mais surtout, il pense, ayant tant d'esprit lui-même, que jamais un homme sensé ne songerait à l'attaquer dans ces conditions. Or, cette clique n'est composée que de fols. Si vous deviez creuser toutes ces cervelles mises à tas, vous n'y trouveriez pas un atome de sens commun. C'est en cela, précisément, que ces gens sont dangereux. Ce que peut imaginer un fol dans ses folles mérangeoises, personne ne le peut prévoir. Monsieur Charpentier, voyez-vous pas cette bague ornée d'un gros rubis que je porte à l'auriculaire de ma main gauche ? Si un de mes mousquetaires arrive à brides avalées, vous mande et vous montre cette bague, cela vous dira qu'il y a vipère sous roche et que le cardinal ne doit pas bouger de l'enceinte du château jusqu'à l'arrivée de Schomberg. De mon côté, je serai fort occupé à trouver le roi, surtout s'il est à la chasse, pour l'avertir de ce nouveau danger.

Lecteur, tu dois trouver quelque peu romanesque l'emploi d'une bague en ce prédicament. Nenni, le procédé, je t'assure, est banal et coutumier en ces sortes d'affaires. Et en voici la raison. Le chevaucheur porteur d'un message secret peut être intercepté et fouillé. En ce cas, si vous avez eu l'imprudence d'écrire un billet, on le trouvera sur lui. Et dès qu'il sera décacheté, il dira tout. Et s'il est chiffré, il sera déchiffré. Un anneau, garni ou non d'une pierre, n'est pas si bavard. Le message qu'il transmet est muet pour celui-là même qui le porte. Il ne parle qu'au destinataire. Et voici, si tu me permets, lecteur, un exemple fameux de cette adamantine discrétion. Après qu'Henri III eut fait dépêcher le duc de Guise à Blois par huit de ses Quarante-Cinq, il ôta du cadavre une bague que son cousin de Navarre connaissait bien. Le bijou, en effet, appartenait à la reine Margot, mais du temps où elle coqueliquait avec le duc de Guise, elle le lui avait baillé. Que pouvait penser Henri de Navarre de cette bague que mon père, après un périlleux voyage, lui remit, sinon que le duc était mort puisqu'il allait sans dire qu'on ne la lui aurait pas retirée du doigt de son vivant ; que la Ligue, en conséquence, était très affaiblie par sa disparition ; et que le roi de France recherchait ouvertement l'alliance du roi de Navarre pour en finir avec elle.

Tandis que Charpentier s'éloignait, emportant en sa remembrance l'image de mon rubis, j'écoutai ses pas décroître dans l'escalier de bois de l'auberge. J'allai déclore ma fenêtre et, me penchant, c'est à peine si j'eus le temps de le voir s'engouffrer dans le carrosse, lequel s'ébranla aussitôt, précédé et suivi par une dizaine de gardes royaux. Vous m'avez bien ouï : une dizaine de gardes ! Quelle méchante escorte pour garder un si grand ministre ! J'allais me jeter sur mon lit, la gorge se nouant du fait de mon anxiété et mon cœur battant la chamade. Je me fis alors le serment de ne saillir de ce logis ni de jour ni de nuit, aussi longtemps que ce funeste va-et-vient quotidien du cardinal entre Fleury en Bière et Fontainebleau continuerait et qu'on pouvait craindre contre Richelieu un nouvel attentement.

CHAPITRE X

Du diantre si je sais pourquoi je m'étais mis en cervelle que l'attente du renseignement de Chalais allait me manger une semaine. Elle ne dura qu'une journée.

Très tôt le lendemain, on toqua à la porte de ma chambre et la voix de Monsieur de Clérac demandant l'entrant, je me levai, libérai le verrou et lui ouvris. Il poussa devant lui la petitime qui, les yeux ronds, rusés et brillants comme ceux d'un écureuil, me dit avec un air de profond mystère qu'un gentilhomme demandait à me voir, lequel noulait dire son nom. Et comme je quérais d'elle qu'elle me le décrivît, elle reprit :

— Ma fé ! Monsieur le Comte ! C'est un bel homme ! Il est grand assez pour être deux fois ma hauteur, le cheveu blanc comme neige et la mine fort haute.

J'eus peu de doute alors sur la personne dont il s'agissait et, tout frémissant en mon for, sans le laisser paraître à cause de la petitime qui ne nous quittait ni d'un pas ni de l'œil, je dis en oc à Clérac (qui était gascon, le lecteur s'en ramentoit) de ne pas donner son titre au visiteur en le saluant et de me l'amener incontinent. À quoi j'ajoutai, toujours en oc : « Par le Ciel et par tous les Saints, chassez-moi cette collante petite mouche qui volette dans les alentours ! » Clérac n'y alla pas par quatre chemins. Il toqua de sa dextre l'arrière-train de la garcelette et lui montrant les grosses dents, il lui dit d'une voix terrible : « Et pis ferai-je, m'amie, si je te trouve encore entre mes pattes ! » La petitime s'enfuit alors en piaillant comme volaille qu'on plume et Clérac descendit à sa suite pour me ramener le visiteur.

— Comte, dit le commandeur de Valençay en entrant dans ma chambre d'un pas vif, laissons là, s'il vous plaît, les civilités ! Le temps presse. Le cardinal court derechef les plus grands périls.

Il souffla, ayant gravi un peu vite sans doute, vu son âge, les marches qui menaient à l'étage. Quoiqu'il fît effort pour garder la face imperscrutable, son émeuvement se trahissait par le battement de ses paupières et, quand il parla, par le halètement de sa voix.

— Comte, nous avons très peu de temps devant nous. Comme vous savez, le cardinal est accoutumé à venir de Fleury en Bière à Fontainebleau dans les après-dînées pour traiter avec le roi des affaires du royaume.

— Je sais cela.

— Et d'aucuns voudraient, ce jour d'hui, sur ce trajet, lui tendre une embûche, le capturer et, se peut, le tuer.

— Tête bleue ! m'écriai-je. C'était à prévoir ! Et je ne sais ce qui me frappe le plus dans ce nouvel attentement, sa cruauté ou sa sottise. Car enfin, la vengeance de Louis, si on lui tuait son ministre, serait terrible. Le renseignement est-il sûr tout à plein ?

— Je le tiens de qui vous savez...

— Et pourquoi n'est-il pas venu me le dire de lui-même ?

— Le parti de l'aversion au mariage a su qu'il avait dîné hier avec vous à *L'Autruche*. Cela a suffi pour le rendre suspect.

— La nouvelle a voyagé vite, dis-je, avec une petite pensée meurtrière pour la petitime. Et bien sûr, le marquis n'a pas voulu aggraver les soupçons en venant me voir le lendemain ! Il devient prudent, il me semble.

— Ne croyez pas cela ! dit le commandeur avec un soupir. C'est moi qui le lui ai défendu et il a fallu lui parler avec les grosses dents tant il tenait à faire d'une pierre deux coups : vous voir et coqueliquer de nouveau avec sa putain cramante.

Ce déprisement pour la pauvre Cathau me donna à entendre que le commandeur, tout bon chrétien qu'il fût, n'aurait pas pardonné, lui, à Marie-Madeleine...

— Mais, observai-je, vous mettez vous-même votre vie en péril en remplaçant votre neveu.

— Comme vous-même, Comte, je sers le roi. Et maintenant, que vous proposez-vous de faire ?

— À vous je le peux dire, Commandeur, et à nul autre. Je vais expédier quelqu'un à Fleury en Bière afin qu'il prévienne le cardinal de ne point saillir du logis et de s'y claquemurer jusqu'à nouvel ordre.

— Je pourrais être ce quelqu'un, dit le commandeur.

— Commandeur, il n'y a pas offense à vous le dire : avec votre haute taille et vos cheveux blancs, vous êtes bien trop voyant. Quant à moi, je vais partir sans tant languir prévenir le roi afin qu'il décide des mesures à prendre, et tant bien je le connais, tant bien je sais qu'il agira vite et frappera fort. De grâce, un mot encore ! Le cardinal voudra savoir qui inspire ce nouveau coup. Que lui dirai-je ? Est-ce Monsieur ?

— Nenni. Depuis la visite du cardinal, Monsieur est retourné. Et bien que ses bonnes dispositions ne durent à l'accoutumée que ce que durent les roses, l'heure, en ce moment pour lui, et en ce qui le concerne, est à la paix et non au couteau.

— Qui d'autre, dans ces conditions ?

— Les frères Vendôme. Ils ont pris le relais des assassinats.

— Tête bleue ! dis-je. Comment notre bon roi Henri a-t-il pu, avec la douce et tendre Gabrielle, faire des fils aussi méchants ?

— C'est que le diable rit et se frotte les mains dans les alcôves adultères, dit le commandeur roidement. Comte, je vous laisse. J'ai quitté la Cour en catimini et je ne voudrais pas, en m'absentant davantage, donner des ombrages et des soupçons aux gens que vous savez.

— Le roi est-il meshui à la chasse ?

— Oui-da !

— La forêt de Fontainebleau est vaste. Pouvez-vous me dire dans quel coin ?

— Nenni, je ne le peux, mais Du Hallier le sait. Vous le trouverez au château. Il n'a pas suivi aujourd'hui le roi, ayant la jambe endolorie depuis sa dernière chute de cheval.

Là-dessus, Monsieur de Valençay me bailla une courte brassée, et s'en alla. J'appelai Clérac aussitôt et, retirant ma bague de mon auriculaire, je lui dis de la passer au sien, de faire seller sa monture incontinent, et de courir jusqu'à Fleury en Bière demander de toute urgence à voir Charpentier.

— Et que lui dirai-je ?

— Rien. Vous lui remettrez cette bague.

— Sans un mot ?

— Sans un mot. Ce rubis a ceci de magique qu'il parle à qui connaît sa langue.

— Irai-je seul ou accompagné ?

— Seul. Et au sortir de l'auberge, ne prenez pas à gauche pour Fleury, mais à droite pour Fontainebleau. Vous ne tarderez pas à trouver sur votre dextre un petit sentier qui vous ramènera, après quelques détours, sur le chemin de Fleury.

— Monsieur le Comte, est-ce à dire que vous vous défiez d'un petit œil épiant ?

— Oui-da. Soyez bien assuré que ce petit œil observera votre département de l'auberge. Partez donc en flânant au pas sans nulle hâte, du moins pour l'apparence, car il faudra cacher sous votre casaque un pistolet bandé, amorcé, le chien abattu, un second dans votre pourpoint, l'épée au côté et une dague dans vos chausses. Courez au petit trot, le chapeau très enfoncé sur l'œil. Ce n'est qu'à un quart de lieue de Fleury que vous pourrez galoper à brides avalées. Dès que vous aurez remis la bague à Charpentier, car c'est lui et lui seul que vous devez voir, vous reviendrez céans, mais toujours par le détour que vous avez fait de prime et paraissant, par conséquent, revenir de Fontainebleau. Aux abords de l'auberge, portez un air paisible et souriant, comme satisfait de votre petit trot matinal. Vous ne me trouverez point à *L'Autruche*, ni moi ni vos hommes. Je serai parti avec eux pour Fontainebleau. Faites comme si vous n'en aviez cure. Commandez-vous à mes frais une bonne repue arrosée de bon vin et si vous avez alors appétit à quelque badinerie...

— Nenni, nenni, Monsieur le Comte, je n'appète qu'à boire dans mon verre, lequel est le plus beau du monde.

— Bravissimo ! Naturellement, avant que de départir de *L'Autruche* pour Fleury, dites à vos hommes de seller mon cheval et les leurs. Notre département suivra de peu le vôtre.

Quant à moi, je saillis de *L'Autruche* aussi nonchalamment que je l'avais recommandé à Clérac, du moins autant que je le pus, car mon Accla, heureuse de se dégourdir les jambes, m'eût fait prendre le galop, si je ne l'avais bridée.

À Fontainebleau, je trouvai le pauvre Du Hallier couché sur son lit, la crête rabattue et la trogne irritée, égrenant un interminable chapelet de « Morbleu ! », « Tête bleue ! », « Palsembleu ! » qui s'adressait tantôt à son cheval, tantôt à lui-même, tantôt à ses amis qui l'avaient laissé seul, disait-il, « quasiment au grabat » pour courre le marcassin avec le roi, à l'exception de son écuyer, lequel n'était demeuré auprès de lui que de force forcée, ce qui ne se voyait que trop, Morbleu ! à son air malengroin.

— Du Hallier, dis-je, interrompant sans vergogne ses jérémiades, de grâce, oyez-moi. Il faut à tout prix que vous me disiez où le roi courre ce jour le marcassin. J'ai à lui impartir une nouvelle de la plus grande conséquence.

— Monsieur le Comte, ai-je bien ouï ? Vous voudriez déranger le roi en ses chasses ? C'est quasiment un crime de lèsemajesté ! Le roi ne vous le pardonnera jamais.

— Il le faut, pourtant. C'est, à la minute près, une affaire de vie ou de mort.

— Pour qui ? Pour le cardinal ?

— Pour le cardinal ce jour d'hui. Demain pour le roi.

— Comment cela ?

— Du Hallier, dis-je avec quelque sévérité, vais-je vous répéter les secrets d'État qui n'appartiennent qu'au roi ? Laissezmoi vous dire cependant que si vous restez clos ce jour sur la partie de la forêt de Fontainebleau où chasse Sa Majesté, vous vous rendrez complice d'un attentement si grave qu'il ébranlera les colonnes de l'État. Du Hallier, voulez-vous perdre le roi ? Et vous perdre vous-même ?

Du Hallier avait la peau épaisse, mais pas au point qu'elle ne sentît dans mon propos la pointe d'une menace pour lui-même et sa carrière, laquelle avait si brillamment commencé, si du moins le lecteur se ramentoit, au moment où Vitry, Du Hallier et quelques autres avaient, sur l'ordre de Louis, exécuté Concini. Le capitanat des gardes qui lui avait alors échu par la grâce de Louis était un avancement inouï pour un homme de son peu de talent. Et bien le sentait-il, car il craignait avant tout de déplaire à Louis et tomber du faîte de sa hauteur présente dans une irrémédiable disgrâce. Tant est que dans le présent, ayant pesé mes paroles à leur juste poids, il se demandait avec la dernière anxiété ce qui valait mieux pour lui : me dire ou ne me point dire où se trouvait dans la forêt la chasse du roi.

Du Hallier se tira de ce prédicament par une de ces grossières finesses qu'on trouve souvent chez les hommes les plus lourds, et qui réussissent parfois tout aussi bien que les subtilités des habiles.

— Monsieur le Comte, dit-il, je requiers de vous le serment que vous ne direz jamais à Louis que c'est moi qui vous ai révélé où courre aujourd'hui la chasse royale. De reste, je ne vous le dirai pas ! Nenni, nenni, je ne vous le dirai pas ! Mon écuyer va vous mettre sur la trace, et dès qu'il apercevra, à travers les arbres, les premiers cavaliers ou orra les abois des chiens, il vous quittera aussitôt. Tant est qu'il pourra nier lui-même en toute bonne foi vous y avoir jamais conduit sur l'ordre de moi.

— Mon cher Du Hallier ! Que voilà une très avisée solution au problème qui vous confrontait ! Je vous en ai et je vous en aurai le plus grand gré. Et puisque vous me le demandez, je vous jure sans hésiter, sur ma foi de gentilhomme, que je resterai à jamais bec cousu sur un renseignement que, de reste, vous ne m'avez pas donné.

— Écuyer, dit Du Hallier, voilà pour toi une occasion rêvée de quitter le chevet de mon grabat et d'aller t'ébattre en forêt. Va ! Selle ton cheval et accompagne le comte d'Orbieu !

— Et où le dois-je accompagner, Monsieur le Capitaine ? dit l'écuyer.

Cet écuyer se nommait Monsieur de Noyan. Il avait une longue face de carême qui, à vue de nez, paraissait austère et triste, mais changeait du tout au tout quand elle s'animait. Ses yeux, alors, devenaient vifs et railleurs et son sourire, bien que n'intéressant qu'un seul côté de la bouche, lui donnait l'air de se gausser de tous, de tout et de lui-même.

— Tu sais bien où, grogna Du Hallier. Tu nous as ouïs, le comte et moi.

— Le Ciel me garde, dit Noyan, d'être indiscret au point de prêter l'oreille au bec à bec de mon maître et de son visiteur.

— Morbleu, faquin d'écuyer ! s'écria Du Hallier. Si tu n'obéis pas à mon ordre, sois bien assuré que tu recevras de moi, dès que je serai guéri, quelques bonnes buffes et torchons.

— Monsieur le Capitaine, dit Noyan, étant à votre service

tout dévoué, je serais tout prêt à obéir à votre ordre, si je savais lequel. Mais obéir au petit bonheur à un commandement qu'on ne m'a pas donné n'entraînerait pour moi que peu d'avantages.

— C'est ton dos que je vais avantager, faquin du diable ! hurla Du Hallier.

Et ce disant, il tendait la main dans la direction d'un fouet à cheval qui était pendu à la tête de son lit, quand je jugeai bon d'intervenir.

— Monsieur de Noyan, dis-je en m'avançant, de façon à m'interposer entre son maître et moi, il me semble pourtant qu'il y aurait pour vous un grand avantage à ce que vous me montriez mon chemin dans la forêt de Fontainebleau.

— Lequel, Monsieur le Comte ?

— Mon amitié.

— Monsieur le Comte, dit l'écuyer avec toutes les apparences du respect et un sourire du coin de la bouche, vous êtes bien trop haut pour que j'ose espérer jamais être votre ami. Vous m'oublierez demain.

— Détrompez-vous ! Ce qui est dit est dit ! Et voici un premier gage de mon amitié.

Là-dessus, je lui mis deux écus dans la main. Il en fut comme béant, Du Hallier étant fort chiche-face et ne lui payant ses gages qu'un mois sur deux et encore, en les rognant selon son humeur.

— Monsieur le Comte, dit-il en glissant mes écus dans la poche intérieure de son pourpoint, je suis bon écuyer et j'obéis toujours, fût-ce sans rien entendre, aux ordres de mon capitaine. Je cours seller mon cheval.

— Rejoignez-moi à la grille du château. J'y serai dans cinq minutes.

Il partit comme flèche, et Du Hallier, retombant sur son lit, ou comme il lui plaisait de l'appeler, son « grabat », grogna en son ire impuissante.

— Et voilà le fieffé insolent plus riche de deux écus ! Et moi, cloué comme devant sur mon grabat ! Où est la justice en ce monde ?

— Mais vous avez fait votre devoir envers le roi, mon cher Du Hallier.

— Cela me fait une belle jambe, grogna-t-il en haussant ses

puissantes épaules, laquelle jambe, en plus, me douloit plus que jamais.

— Mon ami, si votre jambe ne vous doulait pas, c'est vous qui auriez dû m'accompagner dans la forêt de Fontainebleau. Et n'est-ce pas mieux pour vous que ce soit votre écuyer et sans qu'il en ait reçu l'ordre ? Adieu ! Je vous reviendrai visiter cette affaire finie.

Dès que l'écuyer et moi nous fûmes au botte à botte dans la forêt et trottant d'entrain, mais avec quelque circonspection, je lui dis, pour tromper l'angoisse qui me tenaillait d'être fort mal reçu par le roi :

— Le capitaine du Hallier vous eût-il vraiment fouetté ?

— Nenni ! Pas plus qu'il ne me donne, comme il prétend, « de bonnes buffes et torchons ». Je suis noble et de bon lieu, et mon père est fort de ses amis. Il ne voudrait pas l'offenser. Le « fouet » est un langage. Il veut dire que je dois cesser mes petites insolences, si je ne veux pas qu'il se fâche.

— Mais pourquoi le tabustez-vous comme je vous ai vu faire ?

— Parce qu'il me tympanise par ses hurlades et ses jurons ! Et cela me soulage de lui faire quelques petites piqûres qui ne vont pas bien profond, vu qu'il a le cuir épais. Cependant, je ne le déteste pas. Il serait même assez bon maître s'il n'était pas plus pleure-pain que pas un fils de bonne mère en France. Ma fé ! Il tondrait un œuf !

À peine achevait-il qu'il brida tout soudain sa monture et me dit :

— Oyez-vous point les abois des chiens ? Là ! ajouta-t-il en pointant son doigt vers l'ouest.

— Non, dis-je après avoir dressé l'oreille.

— Monsieur le Comte, dit-il en se tournant sur sa selle pour m'envisager, on dit que vous n'êtes pas chasseur. Est-ce vrai ?

— C'est vrai.

— Et comment le roi le prend-il ?

— Assez mal.

L'écuyer me regarda alors avec un étonnement qui cachait difficilement sa désapprobation.

— Monsieur le Comte, vous passez pour un cavalier accompli, un bretteur redoutable et un excellent danseur ! D'où vient donc cette aversion pour les battues en forêt ?

— Je ne sais, dis-je.

Et entendant bien que ce « je ne sais » ne le pouvait satisfaire, je lui fournis cette sorte d'explication que l'on fournit aux gens à qui l'on n'en veut point donner.

— Il se peut que le désamour de la chasse soit une sorte de maladie qui court dans ma famille. Cependant, j'ai chassé les loups dans mon comté d'Orbieu.

Ces loups, dont je n'avais d'ailleurs pas tué un seul, me remirent dans l'estime de l'écuyer et moi je le remis dans sa mission qui était de trouver la chasse du roi.

— Cherchons plus avant, dis-je d'un ton sans réplique.

Il obéit et bien fit-il, car lorsqu'enfin on ouït la voix des chiens, c'était dans la direction opposée à celle qu'il m'avait tout d'abord désignée. J'en conclus que l'écuyer ne méritait peut-être pas le prix que j'avais payé pour le persuader de mon amitié et qu'il était moins anxieux d'assurer sa mission que de n'être pas compromis.

Je l'obligeai toutefois d'avancer vers les abois jusqu'à ce que je pusse apercevoir les cavaliers galopant entre les arbres, et lui donnai alors son congé. Il repartit comme lièvre, ventre à terre. Chose curieuse, sa frayeur panique d'encourir la colère du roi, loin d'augmenter mes appréhensions, m'aida plutôt à les surmonter.

Il me fut assez facile de rattraper le gros des cavaliers, mon Accla étant si fougueuse. Mais une fois que je fus parmi eux, il me devint difficile de les dépasser, chacun ayant à cœur d'approcher au plus près le roi et d'aucuns même obstruant tout exprès le chemin en galopant alternativement à droite et à gauche pour empêcher quiconque de les dépasser. Fort heureusement, le train se ralentit au bout d'un moment, sans doute parce que le roi avait mis pied à terre pour achever le marcassin aux abois et j'en profitai, sans vergogne aucune (tout harcelé que je fusse de dextre et de senestre, et l'objet de furieux regards), pour dépasser tous les cavaliers qui étaient là, et m'approchai de l'endroit où Louis avait démonté. Et démontant à mon tour, je me rapprochai de lui, le chef découvert, d'un pas respectueux, alors qu'ayant donné du couteau dans le marcassin, et celui-ci abandonné aux chiens, il se retournait pour se mettre en selle de nouveau. Il m'aperçut, et tout soudain rougit et rugit de colère.

— D'Orbieu ! Que faites-vous céans ? Quelle insolence ! Ne vous suffit-il pas d'être le seul gentilhomme de la Cour à ne pas aimer la chasse ? Faut-il encore que vous troubliez la mienne ?

Je mis un genou à terre et, la tête baissée, j'étais l'image même du remords, alors que je n'étais en mon for pas du tout repentant et, bien au contraire, assez indigné de l'accueil que j'avais reçu en public, car il avait hurlé ces reproches et je lui dis à voix basse :

— Sire, je vous présente mes plus humbles excuses. Seule la nécessité m'a contraint à violer le protocole. Je vous apporte une nouvelle de la plus grande conséquence.

— Je ne vous écoute pas ! cria Louis d'une voix très irritée.

Toutefois, loin de me tourner le dos, il s'approcha de moi, fort sourcillant et gardant son apparence furieuse, mais l'œil néanmoins perçant et attentif.

— Sire, dis-je à voix basse, il s'agit d'un nouvel attentement contre la même personne.

— Je ne vous écoute pas ! cria Louis du ton le plus vif, en ajoutant aussitôt plus bas : Quand ? Et où ?

— Dans l'après-dînée. Sur le chemin de Fleury en Bière à Fontainebleau. Deux seigneurs qui vous sont proches par le sang, sinon par le cœur, ont organisé ce guet-apens.

— Schomberg ! cria le roi, approchez !

Schomberg démonta, jeta ses rênes à son écuyer et s'approcha quasi courant.

— Plus près ! dit Louis.

Et Schomberg approchant du roi quasi tête contre tête, le roi lui dit à voix basse :

— Prenez avec vous soixante gardes à cheval et amenez-les incontinent à Fleury en Bière. Je vous enverrai en renfort autant de gentilshommes. Cette escorte ne doit plus quitter le cardinal.

Puis, il recula d'un pas, et parlant d'une voix forte, il dit :

— Mon cousin, accompagnez Monsieur d'Orbieu en son logis où il sera vingt-quatre heures consigné, sous bonne garde, pour avoir troublé ma chasse sans raison valable.

Bien que j'entendisse bien que ma disgrâce n'était qu'apparente, je n'eus aucun mal à prendre l'air affligé qui convenait à mon prédicament car cette affliction, je ne l'éprouvais que trop, me sentant encore fort blessé de cette violente algarade d'un maître que j'avais servi depuis tant d'années et avec tant de fidélité et d'amour et qui s'était trouvé à deux doigts de m'exiler de sa présence pour ce que j'avais « troublé sa chasse ». Tête bleue ! N'était-ce pas inouï qu'il me traitât ainsi sans que j'eusse même ouvert la bouche, et devant toute la Cour ?

Tandis que je retournais au château, au botte à botte avec Schomberg et roulant dans ma tête des pensées amères, le maréchal, dès que nous fûmes loin de la chasse, se mit à rire.

— Mon ami, ne prenez donc pas la chose tant à cœur ! Dès qu'il vous a vu, le roi a parfaitement entendu, vous connaissant, que vous n'auriez jamais troublé sa chasse sans une raison gravissime. Et sa colère, dès le premier mot, était feinte.

— En êtes-vous certain ?

— J'en suis tout à fait assuré. Toute cette scène n'était que comédie. Elle avait pour dessein d'égarer les suppositions de la Cour et de garder le secret sur le nouvel attentat, et sur la façon dont on allait y parer. Et soyez bien certain aussi que le roi prolongera cette chasse le temps qu'il me faudra pour rassembler des gardes et les mener à Fleury en Bière.

— Et moi, dis-je, moitié riant et moitié fâché, que suis-je dans cette affaire ?

— Un bouc émissaire que le roi n'a nullement l'intention de sacrifier. Tout le rebours, il vous protège en faisant semblant de vous punir. Qui peut vous soupçonner, après cette scène, d'avoir été le messager qui lui a découvert les projets de Vendôme ?

— Où serai-je consigné ?

— Dans votre chambre, à *L'Autruche* où vous allez vous rendre seul, avec la promesse de n'en point saillir pendant vingt-quatre heures.

— Ma fé ! dis-je. Je croyais bien connaître Louis, mais je ne l'eusse pas cru si politique ni si habile à dissimuler.

— Vous savez bien comme moi que les persécutions de la reine-mère et de Concini en ses enfances lui ont appris la dissimulation. Louis depuis, en a gardé l'habitude. Le cardinal, survenant, lui, en a appris les ressources et maintenant Louis en joue, et de main de maître et je jurerais qu'il y trouve même quelque plaisir.

Là-dessus, Schomberg éperonna sa monture pour retourner à Fontainebleau et commander au capitaine de Mauny — Du

Hallier étant « au grabat » — de rassembler la soixantaine de gardes qu'il devait incontinent dépêcher à Fleury en Bière.

C'est en prisonnier tout à fait libre que je regagnai, songeur, l'auberge de *L'Autruche*, méditant les paroles que Schomberg avait prononcées sur l'usage que faisait Louis de la dissimulation. Mais je ne savais pas encore à quel point elles étaient justes : je ne le sus tout à plein que deux semaines plus tard au château de Blois.

Comme j'arrivais en vue de *L'Autruche*, je fus rattrapé par un cavalier. C'était Clérac. Il paraissait revenir de Fontainebleau, mais, ayant fait le détour que je lui avais commandé, il revenait, en fait, de Fleury en Bière. Je le priai de se mettre au botte à botte avec moi et bridant mon Accla, je lui posai des questions brèves auxquelles brièvement il répondit. Oui, il avait remis la bague à Charpentier. Oui-da, elle avait fait sur lui une forte impression. Oui, Charpentier avait couru tout de gob chez le cardinal et en était revenu aussitôt, disant que toutes les dispositions recommandées allaient être prises. Je lui redemandai la bague, mais il me dit que le cardinal l'avait gardée par-devers soi, me la voulant remettre en mains propres avec ses remerciements.

— Monsieur de Clérac, dis-je, j'aimerais que vous preniez avec moi votre repue de midi. L'avez-vous pour agréable ?

— Monsieur le Comte, je le tiendrai à très grand honneur.

La petitime, le monstre velu, un valet et la Cathau vinrent dresser la table dans ma chambre et au milieu du dîner que nous gloutissions tous deux à dents aiguës, la petitime et la Cathau allant et venant pour nous servir, nous ouïmes, venant du grand chemin, un martèlement de sabots qui annonçait le passage d'une troupe nombreuse. J'allai incontinent déclore la fenêtre et vis passer Monsieur de Mauny chevauchant en tête de soixante gardes à cheval, trottant bon train dans la direction de Fleury en Bière. Vous ne sauriez imaginer, belle lectrice, la bouffée de bonheur qui m'envahit à voir passer ces braves gens courant faire un bouclier de leurs corps au cardinal, et quelle impression de force ils me donnèrent en défilant en rangs par quatre sur leurs vigoureuses montures en un ordre parfait, pas un cheval ne passant l'autre. Qui vis-je alors surgir sous le bras par lequel je tenais ouverte la fenêtre, sinon la petitime, laquelle, dressée sur ses petits ergots, et ses petits yeux vrillant les miens, me dit d'une voix fort trémulante :

— Monsieur le Comte, qu'est cela ? Qu'est cela ?

Je détournai la tête pour qu'elle ne vît pas la joie qui sans aucun doute devait éclater sur mon visage, et haussant les épaules et lui tournant le dos, je retournai m'asseoir à la table du dîner, laissant Clérac répondre pour moi, si cela lui chantait. Et cela lui chanta. Peut-être parce que le petit corps rondi de la petitime ne lui déplaisait pas, tout fidèle qu'il fût à son épouse, il prenait plaisir à la tabuster.

— Un exercice, m'amie, dit-il.

— Un exercice, Monsieur de Clérac ? dit-elle avec un air d'incrédulité.

— Ignorez-vous, Madame, que les soldats font l'exercice ?

— Un exercice par cette chaleur ! Et à cette heure !

— M'amie, dit Clérac, il n'y a pas d'heure pour les soldats.

⁂

— Comte, puisque vous venez de faire appel à moi pour être témoin de votre bonheur à voir passer les gardes qui assurent les sûretés du cardinal, puis-je vous poser deux questions ?

— Belle lectrice, je suis tout à vous.

— Je voudrais savoir de prime pourquoi vous m'appelez « belle » puisque vous ne m'avez jamais vue.

— Madame, à en juger par vos interventions, vous êtes une femme d'humeur enjouée et les hommes aimant les femmes gaies, j'en ai conclu que vous étiez aimée. Et qui ne sait qu'une femme aimée, quel que soit son âge, ne peut que se sentir belle, et l'être, par conséquent ?

— Voilà, Monsieur, comme vous aimez dire « une de ces cuillerées de miel qui valent mieux pour attraper les mouches qu'une tonne de vinaigre ». Et de grâce ! Ne me dites pas que ce n'est pas vous l'auteur de cet adage, mais Henri IV. Je le sais. Je l'ai appris en vous lisant.

— Madame, c'est fort gracieux à vous d'être une lectrice si attentive.

— Attentive, je le suis, en effet, au point de discerner dans le récit que voilà que vous ne tenez plus la balance égale entre le sceptre et la pourpre, en étant venu, par une pente insensible, à préférer la seconde au premier. Est-ce vrai ?

— Permettez-moi de m'expliquer avec quelque nuance. J'ai gardé pour Louis toute l'affection que j'ai conçue pour lui en ses enfances malheureuses. Mais il faut bien confesser que l'oppression qu'il a subie en ses enfances a eu pour effet de faire naître en lui, en même temps qu'un caractère rigide, des soupçons et des ombrages dont nul, même le plus zélé serviteur, n'est à l'abri. Que Louis, en un mot, est devenu dur, voire même implacable, qu'il remâche des rancunes excessives, qu'il incline plus volontiers aux sévérités qu'aux grâces — comme déjà avait observé Luynes — et qu'enfin, à ses yeux, ce n'est pas assez de punir ceux qui violent les lois mais, comme lui a fait un jour observer le cardinal, par-dessus le marché, il veut trouver du plaisir dans cette punition, et jusque dans la façon parfois quelque peu cruelle dont il tâche d'accabler son ennemi.

— Faites-vous allusion, Monsieur, à la façon amicale et musicale dont il a accueilli le maréchal d'Ornano quelques minutes avant de le faire arrêter par Du Hallier et jeter en geôle ?

— Oui-da, mais je pense aussi à la façon dont il en a agi avec ses ennemis à Blois, comme je vais maintenant vous conter. Madame, puis-je poursuivre ? Ai-je bien répondu à vos deux questions ?

— Très bien à la seconde. Très mal à la première.

— Très mal, Madame ?

— Comte, suis-je une mouche qu'on puisse m'attraper avec une cuillerée de miel ?

— Madame, qui de nous le premier a parlé de cette cuillerée de miel ? Est-ce vous ou est-ce votre serviteur ? Quant à moi, loin de former le dessein de vous attraper, je nourris celui de vous captiver. Cependant, si vous désirez que j'ôte « belle » de lectrice, je le ferai d'ores en avant pour vous complaire.

— Nenni, Comte, n'en faites rien ! Ne changez rien à vos petites habitudes, puisque vous tenez à elles. Quant à vos gentillesses verbales, je les souffrirai volontiers.

***

Les soixante gardes royaux qui d'ores en avant escortèrent quotidiennement le cardinal de Fleury en Bière à Fontainebleau et de Fontainebleau à Fleury en Bière eurent l'effet souhaité : ils découragèrent l'embûche. Il ne se passa rien.

C'est à Fontainebleau qu'eut lieu un événement de grande conséquence : le duc de Vendôme quitta la Cour et gagna la Bretagne dont il était le gouverneur. Je n'ai jamais pu éclaircir s'il la quitta après avoir demandé son congé à Louis ou à son insu. Dans le premier cas, il me paraît étrange que Louis lui ait accordé la permission de s'en aller, alors qu'il savait le rôle qu'il avait joué dans le deuxième projet criminel contre le cardinal. Dans le second cas, il me paraît à peine crédible que Vendôme se soit quasiment désigné comme l'auteur de ce funeste dessein en prenant la fuite. Plus étonnant encore me paraît le fait qu'il n'emmenât pas avec lui son cadet le grand prieur, mais le laissa, pour ainsi dire, en otage à la Cour du roi. D'après ce que me dit Fogacer qui accompagnait le nonce à Fontainebleau, les deux Vendôme prononçaient publiquement des paroles fort haineuses à l'égard de leur demi-frère. Et le duc, en quittant Fontainebleau, avait dit haut et fort : « Je ne veux plus voir Louis XIII qu'en peinture », ce qui était une façon fort peu voilée de souhaiter sa mort.

Il y avait de quoi dégoûter de la chasse le plus acharné Nemrod. Louis décida de laisser là les renards et marcassins de la forêt de Fontainebleau et suivi par la Cour, moi-même inclus, regagna Paris. Bien lui en prit car Monsieur d'Alincourt, arrivé la veille de Lyon dont il était le gouverneur, lui révéla un nouveau complot : Monsieur nourrissait le projet, après avoir assassiné Richelieu, de quitter la Cour et de se mettre en province à la tête d'une rébellion des Grands contre son frère. Ces projets d'assassinat étaient comme une hydre : quand une tête était coupée, une autre repoussait.

Louis fit appeler son frère dans les appartements de Marie de Médicis et là, en présence de Richelieu, lui parla avec les grosses dents et le pressa de questions. Monsieur, dont la fermeté n'était pas le fort, avoua tout, en tâchant toutefois d'atténuer sa culpabilité : il ne voulait pas, à proprement parler, assassiner le cardinal, mais seulement le menacer et obtenir de lui la libération de d'Ornano. Là-dessus, il signa un engagement par lequel il promettait à Sa Majesté, « non seulement de l'aimer comme un frère, son roi et son souverain », mais en outre, il le suppliait « très humblement de croire qu'il ne lui serait jamais dit, proposé et suggéré aucun conseil de la part de qui que ce fût », dont il ne donnerait avis à Sa Majesté, « jusques à ne lui taire point les discours qu'on tiendrait pour lui donner des ombrages du roi et de ses conseils »...

Pâle et les larmes aux yeux, Gaston signa, avec toutes les apparences de la sincérité et de la repentance cet engagement qu'il n'avait aucune intention de respecter. Le texte avait été préparé par Richelieu qui avait ajouté une note pathétique en parlant de « celui qui punit éternellement les parjures » et en invoquant, *in fine*, l'image auguste de la reine-mère « qui conjurait ses deux fils, au nom de Dieu, et par les plus tendres affections de la nature de vouloir toujours être unis ». Je dois dire que ces paroles me parurent bien extraordinaires à mettre dans la bouche de Marie de Médicis qui, par deux fois, avait pris les armes contre son fils...

Richelieu lui-même ne se faisait que peu d'illusions sur la fidélité de Monsieur à la parole donnée. Le cardinal était alors fort mal allant. Il ne faillait pas en bravoure, comme il le montra plus tard au siège de La Rochelle, mais les haines fanatiques dont il était l'objet l'accablaient de tristesse et minaient une santé que rongeait déjà son écrasant labeur. Il soupçonnait, derrière les princes et les Grands qui complotaient sa mort, le parti dévot qui ne lui pardonnait pas la politique anti-Habsbourg et antipapale qu'il avait menée dans l'affaire de la Valteline.

Il était aussi fort tracassé par quelques froissements qui s'étaient produits entre le roi et lui. Louis avait rassemblé une petite armée (cinq mille hommes de pied et mille cavaliers) avec laquelle il avait décidé de se rendre en Bretagne et, bien qu'on pût présumer qu'il allait mettre à la raison le duc de Vendôme, il n'avait pas dit à son ministre ce qu'il comptait faire de lui. En outre, avant de départir, il voulut « fortifier son Conseil » en remplaçant deux ministres, l'intendant des Finances, Champigny, en raison de son caractère difficile, et le chancelier d'Aligre parce qu'il avait paru désavouer l'arrestation du maréchal d'Ornano.

Richelieu ne cacha pas qu'il n'était pas favorable à ces remaniements, arguant qu'il ne les trouvait pas opportuns. En fait, sa vraie raison était tout autre. Il savait que le roi — peut-être sur la recommandation de sa mère — voulait remplacer d'Aligre par Marillac. Or, Marillac était un ancien ligueur, catholique à gros grain, papiste fervent et un des chefs du parti dévot. Mais il était aussi, comme Richelieu lui-même, une créature de Marie de Médicis. Il n'était donc pas possible pour le cardinal de s'opposer à sa nomination sans grandement offenser la reine-mère. Richelieu fit donc de Marillac un très grand éloge — que d'ailleurs Marillac méritait par ses talents et sa probité — mais s'en tint néanmoins à sa thèse première : ce remaniement ne s'imposait pas. Cette obstination dont il n'entendait pas la vraie raison irrita Louis et il trancha non sans sécheresse :

— Il y a longtemps que je vous ai dit qu'il fallait fortifier mon Conseil. C'est vous qui avez toujours reculé par crainte des changements, mais il n'est plus temps de s'amuser à tout ce qu'on dira.

Et Louis conclut d'un ton tranchant :

— C'est assez que c'est moi qui le veuille !

Cette petite rebuffade blessa Richelieu au plus vif : le roi avait pris seul la décision de courre sus aux Vendôme. Il lui avait caché ce qu'il voulait faire d'eux. Et seul encore il remaniait son Conseil, sans tenir compte de ses avis. Le lendemain, après une nuit sans sommeil, le cardinal demanda à Louis la permission, qui lui fut aussitôt accordée, de se retirer en son château de Limours pour se soigner. À peine arrivé chez le roi le cardinal écrivit pour lui offrir sa démission, et ce qu'il advint de cette démission, je le dirai plus loin, tant de choses de grande conséquence s'étant passées entre le moment où Richelieu écrivit cette lettre et celui où Louis trouva le temps d'y répondre.

J'eusse bien voulu moi aussi, comme le cardinal, me retirer alors en mon domaine d'Orbieu, non que je fusse comme lui mal allant et blessé au vif, mais depuis mon département de Paris, j'avais pâti de tant de tracas, d'écornes et de pointilles, que j'eusse voulu, en ce brûlant printemps, goûter le frais de mes champs, sans compter le plaisir de revoir Monsieur de Peyrolles, Saint-Clair, son aimable épouse, le curé Séraphin, sa gentille servante, le fidèle Hans et pour la citer en dernier, bien qu'elle ne fût pas la moindre, en mes pensées, Louison dont les tendres bras me manquaient fort en mes guerrières tribulations.

Mais je n'osais même pas demander mon congé au roi, ni lui adresser à ce sujet le quart de la moitié d'un mot, tant il avait le visage fermé, farouche, le front sourcillant et la bouche cousue. Le premier juin au matin, comme je pénétrais dans sa chambre, il me dit :

— D'Orbieu, préparez-vous. Nous partons demain pour un long voyage.

— Mais Sire, je n'ai plus de carrosse. Mon père l'a ramené en Paris pour le faire réparer.

— Il n'importe, dit-il. Je vous prendrai dans le mien.

C'était un très grand honneur et j'eusse voulu le remercier, mais je n'en eus pas le temps. Déjà il me tournait le dos pour régler, avec le maréchal de Schomberg, la marche, le ravitaillement et les étapes de l'armée qui le devait suivre.

Pour moi, je regagnai *L'Autruche* la mort dans l'âme, pour y faire mes paquets mais à vrai dire, pas plus que mon père, je n'aimais ces interminables voyages de la Cour, à travers les immensités du royaume de France, les routes défoncées, les nuages de poussière étouffante l'été, en hiver les boues où les roues s'embourbaient, les guets réputés faciles, mais qu'un déluge de pluie, à la dernière minute, avait rendus infranchissables, les bacs dont le passeur était allé dîner, nous laissant deux bonnes heures en plan, les ponts de bois qui s'écroulaient sous le poids de tant de charrois, les bateaux qui s'engravaient dans les sables de la rivière de Loire, les essieux des carrosses soumis à tant de secousses qu'ils se rompaient quasi quotidiennement, les chevaux qu'il fallait referrer, les mulets bâtés, trop lents pour suivre les chevaux, et qui s'égaraient avec leur précieux chargement. Et à la parfin, les difficultés pour trouver à l'étape des lits pour se coucher et de la nourriture pour tant de bouches, les maladies enfin qui ne pouvaient pas ne pas éclore quand tant d'hommes se trouvaient rassemblés.

Ajoutez à cela l'extraordinaire impatience qui possédait Louis et le faisait marcher avec une rapidité que j'eusse osé qualifier de folle, s'il ne s'était agi de mon roi. Que le lecteur en juge : partis de Paris le deux juin à la pique du jour, nous arrivâmes à Blois le six juin à la vesprée, ayant pris, pour aller plus vite, le bateau de Loire d'Orléans à Blois. Vous avez bien lu, lecteur ! Soyez bien assuré que j'entends et que j'excuse votre incrédulité tant elle me paraît naturelle, mais le fait est y constant : nous mîmes cinq jours pour parcourir la longuissime distance entre Paris et Blois. Jamais, de mémoire d'homme, armée n'avait marché si vivement !

Quand je vis que Blois n'était pas qu'une étape, mais que la Cour s'y installait pour un long séjour, je me demandai quelles étaient au juste les intentions de Louis à l'égard des frères Vendôme, d'autant qu'il avait pris dans son carrosse, en même temps que Schomberg et moi, le grand prieur à qui il ne montrait pas mauvais visage, tout le rebours.

Toutefois, arrivé à Blois, il demanda au grand prieur d'aller quérir son frère en Bretagne et de le ramener à Blois. À cette requête, je vis bien qu'Alexandre de Vendôme tordait un peu le nez, sans oser pourtant refuser rien au roi.

— Sire, dit-il, si le duc consent à venir céans, que lui ferez-vous ?

— Mon frère, dit Louis, la face imperscrutable, je vous donne ma parole qu'on ne lui fera pas plus de mal qu'à vous-même.

Cette réponse était énigmatique, car elle pouvait s'entendre de deux façons différentes, selon que le roi eût résolu ou non, en son for, de punir le grand prieur. Je ne faillis pas à cet instant d'envisager le roi le plus discrètement que je pus, mais je ne pus rien lire sur son visage. Si son propos voulait dire le contraire de ce qu'il avait l'air de dire, rien ne permettait de le soupçonner.

Le grand prieur partit, à vrai dire peu rassuré, mais espérant malgré tout que sa rébellion de 1626 serait comme celle de 1614 : pardonnée par le roi.

Jamais je ne vis Louis plus impatient, plus agité et plus soucieux que dans les jours qui suivirent. Il était clair qu'il se faisait un souci à ses ongles ronger, non sans raison, l'enjeu étant grandissime. Il avait relâché le grand prieur dans l'espoir qu'il lui ramènerait le duc, mais si le duc ne venait pas, il faudrait alors avancer jusqu'à Nantes, engager le fer, et la bataille ne serait pas facile, la Bretagne devenant dès lors le bastion de la rébellion, secourue par les protestants, par les Anglais et aussi par le duc de Longueville, gouverneur de la Normandie et par d'autres Grands, peut-être.

Par bonheur, l'attente de Louis fut courte. Le onze juin, comme Louis se promenait dans le jardin du château de Blois, la nuit étant encore claire, le capitaine de Mauny vint à lui quasi courant et lui dit d'une voix haletante :

— Sire, le duc de Vendôme et son frère sont arrivés. Ils demandent à vous voir.

— Ils sont là ! s'écria le roi d'une voix joyeuse. Amenez-les-moi, Du Hallier ! Et avec d'infinis égards ! Ramentez-vous que le duc de Vendôme vient, par le rang, immédiatement après les princes du sang !

Mais à vrai dire, le duc n'avait pas la crête bien haute, quand il parut devant le roi dont il avait dit qu'« il ne voulait plus le voir qu'en peinture ». Il se découvrit d'un geste large, s'inclina profondément et prononça, avec un air de sincérité assez bien imité, un petit compliment qu'il avait préparé en chemin :

— Sire, je suis venu au premier commandement de Votre Majesté pour lui obéir et l'assurer que je n'aurai jamais autre dessein ni volonté que de lui rendre très humble service.

C'était, à peu de chose près, ce qu'il avait dit à Sa Majesté, quand il était venu à résipiscence après sa rébellion de 1614, huit ans plus tôt. On voit par là combien les paroles volent...

— Mon frère, dit Louis en lui mettant gracieusement la main sur l'épaule, j'étais en impatience de vous voir !

Cette façon de dire était littéralement vraie et apparemment aimable. Mais qu'y avait-il derrière cette apparence ? C'est ce que Fogacer quit de moi le soir même au cours d'une visite impromptue dans ma chambre. Comme je l'ai dit, je crois, les ambassadeurs, le nonce compris, suivaient le roi partout et Fogacer était l'ombre du nonce. Il s'ensuivit que mes bec à bec avec Fogacer, que je ne laissais jamais ignorer à Louis, avaient un tour particulier puisque chacun de nous tâchait d'apprendre ce que l'autre savait, sans lui dire ce que l'autre, de son côté, désirait savoir. C'était un jeu fin et qui comportait des règles et aussi des accommodements à ces règles car l'entretien eût été fort stérile si nous étions demeurés tous deux bouche cousue. Chacun, en conséquence, lâchait quelques bribes d'information afin d'en recevoir à son tour.

— Me direz-vous, quit de moi Fogacer, ce que « Mon frère, j'étais en impatience de vous voir » signifie ?

— Ma fé ! dis-je, la signification est claire comme eau de roche : Louis était impatient de voir son frère.

— Vous moquez-vous ? dit Fogacer. Aurez-vous le front de me dire que cette phrase d'accueil témoigne de la grandissime affection que Louis nourrit pour son demi-frère ?

— Je n'irais pas jusque-là.

— On murmure à la Cour que les Vendôme avaient fait le projet d'assassiner Richelieu.

— Mon cher Fogacer, ne savez-vous pas que la Cour est babillarde à l'extrême et mélange le vrai avec le faux, sans même savoir lequel est lequel ?

— Mais, vous pourriez, vous, me les démêler ?

— Ah ! Pardonnez-moi ! Je ne possède pas ce genre de peigne.

— Pour le coup, vous vous gaussez ! Eh bien ! Supposez qu'un gros chat attende depuis une heure devant un trou de souris. Il sera naturellement *très impatient* de voir la souris en sortir.

— Révérend chanoine Fogacer, si c'est Sa Majesté le roi de France que vous comparez à un gros chat, j'aurai le regret de mettre fin à notre entretien.

— Eh bien ! Prenons un autre exemple, si celui-là vous déplaît. Ici même, au château de Blois, à la pique du jour, Henri III, le front collé à la vitre de la fenêtre, regardait dans la cour et attendait avec impatience, je dis bien *avec impatience*, l'arrivée du duc de Guise et du cardinal de Guise qu'il avait convoqués très tôt le matin pour tenir conseil avec Louis. Et vous savez naturellement quel triste sort attendait les deux frères. Les poignards pour l'un et, deux jours plus tard, la hallebarde pour l'autre.

— Je peux enfin répondre à cela, mon cher Fogacer, et j'en suis bien aise. Si l'hypothèse que votre exemple implique vous a effleuré l'esprit, écartez-la comme moi-même, résolument. Louis est bien trop pieux pour commettre un double fratricide et Sa Sainteté le Pape n'aura donc pas l'occasion de faire plaisir à notre parti dévot en l'excommuniant.

— D'où tenez-vous que cette excommunication ferait plaisir au pape ? dit Fogacer avec une roideur vraie ou feinte, je ne saurais dire.

— Je n'ai pas dit qu'elle ferait plaisir au pape, mais au parti dévot. Quant à lui, le Saint-Père, même s'il garde une très mauvaise dent à Louis pour l'affaire de la Valteline, serait assurément très affligé de mettre le roi très chrétien au ban de la société...

— Comte, dit Fogacer avec un sinueux sourire, il me semble discerner je ne sais quelle ironie dans votre propos.

— Mais pas la moindre, mon cher Fogacer. Vous savez combien j'aime l'Église et combien je respecte son chef.

Le lendemain douze juin, dès le lever du roi, j'obtins de Louis l'entretien qui me permit de lui impartir le bec à bec que je viens de conter. Je répétai tout très exactement, sans omettre l'impertinente comparaison entre le chat et Sa Majesté. Henri IV aurait ri à gueule bec de cette saillie, mais son fils resta impassible, sauf qu'il me sembla discerner comme une sorte de triomphe dans ses yeux. Mais c'était un triomphe à sa manière : reclus en soi, taciturne et sans crête dressée. Et de ce qu'il voulait faire des frères Vendôme, il ne pipa mot ni miette. En tout cas, pour l'instant, ils n'étaient pas prisonniers le moins du monde, occupant une très belle chambre à deux lits où ils reçurent ce jour-là, fort gaiement, les amis fort nombreux qu'ils avaient à la Cour. Tant est que je me demandai la raison du répit que Louis accordait à ses demi-frères. Était-ce une sorte de courtoise concession qu'il leur faisait avant de les serrer en geôle ou, comme disait Fogacer, un jeu de chat avec la souris qu'il a réduite à discrétion mais à qui il laisse un semblant de liberté, avant de la ramener sous sa griffe ?

L'arrestation se fit, en fait, dans la nuit du douze au treize juin. Du Hallier qui boitait encore de sa chute de cheval et Mauny, à deux heures du matin, entrèrent, lanternes en main, dans la chambre des deux frères avec une trentaine de gardes, les piques basses. Les Vendôme dormaient profondément et il fallut que le valet de chambre tirât les courtines de leurs baldaquins pour qu'ils parvinssent à se réveiller.

— Messieurs, dit Du Hallier, j'ai ordre du roi de vous prendre au corps. Plaise à vous de vous vêtir !

Ils se levèrent, frappés de stupeur, mal réveillés, sans voix.

Cependant, dès qu'il fut vêtu, le duc de Vendôme reprit quelque peu ses esprits, et se tournant vers son frère, lui dit d'un ton amer :

— Eh bien, vous ai-je pas prévenu en Bretagne qu'on nous arrêterait ? Je vous avais bien dit que le château de Blois était un lieu fatal pour les princes...

On conçoit aisément que le duc préférât mettre son arrestation sur le compte de la magie funeste attachée aux vieux murs d'un château que sur celui de sa criminelle entreprise contre la personne du cardinal.

*
* *

Deux jours avant l'arrivée de Vendôme, le neuf juin, le roi me ramentut que j'avais écrit des lettres sous la dictée de son père, quand j'étais son truchement ès langues étrangères, et quit de moi si j'étais disposé à en écrire une pour lui, cette missive étant si privée qu'il noulait que ses secrétaires en eussent connaissance, quelque confiance qu'il eût en eux.

Que celle qu'il nourrissait pour moi fût encore plus solide, j'en fus transporté d'aise et m'installai devant l'écritoire avec un empressement qui était fait de joie, de gratitude, et s'il faut le dire enfin, de curiosité.

Celle-ci redoubla dès que j'entendis qu'il s'agissait d'une réponse à la démission de Richelieu, et je ressentis alors un émeuvement tel et si grand qu'il me fallut un moment avant que je pusse maîtriser le tremblement de ma main. Voici cette lettre, telle qu'à peine revenu en mon appartement, je la transcrivis de mémoire.

> « Mon cousin, j'ai vu toutes les raisons qui vous font désirer votre repos, que je désire avec votre santé plus que vous, pourvu que vous le trouviez dans le soin et la conduite principale de mes affaires.
>
> « Tout, grâce à Dieu, y a bien succédé depuis que vous y êtes. J'ai toute confiance en vous, et il est vrai que je n'ai jamais trouvé personne qui me servît à mon gré comme vous. C'est ce qui me fait désirer, et vous prier, de ne point vous retirer, car mes affaires iraient mal. Je veux bien vous soulager en tout ce qui se pourra, et vous décharger de toutes visites, et je vous permets d'aller prendre du relâche

de fois à autre, vous aimant autant absent que présent. Je sais bien que vous ne laissez pas de songer à mes affaires.

« Je vous prie de n'appréhender point les calomnies. L'on ne s'en saurait garantir à ma cour. Je connais bien les esprits, et je vous ai toujours averti de ceux qui vous portaient envie. Et je ne connaîtrai jamais qu'aucun ait quelque pensée contre vous que je ne vous le dise. Je vois bien que vous méprisez tout pour mon service, Monsieur, et beaucoup de Grands vous en veulent à mon occasion. Mais assurez-vous que je vous protégerai contre qui que ce soit, et que je ne vous abandonnerai jamais. Assurez-vous que je ne changerai jamais et quiconque vous attaquera, vous m'aurez pour second.

« Louis. »

Je confesse, lecteur, que j'aime cette lettre et qu'elle me touche au point qu'en la relisant — en particulier depuis la mort des deux protagonistes — le nœud de ma gorge se serre et bien que je sois proche des larmes, elles ne peuvent pas couler, tant grand est mon émeuvement.

J'aime cette lettre jusque dans ses naïvetés et gaucheries. Par exemple, quand Louis écrit : « Je vous aime autant absent que présent », sans s'apercevoir que cette phrase pourrait s'entendre tout au rebours de ce qu'il voulait dire. Mais la simplicité même de cette lettre, ces phrases sans art ni artifice, contribuent à l'impression de sincérité qu'on retire de sa lecture. Cette admiration, cette gratitude, cette affection enfin, à l'égard du cardinal, sonnent vrai. Elles viennent du cœur. Et il me semble aussi qu'il y a quelque grandeur chez un roi si ombrageusement jaloux de son pouvoir à reconnaître chez un ministre le génie qu'il ne possède pas et à le lui exprimer tout uniment en disant : « Je vous prie de ne point vous retirer car mes affaires iraient mal. »

Toutefois, alors qu'il assure Richelieu de sa confiance, il ne l'avise pas de son intention d'arrêter les frères Vendôme. Sans doute craint-il, non point une indiscrétion de son ministre, mais que le porteur de la lettre soit intercepté.

Cependant, quatre jours plus tard, l'arrestation des frères Vendôme étant faite et bien faite, Louis écrit derechef à Richelieu, cette fois pour la lui annoncer le premier.

« Mon cousin avant trouvé bon de faire arrêter mes frères naturels, le duc de Vendôme et le grand prieur, pour bonnes considérations importantes à mon état et repos de mes sujets, j'ai bien voulu vous en donner avis et vous prier de vous rendre près de moi le plus tôt que votre santé le pourra permettre. Je vous attends en ce lieu et prie Dieu de vous avoir toujours, mon cousin, en sa sainte protection. »

Quelle réponse irréfutable ne trouve-t-on pas ici à ces peu ragoûtants libellistes qui criaillaient haut et fort dans leurs infâmes pamphlets contre le roi qu'ils qualifiaient d'« idiot », de « débile » et d'« incapable » et qui n'était, selon eux, qu'un toton[1] aux mains de Richelieu !

Louis a pris seul la décision de rassembler une armée pour courre sus à ses frères. Seul encore, usant de ruse, et utilisant cette armée, non pour l'emploi mais pour l'intimidation, il a attiré ses frères à Blois en faisant luire à leurs yeux l'espoir d'un pardon, et seul derechef il décide de les mettre définitivement hors jeu en les envoyant épouser le donjon de Vincennes. Je le demande aux détracteurs de ce grand prince : qui prit les décisions en ce prédicament ? Et quel fut le politique habile et résolu ? Richelieu ou Louis XIII ?

Assurément, la cabale n'était que partiellement décapitée. Louis lui avait ôté deux chefs importants, et qui mieux est, son bastion : la Bretagne. Il nomma aussi gouverneur, en remplacement de Vendôme, le fidèle maréchal de Thémines. Hélas ! Il reste encore Monsieur que, « pour des considérations importantes à l'État », on ne peut embastiller.

Lecteur, je fus mêlé à ce qui suivit et voudrais t'en dire ma râtelée. Ma chambre au château de Blois se trouvait placée entre les appartements de Monsieur et la chambre du marquis de Chalais. Tant est que le marquis de Chalais, dès qu'il me vit, se jeta sur moi à l'étouffade et prit tant habitude à moi qu'il me voulait voir tous les jours, entrant dans ma chambre à toute

1. Une toupie.

heure pour babiller de tout et de rien, mais principalement de lui-même. Je lui prêtais courtoisement une oreille distraite, ou plutôt abstraite, qui réduisait ses récits à un bourdonnement indistinct et lointain, jusqu'au jour où un nom qu'il cita m'éveillant me fit dresser l'oreille. L'oisillon parlait de la duchesse de Chevreuse et me dit qu'il en était tombé depuis peu « follement amoureux ».

J'en fus béant ! C'était pour le coup que j'ouvris grandes mes oreilles. La duchesse de Chevreuse ! La plus infernale succube du cercle des vertugadins diaboliques ! Celle de qui procédait toute la cabale contre le mariage de Monsieur ! Et qui était la principale inspiratrice de tous les projets criminels qu'on avait vus naître ! Dans quelles mains le pauvret était tombé ! Et quel dangereux outil la démone pouvait faire de ce béjaune, le façonnant en même temps qu'elle le fascinait...

— Teste ! Mon cher ! délirait Chalais en se promenant de long en large dans ma chambre ! C'est la plus belle dame de la Cour ! Je donnerais de mon épée dans le ventre de qui oserait dire le contraire ! Et une duchesse ! Alliée à la maison de Guise ! Et qui plus est la favorite de Sa Majesté la Reine ! Et c'est elle qui la première m'a donné le bel œil ! Peste ! Teste ! Mort ! J'ai cru pâmer ! Mon cœur battait comme fol ! Une œillade ! Une seule ! Et depuis, je ne la quitte plus ! Je la suis aux églises, au promenoir, à la chapelle du Louvre, à messe ! Je n'oserais m'asseoir à messe trop près d'elle, mais assez près pour la voir de profil ! Et avec quelle élégante grâce elle tourne vers moi son cou délicat, me cherche de l'œil dans la cohue des courtisans et me baille un sourire ! Un seul et me voilà frémissant de la tête aux pieds ! Vous qui êtes un savant, diriez-vous que ce souris rime avec paradis ? C'est ce que je ressens alors ! Et comment l'exprimerais-je, Comte, sinon en vous disant que je suis le plus heureux des humains, car j'ai la plus belle maîtresse du royaume ?

— Votre maîtresse, Marquis ? dis-je les sourcils levés. Seriez-vous déjà si avant en ses douces faveurs ?

— Nenni ! Nenni ! Comte ! Qu'allez-vous penser ? Je prends « maîtresse » dans le sens de *L'Astrée*. La duchesse de Chevreuse ne m'a encore rien baillé, pas même un baiser. Savez-vous pas qu'il faut à ces hautes dames une cour dans les règles ? Tête bleue ! Une duchesse n'est pas une chambrière que l'on trousse et qu'on pousse sur le lit qu'elle est en train de faire ! Plus une dame est haute et plus elle se doit de faire sa renchérie et sa pimpésouée.

Je l'écoutais, béant, et sentis toute l'inutilité de lui remontrer que la duchesse, sans lui rien donner, et en aiguisant seulement son appétit pour elle, allait le retourner comme un gant et le faire rentrer dans le parti qu'il venait de trahir pour son roi. Ha ! Lecteur ! Si tu crois qu'un écervelé, parce qu'il n'est capable d'aucun bien, est aussi incapable de faire mal, grande est ton erreur !

La Chevreuse lui avait donné le bel œil et tout était fini ! La fidélité à Louis, alors qu'il appartenait comme moi à la Maison du roi comme grand maître de sa garde-robe ! la loyauté envers le cardinal qui lui avait promis, en sus, par mon canal, la charge de grand maître de la cavalerie légère s'il pressait Monsieur d'épouser Mademoiselle de Montpensier ! Qu'allait-il dire maintenant à Monsieur qui ne serait inspiré par sa séductrice ?

M'ayant ainsi fait ses confidences et toujours affairé sans avoir rien à faire, Chalais me quitta tout soudain en coup de vent et dès que j'eus clos l'huis sur lui, le pensement assez effrayant me vint à l'esprit que l'infernale Chevreuse pouvait tout aussi bien lui mettre par degrés dans l'esprit l'idée de tuer le roi. Monsieur, alors, succédait à son frère et épousait la reine, ce que la reine, semblait-il, avait tacitement accepté. Or, appartenant à la Maison du roi, ayant accès à toute heure, tous les jours, à ses appartements, approchant la personne royale aussi près et même plus près que moi, puisqu'il avait la charge de sa garde-robe, Chalais avait toutes les occasions du monde de daguer le roi à l'improviste.

Je ne faillis pas à avertir le roi, dès que je le pus, des dangereuses amours du petit marquis. Louis, qui connaissait bien la Chevreuse et en pensait le plus grand mal, prit la chose très au sérieux et me recommanda de garder sur Chalais, de jour comme de nuit, un œil vigilant. Ainsi fis-je. Louis, de son côté, redoubla de méfiance et je ne laissai pas d'observer qu'à partir de cette date, quand Chalais se trouvait dans ses appartements, le roi manœuvrait pour qu'il ne s'approchât pas de lui, tandis que, de mon côté, je serrais Chalais d'aussi près qu'il était décent, guettant ses moindres gestes.

La nuit, il m'était encore plus facile de le surveiller. Sa chambre et la mienne, à l'origine, n'en faisaient qu'une et, pour gagner de la place, on les avait partagées en deux par une simple cloison en bois de chêne. Tant est que je pouvais ouïr sans même prêter l'oreille la noise qui provenait du logis de Chalais, y compris la noise amoureuse qui occupait beaucoup de son temps. Il recevait aussi beaucoup d'amis dont le plus intime était le comte de Louvigny. Je le croisais si souvent comme il entrait chez Chalais quand j'entrais moi-même chez moi que nous en vînmes à nous saluer. Et je reconnaissais bien sa voix, quand il était avec Chalais pour ce qu'elle était haute et perchée, et répondait bien à son physique. Je n'avais pas le moins du monde à prêter l'oreille quand ils étaient au bec à bec car cette amitié-là dégénérait souvent en querelles violentes, Louvigny soupçonnant Chalais de lui vouloir rober sa maîtresse. Tant est que les bruyants embrassements du début se terminaient souvent par des menaces réciproques de tirer l'épée et de s'entre-tuer. Cependant, je doutais qu'ils en vinssent un jour aux mains, Monsieur de Louvigny étant petit, estéquit et souffreteux et Monsieur de Chalais si vigoureux et si bon bretteur.

Le roi, à Blois, se couchait tôt, qui-cy seul, qui-là avec la reine, tant est qu'il n'était pas rare qu'à dix heures du soir, je me pusse retirer, gagner ma chambre et me désennuyer du vide de la vie de cour en relisant Montaigne à la chandelle, étendu sur ma couche, mes deux oreillers soutenant ma tête. C'est dans cette position qu'un soir, sur le coup de onze heures, heure à laquelle peu nombreux étaient ceux qui se promenaient encore dans le château, j'entendis mon voisin déclore et reclore son huis. Le devoir et la curiosité tout ensemble me poussant, dès qu'il fut passé devant ma porte, j'y courus à pas de loup, l'entrebâillai doucement et je vis Chalais de dos, une lanterne à la main, s'éloigner mais sans aller bien loin, puisqu'il entra dans les appartements de Monsieur, lesquels, comme j'ai dit déjà, jouxtaient ma chambre. Je résolus alors d'attendre le temps qu'il faudrait pour l'ouïr ressortir de chez Monsieur et regagner son gîte.

Ce fut là une plus dure épreuve que je n'avais imaginé, car même l'esprit judicieux de Montaigne ne put me retenir par moments de laisser tomber ma tête sur ma poitrine et de m'ensommeiller. À la parfin, mon oreille, étant demeurée dans ma langueur même attentive, j'ouïs la porte de Chalais se déclore et se reclore dans la chambre voisine. Je regardai alors ma montre-horloge à la lueur faiblissante des chandelles plus qu'aux trois quarts consumées, et je vis qu'il était une heure du matin. Mais si grand était encore le vague dans ma cervelle embrumée qu'il me fallut quelque effort pour faire le calcul et pour entendre que Chalais était resté deux heures chez Monsieur.

Le lendemain, en réfléchissant aux événements de la veille, je m'étonnai d'avoir vu Monsieur de Chalais porter lui-même sa lanterne en se rendant chez Monsieur. Telle eût dû être, m'apensai-je, la tâche de Monsieur de Louvière, son écuyer. À moins, évidemment, que Chalais eût voulu lui cacher ses visites nocturnes à Monsieur. Ma curiosité étant piquée et sortant quelque peu de ma réserve, je ne manquai pas, quand je revis Chalais ce matin-là, de quérir de lui, du ton le plus détaché :

— Que devient Monsieur de Louvière ? Je ne le vois plus dans vos alentours. Lui avez-vous baillé son congé ?

Quel ne fut pas mon étonnement alors de voir l'effet que cette question anodine produisit sur Monsieur de Chalais ! Il se troubla, resta sans voix et rougit comme un enfant, qu'il était encore, ayant été en ses jeunes années excessivement admiré, aimé, mignoté et ococoulé par sa mère. Et ne sachant que dire, tant il était désarçonné et pris sans vert, incapable au surplus d'inventer *ex abrupto* un prétexte plausible, il me dit ce qui se révéla plus tard être la vérité et que je tins pour telle dès qu'il me l'eut dite :

— J'ai envoyé Louvière en mission en province.

Je me gardai bien de lui demander de quelle mission il s'agissait ; je l'aurais induit en méfiance, et passant prestement à un sujet plus léger, je lui demandai des nouvelles de ses amours. Las ! il fut aussi intarissable que la veille dans les hyperboliques éloges qu'il fit de la magicienne qui l'avait envoûté. Il était tout à fait clair qu'il s'était livré à elle poings et pieds liés, qu'il ne voyait plus que par ses yeux, qu'il n'entendait plus que sa voix et qu'il lui obéissait en tout. Cet engouement aveugle chez un homme d'aussi peu de cervelle me donna de nouveau les plus grandes inquiétudes. Je m'en ouvris au roi dès que je pus. Et sur l'ordre qu'il me donna de poursuivre ma surveillance de Chalais, je la continuai trois nuits de suite et pus confirmer que, chaque soir, vers onze heures, le marquis allait visiter Monsieur en ses appartements et demeurait deux bonnes heures en sa compagnie.

Comme j'en informai Louis, le cardinal, arrivé la veille au soir de Limours, survint. Et quoique fatigué de son long voyage, il me parut fort ragaillardi par l'émerveillable lettre qu'il avait reçue et par le chaleureux accueil de Sa Majesté. Chose remarquable, il nous apportait du nouveau sur la « mission » de Monsieur de Louvière...

En effet, dès les débuts des remuements de la cabale, Richelieu avait introduit des informateurs à Sedan et à Metz dont les gouverneurs respectifs, le comte de Soissons et le duc d'Épernon (et celui-ci malgré son grand âge), étaient des personnages bouillants et brouillons, fort capables de mettre la main à la pâte de la rébellion, s'ils pensaient qu'elle avait des chances de lever...

— Par une bénédiction spéciale du Ciel, poursuivit le cardinal, la veille de mon département de Limours, je reçus d'un de mes informateurs la nouvelle que Monsieur de Louvière s'était présenté à Sedan pour demander au comte de Soissons s'il donnerait asile à Monsieur, au cas où Monsieur réussirait à s'enfuir de la Cour. Il fut proprement éconduit. Louvière partit alors pour Metz à brides avalées, où il adressa la même requête à Monsieur de La Valette qui, en l'absence de son père, le duc d'Épernon, commandait la place. Là aussi, on le rebuffa. Il apparaît donc clairement, poursuivit Richelieu, que la prise au corps des frères Vendôme a quelque peu refroidi la turbulence des Grands...

Ayant dit, le cardinal s'inclina devant Sa Majesté comme pour lui rendre hommage de la décision qu'en son absence il avait prise. Salut que je trouvai à la fois généreux et habile.

— Il est donc avéré, dit Louis, que Chalais est maintenant sous la coupe du diable (c'est ainsi qu'il nommait la Chevreuse). Étant à la fois mon sujet et officier de ma maison, il trahit à la fois son office et moi-même. Au lieu de presser Monsieur de se marier, comme il l'avait promis, il le pousse à s'enfuir et à se mettre à la tête de la rébellion. Il faudra punir ce traître.

— Par malheur, dit Richelieu, nous ne pouvons encore l'arrêter. Manquent les preuves et témoins. Louvière, après ses deux échecs, s'est senti fort compromis et il a disparu dans cet immense royaume comme une aiguille dans une botte de foin. Et questionner Monsieur serait vain. Il va sans dire que Monsieur ne va pas avouer une faute qu'il n'a pas encore commise.

— En attendant, dit Louis, je vais donner l'ordre de doubler les gardes qui assurent les intérieurs du corps du logis et tripler les gens de pied qui tiennent les dehors.

Pensant que le cardinal et le roi avaient beaucoup à se dire en ces retrouvailles, je quis de Sa Majesté mon congé, et ne les revis que le lendemain matin en la grande salle du Conseil, là même où, quelques années auparavant, le duc de Guise avait saigné du nez et mangé, au petit matin, des pruneaux, avant d'être appelé dans la chambre d'Henri III où, l'huis reclos sur lui, il avait rencontré la mort aux mains des Quarante-Cinq.

Le cardinal, parlant au nom du roi, exposa ses projets. Sa Majesté avait l'intention, le lendemain vingt-cinq juin, de partir avec la Cour et son armée pour Nantes. Il répondrait à toutes les questions qu'on lui voudrait poser touchant cette décision. Il y eut un silence et Monsieur de Marillac demanda ce qu'on allait faire à Nantes. Le cardinal lui répondit, et je fus tout attendrézi de l'ouïr derechef parler de la façon méthodique qui lui était coutumière.

— *Primo*, dit-il, Sa Majesté veut que les fiançailles et le mariage de Monsieur avec Mademoiselle de Montpensier se fassent à Nantes.

— Et pourquoi pas à Paris ? demanda Marillac.

— Pour éviter que les libelles de la cabale ne parviennent à agiter le peuple de Paris contre cette union. Vous n'ignorez pas à quel point le peuple de Paris est séditieux et maillotinier. *Secundo*, dit Richelieu, le roi entend installer à Nantes solennellement Monsieur le maréchal de Thémines à la tête de son gouvernement de Bretagne. *Tertio*, il tient pour assuré que la présence d'une armée de six mille hommes à Nantes intimidera le duc de Longueville en sa Normandie, et les protestants en leur Rochelle, et que cette intimidation sera suffisante pour qu'ils n'aient pas envie de prêter, le cas échéant, main forte à la rébellion.

Le cardinal ayant fini son exposé, Sa Majesté voulut bien

demander son avis au Conseil, et nul ne faisant mine de parler, le roi leva la séance.

Je retournai alors dans ma chambre et je n'y étais pas depuis cinq minutes quand Chalais y pénétra sans toquer, le visage tout chaffourré de larmes.

— Comte, dit-il, d'une voix entrecoupée de sanglots, je suis au comble du désespoir : mon meilleur ami, mon intime ami, le comte de Louvigny, m'appelle sur le pré !

— Diantre ! Que lui avez-vous fait ?

— Hélas ! J'ai couché avec sa maîtresse.

— Mais fallait-il que vous en arriviez là ?

— Hélas ! Oui ! C'était une fleur qui ne demandait qu'à se laisser cueillir.

— Mais vous en avez cueilli tant ! Ne pouviez-vous pas laisser celle-là au moins sur sa tige ?

— Comte, vous n'y pensez pas ! La dame est réputée avoir les plus beaux tétins de la Cour ! Comment aurais-je pu avoir l'occasion de les voir, de les mignoter et de les baisoter, si je n'avais pas couché avec elle ?

— Mais votre ami ?

— Hélas ! Il écume, il est furieux, il crie à tous vents que je suis un traître et qu'il veut se battre !

— N'est-ce pas bien naturel qu'il se trouve offensé ?

— Mais comment puis-je me battre avec mon meilleur ami ?

— Vous eussiez dû y penser avant.

— Comte ! s'écria tout soudain Chalais d'une voix furieuse, oseriez-vous me faire la leçon ?

— Mon cher Chalais, dis-je en lui mettant la main sur l'épaule, allez-vous m'appeler une deuxième fois sur le pré ? Ne peut-on vous parler à la franche marguerite sans qu'aussitôt vous vous courrouciez ?

— Ha ! Je vous demande pardon ! Je ne suis qu'un grand fol ! dit Chalais.

Et se jetant à mon cou, il me donna une forte brassée et je ne sais combien de baisers repentants sur les joues, étant affectueux comme un jeune chien et, j'en ai peur, sans beaucoup plus de cervelle.

— Que vais-je faire ? poursuivit-il, les larmes coulant sur ses joues, grosses comme des pois.

— Vous battre avec Louvigny et lui faire la plus légère blessure que vous pourrez.

— Mais je ne peux pas ! Le roi a interdit le duel, estimant que les forces des deux adversaires sont trop disproportionnées, Louvigny étant si estéquit et moi si vigoureux.

— Vous pourriez au moins discontinuer vos amours avec cette dame.

— Les discontinuer ! Renoncer à la belle ! Vous n'y songez pas !

Et passant tout soudain du désarroi le plus profond à la gaieté la plus folle, Chalais dit en riant à gueule bec :

— Comment pourrais-je maintenant me passer de ces tétins sublimes ?

CHAPITRE XI

Si j'en crois l'usage de notre langue, l'adjectif « sublime » s'applique à un rang, une dignité ou un honneur, lesquels sont qualifiés ainsi parce qu'ils sont les plus élevés auxquels un homme puisse aspirer. Et bien que l'adjectif prête à sourire appliqué à des tétins, cependant si ceux-ci étaient, comme le prétendait Chalais, « les plus beaux de la Cour », on peut à la rigueur admettre qu'ils aient mérité cette hyperbole dans la bouche d'un amant très épris.

Mais, direz-vous, que devient alors ce « fol amour » proclamé *urbi et orbi*[1] pour Madame de Chevreuse ? Ici encore, je défendrais Monsieur de Chalais, tant il me paraît naturel que le bouillant jouvenceau ait préféré aux appâts inaccessibles de la duchesse les complaisantes rondeurs de Madame de C.

À mon sentiment, la faille n'était pas là, mais dans la légèreté, pour ne pas dire l'inconsistance, de Monsieur de Chalais. En somme, il agissait dans le privé comme dans le politique : il trahissait tout le monde, y compris son intime et immutable ami à qui il faisait une impardonnable écorne en lui robant sa maîtresse. Après quoi, il pleurait à chaudes larmes, mais sans cependant la lui rendre.

1. « À la ville et dans l'univers » (lat.). Cette locution, empruntée à la liturgie catholique, est employée pour signifier qu'une nouvelle est publiée partout.

Je vois bien que le lecteur brûle de me dire que je ne devrais pas, traitant des grandes affaires du royaume, m'amuser à de si petites choses que celles que je viens de conter. À quoi je répondrais qu'il n'est pas sûr qu'un fait, en apparence insignifiant, ne puisse acquérir une importance démesurée quand le hasard l'insère dans les enchaînements implacables de l'Histoire.

L'assassinat d'Henri IV en apporte un exemple que j'ai toujours trouvé fort saisissant. Plaise à toi, lecteur, que je me permette de le remettre en ta remembrance.

Voyant un quidam rôder depuis quelques jours devant la porte du Louvre, Monsieur de Castelnau, qui était alors lieutenant des gardes, en avertit son père, le duc de La Force, lequel en fit son rapport à Henri IV.

— Arrêtez-le, dit Henri. Fouillez-le. Et s'il n'a pas d'arme sur lui, relâchez-le.

On arrêta le quidam. Il s'appelait Ravaillac. Il dit qu'il voulait voir le roi. On le fouilla, et comme apparemment il n'avait rien sur lui, on le laissa partir. On ne sut que plus tard combien la fouille avait été mal conduite. Le garde qui en eut la charge tâta successivement la poitrine du prisonnier, son dos, ses hanches, ses cuisses, et il s'arrêta là. Si ses mains avaient pris la peine de descendre au-dessous du genou, elles eussent trouvé, attaché le long du mollet gauche, et la jarretière en dissimulant le manche, le couteau de Ravaillac. C'est ainsi que la petite négligence d'un garde, au cours d'une petite fouille de routine, coûta la vie à un grand roi.

Mais laissons là pour un court instant Monsieur de Chalais, Monsieur de Louvigny et la belle Madame de C., si bien pourvue par la nature. Et puisque Louis et le cardinal le veulent pour les raisons qu'on a dites, prenons le chemin de Nantes. Partis de Blois le vingt-sept juin, nous parcourûmes ledit chemin avec une rapidité telle et si grande que le trois juillet, nous franchîmes le seuil du château ducal de Nantes. Le superbe château, où les principaux de la Cour logèrent, a l'apparence d'une forteresse, mais dès qu'on y pénètre, on découvre avec bonheur un palais de la Renaissance[1]. On m'y logea, mais dans une chambre

1. Commencé en 1466 par François II, il fut terminé par Anne de Bretagne.

assez éloignée de celle de Monsieur de Chalais, et comme je m'en étonnais auprès du cardinal, il me dit qu'il était temps que me fussent épargnées ces veilles continuelles et qu'en conséquence, il avait placé auprès du grand maître de la garde-robe d'autres personnes, tout aussi vigilantes que je l'avais été, mais moins notoirement connues pour leur fidélité au roi.

J'en fus fort heureux, car si on n'avait pu arrêter jusque-là Chalais, faute de témoins et de preuves, il allait sans dire que la chose ne pourrait manquer de se faire, le béjaune étant si babillard. Et je serais bien aise alors de n'être pas si proche de lui que la Cour pût me soupçonner d'être la cause de ses malheurs.

Dès mon premier matin dans le château ducal, et quasiment à la pique du jour, je voulus me remettre à l'épée, trouvant que mes longues nuits de veille à Blois m'avaient quelque peu amolli. Je fus fort déçu, en entrant dans la salle d'escrime, de n'y point trouver les maîtres ès armes (l'heure étant trop matinale sans doute pour ces messieurs), mais seulement quelques petits ferrailleurs avec lesquels je ne me souciais guère de me gâter la main. Noulant toutefois les offenser, je les saluai de loin et, leur tournant le dos, j'ôtai mon pourpoint et, l'épée en main, je me mis à larder le mannequin d'exercice, comme si j'eusse désiré m'échauffer, avant l'arrivée de mon partenaire. Toutefois, il se passa bien dix minutes avant que quelqu'un pénétrât dans la salle d'armes et ce ne fut pas, comme je l'espérais, le commandeur de Valençay, mais le comte de Louvigny.

Il eut l'air si peu surpris en me voyant que je me demandai tout de gob s'il ne me cherchait pas et en effet, à peine l'avais-je aperçu qu'il se dirigea vers moi, me salua et me dit d'un air fort poli :

— Comte, nous nous connaissons déjà de vue : nous nous sommes rencontrés à Blois. Je suis le comte de Louvigny et j'aimerais avoir le très grand honneur de faire plus ample connaissance avec vous.

— Comte, je savais votre nom, comme vous saviez le mien, dis-je sur le même ton de cérémonieuse politesse, et je tiendrais, moi aussi, à très grand honneur d'être de ceux qui ont habitude à vous.

Ayant dit et me trouvant la tête nue, je le saluai de mon épée. À quoi, il me fit un nouveau salut et dit :

— Comte, je connais votre réputation l'épée à la main. M'accorderez-vous le privilège de croiser le fer avec moi ?

Que pouvais-je faire sinon accepter cette proposition, car le comte de Louvigny n'était point un de ces coquebins de cour qu'on eût pu sans conséquence refuser, mais un gentilhomme de bon lieu.

Acquiesçant de la tête avec un sourire aimable, je revêtis un plastron, tandis que je regardais du coin de l'œil le comte se déshabiller. Il avait fort peu à se glorifier dans la chair, étant petit, maigre, estéquit et fluet, mais il ne manquait pas de vaillance et d'ardeur et son œil noir, très enfoncé dans l'orbite, jetait des flammes dès qu'il attaquait. Son escrime, en fait, était excellentissime, mais hélas ! elle souffrait d'une irrémédiable incommodité : son bras était trop court. Ou bien il eût fallu, pour rendre les choses plus égales, que son épée fût un pied plus longue que celle de son adversaire, ce que, d'évidence, aucune règle ne saurait souffrir. Ou alors, il eût fallu que j'y misse du mien, mais son escrime était trop fine pour qu'il ne discernât pas cette complaisance, laquelle l'aurait blessé au plus vif.

Quand l'assaut fut fini et que nous nous fûmes l'un l'autre salués de nos épées, le comte de Louvigny se rhabilla et, se rapprochant de moi, me dit, son œil noir fiché dans le mien :

— Comte, dites-moi à la franche marguerite ce que vous pensez de mon escrime.

À quoi, ayant réfléchi qu'à un gentilhomme de cette trempe, il ne fallait rien dire d'autre que la vérité, je répondis tout de gob :

— Si votre bras était plus long, votre escrime serait meilleure que la mienne.

À quoi aussitôt il répondit :

— Il ne tient qu'à vous, Comte, de remédier à ce défaut de la nature !

— À moi ? Comment cela ?

— Je me permettrai de vous le dire, si vous m'autorisez à vous parler au bec à bec dans votre appartement, ou dans le mien.

— Dans le mien, dis-je promptement, tout intrigué que je fusse. J'y retourne de ce pas. Voulez-vous me faire la grâce de m'y rejoindre ?

Louvigny passant, peut-être à tort, pour un partisan de

Monsieur, je ne me souciais pas d'être vu entrant dans sa chambre, alors qu'à mon sentiment, on pouvait le voir toquer à la mienne, sans que je fusse en rien compromis, car j'étais alors très sollicité et de tous côtés, les courtisans me sachant fort en faveur auprès du cardinal et du roi.

Je dois dire, toutefois, que je fus excessivement étonné, pour ne pas dire abasourdi, quand Monsieur de Louvigny m'exposa sa requête.

— Comte, dit-il, vous avez remarqué que mon bras est beaucoup trop court pour que mon escrime soit efficace, mais si vous étiez disposé à me rendre un immense service, je me permettrais de vous dire ceci : il n'y a que vous qui pourriez m'aider à remédier à ce défaut de la nature.

— Moi ? dis-je, béant. Et comment cela ?

— En ayant la bonté de m'enseigner la botte de Jarnac dont vous êtes, à ma connaissance, le seul en ce royaume à connaître le secret.

Je demeurai sans voix devant l'énormité de cette requête, surtout venant d'un gentilhomme que je connaissais si peu. Il fallait que Louvigny fût tout à plein chaffourré de chagrin et dégondé de ses sens par le désespoir d'avoir perdu sa belle pour m'adresser une prière aussi folle.

— Mais, Comte, y songez-vous ? dis-je le plus doucement que je pus. La botte de Jarnac est une botte terriblement cruelle. Non pas parce qu'elle tue. Elle fait pis. En coupant le jarret de l'adversaire, elle l'estropie et fait de lui un infirme, humilié aux yeux de tous, jusqu'à la fin de sa vie, par les marques de sa défaite.

— C'est justement cela que je veux, dit Louvigny d'une voix basse et son œil noir lançant soudain des flammes.

Cette parole me glaça quelque peu et je demeurai un instant à envisager Louvigny d'œil à œil.

— Comte, dis-je, reprenant peu à peu mes esprits, il faut vraiment nourrir pour quelqu'un une haine démesurée pour désirer lui faire durablement tant de mal.

— Démesurée, Comte ? Ne croyez pas cela ! Tête bleue ! Elle n'est pas démesurée ! Elle ne l'est en aucune façon ! Vous la ressentiriez comme moi si celui qui se disait votre meilleur ami vous avait robé votre bien le plus cher !

— Que n'appelez-vous le traître sur le pré ?

— Je l'ai fait, mais Louis, qui déteste le duel et envisage de les interdire un jour tout à plein, a formellement interdit cette rencontre en raison de la disproportion des forces. Ne le saviez-vous pas ?

— Nenni.

— Me voilà donc deux fois humilié ! dit Louvigny avec un mélange de douleur et de fureur qui m'inspira quelque compassion. Mon intime ami me fait une damnable écorne et le roi m'interdit d'en tirer vengeance. Comte, pouvez-vous imaginer le terrible prédicament qui va être le mien ! Quelle figure vais-je tailler d'ores en avant à la Cour ? N'importe quel pied plat me pourra insulter à gueule bec devant tous sans que je puisse lui jeter mon gant à la face ! Mon honneur est perdu !

— Comte, dis-je, j'aimerais de tout cœur vous aider, mais je ne le peux. Et permettez-moi de vous expliquer comment la botte de Jarnac est entrée dans ma famille. Mon père était fort ami avec le maître ès armes Giacomi dont le père avait enseigné cette fameuse botte à Jarnac pour le préparer à son combat contre Châteauneuf : duel fameux qui eut le résultat que vous savez. Plus tard, Giacomi, voyant mon père dans les missions secrètes auxquelles le roi l'employait courir les plus grands périls, lui apprit le secret de cette botte que Jarnac par son fameux duel avait rendue célèbre. Mais à deux conditions : celles que mon père exigea de moi quand, à mon tour, il m'enseigna le redoutable coup : *primo*, jurer sur les Évangiles que je ne léguerais la botte qu'à un de mes fils, *secundo*, que je ne l'emploierais jamais offensivement, mais en toute extrémité, pour sauvegarder ma propre vie. Comte, vous m'en voyez navré ! Comment pourrais-je jamais violer un serment aussi sacré ?

— J'entends bien, dit Louvigny qui m'avait écouté comme si je lui avais lu sa condamnation à mort, mais l'œil cependant brillant et résolu. Je me battrai donc sans posséder cette botte, reprit-il.

— Comte ! dis-je béant, allez-vous désobéir au roi !

— Oui-da ! dit Louvigny, la crête haute. Pour me venger de ce scélérat, je suis prêt à braver toutes les lois du royaume.

— Mais, Comte ! Où sera la vengeance ? Monsieur de Chalais vous tuera.

— Je n'en doute pas. Outre que je préfère la mort au déshonneur, j'aurai la joie, en mourant, de savoir qu'il sera embastillé et privé du bien qu'il m'a robé.

— Même si votre agonie est longue, dis-je avec gravité, cette joie-là sera bien courte pour la payer de votre vie. Et que ferez-vous si votre adversaire refuse de passer outre à la défense du roi ?

— Nous verrons alors, dit Louvigny, les mâchoires serrées et l'œil dans le creux de l'orbite étincelant. Je ne peux souffrir plus longtemps l'écorne qu'il m'a faite. Il tombera, ce bélître, ce chef-d'œuvre de la nature, la coqueluche du *gentil sesso* !

À ouïr ces mots, il me sembla que l'amour déçu s'y mêlait à la haine de façon étrange et qu'il était difficile de démêler à qui Louvigny portait cette atroce jalousie : à Monsieur de Chalais ou à Madame de C. ?

Frappé par l'étonnement que me donna cette pensée, je demeurai coi et Louvigny pensant que, par mon silence, je voulais mettre fin à notre bec à bec, redevint aussitôt parfaitement poli, s'excusa de m'avoir pris tant de mon temps, et me saluant profondément, prit congé de moi, me laissant dans mes songes.

***

Bien longue fut cette songerie-là, car je m'escarmouchai autour d'un problème de conscience qui me tint occupé tout le jour. Monsieur de Louvigny avait requis de moi le secret de notre bec à bec et, à main forcée, j'avais dû le jurer. Mais il y avait là pour moi une très forte épine. Je me demandais si mon devoir n'était pas de rompre mon serment, tout ce qui touchait Monsieur de Chalais étant une affaire d'État, vu les soupçons qui pesaient sur lui.

Je dormis là-dessus et au matin — la nuit, dit-on, portant conseil et que le conseil fût bon ou mauvais, de toute façon, il était pris — j'allai trouver Richelieu. Ayant glissé le nom de Chalais dans l'oreille de Charpentier, je fus, toutes affaires cessantes, reçu et contai au cardinal ce qu'il en était des intentions meurtrières de Monsieur de Louvigny à l'égard de Chalais.

— Il serait désastreux, dit Richelieu, que ce fou nous poignarde notre béjaune pour une affaire de cotillon, alors que nous remuons ciel et terre pour trouver les preuves et témoignages qui nous permettent de l'arrêter. Qui peut douter que, si nous y parvenions, cet incontinent babillard nous dira tout, tant est que par lui, nous pourrons démêler les fils de la conspiration et connaître les noms des complices.

Après quoi, s'accoisant, il réfléchit quelque peu, les yeux baissés, et sa dextre caressant d'un geste machinal le bouc qui ornait son menton. Puis, levant la tête, il dit tout soudain d'un ton vif et expéditif :

— Nous allons surveiller Monsieur de Louvigny avec toute la discrétion possible. Comte, faites-moi la grâce de m'avertir de nouveau si Louvigny reprend langue avec vous. Mais, j'oubliais ! reprit-il tout soudain avec un sourire fort gracieux.

Et fouillant dans l'une des nombreuses poches dissimulées dans sa soutane pourpre, il en retira la bague ornée d'un rubis que j'avais fait remettre par Monsieur de Clérac à Charpentier afin qu'il avertît le cardinal d'avoir à se reclure dans le château de Fleury en Bière jusqu'à l'arrivée d'une escorte.

— Ce rubis, poursuivit-il, est fort éloquent et il a dit ce qu'il fallait dire au moment qu'il fallait. C'est votre bien, Comte, et je vous le rends avec mille mercis. Convenons que s'il doit être de nouveau remis à Charpentier par un tiers auquel vous l'aurez confié, il voudra dire que vous avez à m'impartir une information qui ne souffre pas de délai.

Je regagnai ma chambre et la trouvai, comme elle avait été à Blois, en affligeant désordre, me trouvant privé de toute aide, le pauvre La Barge n'étant plus, et ayant laissé mon valet Robin en Paris, noulant l'exposer aux périls de l'embûche, lui dont les armes n'étaient pas le métier. Quant aux chambrières attachées au château, ou emmenées dans les bagues [1] des Grands, il ne fallait pas compter sur elles, étant fort occupées à la Maison du roi, celles de la reine, de la reine-mère, de Monsieur et des ducs.

Le lendemain, je retournai à la salle d'armes et eus le plaisir, cette fois, de tirer avec le commandeur de Valençay pendant un

1. Bagages.

bon quart d'heure, ce qui n'alla pas sans effort ni sueur, et nous laissa tous deux haletants, mais à égalité de touches, ce que je trouvais émerveillable, vu son âge et le mien. Cependant, comme j'ouvrais la bouche pour m'enquérir de Chalais, le commandeur, me devinant, me dit à voix basse et frémissante et son austère face toute chaffourrée de souci :

— De grâce, ne me parlez pas de mon neveu ! Je suis à son sujet dans des peines et des inquiétudes qui ne peuvent se dire. Il est plus fol que lune en mars, va de sottise en sottise, et court droit à sa destruction. La peste soit de l'écervelé ! Il conspire ! Il jase à tous vents de ses secrets ! Et le comble ! Le comble ! Il inflige une terrible écorne à Louvigny, son immutable ami, quasiment son frère, qui lui a rendu mille services ! Il se brouille à mort avec lui pour une paire de tétins ! Avez-vous ouï cela, Comte ? Rien qu'à la Cour il y a bien une centaine de tétins, et il a fallu que ce soit ceux-là précisément qu'il choisît ! Dieu juste ! Qu'y a-t-il de si attirant dans un tétin ? Ce n'est qu'un sac, appelé à contenir du lait. Bien utile, certes, pour le nourrisson, mais pour l'homme ?

Sur la fin de cette diatribe, j'eus quelque mal à conserver ma gravité, si touchante que me parût pourtant l'affection du commandeur pour un neveu qui lui donnait tant de pointilles. De retour dans ma chambre, sueux comme je l'étais, je jetai ma chemise et me séchai, me frottant à l'arrache-peau, et regrettant bien que Jeannette ne fût là pour remplir cet office auquel elle excellait.

D'elle et de ses massages, ma pensée passa à La Surie qui en avait reçu une bonne curation en son intempérie et aussi à mon père et enfin à mon domaine d'Orbieu, lequel me manquait fort. Mais bien sait le lecteur : je ne me laisse jamais enliser en durable mélancolie, et pour cela, je défends à mes mérangeoises de s'égarer trop longtemps dans le souvenir des années enallées. Car penser au passé, qu'il fût pour vous heureux ou malheureux, c'est toujours tomber en tristesse, et de tristesse point ne veux, car elle vous replie l'homme sur soi et le mutile. J'en dirais tout autant de la chasteté, si je ne craignais de blesser les consciences délicates.

Comme je me rhabillais, on toqua à mon huis. C'était le lieutenant de Clérac qui poussait devant lui un jouvenceau de si jolie mine qu'il n'eût pas failli à induire en tentation le chanoine Fogacer du temps de ses folâtres amours. Mais le béjaune était gibier de dames et non de bougres. Je ne tardai pas à m'en apercevoir.

— Monsieur le Comte, dit Clérac, plaise à vous de me permettre de vous présenter mon frère puîné, Nicolas. Il a été admis dans la compagnie des Mousquetaires, mais il s'en faut de quelques mois qu'il y puisse entrer, vu son âge. Et je me suis apensé qu'en attendant, il vous plairait peut-être de l'avoir comme écuyer en remplacement de La Barge. J'espère, Monsieur le Comte, que vous ne trouvez pas ma requête trop impertinente.

— Impertinente ! m'écriai-je, mais elle me comble ! Elle me ravit ! À condition que Nicolas consente à m'aider à mettre de l'ordre dans ma chambre, car je n'ai pas non plus de valet. Je l'ai laissé dans mon appartement du Louvre.

— Monsieur le Comte, dit Nicolas, avec un gracieux salut, je suis de bon lieu, assurément, mais je ne me sens point si haut que je ne fasse pour votre chambre ce que je faisais pour la mienne au château de Clérac. Toutefois, si vous le permettez, j'emploierai, en catimini, pour m'aider, les services d'une chambrière de la reine qui m'a pris en quelque amitié depuis le séjour de la Cour à Blois…

Disant quoi, il sourit et Monsieur de Clérac sourit, et je souris. Ma décision fut prise en un tournemain. Outre que, de toute manière, je ne pouvais refuser l'offre de Monsieur de Clérac sans offenser un officier qui avait si bien veillé sur mes sûretés à l'auberge de *L'Autruche*, quelques mois seraient vite passés, si Nicolas était à ces fonctions inapte. Mais j'inclinais à croire qu'il y serait tout à plein suffisant. Il avait l'air fort éveillé et point aussi pointilleux que La Barge sur sa noblesse. J'avais trouvé touchant qu'il parlât avec tant de simplicité de sa chambre au château de Clérac et d'autant que ce propos me ramentut la mienne en notre hôtel de la rue du Champ Fleuri, mon père insistant toujours pour que je la rangeasse moi-même en mes adolescences, ma Toinon se bornant à balayer, à nettoyer les verrières et à faire le lit ou, comme disait mon père plaisamment, « à le faire et à le défaire ».

Au surplus, Nicolas était fort plaisant à voir, étant bien pris, souple et vif, le cheveu noir bouclé, les yeux bleu clair et les cils noirs, les cheveux retombant en boucles sur ses épaules, le teint comme on l'a à vingt ans, un visage mâle et résolu, mais qui portait encore quelque reflet de l'ingénuité enfantine et, chose à quoi je fus sensible, il était propre sur soi comme un écu neuf, mais point du tout pulvérisé de parfums, comme le sont ces coquardeaux de cour qui « à peine savent-ils moucher, qu'ils veulent en grand lit coucher », comme disait Mariette.

— Nicolas, dis-je, vous me plaisez. Je suis bien assuré que vous avez toutes les qualités requises pour faire un bon mousquetaire et, se peut, un bon écuyer. Je vous prends donc à mon service pour un mois et suis bien marri que ce mois ne puisse se prolonger, tant parce que le service du roi vous appelle que parce qu'un successeur de La Barge m'attend déjà dans mon domaine d'Orbieu. J'ajouterai, pour que les choses soient tout à plein claires, qu'il est hors de question qu'une chambrière de Sa Majesté la Reine mette jamais son pied mignon dans ma chambre... Mais, d'un autre côté, si elle y pénètre en mon absence pour vous aider dans vos tâches domestiques, comment m'en apercevrais-je ? Et comment pourrais-je vous en faire grief ?

— Monsieur le Comte, dit Nicolas, avec un nouveau salut, je vous entends à merveille et suis d'ores en avant tout dévoué à vos ordres.

Monsieur de Clérac départi, fort content de mon acquiescement, je me mis incontinent à ranger ma chambre, aidé en cela par Nicolas qui se révéla en cette tâche fort adroit, expéditif et gai, mais non point, Dieu merci, babillard et gardant avec moi les distances qui convenaient.

De son chef, au surplus, il m'aida à changer mon pourpoint, en quoi il se montra bien différent de La Barge qui rechignait à ces offices, disant qu'ils relevaient d'un valet ou d'une chambrière, et non d'un gentilhomme.

— Et maintenant, dis-je, allons présenter nos hommages au roi en ses appartements.

— Monsieur le Comte, dit Nicolas, cet « allons » veut-il dire que je vous doive suivre ?

— Cela va sans dire. N'êtes-vous pas mon écuyer ?

— Ma fé, je vais donc approcher le roi !

— Oui-da ! Et de près ! Puisque vous franchirez à ma suite les balustres.

— Et que ferai-je, les balustres franchies ?

— Ce que je ferai : vous découvrir et vous génuflexer.

— Et quoi d'autre, Monsieur le Comte, devrai-je faire ?

— Tout voir, tout observer et vous tenir coi.

Nicolas ne faillait assurément pas en perspicacité, car après un moment de silence, il reprit :

— Monsieur le Comte, y aurait-il là une personne que je doive observer plus particulièrement ?

— Oui-da. Celle-là même que je ne quitterai pas de l'œil.

Quand nous entrâmes dans la chambre royale, le bon docteur Héroard prenait le pouls du roi, lequel répondit par un regard et un signe de tête à mon salut et jeta un coup d'œil à Nicolas qu'il n'avait jamais vu.

— Sire, dit Héroard, le pouls est bien frappé. Votre diarrhée est-elle finie ?

— Oui, dit Louis.

— Comment s'est réveillée Votre Majesté ?

— Doucement.

— Votre Majesté sent-elle encore un grouillement dedans ses boyaux ?

— Plus du tout.

— Votre Majesté a-t-elle appétit à déjeuner ?

— Nenni. Je dînerai à dix heures.

— Que désire Votre Majesté pour son dîner ?

— Du beurre frais et du pain.

— Sire, seulement du beurre frais et du pain ?

— Oui. Quel visage me trouvez-vous ?

— Bon, Sire. Comment vous sentez-vous ?

— Sommeillant. J'ai peu reposé la nuit dernière. À midi heure, je me remettrai au lit.

— Voilà qui est sage, Sire, dit Héroard.

Après quoi, le roi, qui était encore en chemise de nuit, mais ne perdait rien pour autant de sa dignité, jeta un œil à tous ceux qui étaient là, mais sans sourire. Bien qu'il s'efforçât de garder une face imperscrutable, il me parut soucieux et, assurément, il y avait matière à l'être avec les sanguinaires menaces suspendues au-dessus de sa tête et de celle de son ministre.

Comme on commençait à vêtir le roi, Monsieur de Chalais entra, un peu en retard, comme il l'était toujours et Louis, avec une parfaite dissimulation, adressa à son grand maître de la garde-robe le même regard et le même signe de tête qu'à moi. Aussitôt, suivi de Nicolas, je manœuvrai pour traverser la presse et me rapprocher de Chalais, ce qui fit que je passai près d'Héroard qui leva, d'un air satisfait, l'index et le majeur en me jetant un œil. Dès que je réussis à me trouver à côté de Chalais, je posai ma main sur son épaule et lui fis un sourire amical. Il se tenait alors à une demi-toise[1] du roi que Soupite et Berlinghen aidaient à se vêtir. Chalais me rendant mon sourire, ma main descendit alors rapidement le long de son dos en un geste qui, j'espère, lui parut affectueux et qui n'avait d'autre but que de m'assurer qu'il ne portait pas à cet endroit une dague à l'italienne. Du Hallier se tenait aussi à une demi-toise du roi, mais derrière lui, afin de couvrir son dos, comme je le soupçonnais, mais sans en être sûr, car la trogne balourde et endormie du capitaine aux gardes ne reflétait rien.

Dès qu'il fut habillé, le roi se tourna vers moi et me dit :

— D'Orbieu, quel est ce jeune gentilhomme qui vous suit comme votre ombre ?

— Mon écuyer, Sire, pour le moment. Il est le frère puîné du lieutenant de Clérac.

— Pourquoi, pour le moment ? dit Louis.

— Il est compté au nombre de vos mousquetaires, mais trop jeune de quelques mois, il n'a pas l'âge encore d'être reçu dans cette compagnie.

— S'il ressemble à son aîné, dit Louis, il me servira bien.

Le roi était si avare en paroles aimables que celle-ci eût étonné la Cour, si elle n'avait pas connu l'attrait que les beaux jeunes gens exerçaient sur le roi, attrait qui s'exprimait parfois par des faveurs, mais jamais par des actes. Cependant, la malignité est telle chez nos bons courtisans que le bruit courut aussitôt que le favori en titre, Baradat, allait bientôt perdre sa place.

Après un dernier regard sur Nicolas, le roi franchit la porte de sa chambre et se dirigea vers la chapelle où il était accoutumé

1. À un mètre.

quasiment chaque jour à ouïr la messe. Je laissai passer Monsieur de Chalais devant moi, ayant décidé de ne le suivre que s'il suivait le roi. Mais à peine hors des appartements royaux, il s'éloigna d'un pas rapide dans la direction opposée, l'air fort affaire. Je demeurai sur place assez longtemps pour m'assurer qu'il n'allait pas se raviser, ni revenir sur ses pas. Et quand cinq minutes se furent écoulées, je retournai à ma chambre, suivi par mon écuyer.

— Eh bien, Nicolas, dis-je en me jetant dans une chaire à bras tant je me sentais las d'être resté debout à piétiner sur place, qu'avez-vous observé ?

— De prime, Monsieur le Comte, le roi.

— Et comment vous est-il apparu ?

— Impassible. Taciturne. Il n'a parlé qu'à vous.

— Mais de vous-même, Nicolas.

— Dois-je m'en inquiéter ? dit Nicolas avec l'ombre d'un sourire.

— Nullement. Louis XIII n'est pas Henri III. Poursuivez !

— Dès que Monsieur de Chalais est apparu, vous l'avez serré de près.

— Amicalement ?

— Il se pourrait que non.

— Poursuivez, de grâce !

— Le docteur Héroard, quand vous êtes passé à côté de lui, a dressé l'index et le majeur de la main droite.

— Qu'en pensez-vous ?

— Que c'est une sorte de langage.

— Voulez-vous en savoir le sens ?

— Monsieur le Comte, je ne veux pas mettre le nez dans vos secrets.

— Il n'y a pas de secret. Les deux doigts dressés veulent dire qu'hier le roi a couché chez la reine et lui a fait deux fois l'amour. La chambrière qui ne quitte pas la reine, même la nuit, l'a dit tout à fait légitimement ce matin à Héroard, puis est allée le répéter à la reine-mère, et la reine elle-même l'a confié à la Chevreuse. Deux heures plus tard, toute la Cour l'a su. La vie privée d'un roi, mon cher Nicolas, ne peut être que publique, puisqu'il s'agit de l'avenir de la dynastie.

Je m'apensai en mon for intérieur — mais du diantre si je ne me serais pas alors coupé la langue plutôt que de le dire ! — que le roi montrait quelque courage à remplir son devoir dynastique avec une épouse qui était à l'origine de l'effroyable conspiration qui menaçait d'ébranler son trône. Hélas, cet effort fut vain, non dans ses effets immédiats, mais dans son lointain aboutissement. J'ai noté sur mes tablettes ce que me disait Héroard et ainsi peux-je affirmer, sans craindre d'être démenti, que Louis passa la nuit chez la reine les cinq, douze, vingt et un et vingt-quatre juillet, non sans obtenir un résultat qui dément les fables odieuses de libellistes sur la « stérilité » du roi. Au cours de l'été, la reine annonça qu'elle était grosse. Mais sa joie et l'espoir de Louis furent de courte durée : en automne, pour la troisième fois, la pauvrette perdit son fruit.

Mais revenons à nos moutons, en compagnie de cet émerveillable Nicolas qui répondait avec tant de finesse et de retenue à mes questions. Cette matinée de juillet en le château ducal de Nantes était ensoleillée et chaude, mais non étouffante. Par ma fenêtre grand ouverte, une bonne brise venait de l'ouest et je me serais senti suffisamment heureux sans les inquiétudes que me donnait la cabale. Comme l'avait discerné le cardinal, il était bien vrai que l'arrestation des Vendôme avait refroidi l'agitation des Grands mais, à mon sentiment, plus s'éloignait la menace d'une rébellion générale, plus celle d'un régicide — commis en désespoir de cause — se rapprochait dangereusement de nous.

J'étais, comme disait le commandeur, dans « ces peines et ces inquiétudes », et depuis un moment fort silencieux — sans que Nicolas, la Dieu merci, pipât mot — quand on toqua à ma porte. Je fus debout en un battement de cils et encore que je sentisse bien que cette prudence n'était que de routine, je saisis sous mon oreiller mes deux pistolets et, regagnant ma chaire à bras, je les cachai derrière mon dos, demandant à voix basse à Nicolas de n'ouvrir point, mais de demander au quidam son nom à travers l'huis.

— Je suis, dit la voix du visiteur, Monsieur de Lautour, écuyer de Monsieur de Louvigny et j'apporte un billet de sa main à Monsieur le comte d'Orbieu.

— Nicolas, dis-je *sotto voce*, ouvrez, mais en rabattant la porte sur vous.

Nicolas tira le verrou, ouvrit et l'écuyer de Monsieur de Lautour apparut, n'osant entrer tant cet accueil l'avait intimidé.

— Entrez, Monsieur de Lautour, dis-je, l'ayant reconnu et une fois encore m'étonnant que Louvigny, qui était si fluet, ait eu l'idée de choisir un écuyer de taille géantine.

— Monsieur le Comte, dit Lautour, après un profond salut qui courba en deux son grand corps, voici un billet de mon maître, le comte de Louvigny, lequel m'a commandé d'attendre votre réponse.

Le billet était soigneusement fermé avec un cachet de cire et je le fis sauter. Voici sa teneur :

> « Comte, je vous serais infiniment obligé si vous consentiez à me faire rencontrer Son Éminence le cardinal aussi promptement et discrètement qu'il le jugera bon. J'ai des informations de grande conséquence à lui impartir. Votre serviteur.
>
> « Comte de Louvigny. »

— Monsieur de Lautour, dis-je, je vais m'employer à faire ce que Monsieur de Louvigny quiert de moi et si j'y réussis, j'enverrai Nicolas que voilà lui préciser l'heure et le lieu.

— Mon maître, dit Lautour, aimerait mieux que ce soit moi qui vienne chercher la réponse.

— Je vous attendrai donc céans dans une heure.

— Monsieur le Comte, mon maître aimerait que vous brûliez séance tenante le billet que vous avez lu.

— Nicolas, dis-je, avez-vous un briquet ?

— Nenni, Monsieur le Comte.

— Mais j'en ai un, dit Lautour.

— Vous avez donc tout apporté, dis-je avec un sourire, et le billet, et de quoi le détruire.

— Ce briquet appartient à mon maître, dit Lautour sans sourire le moindre.

Et avec un nouveau salut, il me tendit ledit briquet que je battis, mettant le feu à un coin du billet que je tenais à deux doigts par le coin opposé. Nicolas m'apporta promptement un petit plat d'étain qui se trouvait sous le coffre aux habits et je posai le papier dessus. Les flammes le consumèrent et, en touchant la cire, grésillèrent, mais s'éteignirent trop vite pour qu'elle pût fondre.

— Monsieur de Lautour, le cachet est à vous. Il n'est que de le laisser refroidir.

— Ce n'est pas utile, Monsieur le Comte, dit Lautour. Mon maître n'a pas usé de son sceau pour imprimer la cire.

Là-dessus, il me fit un profond salut et s'en alla. Nicolas ferma l'huis sur lui et revenant vers moi et me prenant des mains le petit plat d'étain, eut l'air très content de me faire observer que la cire avait été frappée avec une pièce d'un sol.

— C'est que Monsieur de Louvigny est prudent, dis-je. Et dans les temps que nous vivons, qui l'en blâmerait ? Nicolas, je suis pour m'absenter une petite demi-heure. N'ouvre à personne et tiens-toi clos et coi. Apprends pour m'ouvrir à mon retour, comment je frappe.

Et je toquai sur la porte le signal qui m'était propre.

— Peux-je le répéter, Monsieur le Comte ? dit Nicolas.

Ce qu'il fit à deux reprises tant il tenait à bien faire, étant tout zèle et ardeur, fort heureux d'être avec moi au milieu de ces aventures auxquelles il ne pouvait rien entendre, étant arrivé depuis peu à la Cour, son ignorance ajoutant à la situation un mystère qui en doublait le prix. Pour moi, je frémissais d'impatience, étant bien assuré, bien que sans preuve aucune, qu'il y avait un lien entre la démarche insolite et cauteleuse de Monsieur de Louvigny et Chalais, et discernant bien l'immense intérêt qu'il y aurait pour le roi et le cardinal à savoir ce qu'il en était.

Le roi avait dit en ma présence qu'il allait doubler, pour ses sûretés et celles du cardinal, les gardes à l'intérieur du logis, mais en cheminant dans le château, j'eus le sentiment qu'il les avait triplés car on ne voyait quasiment qu'eux, immobiles et vigilants.

Je me dirigeai vers le cabinet aux livres où Richelieu, d'ordinaire, travaillait, tout en priant le ciel qu'il y fût, car il aimait aussi, pour se livrer plus à l'aise à son éternel labeur, se retirer à La Haye, plaisante maison des champs près de Nantes.

La Dieu merci, il était là, car je vis, en m'approchant de sa porte, qu'elle était fortement gardée par une douzaine d'hommes commandés par un exempt que je connaissais, Monsieur de Lamont, lequel me salua fort civilement et me dit, avec beaucoup d'excuses, que je ne pouvais franchir l'huis pour voir le cardinal car, en ce jour, son commandement était rigoureux : personne ne devait entrer, hors le roi.

Tenter de mollir l'exempt eût été la plus vaine des entreprises : si modeste que fût son grade, il était le plus haut qu'il ait pu atteindre et il le devait tout entier à son obéissance. Je me sentis excessivement déconforté, ma démarche ne souffrant pas de délai. En outre, si je disais à Lautour que je n'avais pu joindre le cardinal, il était à craindre que Monsieur de Louvigny, dont l'initiative était déjà si prudente et si peu assurée, ne le crût pas (tant j'étais tenu à la Cour pour être proche de Richelieu) et s'imaginât alors qu'on refusait de le recevoir et de l'ouïr. Grande alors serait pour lui la tentation de se retirer dans sa coquille et l'occasion d'en savoir plus sur Monsieur de Chalais serait à jamais perdue.

Le visage de pierre et plus immobile qu'un roc, l'exempt était campé sur le commandement qu'il avait reçu et je vis bien que ni la colère ni la violence ne le feraient branler. Je décidai alors d'user en son endroit de diplomatie, mêlant à la cajolerie une menace voilée, comme j'avais fait pour Monsieur du Hallier quand je voulus savoir de lui dans quel coin de Fontainebleau Louis était en train de chasser le marcassin.

— Monsieur de Lamont, dis-je avec douceur, vous êtes un fidèle sujet de Sa Majesté et je ne saurais trop vous louer d'obéir à ses ordres. Toutefois, ma visite étant de la plus grande conséquence justement pour les sûretés du roi, il serait désastreux qu'elles soient menacées par le fait que je n'aie pas pu voir le cardinal. Et quelle bien injuste responsabilité, Monsieur de Lamont, serait alors la vôtre ! C'est pourquoi je vous suggère un moyen de me satisfaire sans violer vos consignes. Voici, dis-je en la retirant de mon annulaire, une bague ornée d'un rubis qui a déjà servi de messager entre Son Éminence et moi. Voudriez-vous de ce pas la lui remettre ? Lui seul alors jugera si ma visite est urgente ou non.

— Monsieur le Comte, dit Lamont qui parut terrifié à l'idée de se présenter devant le cardinal, je ne saurais déranger Son Éminence dans son travail ! Ce n'est pas Dieu possible !

— Alors, dis-je rondement, contentez-vous de remettre la bague à Monsieur Charpentier. Il verra s'il y a lieu de la porter ou non au cardinal.

— Mais, Monsieur le Comte, dit Lamont, l'œil désespéré, c'est quasi du pareil au même, vu que Monsieur Charpentier travaille au côté de Monseigneur !

— Monsieur de Lamont, repris-je d'un ton sévère et parlant avec quelque gravité, nous perdons du temps ! Et il me semble que vous outrepassez vos ordres ! Car personne ne vous a défendu de transmettre à Son Éminence un message émanant d'un membre du Conseil des affaires ! Si vous vous y refusez, je serai obligé d'aller trouver le roi, lequel, en ce moment même, est en train de jouer à la longue paume dans le fossé de Sa Majesté la Reine. Et outre que le roi sera fort irrité d'être dérangé dans son desport par votre faute, encore une fois, Monsieur de Lamont, nous perdons du temps et la menace contre les sûretés de Louis augmente à chaque minute !

Cette affirmation était quelque peu outrée, mais elle produisit l'effet que j'attendais : Lamont capitula, saisit la bague que je lui tendis et la mort dans l'âme, franchit le seuil qu'il me défendait.

Il revint à peine une demi-minute plus tard, escorté par Charpentier, lequel, me saluant, me dit que le cardinal me donnait audience sur-le-champ.

— Monsieur de Lamont, dis-je, je vous fais mille mercis. Vous avez agi, en ce prédicament, avec beaucoup d'à-propos.

Je fis bien, après l'avoir tant rebroussé, de lui remettre le poil en place, car, à partir de ce jour, il me montra beaucoup de considération et me rendit quelques petits services d'autant plus volontiers qu'il était demeuré béant comme devant un miracle de l'effet que mon rubis avait produit sur le cardinal.

L'entrevue fut courte et la décision rapide. J'appris à Richelieu la teneur du billet que je venais de recevoir, et le cardinal ne me posa qu'une seule question :

— Pensez-vous que Louvigny pourrait charger Chalais à plaisir de crimes imaginaires ?

Je me donnai un peu de temps pour réfléchir avant de répondre. Mais Richelieu qui pouvait, à l'occasion, brusquer son prochain avec la pire brutalité et tout soudain se lever de sa table et battre sa tapisserie à coups de canne parce qu'il était irrité, savait aussi, dans les occasions, faire preuve d'une patience d'ange.

— Éminence, dis-je à la parfin, Louvigny n'est que haine et revanche à l'égard de Chalais, jusqu'à désirer ardemment l'estropier jusqu'au restant de ses jours. Mais, à mon sentiment, il n'inventera pas de fable.

— Dites-lui que je le recevrai à onze heures, ce soir et qu'il vienne d'abord dans votre chambre. Je l'y enverrai quérir par un exempt et je vous serais très obligé de l'accompagner. Et encore qu'à cette heure, peu de gens cheminent dans le château, il vaudrait mieux que Louvigny porte un masque et vous aussi.

— Que ferons-nous de son écuyer ?

— Il demeurera avec le vôtre dans votre chambre.

Cet entretien eut lieu à dix heures de la matinée et l'entrevue du soir étant fixée à onze heures de l'après-dînée, cela faisait treize heures à attendre. Treize heures assurément plus longues encore, et plus anxieuses pour Louvigny que pour moi qui n'étais que témoin en cette affaire. J'eusse pu demander au cuisinier de la Maison du roi de me porter une repue, et j'en avais le droit, en tant que gentilhomme de la chambre. Mais pas plus qu'à Blois je noulais exercer ce privilège. Ma pitance ayant à traverser tout le château pour parvenir jusqu'à moi, elle eût été froide et assez peu ragoûtante dès lors que je l'eusse portée aux lèvres. Et ce jour-là, comme les précédents, je préférai aller dîner et souper, cette fois avec Nicolas, dans une champêtre auberge, ce qui me permit d'échapper dans l'après-dînée à la touffeur de l'air et de m'aller baigner dans la rivière de Loire tandis que Nicolas gardait nos deux chevaux, mes deux pistolets bien visibles à sa ceinture pour décourager les mauvais garçons qui écumaient les plages depuis l'arrivée de la Cour à Nantes.

Nicolas à mes côtés, je dépassai en trottant sur le chemin qui longe la rivière une cinquantaine de gardes qui, démontés, faisaient paître leurs montures dans un petit pré le long de la berge. D'aucuns de ces gardes étaient fort occupés à empêcher les Nantais d'envahir la plage où Louis, comme souvent, se baignait. Il est vrai que les bonnes gens auraient là sans doute l'unique occasion de leur vie de voir le roi et, qui plus est, de le voir nu. Spectacle dont, dans leurs récits, ils régaleraient leurs voisins et compagnons jusqu'à la fin de leurs terrestres jours.

Je demeurai une bonne demi-heure dans l'eau tant elle était tiède puis, me rhabillant, je proposai à Nicolas de garder nos chevaux tandis qu'à son tour il se baignait. Mais il n'y consentit pas, tant il était persuadé que cette tâche était indigne de moi.

Au sortir de mes ébats dans l'onde, le soleil me sécha en un battement de cils. Il baissait à l'ouest avec une lenteur qui était à l'image de cette journée entière où je ne laissai pas, pourtant, de goûter le charme et la paix des ombrages qui garnissaient les rives et sur lesquels tombait, en cette après-midi finissante, cette lumière douce et tendre qui n'appartient qu'à la rivière de Loire.

À onze heures moins vingt du soir, Monsieur de Louvigny, avec son écuyer, se présenta à mon huis et à onze heures moins dix, Monsieur de Lamont toqua à son tour.

— Monsieur de Lamont, dis-je à l'exempt avec un sourire, vous ne vous reposez donc jamais ?

— Si fait, Monsieur le Comte, j'ai dormi deux heures en cette après-midi.

Et il pria Louvigny et moi de mettre nos masques.

— Tête bleue ! Monsieur de Lamont ! dis-je. Pas moins de six gardes pour nous escorter ?

— Ce sont les ordres, Monsieur le Comte.

Quels étranges sentiments me donna cette marche dans les galeries désertes du château ! Un homme, devant Monsieur de Lamont, portant une lanterne, un autre éclairant nos arrières et quatre des gardes nous encadrant à dextre et à senestre, nous donnant l'impression, à Louvigny et moi, que nous étions arrêtés, et allions, tous deux masqués, être reclos dans les ténèbres d'un donjon.

Mon humeur changea quand les gardes se mirent à marcher au pas. Je fus alors comme entraîné à me mettre à l'unisson et Louvigny aussi, nos bottes résonnant alors toutes ensemble sur les dalles tandis que s'allongeaient sur les murs nos ombres géantines. Elles m'eussent paru tout à plein effrayantes, si je n'avais pas moi-même fait partie de cette machine qui avançait dans la nuit avec une régularité implacable, comme si son rôle eût été de sceller les destins et de répandre le sang.

⁂

Monsieur de Lamont nous introduisit, Monsieur de Louvigny et moi, dans le cabinet aux livres où, après avoir salué le cardinal, nous prîmes place sur les chaires à bras que Monsieur Charpentier nous désigna. Deux détails me frappèrent à l'entrant. Le nombre de chandeliers avait doublé et le chat n'était pas là. Mais à mon sentiment, avec tout le respect que je dois à Richelieu, il n'était pas nécessaire qu'il fût là. Un seul félin suffisait. Et celui qui se trouvait présent avait l'air tout aussi doux et patient que l'absent et il n'était pas dénué non plus de ces grandes réserves de force qui rendent cette espèce si redoutable à ses ennemis.

Il y avait à l'accoutumée deux chandeliers sur la table de travail du cardinal. Deux autres, cette nuit-là, ornaient le cabinet, une sur la petite table de Charpentier, et l'autre placée sur un petit guéridon à la droite de Monsieur de Louvigny, tant est que le comte se trouvait éclairé à dextre par celle que je viens de dire et à senestre par les bougies de Charpentier et offrait ainsi à l'œil bienveillant, mais scrutateur du cardinal, un visage bien éclairé. Les quatre chandeliers, plaise au lecteur de me permettre de le rappeler en passant, étaient garnis, non de chandelles, mais de bougies parfumées, Richelieu étant un prélat qui n'abhorrait pas le luxe.

J'étais moi-même assis à gauche de Richelieu, entre le guéridon de Louvigny et la table du cardinal et à droite, symétriquement, siégeait Monsieur de Schomberg, à qui sa fidélité adamantine au roi et au cardinal avait valu cette invitation, alors qu'on se serait plutôt attendu à voir là le garde des sceaux, Marillac. Mais, à mon sentiment, Monsieur de Marillac commençait déjà à donner quelque souci à Richelieu par ses talents, ses vertus et son ambition.

Les yeux bleus de Schomberg, son teint rose et sa membrature carrée faisaient contraste avec le visage brun et crispé de Louvigny, ses yeux noirs brillants profondément enfoncés dans l'orbite, sa poitrine creuse et son corps estéquit.

Une absence m'étonna sans vraiment m'alarmer : celle du roi. À la réflexion, je me tins pour assuré que Louis avait choisi de ne pas être présent, car il était tout à fait exclu que Richelieu ne l'eût pas averti de cette réunion, tant le cardinal redoutait les soupçons et les ombrages de Sa Majesté. Le roi désirait en effet être au courant de tout, mais laissait à son ministre le soin de recueillir les faits qui étaient nécessaires à ses décisions.

— Monsieur de Louvigny, dit le cardinal quand on en eut fini avec les salutations, vous êtes céans sur votre demande à nous transmise par le comte d'Orbieu. Acceptez-vous que le comte d'Orbieu et le maréchal de Schomberg soient témoins de notre entretien et que Monsieur Charpentier en prenne note ?

— Je l'accepte, Monseigneur, dit Louvigny.

— Êtes-vous prêt à jurer sur l'honneur que votre information sera en toutes ses parties véridique ?

— Je le jure.

— Acceptez-vous que je fasse de cette information tout usage qui soit pertinent au service et aux sûretés de Sa Majesté ?

— Je l'accepte, Monseigneur, dit Louvigny qui répondit avec tant de promptitude à ces questions qu'il me sembla évident qu'il les avait prévues.

Et je tiens pour bien assuré que Richelieu eut le même sentiment que moi, car son visage, jusque-là un peu fermé, s'éclaira.

— Monsieur de Louvigny, reprit le cardinal sur le ton le plus aimable, je suis fort content que vous ayez acquiescé à mes demandes et vous en sais d'autant plus gré que cet acquiescement vous met en grand péril d'être un jour persécuté par vos amis.

— Monseigneur, les personnes que vous désignez ainsi, dit Louvigny avec quelque véhémence, ne sont pas mes amis. Je n'ai jamais ressenti le moindre penchant pour le parti de l'aversion au mariage de Monsieur. Ce mariage est une affaire de famille qui ne regarde que le roi, la reine-mère et Monsieur. C'est le fait, à mon sentiment, d'une absurde indiscrétion de la part d'un sujet du roi que de vouloir y fourrer son nez.

— J'aurais dû dire non pas « vos » mais « votre » ami.

— Éminence, dit Louvigny avec feu, si par « votre ami », vous désignez Monsieur de Chalais, il n'est plus mon ami. Il a trahi ma confiance comme il a trahi celle du roi.

— Et comment a-t-il trahi celle du roi ? reprit Richelieu aussitôt.

— En engageant Monsieur à s'enfuir de la Cour et à prendre la tête de la rébellion.

— Mais cela, Monsieur de Louvigny, dit le cardinal d'une voix douce, nous le savons déjà. À preuve, les compagnies de chevau-légers que le roi a dépêchées sur toutes les routes qui partent de Nantes pour faire échec à cette fuite. Si la trahison de

Monsieur de Chalais se borne aux mauvais conseils qu'il a donnés à Monsieur, il n'y a rien là de nouveau pour le roi.

Cette phrase, quoique articulée avec beaucoup de courtoisie, tomba roidement sur Louvigny et il parut lutter fortement contre lui-même, se demandant sans doute s'il allait poursuivre ou se taire. Le cardinal, les yeux mi-clos, les mains posées à plat sur sa table, attendait la suite sans montrer la moindre impatience, que toutefois il devait ressentir vivement en son for — ainsi qu'une certaine anxiété — car le risque encouru à mettre ainsi Louvigny au pied du mur n'était pas négligeable. Louvigny pouvait se refermer sur soi comme une huître et l'occasion serait perdue à jamais de savoir ce qu'il s'était proposé de nous dire.

— Monsieur de Chalais n'a pas fait que bailler de mauvais conseils à Monsieur, dit Louvigny enfin d'une voix sourde. Il m'a dit, il y a une quinzaine de jours, son intention d'attenter à la personne du roi.

Le cardinal eut alors un brillement de l'œil qui me parut fort redoutable, mais qui toutefois s'éteignit aussitôt et son visage reprit son expression patiente et douce.

Un silence tomba dans la pièce et on n'ouït plus que le grincement de la plume de Charpentier qui jetait en toute hâte sur son papier l'intention damnable de Chalais d'attenter à la personne du roi.

— L'intention à elle seule est déjà un crime de lèse-majesté, dit enfin le cardinal. Monsieur de Louvigny, il faudra que vous nous disiez en quel temps, en quel lieu Monsieur de Chalais vous a confié cette intention criminelle.

— Éminence, dit Louvigny d'un ton résolu, cela se fit au bec à bec dans mon appartement, il y a de cela quinze jours. Chalais n'était plus autant en faveur auprès des favoris de Monsieur en raison de ses liens avec vous, Éminence, et il en avait conçu de l'aigreur. Il disait pis que pendre de ces coquelets, les décrivant comme de « grands remueurs de ciel et de terre », qui ne parlaient que de bailler au cardinal « de grands coups de poignards » mais qui, en fait, ne savaient que « danser, baller et coucher ensemble ». « Mon ami, dis-je à Chalais doucement, que faites-vous d'autre ? » « Moi, dit-il, je montrerai à ces vaunéants de quel métal je suis fait ! Je tuerai le roi ! » Et comme je m'écriai : « Mais c'est folie ! Comment vous y prendrez-vous ?

Le roi est si bien remparé ! », il répliqua, la tête haute : « Je le daguerai dans son sommeil ! »

— Mais comment croire à une telle abomination ? s'écria le maréchal de Schomberg dont l'œil bleu étincela en même temps que son teint passait du rose au pourpre. Un officier du roi qui rêve de poignarder son maître !

— Poursuivez, Monsieur de Louvigny, dit Richelieu, la face imperscrutable.

— Il va sans dire, reprit Louvigny, que je remontrai fortement à Monsieur de Chalais l'énormité de son aberration. Ne savait-il pas que tuer son roi était un crime odieux, universellement réprouvé, puni par les tortures les plus cruelles, par la mort et, se pourrait aussi, par l'excommunication, puisque le régicide osait porter une main sacrilège sur l'oint du Seigneur ?

« — Avez-vous, conclus-je, examiné toutes les conséquences d'un tel acte ?

« — Assurément, reprit-il, Monsieur héritera de la couronne de Louis et il épousera sa veuve.

« — Est-ce à dire, repris-je, que Monsieur a eu connaissance du projet que vous avez conçu ? Lui en avez-vous touché un mot ?

« — Ni mot, ni miette, dit Chalais. Pouvais-je lui dire que j'allais assassiner son frère ? Je ferai son bonheur à son insu.

« — Et ferez-vous par là votre propre bonheur ?

« — Assurément, dit-il, la crête haute et le jabot gonflé. Il ferait beau voir que Monsieur, devenu roi, me refusât les plus hautes dignités.

« — Si vous croyez cela, mon ami, m'écriai-je, vous êtes à coup sûr le plus grand fol de la création ! Il est infiniment plus probable que Monsieur, pour se disculper aux yeux du monde d'avoir été connivent à cet assassinat, vous fera arrêter, traîner devant des juges et décapiter. Vous aurez fait son bonheur, certes, mais au coût de votre honneur et de votre vie.

— Monsieur de Louvigny, dit le cardinal, cet entretien, si bien je me ramentois ce que vous avez dit, a eu lieu il y a quinze jours, et s'agissant des sûretés du roi, il me paraît étonnant que vous n'en ayez pas averti aussitôt Sa Majesté.

— C'est que je pensais avoir dissuadé Monsieur de Chalais, répondit Louvigny avec une promptitude qui me donna à penser que, là aussi, il avait prévu la question. Et puis, Monsieur de Chalais est si velléitaire et si girouettant ! On ne peut qu'on ne fasse chez lui la part de la vanterie et du babillage ! Il passe facilement d'un projet à un autre, abandonnant ses résolutions premières pour en former de nouvelles. En outre, il est fort influençable. Il m'est arrivé plus d'une fois, en lui parlant raison, de lui ouvrir les yeux : j'étais donc inquiet, mais non tout à plein alarmé.

— Et quand avez-vous conçu les alarmes où vous êtes ? dit Richelieu.

Je notai que le cardinal observait une pause entre question et réponse et aussi qu'il parlait fort lentement, sans doute pour permettre à Charpentier de jeter par écrit tout ce qui se disait là et qui était pour le roi de si grande conséquence.

— Quelques jours plus tard, dit Louvigny, Chalais remit de soi sur le tapis son projet d'attentement. Et il me parut plus résolu qu'il ne l'avait été lors de notre premier bec à bec. Je repris alors l'argument qui m'avait paru lui faire le plus d'effet dans cet entretien :

« — Monsieur, dis-je, ne pourrait que poursuivre l'assassin de son frère !

« — Nenni, nenni, dit Chalais, vous n'y êtes plus ! Madame de Chevreuse a changé cela ! Elle m'a donné l'assurance qu'elle agirait alors sur la reine afin que Monsieur ne me poursuive pas.

« — Mon ami, dis-je, l'amour vous aveugle ! C'est de la pure folie ! Madame de Chevreuse vous abuse ! Elle n'a pas et n'aura jamais ce pouvoir !

« — Détrompez-vous, dit-il non sans quelque jactance, je la connais mieux que vous ! La duchesse détient sur la reine un grand pouvoir et ce pouvoir ne pourra que croître encore quand la reine, devenue veuve, aura épousé Monsieur.

« J'entendis bien alors que non seulement Madame de Chevreuse encourageait Chalais dans son criminel projet, mais qu'elle en avait été, se peut, l'inspiratrice.

Un silence tomba qui fut long et lourd. Comme dit Mariette, vous eussiez ouï une épingle choir. Point tout à fait pourtant, car l'oreille pouvait encore percevoir le grincement infiniment léger, et pourtant si menaçant, de la plume que Charpentier promenait sur le papier.

J'envisageai le cardinal et Schomberg et scrutai leurs visages, bien qu'à la discrétion. Et j'entendis bien que, comme moi, ayant nourri quelques doutes sur la véracité des propos de Louvigny, ils commençaient à attacher créance à son témoignage. Car autant il paraissait incrédible que cet écervelé de Chalais eût voulu, de son propre chef, tuer le roi ou même qu'il en ait eu l'idée, n'ayant, en outre, jamais été abaissé ni humilié par lui, autant j'étais disposé à croire qu'on retrouvait, dans cette criminelle intrigue, la main de la Chevreuse. Car elle haïssait le roi autant qu'il la détestait. Elle n'ignorait pas qu'ayant eu plus d'une fois maille à partir avec elle, il l'appelait « le diable » ; qu'il déprisait ses mœurs dévergognées ; qu'il la tenait pour responsable de la chute qui avait mis fin à la première grossesse de la reine et, pis encore, de l'affaire Buckingham qu'elle avait de bout en bout machinée pour tenter de lui planter des cornes ; Sa Majesté n'ignorait pas non plus que si la reine avait initié l'aversion au mariage de Monsieur, c'était la Chevreuse qui en avait fait une conspiration générale contre son trône et sa vie. Peu importait à cette dame le ressentiment royal, étant, dans son orgueil luciférien, adonnée à la fureur et à la haine. Elle lui en voulait du mal même qu'elle avait tenté de lui faire. En outre, elle ne lui avait jamais pardonné de l'avoir chassée de son appartement du Louvre lors de cette chute de la reine. Et bien qu'elle eût dans la suite retrouvé ses pénates, sa détestation pour le roi ne s'était pas apaisée. Tout le rebours ! Étant duchesse et étant, par son mariage, alliée à la puissante famille des Guise, et plus avant que quiconque dans les faveurs de la reine, elle se croyait, non sans raison d'ailleurs, au-dessus et au-delà de toute punition. Elle ne craignait pas le roi. Elle le bravait par des propos hautains, disant qu'il était « idiot et incapable, rien qu'un toton [1] dans les mains du cardinal ». Grisée à la fois par le pouvoir que sa beauté lui donnait sur les hommes et celui que la reine, avec sa coutumière légèreté, lui abandonnait, elle pensait qu'elle était la première en ce royaume et que là où elle était, le roi n'était rien. Et puisqu'il avait l'insolence de l'appeler « le diable », il allait bien voir qu'en effet, elle l'était...

1. Une toupie.

— Monsieur de Louvigny, dit Richelieu, à quel moment se place votre brouille avec Chalais ?

— Le lendemain de cette entrevue, j'appris qu'il avait trahi notre amitié. Et je l'appelai sur le pré. Mais je ne pus me battre avec lui, Sa Majesté ayant interdit le duel.

— Monsieur de Louvigny, reprit le cardinal, je ne voudrais pas vous dissimuler l'évidence. Les amis de Chalais voudront récuser votre témoignage, prétendant qu'il est dicté par l'esprit de revanche.

— Rien n'est plus faux ! dit Louvigny avec une indignation qui, si elle n'était pas sincère, était du moins admirablement imitée. Si Monsieur de Chalais était demeuré mon ami, j'aurais, à coup sûr, averti le roi de son criminel projet. Mais je l'eusse fait la mort dans l'âme, tant de liens affectueux m'attachant alors à lui. Ces liens sont maintenant détruits. Et je dénonce sa criminelle intention sans chagrin ni fâcherie. Monseigneur, j'ai déjà juré sur mon honneur que tout ce que j'ai dit était sincère et véridique, je le répète encore et s'il y a dans les esprits un doute à ce sujet, je suis prêt à le jurer sur mon salut.

— Il n'est jamais nécessaire de faire ce genre de serment et d'ailleurs, l'Église l'interdit, dit gravement le cardinal. On ne doit jamais invoquer le nom du Seigneur quand il s'agit d'une affaire de ce monde. Votre parole de gentilhomme me suffit. Monsieur de Louvigny, Charpentier va vous lire votre témoignage et vous pourrez y apporter les corrections que vous désirez.

Charpentier lut alors ledit témoignage non sans quelque hésitation, sa rédaction ayant été si hâtive. Monsieur de Louvigny, les bras croisés sur sa maigre poitrine, l'écouta avec beaucoup d'attention mais n'y trouva rien à corriger. Une fois de plus, j'eus l'impression qu'il avait préparé avec le plus grand soin une déposition qui eût pu paraître basse et lâche, s'il n'avait pas réussi à lui donner, par son ton et sa rigueur, une couleur d'honnêteté. La lecture terminée, Louvigny se tourna vers le cardinal et fit de la tête un signe d'assentiment.

— Monsieur de Louvigny, dit Richelieu, puisque ces propos sont bien les vôtres, voudriez-vous pas les dater et les signer ?

— Mais bien volontiers, Éminence.

Et se levant, il prit la plume des mains de Charpentier et

s'exécuta avec une telle énergie que la plume, par son grincement, me donna le sentiment qu'elle égratignait le papier. Derechef, le silence tomba. Je savais, et le cardinal savait et Schomberg savait aussi ce que ces griffures annonçaient : l'arrestation, le jugement et la mort du marquis de Chalais.

⁂

Je me suis souvent apensé depuis que si Chalais avait eu une once de prudence et de bon sens en son enfantine cervelle, il eût pu échapper à son sort. L'accusation, en fait, était d'une faiblesse insigne pour la raison qu'elle reposait sur un témoin unique : *Testis unus, testis nullus* [1], dit le droit romain. Autrement dit, un unique témoignage doit être tenu pour nul s'il n'est pas corroboré par d'autres. En outre, la déposition de Louvigny ne pouvait être que frappée d'une légitime suspicion, sa brouille mortelle avec Chalais étant avérée.

Il eût donc suffi au malheureux de démentir ce témoignage avec force, de se proclamer innocent de toute intention criminelle à l'endroit de Sa Majesté et de demeurer bec cousu sur tout ce qu'il savait de la conspiration et de ceux qui y prêtaient la main.

Par malheur pour lui, et comme il était malheureusement à prévoir, Chalais agit au rebours de ce que lui dictait son intérêt. Il avait été élevé par une mère aimante qui, lorsqu'il faisait mal en ses enfances, avait dû lui dire que s'il usait tout à plein de franchise et avouait sa faute, il serait tout à plein pardonné. Arrêté, serré dans une tour du château de Nantes, le malheureux en usa avec le cardinal comme avec sa propre mère. Il dit tout, sur lui-même et sur ses complices, sans avoir du tout conscience, en son étonnante puérilité, que chaque parole qu'il prononçait rapprochait de lui l'épée du bourreau.

Monsieur de Lamont et ses hommes le gardaient jour et nuit dans la chambre de la tour où il était clos et avec eux aussi, il parlait sans retenue, n'entendant pas que ce babillage, si dangereux pour lui, serait répété le jour même à Richelieu.

1. Un seul témoin, pas de témoin (lat.).

Entre deux interrogatoires, il écrivait au monde entier des lettres pathétiques pour demander qu'on l'aidât. Avec un extraordinaire aveuglement, il quit de la duchesse de Chevreuse qu'elle intercédât pour lui auprès du cardinal : ce qu'elle se garda bien de faire. Il en conçut un furieux dépit, et en dit alors sur elle plus qu'il n'aurait dû, se chargeant lui-même en la chargeant. Sur ces entrefaites, Madame de Chevreuse ayant décidé d'aller trouver le cardinal, celui-ci ne laissa pas que de lui faire connaître les accusations que Chalais avait articulées contre elle. Or, il manquait à cette infernale comploteuse la principale qualité que requiert l'intrigue : la maîtrise de soi. À son tour, elle se laissa aller devant le cardinal à une colère folle, et en son irrépressible ire, elle noircit Chalais à plaisir, révélant beaucoup de choses qu'elle aurait dû taire, elle aussi. Richelieu, patiemment, découvrait un à un tous les fils de la conspiration et s'effrayait que des personnes aussi frivoles et inconsidérées aient pu mettre l'État en si pressant péril.

À moi aussi Chalais écrivit en me suppliant de le venir visiter. Je montrai la lettre au cardinal, et il m'autorisa cette visite sans du tout quérir de moi que je lui répétasse les propos du prisonnier. Ce n'était pas grande concession : de toute façon, Richelieu connaîtrait le jour même la teneur de notre entretien par Monsieur de Lamont, lequel, comme j'ai dit, campait avec deux gardes, de jour et de nuit, dans la chambre du prisonnier. Celle-ci, je m'en aperçus à l'entrant, eût été une chambre comme une autre, si sa fenêtre garnie de barreaux n'avait donné au ras des douves dont l'eau n'était point des plus agréables à voir, étant stagnante et de couleur brunâtre.

C'est à peine si je reconnus Chalais, tant ces quelques jours l'avaient changé. Bien qu'il y eût dans cette chambre pot à eau et bassine, il n'était ni lavé ni rasé, le cheveu hirsute et les mains sales. Ma fé ! Qu'était devenu le beau Chalais, ce miroir de beauté et de virilité qui attirait par son éclat nos alouettes de cour ?

Son désespoir faisait tout ensemble horreur et pitié, tant le pauvre avait perdu la capitainerie de son âme, s'agitait comme une guêpe dans un bocal, marchant comme un furieux d'un mur à l'autre, déversant un flot de paroles insensées sur les gardes et si occupé à ses hurlades qu'il ne me vit même pas de prime.

Il criait à tue-tête qu'il était damné, « pis que damné et déjà en enfer » : propos qui tant blessa Monsieur de Lamont qu'il se permit de lui dire :

— Monsieur de Chalais, au nom du ciel, plaise à vous de vous ramentevoir que vous appartenez à la communion des chrétiens !

Mais ce reproche, encore qu'il fût poliment formulé, ne fit que mettre Chalais davantage hors ses gonds et il cria comme fol :

— Foutre du christianisme[1] ! Je suis bien en état d'être remontré !

Je lus dans l'œil de Monsieur de Lamont et sur les faces frustes de ses gardes combien ces propos les scandalisaient.

— Monsieur de Chalais, dit l'exempt d'une voix altérée, de grâce, calmez-vous : vous n'êtes encore ni jugé ni condamné.

— Mais je ne crains pas la mort, rugit Chalais dont le rugissement même montrait à quel point il la redoutait. Et si l'on me pousse à bout, je ferai comme les Romains : je m'empoisonnerai !

— Monsieur ! Monsieur ! s'écria Monsieur de Lamont avec douleur. Ramentez-vous qu'il n'y a pas de paradis pour ceux qui attentent à leur propre vie !

— Peu me chaut ! hurla Chalais. Je me tuerai et si je n'ai pas de poison, je me casserai la tête contre le mur. Mon malheur est trop grand ! Je ne le puis souffrir ! Peste ! Teste ! Mort ! Je me casserai la tête contre le mur en quatre belles pièces !

Le pauvre exempt, désolé d'ouïr tant d'impiétés dans la bouche d'un homme aussi proche de la mort, s'avisa d'y mettre un terme en attirant l'attention du malheureux sur ma personne.

— Monsieur de Chalais, il y a là le comte d'Orbieu qui est venu vous visiter.

— Ah d'Orbieu ! D'Orbieu ! s'écria Chalais tournant vers moi un regard égaré, vous ici ! M'allez-vous sauver ?

Il se jeta à mon cou et se cramponna à mes épaules comme un noyé qu'on secourt en déversant aussitôt sur moi un flot de

1. Les propos de Chalais en cette circonstance, si étonnants qu'ils soient dans la bouche d'un gentilhomme du XVIIe siècle, sont attestés par l'histoire (note de l'auteur).

paroles passionnées et confuses dont je n'entendis pas un traître mot, tout occupé que j'étais à me désenlacer de son étreinte. Mes efforts à la parfin succédèrent : je pus me dégager, le faire asseoir et m'asseoir à mon tour. Chalais parut plus calme, quoique sa face fût tout aussi enflammée et ses yeux aussi exorbités que ceux d'un animal effrayé par l'ombre d'un rapace.

— D'Orbieu, dit-il fiévreusement, vous êtes un des favoris du cardinal. Intercédez pour moi auprès de lui : il ne veut pas m'assurer de la grâce du roi. Il est bien ingrat ! Dès le premier interrogatoire, j'en ai usé avec lui avec la plus grande franchise. Je lui ai tout dit !

— Tout ?

— Oui-da ! Même en ce qui concernait ma personne. Je ne lui ai pas caché que j'ai été dix-sept jours en volonté d'attenter à la personne du roi !

— Vous avez été dix-sept jours en volonté d'attenter à la personne du roi ? Et vous avez dit cela au cardinal ? m'écriai-je, béant.

— Oui-da !

Je jetai les yeux à terre pour que ni Lamont ni ses gardes, ni lui-même ne pussent deviner l'émeuvement où la nouvelle de ce terrible aveu m'avait jeté.

C'est donc vrai ! m'apensai-je. Louvigny n'a pas menti. Le malheureux lui-même a corroboré la damnable accusation de son pire ennemi et il a cru — le pauvre fol ! — qu'on lui en saurait gré ! C'était puéril à pleurer !

— On ne peut pas dire, poursuivit-il, que je n'ai pas fait preuve de bonne volonté à l'égard du cardinal. Je lui ai même proposé, s'il me redonnait ma liberté, de le servir à nouveau. « J'ose affirmer, lui ai-je dit, que vous aurez un très grand besoin d'un homme très zélé, affectionné et un peu éveillé, comme l'est, Monseigneur, votre créature. »

— Et que vous a-t-il répondu ? dis-je, atterré devant tant d'inconscience.

— Rien ! dit Chalais avec dépit. Ni mot ni miette ! Ah, je peux dire qu'il m'a déçu !

« Déçu ! » Je me levai, il se leva aussi, et les larmes coulant sur sa face enflammée, grosses comme des pois, il me supplia d'aller voir Madame de Chalais. Par ces mots, il désignait sa mère et non sa femme. Je le lui promis et je tins parole, tristement assuré de ne pouvoir apporter aucun espoir à Madame de Chalais. Je lui recommandai toutefois d'écrire à son fils en le priant de ne plus se répandre en paroles impies et blasphématoires, car elles étaient aussitôt rapportées au roi et produisaient sur lui le plus mauvais effet. Madame de Chalais le fit, Chalais en tint compte, mais de toute façon, cette tardive sagesse ne pouvait rien changer à la décision du roi. Elle était prise. Sa Majesté eût pu, je pense, se contenter d'embastiller Chalais s'il avait appartenu à la maison de Monsieur. Mais qu'un officier de la Maison du roi trempât dans cette affreuse conspiration contre son maître, fut plus qu'il ne pouvait souffrir.

Le dix-huit août, la chambre de justice condamna Chalais à mort pour crime de lèse-majesté. L'exécution eut lieu sur la place de Bouffay à Nantes le dix-neuf août à six heures du soir. Elle se passa fort mal, les amis du condamné ayant eu la stupidité de croire qu'ils l'empêcheraient en enlevant le bourreau. Chalais fut exécuté incontinent par un condamné à mort à qui on promit sa grâce. Et la maladresse de ce bourreau improvisé fit de la décapitation du malheureux une affreuse boucherie.

CHAPITRE XII

Plaise à toi, lecteur, de me permettre de revenir sur mes pas, j'entends sur la période qui s'écoula entre l'arrestation de Chalais (le huit juillet) et son exécution (le dix-neuf août).

Les aveux du marquis avaient permis à Louis et au cardinal de discerner, non sans stupéfaction et frayeur, l'étendue et la gravité d'une cabale qui, partie du désir passionné de la reine d'empêcher, pour les raisons que l'on sait, le mariage de Monsieur, était devenue, par une pente quasi fatale, une entreprise qui visait à supprimer le cardinal et à remplacer le roi par son frère, fût-ce au prix d'un régicide.

Richelieu exprima fortement l'effroi dont Louis et lui-même furent saisis quand la gangrène qui attaquait de tous côtés le corps de l'État fut révélée par Chalais :

> « Voilà, écrivit le cardinal d'une plume frémissante, la plus effroyable conspiration dont jamais les Histoires aient fait mention ; que si elle l'était par la multitude des conjurés, elle l'était encore davantage en l'horreur de son dessein, car leur dessein allait non seulement à élever leur maître au-dessus de sa condition, mais à abaisser et perdre la personne sacrée du roi. »

Par « leur maître », Richelieu désignait clairement Monsieur, et c'est à Monsieur que le roi s'attaqua de prime en le soumettant pendant dix jours en présence de la reine-mère, de Richelieu, de

Schomberg et du garde des sceaux Marillac, à un interrogatoire quotidien des plus serrés.

Au contraire de Chalais, Monsieur n'avait rien à perdre à être franc, sa personne étant intouchable. Il s'engagea d'un cœur léger à tout dire, à condition que ses favoris Bois d'Ennemetz et Puylaurens ne fussent pas inquiétés : condition qui lui fut tout à trac accordée.

On devait plus tard lui faire reproche d'avoir montré quelque lâcheté à citer tant de noms en compromettant tant de gens. Pourtant, Monsieur ne manquait pas de vaillance, comme j'ai dit déjà, mais c'était une vaillance gentilshommesque et guerrière. La fibre morale lui faillait. Il n'avait en outre que dix-huit ans et bien qu'il eût beaucoup d'esprit, il était plus jeune que son âge, ayant peu de plomb en cervelle et s'amusant à des farces puériles. Le roi, la reine-mère, le garde des sceaux et Schomberg formaient en face de lui un aréopage si écrasant et si au fait de ses intrigues qu'il jugea opportun de se soumettre : il accepta de marier sans tant languir Mademoiselle de Montpensier, en même temps qu'il recevait, comme on l'a dit, un splendide apanage : pilule peut-être, mais bien dorée.

Absous par le roi, libéré de ces pénibles interrogatoires, Monsieur se sentit aussi joyeux qu'un écolier qui échappe à l'école, retrouva avec liesse ses petits compagnons de jeu et imagina avec eux une nouvelle farce. Ils se rendirent de Nantes au Croisic montés à cru sur des ânes, « comme une troupe d'Égyptiens ». Monsieur était raffolé de ces pantalonnades. Mais qu'il s'y livrât dans ces circonstances, alors que Chalais attendait la mort dans sa cellule, ne me donna pas pour lui plus de considération que je n'en avais.

Avant que le pauvre Chalais quittât si jeune ce monde qui lui avait apporté tant de plaisirs, Richelieu, à sa demande, vint le visiter dans sa cellule. Le malheureux, dans sa naïveté, tâcha de passer un barguin avec le cardinal : il lui révélerait tout (entendez par « tout », ce qu'il n'avait pas osé dire lors de ses interrogatoires) si Son Éminence voulait bien l'assurer de la grâce royale. Richelieu refusa tout à trac de donner cette assurance, mais encouragea néanmoins le malheureux à dire tout ce qu'il savait.

Cela, je l'appris parce que le cardinal me le dit plus tard, mais je n'en appris pas plus, car bien que j'accompagnasse ce jour-là

Richelieu, je ne fus pas admis à ce bec à bec, pas plus de reste que Lamont et ses gardes que le cardinal pria fort poliment de sortir tandis qu'il s'entretenait avec le prisonnier. Je m'en étonnai quelque peu et j'en conclus que cet entretien tenait au point le plus délicat de la conspiration : si le roi venait à disparaître d'une mort naturelle ou d'une mort provoquée, était-il convenu d'avance entre les deux intéressés que la reine épouserait Monsieur ?

J'incline à penser que « oui » pour les deux raisons que je vais dire. Lors de la première gravissime intempérie qui atteignit Louis au cours de son expédition dans le Languedoc, Philippe IV d'Espagne avait par son ambassadeur donné comme instruction à sa sœur d'épouser son beau-frère au cas où Louis viendrait à passer. Ainsi, elle demeurerait reine de France et pourrait continuer, en cette capacité, à servir de son mieux les intérêts de l'Espagne.

La seconde raison qui assied ma créance sur ce point tient à deux circonstances hors du commun. J'observais la seconde moi-même, et quant à la première, Héroard en fut le témoin et me la conta le lendemain.

Le dix-huit août — date de la condamnation à mort de Chalais — le roi, quittant le château ducal de Nantes à une heure de l'après-dînée, gagna en carrosse la champêtre maison de La Haye où Richelieu logeait. Monsieur de Schomberg et moi fûmes de la partie, mais sans pour cela être admis au huis-clos du roi et du cardinal : circonstance qui me mit puce à l'oreille qu'on y débattait de choses fort délicates. En outre, l'entretien dura cinq heures, durée qui nous laissa béants, Schomberg et moi, fort lassés et morfondus en cette interminable attente. Quand le roi saillit enfin de ce longuissime *a parte*, je fus frappé par la pâleur de sa face, la contraction de ses traits et un air à la fois si chagrin et si encoléré que nous entendîmes bien, Schomberg et moi, qu'il valait mieux pour nous demeurer cois et clos dans le carrosse qui nous ramenait avec lui à Nantes.

Nous y arrivâmes à sept heures de l'après-dînée. Louis fit une brève visite à la reine-mère, une apparition tout aussi brève au Conseil des affaires, mais omit de visiter la reine. Il soupa à huit heures du bout des lèvres et bien que sa face demeurât imperscrutable, il ne cessa de taper son assiette du plat de son couteau, signe qui trahissait chez lui, comme on s'en ramentoit, un grand degré d'émeuvement.

Le souper fini, je pris congé de Sa Majesté sans qu'il parût ni me voir ni m'ouïr, et ne sus que le lendemain, par Héroard, ce qui se passa ensuite. Après qu'on l'eut, sur son ordre, dévêtu, le roi pria Dieu, se coucha, mais se relevant presque aussitôt de son lit, il se mit à marcher dans sa chambre à pas rapides et, sans que personne ne l'eût en rien contrarié ou affronté, se mit de soi, et sans articuler un seul mot, dans une colère folle, la face pâle, la mâchoire contractée et les yeux lançant des éclairs. Et ce qui frappa par-dessus tout Héroard, c'est que tout emporté par sa furie, il tremblait de tous ses membres dans les efforts qu'il faisait pour la réprimer.

Le docteur Héroard, en me contant l'incident le lendemain, en était encore tout chaffourré de chagrin.

— Et combien de temps, demandai-je, dura cette terrible ire ?

— De dix heures à onze heures.

— De dix heures à onze heures ! Est-ce Dieu possible ! Une heure dans ces convulsions ! Et sans dire mot ?

— Ni mot ni miette. Sauf que sur la fin de cette crise, Louis se plaignit à moi qu'il n'arrivait point à se rapaiser en soi-même ; qu'il savait bien que c'était folie ; et que pourtant, il n'en pouvait mais.

— Et vous a-t-il dit la raison de cet insensé courroux ?

— Nenni. En aucune façon. Il resta là-dessus bec cousu et il va sans dire que je me gardai bien de lui poser question, car je voyais bien que c'était là une intempérie qui ne venait pas de son corps, mais de ses pensées. Et pour les pensées, je n'ai pas de remède.

— Qu'advint-il ensuite ?

— Au bout d'une heure, il se calma et se recoucha.

— Et il dormit ?

— Se peut par épuisement, il s'endormit en un battement de cils et dormit neuf heures d'affilée.

— Et que pensez-vous de cela ? dis-je, béant. À quelle cause rapportez-vous cette fureur-là ? N'est-ce pas très étonnant ?

— Je ne sais, dit Héroard gravement.

Et il ajouta en latin :

— *Sum medicus. Hypotheses non fingo*[1].

Mais quant à moi qui ne suis pas médecin ni, après tant d'années, aussi circonspect que l'était Héroard, je me suis apensé alors, et je pense toujours, que cette grande colère du roi n'était pas sans lien avec le longuissime et secrétissime entretien qu'il avait eu dans l'après-midi avec le cardinal. Et je pense aussi que ce tête-à-tête ne fut pas sans rapport avec les trois visites, tout aussi confidentielles, que le cardinal avait faites à Chalais dans sa prison, et au cours desquelles le pauvre marquis lui révéla sans doute ce qu'il n'avait pas osé dire avec autant de précision au cours de ses interrogatoires, à savoir que la Chevreuse avait pressé la reine, au cas où elle deviendrait veuve, d'épouser Monsieur et que la reine, de reste, influencée par les instructions de la Cour d'Espagne qui allaient dans le même sens, y avait consenti…

Ce qui me parut conforter la créance où j'étais que les choses s'étaient bien passées ainsi, ce fut le fait, avéré par Héroard qui en tenait registre, que le roi (à partir du dix-huit août, jour de sa grande colère, jusqu'au vingt-quatre septembre, c'est-à-dire pendant un mois et demi), non seulement n'alla pas coucher chez la reine, mais s'abstint même, pour la première fois de sa vie, de lui faire ces courtes visites quotidiennes que le protocole lui imposait. Preuve, à mon sentiment, qu'il était profondement chagrin et indigné que son épouse et son frère eussent à tout le moins spéculé sur sa mort.

Pour Louis ce n'était pas, hélas, la première expérience des trahisons familiales, puisqu'il avait dû subir de sa mère d'innumérables humiliations du temps où elle était régente, sans compter que dans la suite, elle avait pris deux fois les armes contre lui et qu'il avait dû lever des troupes pour la ramener à résipiscence. Au rang des traîtres, il devait meshui ranger sa femme et son frère. Il en conçut contre lui, et plus encore contre elle, un profond ressentiment.

Le roi, outre qu'il n'avait pas perdu tout espoir d'assurer avec Anne l'avenir de sa dynastie, ne pouvait lui faire un procès sans la répudier, et répudier sa femme légitime épousée devant Dieu

1. Je suis médecin. Je ne fais pas d'hypothèses (lat.).

eût amené de très déplaisants chamaillis, non seulement avec le pape, mais avec le roi d'Espagne dont l'orgueil castillan n'eût pas facilement supporté cette écorne faite à sa famille.

De toutes façons, une répudiation répugnait fort à un homme aussi pieux que Louis. Mais il désira à tout le moins donner une leçon à son épouse et la cita à comparaître devant le Conseil des affaires.

Et là, assise au cours d'une épuisante séance, sur une chaire à bras [1], la malheureuse dut subir la longuissime lecture du procès de Chalais, et en particulier les pièces où elle était incriminée. Madame de Motteville, alors fille et âgée de vingt et un ans, prétend que la reine, questionnée sur l'intention qu'on lui prêtait d'épouser son beau-frère après la mort du roi, répondit avec quelque hauteur : « J'aurais trop peu gagné au change ! »

Je n'étais pas présent à cette séance-là, mais je ne laisse pas toutefois de décroire ces paroles et n'y voir qu'un cancan de cour que Madame de Motteville a ouï avant de partir elle-même avec sa mère pour l'exil comme la plupart des favorites qui entouraient alors la reine.

En fait, je tiens pour très assuré qu'Anne n'eut pas l'occasion de prononcer cette fière réplique car, en cette circonstance, elle ne fut en aucune façon interrogée, pour la raison que la moindre question eût transformé aussitôt en procès sa passive comparution.

En fait, la modération, se peut conseillée par le cardinal, finit par prévaloir dans l'esprit du roi, et à la fin de cette séance, si pénible pour la malheureuse, le roi ordonna de retirer du procès Chalais toutes les pièces la concernant.

C'était lui signifier qu'il savait tout et qu'il lui pardonnait, sans cependant oublier tout à fait la trahison dont, avec une incroyable légèreté, elle s'était rendue coupable à son endroit en mettant en branle cette funeste intrigue.

En 1626, Louis avait encore dix-sept ans à vivre. Et pendant tout ce temps, Anne n'ignora pas le tenace et profond chagrin qu'il nourrissait et les doutes rongeants et torturants qu'il ne cessera de nourrir à son sujet jusqu'à la fin de sa vie.

---

1. Et non sur un tabouret, comme on l'a dit.

En 1643, comme Louis gisait mourant sur sa couche, « suant », comme dit Villon, « Dieu sait quelles sueurs », la reine, dans un élan de bonté, désira apporter quelque soulagement, sinon à sa douleur physique, du moins aux souffrances morales dont elle était la cause. Elle lui écrivit un billet où elle affirmait avec force qu'elle n'avait jamais aspiré à sa mort pour épouser Monsieur.

J'étais là quand La Porte apporta ce message de la reine. Le roi, qui avait encore quelque force, voulut lire lui-même le billet, et l'ayant lu, le laissa tomber de ses mains, et dit avec une amertume qui me poigna le cœur : « Dans l'état où je suis, je dois lui pardonner, mais je ne suis pas obligé de la croire. »

⁂

— Monsieur, je ne le vous cèlerai pas plus longtemps. Je vous veux mal de mort.

— À moi, belle lectrice ? Tête bleue ! Que voilà une rugissante préface à l'entretien que vous me demandez ! Que vous ai-je fait ?

— Vous ne parlez qu'au lecteur, vous le cajolez ! On ne compte plus les « Plaise à toi, lecteur ! » dont vous le caressez. Vous en appelez à sa remembrance comme si la mienne ne comptait pas.

— De grâce, Madame, ne me poignez pas tant ! N'ai-je pas toujours à vos questions amicalement répondu ? Et n'est-ce pas un grand privilège que je vous ai concédé de me pouvoir interrompre à votre guise pour un petit bec à bec ? Parlez, Madame, parlez ! Et une fois de plus, étant votre serviteur, tout dévoué à vos ordres, je serai toute ouïe.

— Monsieur, je suis révoltée ! On porte sur le billot la tête de ce pauvre écervelé de Chalais mais on absout Monsieur et on absout la reine ! N'est-ce pas inique ?

— Pour être plus précis, Madame, c'est cette sorte bien particulière d'iniquité qu'on appelle la justice d'État.

— Et que va-t-il advenir de la duchesse de Chevreuse ? Va-t-on l'absoudre, elle aussi ?

— Pas tout à fait. Richelieu et le roi s'accordent à conclure que de tous les acteurs de ce drame, c'était assurément la Chevreuse la plus coupable. La reine, assurément, a mis en branle l'opposition au mariage de Monsieur, mais la Chevreuse, de cette opposition, a fait une rébellion. Elle a rameuté les Grands, excité les protestants et, pis encore, poussé Monsieur, les Vendôme et Chalais à des entreprises criminelles. Néanmoins, le roi a jugé qu'il n'était guère possible de lui faire son procès. Par son mariage avec son demi-frère, le duc de Chevreuse, la duchesse appartenait à la puissante famille des Guise et il était bien difficile de la traduire devant le Parlement sans irriter non seulement les Guise, mais la plupart des grandes maisons de France. Outre que pendant son procès, la Chevreuse pourrait dire beaucoup de choses fort préjudiciables à la reine ou au roi, elle pourrait aussi arguer qu'elle n'avait fait qu'obéir à sa maîtresse et qu'on ne pouvait lui faire grief de ce qu'elle avait montré à l'égard de la reine une adamantine fidélité.

— Et cet argument eût porté ?

— Assurément. Plaise à vous, Madame, de vous ramentevoir que la raison principale qui empêcha Louis de faire grâce à Chalais était justement qu'il appartenait à sa propre maison. La fidélité au maître le plus proche l'emportait dans les esprits sur la fidélité au maître lointain, si auguste qu'il fût. Raison aussi pour laquelle le roi pardonna si facilement à Bois d'Ennemetz et Puylaurens. Ils servaient Monsieur. Sur le sort de Madame de Chevreuse, les ministres palabrèrent à l'infini pour pouvoir aboutir à un accord et le roi trancha en décidant que Madame de Chevreuse devrait prendre le chemin de l'exil.

— Tronçonnade donc pour la Chevreuse.

— Oui-da, mais non par Tronçon, lequel avait été lui-même tronçonné par le roi, ayant pris parti — le fol ! — contre le mariage de Monsieur. Ce fut Monsieur de Bautru à qui le roi demanda de porter à la Chevreuse le message fatal.

— Qui était ce Bautru ?

— Monsieur de Bautru, comte de Serrant, était un grand diseur de bons mots qui se gaussait de tous et de tout, fort redouté à la Cour pour son esprit piquant et sa langue acerbe et assurément le gentilhomme le plus indévot de la Cour.

— Et Louis le Pieux le choisit pour cette ambassade ?

— Il y avait une raison à cela : Louis craignait que la

diablesse prît en grande détestation la personne même de l'ambassadeur. Bautru ne courait pas ce risque.

— Pourquoi ?

— La Chevreuse le détestait déjà. Bautru avait écrit sur son père, le duc de Montpazon, une mordante satire dans laquelle il se moquait cruellement de sa balourdise, laquelle, à dire le vrai, dépassait les bornes, même pour un duc et pair.

— Monsieur, ne raillez pas les ducs et pairs. Voulez-vous gager qu'un jour ou l'autre, le roi érigera votre comté d'Orbieu en duché-pairie ?

— Madame, je ne gage jamais contre mes propres espérances. Puis-je poursuivre ? Ne voulez-vous pas savoir comment la Chevreuse accueillit l'ordre de s'exiler de la bouche de ce Bautru mal aimé ?

— Et comment l'accueillit-elle ?

— Avec noise et fureur, montrant les dents et sortant les griffes :

« — C'est mal me connaître ! rugit-elle. On croit que je n'ai l'esprit qu'à des coquetteries ! Je ferai bien voir avec le temps que je suis bonne à tout autre chose ! J'ai quelque pouvoir en Angleterre, et en ce pays, je ferai traiter tous les Français comme on me traite en France ! Qu'ai-je affaire de ce roi idiot et incapable ? Et n'est-ce pas une honte qu'il se laisse gouverner par ce faquin de cardinal ?

« — Madame, dit Bautru en souriant d'une oreille à l'autre, dois-je répéter au roi toutes ces gentillesses ?

« — Vous le pouvez ! Et j'ajouterais, Monsieur, que vous êtes une bien étrange sorte de gentilhomme pour avoir accepté de tronçonner une dame de mon rang ! Ce n'est pas Bautru qu'on devrait vous appeler, mais Malotru et maintenant que vous avez vous aussi reçu votre paquet, ôtez-moi, Monsieur, le déplaisir de voir plus longtemps votre peu ragoûtante face !

« — Madame, dit Bautru avec un profond salut, j'admire quant à moi la vôtre qui est fort belle et aussi votre malice [1], par où vous surpassez toutes les personnes de votre sexe...

— Comment la duchesse de Guise prit-elle son parti de l'exil de sa belle-fille ?

1. Malice, à l'époque, a le sens de *méchanceté* qu'il a conservé en anglais.

— Non sans un secret plaisir. Elle avait la Chevreuse en horreur.

— Et le duc de Chevreuse ?

— Son honneur de mari lui commandait de le prendre fort mal et dans un premier temps, il fit son fendant et son matamore et jura qu'il « haïssait le cardinal ». Mais sur l'ordre du roi, j'allai le raisonner et ne le trouvai pas si mécontent. Il y avait belle heurette qu'il avait déserté la couche trop encombrée de son épouse et qu'il se consolait en faisant, avec ses amis, dans les provinces françaises, des pèlerinages au cours desquels il suivait les Saints Offices le matin, et se livrait dans l'après-midi aux plaisirs de la chair. Sur mes conseils, le duc de Chevreuse écrivit au roi qu'il allait, sans tant languir, satisfaire à sa volonté et, en effet, il mena la duchesse au lieu que le roi lui avait assigné, le château du Verger en Poitou où elle fut confiée aux soins de son frère, le prince de Guéméné.

— Exil doré !

— Dont elle ne se satisfit pas. Elle s'enfuit et se réfugia en Lorraine dont le duc lui assura une amoureuse protection.

— Et s'en satisfit-elle enfin ?

— Point du tout. Dès qu'elle eut établi son pouvoir sur le prince, elle le pressa de faire la guerre à la France et entreprit en même temps de rameuter contre Louis XIII l'empereur d'Allemagne, l'Angleterre et le duc de Savoie.

— Et réussit-elle ?

— Pas autant qu'elle l'eût voulu, mais assez pour que Louis décidât de lui permettre de rentrer en France, pensant, non sans raison, qu'elle ferait encore moins de gâchis dedans que dehors.

***

Mais revenons à Nantes, à la mer et à la marine et aux entretiens que le roi avait alors avec Richelieu et à la nécessité, après ces rébellions, de renforcer le pouvoir royal et sur mer et sur terre.

Il y avait en ce royaume deux charges héritées des siècles passés qui donnaient de grands ombrages à Sa Majesté pour ce qu'elles donnaient d'importants pouvoirs à ceux qui en étaient titulaires. Celle de Connétable que possédait le maréchal de

Lesdiguières et qui, en principe du moins, lui donnait la haute main sur les armées et celle d'Amiral de France détenue par le duc de Montmorency.

Des deux, Lesdiguières était le moins dangereux. Huguenot sur le tard converti, et n'ayant jamais donné l'occasion de douter de sa loyauté, vaillant parmi les vaillants, fidèle parmi les fideles, il avait servi avec un zèle exemplaire Henri IV et son fils. En outre, il était vieil et mal allant et il mourut, si j'ose dire, providentiellement, en 1626, à quatre-vingt-trois ans. Sans perdre une minute, le roi abolit sa charge.

Montmorency était autrement redoutable. Duc et pair, rejeton d'une vieille et illustre famille, il était jeune, actif, entreprenant et rassemblait dans ses mains tant de pouvoirs qu'on eût pu dire qu'il régnait sans rival à la fois sur la marine, le commerce maritime et les deux sociétés qu'il avait contribué à créer, celle des Indes Orientales et celle de la Nouvelle France : entendez par la Nouvelle France le Canada dont il était, en outre, le vice-roi. Richelieu avait commencé à grignoter son pouvoir en se substituant à lui à la tête des sociétés d'outre-mer et en en créant une troisième, laquelle il appela d'un nom poétique « Compagnie de la Nacelle de Saint-Pierre fleurdelisée ». Ayant fait, il se fit nommer par le roi surintendant du Commerce royal.

Restait cependant à Montmorency un fort grand domaine : la marine de commerce, la marine de guerre, l'administration des ports, la justice maritime, le droit d'entretenir des fortifications, de construire des navires, de fondre des canons et le droit d'épave qui lui rapportait cent mille écus par an. Richelieu tressaillit de joie quand le pauvre Chalais, au cours de ses interrogatoires, compromit Montmorency.

Le duc avait alors trente et un ans. Il était raffolé du *gentil sesso* qui le lui rendait bien. Et le cercle des vertugadins diaboliques, flairant là une bonne proie, n'eut aucun mal à l'attirer dans son sein, à prendre sur lui un grand ascendant et à l'utiliser au service de la cabale comme intermédiaire entre Monsieur et le prince de Condé. À vrai dire, tout ce grand remuement n'eut que très peu d'effets, Condé demeurant dans une prudente expectative. Tant est qu'on ne pouvait guère reprocher à Montmorency que d'avoir blâmé publiquement le mariage de Monsieur et gagé qu'il ne se ferait pas.

Le roi et Richelieu, résolus à se défaire de lui, prirent beaucoup de gants avec ce grand personnage. Fermement, mais doucement, avec promesse d'oublier les erreurs du passé, on le poussa à démissionner de sa charge d'Amiral de France. Mais pour compenser ce fiel par le miel, on lui accorda une pension importante. Néanmoins, comme les deux charges, celle de Lesdiguières et celle de Montmorency coûtaient au Trésor royal quatre cent mille livres par an, cette économie-là fut la très bienvenue.

Richelieu recueillit tout l'héritage de cette charge qui faisait de Montmorency le roi de la mer et réduisait Louis à n'être que le roi du sol. Mais il refusa, avec la dernière fermeté, le titre d'Amiral de France, les honneurs dont cette charge était entourée et aussi les énormes émoluments que son dignitaire recevait. Il renonça pareillement au commandement des armées navales et même au fructueux droit d'épave qui fut d'ores en avant affecté à l'entretien des navires de Sa Majesté. Richelieu entendait montrer par là qu'en dépouillant Montmorency, il n'avait agi ni par ambition ni par cupidité, mais pour renforcer le pouvoir de son roi, développer les richesses qui naissent du commerce maritime et non pas créer, mais à tout le moins considérablement renforcer une marine de guerre que les prédécesseurs de Louis avaient tristement négligée. Il y songeait depuis longtemps déjà. Je l'ai ouï s'indigner grandement devant le roi que des marines plus fortes que la nôtre, celle des Anglais et des Espagnols, osassent pirater nos navires, gêner notre pêche, débarquer impunément sur nos côtes, tandis que les Barbaresques en mer Méditerranne ravageaient les rivages de Provence, s'emparaient de l'île de Porquerolles, emmenaient son gouverneur en esclavage, et vendaient sa femme et ses filles aux harems de leur pays.

— La mer, disait Richelieu avec véhémence, n'est à personne. Un souverain n'a droit sur ses côtes que jusqu'à la portée d'un coup de canon. Au-delà, quiconque a la force fait la loi. Et jamais un grand État ne devrait se mettre au hasard de recevoir une injure sans qu'il puisse s'en revancher.

Le roi convaincu, il ne resta plus à Richelieu qu'à donner corps à son grand projet. Mais étendre et défendre notre commerce d'outre-mer, protéger nos côtes, poursuivre les pirates, supposait qu'on créât une puissante marine de guerre et le cardinal s'y employa avec une grandissime énergie sans songer un seul instant que ce fardeau-là s'ajoutait à ceux qu'il portait déjà. Témoin de ce labeur, je ne laissais pas que de m'intéresser à l'objet de tant de soins et me ramentevant que j'avais deux demi-frères, Pierre et Olivier de Siorac, qui avaient fondé à Nantes une maison de négoce maritime, j'entrepris de rechercher ces parents que je connaissais à peine, mais dont mon père disait grand bien, louant leur industrie, leur courage et leur persévérance. Et me vêtant alors avec quelque simplicité pour ne point faire tache sur les quais, j'allai, suivi de Nicolas, m'enquérir du lieu où gîtaient mes frères auprès des marins du port.

Las ! je reçus d'eux le plus rebuffant accueil. Occupés à bichonner leur bateau ou à remailler leurs filets, c'est à peine s'ils daignèrent me lancer un œil sourcilleux et, détournant la tête, ils me jetèrent par-dessus l'épaule quelques mots brefs dans leur parladure à laquelle ils savaient bien, à me voir, que je n'entendais goutte.

— *Populus suspiciosus !* dit Nicolas qui avait appris le latin chez les pères à l'École de Clermont.

— *Sed similis castanea*[1], dis-je aussitôt : les piquants dehors, les vertus à l'intérieur.

Là-dessus, jetant un œil aux alentours, j'aperçus dans le fond du port un bâtiment long et bas, peint de couleurs criardes et portant une enseigne. À le voir, je supposai que c'était peut-être là un cabaret de port et j'y portai mes pas, pensant que pour le cabaretier qui voyait passer tant de monde, la langue française ne serait peut-être pas tout à plein déconnue.

À l'entrant, je vis que ce n'était point tant un cabaret qu'une sorte de boutique où on vendait tout ce qui est nécessaire à un bateau à voiles : ancres, cordages, filins, drisses, poulies, calfat et que sais-je encore ? Toutefois, quand on eut réussi à se frayer un passage au milieu de ce capharnaüm qui sentait déjà la mer, je découvris tout au fond des tables garnies d'escabelles et un comptoir derrière lequel trônait une accorte garce qui, à notre

1. — Peuple méfiant !
— Mais semblable à la châtaigne (lat.).

entrant, nous dévisagea sans malveillance aucune et, dès que nous fûmes assis, s'en vint à nous, le tétin hardi, la taille mince et roulant des hanches en sa démarche comme une gabare qui recevrait les vagues par le travers. Et, ô miracle ! Elle parlait français, bien que ce ne fût pas tout à fait celui de Vaugelas.

— Mes beaux messieurs, dit-elle d'une voix à la fois forte et tendre en nous couvant de ses yeux bleus, que c'est-y que vous vouleu de moé ?

— M'amie, dis-je du ton le plus badin, j'oserais bien te dire quoi, si je te connaissais mieux, mais ne te connaissant point et ne voulant point t'offenser, ce que je veux pour l'heure, c'est une bouteille de ton meilleur vin.

— Nous n'avons ni meilleur ni pis, dit-elle. Il est tout bon, vu qu'il est de Loire. Et le biau ptit gars avec vous, cidre ou vin ?

— Vin, dit Nicolas, qui parla d'un ton bref et malengroin, n'aimant point qu'on l'appelât « petit ».

— Oh ! Le jeunet n'est point tant aimable que vous, mon biau Monsieur. Et c'est-y que vous vouliez casseu une croûte avec le vin ?

— Pourquoi non, m'amie, si vous avez du bon pain de froment et du beurre salé ?

— Pour le beurre, je n'ai que celui-là. Et pour le pain, je n'ai que du seigle.

— Va pour le seigle !

— Pour la bouteille, le pain et le beurre, pour deux, ça fait deux sols, dit-elle d'un ton ferme, en m'envisageant œil à œil.

— Quoi ! À payer tout de gob ! dis-je béant. Avant même de se remplir ?

— Dame ! C'est la coutume céans, mon biau Monsieur, vu que le marin, il est presseu de boire, mais point presseu de payeu !

— Voici deux sols et un sol pour toi, m'amie, vu que tu es tant belle et bien rondie que j'en ai l'eau à la bouche rien qu'à te voir.

— Oh ! Oh ! dit-elle en ondulant de tout son corps, voilà quelqu'un qui sait parleu aux garces ! Et le jeunot avec vous, il devrait ben en prendre de la graine.

— Le jeunot avec moi, dis-je, est fâché que tu l'appelles jeunot, vu qu'il est pour entrer chez les mousquetaires du roi.

— Monsieur le Mousquetaire, dit-elle, je vous fais mille excuses, si que je vous ai offenseu. Mais ce n'est point crime d'être jeune, quand on est aussi biau que vous qu'on dirait la peinture de l'archange saint Michel dans not' église !

Après tout ce miel de part et d'autre, j'augurai que la mignonne allait me dire où gîtaient mes frères et en effet, elle le fit, mais il fallut auparavant, de force forcée, lui dire le quoi, le qu'est-ce et le pourquoi.

— Et que c'est-y que vous lui voulieu aux Messieurs de Siorac ?

— Je suis leur demi-frère.

— Vramy ! c'est ma fé vrai que vous leur ressemblez assé ! Mais que c'est-y que ce frère qui ne l'est qu'à demi ?

— C'est un frère, m'amie, qui a le même père, mais point la même mère.

— C'est donc que la mère des Messieurs de Siorac est défunte ?

— Point du tout. Elle est vivante et bien allante. Mon père m'a eu hors mariage.

— Ça serait-y donc que vous serieu un enfant du peucheu ? dit-elle avec un air à la fois gourmand et réprobateur.

Et ce disant, elle se signa.

— M'amie, dis-je avec humeur, j'aimerais bien que tu ne m'appelles pas ainsi.

— Y'a pas offense, Monsieur. Vous êtes ben biau quand même. Et quel âge c'est-y qu'vous aveu à s'teure ?

— Trente et un ans.

— Et point si vieux non plus, dit-elle en me donnant le bel œil.

Lequel je lui rendis aussitôt, et après cet échange qui n'était que badinage, elle voulut bien me dire où gîtaient les Messieurs de Siorac.

— Vos demi-frères, dit-elle avec un petit rire, tant l'expression la titillait, mais, ajouta-t-elle, à eux deux, ptêt ben qu'y font un frère entier ! En tout cas, yzont un ben biau et riche hôtel jouxtant la cathédrale de Saint-Pierre. (Ce disant, elle se signa.) Mais à s'teure, je gage qu'ils sont sur leur gros batiau, lequel ils nomment *Les Six Reines* que j'sais pas ben pourquoi, vu que sur la proue, y'en a qu'une seule en bois avec des tétins gros comme ma tête, mais un corps en queue de poisson, tant est qu'elle a pas de jambes et peut donc point les ouvrir, la pov dame ! pour quoi vous saveu.

— C'est donc le beau galion que j'ai vu à main dextre amarré au quai ?

— Mon pov Monsieur, dit-elle avec un mépris bon enfant, faut-y qu'vous soyeu pas ben instruit pour appeler ce batiau un galion !

— Car ce n'est pas un galion ?

— Eh non ! C'est une flûte ! À Nantes, même un morveux sait ça !

— Eh bien ! dis-je avec bonne humeur, maintenant, même moi je le sais !

— Pardi ! dit-elle, je vous aime bien ! Pas fier, pas hautain, pas chiche-face non plus, vu le sol que vous m'avez baillé ! Vous êtes un vrai Siorac ! J'en mettrais ma main au feu ! Pour moi, je me nomme Antoinette. Que la bonne mère prie pour moi et me pardonne mes peucheu ! Je loge seulette en chambrifime au premier étage de la maison en bois jouxtant le cabaret. J'y suis chaque matin que Dieu fait jusqu'à neuf heures. Vous toqueu trois fois et je vous ouvre, si vous avez besoin de moué.

— Besoin de toi ? dis-je, et comment ?

— Pour coucheu avec vous, pardi !

— M'amie, dit Nicolas qui s'amusait beaucoup, serais-je, moi aussi, inclus dans votre invitation ?

— Dame oui ! Avec joie ! Que j'ai jamais croqueu un mousquetaire aussi mignon que vous !

*
* *

Je gagnai la « flûte », puisque « flûte » il y avait et, suivi de Nicolas, je grimpai l'échelle de coupée, mais à la coupée précisément, je trouvai deux forts gaillards armés de gourdins qui m'en interdirent l'entrée. Néanmoins, quand je leur eus dit mon nom, ils s'adoucirent et l'un d'eux, sans tant languir, m'amena dans la partie de la poupe où logeaient « les Messieurs de Siorac » puisque c'est ainsi qu'on les appelait à Nantes.

De ma vie je n'avais posé pied sur un vaisseau de charge, comme on appelle les bateaux qui transportent des marchandises, et je fus frappé par les vergues et les haubans qui composaient, autour des trois mâts, une sorte de forêt sans feuilles. L'extrême propreté du pont et des lisses peints à neuf m'étonna et plus encore les six canons que je vis alignés sur le côté tribord que je longeai. Le tribord, à ce que j'appris plus tard, est la droite du navire quand on regarde vers la proue et le bâbord sa gauche. Plaise au lecteur de me pardonner ces termes de marine, mais je me suis hâté de les apprendre dès la minute où Antoinette m'eut fait vergogne de mon ignorance.

J'ai dit déjà que je connaissais assez peu mes frères et j'en ai expliqué la raison dans *La Volte des Vertugadins*, mais comme je ne puis être assuré que le lecteur se ramentoit ce passage, je le prie qu'il ne trouve pas mauvais que j'y revienne.

Comme bien il sait, je suis le fils du marquis de Siorac et de la duchesse de Guise, laquelle étant veuve alors, mais ayant quelque réputation à préserver, accoucha en catimini. À la prière de mon père, son épouse Angelina consentit fort généreusement à être ma mère sur le papier, la duchesse se contentant d'apparaître dans le rôle de marraine, lequel elle joua à mon baptême au côté de mon parrain, Henri IV.

C'était là une fiction transparente et qui ne trompa personne, mais que toute la Cour accepta avec quelques sourires discrets, les convenances étant sauves. Angelina, toutefois, avait fait entendre à mon père qu'après cette immense concession, elle ne tenait pas à me voir « trop souvent » en la seigneurie du Chêne Rogneux à Montfort l'Amaury, laquelle, en fait, appartenait à mon père, mais qu'elle considérait comme sa demeure propre, le marquis de Siorac vivant coutumièrement en Paris avec Miroul et moi en l'hôtel de la rue du Champ Fleuri.

Mon père eut peut-être tort de prendre ce « pas trop souvent » trop au sérieux, car Angelina était la meilleure des femmes, sans la moindre parcelle d'âpreté ou de petitesse dans son naturel. Mais le respect que mon père eut de son engagement fit qu'il ne m'emmena qu'une fois au Chêne Rogneux. J'avais cinq ans alors et mes frères se trouvant être mes aînés de quinze ans, je ne m'intéressai guère à eux, ni eux à moi. Cette visite à bord de *La Sirène* était donc une première encontre plutôt qu'une retrouvaille et d'autant que depuis mes maillots et enfances, je ne leur avais donné aucun signe de vie, ni eux à moi.

La politesse nous tira d'affaire. Nous nous baillâmes des bonnetades et des salutations auxquelles il ne manquait rien et, ces cérémonies terminées, nous échangeâmes, quasi à la dérobée, des regards attentifs et curieux, tout en laissant à nos lèvres le soin de prononcer des propos sans importance pour peupler le silence.

Selon mes calculs, Pierre de Siorac avait quarante-six ans et son frère Olivier, quarante-cinq. Mais personne n'eût pensé à les appeler des « barbons », tant ils paraissaient sains et gaillards, la face tannée, les cheveux drus, le corps robuste et sans l'ombre d'une bedondaine. Ils étaient à première vue fort dissemblables l'un de l'autre, Pierre étant de taille moyenne, trapu, la membrature carrée et Olivier grand et mince, mais tout aussi vigoureux. Toutefois, bien que les traits de leurs visages fussent eux aussi différents, il y avait de l'un à l'autre une ressemblance frappante qui tenait moins à leur physique qu'à l'impression qu'ils donnaient de n'avoir pas été chichement dotés par le Créateur en esprit, en perspicacité et en volonté. Comme dit si bien Marot dans son *Voyage de Venise* : « Fortune est aidable et volontaire à cœur qui veut sa vertu démontrer. » Et certes, les deux Messieurs de Siorac n'avaient plus rien, quant à eux, à prouver de ce côté-là, tant éclatante était leur réussite en les périlleuses fortunes de mer qu'ils avaient osé affronter.

Je fus donc charmé, rien qu'à les voir, de ces frères déconnus et, me sembla-t-il, eux de moi car, mettant fin aux propos de nulle conséquence que nous échangions jusque-là, Pierre, qui était homme vif et de prime saut — davantage, se peut, que son frère qui me parut sinon froid, à tout le moins plus réservé — me dit du ton le plus chaleureux :

— Tête bleue ! Monsieur mon frère, je suis fort content de vous voir, d'autant plus qu'à vous bien considérer, vous me ramentevez, de la façon la plus frappante, notre père à tous trois. Vramy, je n'ai plus aucun mal, vous voyant, à me le représenter tel qu'il était en la fleur de son âge, tant vous êtes son portrait et semblance.

— C'est vrai, dit Olivier, Monsieur le comte d'Orbieu ressemble beaucoup à notre père.

— Ah ! De grâce, Monsieur mon frère ! Ne me donnez pas du « Comte » ! Je vous le dis du bon du cœur. Mon souhait est d'être pour vous ce que vous êtes l'un pour l'autre.

Et m'avançant vers Pierre, je lui baillai une forte brassée et une autre à Olivier qui me parut plus ému de cet embrassement que son impassibilité me l'eût laissé supposer.

Après ces embrassements, je leur présentai Nicolas qu'ils accueillirent le mieux du monde — mais voir Nicolas et sa tant fraîche et franche face, c'était déjà l'aimer — et ils nous invitèrent à partager leur repue de midi, laquelle était faite de poisson frais pêché, cuit avec des herbes et arrosé de vin de Loire. Je ressentis de prime quelque mésaise car, même amarré à quai dans un port, un bateau bouge sous l'effet des ondulations de l'eau et je me demandai si mon gaster allait pouvoir résister à cet insidieux roulis. Toutefois, dès que j'eus mangé et bu, je me sentis mieux et l'intérêt de la conversation acheva de détacher mon esprit de ce souci-là.

Tandis que nous mangions, mes frères me posèrent des questions à l'infini sur mon père, sur La Surie, « leur voisin du Chêne Rogneux », mais qu'ils ne voyaient pas plus souvent que mon père ; sur moi-même enfin, sur l'embûche de Fleury en Bière que j'avais déjouée et dont le bruit était venu jusqu'à eux.

À cela, je répondis en tâchant de les contenter du mieux que je pus, longuement sur notre père, sobrement sur La Surie et sur moi. Ces sujets épuisés, un silence survint et j'en profitai pour leur poser sur leur grande aventure de mer les questions qui me gonflaient les joues, encore que dans la chaleur si bienvenue et si inattendue de notre encontre, j'eusse quelque peu oublié l'objet de ma visite.

— Voici l'histoire, dit Pierre, lequel était le plus disert des deux frères, encore qu'Olivier jouât lui aussi fort bien du plat de la langue quand le cœur lui disait : lorsque survint ce grand estrangement entre nos parents, notre père ne vint plus au Chêne Rogneux que pour les semailles et les moissons et confia le ménage du domaine à notre frère aîné, Philippe, lequel, de toute manière, devait hériter et le titre et les biens. Il dota ensuite du mieux qu'il pût ses filles qui, mariées, suivirent leurs maris, qui en Provence, qui en Languedoc. Il bailla enfin à chacun de ses cadets un pécule qui leur permit d'acheter une terre qui pût les rendre à sa mort indépendants, au lieu que de demeurer auprès de leur frère aîné sans rien qui fût à eux.

— Ce n'est pas à dire, ajouta vivement Olivier, que nous

ayons eu jamais maille à partir avec Philippe. C'est le meilleur des hommes et à ses cadets très affectionné.

— Cependant, dit Pierre, reprenant le dé aussitôt, l'idée d'acheter chacun une petite seigneurie ne nous souriait guère, ni même d'en acquérir une plus grande à nous deux. Nous avons vécu au Chêne Rogneux en nos enfances et vertes années, mais maugré notre amour pour la maison natale, nous avions peu de goût pour les travaux des champs qui vous enrichissent une année et, l'année suivante, vous ruinent et qui surtout vous clouent en mortelle monotonie en même coin de glèbe jusqu'à la fin des temps.

— Et aussi, reprit Olivier, nous étions remuants, curieux des mers et des pays et désireux par-dessus tout de bâtir une fortune qui nous élevât dans le monde. Et après un voyage à Nantes qui nous enchanta, nous optâmes pour le commerce maritime, le seul commerce, avec le soufflage du verre, qui fût permis à un gentilhomme. Nous prîmes donc un petit logis à Nantes et nous achetâmes, avec nos deux pécules, un bateau de moyen tonnage dont nous étions tous deux raffolés, si raffolés que nous l'appelâmes *La Belle Nantaise*. Elle avait un nom de femme et qui fut bien choisi, car elle nous coûta prou en achat, en aménagement et en maintenance. Quand nous prîmes la mer avec un capitaine breton que nous avions engagé, c'est à peine s'il nous restait des pécunes assez pour acheter les marchandises que nous comptions revendre. Et le plus dur restait à faire. Il fallait apprendre notre double métier : la conduite du bateau en mer et, à terre, le barguin.

— Il nous fallut deux ans, dit Pierre, et au début de la troisième année, nous faillîmes tout perdre, le bateau, l'équipage et nos vies, étant poursuivis par un pirate anglais qui nous aurait infailliblement abordés, dépouillés et coulés, si nous n'avions eu la chance, dans la violente mousqueterie qui éclata à faible distance, de tuer leur capitaine. Or, les Anglais ont des marins disciplinés et un bon commandement, mais quand on tue leur capitaine, on dirait qu'ils sont démâtés : ils perdent toute initiative. C'est ainsi que nous réussîmes à nous mettre à la fuite. Mais ce fut une bonne leçon. Avec tout ce nous avions gagné avec deux ans de commerce, nous achetâmes des canons et une flûte hollandaise. C'était une beauté et pour cette raison, nous l'appelâmes *Le Triton*.

— Nous y voilà ! m'écriai-je. Une flûte ! Je vais enfin savoir ce qu'est une flûte et en quoi elle diffère d'un galion !

— Le galion, reprit Olivier avec un sourire, est une construction espagnole. C'est lui aussi un trois-mâts, mais sa forme est beaucoup plus massive que celle de la flûte. Elle comporte à la poupe un château, élevé parfois de deux étages, pour le logement du capitaine et un château plus petit à la proue pour loger les marins. Le galion est surtout célèbre, parce que les Espagnols l'emploient pour amener dans leurs ports l'or des Amériques. La flûte, elle, n'a ni château de proue ni château de poupe. Elle est donc beaucoup moins surélevée et plus légère. Elle possède un fond plat et, par conséquent, un faible tirant d'eau qui lui permet d'entrer même dans des ports envasés ou remonter les rivières. Ses formes sont rondes et surtout, sa largeur à la flottaison est beaucoup plus grande que sa largeur au niveau du pont. Les armateurs hollandais l'ont ainsi construite, parce que les droits de port étaient calculés sur la largeur du pont. Mais cette particularité s'est révélée excellente pour la tenue de mer. Étroite du haut et évasée du bas, la flûte est bien assise sur l'eau. Elle n'en est que plus sûre. Elle est aussi plus rapide qu'un galion, elle coûte moins cher à construire et, pour sa conduite, exige moitié moins de marins.

— En un mot, dit Pierre, avec une flûte, surtout quand elle est bien garnie en canons contre les pirates, on peut s'aventurer à traverser l'Atlantique et commercer avec la Nouvelle France.

— Mais, dis-je, que fîtes-vous alors de *La Belle Nantaise* ?

— Ce que nous avons fait toujours et faisons encore : du cabotage le long de nos côtes atlantiques.

— Et que vendez-vous ? dis-je, avec la plus vive curiosité.

— Mais tout ! dit Pierre en riant. Nous achetons tout ce qui s'achète et nous vendons tout ce qui se vend.

— Par exemple ?

— Aux Bretons, nous achetons du blé et des toiles. Nous leur vendons du vin de Loire, ainsi qu'aux Hollandais, à qui nous achetons des draps. Aux Bordelais, nous vendons des draps hollandais, des toiles bretonnes et nous leur achetons de l'huile. À tous nous vendons du sel de Bourgneuf.

— Mais, dis-je, n'est-ce point plus périlleux de traverser l'Atlantique que caboter le long de nos côtes ?

Les deux frères s'entreregardèrent et comme Pierre faisait la moue sans se prononcer, ce fut Olivier qui répondit :

— Ce n'est pas la même sorte de péril. La terreur du caboteur, ce n'est point la mer, c'est la côte, contre laquelle la houle, le courant, l'obscurité ou une erreur de cap peut le drosser. La flûte qui traverse l'Atlantique craint certes les tempêtes, mais elle ne craint qu'elles et les pirates, bien sûr.

— Messieurs mes frères, dis-je, de grâce, pardonnez toutes ces questions mais pour moi, le monde où vous vivez est un monde neuf et merveilleux. Je serais heureux d'y entrer au moins par la pensée afin de le mieux entendre.

— Posez toutes les questions du monde, dit Pierre en souriant. Nous ferons de notre mieux pour vous amariner.

— Que barguignez-vous avec les Français des Amériques ?

— Nous leur vendons tout ce qui est français, et surtout des vins de Loire. Nous leur achetons des peaux, des fourrures, du poisson séché, du cuivre et du plomb.

— Me tromperais-je, Messieurs mes frères, si je disais que vous faites bien vos affaires ?

Ici, Pierre fit la moue et resta bouche cousue et je commençai à penser qu'il était de ces hommes qui n'aimaient pas qu'on les crût riches. Olivier, visiblement, n'avait pas le même souci et il répondit à la franche marguerite.

— Les profits sont à la mesure des risques : considérables. Mais la paie des marins, leur nourriture et l'entretien du bateau coûtent les yeux de la tête. Il n'y a que le vent qui soit gratuit.

— Sauf, dit Pierre, quand il déchire une voile ou casse un mât. Il faudrait aussi avoir davantage de bateaux pour ne pas mettre tous les œufs dans le même panier.

— Mais les choses vont mieux, dit Olivier, depuis que nous avons un troisième bateau et c'est justement sur celui-là que nous nous trouvons à s'teure.

— Est-ce aussi un hollandais ?

— C'est un franco-hollandais.

— Comment cela ?

— Nous avons fait faire une copie du *Triton* sur un chantier nantais.

— Mais, dis-je, n'est-ce pas une sorte de trichoterie que d'agir ainsi ?

À quoi les deux frères s'entreregardèrent et se mirent à rire aux éclats.

— Si c'est une trichoterie, dit Olivier, votre grand cardinal l'a commise avant nous. Il vient d'acheter cinq hollandais et les fait copier dans des chantiers bretons et normands avec l'aide de charpentiers hollandais qu'il a fait venir tout exprès et qu'il paie à grand prix.

— Mais comment savez-vous cela ? dis-je béant. Moi qui vis à la Cour, et assez proche du cardinal, je l'ignorais.

— Il n'y a pas de miracle pour un armateur à savoir ce qui se passe dans les chantiers bretons ou normands, dit Olivier. Les nouvelles courent vite d'un port à l'autre et les marins ne pensent, ne parlent, ne mâchent et ne rêvent que bateaux: bateaux coulés, échoués, désarmés, réarmés, construits ou achevés et vous pensez si les marins désoccupés dressent l'oreille quand ils oient que le cardinal s'est donné pour but l'achat ou la construction de quarante vaisseaux pour le Ponant, et pour le Levant de dix vaisseaux et de quarante galères.

— Pourquoi tant de galères en mer Méditerrane ?

— Parce que, dit Pierre, dans cette mer-là, il arrive assez souvent que le vent refuse et que le bateau s'encalmine. L'aviron l'emporte alors sur la voile et pour combattre les galères barbaresques qui pillent les côtes de Provence, il faut des galères françaises et rien d'autre.

— Quant à vous, dis-je, au bout d'un moment, aimeriez-vous encore augmenter votre flotte ?

À cette question qu'ils jugeaient sans doute naïve, mes deux frères s'entreregardèrent et échangèrent un sourire.

— Quel armateur, dit Pierre, ne serait pas charmé d'agrandir sa flotte ? Mais ce jour d'hui, ce n'est guère opportun. L'Angleterre encourage les protestants de La Rochelle à se rebeller contre Louis et si elle y parvient, il est probable qu'elle enverra une *Invincible Armada*[1] de son cru à la fois pour soutenir La Rochelle et pour prendre pied sur son sol. C'est pourquoi, dans

1. Nom donné par Philippe II d'Espagne à la flotte, bénie par le pape, qu'il dépêcha contre l'Angleterre en 1588 pour la conquérir et y rétablir le catholicisme.

les mois qui viennent, nous n'aurons qu'un seul bateau en mer : celui-ci précisément qui doit appareiller demain pour la Nouvelle France. Et soyez bien assuré que, malgré les tempêtes, il sera plus en sûreté au milieu de l'océan qu'en cabotant le long de nos côtes, étant donné les circonstances. Quant aux deux autres bâtiments, ils resteront bien sagement amarrés dans le port de Nantes jusqu'à la fin du chamaillis.

Notre dîner depuis belle heurette achevé et mon gaster rempli, ma curiosité, elle, n'était pas encore rassasiée, tant je trouvais d'intérêt à ces propos. Et j'eusse continué à poser des questions, si un marin n'était venu dire à mes frères que la cargaison était en totalité embarquée et arrimée et qu'ils voulussent bien l'inspecter avant la fermeture des cales. Avec mille excuses de me quitter et mille promesses de me revoir bientôt et je ne sais combien de fortes brassées, les Messieurs de Siorac, comme on les appelait à Nantes, prirent congé de moi et moi d'eux et non sans quelque émeuvement des deux parts. Je redescendis fort songeur l'échelle de coupée en faisant en mon for les vœux les plus ardents pour que *La Sirène* parvienne saine, sauve et gaillarde à Québec et s'en revienne de même en son repaire breton.

*
* *

Dès que je fus de retour au château, j'allai voir le roi à qui j'avais demandé congé le matin même pour visiter mes frères. Je le trouvai en train de dessiner un château, se peut le château qu'il eût aimé bâtir, mais qu'il ne construirait jamais, n'ayant point l'ombre d'une vanité et étant fort épargneur des deniers de l'État quand il ne s'agissait que de lui-même. Je me ramentus, à le voir ainsi occupé, le dessin qu'il avait fait du châtelet d'entrée qu'il m'avait conseillé de construire à Orbieu. J'avais de prime fait copier ce dessin pour remettre cette copie au maître d'œuvre des maçons d'Orbieu, ne voulant pas me dessaisir de l'original que j'avais mis aussitôt sous verre et encadré, étant plus enchanté de lui que d'un diamant de prix.

Tout en dessinant avec beaucoup d'adresse ce château de ses songes, Louis me demanda ce qu'il en était de mon entrevue avec mes frères. Craignant de l'ennuyer ou de le troubler dans son travail, je lui répondis de prime de façon succincte, mais dès les premiers mots, son intérêt s'éveilla et il me pressa de questions, tant est qu'à la fin, je lui en fis de long en long ma râtelée.

Mon conte fini, Louis resta un instant silencieux, puis relevant la tête, son crayon désoccupé pendant au bout de son bras, il dit non sans quelque véhémence :

— Ah que voilà de sages et vaillants gentilshommes ! Tous les jours que Dieu fait, j'enrage de voir autour de moi ces coquardeaux de cour se pavaner autour de moi, le cheveu frisotté, les mains baguées, la face pulvérisée de parfum, et ne rien faire de tout le jour que de babiller entre eux ou avec les dames et ne se souvenir qu'ils sont des hommes que pour couper la gorge de leur meilleur ami sur une querelle de néant. Et au nom de quoi ? De je ne sais quel stupide point d'honneur, comme s'il pouvait y avoir de la gloire à s'entre-tuer entre chrétiens ! Et encore s'ils se battaient seuls à seuls, mais il leur faut des témoins ! Deux chacun et qui se battent aussi sans se connaître et sans grief aucun l'un contre l'autre ! Tant est qu'il faut être six au moins pour que la tuerie soit honorable et laisser trois ou quatre hommes sur le pré, morts ou blessés à mort, et cela de janvier à décembre ! Quelle hécatombe ! Quelle perte pour ma noblesse et mes armées que ce saignement continuel ! Et comme il affaiblit l'État ! Vos dignes frères, Siorac, ne se battent, eux, que contre les tempêtes des océans et contre les pirates ! Ils exercent avec vaillance un métier d'homme dur et périlleux, utile au royaume, utile à eux-mêmes ! Et ils sont, pour tous ceux qui se targuent d'être de bonne maison, un exemple et un modèle...

Je m'apensai, en écoutant ces paroles, que c'était là un long discours pour un homme aussi taciturne. Et j'en conclus alors que l'éloquence du cardinal déteignait sur Louis. Mais je m'avisai un peu plus tard que ce n'était pas tout à fait vrai. Car l'éloquence du cardinal était latine et savante, organisée en parties bien distinctes, exposant souvent deux thèses opposées et en tirant une conclusion mesurée et pesée dans de fines balances. L'éloquence, chez Louis, était une explosion violente, née d'une indignation contenue qui soudain ne se pouvait réprimer davantage. Je l'ai ouï éclater en sarcasmes devant les parlementaires dont l'arrogance l'avait offensé et, mieux encore, s'adresser aux évêques en termes déprisants. Chose curieuse, je retrouvai alors chez lui, en éclairs soudains, cette verve savoureuse et populaire qui était si caractéristique d'Henri IV quand il s'emportait.

Le cardinal, estimant qu'il n'avait plus rien à faire à Nantes, demanda son congé à Louis afin de pouvoir retourner en Paris où l'attendaient de nouvelles affaires. Le roi le lui donna et me le bailla ensuite à moi-même car j'avais été si longtemps tenu éloigné de mon domaine d'Orbieu que le cœur me doulait.

Je me préparai donc avec Nicolas à me joindre à la suite de Richelieu quand il apprit, quasi la veille de son département, qu'une embûche l'attendait sur le chemin qui menait à Paris. « Après tout, dit-il sans battre un cil, ce n'est que la troisième fois qu'on essaye de m'assassiner. » Et encore qu'il détestât être gardé, car c'était, disait-il, perdre toute liberté, le roi lui imposa une escorte de cinquante mousquetaires à cheval et de trente gentilshommes dont je fus et dont je reçus le commandement.

Louis redoutait tant de perdre le cardinal qu'il fut, me dit-on, quasi dans les larmes de le voir départir et, d'après ce que j'ouïs, envoya un courrier rapide à l'évêque du Mans pour qu'à son passage il adjoignît encore une vingtaine de gentilshommes à son escorte.

Sauf quelques heures où Richelieu me voulut dans son carrosse pour me parler de sa marine, je fus la plupart du temps à cheval et le soir à l'étape, je ne manquai pas d'avoir les jambes roides et le fessier moulu.

Nicolas pâtit encore davantage de ces incommodités et je lui conseillai de tremper longuement dans l'eau froide les parties endolories, ce qu'il fit à chaque étape et il s'en trouva content. J'observai qu'il exigeait la présence d'une chambrière pour prendre ce bain. Ce qui m'amena à penser qu'il voulait compenser la froidure de son corps par le réchauffement d'une présence féminine.

Cette escorte du cardinal fut le noyau de la garde personnelle que Louis imposa à Richelieu dans les mois qui suivirent, laquelle fut recrutée et payée par le cardinal lui-même et qui comportait des mousquetaires à pied et des gardes à cheval. Il y eut entre ces deux corps et ceux du roi une certaine rivalité, mais il serait bien insensé d'imaginer qu'il y eût de l'un à l'autre des duels. La discipline des mousquetaires, telle qu'elle avait été voulue par le roi, était si sévère, pour ne pas dire si terrible (la peine de mort étant appliquée dès la troisième faute grave) qu'elle eût découragé les duellistes les plus enragés. Tirer l'épée contre un frère d'armes, c'eût été aller porter de soi sa tête sur le billot. Aucun jugement n'était nécessaire. Un ordre du capitaine suffisait.

De reste, les mousquetaires du roi, cavaliers issus des plus nobles familles de France, n'eussent jamais, au grand jamais, croisé le fer avec les mousquetaires à pied du cardinal dont le recrutement n'était point aussi relevé. Il est vrai que les gardes à cheval du cardinal, eux, étaient nobles. Mais leur noblesse ne les haussait pas si haut que celle des mousquetaires du roi. Tant est que le fils d'un gentilhomme du plat pays ne fut jamais, pour le fils d'un duc, un adversaire qu'il eût pu accepter sans déchoir.

Je ne pus m'arrêter à Orbieu comme je l'avais envisagé, car le cardinal me voulait présent à l'Assemblée des notables que le roi et lui-même avaient décidé de réunir en Paris pour approuver, et les décisions qu'il avait prises (notamment celles concernant la marine) et celles qu'il avait le projet de prendre. Sans doute eût-on pu demander cette approbation au Parlement, mais il l'aurait à coup sûr refusée, étant routinier au point d'être hostile à toute nouveauté, fût-elle des plus utiles au royaume. Il est vrai que le roi pouvait passer outre à cette opposition en adressant au Parlement une lettre de jussion, mais il en fallait trois successivement pour le faire capituler, ce qui eût fait perdre beaucoup de temps, surtout si on avait agi de même avec les parlements de province. Et cela à un moment où le cardinal poursuivait fiévreusement la reconstruction d'une marine pour faire échec aux Rochelais et aux Anglais.

Cette Assemblée de notables s'ouvrit dans la grande salle des Tuileries le deux décembre 1626 et fut dissoute le vingt-quatre février 1627. Deux ou trois jours après sa terminaison, je reçus en mon appartement du Louvre la visite du chanoine Fogacer, l'éminence grise du nonce apostolique. J'ose à peine céans parler d'éminence grise pour la raison que ce terme s'applique d'ordinaire au père Joseph, agent secret de Richelieu, personnage vivant en pauvreté capucine, une vie érémitique. Mon Fogacer, lui, n'avait que faire de ce spartiate dénuement, étant chaussé non de sandales à toutes boues, mais de bonnes et closes bottes et portant sur ses larges épaules en hiver, en lieu d'une mince bure, une hongreline fourrée.

— Monsieur le Comte, dit-il en s'asseyant devant un gobelet que Nicolas emplissait de mon vin de Bourgogne, je sais peu de choses sur cette Assemblée de notables qui vient de se terminer et j'aimerais que vous m'apportiez là-dessus quelques lumières, puisqu'aussi bien vous en fîtes partie. Grand merci, Nicolas, poursuivit-il, en jetant à mon écuyer un regard vif et pas plutôt lancé que repris, ce qui me donna à penser que la bougrerie de Fogacer était contrainte, mais non éteinte.

Mon père aurait dit à ce sujet que le désir de l'autre, qu'il soit masculin ou féminin, est la dernière chose qui nous quitte en cette vie.

— Mon ami, dis-je, je suis prêt à vous apporter toutes les lumières du monde ; si du moins ce sont bien celles-là que vous cherchez. L'Assemblée des notables comprend tous les membres du Conseil des affaires (dont je suis, ajoutai-je avec un petit salut), plus un certain nombre de personnes désignées par le roi : à savoir, dix nobles nantis de hautes charges dans l'armée, vingt-huit officiers royaux et douze ecclésiastiques. Tous ces notables furent choisis en raison de leur fidélité, de leur zèle et de leur dévotion envers le souverain : sage précaution, vu qu'en toute probabilité, ils n'allaient pas chagriner Sa Majesté en rejetant ses propositions...

— Je sais cela, dit Fogacer.

— Alors, c'est que sans doute vous voudriez savoir les propositions que les notables acceptèrent. Les voici : suppression de la Connétablie, suppression de la charge d'Amiral de France, démolition des forteresses jugées inutiles, suppression des garnisons qui les défendent, amputation des pensions versées par le roi.

— Je sais cela, dit Fogacer.

— Bref, nous allons faire ce que vous et moi appelons des économies, mais que nos ministres appellent avec tact « retranchements ». Fut décidé ensuite le rachat du domaine royal fort sottement aliéné du temps de la régente (mais par décence on ne prononça pas le nom de la régente, présente en cette assemblée à la dextre du roi).

— Je sais cela, dit Fogacer.

— Vous savez aussi cela, mon cher chanoine ? Dois-je faire à mon tour des « retranchements » dans mon récit ?

— Mais pas du tout ! Poursuivez, de grâce !

— Les notables approuvèrent aussi la construction de quarante-cinq vaisseaux pour une somme de un million deux cent mille livres, ainsi que la fondation de nouvelles compagnies pour notre commerce d'outre-mer.

— Je sais cela, dit Fogacer.

— Eh bien, dis-je, envisageant le chanoine avec des yeux innocents, je crois bien que c'est tout.

— Monsieur le Comte, vous vous gaussez de moi, dit Fogacer avec un petit brillement de l'œil qui n'était pas des plus suaves. Vous oubliez la définition nouvelle des crimes de lèse-majesté.

— C'est bien vrai, cela ! m'écriai-je. Mais puisque vous savez tout, je me demande bien quelle lumière nouvelle vous attendez de moi.

— Poursuivez, de grâce, Monsieur le Comte, nous verrons bien.

— Cette définition des crimes de lèse-majesté n'est pas vraiment nouvelle, mais elle fut complétée sur certains points avec un esprit de méthode et de minutie qui me paraît trahir la main du cardinal ou peut-être devrais-je dire sa pensée.

— C'est bien ce que nous croyons, dit Fogacer, pour qui ce « nous » n'était pas, à coup sûr, un « nous » de majesté.

— Voici donc, mon cher chanoine, les actes qui sont considérés comme entraînant le crime de lèse-majesté. Désirez-vous que je les énumère ?

— Je le désire, en effet.

— La levée de soldats sans autorisation, l'achat d'armes à feu et de poudre, les fortifications de villes ou de châteaux, la tenue d'assemblées secrètes, la publication de pamphlets politiques. C'est tout, je crois.

— Vous en oubliez un !

— Mais c'est vrai ! dis-je, de l'air le plus ingénu. (Et dans ces cas-là, avoir les yeux bleus est une grande ressource.) Mais, permettez que je me corrige : voici donc l'ultime crime de lèse-majesté, le dernier, mais non le moindre : le fait de s'aboucher avec une puissance étrangère ou avec l'ambassadeur en Paris de cette puissance.

— Sur ce point-là, précisément, dit Fogacer avec quelque gravité, il y eut, à ce que j'ouïs, quelque dispute en l'assemblée.

— Mon cher chanoine, dis-je, vous êtes si bien informé de tout qu'il me semble que mes lumières ne vous sont pas utiles.

— Si fait. Sur cette contestation, je ne sais pas tout. Loin de là.

— Eh bien voici, moi, ce que j'en sais. D'aucuns dans l'assemblée, mais à vrai dire, ce fut le plus grand nombre, considérèrent que le pape était un prince dans le siècle, ayant un État, des ministres, une police, une armée et une politique étrangère, et que le nonce était, par conséquent, l'ambassadeur d'un pays étranger. En conséquence, la définition du « crime de lèse-majesté » s'appliquait à tous ceux qui, en Paris, s'abouchaient avec lui. Mais d'aucuns dans l'assemblée poussèrent alors des cris. Le nonce, dirent-ils, était l'envoyé du pape et le pape était le chef de tous les catholiques et, qui plus est, notre père à tous !

— L'évidence même, dit Fogacer sans battre un cil.

— Mais cette évidence ne fut guère défendue que par les douze ecclésiastiques dans l'assemblée. Toutefois, à eux douze, ils firent alors une si grande noise qu'on eût dit qu'ils étaient le double ou même le triple de ce qu'ils étaient. Pour finir, ils quittèrent la salle la crête haute, dans un grand froissement de soutanes, boudèrent les séances ultérieures et s'allèrent plaindre enfin au nonce. Et maintenant, mon cher Fogacer, ne me dites pas que vous ne savez pas que le nonce protesta auprès de Sa Majesté et menaça même de quitter la France. À telle enseigne que le roi et le cardinal exercèrent alors une pression sur l'assemblée, telle et si forte, qu'elle décida, à vrai dire à une faible majorité, que le nonce se serait pas considéré comme l'ambassadeur d'un pays étranger... Et croyez-moi, mon cher chanoine, je me réjouis fort pour vous de cette décision, car elle vous permettra d'ores en avant de vous aboucher avec le nonce sans risquer pour autant de porter votre tête blanche et vénérable sur le billot.

— En êtes-vous sûr ? dit Fogacer. Après tout, la décision de l'Assemblée des notables n'engage pas du tout le roi.

Eh ! Voilà donc, m'apensai-je en un éclair, voilà donc où le bât le blesse !

— En effet, dis-je, mais c'est mal connaître Louis. Il a montré qu'il était capable, comme vous le savez, d'aller battre les troupes pontificales qui occupaient indûment les forts de la Valteline. Mais il n'affrontera jamais le Saint-Siège en s'en prenant au nonce ou à l'un des serviteurs du nonce. Tout au plus les fera-t-il discrètement surveiller.

— Car il les fait surveiller ? dit Fogacer.

— Je n'en sais rien et par conséquent n'en dirai mot ni miette. Après tout, que fait un ambassadeur ? Il ouvre grand ses oreilles et ses yeux afin d'informer son souverain. Il me semble donc fort probable que le pays qui lui accorde une précautionneuse hospitalité trouve de son intérêt de s'informer à son tour sur lui...

Le lecteur trouvera sans doute que, dans cette scène, je me suis amusé à jouer au chat et à la souris avec le chanoine Fogacer. Mais c'est là une impression qui ne me rend pas justice. Car même en concédant — sans en croire un seul mot — que le nonce n'était pas l'ambassadeur d'un pays étranger, le cardinal n'avait pas relâché d'un pouce la surveillance discrète dont le nonce et ses familiers étaient l'objet. Je rendis donc un signalé service à notre ami Fogacer en lui recommandant implicitement la plus extrême prudence dans ses pas et démarches.

Dès le lendemain, et dès qu'il put me recevoir, je répétai au cardinal cette conversation. Elle l'amusa quelque peu, puis, reprenant sa gravité, il dit :

— Voilà un « crime de lèse-majesté » qui va faire réfléchir beaucoup de gens ! En particulier ceux qui caressent un peu trop l'ambassadeur d'Angleterre et l'ambassadeur d'Espagne. Quant à Fogacer, il est trop fin et trop circonspect pour aller plus loin qu'il ne devrait. Il a beaucoup d'esprit et le roi le tient, comme moi-même, pour un « véritable Français ». Il n'est d'ailleurs pas exclu qu'un jour vienne où votre chanoine me pourra renseigner davantage qu'il n'informe le nonce...

CHAPITRE XIII

Quand il me dit que mon « chanoine » le pourrait un jour « renseigner davantage qu'il n'informait le nonce », il se peut que Richelieu ait souhaité que son propos soit répété par mes soins à Fogacer.

Toutefois, quand je dînai avec Fogacer trois jours plus tard, dans l'hôtel de mon père, je demeurai là-dessus bec cousu, estimant que ce rollet-là convenait mieux à un des agents du cardinal qu'à ma propre personne. De toute manière, il me sembla que ce genre de démarche me mettrait en délicate posture vis-à-vis de Fogacer, surtout après cet entretien en mon appartement du Louvre où je lui avais quelque peu tabusté les mérangeoises sur le sujet des crimes de lèse-majesté.

Dès que Mariette, ayant fini de servir, sortit « emportant ses grandes oreilles avec elle », comme mon père aimait dire, il ne fut plus question que de duels et en particulier de Montmorency-Bouteville qui, confondant bravoure et bravade, venait de faire à Sa Majesté, coup sur coup, deux inexcusables écornes.

Descendant d'une illustre famille, fier d'avoir, en vingt et un duels, tué vingt et un gentilshommes, condamné en 1624 par le Parlement pour avoir expédié le comte de Pontgibaut, Bouteville avait eu l'audace de briser de ses mains, à Paris, la potence à laquelle était accroché le tableau qui l'exécutait en effigie.

Récidivant trois ans plus tard en 1627, il se donna le plaisir de tuer le comte de Torigny et, conscient d'avoir, par ce nouvel exploit, outrepassé les bornes, il chercha refuge aux Pays-Bas à la cour de l'archiduchesse qui, étant fille d'Henri II et la dernière Valois vivante, accueillait les Français à sa cour avec faveur.

Sœur cadette de la reine Margot et bien différente d'elle par ses mœurs et par son naturel, c'était une dame fort sur l'âge, douce et bienveillante. Elle croyait, en sa grande piété, que le cœur humain le plus endurci pouvait, avec un peu d'aide, s'ouvrir à l'amour des autres.

Elle avait fort à faire, en l'occurrence, avec ce boutefeu de Bouteville. Et d'autant que le marquis de Beuvron, ami du comte de Torigny, et le voulant venger, avait suivi notre héros jusqu'à Bruxelles pour le défier. L'archiduchesse, désolée à l'idée qu'on répandît le sang en ses États, demanda à Spinola — l'illustre vainqueur de Breda — de recevoir les deux bretteurs à souper pour les réconcilier : ce qu'ils promirent en sa présence, mais, demeurés seuls, ils se délièrent aussitôt de leur serment et convinrent, corbleu ! de se battre ! Mais où ?

Ils ne le pouvaient à Bruxelles, l'archiduchesse le leur ayant défendu, et pendant qu'ils se demandaient désespérément où diantre ils allaient bien pouvoir s'entre-tuer, la bonne princesse, confiante en les bonnes assurances qu'ils avaient données à Spinola, en fit part, par lettre, au roi de France et lui demanda, pour Bouteville, une lettre d'abolition, laquelle pouvait seule le laver de ses vingt-deux assassinats.

Or, la dernière des Valois jouissait, auprès du second roi Bourbon, d'une grande considération. Et ne pouvant ni refuser, ni accorder la complète abolition que l'archiduchesse avait quise de lui, Louis permit à Bouteville de revenir en France, mais il lui interdit de mettre le pied dedans Paris et à la Cour.

À ouïr la nouvelle de cette restriction, Bouteville entra dans ses fureurs. Peu lui challait Paris ! Mais la Cour était un théâtre où, après chacun de ses victorieux duels, il était accoutumé à se pavaner en sa gloire devant nos coquardeaux béants. C'était là aussi où notre guerrier se reposait en galantisant celles de nos belles qui ne se trouvaient pas insensibles à sa vaillante épée : « Puisqu'on a le front, s'écria-t-il, de me refuser une pleine et complète abolition, j'irai me battre incessamment à Paris et qui plus est, sur la Place royale ! »

Se battre dans la capitale dont Sa Majesté lui défendait

l'entrant, c'était déjà une hautaine désobéissance. Cependant, se battre au Pré-aux-Clercs — là où les écoliers de Sorbonne vidaient leurs petites querelles et bien souvent dans le sang, le guet fermant les yeux sur ces polissonnades —, c'eût été moindre mal. Mais choisir la Place royale pour désobéir au roi était une écorne des plus insolentes. Car la superbe place avec ses arcades et ses belles maisons symétriques, construites en briques à chaînages de pierre, était l'œuvre d'Henri IV. Et par piété filiale, Louis poursuivait son achèvement avec beaucoup d'amour et de soin. C'était donc dans ce haut lieu qui tenait tant à cœur à Sa Majesté, lieu en outre qui portait son nom, qu'on allait lui faire cette braverie, tant il est vrai que chez les Grands, la gloire et le point d'honneur commandaient trop souvent envers le roi le défi et la rébellion.

Le mercredi douze mai 1627, à deux heures de l'après-dînée sur la Place royale, ils sont six à se vouloir assassiner. Bouteville est assisté de son intime ami Des Chapelles et de Monsieur de La Berthe. Beuvron a pour témoin son écuyer, Monsieur de Buquet et Bussy d'Amboise.

Quand six épées sont en même temps dégainées, il va sans dire que la mort ne peut qu'elle ne frappe. Par malheur, elle ne frappe pas là où il aurait fallu, puisque la fortune hasardeuse des armes accable les témoins qui n'ont aucune part à la querelle et qui ne sont là que par amitié. Monsieur Bussy d'Amboise et Monsieur de La Berthe, tombent l'un mort, l'autre quasi mourant, leur beau sang rouge tachant le pavé neuf de la Place royale. Au ferraillement des lames d'acier succède un moment de stupeur et de silence. Le duel n'a duré que deux minutes, juste le temps qu'il fallait pour que deux jeunes hommes fussent rayés du nombre des vivants. On transporte les corps et nos deux héros, rengainant, se mettent, chacun de son côté, à la fuite. Le marquis de Beuvron et son écuyer Buquet tirent à brides avalées dans la direction de Calais qu'ils atteignent sans débotter et là, sans encombre, s'embarquent pour l'Angleterre et poussent un grand soupir quand ils aperçoivent enfin dans la brume les falaises blanches de Douvres.

Bouteville, flanqué de son alter ego, le comte des Chapelles, conduit sa fuite avec plus de nonchalance. C'est un grand seigneur : il se croit à l'abri de tout. Il tâche de gagner la

Lorraine, mais commet l'erreur de s'arrêter en chemin à l'auberge de Vitry-en-Perthois où les deux amis partagent le même lit. Par le plus grand des hasards et la plus fortuite des coïncidences, ils sont reconnus, arrêtés, reconduits à Paris, embastillés et jugés.

Les bourgeois hautains du Parlement de Paris, impitoyables pour les vices qui ne les tentent pas (et en effet, ils considèrent, non sans raison, que le duel en est un, et le pire de tous), ne sont que trop contents de les condamner à mort. Et à la vérité, les parlementaires montrent là une grande constance en leurs opinions, car lorsque Louis, par son édit de février 1626, avait interdit les duels, le Parlement avait déjà opté pour la peine capitale. Mais Louis qui, pas plus que le cardinal, ne voulait alors aller si loin, avait dû lui envoyer des lettres de jussion pour le faire changer d'avis. Et quelle revanche aujourd'hui, pour le Parlement, malicieuse à l'égard du roi, cruelle pour Bouteville, que de condamner ce grand seigneur à porter sa tête fière sur le billot !

Mais revenons à ce dîner chez mon père où les langues se délièrent dès que Mariette nous eut quittés.

— La question, dit mon père, est de savoir si Louis va faire grâce ou non. Ce n'est pas la première fois qu'un crime de ce genre échappe au châtiment. Des édits contre le duel, celui de Louis XIII n'est jamais que le troisième, le premier ayant été promulgué par Henri III et le second par Henri IV en 1609. Ils sont restés lettre morte. Comme disait avec chagrin mon vieil ami Pierre de L'Estoile, « en France, dès qu'une ordonnance est bonne, elle n'est pas appliquée ».

— Le cardinal, dis-je, a prononcé à l'Assemblée des notables quelque chose d'approchant. Mais loin de se tourner vers le passé avec chagrin, sa maxime envisageait l'avenir avec résolution. Voici ses paroles : « Pour rétablir cet État en sa première splendeur, il n'est pas besoin de beaucoup d'ordonnances, mais bien de réelles exécutions. »

— Mon cher Chanoine, dit La Surie, que dit l'Église sur le duel ?

Avant que de lui répondre, Fogacer l'envisagea de son œil noisette en relevant ses sourcils vers les tempes. Mais au lieu que ce tic, en ses années plus vertes, lui donnait un air quelque peu diabolique, maintenant que ses sourcils n'étaient plus noirs de jais, mais blancs comme neige, il lui conférait, bien au rebours, un air de réflexion et de sagesse qui convenait à son état.

— Chevalier, dit-il, l'Église le condamne absolument. Pour elle, le duel est à la fois homicide et suicide. Il est donc deux fois peccamineux.

— Toutefois, dit La Surie, lançant sa botte, je n'ai jamais ouï que les évêques aient excommunié pour mort d'homme un duelliste.

— Ils auraient fort à faire, dit Fogacer sans s'émouvoir. J'ai ouï dire qu'en ce royaume, il y avait plusieurs centaines de duels par an...

Mon père lança à La Surie un œil réprobateur. Il n'aimait pas que Miroul, converti des plus tièdes, fît de petites gausseries sur l'Église catholique, fût-ce en s'adressant à Fogacer, si vieil et si fidèle ami qu'il était quasiment de notre parentèle.

— Revenons à nos moutons, dit mon père. Le roi va-t-il ou ne va-t-il pas faire grâce ? J'ai appris que le cardinal, avec l'approbation du roi, avait porté la question devant le Conseil des affaires. Si cela est vrai, Pierre-Emmanuel, pouvez-vous nous en toucher un mot sans manquer à votre discrétion coutumière ?

— Mon père, il n'y a pas cette fois de secret. Bien au rebours. On attend des membres du Conseil qu'ils informent leur entourage.

— Y eut-il un vote ? demanda Fogacer.

— Nenni. Le roi n'en voulut pas, réservant sa propre décision. Quant au débat lui-même, il y eut des interventions diverses, les unes pour la grâce, les autres contre. Mais la seule qui comptât et que tous attendaient était celle de Richelieu. Et un prodigieux silence s'établit dans le Conseil quand il se leva et lut un rapport écrit.

— Pourquoi « écrit », demanda La Surie, lui dont l'éloquence coule de source ?

— Sans doute parce qu'il voulait, en sa prudence, laisser une trace écrite qu'on ne pût contester.

— Et pourquoi avait-il à prendre tant de précautions ?

— Il se savait tant haï par les Grands qu'il ne voulait pas leur donner motif de le haïr davantage.

— Je ne vous entends pas.

— Vous allez m'entendre, Chevalier, dis-je avec un sourire : il n'est que de m'écouter. L'exposé du cardinal fut, comme à l'accoutumée, très méthodique. Il comportait deux parties et une conclusion. Dans la première partie, Richelieu énuméra toutes les raisons qu'il y avait de frapper durement les coupables. Dans la deuxième partie, il passa en revue toutes les raisons qu'on aurait de leur faire grâce. Puis il conclut.

— En faveur de la grâce ? dit mon père.

— Pas tout à fait. Il laissa entendre que sa robe cardinalice lui défendait de proposer la mort pour les duellistes. Il optait donc pour la commutation de ladite peine en peine d'embastillement, sans en préciser la durée. Mais cette conclusion comportait elle-même un tiroir et quand on le tirait, on y trouvait une autre conclusion, qui était celle-ci : « Votre Majesté saura bien, d'elle-même, trouver la résolution la plus utile à son État. » Richelieu disait « la plus utile ». Il ne disait pas « la plus humaine ».

— Si je vous entends bien, dit mon père, Richelieu recommande la grâce, mais il suggère fortement la mort.

— J'en suis tout à plein assuré et aussi pour une autre raison. La première partie — celle qui plaide pour la mort — est bien plus riche en raisons susceptibles de convaincre le roi que la seconde. Richelieu n'ignore pas, assurément, que Louis pousse le souci de la justice jusqu'à l'inflexibilité. Et voici ce qu'il lui dit : « Il n'y a point de doute que ces deux hommes ont mérité la mort et il est difficile de les sauver sans autoriser, en effet, ce qu'on défend par ordonnance... » Vous vous ramentevez sans doute, Monsieur mon père, qu'il avait déjà martelé ce principe devant l'Assemblée des notables, en présence du roi : les bonnes ordonnances ne suffisent pas. Il faut de bonnes exécutions.

— Il y a deux sens au mot exécution, dit La Surie.

— Mais, dit Fogacer, le premier est en apparence plus bénin que l'autre, puisqu'il ne s'agit que d'appliquer les lois.

— Toutefois, dit La Surie, le premier sens peut déboucher sur le second.

— Puis-je poursuivre, Messieurs ? dis-je, ne voulant pas que Fogacer et La Surie ergotent plus avant. Dans la conclusion de la première partie de son exposé, celle qui plaidait pour la peine de mort, Richelieu prononça une phrase que je qualifierais de diabolique, si elle n'émanait pas d'un prince de l'Église.

La voici : « Sire, il est question de couper la gorge aux duels ou aux édits de Votre Majesté. »

— Pardonnez-moi, dit Fogacer, mais je ne trouve rien de diabolique là-dedans.

— Si le mot vous choque, mon cher Chanoine, disons que la formule est extrêmement habile. Car elle a pour dessein d'enfermer le roi dans une redoutable alternative : ou il condamne Bouteville à mort ou il souffre qu'on méprise son autorité. Et ladite phrase ne peut qu'elle ne fasse beaucoup d'effet sur l'esprit d'un roi profondément imbu de son pouvoir. Remarquez aussi la violence des mots : « Sire, on coupe la gorge aux édits de Votre Majesté. » Le seul remède pour le roi n'est-il pas de couper « la gorge aux duels », le mot « duels » étant ici un mot pudique pour désigner les duellistes ? Je dis « pudique » car, si les édits du roi n'ont pas de gorge, les duellistes, eux, en ont une.

Lecteur, il se passa en la suite de cette affaire ce qui s'était déjà vu après la condamnation de Chalais, mais à une bien autre échelle, car Bouteville appartenait à une illustre famille et les Grands ne laissèrent pas d'intervenir de la façon la plus pressante pour sauver un des leurs. Madame de Bouteville et tout ce que la Cour comptait de hautes dames intercédèrent aussi. Mais tout fut vain. Le roi se montra adamantin en sa résolution.

Le vingt-deux juin, Bouteville et Des Chapelles, tour à tour, posèrent la tête sur le billot auprès duquel les attendait Maître Jean-Guillaume, ses deux mains posées sur la poignée d'une lourde épée dont la lame bien affûtée brillait au soleil.

La hiérarchie des rangs fut observée. Bouteville fut le premier exécuté. Des Chapelles, éternel second, vint ensuite.

Bien qu'il leur parût assurément moins plaisant d'être tués que de tuer, les deux gentilshommes subirent ce duel inégal avec vaillance : vertu qu'en leur courte existence ils avaient placée bien au-dessus de la vie, la leur et aussi celle des autres.

Le lendemain de cette double exécution, le vingt-trois juin, le roi donnait aux Tuileries l'eau bénite à la dépouille mortelle de Madame. Moins d'un an après son mariage, l'épouse de Gaston venait de périr en couches. Louis ne fut pas sans éprouver quelque pitié pour cet infortuné destin. Mais quand il apprit le sexe de l'enfantelet qui avait survécu à sa mère, il s'écria, je ne dirais pas avec joie, mais avec un immense soulagement : « Tout est fendu ! » Il voulait dire par là que le nouveau-né était une fille, et non un garcelet, dont la présence en ce monde eût beaucoup renforcé les ambitions dynastiques de Monsieur. La reine, bien qu'elle n'en dît rien, éprouva avec plus de force encore, le même sentiment. Dieu merci, elle demeurait seule en lice pour enfanter le dauphin que le royaume attendait.

Si elle avait eu l'esprit philosophique — mais il n'était pas certain que notre reine bien-aimée eût cet esprit-là, ni même aucun autre — elle eût pu alors faire un utile retour sur elle-même et prendre le temps, peut-être, de nourrir quelque réflexion sur sa violente opposition au mariage de Monsieur et se demander, par exemple, à quoi diantre avait servi cet effroyable ébranlement de l'État qu'avaient provoqué ces intrigues infinies, ces remuements redoutables, cette rébellion aux mille têtes, ces embûches assassines contre le cardinal, ces menaces sur la vie du roi et, dans son propre camp, l'arrestation d'Ornano, l'embastillement des frères Vendôme, et l'exécution de Chalais.

***

Dans le tome de mes Mémoires précédant celui-ci, j'ai souligné que ce ne fut pas Louis, mais les huguenots qui de 1610 — date de la mort d'Henri IV — jusqu'à 1627, date à laquelle débuta le siège de La Rochelle, violèrent à maintes reprises l'édit de Nantes, tant dans l'esprit que dans la lettre.

Il est bien vrai que les protestants français, pendant un demi-siècle, avaient été honnis, haïs, persécutés et que ces blessures-là ne se guérissent pas facilement. Mais dès lors que le bon roi Henri leur eut donné la liberté de culte et de conscience, ils la voulurent pour eux seuls. En Béarn, ils ne laissèrent pas les prêtres catholiques, du vivant même d'Henri IV, recouvrer leurs églises et ils bannirent à jamais la messe. Bien que la violation de l'édit fût flagrante, Henri, qui était comme amoureux de la petite patrie de ses enfances, cligna doucement les yeux sur cette écorne, et ne fit rien.

Henri mort, les huguenots avaient quelques raisons de se méfier de Marie de Médicis : elle était Habsbourg, papiste, proespagnole. Par bonheur pour eux, la régente était trop occupée à dissiper le trésor de la Bastille et à racheter, par les pécunes, la fidélité des Grands, pour se mettre sur le dos une guerre avec les huguenots dont les talents guerriers étaient redoutables, et sur terre, et sur mer.

Quand Louis épousa une infante espagnole, nos huguenots ne l'en aimèrent pas plus, encore que le pauvret ne fût pour rien dans ce choix. Et leur hostilité à son endroit grandit et s'amalit quand Louis le Juste, appliquant strictement l'édit de Nantes, courut à Pau rétablir par les armes les prêtres et la messe, mais sans pour autant bannir les pasteurs et leur culte.

Alors commença, de 1620 à 1627, contre le pouvoir royal, sept ans d'escarmouches et de rébellions animées par le duc de La Force, le duc de Rohan et son frère cadet, Monsieur de Soubise. Les huguenots prenaient des villes au roi, Privas, Nègrepelisse, Saint-Jean-d'Angély, l'île de Ré.

La Rochelle levait des impôts, interceptait ceux du roi, constituait des milices, élevait des fortifications, chargeait leurs vaisseaux de canons et pis encore aux yeux de Sa Majesté, recherchait et obtenait l'alliance des Anglais. Elle visait clairement à créer, avec l'aide étrangère, une république protestante et indépendante, qui eût échappé au pouvoir du roi de France.

La paix de La Rochelle, signée en 1626, comportait, entre autres clauses, la démolition du fort de Trasdon par les Rochelais et la démolition par le roi du Fort Louis, lequel s'élevait à proximité des remparts de La Rochelle et abritait une forte garnison royale. Mais tant la méfiance des deux parts était grande que celle du premier fort fut entamée à un train d'escargot. Celle du Fort Louis ne fut même jamais commencée.

La raison qui en fut donnée par le roi — ou le prétexte dont il usa — fut l'arrivée inopinée à La Rochelle de la duchesse douairière de Rohan et de sa fille Anne, lesquelles ayant quitté le château de Soubise, s'installèrent en plein cœur de la ville, entre la mairie et le temple neuf. « Cœur » est bien dit ici, comme on verra.

Puisqu'il y a apparence qu'il faille toujours en ce royaume un vertugadin diabolique pour allumer une rébellion, Madame de Rohan tint ce rôle en notre présent prédicament, encore que bien différente de Madame de Chevreuse, elle était fort austère et elle brillait de toutes les vertus, hormis la vertu de tolérance. Comme en même temps qu'austère elle était encore fort belle en son vieil âge, le peuple de La Rochelle était d'elle raffolé et vénérait la trace de ses pas. Par malheur pour Louis, la duchesse, huguenote indomptable, sinon évangélique, n'aspirait qu'à souffler sur les braises de la guerre civile en cette cité qui n'était plus guère « la bonne ville » du roi de France. Pendant ce temps, son fils aîné, le duc de Rohan, tâchait de soulever les réformés du Languedoc et son fils cadet, Monsieur de Soubise, pesait à Londres de toutes ses forces sur Buckingham et le roi Charles d'Angleterre pour les décider à dépêcher une escadre et une armée sur les côtes françaises, afin de prévenir l'attaque de Louis contre la citadelle protestante.

Quand je rencontrai plus tard la duchesse de Rohan, elle m'accueillit avec cette douce courtoisie qui charmait tous les cœurs, encore qu'elle dût me considérer en son for comme un mécréant papiste promis aux flammes éternelles. Bien que vertueuse, elle aimait séduire, car tout en étant rigide huguenote, elle était femme et mère aussi, et ce n'était pas seulement le triomphe de sa religion qu'elle se proposait d'atteindre par cette révolte dont elle était l'âme. Elle vivait dans une sorte de rêve féodal dans lequel ses deux fils se taillaient dans le royaume de France deux principautés indépendantes, l'un régnant sur La Rochelle et les îles et l'autre sur le Languedoc.

Les commissaires du roi qui, installés à La Rochelle, veillaient à l'exécution du traité de paix, ne faillirent pas à entendre que le parti de la rébellion qui n'était pas, à La Rochelle, le plus puissant par le nombre, mais le plus ardent à remuer, recevait avec la duchesse un renfort inquiétant. Ils osèrent dire tout haut que le roi surseoirait au rasement de Fort Louis, tant que Madame de Rohan ne serait pas hors des murs. Les Rochelais s'indignèrent de ces propos. C'était quasiment toucher à leur « sainte », si du moins j'ose parler de « sainte », s'agissant d'une protestante qui ne les reconnaissait pas.

Madame de Rohan, quant à elle, ne battit pas un cil et ne bougea pas d'un pouce. Le Fort Louis demeura intact, sa garnison fut renforcée, et Monsieur de Toiras, gouverneur du roi à La Rochelle, poussa avec la plus grande activité l'achèvement de la citadelle Saint-Martin dans l'île de Ré. Cette citadelle, si forte et si proche d'eux, donnait des cauchemars aux Rochelais et, des deux côtés, la défiance et la peur grandissaient.

Jean du Caylar de Saint-Bonnet, seigneur de Toiras, était un homme d'un si bon métal et joua un rôle de si grande conséquence dans les événements dramatiques dont l'île de Ré fut bientôt le théâtre que je ne faillirai pas, le moment venu, de dire de lui ma râtelée.

Pour l'instant, plaise au lecteur de me laisser revenir à cet état qui n'était pas encore la guerre, mais qui n'était déjà plus la paix.

En juin, le roi et le cardinal me dépêchèrent en Angleterre, porteur d'un message oral par notre chargé d'affaires, Monsieur du Molin. Je dis « oral » pour les raisons que les Anglais interceptaient au passage, par ruse ou force, les messages qu'il dépêchait en France et la plupart de ceux qu'il recevait du roi. Or, le cardinal s'inquiétait fort des menées de Monsieur de Soubise auprès de Buckingham et de Charles Ier.

Soubise, qui par deux fois avait ravi des villes au roi et l'avait contraint à deux expéditions militaires pour les reprendre, avait reçu de Louis, pour prix de sa soumission, au moment du traité de paix, la promesse de deux cent dix mille livres, d'une pension annuelle de trente mille livres et d'un brevet de duc et pair. Mais là-dessus, se sentant peu aimé en France — et comment aurait-il pu l'être, après deux révoltes ? —, l'éternel brouillon s'embarqua pour l'Angleterre, s'établit à Londres et, comme on a vu, poussa Buckingham à la guerre contre la France. Et le comble — *il colmo ! il colmo* [1] ! comme disait la reine-mère —, le comble, dis-je, et qui peint à vif cet écervelé, il réclama de Londres au roi de France, contre lequel il intriguait, le pécule, la pension et le titre... Mieux même, il se dit à Londres duc et pair, alors qu'il n'en avait pas reçu le brevet et se fit donner du « Monseigneur » par son entourage.

Le cardinal le tenait en grandissime horreur et quand je le vins voir la veille de mon département pour Londres, il me dit, sa voix suave devenant sifflante :

— Ce misérable Soubise dont l'honneur, l'esprit et le courage

1. Le comble ! (ital.)

sont également décriés, n'a d'autre art pour couvrir ses hontes passées que d'en préparer de nouvelles. Quant aux Anglais, ajouta-t-il, ils travaillent à faire une association si étroite avec nos huguenots de La Rochelle qu'ils puissent nous faire, à l'occasion, quelque foucade.

Là-dessus, il me recommanda de prendre langue, non seulement avec Monsieur du Molin, mais si faire se pouvait, avec Buckingham afin de le sonder sur ses intentions, si du moins on pouvait sonder une créature qui avait si peu de profondeur.

À Londres, sur la recommandation de mon père, je logeais non à l'auberge — car il craignait que j'y fusse assassiné, comme lui-même avait bien failli l'être, quand il visita la reine Élisabeth, sur l'ordre d'Henri IV — mais chez son amie de jadis et de toujours, Lady Markby, dont il parlait encore après tant d'années avec beaucoup d'émeuvement. Il me la décrivait comme une femme à la fois enjouée et farouche, écuyère intrépide, bretteuse redoutable, jurant et gaussant comme un reître, vaillante et même téméraire, et pourtant femme du bout de l'orteil au bout du nez, aimant l'homme sans limitation de nombre, buvant peu, mais mangeant prou, amazone, certes, mais pas au point de se couper le tétin pour tirer sa flèche. Ce qui, de reste, dit mon père, eût déparé désastreusement une paire « dont il ne vit jamais le pareil ».

Sauf que le temps avait neigé sur ses cheveux comme sur ceux de mon père, je ne fus pas déçu quand son majordome m'introduisit dans le salon et que Lady Markby apparut.

— *My God !* s'écria-t-elle. *You do look like the Marquis ! What an astonishing likeness ! No, no, my boy ! Don't kiss my hand ! Kiss me* [1] !

Ce disant, elle se leva ou plutôt bondit de sa chaise et, me prenant dans ses bras, elle me serra dans les siens à l'étouffade en me criblant la face, lèvres comprises, de je ne sais combien de poutounes que je lui rendis sans barguigner, tant cet accueil m'émeuvait et si je puis dire, de façon point si filiale que son âge et le mien l'eussent voulu. Elle le sentit incontinent et, se déga-

1. Seigneur, comme vous ressemblez au marquis. Quelle étonnante ressemblance. Nenni, mon garçon ! Ne me baisez pas la main ! Embrassez-moi ! (angl.).

geant, elle me jeta un œil mi-gaussant mi-attendrézi et dit, en riant à gueule bec :

— À ce que je vois, vous ressemblez à votre père de toutes les manières possibles ! Asseyez-vous, mon fils ! Votre chambre est préparée ! Dites-moi, sans tant languir, pourquoi vous avez quitté votre douce France pour aborder en ce pays qui n'est point si doux.

— My Lady, dis-je, je dois voir Monsieur du Molin et, s'il se peut, le duc de Buckingham.

— Ah ! Monsieur du Molin ! s'écria My Lady Markby, qui n'est pas si mol, tant s'en faut ! *What a very charming man ! He is a great favourite with the ladies here*[1] ! Et savez-vous pourquoi ? Il nous regarde ! Quand il entre dans une pièce à York House, que fait-il d'abord ? Il regarde les dames ! *It is so refreshing in this country*[2] ! Quant à Buckingham, le rencontrer ne sera pas si facile !

— Est-il si hautain ?

— Il fait le hautain ! dit My Lady Markby qui appartenait à une des plus illustres familles de Grande-Bretagne. Il se fait même appeler « *His Highness* » alors qu'il n'a aucun droit à ce titre, n'étant pas prince. Et tant s'en faut qu'il soit si bien né ! Il est le fils d'un petit chevalier qui vit à la campagne dans un petit manoir crotté avec trois petites vaches et un cochon ! Ou peut-être deux cochons, dit-elle, d'un ton grave, comme si elle faisait au pauvre chevalier une immense concession...

C'était là une de ces petites absurdités qui font rire les Anglais aux larmes, mais qui laissent de marbre nos compatriotes qui n'aiment que le jeu de mots ou la pointe assassine. Toutefois, voyant rire My Lady Markby, je ris aussi, car tant plus je la voyais et l'écoutais, et tant plus je l'aimais.

— On dit que Buckingham est fort beau.

— C'est son unique vertu, dit Lady Markby. Car il n'a ni esprit, ni talent, ni courage. Mais de reste, ajouta-t-elle avec vigueur, je nie que le Buck soit beau. Je le nie absolument. Il n'est pas beau. Il est joli. Pour le corps, passe encore, il est grand et bien fait. Mais la face ! Voyez ses yeux ! Ils sont beaux,

1. Quel homme charmant ! Il est très aimé de nos dames ! (angl.).
2. C'est si rafraîchissant en ce pays ! (angl.).

certes, mais féminins ! Sa bouche est belle aussi, mais féminine ! Il a une belle moustache, assurément, mais elle ne réussit pas à rendre sa physionomie plus virile. Vous savez, bien entendu, qu'il fut le favori de Jacques Ier et qu'à sa mort, il devint — si je puis dire, naturellement — celui de Charles Ier. Ah ! s'écria-t-elle tout soudain en rugissant comme une lionne, j'enrage ! Je suis morte de honte à la pensée qu'on puisse dire en Europe que les rois d'Angleterre sont bougres de père en fils !...

Ceci, en revanche, m'eût fait rire à gueule bec, s'il ne s'était pas agi du roi sérénissime dont, en quelque mesure, j'étais l'hôte en ce pays. Je ne souris donc que d'un seul côté de la bouche, mais Nicolas, qui, à son âge, ne pouvait avoir autant de retenue, s'esclaffa.

— Eh bien, tenez ! Mon fils ! dit My Lady Markby. Parlant de Buckingham, prenez, par comparaison, votre écuyer qui est joli, certes, mais pas le moindrement féminin ! Voyez ! Il a des yeux à dévorer une dame toute crue !

— *My Lady*, dit Nicolas, c'est sans doute que je n'ai jamais rien vu de si merveilleux que vous.

— Ah ! Ces Français ! dit My Lady Markby, au comble du ravissement. Des yeux de velours ! Une langue de miel ! Et pas seulement pour parler ! ajouta-t-elle avec un petit rire.

Nous ne demeurâmes que quatre jours à Londres, et comme le lecteur l'a deviné par cette colorée préface, nous fûmes traités comme princes ou rois en ce magnifique hôtel de My Lady Markby.

Je vis Monsieur du Molin le jour même et le lendemain, grâce à My Lady Markby, le duc de Buckingham.

Monsieur du Molin était un gentilhomme de bonne mine, comme avait si bien dit My Lady Markby, point mol le moindrement du monde mais vif, actif et agissant au mieux des intérêts de Louis.

— Comte, me dit-il, s'il est bien vrai que je sois le seul ambassadeur français accrédité auprès du roi sérénissime, tant s'en faut que je sois le seul ! Il y a foule céans d'ambassadeurs, si je puis dire, *in partibus*[1]. Les uns — ils ne sont pas moins de

1. Se disait des évêques titulaires de diocèses sans clergé, ni fidèles, en pays non chrétiens.

trois — délégués auprès de Charles Ier par le corps de ville de La Rochelle. Un autre, Saint-Blancard, délégué par le duc de Rohan ; un autre, le sieur de La Touche, délégué par la duchesse douairière de Rohan ; un troisième encore, Monsieur de Soubise, délégué par lui-même...

— Louis dirait que ces gens-là ne sont pas de « véritables Français », dis-je, puisqu'ils en appellent à un roi étranger contre le roi de France.

— Toutefois, dit Monsieur du Molin, j'excepterais de cette définition, le corps de ville de La Rochelle. Sa requête n'est pas criminelle. Charles Ier étant intervenu pour faire accepter par La Rochelle le traité de paix proposé par Louis, les Rochelais insistent pour que Charles Ier intervienne de nouveau auprès du roi pour en faire respecter les clauses et, notamment, la destruction de Fort Louis. Les Rohan, en revanche, désirent que Charles Ier intervienne par les armes à La Rochelle et en Languedoc. Le cas échéant, ils accepteraient même d'être ses vassaux s'ils pouvaient, en ses provinces, régner en son nom.

— Ce sont donc des traîtres !

— Ce sont surtout des fols ! dit Monsieur du Molin. Si les Anglais occupaient La Rochelle et les îles de Ré et d'Oléron, il est évident qu'ils s'y accrocheraient et que les Rohan, alors, ne pèseraient pas bien lourd ! Ramentez-vous Calais [1] ! Pour les en déloger, il nous a fallu deux siècles ! Les Anglais sont très semblables aux arapèdes : quand ils se collent à un rocher, c'est le diable pour les en décoller !

— En votre opinion, lequel des trois ambassadeurs *in partibus* des Rohan est le mieux en cour à York House ?

— Le plus méchant et le plus acharné.

— Soubise ?

— Soubise, hélas ! Quand je m'étonne auprès des ministres anglais des extraordinaires caresses qu'on lui fait céans, ils recourent en riant à ces discours extravagants dont les Anglais sont raffolés : « On ne peut tout de même pas renvoyer Soubise, pieds et poings liés, en France ! »

— Monsieur, dis-je, opinez-vous qu'il y ait de fortes chances

1. Les Anglais occupèrent Calais de 1347 à 1558.

pour que le roi sérénissime dépêche sur nos côtes, pour y débarquer, une puissante armada ?

— J'opine que oui. Mais, dans ce cas, le cardinal voudra savoir si les préparatifs sont déjà en cours.

— C'est là le hic ! Pour tâcher de le vérifier, j'ai dépêché deux espions, l'un à Plymouth, l'autre à Portsmouth, mais les ports anglais montent bonne garde : l'un et l'autre, avant même d'être parvenus jusqu'aux quais, ont été arrêtés et serrés en geôle.

Monsieur du Molin m'envisagea alors avec un sourire et dit au bout d'un instant :

— Comte, la seule personne à pouvoir vous renseigner là-dessus, c'est Buckingham. Et puisque vous l'allez voir, vous devriez le lui demander.

— Monsieur, vous vous gaussez ! Pensez-vous qu'il me le dira ?

— Ce n'est pas impossible si vous savez le prendre.

— Et comment le prend-on ?

— Avec la plus exquise courtoisie, un beau cadeau de France et autant de compliments que si vous vous adressiez à la plus belle des dames. Si Buckingham vous prend en amitié, il s'épanchera comme un enfant.

Là-dessus, avec mes mercis et mes fermes et sincères promesses de le servir auprès du cardinal, je quittai Monsieur du Molin, fort content de ses évidentes vertus et fort inquiet pour mon roi, tant la guerre paraissait proche.

— Monsieur le Comte, me dit Nicolas tandis que nous regagnions l'hôtel de My Lady Markby, je vous vois tout songeux. Me permettez-vous, pour une fois, de contrevenir à mon devoir de discrétion et de vous poser questions ?

— Parle ! dis-je, fort étonné.

— Monsieur le Comte, j'ai aperçu, en rangeant vos bagues, un coffret en or fort bien ouvragé. Peux-je vous demander ce qu'il contient ?

— Un parfum italien que je me propose d'offrir à My Lady Markby, le jour de notre département.

— Coffret en or compris ?

— Cela s'en va sans dire.

— Monsieur le Comte, peux-je vous faire une suggestion ?

— Je suis tout ouïe.

— Offrez parfum et coffret au duc de Buckingham. Et faites présent à My Lady Markby d'un des bijoux que vous portez. Elle en sera fort touchée.

— Eh bien, j'y vais songer, dis-je. La grand merci à toi, Nicolas. Ta tête, comme disent les Anglais, est bien vissée sur tes épaules. Et à l'intérieur, il n'y manque pas une mérangeoise.

À cet éloge, Nicolas rougit comme un jouvenceau — qu'il était de reste, puisqu'il n'avait pas vingt ans.

Le lendemain, vêtu de ma plus belle vêture, ma plus belle épée au côté et la croix de l'Ordre du Saint-Esprit pendant à mon cou, je fus introduit, sur les trois heures de l'après-dînée à York House. Dès notre entrant, nous ne faillîmes pas à être regardés en chemin, pour ce que notre vêture était française, les gentilshommes anglais portant des hauts-de-chausse bien plus collants que les nôtres. Toutefois, ces regards furent fort discrets et je n'y discernai pas la moindre hostilité. Il est vrai que l'expédition contre la France était très impopulaire, personne en Angleterre, ni chez les gentilshommes, ni chez les *commoners* [1] n'en voyant la nécessité. Les dames que nous croisâmes furent un tantinet plus curieuses, non par la durée de leurs regards, mais par leur intensité. De notre côté, nous les regardâmes « à la française », comme on dit céans, c'est-à-dire sans dissimuler l'intérêt et le plaisir que nous trouvions à les envisager.

La salle où le géantin huissier qui nous précédait nous introduisit et nous laissa seuls, refermant l'huis derrière lui, nous parut grande et fort belle en la profusion de ses dorures, embellie en outre par un magnifique tapis de Perse qui recouvrait le parquet. Mais ce qui attira incontinent mon attention fut une sorte d'autel drapé de brocart d'or sur lequel — lecteur, je n'en crus pas mes yeux ! — était posé le portrait grandeur nature d'Anne d'Autriche. Devant ce portrait, à la fois pour l'éclairer et sans doute aussi pour lui faire honneur, brûlaient des cierges de cire blanche plantés dans des candélabres d'or. Et comme je ne pouvais m'imaginer que Buckingham eût réussi à dérober ce portrait de la reine qui se trouvait au Louvre dans les apparte-

1. Roturiers (angl.).

ments du roi, j'en conclus que c'était une copie fidèle et je fus béant que le duc affichât aux yeux de tous, au mépris de toute décence, son effrontée adoration pour l'épouse du roi de France. Il me sembla qu'il y avait là une ostentation d'un goût si douteux qu'il ne plaidait en aucune façon pour la sincérité des sentiments qu'un tel culte était censé révéler.

Là-dessus, My Lord Duke of Buckingham entra, ou plutôt fit son entrée dans la salle, comme un grand comédien sur une scène, sûr de son effet, et je le concède, quoique de mauvais gré, que cet effet ne pouvait faillir, car il était grand, large d'épaules, mince de taille et portait une tête si belle que je dois confesser céans que je n'en ai jamais vu d'aussi parfaite. Il était vêtu d'un pourpoint de satin bleu pâle couvert de perles et son visage était auréolé (s'élevant très haut derrière sa nuque) par une grande collerette de dentelle en point de Venise qui le mettait grandement en valeur. Bref, et pour parler comme je m'y efforce, à la franche marguerite, c'était une fine fleur d'homme, à qui on ne pouvait rien reprocher sinon d'être une fleur...

Il pénétra seul dans la salle, se peut parce qu'il désirait que l'attention ne se portât que sur lui, se peut aussi parce qu'il noulait que personne n'ouït les reproches qu'il pensait que j'allais lui faire au nom de mon roi. J'incline pour cette deuxième hypothèse car ses yeux, si beaux qu'ils fussent, me parurent porter un air méfiant et même déquiété qui ne faisait pas très bon ménage avec la hauteur qu'il affectait.

Je ne lui fis pas moins de trois profonds saluts coup sur coup, balayant le tapis persan du panache de mon chapeau, bonnetades qu'il me rendit sans chicheté, tandis que je le considérais avec un air courtois auquel j'ajoutai une once d'admiration que son apparence, sans doute plus que son être, méritait.

— Monseigneur, dis-je enfin, ce m'est une grande joie que d'être reçu par Votre Altesse et je suis au comble du bonheur de m'encontrer enfin en tête à tête avec le parangon des gentilshommes de ce pays, alors que je n'ai fait jusqu'ici que vous apercevoir de loin au cours de cette grande fête à laquelle vous assistâtes à Paris, lors de notre premier séjour parmi nous.

— Ce n'était pas mon premier séjour en France, dit Buckingham dans un français qu'il prenait plaisir à parler, tant il le parlait bien. Mon père, en mes enfances, m'a envoyé plusieurs années sur la côte normande pour y apprendre votre langue et les belles manières. Mais le soir de cette mémorable soirée que vous dites était mon premier séjour en Paris et j'ai quelque raison d'en garder la plus précieuse remembrance.

Buckingham faisait ici allusion aux regards qu'il avait alors échangés de loin avec Anne d'Autriche — regards qui avaient fait jaser toute la Cour de France et fort rebroussé Louis quand le bruit en était parvenu jusqu'à lui. Je me dis aussi que le père de notre héros, s'il avait assez de pécunes pour offrir ce long séjour en France à son fils, ne vivait assurément pas, comme le dit My Lady Markby, non sans une évidente malice, « dans un petit manoir crotté, avec trois petites vaches et un cochon ». En fait, j'appris plus tard qu'il était gouverneur de son comté...

— Monseigneur, dis-je, j'entends bien que vous avez quelques raisons de vous ramentevoir cette soirée, ayant vu le bellissime tableau céans, lequel m'a laissé fort étonné, car j'ignorais qu'il existât une copie de l'œuvre de Rubens.

— Elle n'existait pas, dit Buckingham en se paonnant quelque peu. Je l'ai fait faire par Rubens lui-même, et il y a quelque différence entre l'original et cette mienne copie. Venez, Comte, dit-il, en me prenant par le bras (ce qui, je suppose, était un grand honneur pour moi), voyons si vous apercevez cette différence ! Elle est imperceptible à la plupart des yeux mais aux miens, elle est de la plus grande conséquence.

Et m'amenant par le bras de la façon la plus enjôleuse devant l'autel sur lequel était dressé le portrait d'Anne d'Autriche, il quit de moi de le considérer avec la plus minutieuse attention, afin de découvrir si je pouvais voir la différence qu'il avait dite. Je me prêtai à ce jeu, faisant même le semblant d'une perplexité que je ne ressentais en aucune manière, étant bien assuré que, si j'échouais, Buckingham ne faillirait pas à me dévoiler sa devinette.

— Monseigneur, dis-je au bout d'un moment, peut-être pouvez-vous m'aider ? Est-ce un rajout ou un manque qui fait la différence entre l'original et la copie ?

— C'est un manque, dit Buckingham avec un air de mystère et d'espièglerie par lequel il ressembla fort au garcelet adulé qu'il avait dû être. Et c'est un manque, ajouta-t-il avec quelque piaffe et vanterie, que j'ai expressément voulu et imposé au peintre.

— Monseigneur, dis-je, je donne ma langue au chat.

— Eh bien, dit-il, considérez attentivement la main gauche de la reine ! Que voyez-vous ?

— Une jolie main, Votre Altesse, et fort gracieusement dessinée.

— Est-ce tout ?

— Monseigneur, y a-t-il autre chose à voir ?

— Si fait, il y a dans cette main non pas quelque chose à voir, mais un manque à constater. Le discernez-vous ?

— Nenni, Monseigneur.

— Il y manque, dit Buckingham, avec un air triomphant, et se taisant, l'œil en fleur, il reprit, après un silence quelque peu théâtral : il manque à cette main l'anneau nuptial ! Rubens, sur mon commandement, a omis de le peindre.

Je fus béant de cette incrédible puérilité et aussi des lumières nouvelles qu'elles me donnaient sur l'homme. En toute apparence, il était resté à l'âge où l'on croit qu'en frappant une table d'une badine et en disant : « Table, disparais ! », on veut croire qu'elle disparaît, en effet. Émerveillable magie des maillots et enfances, mais qu'on est bien étonné de trouver chez un homme de son âge. En supprimant un anneau peint sur une main peinte, notre homme se donnait l'illusion de démarier la reine de France et de se la bailler à lui-même.

Je ne dis ni mot ni miette, ce qui me servit fort en cette occasion car, prenant mon étonnement pour de l'admiration et mon silence pour un hommage, Buckingham en conçut pour moi incontinent une vive et chaleureuse amitié.

— Or çà, Comte ! dit-il en s'asseyant, foin des cérémonies ! Prenez un siège, vous aussi ! Et dites-moi tout de gob à la franche marguerite ce que vous voulez de moi, ou plutôt ce que votre roi veut de moi, puisque je ne laisse pas d'imaginer que si vous êtes céans, c'est pour me porter de sa part un message, se peut un message de paix...

— Monseigneur, dis-je avec un profond salut, je vous prie humblement de me permettre de vous détromper. Le roi ne m'a chargé d'aucun message. Il considère que s'il incline un jour à négocier avec Votre Altesse, il le devra faire par le canal de son ambassadeur. En fait, je n'ai eu céans d'autre affaire que de me concerter avec Monsieur du Molin sur l'épineux problème de son courrier, lequel est intercepté dans les deux sens (phrase que je ne fus pas mécontent de glisser entre deux compliments). C'est donc à titre personnel que j'ai quis l'honneur d'être reçu par Votre Altesse et c'est à ce même titre que je le prie d'accepter de moi ce modeste présent.

Ce disant, je me retournai et fis signe à Nicolas, qui jusque-là était resté à l'autre bout de la salle, de venir vers nous. Portant le coffret d'or révérencieusement des deux mains devant sa poitrine, l'écuyer s'approcha de Buckingham à petits pas lents et solennels et, mettant devant lui un genou à terre, il lui tendit mon modeste présent le plus gracieusement du monde.

Je ne faillis pas d'apercevoir que les regards de Buckingham s'attachèrent de prime à Nicolas avec plus de friandise qu'à mon petit coffret. Toutefois, il se reprit promptement, et prenant et palpant ledit coffret avec tendreté, il l'ouvrit et poussa un petit cri de plaisir à découvrir son contenu.

— Ah que voilà, dit-il, un précieux et ingénieux cadeau ! Un parfum italien dans un flacon français ! Que peut-on rêver de plus galant ? La grand merci, Comte ! Je me ramentevrai *per sempre* [1] votre exquise courtoisie. Mais, poursuivit-il, je sais à qui je vais faire à mon tour hommage de ce munificent présent !

Et se levant avec la promptitude d'un jouvenceau, il vola jusqu'à l'autel sur lequel trônait le portrait d'Anne d'Autriche, se génuflexa devant lui et déposa religieusement le coffret entre les deux candélabres d'or. Puis reculant de deux pas et penchant la tête de côté, il admira l'effet de cet arrangement.

— Venez, Comte ! Venez voir quelle nouvelle grâce votre présent ajoute à ce tableau !

Il va sans dire que je m'étais levé, dès que Buckingham s'était lui aussi dressé, et tout étonné que je fusse de la rapidité avec laquelle il avait fait de ma personne le confident de ses émois, je n'eus garde de le décevoir. Je le rejoignis, et en termes appropriés à la hauteur de ce grand événement, j'admirai le *finishing touch* que le coffret apportait à l'autel de ses chimériques amours.

— Cette salle où nous sommes, reprit Buckingham, est celle

1. Pour toujours (ital.).

où je reçois mes ministres (il disait « mes ministres », comme s'il était le roi) et je m'arrange, au cours de ces audiences parfois turbulentes et le plus souvent ennuyeuses, pour être assis face à ce portrait et tirer de lui, au milieu de ces épines, mon soulas et ma consolation.

— Dès lors, dis-je, comment faites-vous pour vous passer de lui quand les grandes affaires dont vous avez à traiter vous entraînent loin de York House ?

— S'il n'est question que de quelques jours, je le laisse céans, dit Buckingham avec un soupir, mais si mon éloignement doit durer plus longtemps, alors je ne manque pas de l'emmener avec moi, en même temps que l'autel et les candélabres et désormais aussi votre coffret, ajouta-t-il avec un sourire des plus charmants, maintenant qu'il concourt à la beauté de l'ensemble. Demain, reprit-il, tout sera porté à Portsmouth à bord de mon vaisseau amiral, *Le Triomphe*. Je vous vois étonné, mon ami, poursuivit-il avec quelque espièglerie dans la voix, de ce que j'étale mes cartes au lieu de les cacher. Mais que puis-je y perdre, maintenant que je sais que votre roi ne vous a pas dépêché céans pour traiter avec moi de mon retour à Paris et à la Cour de France — ce que j'ai maintes fois quis de lui et qu'il m'a toujours implacablement refusé.

— Monseigneur, dis-je, me permettez-vous de vous dire, avec tout le respect que je vous dois et l'admiration que j'éprouve pour vous, qu'il se peut que Louis vous garde une mauvaise dent depuis l'affaire du jardin d'Amiens.

— Mais que s'est-il passé dans le jardin d'Amiens ? s'écria Buckingham avec véhémence. Rien de damnable ! Il faisait nuit, il faisait doux, et donnant le bras à la reine de France et me trouvant seul avec elle du fait que Lord Holland et Madame de Chevreuse marchaient fort lentement derrière nous, j'ai pris Anne dans mes bras et j'ai baisé ses lèvres. Baiser qui fut bel et bien rendu par une femme qui oubliait d'être reine et trémulait dans mes bras. C'est alors qu'oyant le bruit de pas précipités de sa suite qui tâchait de la rejoindre, la reine, sentant qu'elle allait être surprise, se dégagea de mon étreinte et poussa un cri, afin de donner à penser à ses serviteurs qu'elle avait subi, et non accepté, mes enchériments.

Bien que ce récit me parût plus proche de la réalité que ce qui avait été dit ou suggéré à l'époque dans les babillages de la Cour de France, je sentis dans le fait même qu'il m'ait été conté une messéance qui me ragoûta peu, pour ce qu'elle froissait des délicatesses auxquelles n'était dû que le silence — lequel, de reste, j'observais, me taisant pour deux.

— Croyez-vous, poursuivit Buckingham, que si j'avais osé les mêmes familiarités avec sa petite épouse française, le roi Charles m'eût fait tant de babillebahous ?

Cette remarque, outre qu'elle côtoyait le comique, ne valait pas mieux, à mon sentiment, que le conte qui l'avait précédée. Et je n'eus même pas à me décider de me taire. Elle me laissa sans voix, tant il était évident que le roi Charles avait des raisons si particulières et si vives de tout pardonner à un favori auquel il baillait dans son royaume un pouvoir tel et si grand qu'on pouvait dire sans exagération qu'il lui avait abandonné son sceptre... Pourquoi, dès lors, ne lui aurait-il pas abandonné aussi une épouse, avec qui, de reste, il n'avait que d'exécrables rapports ?

Toutefois, je sentis qu'il y avait quelque péril à demeurer clos et coi plus longtemps, ce silence pouvant offenser Buckingham, qui me parut appartenir à cette catégorie d'humains qui, si insouciants qu'ils soient des souffrances qu'ils infligent aux autres, sont eux-mêmes extrêmement sensibles aux petites blessures réelles ou supposées qui les atteignent dans leur amour-propre.

— Monseigneur, dis-je, j'entends bien que vous ayez conçu quelque fâcherie du fait qu'on vous ait interdit d'aborder au royaume de France, mais puisque vous avez été assez bon pour me dire que vous alliez étaler vos cartes devant moi au lieu de me les cacher, peux-je vous demander si le ressentiment que vous nourrissez à l'encontre de mon roi explique que vous lanciez contre sa côte atlantique une armada dont vous prendriez la tête ?

— C'est une de mes raisons, dit-il, mais ce n'est pas la seule.

Je m'attendis à ce qu'il me déclarât qu'étant anglican, il désirait voler au secours des protestants de La Rochelle pour les tirer des griffes des papistes français. Mais Buckingham n'était point hypocrite et s'il faut lui trouver une vertu, la franchise du moins en était une. Bien loin d'être inspirées par la religion, les raisons qu'il me donna étaient toutes personnelles, ce qui lui bailla l'occasion de parler lui-même et de se prendre quasiment en pitié.

— Comte, dit-il d'une voix chagrine, vous ne pouvez savoir, étant français, à quel point je suis haï en ce pays.

— Haï ? dis-je.

— C'est bien le mot, hélas ! Haï et jalousé ! La *gentry* dont je suis issu ne me pardonne pas de m'être élevé si haut au-dessus d'elle. La *nobility* me tient pour un insufférable parvenu, parce que la faveur de mon maître non seulement a fait de moi un duc, mais m'a donné plus de puissance qu'aucun d'eux. Et quant aux *commoners*, ils me haïssent parce que j'ai augmenté les impôts et aussi parce que mon expédition contre Cadix s'est terminée par un désastre qui a coûté fort cher à l'État. Le Parlement, enfin, est mon pire ennemi pour la raison que je l'ai fait dissoudre plusieurs fois par le roi. Ces faquins de parlementaires, fielleux et rancuneux, ont imaginé de me faire un procès pour corruption ou concussion — du diantre si je sais ce que ce baragouin veut dire ! — et si Charles ne les avait pas contraints à reconnaître que j'étais innocent, j'eusse épousé la Tour de Londres ou, pis même, le billot du bourreau ! Comte, entendez-vous bien quel est mon désespoir, alors même que je suis parvenu, en cet ingrat pays, au faîte de la puissance ! Je suis environné d'ennemis si nombreux et si acharnés à ma perte que je ne peux que je ne redoute la dague, le poison ou quelque accident machiné ! De toutes façons, je me sens si injustement haï, honni et persécuté en ce pays de rustres que j'ai pris la résolution de le quitter à jamais, et La Rochelle une fois en mon pouvoir, je compte y demeurer et en faire mon fief pour mes sûretés et pour ma retraite...

Buckingham achevait quand on frappa à l'huis et un huissier fort chamarré lui vint dire que le roi Charles l'attendait. Il me quitta alors avec une profusion de paroles aimables, de serments affectionnés et la promesse de ne jamais oublier ma visite et « l'exquise courtoisie » de mon *munificent present*. Il employa l'expression une deuxième fois, tant elle lui plaisait.

Je le quittai, béant qu'il m'eût, en cette première encontre, découvert tant de choses qu'il eût mieux fait de taire, comme le départ imminent de son armada. Et plus encore m'étonnèrent la confidence de son désespoir et son désir de faire de La Rochelle une place de sûreté.

C'était là un élément nouveau. Le cardinal et le roi pensaient jusque-là que seul le désir de Buckingham de se venger de l'interdiction qui lui était faite de mettre le pied sur le sol de France lui inspirait l'envoi d'une armada sur nos côtes. Mais à ce mobile il fallait, après sa confidence, en ajouter un autre, et peut-être plus pressant. Il sentait sa vie si menacée en Angleterre qu'il aspirait à trouver, paradoxalement, à La Rochelle, ville française, un refuge contre ses ennemis anglais.

Il s'en allait, de reste, de ce mobile-ci comme du premier. Il était tout personnel et pas plus que la politique que Buckingham avait menée dans son propre pays, elle ne servait en aucune façon les intérêts de l'Angleterre. Son plan me paraissait, à y penser plus outre, aussi utopique que son amour pour Anne d'Autriche. Il comportait deux difficultés également redoutables : Buckingham devrait battre sur son propre terrain l'armée du roi de France, laquelle aurait, bien moins que son armada, des difficultés de renfort et de ravitaillement. Cette victoire acquise, il lui faudrait convaincre les Rochelais de le reconnaître comme leur maître et, seigneur, alors que les Rohan eux-mêmes, maugré le prestige d'une ancienne et illustre famille, n'y parvenaient pas toujours. De toute évidence, c'était là, comme aiment à dire les Anglais, « une bouchée trop grosse pour qu'il la pût mâcher ».

***

Dès mon retour en Paris, je courus au Louvre, demandai audience au roi, et reçu par lui dans l'instant, je le trouvai avec le cardinal, tant est que je pensai faire d'une pierre deux coups et de ne pas avoir à répéter à l'un ce que j'allais conter à l'autre. Mais tel ne fut pas le cas. Car en présence du roi, et afin de ne l'offenser point, j'omis tout ce qui concernait le portrait de la reine à York House. Détail importantissime que je crus bon, en revanche, de relater au cardinal, au bec à bec, sachant que lorsqu'il étudiait les données d'une situation politique, il tenait le plus grand compte des humeurs personnelles de l'adversaire :

raison pour laquelle, à mon sentiment, sa perspicacité était rarement en défaut.

Ce qui ne voulait pas dire que Richelieu faillait en intuition, tout le rebours. Il m'en donna une nouvelle preuve en l'entrevue où le roi était présent.

Sa Majesté, dont la méfiance — née de toutes les humiliations subies en ses maillots et enfances — était un des traits les plus marquants, ne crut pas un seul instant à la sincérité de Buckingham quand il m'avait confié — « jouant cartes sur table » — qu'il allait le lendemain départir pour Portsmouth afin de s'embarquer sur son vaisseau amiral.

Richelieu, sans le dire de prime, ne fut pas de cet avis, mais avec le tact scrupuleux et les ménagements infinis dont il usait toujours avec Sa Majesté, il imagina de me demander mon avis là-dessus, ayant bien entendu, rien qu'à la façon dont j'avais conté l'affaire, que mon sentiment allait dans le même sens que le sien.

— Sire, dis-je en m'adressant au roi, pour autant que je connaisse le duc de Buckingham (je prononçais « Bouquingan », car c'est ainsi qu'en France on francise son nom), et je le connais quelque peu depuis que j'ai passé une heure avec lui, il me semble qu'il n'usait pas de ruse en m'annonçant qu'il allait départir le lendemain pour Portsmouth. Le duc de Buckingham est très attaché à une certaine image qu'il veut donner de lui-même : celle d'un grand seigneur qui agit, en toute circonstance, d'une façon courtoise et chevaleresque. Et j'opine qu'il a bien réellement joué cartes sur table en me donnant la date de son département.

— De toutes façons, ajouta Richelieu d'une voix douce et insinuante, pourquoi mentirait-il ? Son armada ne peut passer inaperçue dans la Manche et dans l'Atlantique, puisqu'elle devra longer nos côtes pour naviguer de Portsmouth à La Rochelle.

— Cela est vrai, dit Louis.

Il n'en dit pas plus sur le moment, mais le jour même, alors que j'achevais de dîner avec mon père en son hôtel du Champ Fleuri, on me vint prévenir que le cardinal m'attendait au Louvre. J'y courus et j'y trouvai de prime Charpentier qui me dit que le roi m'allait dépêcher dès le lendemain à l'île de Ré pour presser Monsieur de Toiras de pousser jour et nuit l'achèvement de la citadelle Saint-Martin et pour lui apporter, à cette fin, un gros sac d'écus.

— Et un sac gros de combien d'écus ? demandai-je.

— Cent mille, Monsieur le Comte. Et il n'y aura pas qu'un seul sac...

— Cent mille écus ! dis-je béant et quasi le souffle coupé. Et comment diantre cela est-il possible ? le trésor est plus à sec que rivière au Sahara et étant membre du Grand Conseil, je suis bien placé pour le savoir.

— Mais ce que, sauf votre respect, Monsieur le Comte, vous ne savez pas, c'est que le cardinal, pour fournir aux débours de cette guerre, vient d'emprunter un million d'or sur ses propres biens.

— Dieu du ciel ! m'écriai-je. Que voilà un émerveillable geste ! Et qui en toute probabilité restera unique dans les annales de l'Histoire un ministre qui gage ses biens pour le bien de l'État !

— C'est que le cardinal ne fait qu'un avec l'État ! dit Charpentier avec ferveur. Sa vie et son être ne lui appartiennent plus

Je me fis alors cette réflexion qu'à une échelle plus humble, on eût pu en dire autant de Charpentier qui était au cardinal ce que le cardinal était à l'État, s'étant voué et dévoué à lui, corps et âme, travaillant pour lui sous sa dictée depuis matines jusqu'à minuit.

Là-dessus, Richelieu entra d'un pas vif dans la pièce et d'un geste non moins vif de la main, me fit signe d'abréger les salutations.

— Monsieur d'Orbieu, dit-il, Sa Majesté vous dépêche dans l'île de Ré avec des écus, de la poudre, des armes et l'ordre de poursuivre avec la dernière vigueur l'achèvement de la citadelle Saint-Martin. Vous serez escorté par une centaine de soldats sous les ordres de Monsieur de Clérac. Chaque sac sera rempli d'écus par un commis en présence du surintendant des Finances et de vous-même, et tous les sacs comptés enfermés dans un coffre aspé de fer, scellé par un cachet de cire à vos armes et fermé par des serrures dont vous aurez les clés.

— J'en aurai donc, Monseigneur, la responsabilité.

— Et à qui d'autre pourrais-je la donner céans sinon à vous ? dit Richelieu du ton le plus aimable.

Je répondis à ce salut par un compliment, et Richelieu, reprenant dans l'instant son ton expéditif, ajouta :

— Cette mission terminée, vous demeurerez dans la citadelle Saint-Martin avec Monsieur de Toiras, votre escorte venant en petit renfort de sa troupe. Une forte armée suivra dès que ce sera possible.

Cette deuxième mission à laquelle j'étais loin de m'attendre me prit sans vert. J'ouvris de grands yeux sans toutefois oser poser question au cardinal.

— Monsieur d'Orbieu, dit-il avec un sourire, vous paraissez surpris.

— C'est que, Monseigneur, je ne discerne pas de quelle utilité je peux être à Monsieur de Toiras : je ne sais pas la guerre.

— Vous l'apprendrez avec lui, dit Richelieu, et vous l'apprendrez vite, ayant en suffisance toutes les qualités qu'il faut pour acquérir cette connaissance. Mais là n'est pas le but de cette mission. Vous connaissez Buckingham et votre rôle sera de conseiller Monsieur de Toiras dans l'attitude qu'il devra adopter à l'égard du chef de l'armée ennemie si, comme je crois, Bouquingan débarque dans l'île de Ré. Et comme je vous vois occupé à vous demander pourquoi je crois cela, je ne faillirai pas d'éclairer là-dessus votre lanterne. À ma connaissance, Monsieur de Soubise est, ou sera, à bord du vaisseau amiral et ne pourra qu'il ne conseille Bouquingan de prendre pied non sur le continent, mais sur l'île de Ré, pour la raison que Soubise la connaît parfaitement, l'ayant lui-même occupée en 1625, Monsieur de Toiras ayant eu, comme vous savez, beaucoup de mal alors pour l'en déloger.

Là-dessus, Richelieu tira une grosse montre-horloge d'une des poches de sa soutane, et jetant un œil à son cadran, il eut l'air fort alarmé et s'écria :

— Vramy ! Déjà neuf heures ! Et le Conseil est à neuf heures ! Courons, d'Orbieu, courons ! Il serait du dernier disconvenable de faire attendre le roi ! Il est lui-même si ponctuel.

Et le grand cardinal, si admiré et si redouté, *urbi et orbi*, se mit à courir sans le moindre souci du ridicule dans les couloirs du Louvre, comme un écolier qui craint d'être pris en faute. Je courus dans son sillage et j'observai, quand il s'arrêta quelques secondes devant l'huis du Conseil avant d'y pénétrer, qu'il avait quelque mal à reprendre son vent et haleine. J'eus à cet instant le sentiment le plus vif de ce qu'était sa vie : un labeur titanesque au service de l'État et une attention de tous les instants pour ne pas offenser un prince fort jaloux de son pouvoir et très prompt à prendre des ombrages au moindre manquement.

Cette séance du Grand Conseil des affaires fut, entre toutes, intéressante et décisive. Les conseillers admirent, sans la contester, la probabilité du débarquement des Anglais dans l'île de Ré. Mais un certain nombre d'entre eux ne trouvèrent pas opportun qu'on envoyât dans l'île, en renfort de Toiras, une forte armée pour déloger les Anglais. C'était, disaient-ils, disperser nos forces au lieu de les concentrer toutes sur La Rochelle. Au fond, et sans l'oser dire, ils se résignaient d'avance à la perte de l'île de Ré, comptant vaguement sur l'hiver et les intempéries pour défaire l'armée anglaise qui l'allait occuper. Argument insensé, vu que l'hiver et les intempéries ne sont pas inconnus en Angleterre et qu'il n'y avait pas apparence qu'ils découragent plus les Anglais sur l'île de Ré qu'au bord de la Tamise.

À ouïr ces sornettes, le sang me bouillit dans les veines, indigné que j'étais que dans ce royaume il y eût toujours, et en toutes affaires, un parti de l'abandon, face au parti de la résistance, comme cela avait été si tristement évident sous la Régence, quand Marie de Médicis, avec la seule approbation des ministres barbons, pactisait avec les Grands en révolte armée contre son pouvoir et les couvrait d'or au lieu de leur courir sus.

Richelieu, ayant demandé la parole au roi, se leva, et bien qu'il parlât avec le calme, la clarté et la méthode qui lui étaient habituels, ceux qui le connaissaient ne faillirent pas à discerner, dans les éclairs qui traversèrent ses yeux, l'indignation qui l'avait habitée à ouïr les propos que j'ai dits.

— L'île de Ré, dit-il, est importantissime. S'il s'en rendait maître, l'Anglais pourrait emporter à l'instant l'île d'Oléron, et s'étant fortifié dans l'une comme dans l'autre, et possédant en outre la maîtrise des mers, il pourrait être secouru par Londres en hommes et en vivres autant qu'il le voudrait. En outre, il tirerait grand avantage du vin et du sel de l'île de Ré, des blés et des bestiaux de l'île d'Oléron ; il empêcherait la pêche de nos pêcheurs, il ruinerait notre cabotage sur les côtes atlantiques, et, pis encore, il ferait, à tout propos, des descentes sur le continent et croîtrait tous les jours en conquêtes. Il ne faut donc laisser emporter aucun avantage aux ennemis, pour peu que ce fût, et ce n'est pas peu que ces îles ! Bien au rebours, il faut tout tenter pour en chasser l'Anglais car lorsqu'il serait bouté hors, La Rochelle en serait grandement affaiblie, et la reddition d'ycelle infiniment facilitée.

Je vis bien que d'aucuns parmi les lâches tenants de l'abandon et du laisser-faire, eussent voulu quelque peu se rebéquer, mais le roi, les voyant s'agiter, ne leur laissa pas le temps de déclore le bec et déclara, à sa manière laconique et péremptoire :

— Je ne laisserai jamais âme qui vive s'emparer, fût-ce d'une parcelle de mon royaume, sans tout faire pour l'en débucher.

C'était bien la première fois que ce terme de chasse — *débucher* — était prononcé dans le Conseil et à mes oreilles ravies, il sonna l'olifant. Dans la minute qui suivit, pas une main n'osa se lever pour quérir la parole et le roi, se dressant, traversa la salle des Conseils d'un pas tranquille et franchit l'huis, mettant ainsi fin, sans ajouter mot ni miette, à cette mémorable séance.

Suivi de Nicolas — fort excité par la tournure que prenaient les choses, mais demeurant clos et coi comme à l'accoutumée — je dînai avec mon père et La Surie à qui je contai la chose autant que la prudence et la discrétion le permettaient.

— Mon fils, dit-il d'une voix grave, quel honneur vous est fait de recevoir une mission de telle conséquence ! Certes, je ne faux pas, en mon vieil âge, d'être effrayé de vous voir affronter tant de périls et les affronter seul. Mais je me ferais scrupule d'ajouter quoi que ce soit qui pût diminuer votre joie de servir Louis en ses armées. La Surie, qui vous pourvoira en armes et en munitions, va dans le même temps, vous garnir de tant de conseils que vous en aurez l'oreille bourdonnante et la tête farcie...

Mais La Surie, la voix étranglée en la gorge par son émeuvement, parla peu de prime et seulement d'un mousquet miraculeux par sa précision qui était le sien et qu'il me prêterait pour la durée de la campagne.

— Pierre-Emmanuel, dit-il, je n'ignore pas que vous êtes un excellent tireur, vous ayant instruit moi-même dans cet art dans vos enfances, mais avec ce mousquet-ci, vous trouverez invariablement que cible visée est cible atteinte. J'entends à distance convenable et à bonne visibilité (ce qui, à mon sentiment, diminuait quelque peu le caractère miraculeux de l'arme). Ramentez-vous aussi, poursuivit-il, que si vous devez être assiégé en citadelle, vous devrez prendre soin de vous garnir auparavant en vivres personnels, je dis bien personnels, pour un an au moins. Ce qui vous permettra, *primo*, quelle que soit la longueur du siège, de survivre, *secundo*, d'empêcher votre proche prochain de mourir de verte faim. Je dis « proche prochain » car comment pourriez-vous subvenir, avec vos vivres propres, aux besoins de toute une armée ? Oyez encore ceci ! Si l'ennemi bombarde la citadelle *intra muros*, n'omettez pas de vous coiffer aussitôt d'un morion : il ne vous protégera pas d'un obus mais des pierres que l'obus détachera des murs. Si l'ennemi lance une attaque contre les remparts et monte aux échelles, revêtez votre cuirasse, car vous pouvez alors craindre le corps à corps. Ne buvez aucune eau qui ne soit sûre. Évitez les herbes et les verdures. Gardez-vous de tout contact avec les mains sales, les haleines fétides et le bren [1]. Gardez en pensée qu'au cours d'un siège, assiégés et assiégeants ont ceci de commun qu'ils meurent davantage d'un dérèglement des boyaux que d'une mousquetade...

— Miroul, dit mon père, va donc coucher tout ceci par écrit, si tu veux que Pierre-Emmanuel s'en ramentoive. Pour moi, Monsieur mon fils, je ne vous baillerai qu'un seul conseil : engagez Hörner et dix de ses Suisses.

— Mais, Monsieur mon père, dis-je béant, ne feront-ils pas double emploi avec les mousquetaires de Monsieur de Clérac ?

— Point du tout. Ils seront pour vous, en quelque sorte, une garde prétorienne. Vous en aurez seul le commandement, alors que les mousquetaires ne voudront recevoir d'ordres que de Monsieur de Clérac même s'il est placé sous les vôtres. Outre que Hörner et ses Suisses vous sont dévoués corps et âme, vous ne faillirez pas d'éprouver qu'ils vous seront très utiles. Ah ! J'y

1. Bien que le mot « merde » fût déjà dans la langue française au XIIIe siècle, mon père disait « bren » — mot de Rouen — pour la raison qu'il avait été fort employé par Rabelais (note du comte d'Orbieu).

pense enfin ! Emportez toutes les pécunes dont vous pourrez disposer. On dit que l'or est le nerf de la guerre et c'est vrai. Pour le soldat autant que pour le capitaine. Je me suis trouvé en mes missions et périls en de tels délicats prédicaments que j'eusse perdu la vie, si ma bourse n'avait été si bien garnie.

Comme mon père avait si bien dit et quoi qu'il en eût, j'avais l'oreille bourdonnante et la tête farcie quand je m'allais coucher pour la sieste. Jeannette tout soudain apparaissant et me rejoignant prestement derrière les courtines, je lui dis :

— Surtout, surtout, Jeannette, je te prie, pas un mot !

Là-dessus, je fis le semblant de dormir, mais je ne dormis pas, et au bout d'un moment, comme je ne bougeai point, Jeannette me passa doucement la main sur les joues.

— Eh quoi, Monsieur le Comte, dit-elle dans un souffle. Vous pleurez ! Êtes-vous mécontent de partir pour la guerre ?

— Nenni ! Nenni ! Tout le rebours ! Je suis plus excité qu'une pochée de souris.

— Que veulent dire alors ces larmelettes ?

— Je ne sais. Peut-être parce qu'il me semble que mon père et Miroul m'aiment trop. Cela me tord le cœur.

— Diriez-vous que moi aussi, je vous aime trop ?

— Qu'en es-tu apensée ?

— Avec votre respect, Monsieur le Comte, je pense que ce « trop » est une billevesée ! Vu que lorsqu'on aime, même le « trop » n'est pas encore suffisant...

CHAPITRE XIV

À la Cour, où le moindre babillage tourne à la médisance, je n'avais jamais ouï dire que du bien de Monsieur de Toiras, et cela alors même qu'il avait été pendant quelque temps le favori du roi, ce qui lui eût valu beaucoup de haine s'il n'avait été si honnête homme. Il ne fut de reste pas tronçonné par Sa Majesté, mais partit de son plein gré pour gouverner La Rochelle et les îles, voulant servir le roi, au lieu de demeurer à la Cour, en futile oisiveté.

Comme on sait, il fut remplacé, en tant que favori, par Baradat, « jeune homme de nul mérite qui a poussé en une nuit comme un potiron ». Que le lecteur me pardonne de lui citer une deuxième fois ce jugement de Richelieu sur le favori, tant je le trouve savoureux.

Quand je parvins à l'île de Ré et me présentai sous les murs de la citadelle Saint-Martin, avec les cent mousquetaires de Monsieur de Clérac et mon coffre rempli d'écus, je fus, comme on l'imagine, fort bien accueilli par Monsieur de Toiras qui était à court de pécunes, tant pour payer ses soldats que les maçons qui achevaient la construction de la citadelle. Il fut heureux aussi que Clérac et ses mousquetaires vinssent en renfort de ses troupes. Mais en revanche, il me parut tout soudain fort discordant et déquiété d'apprendre de ma bouche que j'allais moi aussi demeurer en la citadelle.

— Est-ce à dire, s'écria-t-il, l'œil jetant des flammes, que vous êtes pour commander céans ? Est-ce là toute la récompense que le roi a donné à mes peines et labeurs ? Sanguienne ! Dois-je me mettre d'ores en avant à vos ordres ?

— Nenni ! Nenni ! Monsieur de Toiras ! dis-je en souriant. Tout le rebours ! C'est plutôt moi qui me devrais mettre sous les vôtres. Vous savez la guerre et j'en ignore tout !

— Qu'est cela ? dit-il, plus étonné qu'apazimé par ce propos. Ai-je bien ouï ? Vous vous mettriez sous mes ordres ! Vous, comte d'Orbieu, premier gentilhomme de la chambre ! Membre du Grand Conseil du roi et chevalier du Saint-Esprit ! Monsieur le Comte ! Vous vous gaussez, je crois !

— Eh bien, disons, peut-être, pour être plus précis, je ne serai ni dessus ni dessous, mais à côté.

— Ah ! La belle précision ! dit Toiras. Monsieur le Comte ! De grâce ! Éclairez-moi ! Qu'est-ce que cet « à côté » et comment le définit-on ?

Je fus alors quelque peu embarrassé, car Louis m'avait dit de conseiller Toiras au sujet de la conduite à tenir avec Buckingham, mais je voyais bien que, parti comme il l'était sur les chemins de la méfiance, Toiras n'accueillerait pas bien volontiers mes conseils. Aussi décidai-je de lui décrire mon rollet beaucoup plus modestement que n'avait fait le roi.

— Je parle anglais, Monsieur de Toiras, et je connais Buckingham. Le roi a pensé, en conséquence, que je pourrais servir de truchement entre le duc et vous, si, comme on le croit, c'est bien dans cette île qu'il va tâcher de prendre pied.

— Ah mais voilà qui change tout et qui va fort bien ! Très bien, même, assurément ! Ce truchement sera des plus utiles ! Je vous fais mille mercis pour la bonne grâce que vous avez mise à préciser votre mission !

La bonace succédant alors à la tempête, ce grand vent de colère tomba, laissant place à une plaisante bonhomie. Voilà, m'apensai-je, un homme escalabreux et, comme dirait Mariette, « la tête près du bonnet mais le cœur sur la main ». Et en effet, dès le moment que Toiras entendit que je n'étais pas là pour lui rober son commandement, il m'envisagea d'un œil amical, et me trouvant à son goût, il alla droit à moi et, à la franquette, il me bailla une forte brassée.

— Sanguienne ! dit-il, Monsieur le Comte ! Je comprends maintenant pourquoi Monsieur de Schomberg vous porte aux nues ! Vous êtes tant modeste que vous avez de mérite. Et quand vous parlez, vous tirez vos traits tout droit de l'épaule, et sans façon !

Je lui dis qu'à moi aussi il plaisait fort et c'était vrai, car si Toiras avait en sa personne une sorte de rudesse qui tenait à sa face tannée, son gros nez, sa forte mâchoire et sa membrature carrée, en revanche, l'œil était franc et fin, la lèvre gourmande, le sourire généreux et dès lors qu'il ne jetait plus son feu, il n'y avait rien à reprendre à la courtoisie de ses manières. Qui plus est, à son accent et à quelques expressions qui lui échappèrent dans la suite de notre entretien, je m'aperçus qu'il parlait d'oc comme mon père et parfois comme moi-même. Car, bien que je sois né en Paris, j'aime à la fureur ces beaux vieux mots du Languedoc et ne laisse pas de les employer en mon quotidien comme, de reste, en mes écrits.

Toiras me fit incontinent visiter la citadelle qui était inachevée encore dans certaines de ses parties (quoiqu'on y travaillât jour et nuit) les fossés qui l'entouraient n'étant ni assez larges ni assez profonds et les contrescarpes point assez verticales ni assez protégées. J'observai aussi que la plupart des maisons intra-muros n'avaient pas encore reçu leurs toits, ce qui voulait dire que les deux milliers d'hommes et les deux cents chevaux de la garnison seraient exposés aux pluies et aux vents, lesquels même en juin, ne faillaient pas de sévir sur la côte océane. J'admirai, en revanche, que le fort fût construit sur le roc, ce qui rendait impossibles les sapes d'un assiégeant. Et ce qui ne laissa pas enfin de m'émerveiller fut que Toiras eût en l'idée de construire, côté mer, deux hautes murailles à dextre et à senestre de la citadelle, lesquelles formaient une sorte de canal abrité aux vaisseaux amis pour débarquer hommes et vivres en cas de besoin sur la plage [1]. Ces murailles, hautes de quatre toises, étaient crénelées et comportaient à l'intérieur un escalier et un chemin de ronde afin que les assiégés pussent arrêter les assiégeants par le feu nourri des mousquetades. Il fallait d'évidence de la promptitude et de la discipline et de la vaillance pour bien garnir ces créneaux, mais les troupes de Toiras ne faillaient pas

1. Le dispositif est décrit avec plus de précision au chapitre suivant.

en ces vertus, comportant de très bonnes unités dont la meilleure était sans contredit le régiment de Champagne qui s'était illustré en tant de combats hasardeux.

Le lecteur jugera sans doute par cette description que je n'étais pas tant ignorant de la guerre que je l'avais dit, mais comment aurais-je pu l'être, ayant suivi Louis en toutes ses campagnes et l'ayant ouï en ses enfances m'expliquer le comment et le pourquoi des citadelles de terre qu'il construisait selon les principes les plus rigoureux de l'architecture militaire.

Moments que je me ramentois toujours avec tendresse, parce que l'enfant taciturne qu'il était alors devenait, en ces occasions, tout soudain éloquent et chaleureux pour me communiquer son savoir.

Toiras, la Dieu merci, me logea avec Nicolas, Hörner, son chien Zeus et ma garde prétorienne dans une maison qui, elle, avait un toit et à laquelle, deux jours plus tard, mes bons Suisses ajoutèrent des gouttières qu'ils avaient enlevées à une maison en ruine dans le village de Saint-Martin afin de recueillir l'eau de pluie dans un tonneau. Hörner m'expliqua qu'avec deux puits seulement, l'un intra-muros, l'autre extra-muros, il était à craindre qu'en cas de siège, on ne puisse abreuver à leur suffisance chevaux et garnison.

À cette occasion, Hörner me découvrit une vérité que je ne manquai pas, dans la suite, de vérifier. Le métier du soldat ne consiste pas seulement à se battre, mais à s'assurer toutes les commodités possibles dans les dents mêmes des périls qu'il affronte. C'est une bien étrange chose, quand on y pense. Si un soldat est bien payé, bien nourri, bien vêtu, bien logé et bien traité par ses chefs, loin que ce traitement l'attache davantage à la vie, il le poussera tout le rebours à la hasarder plus volontiers quand sonnera l'heure de se battre...

Dès le lendemain, Toiras, à ma prière, me donna un guide pour visiter l'île de Ré en me conseillant de partir à potronminet, car l'île ayant sept lieues de long, il me faudrait parcourir quatorze lieues en un jour pour revenir à notre point de départ. Ce qui était prou, même pour les bons chevaux dont je disposais pour moi-même et pour mon escorte. Le guide, un des écuyers de Toiras, portait un nom qui l'eût prédisposé à la piété, si un nom avait ce pouvoir. Il s'appelait Monsieur de Bellecroix, originaire de l'île de Ré et protestant des plus tièdes, n'ayant cure des querelles entre temples et églises et ne voulant servir que le roi. Il n'était d'ailleurs pas le seul protestant dans l'armée de Toiras que l'alliance des Rochelais avec l'Anglais ragoûtait peu. Bellecroix disait de ces fanatiques qu'ils aspiraient à un joug au nom de la liberté. Il les appelait, pour se gausser, « les nouveaux bourgeois de Calais ».

Hörner m'ayant fait observer que cette visite était une bonne occasion de parfaire notre provision de viandes, je lui baillai ce qu'il fallait de pécunes et Bellecroix lui fit observer qu'en ce cas, il lui faudrait s'arrêter au bourg de Saint-Martin-de-Ré, car c'était là qu'il trouverait ce à quoi il appétait. Hörner demeura donc là avec la charrette, son chien Zeus, et quatre de ses soldats. Bellecroix le recommanda chaleureusement à l'auberge du Grouin — ainsi appelée en raison de la Pointe du Grouin, située à l'extrémité nord-ouest de l'île — et leur recommanda de ne pas trop porter de tostées avec ses hommes, le vin du pays, si doux qu'il fût au gosier, montant fort aux mérangeoises. Zeus montra alors quelque déplaisir et aboya furieusement quand il vit que l'escorte se divisait en deux. C'était un dogue allemand de taille géantine, fort terrifiant à voir, quand il grondait comme fauve en retroussant ses babines sur ses grosses dents, mais il s'apazimait dès lors que Hörner lui tapotait la tête en disant : « *Guter Hund ! Guter Hund*[1] *!* » Sa voix, de forte qu'elle était, devenait alors plaintive et il jappait comme un chiot, en se frottant contre les bottes de son maître.

En cette visite de l'île, ce qui me frappa de prime fut que je n'y vis ni champ de blé ni la moindre pâture et, en conséquence, ni vache, ni mouton, ni même une chèvre. Ce qui me donna à penser qu'à part le vin, le sel et le poisson, Ré dépendait du continent pour son envitaillement et que ce serait là une circonstance bien inquiétante pour la citadelle, si nous venions à être assiégés. Cependant, l'île n'était pas pauvre, car j'y vis une quantité remarquable de marais salants et de vignes.

— Au prix, dis-je, où nous payons le vin et le sel, les Rétais doivent être riches.

1. Bon chien ! (all.).

— Ils le seraient, dit Bellecroix, si vignes et marais salants étaient tous à eux. Mais une bonne moitié appartient, en fait, à des bourgeois bien garnis de La Rochelle et les Rétais n'en étant que les manœuvres, ils en tirent plus de maux de dos que de sols. Cependant, les Rétais ne s'expatrient pas. Ils aiment tant leur île qu'ils se hasardent peu sur le continent. C'est que, chez eux, l'air est sain et il n'y fait jamais trop froid ni trop chaud. Cependant, les arbres courbés et les maisons basses que vous voyez témoignent que le temps peut, dans les occasions, être venteux et tracasseux.

Non sans quelque arrière-pensée que je dirai plus loin, je m'intéressais plus particulièrement aux abords de l'île, laquelle a une forme très allongée et possède, par conséquent, deux longues côtes : une, au nord, que je trouvai peu hospitalière, bordée qu'elle était de hautes dunes, et ne comportant pas le moindre havre ; l'autre, en revanche, était fort découpée et abondait en baies. Ce qui me poussa à demander à Bellecroix, dès que nous les eûmes toutes visitées, lequel de ces havres Buckingham, en son opinion, allait choisir pour débarquer.

— Le choix, dit Bellecroix, sera conseillé par Soubise et Soubise connaît l'île de Ré admirablement et vous savez bien pourquoi.

— Eh bien, dis-je, plaise à vous que nous passions les havres en revue l'un après l'autre pour y voir clair. Que pensez-vous de la Conche des Baleines, à la pointe nord de l'île ?

— Nenni, nenni, elle est trop ouverte à l'océan.

— Descendons donc vers le sud, le Fier d'Ars ? Qu'en pensez-vous ? Il me semble que ce golfe-là est vaste et bien fermé.

— Oui, il l'est, mais par malheur, il n'est pas utilisable car il touche à des marais salants qui gêneraient beaucoup un débarquement.

— Et la rade de Saint-Martin ?

— Elle est fort bonne mais trop proche de notre citadelle. Nos troupes auraient peu de chemin à faire pour prendre l'armada de Buckingham sous leur feu en plein débarquement.

— Et l'Anse du village de La Flotte ?

— Elle est trop proche, elle aussi, de la citadelle, et trop petite.

— La baie de Sablanceaux ?

— Tope ! dit Bellecroix en souriant. C'est, pour Buckingham, la meilleure de toutes, car elle est éloignée de notre citadelle de plusieurs lieues. Elle est large, bien abritée, le tirant d'eau est bon, même à marée descendante, la plage est assez grande pour qu'une armée puisse s'y déployer. Et enfin, elle n'est séparée de La Rochelle que par un bras de mer qu'un très bon nageur peut traverser à la nage. Grand avantage pour Soubise qui voudra, dès qu'il aura touché terre, rallier par barque La Rochelle, afin de pousser les Rochelais à s'engager aux côtés des Anglais.

Le lendemain de cette visite de l'île qui, grâce à Hörner, acheva de parfaire nos provisions et, grâce à Bellecroix, me garnit de quelques idées claires sur notre situation, Monsieur de Toiras m'invita à dîner avec Nicolas et le frère d'y-celui, Monsieur de Clérac et une demi-douzaine d'officiers du régiment de Champagne [1]. La hantise du débarquement anglais était grande en chacun de nous et l'entretien ne pouvait qu'il ne débouchât sur la question de savoir où Buckingham allait aborder dans notre île. Je dis « notre », tant cette parcelle du royaume de France nous était devenue chère, dès lors qu'on la menaçait.

— Comte, dit Toiras, ce que vous a dit Bellecroix, c'est ce que nous pensons tous. J'entends, tous les officiers ici présents et moi-même. Ce sera la rade de Saint-Martin ou la baie de Sablanceaux. Il n'y a que deux possibilités et, Dieu me garde, comme je voudrais qu'il n'y en ait qu'une !

— Peux-je vous demander pourquoi ?

— Tant plus simples alors seraient les choses ! Dès que les voiles ennemies apparaîtraient, je me jetterais incontinent sur lui avec le gros de mes forces.

— Et vous ne pourrez pas le faire, parce qu'il y a deux possibilités ?

— Ce serait fort imprudent. Buckingham pourrait mettre à terre un faible contingent dans la baie de Sablanceaux, et pendant que je serais occupé à le réduire, débarquer ses forces dans la rade de Saint-Martin, c'est-à-dire à très courte distance d'une citadelle en partie dégarnie de ses troupes.

1. Dont Toiras était le maître de camp.

— Vous pourriez, cependant, diviser vos forces.

— Nenni ! Nenni ! Ce serait le meilleur moyen de se faire battre deux fois.

M'envisageant alors de ses yeux noirs où brillait une petite flamme gaillarde et résolue, Toiras me dit avec son accent d'oc :

— On dit que la guerre est un art simple. Quant à moi, je dirais que c'est un art incertain. Quand vous êtes confronté à une alternative déquiétante, qui peut dire à l'avance que la solution que vous choisirez sera la bonne ? Vous ne la reconnaîtrez pour mauvaise que lorsqu'elle aura échoué. Et alors il sera trop tard pour remédier à cet échec...

Les Français, qui ont pour manie, point toujours innocente, de critiquer tout ce que font leurs chefs, n'ont pas manqué ici de critiquer Toiras après coup. En fait, pendant tout le temps que les Anglais occupèrent l'île, du vingt et un juillet au huit novembre, Toiras ne commit, à mon sentiment, qu'une seule erreur. Obsédé qu'il était par l'achèvement de la citadelle et poussant sur le chantier les travaux jour et nuit, il ne pensa que trop tard aux vivres qu'il fallait dans le fort accumuler. Tant est que l'envitaillement se fit à la dernière minute, mal et insuffisamment. C'était là une erreur que Louis n'aurait jamais commise, car dans toutes ses campagnes, son premier souci avait toujours été le pain du soldat et le fourrage pour les chevaux, et cela à leur suffisance, et pour longtemps.

— Il a mille fois raison, me disait le maréchal de Schomberg. Comment voulez-vous que les soldats aient du cœur s'ils n'ont rien dans le ventre ?

Mais pour en revenir à nos moutons, et à cette attente interminable de l'Anglais, on n'avait d'yeux que pour l'océan. Et chose remarquable, il nous tardait presque que l'ennemi survînt.

Dès qu'on apprit, par chevaucheur, qu'une puissante armada avait été aperçue au large des côtes de Bretagne, Monsieur de Toiras établit à la Pointe du Grouin une dizaine de cavaliers qui, se relayant toutes les heures, collaient l'œil à une longue-vue afin d'y déceler l'avance de la flotte ennemie dans le pertuis breton. Et encore qu'il fût exclu que celle-ci osât toucher terre pendant la nuit, nos éclaireurs gardaient l'oreille fort vigilante du crépuscule à la pique du jour.

Mais long est le cheminement sur mer de Portsmouth à

La Rochelle et il s'écoula encore bien des jours avant qu'on aperçût d'autres voiles que celles des caboteurs et des pêcheurs.

Notre citadelle donnait de bonnes vues sur le pertuis breton. On appelle ainsi le bras de mer qui s'étend des Sables d'Olonne à La Rochelle. Mais ces vues étaient encore meilleures à la pointe dite du Grouin, au nord-ouest de la rade de Saint-Martin-de-Ré. Quant à ce mot de Grouin, il n'est pas réservé exclusivement à l'île de Ré. Il désigne aussi un promontoire à l'extrémité ouest de la baie du Mont-Saint-Michel. Et d'après ce que j'ai ouï, il viendrait du mot « groin »[1], l'imagination du marin l'ayant amené à voir ou à imaginer, en ces avancées rocheuses qui annoncent la terre, le museau d'un porc. Et assurément, quoi de plus terrestre qu'un porc, ni chair plus succulente quand quelques semaines en mer vous ont lassé du poisson quotidien !

Le vingt et un juillet, par un soleil éclatant, toutes fenêtres décloses, je prenais ou plutôt nous prenions, Nicolas, Clérac et moi, une repue rapide sur les onze heures avec Monsieur de Toiras ; je dis rapide, car Toiras était impatient de retourner surveiller les chantiers et un gigot d'agneau nous confrontait sur la table, si croustillant qu'il eût fait saliver un ermite. Mais au moment où Toiras, qui aimait faire le découpage, allait y porter le couteau, on toqua fort à l'huis. Je criai l'entrant et Hörner, l'huis à peine entrebâillé, passa la tête par l'ouverture et dit dans un français que son émeuvement rendait fort guttural :

— *Herr Graf !* Monsieur de La Rabatelière demande à voir de toute urgence Monsieur de Toiras.

Ce nom de Rabatelière eut sur Toiras un effet extraordinaire et, en un éclair, j'entendis bien pourquoi. La Rabatelière commandait le peloton des vigies à la Pointe du Grouin. Toiras bondit de sa chaire et, le couteau à découper encore dans la dextre, courut à la porte et acheva de l'ouvrir tandis que tous trois, Nicolas, Clérac et moi, nous nous pressions à sa suite. L'huis tout à plein déclos, La Rabatelière apparut, rouge et trémulant en son excitation et apparemment incapable d'articu-

1. Cependant, le mot « groin » dans la langue du XVIe siècle, désigne aussi le grognement et la colère, humeurs qu'on associe souvent aux houles que reçoit un cap.

ler mot ni miette. Tandis qu'il peinait pour reprendre son souffle, vent et haleine, une particularité de sa physionomie se grava, Dieu sait pourquoi, dans ma remembrance : il n'avait pour ainsi dire pas de sourcils.

— Les voilà ! cria-t-il, sa voix à la parfin explosant de son gargamel.

— Les voilà ! cria Toiras. En êtes-vous bien assuré ?

— Oui-da ! J'en suis certain. Ce ne sont encore que des points au nord-ouest du Pertuis, mais ces points sont si nombreux qu'on ne peut les prendre pour des caboteurs.

— Allons ! cria Toiras, et découvrant dans sa dextre le couteau à découper dont il serrait avec force le manche, il le jeta sur la table et sortit en trombe, suivi par notre trio.

Pensant alors qu'il allait perdre du temps à seller son propre cheval, il sauta sans façon sur celui de La Rabatelière et, l'éperonnant, saillit des murs à brides avalées

— Monsieur de La Rabatelière, dis-je, en le voyant fort déconfit, venez, je vous prêterai une de mes montures !

En un tournemain, Nicolas sella cette monture et ensuite Accla avec mon aide, et je galopais hors des murs bon second, quand je vis que j'étais suivi, mais non rattrapé, par Monsieur de Clérac, Monsieur de La Rabatelière et Nicolas. Le soleil était fort haut et dardait sur ma tête nue, mais je sentais, me caressant la nuque, une fraîche brise sans que j'osasse penser qu'elle était bienfaisante, puisqu'en même temps elle poussait vers nous, inéluctablement, l'armada des envahisseurs.

Quand je parvins à la Pointe du Grouin, Toiras, fort droit et le corps cambré, collait l'œil à la longue-vue, et comme ses lèvres bougeaient, je supposai qu'il comptait les points aperçus à l'horizon. Mais juste comme je pensais cela, il décolla la longue-vue de son œil et me la tendit avec impatience.

— Il est encore trop tôt pour les compter ! Ce qu'il y a de sûr, c'est qu'ils sont en nombre ! Regardez vous-même !

Et enveloppant les gens qui se trouvaient là un peu autour de lui, Toiras dit en gaussant :

— Messieurs, puisque les Anglais nous font l'honneur de nous faire une visite impromptue, nous allons les recevoir avec les égards qui leur sont dus.

Là-dessus, il y eut des rires et il ajouta :

— Même un canon peut être courtois, quand il est convenablement chatouillé.

Nous rîmes à gueule bec et, sans tant languir, Toiras se dirigea vers les chevaux que Nicolas gardait et, par cette sorte d'habitude qui commence au premier acte, il aurait repris la jument de La Rabatelière, si Nicolas, avec une heureuse promptitude, ne lui avait présenté celle que j'avais prêté au chef des vigies. Toiras sauta en selle sans s'étonner le moindrement de la substitution et Nicolas, m'ayant consulté de l'œil, galopa à sa suite, voulant s'assurer que le cheval prêté retrouverait dans la citadelle sa place dans mon écurie et non dans celle de Toiras.

— La grand merci à votre Nicolas, me dit La Rabatelière à l'oreille. Et comme je vous envie d'avoir un écuyer aussi prompt et frisquet !

Bien plus tard, je m'apensai comme il était étrange que nous fussions si préoccupés de nos chevaux, alors que l'arrivée des Anglais dans l'île nous mettait en danger d'être tués dès la première mousquetade.

De retour à la citadelle, j'y trouvai un extraordinaire tohubohu. La place grouillait à ce point de chevaux qu'on sellait et de soldats qui s'armaient en guerre que vous eussiez cru que la garnison avait quasiment doublé en nombre. Mais je ne fus pas long à apprendre la raison de ce remue-ménage. Toiras allait se porter à la rencontre de l'ennemi avec toute sa cavalerie, deux cents chevaux et mille trois cents gens de pied. Le reste, soit sept cents fantassins, était pour demeurer dans la citadelle afin de la garder des surprises.

De retour en ma maison, je demandai à Hörner ce qu'il pensait de cette décision et après s'être réfléchi là-dessus un petit, il me dit que, dans tous les cas, c'était une bonne chose que de s'opposer au débarquement.

— Mon cher Hörner, dis-je, qu'entendez-vous par « dans tous les cas » ?

— Eh bien ! Si les Anglais ne sont pas plus nombreux que les nôtres, il ne sera pas impossible de faire échec à leur invasion. S'ils sont beaucoup plus nombreux, il est tout indiqué de leur faire le plus de mal possible, lorsqu'ils poseront le pied sur notre territoire, afin de diminuer la confiance que leur donnerait une occupation trop facile. Et d'autant que tous les villages de l'île de Ré étant composés d'une majorité de huguenots, Sainte-Marie, La Flotte, Saint-Martin, La Couarde, pour ne citer que ceux-là, ne failliront pas à déclore leur porte avec allégresse à l'envahisseur.

Comme il achevait, on toqua à l'huis, je fis signe à Nicolas d'ouvrir, et Monsieur de Bellecroix apparut.

— Monsieur le Comte, dit-il avec un très grand salut, Monsieur de Toiras vous fait dire, par mon truchement, qu'il n'est pas nécessaire que vous vous joigniez à cette expédition. Mais, si vous choisissez de venir, il désire, s'il donne un assaut de cavalerie, que vous n'y preniez aucune part. Il souhaite, en effet, que vous demeuriez vivant pour jouer, le moment venu, le rôle diplomatique auquel le roi vous a destiné. Et ce qui vaut pour vous vaut aussi pour vos Suisses.

— Monsieur de Bellecroix, dis-je, en arrivant céans, je me suis mis sous les ordres de Monsieur de Toiras. J'obéirai donc à ce commandement comme à tous ceux qu'il me donnera dans la suite. Cependant, je me joindrai à l'expédition puisqu'il me laisse ce choix.

— Monsieur de Toiras, dit Bellecroix, sera heureux d'ouïr ces paroles.

Et après un grand salut, il se retira.

— *Herr Graf*, dit Hörner, dès que nous fûmes seuls, puis-je vous poser question ?

— Pose, brave Hörner !

— Puisque votre vie doit être sauvegardée afin que vous puissiez mener à bien votre mission, pourquoi vous joindre à cette expédition ? Même sans prendre part à une charge de cavalerie — laquelle est toujours très meurtrière pour les cavaliers, surtout lorsqu'ils se heurtent aux mousquets et aux piques des gens de pied — il est fort périlleux de se trouver sur un champ de bataille. Les boulets ne choisissent pas.

— Capitaine, dis-je, savez-vous que le bruit ayant couru à Rome que son épouse était adultère, Jules César, tout en la croyant innocente, la répudia. Et comme ses familiers s'en étonnaient, il leur répondit : « La femme de César ne doit pas être soupçonnée. »

— *Herr Graf*, dit Hörner, non sans quelque vergogne, plaise à vous de m'expliquer votre explication ! Je ne l'entends point !

— Elle veut dire qu'il serait très messéant que l'envoyé du roi sur l'île de Ré puisse être soupçonné de couardise.

— *Ach !* dit Hörner, comme cela est intéressant ! Comme c'est philosophique ! La femme de César ! *Ach !* La femme de César ne doit pas être soupçonnée ! Et cela se peut dire aussi d'un homme ! *Ach ! Wie Klug sind die Franzose* [1] !

Je le laissai dans son ébahissement et, ma longue-vue en main, je gagnai la tour la plus haute de la citadelle et là, appuyé sur le parapet crénelé dont la pierre était chaude sous l'effet du soleil, je balayai l'horizon de ma longue-vue. Les points n'étaient plus des points, mais des voiles, guère plus grandes encore que des jouets d'enfants, toutefois gonflées d'un bon vent de noroît, modéré mais bien établi, si bien que les vaisseaux naviguant à bonne allure au grand largue et la mer étant si calme qu'elle paraissait dormir, je m'apensai qu'il ne faudrait guère plus de deux heures à l'armada de Buckingham pour atteindre la plage de Sablanceaux, si du moins telle était bien sa destination.

Je demeurai là une bonne demi-heure et les voiles, entre-temps, ayant quelque peu grandi, j'entrepris de les compter. Mais elles paraissaient, du fait de la distance, si serrées les unes contre les autres, que je perdis bientôt mon compte et renonçai à mon entreprise. Je retins néanmoins le sentiment qu'elles n'étaient pas moins d'une centaine. Chiffre qui ne faillait pas d'être assez effrayant, pour la raison que cette formidable armada portait dans ses flancs une armée qui pourrait être le double, sinon même le triple de la nôtre.

Le spectacle de toutes ces voiles gracieusement gonflées, et naviguant de concert dans le pertuis breton en cette claire journée d'été et sans un nuage dans le ciel et sans une ride sur la mer, était d'une grande beauté. Et il émanait de cette lente et majestueuse approche une douceur et une paix, tout à plein émouvantes, alors même que ce ne fussent pas précisément ces grâces-là que cette magnifique flotte nous venait dispenser.

Néanmoins, si je fus ému alors, ce fut par un bien autre sentiment que la peur. Pour ma part et pour le moment du moins, je n'avais aucune peine à chasser de ma pensée l'appréhension de

1. Comme les Français sont malins ! (all.).

la mort, tant je me sentais bien en vie, le soleil me caressant amicalement la nuque, laquelle était en même temps rafraîchie par le noroît. Tous mes membres me paraissaient dispos, gonflés de force et de sève. L'immensité si paisible et si limpide de l'océan m'attirait comme un aimant. Que ne pouvais-je par le pouvoir d'une incantation magique en chasser les envahisseurs d'un seul geste de la main, et comme j'eusse aimé alors qu'une sirène sortît de la mer et se fît femme par magie et me tînt compagnie. Quel n'eût pas été alors mon bonheur de me promener en sa compagnie le long des plages, de m'acagnarder avec elle sur le flanc des dunes de Rivedoux, et las enfin de nos charmants tumultes, de plonger avec elle dans l'eau fraîche et transparente de la baie.

Mais de mon rêve même, je n'étais qu'à moitié dupe. Le réveil, je le savais, serait rude. Le fracas des mousquetades et des canonnades allait m'arracher à ces enchériments. La belle plage des sables bien aimés serait taché de sang. Et avant même que le soleil disparaisse dans l'océan, beaucoup de beaux et vaillants hommes des deux bords auraient perdu la vie.

***

De hautes dunes, comme on en voit tant en cette île où les vents sont toute l'année très actifs, nous séparaient de la plage de Sablanceaux, tant est qu'en arrivant sur elles, l'avant-garde de la petite armée de Toiras ne vit que le haut des mâts des vaisseaux qui avaient abordé là. Quelques guetteurs anglais, tapis en haut des dunes, sans doute pour annoncer la survenue de nos troupes, nous tirèrent sus dès qu'ils nous virent, mais nos gens de pied répliquèrent par une mousquetade si nourrie qu'ils se retirèrent aussitôt. Toiras fut surpris et comme inquiet de ce peu de résistance et sur la prière que je lui fis d'aller voir sur le haut des dunes avec mes Suisses ce qui se passait de l'autre côté, il ne crut pas pouvoir me l'interdire, car je m'étais engagé, on s'en ramentoit, à ne pas prendre part à la charge de cavalerie, mais non à demeurer les bras croisés.

Je laissai Nicolas et deux des Suisses désignés par Hörner à la garde des chevaux et nous nous mîmes à gravir la dune centrale.

Il y en avait deux autres et celle-ci me parut la plus haute et par conséquent la plus propre à donner des vues sur l'escadre ennemie. Cette ascension ne fut pas un jeu d'enfant dont on coupe le pain en tartines. De prime, parce que la dune était fort escalabreuse. D'autre part, parce qu'à chaque pas, le sable était si meuble que le pied s'y enfonçait quasi jusqu'à la cheville. Tant est qu'il fallait faire effort à chaque pas pour retirer successivement le pied gauche et le droit. En fait, nous y avions tous perdu notre vent et haleine en atteignant le sommet, et fûmes heureux, sans montrer le moindrement la tête, de nous y reposer.

— Et maintenant, *Herr Graf*, dit Hörner, il faut voir sans être vu.

Comme toutes les maximes militaires, celle-ci me parut plus facile à énoncer qu'à mettre en pratique. Car dès qu'on se haussait quelque peu au-dessus de la crête de la dune, une balle de mousquet sifflait rageusement au-dessus de votre tête. J'étais donc plongé dans une incertitude complète sur ce qu'il convenait de faire quand je vis Hörner creuser de la main un petit tunnel dans le sable, lequel, me dit-il, devait déboucher du côté de l'ennemi. Mais, à ma grande surprise, il ne creusait pas son tunnel perpendiculairement à sa poitrine, mais obliquement. Je lui en demandai la raison et il me dit que s'il creusait tout droit devant lui, le trou, quand il apparaîtrait de l'autre côté, serait pris aussitôt en enfilade par l'ennemi, ce tir aboutissant à son propre visage. Tandis qu'en creusant ce tunnel en oblique, les balles de l'ennemi s'enfonceraient dans le sable sans l'atteindre.

Quand il eut fini son ouvrage et que, du côté ennemi, notre petit tunnel fut ouvert, à vrai dire fort petitement, je priai Hörner de me laisser glisser la longue-vue, ce qu'il n'accepta que de mauvais gré, vu que ce péril-là n'était pas insignifiant. Après avoir tâtonné quelque peu, je mis ma longue-vue à point et j'aperçus un quidam qui observait nos forces monté sur la hune d'un grand mât. Peut-être dois-je ici ramentevoir à ma belle lectrice qu'une hune est une plate-forme fixée sur un mât, tant pour faciliter la manœuvre des vergues que pour donner des vues lointaines sur les navires, amis ou ennemis, ou sur les éventuels écueils, ou sur l'approche de terres inconnues.

Ces hunes sont parfois entourées d'un bastingage qui permet

à un homme de se tenir debout, les mains libres et l'œil collé à une longue-vue. Dans d'autres cas, la hune, poste de guet, peut devenir le lieu d'une punition cruelle : on y attache un marin au grand mât et on l'y laisse vingt-quatre ou vingt-huit heures d'affilée, ballotté de dextre et de senestre par le mât qui s'incline, exposé aux vents et aux embruns qui balaient le gréement lors des tempêtes. Au-delà de quarante-huit heures, cette punition peut être fatale au puni.

Pour en revenir au guetteur anglais du grand mât, il était fort prudent car, agenouillé ou assis dans la hune, il ne laissait dépasser que sa longue-vue au-dessus du bastingage. J'augurai que, placé là où il était, il avait des vues excellentes de l'autre côté des dunes sur notre armée. Il pouvait même, grosso modo, la dénombrer. J'opinai qu'incontinent on retirât la longue-vue du tunnel pour y glisser un mousquet et abattre le guetteur. Mais Hörner me fit observer que cela ne serait d'aucune utilité, *primo*, parce que le quidam serait incontinent remplacé, *secundo*, parce que notre coup de feu attirerait l'attention de l'ennemi sur la crête de la dune, laquelle serait aussitôt l'objet d'une mousquetade si violente qu'elle nous contraindrait à nous mettre à l'abri, perdant ainsi toute vue sur l'ennemi. Ayant ainsi, sur le conseil de Hörner, épargné le guetteur et sauvegardé notre propre guet, je tâchai d'apercevoir comment se poursuivait le débarquement ennemi. Ce que je réussis à faire, mais non sans mal, car ma longue-vue ne me donnait que de gros plans et point de plan d'ensemble. Avec un peu de patience, je réussis néanmoins par une série de déplacements de ma longue-vue à élargir quelque peu le trou de sortie du tunnel et, par là, à avoir une assez bonne vue sur le débarquement.

Il s'effectuait de deux façons, soit par des barques à fond plat dans lesquelles, hors de notre vue, on avait transbordé des soldats, soit hors des vaisseaux eux-mêmes qui s'étaient mis à l'entrée de la plage, le tirant d'eau étant suffisant pour qu'ils ne s'échouent pas. Je m'étais attendu à voir pendre le long des flancs de ces navires des cordes ou des échelles de corde grâce auxquelles les hommes auraient pu atteindre l'eau, car cet endroit était peu profond. En fait, je vis des sortes de filets à mailles très grosses et à cordes très épaisses auxquels les hommes s'accrochaient pour descendre, maille après maille, jusqu'à la mer. Une dizaine d'hommes pouvaient à la fois emprunter ce chemin, ce qui permettrait, à mon sens, un débarquement plus rapide.

Plus lent était celui des chevaux qu'il fallait soulever dans les airs avec des palans avant de les laisser doucement amerrir. Par malheur, on n'en avait pas fini avec eux, dès qu'ils touchaient la mer, car leur premier soin était de s'ébattre dans l'eau pour se rafraîchir des chaleurs étouffantes qu'ils avaient subies dans les cales.

À ma grande surprise, les soldats débarqués n'agissaient pas différemment. Au lieu d'avancer vers le haut de la plage et de se ranger en bataille comme l'ordre leur en était donné à grands cris par leurs officiers, ils s'attardaient dans la mer, s'y lavaient les mains et le visage, tâchaient même de nettoyer les vomissures dont leurs uniformes étaient maculés. Il était évident qu'ils avaient, autant que les chevaux, pâti d'avoir été confinés dans les cales pendant près de trois semaines, souffrant du mal de mer et n'ayant accès que deux heures par jour sur le pont pour prendre l'air.

Le spectacle de ces soldats récalcitrants et qui s'attardaient dans les délices du bain au lieu d'obéir à leur chef m'ébahit fort et j'en conclus que ces Anglais-là ne mettraient pas beaucoup d'ardeur à combattre quand le moment serait venu. En quoi je me trompais tout à plein, car lorsque Toiras, une demi-heure plus tard, donna l'assaut, les Anglais se défendirent fort vaillamment. Comme quoi, m'apensai-je, l'amour de l'eau et la propreté, chez ces insulaires, pouvaient fort bien aller de pair avec le courage.

Mais revenons à nos baigneurs. Je n'étais pas au terme de mon ébahissement. Car en soudain renfort des officiers qui hurlaient des ordres que personne n'écoutait, surgit soudain un grand diable superbement vêtu, mais non en guerre, portant sur le chef un chapeau à grand panache noir, rouge et or, lequel, une canne à la main, se mit à en donner des coups sur le dos et les épaules des baigneurs en hurlant :

— *March on, you lazy lads*[1] !

---

1. Avancez, paresseux ! (angl.).

Cette intervention eut beaucoup plus de succès que celle des officiers et il se peut que la canne, ou celui qui si dextrement la maniait, les impressionnât davantage, car les soldats saillirent à la parfin de l'eau et s'alignèrent plus avant sur la plage. Je tâchai de mettre au point ma longue-vue sur le visage de cet archange descendu du ciel et cela ne se fit pas sans peine, car il se démenait, si j'ose dire, comme un beau diable. Cependant, après bien des tâtonnements, j'y parvins enfin. Et béant, je reconnus Buckingham.

***

Belle lectrice, il se peut que par ce récit je vous ai donné à penser qu'il n'y avait qu'un seul vaisseau anglais à débarquer des soldats et que tout était calme dans les alentours. Si telle est votre impression, elle est tout à plein erronée et je vous prie de me permettre de la corriger.

En fait, il n'y avait pas qu'un vaisseau à débarquer les soldats mais autant de vaisseaux que la baie de Sablanceaux pouvait en accueillir, cette baie étant très vaste, elle pouvait en accueillir beaucoup sans que je vous en puisse dire le nombre exact, le champ de vision de ma longue-vue étant si limité et si restreinte la possibilité de la déplacer. Qui pis est, loin que le ciel fût serein et tranquille, il était déchiré par les canonnades que les vaisseaux anglais tiraient continuellement sur la petite armée que Toiras avait rangée en bataille derrière les dunes.

Ces coups de canon, Dieu merci, n'étaient pas tirés à vue et ne faisaient pas autant de dégâts qu'on aurait pu craindre, mais tuaient qui-cy qui-là quelques chevaux et les hommes qui les gardaient. Par un apparent paradoxe qui tenait à la configuration des lieux, mes Suisses et moi qui nous trouvions si près des Anglais, étant postés en haut des dunes, nous ne courions pas le moindre péril, à condition de ne pas attirer la mousquetade à trop montrer le bout du nez. Les boulets, en effet, passaient par-dessus la crête des dunes et tombaient à bonne distance derrière nous. La seule incommodité dont nous pâtissions était l'épouvantable noise des canons dont les bouches étaient si proches de nous. À chaque coup, le tonnerre était si assourdissant qu'il ébranlait nos nerfs et nous faisait trémuler, sans que nous eussions pourtant le sentiment déquiétant d'une mort imminente.

Mon œil étant fort las d'avoir fait tant d'efforts pour voir, je requis Hörner de me remplacer, ce qu'il fit bien volontiers, mais tandis que je n'avais pas laissé de lui dire *sotto voce* ce que je voyais, quand son tour vint de manier la longue-vue, il ne pipa mot, se peut parce qu'il n'avait rien d'autre à dire que ce que je lui avais moi-même communiqué. Cependant, quand à la fin, la fatigue aidant, il abandonna la longue-vue à l'un de ses Suisses, il tourna la tête vers moi et dit en hochant la tête d'un ton plein de sous-entendus :

— *Die Pferden sind hundeelend.*

Ce qui voulait dire (formule qui me sembla très comique en français) : « Ces chevaux sont malades comme des chiens. » Toutefois, Hörner prononça cette phrase avec une telle gravité qu'elle excita ma curiosité.

— Malades comment ?

— À ce que j'ai pu voir, ils ont pâti pendant les semaines qu'ils furent en mer, brinquebalant de tous les côtés, n'ayant pas de main comme nous pour se tenir, attachés pour leur sûreté, mais aussi pour leur plus grand tourment, souffrant en outre du mal de mer et ne buvant pas assez, comme cela se voit par le fait qu'ils essayent maintenant de boire l'eau de la mer et la recrachent aussitôt. Et quand enfin ils atteignent la plage, ils tiennent à peine sur leurs jambes, titubent et d'aucuns même se couchent : ce qu'un cheval n'affecte pas beaucoup, quand il est sain et gaillard.

— Combien de jours, à votre sentiment, leur faudra-t-il pour se remettre d'aplomb ?

— Pas moins de deux ou trois jours, *Herr Graf.*

— Hörner, dis-je, après m'être réfléchi un petit sur cette remarque qui me parut de grande conséquence, je vais descendre en bas des dunes et rechercher Monsieur de Toiras pour le départir de ces informations. Si vous pouvez entretemps, et sans vous exposer outre mesure, évaluer à l'œil nu combien il y a de soldats anglais sur la plage, pouvez-vous me dépêcher un de vos Suisses pour me le dire ? Il me trouvera avec Monsieur de Toiras. Mais par le ciel et tous les saints, Hörner, ne vous exposez pas plus d'une seconde ! De reste, vous savez mieux que moi le temps qu'il faut à l'ennemi pour armer un mousquet, le braquer, viser et faire feu.

Le lecteur se ramentoit sans doute que Hörner qui, à chaque étape de nos voyages, aimait dire à ses Suisses : « Les bêtes avant les hommes ! », était raffolé des maximes lapidaires, lesquelles lui apparaissaient comme de la sagesse ou de l'expérience mise en pilules. Et à cette occasion, il ne faillit pas à m'en servir une.

— N'ayez crainte, *Herr Graf* : « La prudence avant la vaillance ! »

Je trouvai Monsieur de Toiras non sans mal, le cherchant à l'arrière de ses troupes, alors qu'il était à l'avant, et lui dis tout à trac ma râtelée de ce j'avais vu. J'observai que la remarque de Hörner sur la mauvaise condition des chevaux anglais faisait sur lui une vive impression.

— Ainsi, dit-il, Hörner estime qu'ils ne pourront pas être montés avant deux ou trois jours.

— Cela même !

— Eh bien, dit-il, j'en suis fort aise. Et cela me résout à attaquer, car ainsi les choses sont beaucoup plus équilibrées. Les Anglais ont une artillerie, mais ils n'ont pas pour l'instant de cavalerie. Et moi je n'ai pas d'artillerie céans, mais j'ai une cavalerie. Cela veut dire qu'après avoir attaqué les Anglais, je pourrai faire retraite sans que les cavaliers anglais taillent des croupières à mes gens de pied ! Morbleu ! dit-il en parlant d'oc, voilà qui me rebiscoule tout à plein. Vous vous demandez sans doute, dit-il en reprenant son entrain coutumier, pourquoi je n'ai pas, jusqu'ici, lancé l'attaque. Je vais vous le dire. Tant qu'ils n'étaient qu'une centaine à toucher terre à Sablanceaux, je craignais qu'il y eût là une feinte pour m'immobiliser céans, tandis que le gros du débarquement se ferait derrière mon dos dans la rade de Saint-Martin-de-Ré.

— Mais voici un quidam qui va nous renseigner sur le nombre à tout le moins approximatif des Anglais débarqués, dis-je en apercevant un des Suisses de Hörner qui tâchait de se faufiler entre les rangs des soldats pour s'approcher de nous, et qui y encontrait, de leur fait, quelques traverses, pour ce qu'ils ne le connaissaient point. Je courus lui ouvrir le chemin et j'attendis de l'avoir ramené à Monsieur de Toiras pour lui demander ce qu'il en était.

— Le capitaine Hörner, dit-il en allemand, opine qu'il y a meshui sur la plage au moins deux mille Anglais.

Je traduisis et Toiras éclata d'allégresse.

— Morbleu ! s'écria-t-il, oubliant les doutes qu'il venait d'exprimer, mon instinct ne m'avait pas trompé ! C'est donc bien céans le débarquement ! Tête bleue, d'Orbieu, nous allons attaquer ces rosbifs ! Maintenant qu'ils sont bien rafraîchis, nous les allons défraîchir ! Et leur casser en morceaux le plus d'officiers que nous pourrons ! Dieu sait, tête bleue ! Je ne leur veux aucun mal ! Mais ils n'avaient qu'à rester chez eux ! Nous leur aurions vendu le vin de nos vignes et le sel de nos marais. Pourquoi diantre faut-il qu'ils viennent céans les rober jusque dans nos poches, et se saisir de nos villages ?

Il disait ces gentillesses à voix tonitruante pour qu'on les répétât de proche en proche, car, fin matois qu'il était, il connaissait bien le soldat français et savait à quel point une petite gausserie dite au bon moment lui mettait du cœur au ventre. Ainsi en usait déjà Henri IV en son inépuisable verve, quand sonnait l'heure du combat.

— Comte, reprit Toiras, plaise à vous de remplacer Nicolas par ce Suisse que voilà pour la garde de vos chevaux et de l'emmener ensuite avec vous sur la crête. Si vous me le dépêchez au cours du combat, pour me porter un message, il lui sera plus facile de me joindre, étant connu de tous.

J'augurai bien de Toiras pour avoir pensé à un moment pareil à ce détail, alors qu'il avait la responsabilité de conduire une armée au combat. Mais au combat, précisément, qui peut savoir d'avance quel détail est futile et lequel, au rebours, devient tout soudain si important qu'il peut quasiment décider de la victoire. C'est pourquoi je tiens qu'un général peut être réputé bon, quand il est capable de voir les détails en même temps que les ensembles, et comme on dit, de « penser à tout ». Et tels, à n'en pas douter, étaient Louis et le cardinal, comme bien ils le prouvèrent au siège de La Rochelle.

Belle lectrice, je m'adresse derechef à vous, ayant de vos mérangeoises la même bonne opinion que des miennes, et décroyant tout à plein ce qu'on dit de vous à la Cour comme à la ville, à savoir que vous êtes incapable de rien entendre aux choses de la guerre et d'y prendre le moindre intérêt. « Vous donnez la vie ! disent les plus chattemites de nos contemporains, et les soldats donnent la mort. Que pouvez-vous savoir de leur métier ? »

Voire mais ! Comment donc Jeanne d'Arc apprit-elle ce métier ? Elle qui battit les meilleurs capitaines de son temps et leur donna, comme elle disait elle-même avec jubilation, « de bonnes buffes et torchons ». Notez le mot « torchon » ! C'est la ménagère qui parle !

Je tiens quant à moi que le sort heureux ou malheureux de nos armes ne peut laisser les femmes indifférentes, pour ce qu'elles en subissent les heureuses ou sinistres conséquences. Elles ne peuvent donc faillir à s'intéresser à notre défense et aux moyens qu'elle emploie : c'est pourquoi j'entreprends, le plus succinctement que je puis, d'en dire ici ma râtelée à mes belles lectrices, étant bien persuadé que leurs maris ou leurs amants, tout en faisant le semblant du contraire, n'en savent guère plus qu'elles en ce domaine, à moins, bien entendu, qu'ils n'aient été présents à nos côtés dans le combat de Sablanceaux.

Donc, oyez, belles lectrices. Rien n'est plus simple que ces outils de mort dont on veut vous faire des mystères. Prenons de prime les gens de pied. Leurs armes sont la pique et le mousquet. Il fut une époque où la pique prédominait sur le mousquet. Mais notre temps donne la préférence à l'arme à feu et dans les compagnies, il n'y a plus qu'un piquier pour trois mousquetaires. Ceux-ci, qui sont sur la terre ferme, usent d'une sorte de fourche à deux branches qu'ils appellent « fourquine » pour reposer le canon de leur arme, ce qui leur donne évidemment plus de précision dans leur tir dont la portée va jusqu'à cent ou cent cinquante toises[1]. Les cavaliers, assis sur des montures mouvantes, ne disposent évidemment pas de fourquines et comme le mousquet est lourd (plus lourd que l'ancienne arquebuse) leur tir est plus aléatoire et la cible qu'ils se donnent nécessairement plus rapprochée. Ils sont aussi beaucoup moins à l'aise pour recharger leur arme et pour cette raison, certains préfèrent au mousquet les pistolets dont l'avantage est la légèreté et le désavantage, une plus courte portée.

1. 200 à 300 mètres.

Quand un cavalier a déchargé son arme ou ses armes, il ne lui reste plus qu'à tirer son épée, à moins qu'il n'utilise la *caracole* que j'ai décrite en note au chapitre II du présent tome de mes Mémoires : le cavalier court sur l'ennemi, lâche son coup ou ses coups, puis fait demi-tour et galope pour se mettre à la queue de son escadron afin d'avoir le temps de recharger son mousquet ou ses pistolets. C'est, en fait, la seule tactique possible quand la cavalerie attaque l'infanterie, car il ne servirait à rien au cavalier de tirer l'épée pour affronter les piques. L'épée ne vaut que dans un corps à corps de cavalier à cavalier.

La recharge du mousquet est extrêmement lente et la cadence de tir est d'un coup toutes les cinq minutes, tant est que les mousquetaires à pied, une fois leur coup lâché, seraient sans défense aucune s'il n'y avait pas les piquiers. Ce qui explique aussi en partie les péripéties initiales du combat que Toiras livra aux Anglais et que je vais maintenant conter.

Toiras partagea sa cavalerie en huit escadrons qui, l'un après l'autre, devaient charger l'infanterie anglaise, puis revenir aussitôt à leur point de départ après avoir tiré. C'était là une variation de la caracole. Malheureusement, cette charge était nécessairement lente et pénible, car il fallait aux cavaliers monter en haut des dunes dans le sable et, leur sommet atteint, dévaler la pente jusqu'à la plage.

Or, les gens de pied anglais, alignés en ordre parfait sur la plage, attendaient depuis belle heurette cette attaque, l'œil fixé sur le haut des dunes, le canon de leur mousquet chargé reposant sur les fourquines, le doigt sur la détente. Et les canonniers des vaisseaux, qui jusque-là n'avaient fait que harceler nos troupes par des coups espacés, avaient chargé tous les canons disponibles et n'attendaient plus que le moment d'y porter la mèche pour tirer à vue.

Dès que les cavaliers de notre premier escadron eurent franchi la crête des dunes (point aussi vite qu'ils l'eussent voulu en raison du sable), ce fut un déchaînement assourdissant de mousquetades et de canonnades. La gorge serrée à me douloir et mon cœur battant la chamade, je vis les nôtres fauchés par dizaines, et s'il s'en revint à leur base deux ou trois, ce fut miracle.

Le deuxième escadron commandé par Toiras eut toutefois beaucoup plus de chance, car ni les mousquets anglais et moins encore les canons n'avaient eu le temps de recharger, quand les nôtres entrèrent à la furie dans les deux régiments anglais, lesquels eussent plié sous le choc, si un troisième régiment qui débarquait à peine n'était venu à la rescousse.

Les cinq derniers escadrons chargèrent ensuite l'un après l'autre, leur fortune, heureuse ou malheureuse, se jouant sur le temps que les ennemis mettaient à recharger armes légères et armes lourdes.

Celles-ci toutefois ne purent plus intervenir quand nos gens de pied, lancés à la parfin à l'assaut, en vinrent au corps à corps avec les fantassins anglais, cette mêlée sauvage et confuse causant autant de pertes d'un côté comme de l'autre. Cependant, les régiments anglais continuaient en pleine bataille à débarquer avec autant de calme que s'ils eussent été à la parade. Et leur nombre grossissant sans cesse, Toiras entendit bien que s'il poursuivait l'attaque, il allait perdre beaucoup de monde sans pour cela empêcher l'invasion. Vif, expéditif et résolu comme il l'était toujours, il commanda sans tant languir aux trompettes de sonner le cessez-le-feu et la retraite.

Il se passa quelques minutes plus tôt sur la crête où nous étions, Hörner et moi, deux incidents assurément de petite conséquence, mais qui nous émurent fort, l'un de peur, l'autre de rire. Vous avez bien ouï : de rire. Oui-da ! nous rîmes en un moment pareil !

Le soleil était encore fort brûlant et la chaleur en même temps que les émeuvements que la vue du combat m'inspirait firent que je fus bientôt fort suant. Et me trouvant en tel déconfort, j'ôtai mon morion dont le poids sur le front m'était insufférable et le posai à côté de moi. Mais le voyant sans cesse glisser sur le sable et las de l'aller chercher chaque fois plus bas pour le quérir, je le posai à la parfin sur la crête de la dune, seul endroit plat dont je pus disposer. Mais à peine l'avais-je fait tenir en équilibre que je le vis débouler sur moi et me dépassant, s'arrêter à deux toises de la pente. Je l'allai chercher, pestant en mon for contre ce morion qui, lorsque je ne l'avais pas sur la tête, n'en faisait qu'à la sienne, et le replaçant sur mon crâne, rejoignis Hörner qui, à ma vue, devint pâle comme la mort et dit d'une voix effrayée :

— *Herr Graf*, êtes-vous blessé ?

— Point du tout.

— Mais, *Herr Graf*, votre morion ?

Je l'ôtai alors de ma tête et vis qu'il avait été traversé de part en part par une balle de mousquet, laquelle, par la force de son choc, l'avait projeté deux toises plus bas.

Je fus, à ce moment-là, traversé par un frisson rétrospectif qui me fit trémuler de la tête aux pieds et qui ne cessa que lorsque Hörner me dit :

— *Herr Graf*, êtes-vous mal allant ?

— Nenni, nenni ! dis-je, reprenant la capitainerie de mon âme, et je me forçai quelque peu à gausser : Voyez-vous, Hörner, la balle anglaise ne s'est pas trouvée assez dure pour me traverser la caboche. Elle a dû faire le tour de mon crâne pour sortir de l'autre côté.

Là-dessus, nous rîmes. Nous achevions à peine quand, les trompettes de Toiras retentissant une deuxième fois pour ordonner la retraite, je rassemblai mes Suisses et apercevant Nicolas qui couché en chien de fusil, les yeux clos et la joue appuyée bien sagement sur la main, ne branlait pas d'un pouce, je me tournai vers Hörner et lui dis :

— *Herr Hörner !* Qu'a donc Nicolas ? Il ne bouge pas ! Est-il touché ?

— *Herr Graf*, dit Hörner avec un sourire, il n'est pas blessé. Il dort...

— Il dort ! dis-je. La Dieu merci ! Bercé par les coups de canon et les mousquetades ! Dieu bon ! Que faudrait-il donc pour désommeiller ce béjaune ? Les trompettes du Jugement Dernier ?

— C'est qu'il a dû se démener prou pour garder les chevaux, dit Hörner qui, vu le jeune âge de Nicolas, était par lui fort attendrézi.

Et qui ne l'eût été, en effet, à voir notre Nicolas dormir, aussi paisible et confiant qu'un enfantelet dans son berceau, et qui sait ? faisant, se peut, des rêves dorés au beau milieu de cette noise d'Enfer.

*
* *

Peut-être dois-je expliquer céans, pour l'intelligence de ce qui suit, que l'île de Ré compte une demi-douzaine de villages, égaillés le long des côtes, chacun comprenant une majorité de huguenots et une minorité de catholiques. Les uns et les autres s'entendaient, de reste, assez bien jusqu'à l'invasion des Anglais. Buckingham occupant l'île, les premiers lui ouvrirent avec empressement les portes de leurs villages et les accueillirent à bras ouverts. Les seconds, fidèles au roi, boudèrent fort les envahisseurs, refusèrent de leur vendre quoi que ce fût, tâchèrent même d'aider, de ravitailler ou de renseigner Toiras en catimini. D'aucuns même demandèrent à combattre avec lui dans la citadelle et y furent admis. Certains seigneurs huguenots du continent, fidèles à leur roi et désapprouvant hautement l'alliance avec l'étranger, voulurent servir aussi sous Toiras, tandis que, d'un autre côté, plusieurs centaines de Rochelais protestants traversaient le petit bras de mer qui sépare l'île du continent pour se donner à Buckingham. Parmi ceux-ci se glissèrent aussi des loyalistes qui tâchèrent de renseigner Toiras sur le camp auquel ils feignaient d'appartenir.

C'est par eux que nous sûmes les pertes que le combat de Sablanceaux avait infligées aux Anglais. Elles furent petites par le nombre mais de grande conséquence par la qualité de ceux qui furent frappés : trente et un officiers, soit le tiers des officiers de l'armée d'invasion, furent soit tués, soit blessés et parmi ceux-ci des officiers de haut grade : Sir George Blundell, Sir Thomas Yorke, et le colonel d'artillerie, Sir William Heydon. C'étaient des pertes cruelles, et dont les effets ne laissèrent pas de se faire sentir, non point tout de gob car les Anglais se tinrent de prime pour vainqueurs, mais à la longue sur le bon ménagement des troupes insuffisamment encadrées et en outre décimées par les maladies au cours d'un interminable siège.

Je sus plus tard que le duc de Buckingham, dès qu'il eut occupé l'île et ses villages, avait adressé au roi sérénissime un message triomphal. En fait, il n'avait encore que la peau : l'ours s'était escargoté avec deux mille hommes dans une formidable citadelle bien garnie en canons.

Le lendemain du combat de Sablanceaux, Monsieur de Toiras me vint voir en ma maison de la citadelle, alors que je prenais mon déjeuner auquel, sans façon, il voulut bien s'inviter, mangeant et buvant à gueule bec.

— Comte, dit-il, nos pertes n'ont certes pas été légères, surtout parmi nos cavaliers, dont douze gentilshommes[1] des meilleures familles sont demeurés sans vie sur la plage de Sablanceaux. Et cela me douloit fort. J'aimerais que vous alliez trouver Bouquingan pour quérir de lui la permission de les ensépulturer ainsi que nos soldats. D'autre part, trois de mes barons, Saujon, Marennes et Saint-Seurin, ont été gravement navrés. Et je voudrais demander à Bouquingan la permission de les envoyer sur le continent pour recevoir les soins que je ne peux leur donner céans. Pensez-vous que Bouquingan acceptera ces demandes ?

— Monsieur de Toiras, ces demandes, surtout la seconde, sont énormissimes. Mais il se peut que Bouquingan y acquiesce. Tout dépendra de la manière dont sera formulée la requête.

— Et de quoi sera faite cette manière-là ?

— Elle tient en trois mots : cajolerie, courtoisie, cadeau.

— Un cadeau ! Diantre ! Et quel cadeau peut-on trouver qui soit digne d'un duc ?

— Il n'est pas nécessaire qu'il soit de prix. Buckingham puise à pleines mains dans le trésor de Charles Ier et n'aurait cure d'un sac d'écus. Nenni, nenni, il faudra quelque chose d'inaccoutumé et de romanesque qui frappe son imagination et il y faudra aussi une lettre rédigée dans les formes les plus courtoises et écrite de votre main.

— De ma main ! s'écria Toiras comme effrayé. À la rescousse, d'Orbieu ! À la rescousse !

J'acquiesçai. Nicolas apporta une écritoire et Monsieur de Toiras et moi mettant nos mérangeoises en commun, nous écrivîmes une lettre qui fut tout ensemble « cajolante et courtoise ». Il était dit que Monsieur de Toiras qui jusque-là n'avait pas vu à l'œuvre les soldats anglais, les tenait meshui, après le combat de Sablanceaux, pour les plus braves du monde. Que Son Altesse, le duc de Buckingham, en cette lutte, avait conquis une gloire immortelle et que Monsieur de Toiras, s'il venait à périr au cours de cette guerre loyale, tiendrait à grand honneur de lui léguer son cheval.

---

1. Le baron de Chantal, père de la future marquise de Sévigné, fut du nombre. La petite fille venait d'avoir un an.

Cette suggestion était de moi, et Monsieur de Toiras, de prime, la prit très à la rebelute.

— Morbleu ! dit-il, moi mort, ma jument irait à cet Anglais ! Je préférerais rôtir en Enfer !

— Mais mon ami, dis-je avec un sourire, ne se pourrait-il pas que, de toute guise, vous alliez là où vous dites.

Toiras étant un homme de prime saut, cette saillie le fit rire à ventre déboutonné.

— D'Orbieu, dit-il, vous êtes un joyeux compagnon et vous vous gaussez comme si vous étiez d'oc.

— Mais je suis d'oc, dis-je, par mon grand-père paternel qui avait baronnie en Périgord.

— Eh quoi ! dit Toiras. Vous êtes d'oc ? Qui l'eût cru en entendant votre français pointu et précipiteux ! Mais c'est que cela change tout ! ajouta Toiras qui, dès cet instant, laissant tomber d'un coup toutes les préventions qu'il nourrissait à l'égard d'un envoyé du roi, me traita en ami. Néanmoins, reprit-il, ne trouvez-vous pas que le legs de mon cheval a quelque chose d'un peu outré ?

— Nullement ! Buckingham est raffolé du romanesque et du chevaleresque. Il trouvera l'idée fort belle et il en sera très touché.

— Allons-y donc gaiement, dit Toiras et reprenant la plume en main, il la fit courir sur le papier. Ma pauvre jument ! soupira-t-il. Si elle pouvait lire ceci, elle hennirait d'indignation. « Voilà bien les hommes ! » dirait-elle.

Toiras me pressant de départir incontinent, je fis quelque toilette, mis ma plus belle vêture, ceignis ma plus belle épée et montai sur mon Accla, resplendissante elle aussi. Je sortis de la citadelle précédé par un trompette et suivi de Nicolas. Ce ne fut pas sans quelque émeuvement que je revis les dunes de Sablanceaux, lesquelles les Anglais avaient pris soin d'entourer d'une palissade pour se protéger d'un renouveau de nos attaques. Arrivant devant lesdites palissades, j'ordonnai au trompette de sonner.

— Quel air, Monsieur le Comte ? demanda-t-il.

— Les matines.

Dès les premiers accords, des têtes coiffées de bourguignottes apparurent avec circonspection au-dessus de la palissade et aussi quelques mousquets. Mais aucun ne fut braqué sur nous. Et ce n'est qu'au bout d'un moment, nous ayant sans doute envisagés et dévisagés par quelques ouvertures bien dissimulées dans la palissade, qu'une voix forte dit en anglais :

— *Who are you and what do you want ?*

— *I am the comte d'Orbieu. I have a message to deliver to my lord Duke of Buckingham.*

— Monsieur, *give me your message. I'll deliver it myself.*

— *No, my friend. I want to see my lord Duke personally. He knows me.*

— *Pardon me,* Monsieur. *Please dismount and come in. Your trumpet will keep guard over your horses. Pray, who is the young man with you, my Lord ?*

— *My attendant. I desire him to come with me* [1].

La palissade fut déclose si chichement que Nicolas et moi ne pûmes franchir la chicane qu'en nous mettant de profil. Ce qui se disait autrefois « prêter le flanc » car le flanc, précisément, que vous présentiez en biais, n'était pas cuirassé. Il était par conséquent sans défense contre un coup de pique. Il ne nous arriva rien de tel. Je pus voir enfin mon interlocuteur. Un sergent, à ce qui me sembla. Sorte de géant roux dont les joues étaient aussi rouges que les cheveux.

— *My Lord,* dit-il, *what did you say was your name ?*

— D'Orbieu.

— *D'Orbiou.*

— *No, my friend,* d'Orbieu.

— *That's what I've said,* dit le sergent d'un ton quelque peu

1. — Qui êtes-vous et que voulez-vous ?

— Je suis le comte d'Orbieu. J'ai un message à transmettre à My Lord Buckingham.

— Monsieur, donnez-moi ce message. Je le porterai.

— Non, mon ami. Je veux voir My Lord Duke personnellement. Il me connaît.

— Pardonnez-moi, Monsieur. Démontez, s'il vous plaît. Votre trompette gardera vos chevaux. Je vous prie, quel est le jeune homme qui est avec vous ?

— Mon écuyer. Je désire qu'il m'accompagne (angl.).

piqué. *D'Orbiou. My Lord, pray, wait here a moment. I will see if my lord Buckingham is willing to have you on board*[1].

Ayant dit, il sauta incontinent dans une barque et, godillant d'une main avec une adresse qui m'émerveilla, il gagna, en un battement de cils, un magnifique vaisseau qui était ancré à deux encablures de la côte.

J'attendis sur la plage, quasi à la limite où venait mourir la dernière vaguelette de l'océan. La mer était d'huile, le soleil chaleureux, les Anglais qui nous entouraient, parfaitement polis. Qui diantre eût pu croire qu'on était en guerre, s'il n'avait aperçu, à une dizaine de toises de la plage, un charnier recouvert à la hâte de quelques pelletées de sable et dont saillait qui-cy une tête, qui-là un pied. C'étaient les nôtres, à n'en douter point, car les Anglais avaient dû déjà ensépulturer les leurs dans des tombes surmontées d'une croix, puisque, comme nous, ils étaient chrétiens. Ce qui eût dû nous donner les uns vers les autres quelque obligation d'amitié.

Quand le vent soufflait du mauvais côté, il nous apportait une odeur à la fois fade et pestilentielle qui était la seule chose qui émanait encore de ces hommes qui avaient été nos compagnons et que nous allions enterrer au plus vite pour tâcher de nous persuader que le glas ne sonnerait que bien plus tard pour nous, nous laissant dans l'intervalle quelques gracieuses petites années.

Je détournai la tête sans tout à plein détourner le dos par une sorte de vergogne et j'observai que Nicolas, la face un peu pâle, en avait fait autant. Il demeurait clos et coi comme à l'accoutumée et surtout, à cet instant, je lui en sus gré. Et d'autant qu'il avait une façon délicate de se taire alors que les silences mêmes de mon pauvre La Barge babillaient comme des harenguières, étant gros des questions qui lui gonflaient les joues. La pensée me vint tout soudain que j'allais, se peut, perdre dans cette guerre-ci

---

1. — Monseigneur, comment avez-vous dit que vous appeliez ?
— D'Orbieu.
— D'Orbiou.
— Non, mon ami, d'Orbieu.
— C'est ce que j'ai dit : d'Orbiou. Je vous prie, Monseigneur, attendez ici un moment. Je vais voir si My Lord Buckingham est désireux de vous recevoir à son bord (angl.).

Nicolas, comme j'avais perdu La Barge dans l'embûche déjouée de Fleury en Bière. C'était là, je le confesse, une pensée tout à plein superstitieuse où personne n'eût pu trouver le moindre grain de raison. Il n'empêche que la prenant très à cœur, je fis sur l'heure et j'ose le dire, les lèvres tremblantes, une courte prière au Seigneur pour qu'il voulût bien sauvegarder Nicolas.

À la parfin, apparut, venant du vaisseau, non pas la petite barque que j'avais vue départir, mais une belle et grande chaloupe. Dès qu'elle eut touché le sable, le sergent roux apparut à la proue et me pria de monter. Lecteur, je fus béant à voir le faste de ce bateau couvert d'un toit en acajou et dont les murs à l'intérieur étaient tendus d'écarlate. Il était meublé à ravir de chaires à bras dorées. Je fus invité à m'aiser sur l'une d'elles, tandis que trois musiciens vêtus de pourpoints à longues manches grattaient sur leurs petits violons des airs vifs et gais. C'était là, à n'en point douter, la chaloupe amirale que Buckingham empruntait, quand sa flotte était à l'ancrage, pour passer de vaisseau en vaisseau afin de préciser ses commandements ou passer ses revues. J'entendis bien quel grandissime honneur le duc me faisait là. Il me laissa pourtant insensible. Dans le luxe insolent de la chaloupe amirale, en cette guerre qui n'était pas toute, et pour tous, en dentelles, je discernais un relent d'égoïsme qui me ragoûtait peu.

J'avais admiré la commodité du logement sur la flûte hollandaise de mes frères à Nantes, mais à le comparer au château de poupe du *Triomphe*, celui de mes cadets n'était qu'une chaumine. Ce qui pourtant me frappa de prime, ce ne fut pas tant sa splendeur que la présence en ces lieux, annoncée d'ailleurs par Buckingham lui-même à Londres, du grand tableau d'Anne d'Autriche peint pour lui par Rubens (en omettant sur son ordre l'anneau nuptial). Devant ce tableau, disposé comme pour lui rendre un éternel hommage, je retrouvai le fameux autel revêtu de velours rouge avec ses deux candélabres en or, ses bougies parfumées et le coffret contenant le flacon de parfum italien que j'avais donné à York House au duc de Buckingham. Je m'apensai alors non sans quelque gausserie sous cape que je n'apportais meshui à Buckingham, non pas un cadeau véritable, mais la promesse d'un cadeau que Monsieur de Toiras comptait bien ne lui jamais bailler, pas plus d'ailleurs que la possession de l'île. Je demeurai seul quelques instants avec Nicolas dans le château de poupe où le sergent anglais m'avait introduit et, ne sachant si j'étais observé, je me résolus à faire ce que j'eusse fait de toute manière, si j'étais passé devant ledit tableau au Louvre. Je me génuflexai devant lui.

Au moment même où je faisais cette révérence, Buckingham pénétra dans la pièce et parut aussi satisfait de me voir en posture si déférente que si j'avais reconnu par là même qu'Anne d'Autriche n'était plus la reine de mon roi mais la sienne. On était bien loin du compte ! À mon sens, il y avait beaucoup de comédie et d'affectation dans l'étalage de ces sentiments-là. Je me repris toutefois et, m'avançant vers le duc, je voulus le saluer, mais il m'arrêta à mi-chemin et me fit l'honneur, tout à fait immérité, de me bailler une forte brassée, non sans avoir glissé sur Nicolas un regard qui me donna à penser qu'il eût mille fois préféré le serrer contre lui, plutôt que ma propre personne.

— Ah, Comte ! dit-il dans son français parfait, comme je suis heureux de vous encontrer, même au mitan de ce chamaillis. Voici Sir John Burgh, dit-il en me présentant un gentilhomme qui le suivait. C'est le meilleur de mes colonels et j'en ai d'excellents.

Sir John Burgh me fit un salut des plus roides, auquel toutefois je répondis aussi courtoisement que je pus. À vrai dire, il ne me déplaisait point. Ses traits, assurément, n'étaient pas aussi délicatement ciselés que ceux de My Lord Buckingham et il était moins grand et moins svelte. Mais son œil bleu, son regard franc, sa mâchoire forte et sa membrature carrée lui donnaient un air qui me ramentevait Toiras, mais un Toiras qui eût perdu tout à la fois sa verve et sa gaieté gasconnes. Car, répandue sur tous les traits de John Burgh, se lisait une sorte de maussaderie vertueuse, laquelle avait été, se peut, en ses vertes années, posée comme une sorte de masque sur son visage, mais qui depuis s'était si fort incrusté en la chair qu'il ne lui était plus possible de l'en détacher, quand bien même il l'eût voulu.

— My Lord, dis-je, en me tournant vers Buckingham et en tirant la lettre-missive de Toiras de la poche de mon emmanchure, j'ai là un message de Monsieur le gouverneur de l'île de Ré que j'ai mission de vous communiquer.

Et ce disant, je le lui tendis.

— Lisez-la, Comte, dit Buckingham. Je la traduirai ensuite à Sir John Burgh.

Je pensai d'abord qu'il craignait que je le contaminasse avec un papier empoisonné, mais c'était là mœurs italiennes, et il y avait belle heurette que depuis la mort de Catherine de Médicis, le poison avait disparu de la Cour de France. Buckingham avait, en fait, une raison tout autre pour choisir cette procédure et je n'allais pas faillir à m'en apercevoir.

Je lus alors d'une voix claire et forte la lettre de Toiras, laquelle fut écoutée par Buckingham avec attention et par Sir John Burgh avec un si grand sourcillement et un tel froncement de face qu'ils me donnèrent à penser que la langue française lui était assez déconnue.

Dès que j'eus fini, je tendis la lettre à My Lord Duke et cette fois il voulut bien l'accepter de mes mains, afin de la rendre intelligible comme il avait dit à l'oreille anglaise du colonel. Il traduisit donc fidèlement la requête de Toiras pour l'ensépulture de nos soldats tombés sur la plage de Sablanceaux et la prière subséquente de transporter sur le continent nos barons grièvement navrés. Mais il ne traduisit pas tout. Il omit l'offre que lui avait faite Toiras de lui léguer son cheval, au cas où il serait tué au combat.

Il me parut que Sir John tiqua fort à nos deux requêtes. Et en effet, à peine Buckingham eut-il fini sa traduction qu'il dit dans un anglais aussi rocailleux et heurté que celui de Buckingham était fluide et suave :

— My Lord, voulez-vous me permettre de vous ramentevoir que les colonels de vos régiments et nous-mêmes avions décidé que les cadavres français pourriraient sans sépulture sur la plage de Sablanceaux ?

— En effet, dit Buckingham sans battre un cil, nous l'avions décidé ainsi. Mais l'expérience a prouvé que ce n'était pas une bonne décision, car l'odeur qui émane de ce charnier devient chaque jour plus insufférable et pourrit à ce point l'air que nous respirons qu'on peut craindre une intempérie qui se répande sur l'armée entière.

Se tournant vers moi, Buckingham changea alors de langue, de visage et de philosophie et, bien loin de reprendre aucunement à son compte les raisons d'ordre pratique qu'il venait de donner à Sir John, il se situa sur le noble terrain de la chevalerie et de la charité chrétienne.

— Comte, vous pourrez dès cet après-midi envoyer des soldats enterrer chrétiennement vos morts. Je ne suis pas homme à me venger sur les cadavres de ceux qui ont donné leur vie pour l'honneur de leur roi...

— My Lord, dit Sir John Burgh, avec beaucoup de soumission dans les mots et très peu dans le ton, vos ordres seront obéis. Pourtant, il me paraît très objectionnable que trois barons français blessés soient portés sur le continent pour y être soignés. Ne peut-on craindre qu'ils n'en profitent pour espionner les huguenots de La Rochelle ?

— Et comment pourraient-ils transmettre leurs informations, étant cloués sur leur lit ? dit Buckingham avec une certaine aspérité dans le ton qui ne devait pas le faire aimer par ses officiers. Sir John, voulez-vous prendre les mesures nécessaires pour que les gentilshommes blessés soient transportés dans ma chaloupe amirale jusqu'à La Rochelle ?

— J'y veillerai, dit Sir John, les joues cramoisies.

Et Buckingham, se tournant alors vers moi, me dit :

— Comte, j'ai maintenant un Conseil de guerre à présider, et à mon très grand regret, je dois vous quitter.

Puis me prenant familièrement par le bras, il m'entraîna loin de Sir John Burgh et me dit à l'oreille en français :

— L'offre que m'a faite Monsieur de Toiras de me léguer son cheval, s'il venait à être tué, m'a extrêmement touché. Dites-lui, s'il vous plaît, que si par malheur ce cheval devait me revenir, je chérirai davantage ses crins que les cheveux de ma maîtresse...

Toiras, dès que je fus de retour à la citadelle, se réjouit du succès de mon ambassade et rit à perdre vent et haleine quand je lui répétai le propos de Buckingham sur son cheval.

— Sanguienne ! dit-il, pour le coup, voilà qui est outré ! Je n'en crois pas mes oreilles ! Des compliments et des remerciements de ce pimpesoué ! Cela sonne, morbleu ! comme ces *concetti* de cour dont nos coquebins sont rassottés ! Et quel dommage que je ne puisse pas lui dire que j'aimerais, quant à moi, caresser les cheveux de sa maîtresse plutôt que les crins de son cheval !...

Et c'est bien vrai, à y penser plus outre, qu'il y avait quelque ridicule dans cette façon de dire précieuse et façonnière. Mais je dois ajouter, pour rendre pleine justice à My Lord Duke of Buckingham, qu'il se conduisit en cette guerre d'une façon constamment humaine, courtoise et chevaleresque, et que lorsqu'il y faillit — circonstance que je conterai plus loin — ce fut sans aucun doute sous la pression et l'influence de Sir John Burgh ou d'un autre soldat de même métal, dont le cœur, à la longue, était devenu aussi dur que sa cuirasse.

CHAPITRE XV

Ce qui, après le combat de Sablanceaux, nous plongea tous dans une surprise non pareille, fut le temps longuissime qui s'écoula entre le moment où l'armée anglaise débarqua, et le moment où elle apparut sous les murs de notre citadelle.

Ce ne fut pas que Toiras se plaignît de cet inespéré sursis, car il lui permit de poursuivre l'envitaillement du fort. Il put alors augmenter ses réserves de vivres mais sans toutefois qu'elles atteignissent un niveau suffisant, les ressources des villages avoisinants étant bien trop restreintes pour y pourvoir tout à plein. Tant est qu'il était d'ores et déjà à craindre, si le siège tirait en longueur, que le spectre de la famine ne faillît à montrer sa face blafarde au-dessus de nos remparts.

Le combat de Sablanceaux se déroula le vingt et un juillet, et à partir de cette date, chaque nuit, Toiras à la pique du jour, ou à la nuit tombante, glissait quelques éclaireurs jusqu'à Sablanceaux afin de déceler les signes qui pouvaient donner à penser que les Anglais allaient faire mouvement. Toiras fut déçu, si j'ose ainsi parler. Les Anglais restaient clos et cois derrière leurs palissades et ne branlaient mie.

C'est seulement le vingt-cinq juillet — quatre longs jours après le débarquement et bien plus longtemps qu'il n'eût fallu pour reposer leurs chevaux — qu'ils commencèrent à bouger. Mais nous n'étions pas pour autant au bout de nos surprises : pour parcourir les quelques lieues qui séparent Sablanceaux de notre citadelle, il leur fallut cinq jours, alors que dans notre retraite, qui se fit sans précipitation aucune, puisque nous n'étions pas poursuivis, il n'avait pas fallu plus de cinq heures à nos gens de pied pour couvrir le même chemin...

On crut d'abord qu'ils s'étaient arrêtés au nord-ouest de la plage de Sablanceaux pour faire le siège du Fort de la Prée où nous avions une petite garnison, mais les Anglais dédaignèrent, en fait, cette maigre proie, et passèrent devant elle sans s'arrêter. En quoi l'événement devait prouver qu'ils avaient eu grand tort, car le Fort de la Prée servit de refuge à l'armée de secours de Schomberg quand elle débarqua de prime ses hommes par petits paquets de cent ou deux cents soldats, lesquels trouvèrent fort expédient d'avoir ces murailles toutes proches pour s'abriter et se regrouper.

Avec Toiras, avec Clérac et les officiers du régiment de Champagne, nous disputâmes à table de la raison de ce train de tortue des Anglais, et d'aucuns l'attribuèrent à l'inexpérience de Buckingham qui, à ce jour, n'avait mie commandé une armée. Chacun en dit là-dessus sa râtelée sans succéder à convaincre l'autre, et ce fut Hörner qui eut le dernier mot, et encore me fallut-il quasiment le contraindre pour le faire saillir, ce dernier mot de son gargamel, tant mon bon Suisse était rebelute à ouvrir le bec devant tous ces beaux gentilshommes qui le dépassaient de si haut tant par la naissance que par le grade.

— Monsieur le Gouverneur, dit-il à Toiras dans les formes du plus grand respect, vous avez appris par vos espions que les Anglais d'une étape à l'autre marchent toujours en ordre de bataille, c'est-à-dire fort lentement, établissent leur camp de bonne heure avec le plus grand soin, le fortifient comme s'ils allaient être attaqués pendant la nuit, prenant en conséquence beaucoup de temps le matin pour défaire le camp de la veille, partent tard pour une nouvelle étape, et s'arrêtent tôt pour établir un nouveau camp. Cette méthode est celle du prince d'Orange sous lequel les colonels anglais ont sans doute appris leur métier, et elle est bonne quand on évolue en pays ennemi à proximité de puissantes armées. Mais dans le présent prédicament, les Anglais étant fort de huit mille hommes, c'est-à-dire quatre fois plus nombreux que nous — qui, de plus, sommes enfermés dans notre citadelle —, cette routine de marche, vu les circonstances, me paraît tout à plein...

— Cette routine vous paraît tout à plein... ? demanda Toiras, voyant que Hörner n'achevait pas sa phrase.

— Avec votre permission, Monsieur le Gouverneur, dit Hörner en rougissant, je dirais qu'elle me paraît tout à plein stupide.

— Mais, brave Hörner, je le crois aussi, dit Toiras avec bonhomie. Et comment savez-vous que c'est au prince d'Orange qu'on doit cette tactique-là ?

— Monsieur le Gouverneur, dit Hörner comme effrayé à l'idée d'avoir à parler de soi, j'ai servi jadis sous le prince d'Orange.

Rien ne le pouvait hausser davantage dans l'estime de Toiras que cette confidence, lequel, capitaine aux gardes depuis 1620, avait servi sur tous les fronts où Louis avait dû combattre les rebelles à son trône, et toujours avec vaillance et sagacité.

Une fois demeuré seul avec Hörner, je lui dis :

— Opinez-vous que le train de tortue des Anglais fut une faute ?

— Bien moins grave, *Herr Graf*, que celle qu'ils ont commise en ne prenant pas le Fort de la Prée, ce qu'ils pouvaient faire sans coup férir. Néanmoins, en temps de guerre comme en temps de paix, c'est toujours une faute que d'agir stupidement.

Il réfléchit là-dessus un petit, puis cueillant au fond de sa remembrance une de ces fleurs de sagesse dont sa cervelle était si prodigue, il me la tendit avec sa gravité coutumière et dit :

— Comme je dis toujours, *Herr Graf*, « le bon sens avant la routine !... »

Enfin, les Anglais vinrent. Débarqués le vingt et un juillet, ils arrivèrent sous nos murs le trente juillet, et comme on s'y attendait, ils se mirent incontinent à creuser des fossés autour de notre citadelle côté terre, en même temps qu'ils disposaient côté mer un cercle serré de vaisseaux, pour empêcher secours et vivres de parvenir jusqu'à la petite anse que Toiras avait, à cet effet, aménagée dans nos murailles.

J'ai déjà parlé de cette petite anse, bien entendu artificielle, que Toiras avait pratiquée dans ses murailles, mais je vais tâcher de la décrire avec plus de précision, étant donné le rôle importantissime qu'elle joua dans la suite du siège.

Ce *musoir*, comme l'appelaient nos marins, était grand comme un mouchoir de poche et ne pouvait admettre que de petits bateaux, mais le plus habile de cette construction résidait dans le fait que, du large, un vaisseau ennemi ne pouvait en discerner l'entrant. Car il était fermé non point par un môle ou une jetée, mais par une muraille crénelée identique à nos autres murailles, mais construite plus en avant d'elles, dans la mer, au lieu que les autres l'étaient sur le rocher. Ce décalage lui permettait de ménager sur le côté un passage invisible par où un bateau pouvait passer dans le refuge. Et dès lors qu'il y était entré, il s'y trouvait tout à la fois à l'abri de la mer, des vues de l'ennemi et de ses canonnades.

Si *musoir*, comme je crois, vient de *muser*, qui veut dire perdre son temps, ce serait tout à fait injuste de l'appliquer aux émerveillables marins qui, ayant passé au travers d'une flotte ennemie, auraient encore, parvenus à sécurité, à assurer le déchargement des vivres.

Quand j'ai dit que les Anglais, à leur survenue devant nos murs, se mirent à creuser des fossés autour de la citadelle, j'aurais dû dire autour des fossés que les Français creusaient eux-mêmes, afin d'éloigner d'eux le plus possible les boulets de l'ennemi tout en se mettant à l'abri de ses mousquets. De leur côté, les Anglais prirent soin de commencer leurs tranchées hors de la portée de nos armes, et par surcroît de prudence derrière leurs palissades. Ils agirent d'autant plus sagement que nous étions alors à demi enterrés, alors qu'ils commençaient à peine leurs fouilles.

Je sus plus tard que lorsque leur première tranchée eut atteint la profondeur voulue, My Lord Buckingham y descendit le premier — ce qui n'allait pas sans courage — et fit le tour de la citadelle, au moins jusqu'à la mer, en braquant à plusieurs reprises sa longue-vue au-dessus du parapet. À son retour de cette tournée, il montra plus de bon sens que ses colonels et déclara qu'il ne croyait pas possible d'emporter la citadelle ni en la bombardant, ni en lançant contre elle un assaut avec échelles et grappins. À son sentiment on ne pourrait la réduire que par la famine. Toutefois, en flagrante contradiction avec cette déclaration si perspicace, il nous livra, au cours de ce siège, trois assauts, qui tous les trois échouèrent en causant de lourdes pertes à l'assaillant. Et pourquoi Buckingham fut amené à agir ainsi au rebours de ses propres convictions, c'est ce que je dirai plus loin.

Je prenais ma repue de midi avec Monsieur de Toiras, quand un tout jeune lieutenant du régiment de Champagne, grand et bien membré, mais rose comme un enfantelet, demanda à lui parler et obtint audience dans l'instant.

— Monsieur le Maître de camp, dit le béjaune, raide comme un piquet, nos tranchées ont beaucoup avancé. Celles des Anglais aussi. Et nous sommes meshui à portée de mousquet les uns des autres.

— Les voyez-vous ? dit Toiras d'un ton bref et expéditif.

— Nous voyons leurs bourguignottes quand ils se haussent au-dessus de leurs parapets pour nous épier.

— Si vous les voyez, c'est que vous en faites autant.

— Oui, Monsieur le Maître de camp, dit le lieutenant.

— Eh bien, continuez ! dit Toiras. Mais avec prudence.

— Mais, Monsieur le Maître de camp, quand nous voyons émerger une bourguignotte, devons-nous lui tirer sus ?

Toiras envisagea le jeune lieutenant œil à œil.

— Et que pensez-vous faire par là, Lieutenant ? Gagner la guerre ? À supposer que vous touchiez votre cible, il y aura huit mille Anglais moins un, c'est-à-dire sept mille neuf cent quatre-vingt-dix-neuf. Quel gain est-ce là ? Et vous aurez perdu une balle et de la poudre. Or, des balles et de la poudre, seuls les Anglais peuvent se permettre de les prodiguer. Mais point nous. Nous en avons juste assez pour notre défense.

Le lieutenant juvénilement rougit et parut fort déconfit par cette petite rebuffade, encore que le ton n'en fût pas acerbe.

— Monsieur le Maître de camp, dit-il d'une voix enrouée, dois-je entendre qu'il ne faut pas tirer ?

— Vous m'avez bien entendu. Ne tirez sur les Anglais que s'ils donnent l'assaut à votre tranchée. Et si d'aucuns doutent encore à ce sujet, faites passer le mot dans les tranchées.

« Eh bien, voilà ! dit Toiras dès que le béjaune eut tourné les talons. Voilà qui est clair. Nous sommes meshui tout à plein encerclés et sur terre et sur mer. Vous allez voir que Buckingham va s'imaginer qu'il a déjà partie gagnée !

Et en effet, l'ennemi n'attendit pas au-delà du lendemain pour nous faire une visite des plus gracieuses.

Sur le coup de midi, on vint dire à Toiras qu'un gentilhomme anglais, précédé d'un trompette et suivi d'un écuyer, demandait l'entrant. Toiras ordonna aussitôt qu'on les admît dans la citadelle.

— Comte, dit Toiras, peux-je vous prier de confier à Hörner le trompette et l'écuyer, qu'il leur porte une tostée de bon vin rétais, et leur offre pain, beurre et jambon s'ils le désirent. Je ne voudrais pas que les Anglais croient que nous sommes déjà démunis. Encore que nous n'en soyons pas si loin. Et de grâce, revenez promptement me servir de truchement, car du diantre si j'entends un traître mot au baragouin de ces messieurs...

Le gentilhomme s'appelait Lord Denby, lequel j'avais vu à Londres dans l'entourage de My Lord Buckingham, dont il était cousin, si bien je me ramentois. À le voir il me donna le sentiment d'être, si je puis dire, le jumeau de son cousin, tant sa vêture, son air, et ses manières étaient semblables. Mais il se peut aussi qu'il les ait tout simplement imités, Buckingham étant l'idole, le miroir et l'arbitre des élégances à la Cour d'Angleterre, rien n'étant de bon ton qu'il ne l'eût d'abord décidé.

L'écuyer et le trompette de My Lord Denby confiés avec sa permission aux bons soins de Hörner, My Lord Denby s'excusa d'abord de ne parler que sa propre langue, « la belle langue française », dit-il en français, lui étant tout à plein déconnue. Là-dessus il enchaîna sur son propos dans un anglais aussi fluide, musical et suave que celui de son cousin. Dans les termes les plus galants, My Lord Denby fit observer à Monsieur de Toiras combien sa situation était désespérée et, en conséquence, le somma de se rendre.

— Monsieur, dit Toiras avec un salut des plus courtois, le roi très chrétien m'a donné cette citadelle à garder. Et étant fidèle serviteur de mon roi, comme vous l'êtes du vôtre, je la garderai jusqu'au bout, et si vous y pénétrez un jour, c'est que je serai mort en la défendant.

Ceci fut dit avec une sorte de rondeur gasconne, mais sans emphase, et je tâchai dans ma traduction de lui garder ce caractère à la fois ferme et bon enfant. My Lord Denby salua de la tête sans ajouter un mot, tant il jugea inutile la poursuite d'une négociation à laquelle Monsieur de Toiras venait de mettre un terme avec tant de fermeté. Mais s'avisant sans doute qu'un départ abrupt pourrait offenser son vis-à-vis, et pensant que dans un tel prédicament, il valait mieux dire des riens que ne rien dire, My Lord Denby se mit à parler de bagatelles d'un air aimable et léger. Je traduisis au fur et à mesure et entre deux phrases je glissai à Monsieur de Toiras le conseil d'entrer dans le jeu de My Lord Denby. C'est ainsi que discourant de choses et d'autres, Monsieur de Toiras en vint à parler de melons. Lecteur, vous avez bien ouï : de melons. Notre maître de camp demanda gravement à My Lord Denby si dans l'île de Ré on trouvait encore des melons. Et My Lord Denby, tout aussi gravement, lui dit qu'il l'ignorait, mais qu'il ne faillirait pas de se renseigner à ce sujet. Là-dessus, on se sépara avec toutes les cajoleries et courtoisies du monde, et non sans que Monsieur de Toiras n'offrît à My Lord Denby pour My Lord Buckingham deux flacons de son meilleur vin, en déplorant avec beaucoup de bonne grâce la modestie de ce présent.

Deux jours plus tard, le trompette de My Lord Denby se présenta à la porte de la citadelle porteur d'un fort gros paquet qui, éveillant la méfiance des gardes, fut incontinent ouvert : il contenait une douzaine de beaux melons, envoyés, dit le trompette, par My Lord Duke of Buckingham à Monsieur le maître du camp.

— Sanguienne ! dit Toiras, quelle guerre est-ce là ! Vous verrez qu'à la parfin, Bouquingan voudra donner une fête en notre honneur à bord de son vaisseau amiral !

Sur mon conseil, il graissa le poignet du trompette d'une vingtaine d'écus, non sans quelque regret, car étant né de bonne noblesse, mais pauvre, du Languedoc, il était un peu chiche-face. Et il poussa des cris d'orfraie quand je suggérai qu'il donnât à Bouquingan, pour sa duchesse, les six jolis flacons de fleur d'oranger que j'avais vus sur sa cheminée.

— Morbleu, Comte ! s'écria-t-il. Je les ai achetés en Provence pour Madame mon épouse, et vous voudriez qu'ils aillent arroser les plats tétins d'une Anglaise !

— Mais voyons, mon ami ! dis-je en riant, ils ne sont pas tous plats, tant s'en faut ! Et de reste, il suffirait que la belle soit transplantée en Italie, où à peine arrivée, étant incontinent regardée, admirée, complimentée, cajolée, et ococoulée par les chaleureux Italiens, on verrait ses tétins, en moins d'un mois, faire éclater son corps de cotte...

Bien que cette prédiction fût bien aléatoire, elle remplit son office. Toiras céda. Les flacons furent apportés aussitôt à My Lord Buckingham par notre trompette, lequel reçut de la main du duc vingt jacobus. Il fut, du reste, le seul qui profita en cette affaire. Car lorsque My Lady Duchess of Buckingham reçut par bateau de son époux les flacons de fleur d'oranger, elle ne voulut même pas les ouvrir, car étant offerts par ces Français traîtreux et débauchés, ils ne pouvaient qu'être empoisonnés, et rien que de se les mettre sous le nez serait aspirer une vapeur mortelle…

Soubise à Londres avait été formel. Dès lors que My Lord Buckingham apparaîtrait devant La Rochelle, la ville lui ouvrirait son port et ses portes. Et il faut bien dire que les Rochelais eux-mêmes avaient donné cette impression au duc par les frénétiques appels au secours dont depuis des mois à Londres ils avaient fatigué ses oreilles. My Lord Buckingham pouvait donc espérer que le jour même où il occuperait l'île de Ré, les Rochelais, s'engageant à ses côtés, se révolteraient contre le roi.

Il n'en fut rien. Malgré les menées dans la ville d'une minorité fanatique inspirées par la duchesse de Rohan, le duc de Rohan et Soubise, une majorité qui craignait pour sa tranquillité, ses biens, ses bateaux et ses privilèges, s'opposa à la rébellion. Cependant elle permit à un assez fort contingent de gentilshommes huguenots d'aller se battre aux côtés des Anglais.

Ce contingent arriva dans l'île après le combat de Sablanceaux et un mois plus tard, rien ne se passant que l'encerclement progressif de la citadelle, La Rochelle les rappela. Ces huguenots, jeunes et ardents, ressentirent vivement dans leur honneur le fait de retourner se mettre à l'abri dans leur ville sans avoir combattu. C'est eux qui demandèrent à My Lord Buckingham de leur permettre de faire la preuve de leur vaillance, dans les feux du combat.

Il était difficile à My Lord Buckingham de refuser leur requête sans s'aliéner à La Rochelle les sympathies de ses plus chauds partisans. Il décida donc un assaut de nuit contre la citadelle, mais ne lui donna qu'un objectif limité. Il devait atteindre le puits fortifié que nous défendions au pied de ladite citadelle, et le puits atteint, y jeter des bouteilles de poison. Les huguenots français furent le fer de lance de cette attaque, tandis que canons et mortiers anglais faisaient pleuvoir boulets et pierres sur le fort.

Comme il fallait s'y attendre, comme Buckingham se peut l'avait prévu, les huguenots rochelais qui marchaient en première ligne furent hachés par notre mousquetade et périrent presque tous. Du fait qu'ils étaient français, nos soldats ressentirent quelque mésaise d'avoir dû remplir ce cruel devoir de leur tirer sus. Et bien qu'il ne voulût pas le montrer, et qu'il cachât son émeuvement sous une explosion de colère, Toiras en fut lui aussi affecté.

— L'*honneur* ! cria-t-il, l'*honneur* ! Et où en sont-ils meshui, ces pauvres écervelés avec leur *honneur* ? Et quel diantre d'*honneur* peut-il y avoir à se battre contre son roi ?

⁂

Bien convaincu après ce combat malheureux qu'il ne pourrait prendre la citadelle que par la famine, My Lord Buckingham ne tenta pas de nouvel assaut avant de longues semaines, lesquelles pour nos troupes comme pour les siennes furent, en effet, longuissimes. Et d'autant qu'en ce mois d'août la chaleur et la touffeur des murs étaient insufférables.

Désommeillé un matin par quelque noise à la porte de ma maison, je me levai, me vêtis à la diable et allai voir. Et je trouvai Hörner et ses hommes fort occupés à bâtir une niche contre notre maison, et entendant bien que c'était pour abriter Zeus du soleil et surtout des vents toujours très violents sur l'île, je m'étonnai qu'il la fît de la taille d'un homme.

— La niche, *Herr Graf*, dit Hörner, n'abrite pas seulement Zeus, mais le tonneau qui reçoit l'eau de la pluie de notre toit, et dont Zeus est le gardien. C'est pourquoi, au rebours d'une niche ordinaire, elle est fermée au-dehors, et ne s'ouvre qu'au-dedans. Si quelque mauvais garçon s'aventure à nous rober de l'eau, Zeus éclatera en abois furieux, et au travers de cette meurtrière oblique que j'ai fait pratiquer dans le mur, nous pourrons tenir en joue le ou les robeurs et décourager leur attentement.

— En sommes-nous déjà là ? dis-je, fort déquiété.

— Je le crains, *Herr Graf*. J'ai mesuré deux jours de suite le niveau d'eau du puits intérieur et du puits extérieur, et dans les deux cas, j'ai observé qu'il avait baissé de façon alarmante. J'en ai conclu qu'avec la chaleur qu'il fait nous tirons plus d'eau que les puits n'en peuvent fournir.

— Hörner, dis-je, en avez-vous averti Monsieur de Toiras ?

— Cela n'a pas été nécessaire, *Herr Graf.* Bien le sait-il déjà. Il a tôt ce matin ordonné de rationner en eau les chevaux et les hommes, et de faire garder les puits nuit et jour par des soldats armés.

— Il redoute donc que d'aucuns aillent jusqu'à user de violence pour boire plus que leur dû.

— Hélas, dit Hörner, peu d'hommes peuvent résister à la soif. « La soif avant la faim », *Herr Graf !* Mais la faim *zum Unglück* [1] viendra elle aussi...

— S'il pleut, dis-je, ne serait-ce pas dommage que notre tonneau déborde ?

— C'est que j'ai prévu un deuxième tonneau, dit Hörner en baissant les yeux d'un air gêné qui laissait entendre qu'il était à la fois trop fier et trop modeste pour aimer qu'on le félicitât.

Je me contentai de lui donner une petite tape amicale sur l'épaule et, le quittant pour faire un tour sur les remparts comme je faisais quotidiennement afin de jeter un œil sur la mer et le cercle des vaisseaux anglais qui hors de portée de nos canons nous barrait le pertuis breton, je sentis tout soudain le souci du proche avenir me mordre le cœur plus qu'il n'avait fait jusque-là. L'instant d'après, fort bizarrement, une petite gausserie me traversa l'esprit, que j'ai presque vergogne à répéter tant elle me parut saugrenue : je me dis que lorsqu'on coucherait Hörner dans son cercueil, son premier soin serait de le bien aménager afin de pouvoir attendre le plus commodément possible la résurrection des morts.

Si bien je me ramentois, ce fut deux semaines plus tard que Monsieur de Toiras décida de diminuer la ration quotidienne du soldat : il ne reçut plus par jour qu'un pain, du beurre, et une demi-pinte d'eau. Les mottes de beurre, entourées de linge mouillé, étaient suspendues le jour à l'ombre et dans les endroits ventés, afin de prolonger leur fraîcheur. Elles aussi étaient étroitement gardées.

1. Par malheur (all.).

Je décidai, après avoir consulté Hörner et Nicolas, d'accepter ces rations, mais étant nous-mêmes bien pourvus en vivres, de les porter chaque jour à l'hôpital du fort en même temps que quelques pintes de notre eau, laquelle était assurément plus saine que l'eau des puits dont personne n'aurait su dire quand ils avaient été curés pour la dernière fois.

La coutume voulait qu'on appelât cet hôpital la maladrerie, alors même qu'il n'avait jamais abrité un seul lépreux. Quand je le visitai, je fus atterré de n'y trouver qu'un seul barbier chirurgien, un seul médecin, deux ou trois infirmiers des plus frustes et fort peu de médicaments.

Nos dons quotidiens à la maladrerie ne passèrent pas inaperçus, et bien qu'ils ne comportassent pas d'arrière-pensée habile, ils eurent dans la suite un effet très heureux car personne, même quand la disette devint famine, ne nous garda mauvaise dent d'être mieux lotis que la plupart, vu que nous étions si donnants aux blessés et aux malades.

C'est à cette époque que Zeus m'inspira une idée que je n'eusse peut-être pas eue sans lui. Le promenant au bout d'une laisse le long des remparts, j'arrivai au *musoir* que j'ai décrit, et là, tout soudain, Zeus, échappant à ma laisse, descendit en trombe l'escalier qui y menait, se plongea dans l'eau avec délices, s'ébrouant d'abord, mais à la fin s'immobilisant, ne laissant que ses narines hors de l'eau. Pendant tout ce temps, il me regardait comme s'il me demandait de le rejoindre, ce que, ma vêture enlevée, je finis par faire et m'en trouvai bien, car sans que j'eusse bu la moindre goutte d'eau salée, je me sentis considérablement rafraîchi et fort étonné, au demeurant, que l'idée ne m'en fût pas venue seul.

My Lord Buckingham dut apprendre par ses mouches que la disette nous menaçait car il adressa à Toiras le trente et un août une lettre-missive qui, tout enrobée qu'elle fût de ses coutumières courtoisies, n'en était pas moins comminatoire : il conviait notre gouverneur à se rendre tout de gob entre ses mains « sous des conditions plus honorables qu'il ne devait espérer à l'avenir s'il l'obligeait à poursuivre ».

Toiras, à lire cette lettre, écuma de rage, et il me fallut quelque temps avant de le pouvoir apaiser et le persuader d'écrire à My Lord Buckingham une lettre aussi suave que celle qu'il lui avait précédemment envoyée. Il y réussit fort bien. Plaise au lecteur de n'en citer que cette seule phrase :

> « Ni le désespoir des secours, ni la crainte d'être maltraité en une extrémité ne me peuvent faire quitter le dessein d'employer ma vie au service de mon roi. Comme aussi je me sentirais indigne d'aucune de vos faveurs si j'avais omis un seul point en cette action dont l'issue ne me peut être qu'honorable. Et d'autant que vous aurez contribué à cette gloire, d'autant plus serai-je obligé d'être toute ma vie, Monsieur, votre très humble et très obéissant serviteur. »

Cette lettre, que je trouve émerveillable à la fois dans le bien-dire, le ton et la fermeté, ne me doit rien, lecteur, et doit tout à Toiras. Et de son propre cru écrite. Mon seul rollet, en cette affaire, fut d'*apazimer* le maître de camp — comme il disait en oc —, ce qu'il eût fait de toute manière, car bien qu'il fût homme de prime saut et fort escalabreux, il ne se laissait jamais dicter ses décisions par son ire, mais par sa raison et l'extrême finesse qu'il portait en toutes choses.

Sinon par Toiras, quelques gentilshommes et nos Suisses, l'exemple de ma baignade quotidienne fut peu suivi, tant était grande chez nos soldats la peur de l'eau, laquelle, selon leurs dires, pénétrait insidieusement par les pores de la peau jusqu'aux entrailles, et y introduisait d'inguérissables intempéries.

Chaleur et sécheresse persistant, le niveau de l'eau dans les puits — et aussi dans notre tonneau — baissait inexorablement. De prime, l'angoisse de la soif nous tenailla, et bientôt la soif elle-même, dès lors que nous dûmes réduire nos rations de moitié.

Nous avions encore du vin, mais nous le ménagions fort, ne nous accordant qu'un demi-gobelet le soir avant de nous coucher afin de ne pas nous mettre au lit la gorge sèche. J'ai quelque raison de me ramentevoir une nuit où, m'étant endormi d'un sommeil intermittent et tracasseux, je fus désommeillé par une noise insolite : on eût dit que notre toit était becqueté par d'innombrables becs. Et qui n'aurait pas pensé alors aux nuées de corbeaux qui, dès le commencement de la disette, étaient venus se percher lourdement sur nos murs ? Ils ne s'en délogeaient qu'à peine pour éviter les pierres que nous leur jetions, et sans vergogne allaient se percher plus loin, nous épiant sans cesse de leurs yeux inhumains, et se mettant soudain à croasser tous ensemble, comme s'ils réclamaient à grands cris notre mort afin de se repaître de nos malheureux restes.

Dans mon sommeil je maudis les sinistres oiseaux, mais le becquement continuant, je me réveillai tout à fait et m'avisai tout soudain avec émerveillement que les corbeaux n'étaient pour rien dans ces petits coups de bec sur notre toit et qu'il ne pouvait s'agir que de pluie. Nu que j'étais, et titubant, je courus à la fenêtre, je l'ouvris, je tendis la main dehors, la retirai trempée, et me mis à hurler :

— Hörner ! Hörner ! la pluie !

Non seulement Hörner, mais tous les Suisses et Nicolas accoururent comme ils étaient, nu-pieds et en chemise, et Hörner ouvrant l'huis, ils se précipitèrent dehors, la tête rejetée en arrière et la bouche largement déclose pour boire les torrents d'eau qui leur tombaient sus. À vrai dire, plus d'un manqua s'étrangler à ce jeu, et ils crurent sage de rapetisser un petit peu le goulot de leur bec.

Notre soif apaisée, nous nous avisâmes avec un nouveau bonheur que l'eau ruisselant sur notre toit atteignait docilement les gouttières que Hörner avait disposées pour elle et tombait dans notre tonneau si vite et avec une telle force, qu'à peine eûmes-nous le temps d'amener le tonneau de secours et de le substituer au premier quand il fut plein. La pluie se ralentit alors quelque peu et jusqu'à ce qu'elle cessât, nous retînmes notre souffle, ayant tous un vœu au cœur : qu'elle remplît le deuxième tonneau à ras bord avant de cesser. En fait, elle y faillit, mais de peu.

Hörner, les Suisses et Nicolas, sans se concerter le moindre, tombèrent alors d'un seul mouvement à genoux pour remercier le ciel de cette manne, si j'ose employer ce mot pour désigner de l'eau. Et je demeurai debout, n'ayant pas d'emblée établi un lien entre la pluie et la bienveillance divine à notre égard. Mais quand je vis tous mes soldats à genoux, et moi debout à côté d'eux comme un piquet, je sentis bien que je ne pouvais sans messéance demeurer étranger à leur action de grâces, et pensant avec un peu d'ironie que je devais suivre leur exemple puisque j'étais leur chef, je me génuflexai à mon tour et je remerciai Dieu par mes prières, non que je fusse certain qu'il eût précisément pensé à nous en déclenchant cet émerveillable orage, mais bien persuadé que je lui devais de toute manière des remerciements pour le seul fait de vivre.

Par malheur, cette manne-là ne fut pas assez solide pour conforter notre gaster, et bien que la soif fût apaisée à tout le moins pour quelques jours — et Dieu sait comme nous aurions aimé que cet août se signalât par un nouveau déluge ! — notre estomac n'en était pas moins condamné à la portion congrue. Encore étions-nous favorisés puisqu'en vertu de notre prévoyance, ce qui était pour nous pénible restriction était déjà disette pour le reste de la garnison.

My Lord Buckingham, qui par ses mouches savait et suivait les progrès de notre famine, imagina de l'aggraver encore pour hâter la reddition qu'il attendait. La mesure qui fut prise alors fut si détestable que j'incline à penser qu'elle germa dans la cervelle de ses colonels — endurcis par leur impiteux métier — plutôt que dans celle de My Lord Buckingham. Par malheur pour sa mémoire, du fait même qu'il accepta cette indigne mesure et la mit à exécution, il ne peut qu'il n'en porte la responsabilité devant l'Histoire.

Comme je l'ai dit déjà, un certain nombre de catholiques de Saint-Martin-de-Ré — le village le plus proche de notre citadelle — s'étaient enrôlés sous la bannière de Toiras et l'avaient rejoint dès le début de l'invasion. Les Anglais imaginèrent de rassembler les épouses, les mères et les enfants de ces volontaires, de les chasser de leurs demeures de Saint-Martin, et de les contraindre à pénétrer dans la citadelle à seule fin d'y augmenter le nombre de « bouches inutiles ».

Ces pauvres femmes qui n'entendaient pas les ordres qu'on leur criait en anglais furent saisies de terreur quand elles virent qu'on les poussait vers les tranchées qui entouraient la citadelle. D'aucunes tâchèrent alors de fuir et de revenir à Saint-Martin. Les soldats anglais, sur l'ordre qu'on leur donna, firent feu : des femmes et des enfants [1] tombèrent. Toiras, qui du haut de la cita-

1. Les chroniqueurs anglais disent « une femme et un enfant ».

delle assistait à cette scène, n'osait pas tirer sur l'ennemi de peur d'atteindre celles qu'il chassait devant lui. Il avait aussitôt entendu le sens de cette manœuvre inhumaine, et il hésita de prime, mais saisi à la parfin de pitié, il ouvrit ses portes aux malheureuses.

D'aucunes retrouvèrent leurs maris avec joie — mais sans autre perspective que de mourir de faim avec eux. Les plus à plaindre furent celles dont les époux avaient été tués au combat de Sablanceaux : elles ne trouvaient ni aide ni réconfort. Les mères qui portaient dans leurs bras des enfants voyaient leur lait tarir, faute d'être elles-mêmes nourries à suffisance.

La cruauté dont elles avaient été l'objet était en fait pour l'Anglais d'aucune utilité : elles n'étaient pas assez nombreuses pour que leurs « bouches inutiles » augmentassent la famine, mais elles donnèrent ce sentiment aux soldats. Ils les avaient plaintes de prime, mais bientôt, ils ne supportèrent plus leurs pleurs, leurs plaintes, leurs récriminations et la mendicité à laquelle elles étaient réduites. Ils se mirent à les haïr, à les repousser, à leur adresser des paroles sales et fâcheuses, voire même à les battre.

Au rebours de ce que Toiras avait craint, il n'y eut pas de forcement de filles, soit que les forces manquassent déjà aux soldats, soit que la crainte de la mort fût plus forte que le désir. Mais je ne pus que je ne m'aperçus que la présence mal acceptée des femmes abaissait beaucoup le moral de la garnison et nuisait à sa discipline.

Au début de leur séjour dans nos murs, quand l'une d'elles se présentait sur le seuil de notre maison, on lui baillait quelque morceau, mais quoique très à la rebelute, nous décidâmes de discontinuer cette imprudente charité, tant nos vivres baissaient. Cependant, le bruit de notre aide s'étant répandu parmi elles, elles se pressèrent toutes à notre porte. Elles nous assiégeaient à grands cris et, dans leur déception de ne plus rien recevoir, elles se mirent incontinent à nous haïr davantage que ceux qui ne leur avaient jamais rien donné. Et de mendiantes devenues démones, elles tombèrent alors dans des reproches, des injures et des fureurs qui ne peuvent se dire. D'autres, cependant, assises le dos contre un mur, la tête basse et le regard éteint, ne pipaient plus, ne bougeaient plus, et dans leur désespérance, attendaient la mort comme si elles l'eussent désirée.

Cependant, une semaine après que les femmes eurent cessé de faire notre siège, l'une d'elles, par la plus nuiteuse des nuits, vint nous voir très à la discrétion, toqua faiblement à notre huis et demanda l'entrant à voix basse.

— Qui êtes-vous ? demanda Hörner, fort malengroin.

— Je m'appelle Marie-Thérèse Hennequin, *Herr Hörner*, dit la visiteuse d'une voix basse, mais bien articulée, et vous déclare sur mon salut que je ne viens pas céans pour mendier.

— Alors, que veux-tu ? dit Hörner, surpris qu'elle connût son nom.

— Je voudrais parler à Monsieur le comte d'Orbieu.

— Êtes-vous seule ?

— Je suis seule, *Herr Hörner.*

Hörner m'ayant consulté du regard, je lui dis :

— Donne-lui l'entrant, mais une patte en avant et l'autre déjà sur le recul, au cas où il y aurait du monde derrière elle qui voudrait faire irruption céans à sa suite.

Hörner appela d'un signe deux de ses Suisses et, une lanterne à la main pour voir la visiteuse, entrebâilla la porte, les Suisses se préparant à la rabattre violemment au cas où l'on tenterait de la forcer.

Une garce d'une vingtaine d'années apparut. Elle était seule, comme elle avait dit, entra d'un pas assuré et se dirigeant vers moi qui étais assis devant deux doigts de vin dans un gobelet, me fit une révérence qui n'avait rien de gauche, et dit d'une voix ferme en bon français :

— Monsieur le Comte, je vous suis infiniment obligée de me bien vouloir recevoir.

En approchant de la table, elle entra dans la lumière du chandelier qui m'éclairait, et je pus l'examiner à loisir. C'était une forte garce, bien plantée sur ses jambes, l'épaule solide, le tétin pommelant, la face non dénuée d'une certaine beauté fruste et paysanne qui me ramentut la nièce du curé Séraphin. Elle portait à la main une sorte de ballot et bien que son cotillon fût assez poussiéreux — et comment ne l'eût-il pas été, puisqu'elle dormait sur le pavé des remparts — je fus si étonné par la propreté de ses mains et de son visage qu'avant même de m'enquérir du pourquoi de sa visite, je lui demandai comment diantre elle faisait, en la pénurie d'eau où nous étions, pour être tant nette qu'elle l'était.

— C'est que, Monsieur le Comte, tous les matins, à la pique du jour, je descends dans le *musoir* pour pêcher.

— Vêtue ?

— Que nenni !

— Et que pêches-tu ?

— Ma fé, des coquillages, des crabes, des crevettes, et si j'ai la main heureuse, des petits poissons.

— Et tu en trouves ?

— Très peu, mais ce peu ajoute à ma ration. Je les mange crus.

— Pourquoi crus ?

— Pour les cuire, il faudrait les montrer à ceux de la citadelle. Et ce serait risquer qu'on me les prenne.

Cette phrase me fit grand-peine tant elle montrait la violence et la barbarie où la garnison était tombée.

— Et pourquoi pêcher à la pique du jour ?

— Parce qu'à cette heure il n'y a personne au *musoir*, et que je suis nue en ma natureté.

Il y eut après ce propos un silence, dont je ne doute pas qu'il ne parlât prou à l'imagination de ceux qui étaient là.

— Et comment se fait-il, Marie-Thérèse, que tu saches mon nom et celui du capitaine Hörner ?

— Je les ai demandés à votre joli écuyer. Il est très avenant aux garces de céans. Et très aidant, aussi, à elles en leur malheur, quand il le peut.

— Nicolas, dis-je, est-il vrai que tu es très aidant et avenant aux garces de céans ?

— Oui, Monsieur le Comte.

— C'est donc que tu crois faire là ton devoir de chrétien ?

— Oui, Monsieur le Comte, dit Nicolas sans battre un cil.

Ce genre de petite gausserie entre Nicolas et moi laissait Hörner de glace pour la raison qu'il avait une tournure d'esprit trop sérieuse pour entendre ce badinage. Marie-Thérèse, en revanche, sourit. Outre sa vaillance et son courage à vivre, elle ne faillait donc pas en finesse, comme de reste la suite de cet entretien bien le montra.

— Marie-Thérèse, repris-je, as-tu un mari ou un père ou un frère à la citadelle ?

— Nenni. Je suis fille, je n'ai plus de parents, et me trouve être céans par erreur, ayant été arrêtée à Saint-Martin chez ma cousine qui se nomme comme moi Hennequin, et qui a son mari céans. Mais comment faire entendre aux Anglais leur erreur, vu qu'ils ne parlent pas ma parladure, ni moi la leur ?

— Et de quoi vivais-tu à Saint-Martin, n'ayant plus de parents ?

— De ma pêche, et de ma pêche ma cousine vivait aussi. J'avais pris gîte chez elle à la mort de mon père.

— Du moins es-tu céans avec elle.

— Hélas, non, elle a été tuée d'une mousquetade sur le chemin de la citadelle, étant de celles qui ont tenté de fuir.

Ayant dit, elle s'accoisa, une grosse larme coulant sur sa joue qu'elle essuya du dos de la main. Je baissai l'œil sur mon gobelet, étant si attendrézi par ses malheurs et son courage, que je crois bien que je lui eusse alors donné du pain, si elle l'avait quis de moi. Mais la garce était trop fiérotte et trop bien avisée pour se donner à elle-même le démenti, et répondant à mes questions, elle me dit que sachant par Nicolas que nous avions de la chair [1], mais non des herbes, elle m'apportait céans une herbe [2], pourvu qu'on lui baillât casserole et un peu d'eau dedans. Ayant dit, elle ouvrit son ballot et nous montra son contenu.

— Eh quoi ! s'écria Hörner, éclatant de fureur, des orties ! des orties ! Garce, oses-tu bien te gausser de Monsieur le comte d'Orbieu que tu voudrais lui faire avaler herbe infecte et urticante, au risque de lui brûler gosier, gaster, et boyaux ?

— *Herr Hörner*, dit Marie-Thérèse avec un salut des plus polis, plaise à vous de ne point m'imputer à malice ce que je désire faire. Mais l'ortie, une fois bouillie, ne pique pas et bien hachée et cuite elle a le goût d'épinards, et vous nourrit le sang tout aussi bien qu'une autre de nos herbes.

Hörner ne paraissant pas apazimé par ce discours, je me tournai vers lui et je dis :

— Elle dit vrai, Hörner. Et cette vérité, je la tiens de mon père qui ayant observé en son domaine du Chêne Rogneux que d'aucuns de ses manants, par temps de famine, mangeaient des

1. Viande.
2. Légume.

orties bouillies et s'en trouvaient bien, voulut y goûter, leur trouva en effet un goût d'épinard, et opina que c'était là herbe friande et saine, et un heureux don du ciel, pour qui n'avait plus chou, artichaut, salade, asperge ou pastenade[1] en sa potagerie. Plaise à toi, Hörner, de bailler à cette bonne garce ce qu'elle demande.

Hörner obéit, ayant depuis l'embûche déjouée de Fleury en Bière le plus grand respect pour mon père, qu'il tenait pour l'homme le plus savant du monde pour ce qu'il était docteur-médecin, entendait le latin et au surplus savait la guerre. Mais il noulut toucher, même du bout des lèvres, aux orties, même bouillies, et les Suisses non plus. Seuls en mangèrent Marie-Thérèse, Nicolas et moi. Et Marie-Thérèse quérant de moi ce que j'en pensais, je lui dis que cela me ramentevait, en effet, l'épinard, mais en plus fade. À quoi Nicolas remarqua incontinent que quelques lardons relèveraient le goût. Sur un signe que je lui fis, il s'en alla en quérir, et je vous laisse à penser qui s'en régala le plus de Nicolas, de moi ou de Marie-Thérèse.

Cependant, à peine Marie-Thérèse eut-elle mis à net son écuelle qu'elle se leva, me remercia gracieusement, et m'ayant fait la révérence me dit :

— Monsieur le Comte, plaise à vous de me bailler mon congé. Je vous fais encore un million de mercis et vous déclare que je ne piperai mot à personne de ma visite céans, ne voulant pas que d'aucuns, hommes ou femmes, vous importunent, comme je l'ai fait moi-même. Je n'abuserai pas non plus de votre accueil du bon du cœur, et vous ne m'orrez plus toquer à votre porte jusqu'à la fin du siège, à moins que vous me commandiez par votre gentil Nicolas de vous apporter derechef céans un peu de mon herbe.

Là-dessus, elle me fit une deuxième révérence, et une autre à Hörner, lequel parut l'aimer davantage après son petit discours tant adroit que discret, pour ce qu'elle avait dissipé les craintes qu'il nourrissait de voir s'installer chez nous une « bouche inutile ».

1. La pastenade — aujourd'hui appelée *panais* — est une herbe dont on se sert pour assaisonner le pot-au-feu.

Dans la suite du siège, je m'informai de Marie-Thérèse quand et quand auprès de Nicolas, et il me dit qu'elle allait aussi bien qu'il était possible. Tant est que je le soupçonnai de lui bailler en tapinois un peu de ses propres rations, tant il était d'elle raffolé, mais à mon sentiment, c'était — chose étrange, vu son âge et le sien — un attachement plus filial qu'amoureux. Mais quel béjaune n'eût aimé, en effet, bien qu'elle fût fille, avoir une mère comme Marie-Thérèse, à la fois si douce et si forte ?

***

Cette visite de Marie-Thérèse, qui dura à peine une heure, fut pour moi, pour Nicolas, et je crois bien aussi pour nos Suisses, un petit paradis dans l'enfer étouffant de nos jours et le désommeillement aride de nos nuits. Comme tout un chacun j'aspire, l'été venu, au soleil clair, au ciel azuréen, à la douceur de l'air. Et meshui, comme tout un chacun céans, je les maudissais, tant le bleu sans nuages du ciel nous paraissait cruel, le soleil aveuglant, et l'air insufférablement séchereux.

Le beau temps continuant, Toiras avait été contraint de réduire la ration d'eau et de doubler la nuit la garde des puits, car les soldats maraudeurs ne se contentaient plus de graisser la main des gardes — d'aucuns offrant jusqu'à deux ou trois écus pour un seul gobelet d'eau : meshui, ils usaient de violence, jouant impiteusement du cotel contre les malheureux, afin d'accéder au trésor qu'ils gardaient.

Toiras garnit les défenseurs des puits en pistolets qui, au corps à corps, étaient plus maniables que des mousquets. Il y eut des morts chez les assaillants, et sur eux les gardes faisaient des gausseries amères dont l'arrière-goût me parut désespéré : « Eh bien ceux-là au moins, disaient-ils, ils n'auront plus jamais soif ! »

La haute niche en bois qui en appentis à notre maison enfermait Zeus et notre tonneau fut attaquée une nuit à la hache. Les abois furieux de Zeus amenèrent Hörner et ses hommes en un battement de cils, et Hörner passant son mousquet dans le créneau qu'il avait ménagé dans le mur, menaça les assaillants de leur tirer sus, s'ils ne discontinuaient pas leurs attaques. Pour toute réponse, ils firent feu sur lui, mais ne purent l'atteindre, le créneau étant oblique. Hörner riposta, mais un seul mort ne suffit pas à dissuader les assaillants, la hache passant aussitôt de mort à vif. Il fallut les dépêcher tous, tant ils étaient acharnés, en leur brutal courage, à atteindre notre eau. Le lendemain, à la pique du jour, l'huis déclos, on les put compter : ils étaient six et ce n'étaient pas des soldats, mais des maçons qui avaient été recrutés pour achever la citadelle et qui n'avaient pu s'en retirer quand Toiras s'y enferma. Quant aux mousquets dont ils étaient armés, ce n'était pas merveille : on en trouvait partout dans le fort, tant de soldats mourant de verte faim.

Pris en cette cruelle géhenne de ne pouvoir ni boire ni se nourrir, et ne la pouvant souffrir davantage, d'aucuns tâchèrent de s'évader. Les désertions commencèrent, et point d'un ou deux, mais de cinq ou six à la fois. Elles furent malheureuses, car ces pauvres gens échangèrent la peur de la mort contre la mort elle-même : leurs camarades sur ordre tiraient sur eux du haut des remparts, et s'ils en réchappaient, les Anglais les capturaient et les mettaient à torture pour leur tirer des renseignements.

Il y eut une désertion infiniment plus grave et qui alla jusqu'à mettre nos sûretés en péril. Une nuit, un caporal, qui avec six soldats venait relever la garde d'une porte de la citadelle, trouva la porte ouverte et, enfuis avec leur caporal, les camarades qu'ils venaient relever. On sut plus tard que ledit caporal, qui savait le mot de passe, fut pris par les Anglais et étant mis par eux aux tortures du fer et du feu, le leur révéla. My Lord Buckingham opina qu'il fallait incontinent s'en servir pour s'infiltrer dans la place, mais les colonels, au nom de leur grande expérience, s'y opposèrent avec force : ce caporal, ce mot de passe, cette porte ouverte n'étaient que chausse-trappe des renards français. Il fallait se garder d'y fourrer le pied. « Comme quoi, dit Toiras quand il apprit l'affaire, la guerre est un art si incertain que tout peut vous amener à commettre des fautes — même l'expérience. »

— Monsieur le Comte, dit Nicolas, à quoi cela servait-il aux Anglais d'avoir le mot de passe puisque les déserteurs avaient laissé la porte déclose ?

— Pour se faire ouvrir une autre porte de la citadelle. Il leur eût suffi de quelques uniformes des nôtres, et ils en possèdent puisqu'ils ont des prisonniers et aussi un des leurs qui prononçât bien le français, et ils étaient dans la place sans coup férir.

— Monsieur le Comte, ne pourrait-on pas trouver un mot de passe différent pour chaque porte ?

— Vramy, Nicolas ! Le Seigneur, quand il façonna ta cervelle, n'oublia pas une seule mérangeoise ! Tu devrais faire à Monsieur de Toiras cette pertinente suggestion.

— Monsieur le Comte, dit Nicolas, fort effrayé. Un conseil de ma part au gouverneur de la citadelle serait de la dernière outrecuidance.

— Nenni ! Nenni ! Vu la fraîcheur de ton âge et la modestie de ton rang, il y verra une naïveté qui par hasard est tombée juste... Alors que le même avis, venant de moi, ne faillirait pas de le piquer. Il serait prompt à y déceler quelque blâme. C'est décidé, Nicolas, et il n'y a pas à y revenir : tu le lui diras !

Ce même jour, à la nuitée, Monsieur de Toiras vint chez moi, comme à l'accoutumée, prendre deux doigts de mon vin rétais. Lecteur, tu as bien ouï : deux doigts ! C'était la ration quotidienne que nous avions fixée pour chacun en ce logis, après mûre délibération et calcul de Hörner, qui affirma qu'à ce train nous ne viderions le dernier flacon que dans un mois, date à laquelle il estimait que nous serions ou morts, ou secourus.

Dès que Toiras eut bu une parcimonieuse goulée de notre vin, je poussai du coude Nicolas, et pâle comme mort en son linceul, mais la voix ferme assez, il fit à Monsieur de Toiras, dans les formes les plus respectueuses, la suggestion que j'avais trouvée si pertinente.

— Morbleu ! dit Toiras, fort sourcillant. Que ne faut-il pas ouïr en ce monde ? Et des lèvres de qui ? D'un béjaune ! D'un demi-mousquetaire ! D'un écuyer qui s'endort quasiment dans la bouche des canons ! Et voilà qu'il en remontre à son colonel ! Et qui pis est, conclut Toiras en riant tout soudain, il a raison ! Oui-da, il a raison ! C'est le plus beau de l'affaire ! Morbleu ! À quoi donc sert l'expérience ? Je me le demande tous les jours !

La verve gasconne de Toiras rasséréna Nicolas, égaya nos bons Suisses, et me conforta quelque peu, car à son entrant, je l'avais trouvé pâle, amaigri et mal allant. Ce qu'il me confirma, *sotto voce*, quelques instants plus tard.

— La tête et le vouloir vont bien, me dit-il, j'oserais dire qu'ils sont intacts. C'est la pauvre bête qui dépérit... Enfin !...

Pour Toiras, comme pour tous les gens de langue d'oc, « Enfin » n'avait pas le sens qu'il a dans nos provinces du Nord : il ne signalait pas la fin d'une énumération ou la fin d'une attente. Prononcé avec une intonation chantante et résignée, il voulait dire que les choses n'étaient pas certes réjouissantes, mais qu'il fallait pourtant s'en accommoder de son mieux.

Après cet « Enfin », Toiras demeura clos et coi, la tête basse, plongé en ses pensées, peut-être tourmenté par les affres de la « pauvre bête ». Mais de cette bête reprenant poil, comme prétend le dicton, il releva bientôt le chef, et me dit d'une voix ferme :

— Comte, j'ai à vous impartir une nouvelle navrante.

Et comme Hörner et Nicolas se levaient à demi en me questionnant de l'œil pour ouïr de moi s'ils devaient prendre congé, Toiras, avec sa coutumière vivacité, me devança et abaissant la paume de la main vers la table à deux ou trois reprises, fit signe aux deux hommes de se rasseoir.

— Messieurs, demeurez ! *Herr Hörner*, j'ai toute discrétion en votre sagesse, et toi Nicolas, en ta discrétion.

Fort confus de ces éloges, l'un et l'autre se rassirent, rougissant, bien qu'en des teintes différentes, Hörner ayant la face boucanée et Nicolas la peau si claire.

— Messieurs, nous sommes *stricto sensu* au bout de nos vivres. Demain, je devrai annoncer à la garnison que nous allons tuer nos chevaux, un à un, pour les manger. Pour survivre nous n'avons que ce choix.

— Mon Accla ! m'écriai-je, le cœur comme glacé. Monsieur de Toiras, ne pouvez-vous surseoir ?

— Pas un jour de plus, Comte, ni même retarder la mort de mon propre cheval. Il sera, en fait, le premier à être mis à mort. Que diraient les cavaliers s'ils soupçonnaient que je m'exempte du sacrifice que je vais exiger d'eux ?

Dans le silence qui suivit, je vis la face tannée de Hörner se contracter, et des larmes grosses comme des pois rouler sur le visage de Nicolas.

— Messieurs, dit Toiras d'une voix basse et rauque, je vois bien hélas à votre émeuvement comme au mien quel deuil sera celui de nos gens quand, demain, je leur ferai part de ma décision...

Long fut le silence qui suivit. Le mot *deuil* que Toiras avait employé résonna en moi avec une force grandissime tant il paraissait juste, si forts étant les liens qui attachent le cavalier a sa monture.

Au moment où j'allais perdre mon Accla, je sentais avec douleur combien je l'aimais. Le cheval n'est pas seulement l'apanage du gentilhomme : je dirai pour parler sans ambages qu'il fait partie de lui. À peine savons-nous marcher que déjà on nous juche sur un grand cheval, et le maître d'équitation nous apprend le langage des rênes — le seul que notre monture entend — et en même temps la bonne assiette sur la selle, la fermeté du pied sur l'étrier, la pince des cuisses sur les flancs, l'attention au mouvement de ses oreilles, la caresse confortante sur sa ganache quand il s'énerve, et par-dessus tout le courage de remonter aussitôt en selle en cas de chute.

Si bien je me ramentois, on nous apprenait aussi les soins que nous n'aurions jamais à prendre en notre âge mûr : l'étrille, la brosse, le tressage des crinières et des queues, le soin des sabots et le curetage des fers : toutes choses qu'il fallait bien que nous sussions pour les commander plus tard à nos écuyers, sans oublier bien entendu le souci du ferrage, de l'avoine, de la paille et du seau d'eau que le cheval vide en une seule lampée : car ce magnifique animal, qui pèse cinq ou six fois notre poids, est aussi notre enfantelet et nous lui prodiguons comme une mère des soins infinis.

À y bien penser — et fallait-il, pour y penser, que nous soyons menacés de les perdre ? — le cheval était notre plus intime compagnon. Pour le voyage, certes, mais aussi pour la chasse à courre, pour la course à la bague et, superbement paré, pour les magnifiques carrousels qui se déroulent sur les grandes places publiques devant le roi et sa cour.

Mais si déjà ces liens étaient puissants, qu'étaient-ils pour les gentilshommes qui servaient dans la cavalerie du roi, et qui au combat, ne faisant plus qu'un avec leur monture, s'élançaient sur leur dos dans ces charges puissantes, grisantes et meurtrières, qui les menaient l'un et l'autre à portée des mousquets ennemis.

— Monsieur de Toiras, dis-je, je vous plains de tout cœur d'avoir demain à faire cette annonce. Je serai à vos côtés, si vous l'estimez utile. Et si mon cheval doit périr, puis-je vous dire que j'aimerais qu'il suive de peu l'exemple du vôtre. Vous attendez-vous à quelque sorte de rébellion ?

— Nenni, mais à des pressions pour que je mette fin à un combat jugé perdu.

— En capitulant ?

— Personne n'ose encore prononcer le mot. Mais la chose hante déjà beaucoup d'esprits. Comte, j'aimerais en effet que vous soyez demain à mes côtés, de prime pour ce que vous venez de dire touchant votre Accla, qui est forte et vaillante parole ; et ensuite pour me soutenir par votre seule présence.

— Mon ami, dis-je, comptez sur moi. Je serai là demain à vos côtés.

— Mille mercis, Comte, dit gravement Toiras en se levant. Pardonnez-moi de vous quitter si tôt, ajouta-t-il en reprenant son ton vif et expéditif, mais j'ai ce soir à ménager une petite entreprise dont j'attends beaucoup, et dont je parlerai demain à nos soldats.

Il se leva de ma table, et je l'accompagnai jusqu'à l'huis, observant qu'il marchait d'un pas las, la tête baissée. Cependant, comme il atteignait la porte il se tourna vers moi. Je vis avec surprise une petite flamme de gausserie gasconne briller soudain dans son œil.

— Mon cheval sacrifié, dit-il, si moi aussi je meurs, j'aurai du moins dans ma tombe une grande consolation.

— Diantre ! dis-je, une consolation dans la tombe ! Et laquelle ?

— Ceux qui me survivront n'auront pas à léguer mon cheval à Bouquingan...

***

Les matinées en la touffeur de cet été se trouvaient si chaudes que Toiras décida de convoquer à la pique du jour les officiers et volontaires sur le terre-plein devant sa maison, lequel ne méritait aucunement le nom de prairie tant l'herbe était haute et jaunie à l'exception çà et là de touffes vertes d'orties dont la vue me ramentut aussitôt la pauvre Marie-Thérèse et sa vaillance à vivre.

À observer mes compagnons de siège ainsi rassemblés et se tenant à peine debout, une grande compassion me tordit le cœur tant ils étaient en le plus misérable état qui se peut concevoir de maigreur et de malallance, le teint tantôt blafard, tantôt jauni, les yeux creusés et les dents saillantes du fait de la quasi-disparition des joues.

— Messieurs, dit Toiras, nous ne devons pas nous le cacher à nous-mêmes : notre prédicament est dramatique. Nous sommes au bout de nos vivres. J'ai donc décidé d'un dernier recours qui vous fera grand-peine, et à moi aussi, mais qui nous permettra de survivre assez longtemps pour que les secours arrivent jusqu'à nous. Vous l'avez deviné. Nous allons faire l'ultime sacrifice que commande en pareil cas l'héroïsme des assiégés. Nous allons tuer, l'un après l'autre, nos chevaux afin de nous en nourrir. Je vois bien que cette décision vous fait grand chagrin et que vous en pâtissez tout autant que celui qui l'a prise, et qui ne l'a pas prise sans la déplorer ni sans réfléchir qu'en agissant ainsi nous ne ferons qu'avancer de peu la mort naturelle de nos montures, puisque, comme bien vous savez, nous n'avons plus rien à leur donner.

Monsieur de Toiras fit une pause. La stupeur et la douleur se pouvaient lire sur les visages émaciés de nos compagnons, mais il n'y eut pas de plainte, ni de protestation. Il se peut que la force même leur manquât pour donner de la voix.

— Le sacrifice, reprit Toiras, ne se fera pas n'importe comment, mais dans l'ordre le plus sévère, afin d'éviter les abus et les violences trop faciles à prévoir en de telles extrémités. Croyez bien que j'y tiendrai très fermement la main. Personne ne sera exempt de ce triste devoir de livrer sa monture au couteau du boucher. Ni Monsieur le comte d'Orbieu, ni moi-même, ni aucun officier de haut grade. Mieux même, Monsieur le comte d'Orbieu et moi-même avons décidé, pour donner l'exemple, que nos chevaux seront les premiers sacrifiés.

En prononçant ces paroles, Monsieur de Toiras avait pris le ton rude, expéditif et autoritaire du maître de camp. Mais quand il poursuivit, sa voix se chargea, je ne dirais pas d'alacrité, mais d'un certain entrain vaillant et militaire dont l'habileté me laissa béant.

— Dieu merci, dit-il, nous avons encore toutes les munitions qu'il nous faut : point assez pour les prodiguer, mais bien assez pour donner de nouveau sur le nez de ces outrecuidants Anglais, qui croyaient déjà qu'ils étaient nos maîtres et allaient pouvoir nous emmener en esclavage loin de notre douce France. Compagnons, il n'en sera pas ainsi ! Nous avons des raisons sérieuses d'espérer. Hier à la nuitée, à l'insu de la garnison et à l'insu de l'ennemi, trois volontaires, trois héros, devrais-je dire, sont partis de notre *musoir* pour rejoindre le continent, à la nage, portant à leur cou, enfermé dans une charge de mousquet, un message pressant pour Monsieur de Schomberg. L'un d'eux s'est noyé. Un second a été pris et tué par l'impiteux Anglais. Le troisième est arrivé à destination. Je ne vous dirai pas comment je le sais, mais je le sais. Et je ne vous dirai pas non plus comment cette lettre du roi est parvenue jusqu'à moi, mais elle est entre mes mains, la voici, Messieurs, et comme elle nous concerne tous je vais vous la lire :

> « Monsieur de Toiras, je désire que vous m'envoyiez les noms de tous ceux qui sont enfermés avec vous dans la citadelle, afin de n'en oublier aucun, et que nul gentilhomme officier ni soldat ne demeure sans récompense. »

Ayant dit, Toiras ménagea un silence pendant lequel il envisagea œil à œil ses auditeurs. Puis il replia la lettre de Sa Majesté avec une lenteur respectueuse, comme il eût fait d'une sainte relique, et la remit dans l'emmanchure de son pourpoint. Revenant aussitôt à son ton vif, rapide et expéditif, il dit avec une certaine pointe dans la voix qui n'était pas faite pour encourager les interlocuteurs éventuels :

— Messieurs, si d'aucuns désirent me poser des questions, je ne faillirai pas à y répondre.

Il y eut alors dans cette foule des mouvements et des murmures comme si d'aucuns eussent voulu prendre la parole sans toutefois s'y décider. Mais Toiras, qui ne voulait rien brusquer, gardant un visage ouvert et patient, une main à la parfin se leva et Monsieur de Toiras ayant fait signe au quidam de parler, l'homme dit d'une voix parfaitement polie :

— Monsieur le Maître de camp, à supposer que des secours

nous arrivent par mer, plaise à vous de me dire si vous opinez qu'ils pourront franchir le blocus des vaisseaux anglais.

— Oui-da, Monsieur ! dit Toiras, je le crois et je vais vous en dire la raison. Quand on a beaucoup d'hommes et beaucoup d'armes, on ne peut qu'on ne rende un blocus sur terre infranchissable pour la raison que la terre est un élément solide et stable. Mais un blocus sur mer est beaucoup plus lacuneux, car les hommes, les armes et les vaisseaux sont portés par un élément d'une extrême mobilité. Dois-je vous ramentevoir que les Anglais, au début du siège, avaient imaginé de disposer à quelque distance de notre *musoir* d'un obstacle qu'ils cuidaient infranchissable : quatre grandes coques de navire, reliées les unes aux autres par des grappins, sorte de fort flottant sur lequel ils avaient installé des canons. Hélas pour eux, en une nuit, un grand vent de nordet souleva d'énormes vagues et balaya l'ouvrage en moins d'une heure. Les Anglais, toujours tenaces, le remplacèrent alors par une estacade faite de mâts reliés entre eux par des chaînes. Mais cette estacade ne résista pas davantage aux flots déchaînés. Ainsi par deux fois ont échoué sous nos yeux les tentatives pour établir une ligne de défense continue et sans lacunes devant notre citadelle. Ces lacunes existent, mes amis. Elles existeront toujours. Et c'est par elles que nos marins pourront faire passer par le gros [1] de la nouvelle lune des embarcations légères et rapides pour nous envitailler.

Cette explication, qui me parut très convaincante, ne le fut pas apparemment pour tous, car prenant avantage du silence qui suivit, un quidam qui se garda bien de lever la main et de découvrir son visage, s'écria haut et fort :

— Monsieur de Toiras, le fait qu'il y ait des lacunes dans le dispositif de la flotte anglaise ne prouve pas que les secours vont arriver incessamment. Et vous voudrez bien admettre que cela nous fera une belle jambe s'ils arrivent quand nous serons morts.

— Monsieur, dit Toiras, je déplore que vous n'ayez pas, avant

1. Le *gros* désigne ici la marée haute et la *nouvelle lune* est synonyme de « nuit de lune ».

de parler, demandé la parole, et plus encore, que je ne puisse voir votre visage. Néanmoins, je veux bien mettre sous le coude pour le moment ces manquements, et vous poser la question suivante. Si nous n'attendons pas les secours, qu'opinez-vous que nous fassions ?

— Monsieur de Toiras, il me semble que dans le mortel prédicament où nous nous trouvons la sagesse serait de composer.

Il y eut un silence. Toiras devint écarlate. Ses yeux étincelèrent, sa mâchoire se crispa, et secoué des pieds à la tête par son ire, il tonna :

— *Composer*, Monsieur ! Quel joli verbe que ce mot *composer* ! Combien il me touche et me charme ! Comme il fait bien le chattemite pour séduire les esprits ! Mais qui y a-t-il derrière ce joli *composer* ? Monsieur, de grâce, levez le voile et laissez-nous voir ce qu'il cache, ce *composer* si aimable et si anodin ! Levez le voile, pour qu'on distingue mieux ce qu'il est.

Toiras laissa peser un silence, et comme le quidam se gardait bien de se montrer et de répondre, il reprit d'une voix éclatante :

— Puisque vous ne pipez ni mot ni miette, Monsieur, je vais à votre place dire ce qui se dissimule derrière ce verbe *composer* : la capitulation, l'esclavage et le déshonneur !

Toiras fit de nouveau une pause afin de laisser pénétrer ces trois mots dans l'esprit des auditeurs, puis satisfait de l'effet qu'ils paraissaient avoir produit sur eux, il poursuivit sans plus d'éclats, d'effets ni de colère, mais d'une voix ferme que sa modération même rendait plus ferme encore :

— Mes compagnons, je connais trop votre bravoure pour vous exhorter à tenir ferme. Il n'est aucun parmi vous qui ne rougît d'être moins brave qu'un Anglais. S'il se trouve quelqu'un assez lâche pour ne vouloir plus partager avec nous les périls de la guerre, qu'il se montre : les portes vont s'ouvrir pour lui. Il peut aller mettre sa vie en sûreté aux dépens de son honneur. Je lui donne son congé. Je ne le punirai pas, il ne sera pas traité en déserteur. Il vivra, mais il vivra infâme.

***

Je savais Toiras bien fendu de gueule et prompt à la répartie, mais je n'aurais jamais pensé qu'il fût apte à jouer du plat de la langue avec assez de finesse et d'habileté pour retourner en quelques minutes une garnison si défaite, si désespérée, et si encline en conséquence à prêter l'oreille aux partisans de la reddition.

Hörner, de retour à notre maison, ne me cacha pas sa grandissime admiration pour le magnifique discours du maître de camp.

— Voyez-vous, *Herr Graf*, je trouve la péroraison *einfach perfekt*[1] : « Je ne punirai pas le déserteur, je lui ouvrirai les portes. Il vivra, mais il vivra infâme. » Qui voudrait après cela franchir les portes ? Sans doute, un chef doit-il punir quelquefois. Mais la plupart du temps il vaut mieux convaincre.

Après quoi, Hörner leva doctoralement l'index et, m'envisageant œil à œil pour mieux m'impartir sa profonde expérience, il ajouta en secouant la tête :

— « La persuasion avant la punition », *Herr Graf* !

Quand sonna l'heure pour mon Accla d'être sacrifiée, j'allai pour la dernière fois à l'écurie la voir. Elle tenait à peine sur ses jambes, mauvais signe, certes, puisque si un cheval ne se couche pas de son plein gré, il le fait sous l'effet de la faiblesse et peut alors rarement se relever. À mon approche elle fit entendre un faible hennissement et tournant de mon côté ses grands yeux tendres, elle parut attendre de moi, son maître, le miracle qui lui ferait retrouver d'un seul coup sa force et sa piaffe. Mais je ne pus que flatter son encolure, caresser ses ganaches, baiser ses narines et la mouiller de mes larmes. Je lui apportai un peu d'eau (« cadeau bien inutile, *Herr Graf* », me dit Hörner avec reproche). Mais mon Accla but l'eau avec une avidité qui dans ma peine me fit plaisir. Quand elle eut fini, je lui mis, du plat de la main, deux morceaux de sucre dans la bouche, et la quittai enfin, laissant couler mes larmes sans la moindre vergogne, bien assuré qu'il n'y aurait pas un cavalier qui n'allât en faire tout autant quand viendrait le tour de sa monture.

1. Tout simplement parfaite (all.).

Bien je me ramentois que ce deuil me frappa le vingt-cinq septembre, le temps continuant fort étouffant, la situation aussi désespérée, et du secours comme sur ma main !...

Grâce à nos réserves propres si bien ménagées par Hörner, nous n'étions pas en notre logis menacés d'inanition et nous n'avions pas tant maigri que d'autres, que je voyais dans la garnison, faibles et vacillants. Cependant nous avions toujours faim, et la faim a ceci de torturant qu'elle vous contraint du matin au soir à ne penser qu'à elle. Chose étrange, défilent alors en la remembrance toutes les bonnes choses dont on s'était régalé sans y attacher conséquence dans les années passées, et jusqu'aux petites soupes au lait de nos maillots et enfances. Le pis, c'est qu'on se complaît à ces revues et dénombrements au point d'avoir en la bouche le goût des mets anciens : plaisir qui ne laisse pas pourtant de se muer en cruel tourment, puisque nous n'avons rien qu'un souvenir sur la langue et sous les dents, la salive n'encontrant que le vide et le gaster nous doulant sans le moindre espoir d'être un jour durablement satisfait.

Le pis, peut-être, est qu'alors on ne pense qu'à soi, le souci des autres étant comme obscurci par le lancinant souci d'avaler la provende nécessaire à notre survie. C'est ainsi qu'il fallut que Hörner me poussât le coude pour que je découvrisse enfin que la face, à l'accoutumée si lisse et si joyeuse, de Nicolas était toute chaffourrée de chagrin.

— Nicolas, dis-je en le tirant à part, comme se fait-il que te voilà si travaillé de tristesse ?

— Hélas, Monsieur le Comte, Marie-Thérèse est mal allante.

— Comment cela, mal allante ? Pâtit-elle d'une intempérie ?

— Pis que cela : elle a chu dans l'escalier du *musoir* et s'est démis l'épaule. Le barbier chirurgien la lui a remise, mais l'a tortillée de tant de bandelettes qu'elle ne peut plus baigner ni pêcher. Et par malheur comme elle n'a plus qu'une main pour se défendre, elle se fait rober sa portion de chair par de mauvaises gens.

— Nicolas, cours chercher la pauvrette, dis-je dans le chaud du moment. Et qu'elle demeure céans tant qu'elle ne sera pas remise.

— Monsieur le Comte, *Herr Hörner* va là-dessus remochiner !

— Je l'écouterai avec patience mais sans changer mon propos.

— Ah ! Monsieur le Comte, je crois déjà l'ouïr vous dire : « Le bon sens avant la charité », *Herr Graf* !

À quoi je ris et de sa gausserie et de voir sa juvénile face s'éclaircir.

— Va, Nicolas ! Je dirai à Hörner que Marie-Thérèse ne mangera que sa portion, laquelle elle ira quérir aux matines avec toi : on verra alors qui l'osera rober.

— Donc, Monsieur le Comte, elle ne mangera que sa portion.

— Oui-da, c'est ce que je dirai à Hörner.

— Monsieur le Comte, Hörner ne vous croira pas.

— « L'obéissance avant la créance », Nicolas ! Obéis ! N'as-tu pas lu nos saintes Évangiles ? Le centurion dit au soldat : « Va ! » et le soldat va.

Il rit à cela et toute tristesse disparut. Il s'envola à la recherche de notre éclopée.

Cet entretien m'avait distrait de mon souci, mais Nicolas disparu, je retrouvai aussitôt le creux de mon gaster, et une fois de plus tâchant de me rassurer je me dis qu'assurément il n'y avait pas péril en la demeure. Nourri comme je l'étais, je pourrais subsister plusieurs semaines encore sans épuiser mes forces. Mais le pâtiment était là, et bien là, et ne me quittait pas. Les jours, dans ce triste prédicament, se traînaient aussi lourdement que des vagues chargées d'algues et ce ne fut que dans les premiers jours d'octobre que les choses commencèrent à s'éclaircir et à se préciser. Toiras me fit dire qu'il me voulait entretenir en son logis au bec à bec. Je m'y rendis incontinent, et en effet, l'y trouvai seul.

— Mon ami, me dit-il avec sa rondeur gasconne, j'ai un pardon à quérir de vous, pour vous avoir caché deux choses, non que je n'eusse fiance en vous — elle est entière, bien le savez — mais pour ne point vous déquiéter là où vous ne pouviez rien changer au cours des événements. La première, c'est celle-ci : le roi est tombé gravement malade en juillet. Tout le mois d'août, il a été quasiment au grabat. Mais la Dieu merci, il s'est rétabli au début de septembre, et il est à ce jour sain, sauf et gaillard.

— En êtes-vous bien assuré ? m'écriai-je, trémulant de la tête aux pieds. Est-ce la vérité vraie ?

— Aussi vrai, morbleu, que cette terre que je foule aux pieds, laquelle est si peu aisée à défendre ! Et pardon encore de ne vous l'avoir dit que meshui. Mais connaissant votre grande amour pour Louis, je noulus vous désespérer. Quant à ma seconde cachotte...

— Est-elle du même acabit ?

— Tout le rebours ! Elle vous eût donné trop d'espoir. Mais ce jour d'hui, l'espoir tourne si bien à l'extrême probabilité, ou dirais-je même à la quasi-certitude que j'ai résolu de vous en toucher mot, combien que la chose doive demeurer archisecrète pour tout être vivant en cette garnison. Mais vous êtes céans l'envoyé du roi, et je vous dois la vérité.

— S'agit-il des secours ?

— Oui-da ! Et puisque vous l'avez deviné, vous n'êtes pas aussi sans vous douter que je fus dès le début du siège jusques et y compris le moment présent, en constante relation avec nos forces sur le continent, soit par des faux déserteurs, soit par des petites barques passant le détroit à la faveur de la nuit, soit encore par ces trois nageurs que vous savez. Et grâce à cette constante liaison, je n'ignore pas que le cardinal a mis sur pied une expédition maritime pour nous porter secours, la troisième, en fait, les deux premières ayant échoué ; celle-ci a toutes les chances du monde de réussir, le cardinal s'étant bien renseigné et ayant choisi cette fois-ci l'embarcation la plus apte à passer au travers des vaisseaux anglais.

— Et quelle est donc cette merveille ? dis-je, avidement.

— La pinasse basque de Bayonne

— La pinasse basque de Bayonne ! Diantre ! Et qu'a-t-elle de si merveilleux ?

— Ah ! mon ami, elle est bien supérieure aux flibots de Hollande, aux barques des Sables d'Olonne, et aux traversiers de Brouage. Et je vais en vous dire, mon ami, ma râtelée, ayant navigué sur l'une d'elles en mes vertes années. La pinasse est une bien particulière sorte de chaloupe. Elle est longue de huit toises [1], avec un fond plat, une proue relevée et effilée, une poupe ronde, un mât à l'avant de faible hauteur, mais avec une voile au tiers fort large, laquelle est fort bonne au largue ou au

1. 16 mètres.

grand largue [1], mais peu propre, vent debout, à louvoyer. À cette allure, et aussi quand le vent refuse, les rameurs sont nécessaires, et il y en a deux rangs, l'un à bâbord, l'autre à tribord. La vitesse, que leur adresse et leur vigueur impriment à la légère embarcation, est tout à plein émerveillable tant est que les Basques, qui se servent de la pinasse, bien entendu, pour pêcher, l'utilisent aussi pour concourir entre eux les jours de fête, à la voile ou à l'aviron, ou même avec les deux, selon les vents.

— Et quand le cardinal a-t-il découvert les pinasses ?

— Il y a un mois.

— Il y a un mois ! Mais elles devraient être déjà là !

— Que nenni ! Il faut du temps pour aller de Paris à Bayonne. Il faut du temps, de la patience et beaucoup d'écus pour louer trente-cinq pinasses avec leurs équipages, car croyez-vous que les Basques les auraient laissées partir sans eux ? Et il faut du temps et bon vent et bonne mer pour naviguer de Bayonne aux Sables d'Olonne. Il faut du temps encore, ces pinasses une fois arrivées là, pour les charger de vivres et de munitions. Et il en faut enfin pour attendre un bon vent de noroît qui dans le pertuis breton les pousse jusqu'à nous.

— Les *pousse* ? Y sont-elles déjà dans le pertuis ?

— Oui-da ! dit-il triomphalement. Nos forces sur le continent ont disposé sur leur chemin de petits bateaux rapides, lesquels renseignent à terre des chevaucheurs, lesquels galopent à brides avalées jusqu'au Fort Louis qui nous signale leur progression jour après jour. Mon ami, si le noroît ne refuse pas, les pinasses seront céans dans la nuit du sept au huit octobre, c'est-à-dire par le gros de la nouvelle lune.

— Le gros de la nouvelle lune ? Que veut dire ce jargon ?

— À la marée haute et par nuit noire.

— Et comment se guideront-elles par nuit noire ?

— Mais par les lumières du fort.

— Dieu bon ! m'écriai-je au comble de la joie. Est-ce mon Dieu possible ?

Le six octobre, de nouveau, Toiras me fit appeler en sa maison

1. Allures du bateau quand le vent frappe par le travers ou par vent arrière.

pour un entretien au bec à bec, et là sans un mot il me tendit un court billet signé de son nom et frappé de son sceau — billet qu'il destinait, me dit-il, à nos forces du continent. Et voici ce que j'y lus :

« Envoyez-moi les pinasses le huit du mois d'octobre.

Car le soir du huit, je ne serai plus dans la place, faute de pain. »

Je fus béant, et si incrédule que je relus le mot deux fois avant d'en entendre le sens.

— Qu'est cela, Monsieur de Toiras ? Qu'est cela ? m'écriai-je, trémulant et bégayant dans mon ire. Allez-vous capituler si près de la délivrance ?

— Oui-da ! dit Toiras en riant à ventre déboutonné, moi Toiras, je vais capituler ! Et dès le lendemain sept octobre, j'engagerai des pourparlers avec Bouquingan pour la reddition de la citadelle !

— La reddition ! m'écriai-je, tout à plein hors de mes gonds. Monsieur de Toiras, avez-vous perdu le sens ? La reddition, morbleu ! Est-il un mot plus infâme ?

Mais Toiras riant de plus belle, j'en vins à soupçonner qu'il me tirait la jambe, et je dis plus doucement :

— Allons ! C'est assez vous gausser, Monsieur de Toiras. Dites-moi ce qu'il en est !

— Mon ami, si vous avez cru de moi que j'allais me rendre, raison de plus pour que Bouquingan le croie. Pardonnez-moi, mon ami, de vous avoir joué cette petite comédie, mais je voulais essayer sur vous le succès de cette ruse dont j'attends beaucoup. Ce billet que vous avez lu destiné au continent sera porté par un homme qui a pour mission de se faire prendre par l'Anglais. Et mon offre de reddition le lendemain sera là pour confirmer mon message. L'Anglais en conclura qu'il a partie gagnée et dans l'ivresse de la victoire relâchera quelque peu sa surveillance et sur terre et sur mer. Sur terre, peu me chaut. Mais sur mer, il se peut que ce relâchement facilite le passage des pinasses à travers l'escadre ennemie.

Lecteur, My Lord Buckingham devait dire plus tard qu'il s'était beaucoup méfié de cette offre de reddition et qu'il avait donné l'ordre à sa flotte de redoubler de vigilance. Mais que pouvait-il dire d'autre, sinon avouer que Toiras l'avait joué ?

Cette nuit du sept au huit octobre je veillai et je gardai une lanterne allumée à côté de mon lit où dormait, tendre et chaste, à mes côtés Marie-Thérèse. Je dis chaste, et en effet, elle l'était et avec moi et avec Nicolas, dont un jour sur deux elle partageait la couche.

Bien que j'attendisse qu'il se produisît, je fus comme étonné par le soudain et terrifiant assourdissant vacarme quand éclatèrent tout à la fois les mousquetades et les canonnades. Le temps de me vêtir et de courir jusqu'au *musoir*, ma lanterne à la main, les pinasses étaient là. Et je vis Toiras, de l'eau jusqu'aux cuisses, accueillir les sauveurs les bras ouverts au cri cent fois répété et par lui et par tous de « Vive le roi ! »

Le lendemain, sur les huit heures du matin, les Anglais virent sur les remparts de notre citadelle surgir en haut de nos piques des flacons de vins, des chapons, des dindons, des jambons, des cuisses de mouton, des quartiers de bœuf, des sacs de farine, que sais-je encore ? Toiras se promena avec moi, le long des remparts, et il fut si longtemps silencieux que je me demandais si mon verveux Gascon avait perdu sa langue, lui qui en jouait si bien. Vramy, il cuvait tout bonnement sa profonde joie ! Cependant à la fin, il parla, mais au bec à bec avec moi, et comme toujours, avec pertinence.

— Mon ami, dit-il, dans un combat longuissime, incertain et douteux, il arrive toujours un moment où l'événement, tout soudain, bascule et désigne avec clarté celle des deux parties qui va gagner, et cette partie ce jour d'hui, c'est nous.

Je me demandai alors si j'allais le croire ou le décroire, m'apensant que son enthousiasme l'emportait peut-être trop loin sur les ailes de l'espoir. Les Anglais, me disais-je, n'étaient pas battus du seul fait que nous nous trouvions bien envitaillés. Assurément nous l'étions, mais combien de temps allaient durer nos vivres ?

En fait, de Toiras et de moi, c'est lui qui avait raison, son opinion étant fondée sur des faits et des informations qu'il ne m'avait pas communiqués, non pas qu'il n'eût pas toute fiance en moi, mais en vertu de son caractère gascon, à la fois bavard et secret.

Je le sus plus tard : par ses mouches dans l'île, il connaissait admirablement la condition des Anglais et elle était devenue fort mauvaise tant physiquement que moralement.

Que lointaine était maintenant pour eux l'ivresse de la victoire après Sablanceaux. Ils avaient occupé, sans coup férir, l'île et ses villages et regardaient avec quelque condescendance ces *unhappy few* [1] enfermés dans les murs de leur citadelle.

Mais le temps, le temps inexorable avait mis presque à égalité dans la mésaise et le malheur les assiégés et les assiégeants. Londres avait de prime secouru Buckingham en vivres, en écus et en munitions. Mais le siège s'éternisant, les Anglais ne crurent plus à la victoire : l'expédition de l'île de Ré, pensèrent-ils, comme l'expédition de Cadix où Buckingham s'était précédemment jeté, finirait par un désastre. Cadix pouvait encore se justifier par l'intérêt qu'il y avait à lutter contre l'Espagne, ennemie de jadis et de toujours. Mais cette guerre contre la France, notre alliée depuis Henri IV et Élisabeth Ire ! Cette guerre engagée pour les beaux yeux d'une femme dont le portrait trônait comme une idole dans le château du vaisseau amiral ! Une femme et, qui pis est, une Française et une catholique !... Jamais Buckingham n'avait été plus haï et honni, sa personne plus méprisée, sa guerre plus impopulaire.

En outre, le trésor était à sec, et Charles Ier, roi de peu d'autorité, mais qui se voulait absolu, n'arrivait plus à trouver l'argent pour secourir son favori. À tous les échelons de l'État, il n'encontrait que mauvais vouloir, retardement, lanternement et désobéissance.

Les armateurs ne voulaient plus affréter de vaisseaux pour l'île de Ré, de peur qu'ils fussent à l'arrivée réquisitionnés par Buckingham. On vit des situations proprement scandaleuses : le maire de Bristol, de mèche avec l'armateur, empêcha de partir pour l'île de Ré un navire chargé de vivres.

Pendant ce temps, les pauvres Anglais dans l'île, mal payés, mal vêtus, souffraient tout comme nous de la faim. Malgré les ordres de leurs officiers, ils se jetaient sur nos vignes, et n'ayant jamais vu de raisins que sur les images de leur Bible, ils les

1. Cette petite troupe malheureuse (angl.).

mangeaient par grappes entières, payant cet exploit par un dérèglement des boyaux et un pâtiment qui n'en finissait plus. Ils se plaignaient en outre que le vin rétais, qu'ils buvaient immodérément (l'eau des puits étant devenue rare), leur gâtait le gaster, et réclamaient à cors et cris la bière, leur bonne bière anglaise ! La Rochelle les avait aidés au début, mais depuis que les Rochelais avaient eux-mêmes déclaré la guerre au roi de France, ils n'avaient plus qu'un souci : s'envitailler eux-mêmes à suffisance.

La mésentente entre Buckingham et ses colonels, de contenue qu'elle était de prime, éclatait meshui au grand jour. Pour les colonels, Buckingham était un béjaune ignorant et arrogant, un mignon sans étude ni vertu, qui ne devait qu'à la faveur déhontée de deux rois d'être le premier dans le royaume. Pour Buckingham, les colonels n'étaient que des barbons encroûtés dans l'ornière des routines séculaires.

Les relations entre les marins et les soldats, qui n'avaient jamais été fort bonnes, s'étaient détériorées. Les marins avaient de tout temps quelque peu déprisé les gens de pied qui rampaient sur terre comme des fourmis, et y tuaient laborieusement d'autres fourmis tandis qu'eux-mêmes se battaient avec les tempêtes sur les océans infinis. Mais après que les pinasses basques eurent réussi à forcer le blocus de la flotte anglaise, ce fut au tour des soldats de leur rendre mépris pour mépris et de condamner sans appel ces outrecuidants. Car si la guerre était d'ores et déjà perdue, à qui la faute ? disaient-ils.

Usant de ce genre de gausserie extravagante que les Anglais affectionnent, ils ajoutaient que rien que de regarder un marin, « cela leur donnait mal au cœur ».

Pressé par ses colonels de saillir au plus vite de ce guêpier et de réembarquer ce qui lui restait de troupes, le malheureux Buckingham se voyait supplier par les Rochelais de demeurer et de livrer à la citadelle une dernière bataille. Il hésitait et Richelieu, assez cruellement, lui a fait un crime de ses hésitations, le décrivant comme « un homme, qui pour n'avoir pas la force de se résoudre en une telle occasion, ne savait ni combattre ni fuir ».

Le jugement est injuste parce qu'en fin de compte Buckingham combattit. Il lança toutes ses forces en un ultime assaut contre le fort avec échelles et grappins. Ce fut quasiment un combat d'ombres, les assiégeants étant aussi affaiblis que les assiégés.

Mais ceux-ci ne voulurent pas se laisser à la dernière minute rober la gloire de leur farouche résistance et ils trouvèrent en eux de nouvelles forces. Monsieur de Bellecroix — le gentilhomme qui, on s'en ramentoit, m'avait guidé autour des côtes lors de mon arrivée dans l'île — était alors fort mal allant et quasi au grabat. À la première canonnade il se leva tout chancelant et ordonnant à ses hommes de charger pour lui ses mousquets, il tira une dizaine de coups quasi au corps à corps contre les assiégeants. Après quoi, les voyant refluer, il alla se recoucher et mourut.

Les Anglais furent repoussés avec de grandes pertes et le lendemain, pressés par l'arrivée sur l'île des secours de Monsieur de Schomberg, ils firent retraite, mais avec une telle lenteur que Schomberg leur donna furieusement sur la queue au moment où ils s'embarquèrent. Ce fut un affreux carnage que j'aurai vergogne à conter, tant je conserve d'amitié pour ce grand peuple, qui sous Élisabeth fut notre ami fidèle et ne peut qu'il ne le redevienne un jour.

Quant au siège de La Rochelle, qui fut long, périlleux et fertile en péripéties inouïes, je n'en dirai ma râtelée que dans le tome suivant des présents Mémoires. Pour l'heure, je n'aspire qu'à me retirer dans mes champêtres retraites, goûter l'ombre et le silence après les canonnades d'enfer, oublier ces massacres aussi glorieux qu'inutiles, reprendre goût à la vie, me rebiscouler tant l'âme que le corps dans mes affections familiales et, à Dieu ne plaise, que je souffre d'ores en avant que mon voisin souffre devant moi de la faim et de la soif.

Achevé d'imprimer sur presse Cameron
dans les ateliers de **Bussière Camedan Imprimeries**
à Saint-Amand-Montrond (Cher)
en juillet 1997

N° d'édition : 296. N° d'impression : 4/677.
Dépôt légal : juillet 1997.

Imprimé en France